y Fuse, Illustration by Mitz Vah

지음

일러스트

옮김

전생했더니
슬라임이
었던건에 대하여 ⑦

arding
ncarnated to Slime

전생했더니 슬라임이 었던 건에 대하여 7

Regarding
Reincarnated to Slime

신성교황국 루벨리오스

십대 성인(十大聖人) 성기사단장
사카구치 히나타

십대 성인(十大聖人) '빛'의 귀공자
레나도 제스타

십대 성인(十大聖人) '하늘'의
아루노 바우만

십대 성인(十大聖人) '땅'의
박카스

십대 성인(十大聖人) '물'의
리티스

십대 성인(十大聖人) '불'의
갸루도

십대 성인(十大聖人) '바람'의
후릿츠

십대 성인 《삼무선(三武仙)》 푸른 하늘의
사레

십대 성인 《삼무선(三武仙)》 큰 바위의
그레고리

십대 성인 《삼무선(三武仙)》 거친 바다의
그렌다

신
루미너스

히나타가 유일하게 따르는
루미너스 교의 최고신.

칠요(七曜)의
노사(老師)

한 명 한 명이 선인급의
초월적인 존재이며, 용사의
육성도 맡고 있다고 하는
전설적인 인물들.
서방성교회의 최고 고문.

쥬라 템페스트(마국연방)

'폭풍룡'
베루도라 템페스트

'무녀공주'
슈나

'사무라이 대장'
베니마루

'검술스승'
하쿠로우

'은밀'
소우에이

팔성마왕 '신성'
리무루 템페스트

흑람성랑(黑嵐星狼) '펫'
란가

'고블린 라이더즈 리더'
고부타

'제2비서'
디아블로

'제1비서'
시온

목차 ─ 성마대립(聖魔對立)편

서장

마인들의 추도

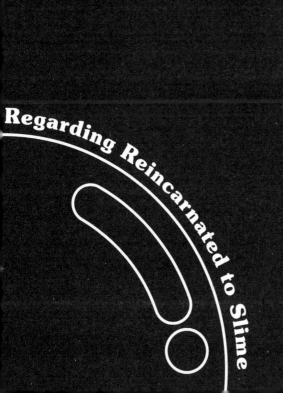

Regarding Reincarnated to Slime

클레이만이 죽었다.

그 소식을 알려 온 라플라스를 앞에 두고, 그 자리에 모인 자들은 침묵했다.

"거짓말이야! 그런 일이 있을 리가 없어!!"

격앙하며 소리친 자는 풋맨.

그러나 그 말에 동조하는 자는 없다.

평소 능글능글하게 굴면서, 절대로 본심을 보이는 일이 없는 라플라스. 하지만 지금은 늘 그랬던 것처럼 익살스런 태도가 아니라, 진심으로 침울하게 고개를 숙인 모습이다. 그걸 보더라도 클레이만의 죽음은 정말이라는 것을, 누구나가 깨닫고 있었다.

"──어젯밤, 그 발푸르기스(마왕들의 연회)가 있던 밤에, 클레이만과의 연결이 끊겼어. 내 자식이라고도 할 수 있는 그 녀석과 연락이 되지 않게 됐지. 이 사실이 가리키는 것은 그 녀석이 죽었다는 뜻이야……. 인정하고 싶지 않았어요. 라플라스, 당신에게서 보고를 받은 지금도, 그 아이의 죽음을 믿고 싶지 않다는 심정이 내 안에 가득해요……."

그런 분위기 속에서 카자리무가 무거운 말투로 그렇게 말했다.

훌쩍이는 티어.

"내 실수야. 마왕들을 얕보고 있었어. 좀 더 신중하게 정보를 모은 뒤에 행동으로 옮겼어야 했는데."

분하다는 말투로 말하는 자는 흑발의 소년이다.

10대 마왕이라고 하는, 이 세계의 정점에 선 자들. 그런 동등한 위치에 있는 자들이라고 해도 각자의 힘에 우열이 있는 것은 당연하다.

클레이만이 마왕 밀림에게 데몬 도미네이트(지배의 주술)를 성공시키는 바람에 그 사실을 잊어버리고 있었다.

아니, 그뿐만이 아니라── 다른 마왕도 지배할 수 있지 않을까 하고, 안일하게 생각해버리고 말았던 것이다.

"그걸 따진다면 제안한 것은 바로 나야. 설마 일이 이렇게 될 줄은 생각 못 했지만, 이제 와서 그런 말을 해봤자 소용없겠지."

무거운 공기를 날려버리려는 듯이 라플라스가 익살스런 말투로 말한다.

"게다가 이번 일은 클레이만이 멍청했어. 방심하지 말라고 충고했는데, 그 녀석이 멋대로 까불다가 실패했을 뿐이라고."

클레이만을 조소하는 말을 계속 이어가는 라플라스에게 풋맨이 따지고 들었다.

"라플라스! 그건 말이 너무 심하지 않습니까?!"

"사실인걸. 그 녀석은 약한 주제에 멋대로 까부는 바람에 죽은 거라고."

"라플라스──!!"

분노를 이기지 못하고, 풋맨이 라플라스에게 덤빈다.

그 주먹은, 굳이 피하려고 하지 않은 라플라스의 볼에 정통으로 꽂혔다. 하지만 그뿐이다. 라플라스는 그 자리에 가만히 멈춰

서서, 번뜩거리는 눈빛으로 풋맨을 오히려 노려본다.

"뭐야, 해보자는 거야, 풋맨? 좋아, 상대해주지!"

능글맞은 표정으로 라플라스는 대담하게 웃으면서, 풋맨을 도발한다. 그 분노의 칼끝이 모두 자신에게 향하도록.

그러나 그런 라플라스의 의도가 카자리무에게는 뻔히 다 보였다.

"그만해, 너희들! 슬픈 건 다들 마찬가지야."

그렇게 꾸짖으면서 두 사람을 말린다.

"그래, 라플라스. 혼자서 악역을 맡으려고 하다니, 너답지가 않은걸? 기왕이면 그 역할은 너희를 고용한 내게 양보하면 좋겠어."

그 뒤를 이은 소년의 말을 듣고, 풋맨도 그제야 라플라스의 말이 의도적이었음을 이해할 수 있었다.

"그랬었던 건가요. ——미안합니다, 라플라스."

"……됐어. 그건 그렇고, 회장도 보스도 영 사람이 못됐구먼. 모처럼 내가 나쁜 놈이 되어보려고 했는데, 그걸 굳이 밝힐 필요는 없었잖아."

볼을 매만지면서 그렇게 중얼거리는 라플라스. 그 모습이 너무도 우스꽝스러운지라, 아주 약간은 그 자리의 분위기가 밝아졌다.

마인들은 분위기를 바꾸고 앞으로의 방침에 관한 논의를 시작한다.

한탄만 하고 있다간 죽은 클레이만의 원한도 제대로 풀어주지 못한다——. 카자리무가 그렇게 분위기를 환기시킴으로써 지금까지와는 다르게 진지한 대화가 이뤄지고 있었다.

"──그 장소에서 무슨 일이 일어난 건지는 몰라. 하지만 마왕 발렌타인의 말로는 클레이만이 죽은 건 틀림없는 것 같아. 그 아이를 누가 죽였는지는 확실하지 않지만 말이지──."

"내가 캐물었다면 됐을 텐데……."

"아니요, 당신만이라도 무사해서 다행이에요."

"운이 좋았던 거야. 마침 초승달이 뜨는 밤이라, 뱀파이어(흡혈 귀족)였던 마왕 발렌타인은 그 힘이 많이 줄어 있었으니까 말이지. 장소도 성교회라서 신성한 기운이 가득 차 있었으니까, 그럭저럭 내 공격이 통했던 거야……."

라플라스의 말을 의심하는 자는 없다.

고대의 마왕, 카자리무와 싸워도 호각인 상대── 마왕 발렌타인에게 라플라스가 이길 수 있었던 것은 많은 요인이 겹쳤기 때문, 이라고.

그리고 라플라스는 카자리무 다음으로 강한 실력자다. 중용광대연합의 부회장이라는 지위는 단순한 간판이 아니며, 그 실력에 어울리는 자리인 것이다.

그래서 모두 라플라스의 의외의 승리를 순순히 받아들이고 있었다.

라플라스의 보고에 포함된 거짓말을 눈치채는 자 없이 이야기는 진행된다.

"그건 그렇고 일이 골치 아프게 되었군."

"그러게 말이지. 클레이만에게 맡겨둔 거점, 군대, 재산, 그 모든 것을 잃었어. 큰 손해야."

카자리무가 중얼거린 말을 듣고 소년이 고개를 끄덕인다.

그 불온한 대화 내용에 티어가 질문을 했다.

"응, 그게 무슨 뜻이야? 마왕들에게 클레이만이 살해당한 게 사실이라고 해도 본거지는 무사하잖아?"

"확실히 클레이만의 군대는 전멸했지만, 아직 원래대로 회복할 수는 있잖습니까? 아직 거점에는 미쳐버린 성자 아다루만이 있다고요. 그 와이트 킹(사령의 왕)은, 우리와도 맞먹을 정도의 강자. 그리고 데스 드래곤(사령용)은 카리브디스(폭풍대요와, 暴風大妖渦) 정도까지는 아니래도 위협적인 존재. 회장이 쳐둔 주술의 힘도 건재했잖아요?"

티어의 뒤를 이어서 풋맨까지도 놀라서 묻자, 소년과 카자리무는 서로의 얼굴을 바라보았다. 그리고 쓸쓸한 표정으로 대답한다.

"그게 바로 오늘 모이게 한 진짜 이유야."

"클레이만에게 맡겨둔 내 거점도 하룻밤 만에 함락되고 말았지. 믿어지지 않게도 그 슬라임은 극소수의 부하를 그리로 내보냈거든요."

"뭐라고?"

"농담이지?!"

"말도 안 돼! 그렇다면 그 전쟁터에서 본 마인들이, 그 리무루라는 마인의 총전력이 아니라는 얘기가── 아니, 잠깐? 잠깐잠깐잠깐, 그러고 보니 그 수정에는──."

카자리무의 설명을 듣고, 라플라스와 티어는 놀라서 소리친다. 그리고 풋맨이 뭔가를 떠올린 듯이 고개를 들었다.

그런 풋맨을 향해 소년이 고개를 끄덕여 보인다.

"그래. 라플라스가 촬영한 영상에, 키진(鬼人)들이 찍혀 있었지? 그 한 명 한 명이 특A급에 필적하는 전투 능력을 지니고 있다고 생각하는 게 좋을 것 같아."

그 말을 듣고, 풋맨도 아연실색한 표정으로 입을 다물었다.

"——정말이야?"

티어의 중얼거림에 대답하는 자는 없다.

"적어도 그 전쟁터에 리무루라는 슬라임은 없었어. 생각할 수 있는 건, 그 전쟁터를 미끼로 내놓고, 본거지를 치는 작전으로 나왔다는 것. 그 슬라임이라면 제 자랑거리인 방위망을 돌파하는 것도 이상하지는 않겠죠."

카자리무가 그렇게 설명하자, 그 자리에 있는 모두가 겨우 사태의 중요성을 이해했다.

소년이 말한다.

"그러니까 말이지, 앞으로의 방침에 관한 계획을 다시 짜야 할 것 같아."

전력의 대부분을 잃은 지금, 모든 작전행동은 일단 동결해야 할 것이라고 말이다. 애초에 클레이만의 죽음만으로도 모두의 마음에 큰 상처가 남아 있는 상태이니까…….

다행히도 아직 모든 것을 잃은 것은 아니다.

리스크 분산이라는 명목으로 남겨놓은 자산, 서방 열국에 뿌리를 내린 조직, 그리고—— 그 둘을 배경으로 한 각국에 대한 정치적 영향력은 건재했다.

직접적이 전투 능력은 떨어지지만 정보 수집 능력이 우수한 부하늘도 각국의 동향을 파악하기 위해 파견해놓은 상태이다.

제로부터 출발했던 소년의 입장에서 보면 아직은 원래대로 회복할 수 있는 상황인 것이다.

그렇기에 더더욱——,

"우리는 앞으로 한동안은 얌전히 지내기로 하지. 클레이만의 일은 안됐지만, 마왕들과 적대하면서 복수하기에는 우리의 힘이 너무 부족해. 세계를 정복한다는 야망을 달성하기 위해서라도 지금은 참아야 할 때라고 생각해."

고개를 끄덕이는 일동.

"찬성이에요. 우리는 최근 10년 동안 세력을 크게 키웠어. 그 결과, 조금은 자만을 하고 있었던 것 같아."

"그러게. 그랬던 탓에 클레이만도 지나치게 까불고 말았으니……."

"응. 분하지만 지금은 괜히 초조해하면서 서둘러봤자 실패할 것 같아."

"납득하고 싶지는 않지만 참아야 하겠지요……."

생각은 제각각 달랐지만, 마인들은 소년의 제안을 받아들였다.

"하하하, 납득해줘, 풋맨. 나에겐 아직 너희라는 최고의 비장의 수가 남아 있어. 여기서 무리하게 굴다가 너희까지 잃을 수는 없다고."

소년은 쓴웃음을 지으면서, 풋맨의 어깨를 토닥이며 그렇게 달랜다.

그것은 소년의 본심이면서, 이번의 결단을 내린 이유이기도 했다.

여기서 확실하게 못을 박아두지 않으면, 분노를 이기지 못해서 폭주하는 자가 나올 우려가 있기 때문이다.

그리고 그런 소년의 생각을 아는 만큼, 풋맨으로서도 참지 않을 수가 없다.

"알고 있습니다, 보스. 지금의 분노는 속에 담아두었다가, 언젠가 반드시 커다랗게 터뜨리기로 하자고요."

풋맨도 이해는 하고 있다. 분노를 이기지 못해서 마왕들에게 싸움을 걸어봤자, 반격을 받을 뿐이라는 것을.

그렇기에 더더욱 소년의 말을 순순히 받아들인 것이다.

그런 풋맨의 태도에 만족하면서 마인들을 돌아보는 소년.

"하지만 말이지, 그냥 당하고만 있는 건 짜증 나잖아? 우리는 손을 대지는 않겠지만 입은 동원할 수 있거든? 클레이만에게서 모든 것을 빼앗은 그 슬라임에게 어느 정도는 되갚아주려고 생각해."

소년은 입가를 씨익 일그러뜨리면서, 인상이 나빠 보이는 미소를 지으며 말했다.

"뭘 할 생각이지?"

그렇게 묻는 카자리무의 질문에는 대답하지 않고, 소년은 희미하게 웃으면서 말한다.

"그 슬라임은 이상해. 불과 몇 년 만에 그 정도나 되는 일대 세력을 키웠어. 솔직히 믿어지지도 않고, 일반적으로 생각해보면 적대해서는 안 될 존재야. 그러니까 말이지, 철저하게 파헤쳐 봐야 하지 않을까. 그러기 위해서 뭘 하나 시도해보려고 생각해."

즐거운 표정으로 그렇게 말한 뒤에 소년은 입을 닫았다.

"이런, 이런, 또 뭔가 나쁜 꿍꿍이를 꾸미는 겁니까? 뭐, 나한테 무모한 짓을 시키는 것보다는 낫겠죠. 난 느긋이 구경하도록 하겠습니다."

라플라스가 어깨를 으쓱하면서 그렇게 말한 것을 마지막으로, 그 자리는 해산하게 되었다.

이렇게 마인들은 무대 전면에서 일단 퇴장했다.

어둠 속으로 깊고 조용하게 숨어들듯이…….

그리고 다가올 복수의 날을 대비해 그 이빨을 날카롭게 갈고 있었다.

Regarding Reincarnated to Slime

옥타그램(팔성마왕)이라는 호칭이 정식 채용된 후——.

기이의 부하이자 메이드인 녹색 머리의 미저리와 푸른색 머리의 레인이 호화로운 식사를 준비했다. 암홍색의 메이드복을 입은 그녀들은, 요리 실력도 초일류인 모양이다.

라미리스가 했던 말대로 발푸르기스(마왕들의 연회)의 본래 취지는 마왕들의 교류와 정보교환일 것이다. 그 잔재인지 아닌지는 모르겠지만, 별실에 쉴 수 있는 장소가 준비되어 있었다.

하지만 참가는 의무적이진 않은 모양이다.

회의가 종료됨과 동시에 돌아가는 자, 준비된 식사를 즐기는 자, 개별로 대화를 즐기는 자 등등, 마왕들은 다양한 반응을 보였던 것이다.

나는 모처럼 참가했으니, 식사 초대에 응하기로 했다. 본심을 말하자면, 마왕 중에서도 실력자인 기이가 어떤 식사를 하고 있는지에 흥미가 있었기 때문이다.

그 결과는 내가 상상했던 것 이상으로 훌륭한 명품이었다.

나는 마음껏 이 세계의 최고봉이라 할 수 있을 많은 요리를 즐기면서——

《알림. 재료의 분석이 완료되었습니다. 요리명 : 흑모호(黑毛虎)로 끓

인 스튜, 선우조(仙羽鳥)의 그릴, 황금 복숭아 셔벗, 지면룡(地眠竜) 스테이크를 재현할 수 있게 되었습니다.》

그 맛을 훔쳤다.

비겁? 치사하다고?

대체 무슨 소리인지 잘 모르겠는데.

훔친다고 표현하면 듣기 안 좋을지도 모르겠지만, 이건 정보 수집의 일환이라고.

A랭크 이상의 마물들이 재료이므로 모으는 게 힘들겠지만, 조리 방법은 대충 짐작이 갔던 것이다. 마지막으로 각종 과일 모둠이 나오면서 연회는 끝이 나게 되었다.

추가로 언급하자면, 연회 자리에 남아서 참가한 마왕은 여섯 명.

기이, 밀림, 라미리스, 디노, 다구류루, 그리고 나다. 발렌타인과 레온은 참가하지 않고 바로 돌아가고 말았다.

요리를 열심히 먹고 있는 밀림에게는, 나를 속였던 것에 대해 푸념을 한마디 말해둔다. 얼버무리고 대충 넘어가려 했지만, 그렇게 맘대로는 안 되지.

칼리온과 프레이와는 앞으로 어찌할 것인지에 관해 나중에 논의하기로 약속했다. 전후 처리가 어느 정도 마무리되면, 도시의 재건과 그 외의 것들에 대해 논의하기로 이야기가 된 것이다. 밀림을 정점으로 하는 새로운 국가형태가 만들어질 것이니, 그 점은 우리에게도 유리하도록 이야기를 진행해나갈 생각이다.

끈질기게 이주를 허락해달라고 조르는 라미리스에게는 단호하게 거절했지만…… 그 눈은 절대 포기한 게 아니었다. 트레이니

씨가 달래줄 것이라 생각했지만, 아무래도 그 사람은 라미리스에게는 너무 관대하다.

응석이란 응석은 다 받아주는 느낌이라, 절대 기대할 수 없을 것 같다. 앞으로도 주의하도록 하자.

다구류루는 베루도라와 열심히 대화를 나누고 있으며, 기이와 디노도 즐거운 분위기로 세상 돌아가는 이야기를 하고 있었다.

그런 그들에게는 템페스트(마국연방)의 특산품―― 와인을 증류한 브랜디를 제공해보기로 했다.

이미지 업 전략의 일환이다.

우리나라의 유용성을 널리 알림으로써, 외교를 유리하게 이끈다. 비록 마왕이 상대라고 해도 해야 할 일은 마찬가지다.

"맛있는데."

"호오, 이건 제법――."

"콜록콜록, 이건, 너무 세……."

디노는 사레가 들렸지만, 기이와 다구류루에게는 호평을 받았다. 그러니까 제발 선물로 내놓은 걸 자신이 전부 마시려고 들지는 말라고, 베루도라 군.

내 '위장'에는 아직 많은 양이 보관되어 있긴 하지만, 그건 베루도라가 마시게 하려고 들고 온 게 아니니까.

밀림이 당연하다는 듯이 손을 내밀었지만, 당연히 그건 기각이다.

이 녀석이 마셨다간 취해서 날뛰는 미래 말고는 예상이 안 된다. 게다가 나를 속인 점을 고려해서, 밀림에게 술을 주는 것은 단호히 저지하기로 했다.

"나는 괜찮겠지!"

그렇게 말하면서, 말릴 틈도 없이 라미리스가 유리잔을 집어 들었다가 순식간에 취해서 뻗어버렸다.

놀라서 달려오는 베레타와 트레이니 씨에게 라미리스를 맡긴다. 같이 템페스트에 따라오려고 했으니, 잠들어주는 편이 오히려 나을지도 모르겠다.

이래저래 즐기다 보니 연회도 슬슬 끝이 나는 분위기가 되었으며, 라미리스가 눈을 뜨기 전에 우리도 돌아가기로 했다.

한때는 어떻게 될지 몰라 걱정했지만, 이렇게 발푸르기스를 무사히 넘긴 것이다.

많은 일이 있었던 하루였다.

자정에 시작된 발푸르기스였지만, 끝난 시간은 다음 날 오전이었다.

연회장을 뒤로하고 템페스트로 돌아왔다.

갈 때야 어쨌든 간에, 돌아올 때는 '공간이동'으로 순식간에 돌아왔다.

돌아왔더니 나라가 사라져버리지도 않았고, 모두 건강해 보여서 안심했다. 내 명령대로 각 부대의 경계 태세도 만전을 기하고 있는 것 같다.

훨씬 더 세련된 방식으로, 도로 주변의 안전에도 기여하고 있는 느낌이 든다.

빈틈이 없다. 경찰을 바탕으로 하여 시도한 경비 조직의 도입은 성공적이라고 할 수 있을 것이다.

문득 떠오른 생각인데, 이 나라는 군사적 방위 면에 관해선 주변 나라들이 상대가 되지 않을 정도로 우수하지 않을까?

기본적으로 방어를 위해 남겨둔 단순한 병사만 따져도, 거의 모든 자들이 B랭크에 해당되니까.

웬만한 마수나 요마는 다가오지도 못한다.

이 나라의 주변은 치안이 안정되어 있다. 하지만 그 탓에 여기서 흘러나간 마물들이 다른 지역에 피해를 끼치지는 않을지, 그게 약간 걱정이 되었다.

그에 관한 조사도 해보는 게 좋을지도 모르겠다. ──그런 생각을 하면서, 베루도라와 시온을 이끌고, 란가의 등에 올라탄 채 도시로 들어갔다.

내가 도시로 들어온 순간, 주민들과 순찰을 돌던 병사들이 길가로 물러나 무릎을 꿇는다. 그렇게 하나의 길이 만들어졌다.

어느 틈에 연습한 것인지, 일사불란한 움직임이다.

대체 뭘 하고 있는 거지? 그렇게 생각하며 보고 있으려니, 길 저쪽에서 디아블로가 다가왔다.

기쁨의 감정이 마구 흘러나오는 것 같은 훌륭한 미소.

그리고 디아블로는 리그루도와 눈짓을 주고받더니──,

"돌아오셨습니까, 리무루 님!"

"이번에 옥타그램(팔성마왕)의 이름을 얻으신 것을 진심으로 축하드립니다! 무엇보다 무사히 돌아오셔서 너무나 기쁩니다!!"

대표인 리그루도가 환영의 인사말로 나를 맞이했고, 그 말을 뒤이어 디아블로는 축하의 말을 건넸다.

아니, 정말로 대체 뭘 하고 있는 거지?! 그 전에, 내가 정식으로 마왕으로서 인정받은 것을 네가 어떻게 알고 있는 거야?!

그리고 그 호칭도 그 회의에서 처음으로 등장한 것일 텐데. 애초에 내가 생각해낸 것이고…….

의문이 끊이지 않는다.

그걸 따지기 전에 우선 디아블로는 파르무스 왕궁을 공략하라고 보냈을 텐데? 왜 여기서 이런 공이 들어간 의식을, 다른 자들과 꼼꼼하게 예행연습까지 해서 할 수 있는 여유가 있는 거지?

상당히 쑥스러운 감정을 느끼면서, 그런 의문을 물어보기로 했다.

"별것 아닙니다. 리무루 님. 베루도라 님께 미리 부탁해두었으니까요."

웃으면서 대답하는 디아블로.

베루도라를 바라보니, 그는 시선을 재빨리 피했다.

이봐. 이봐. 당신.

그 반응만 봐도 뭔가 켕기는 구석이 있음이 틀림없다.

추궁을 하자, 베루도라는 깨끗하게 자백했다. 식사 때 내놓을 세끼분의 디저트를 대가로 정보를 몰래 알려주기로 약속했다고 한다. 그리고 그 약속을 지키면서, 발푸르기스에서 무슨 일이 일어났는지 자세하게 디아블로에게 전했던 것이라고…….

어쩐지 이상하다 했지.

내가 마왕으로 인정을 받은 것도, 그 회의에서 승인된 '옥타그램'이라는 호칭을 알고 있었던 이유도 납득이 된다.

아니, 이건 디아블로의 정보 수집력을 칭찬해야 할 일인가?

베루도라라는 실력자를 매수하는 그 행동력, 평범한 자라면 생각은 해도 실행으론 옮기지 못한다. 응하는 쪽도 응하는 쪽이지만, 결단을 내리고 실행으로 옮기는 자도 대단한 것이다.

본인들이 납득하고 있으니까, 내가 뭐라고 하는 건 그만두기로 하자.

하지만 그건 그렇다 쳐도——,

"베루도라, 너 말이야, 딱히 식사를 할 필요는 없는 거 아냐?"

"마, 말도 안 되는 소리 하지 마, 리무루! 먹을 필요가 있느냐 아니냐 하는 문제가 아니라, 내가 먹고 싶으니까 먹는 거라고. 그렇게 따지면 너도 식사를 할 필요가 없잖아!"

윽?!

반론을 당했지만, 듣고 보니 그 말은 맞다.

이 건에 관해선 나도 큰 소리로 말할 수가 없군. 최근 슈나의 요리 실력은 크게 발전한 데다, 디저트의 종류도 다양하게 나오고 있다.

그 잉그라시아 왕국의 카페에서 들여온 슈크림의 재현도 완벽했으며, 푸딩 같은 것도 만들어내고 있었다.

또한 술의 종류가 풍부해지면서 새로운 과자의 개발에도 착수할 수 있게 됐다. 이건 카페의 점장인 요시다 씨에게도 협조를 받았으며, 새로운 레시피를 연구 중이다. 내가 준비한 풍부한 주류에 기뻐하면서, 정기적으로 술을 도매로 넘겨주는 조건으로 나를 돕기로 약속해준 것이다.

요시다 씨도 "이걸로 지금까지 만들지 못했던 것도 재현해볼 수 있겠군"이라고 말하면서 기뻐하고 있었다. 그렇게 만들어진 시험 제작품 몇 가지가 식탁에 오르게 되었고, 베루도라도 부활

직후의 축하 자리에서 그것을 먹어보고는 충격을 받은 것으로 보인다.

먹을 것에 낚이다니, 그래도 되는 건가, 베루도라?

아니, 그렇게 말하자면 밀림도 벌꿀에 낚였지…….

의외로, 요리로 세상을 정복하는 것도 가능하지 않을까, 하는 생각이 들고 말았다.

내가 그런 생각을 하고 있는 동안에 시온과 디아블로는 말로 공격을 주고받고 있다.

"제대로 리무루 님을 호위하셨겠지요?"

"당연하죠! 제가 있으면 당신 따윈 필요 없다는 게 증명되었습니다. 그보다 당신이야말로 리무루 님으로부터 받은 임무는 어떻게 되어가고 있죠?"

"쿠후후후후, 그건 전혀 문제없습니다. 리무루 님께 직접 보고드릴 예정이랍니다."

서로 미소를 짓고 있지만, 눈이 웃고 있지 않다.

둘 다 라이벌 의식이 격렬한 모양이라, 그냥 내버려 두다간 언제까지고 이 공방이 계속될 것 같다.

"잠깐, 잠깐, 너희들, 적당히 좀 하지그래?"

"그렇습니다. 리무루 님도 피곤하실 테니까요. 하루나 쪽이 식사 준비를 하고 있습니다. 우선은 기운을 충분히 차리신 후에, 얘기를 나누시면 되지 않겠습니까."

내 말에 리그루도가 고개를 끄덕이면서 두 사람을 달래주었다.

역시 리그루도다. 최근에는 품격이 느껴지는 모습이라, 믿음이 간단 말이지.

우리는 리그루도의 제안에 따라 장소를 옮긴다.

도시 주민의 얼굴마다 기쁨이 가득했으며, 지금 당장이라도 잔치를 성대하게 벌이고 싶어 하는 것 같았지만, 베니마루 일행이 아직 원정에서 돌아오질 않았다.

그러므로 본격적인 축하 자리는 나중에 다시 가지기로 하고, 지금은 조촐하게 한 가지 문제가 정리된 것을 축하하기로 한다.

온천에 들어가고, 하루나가 마련해준 식사를 즐기면서.

그렇게 차분하게 기분을 환기시킨 뒤에, 디아블로로부터 보고를 받기로 했다.

클레이만과의 싸움에도 완전 승리를 거뒀으니, 남은 문제는 요움의 새로운 왕국 수립과 서방성교회에 대한 대처뿐이다.

새로운 문제로서, 수왕국 유라자니아와 천익국(天翼國) 프루브로지아, 그리고 밀림을 신봉한다고 하는 용을 모시는 자들과의 교섭도 대기하고 있지만…… 그건 우호적으로 해결할 수 있을 것 같은 외교 문제이므로, 지금은 그렇게까지 골치를 썩일 필요는 없다.

식후의 홍차를 마시면서, 편안한 기분으로 디아블로에게 묻는다.

"그래서, 너는 지금 뭘 하고 있는 거지? 파르무스 왕국을 멸망시키고 요움을 새로운 왕으로 세우는 것. 그 임무를 내버리고 돌아왔다는 것은 지원이 더 필요하다는 뜻인가?"

오랜만에 슬라임 모습으로 돌아가 시온의 다리 위에 느긋이 안겨 있던 나는 머리에 닿은 가슴의 부드러운 촉감을 기분 좋게 즐기면서, 너그러운 기분으로 물어본다.

지원이 필요하다면, 소우에이 정도를 도와주도록 보내자고 생각하고 있었다.

조금이나마 여유가 생겼으니, 디아블로 한 명에게 무리한 짓을 시킬 것도 없으니까 말이다.

시온이 흐흥 하고 코웃음을 치면서 "무능한 비서인 디아블로에겐 리무루 님에게 차를 끓여드리는 일이 딱 어울리겠네요. 이 일은 역시 제가 맡겠습니다!"라고 말하고 있지만, 그 말도 그냥 흘려듣는다. 왜냐하면 시온에게 이 일은 절대로 무리일 테니까 말이지.

디아블로를 도와줄 생각으로 한 말이었겠지만── 그런 내 배려는 전혀 필요가 없었던 모양이다.

"아닙니다, 리무루 님. 그럴 필요는 없습니다. 모든 것은 계획대로 순조롭게 진행되고 있습니다."

디아블로가 내게 홍차를 추가로 따라주면서 보고를 시작한다.

슬라임 모습으로는 홍차를 마시기가 힘들기 때문에, 향기만을 즐기면서 그 목소리에 귀를 기울인다.

그런 평온한 기분은 디아블로가 이야기를 시작하자마자 순식간에 날아갔다.

"먼저 그자들을 원래 모습으로 되돌렸습니다. 고깃덩어리가 된 채로는 아무래도 불편해서──."

고깃덩어리?!

무슨 소리야, 대체……?

내 동요를 알아차렸는지, 시온이 움찔하고 몸을 떨었다.

설마, 시온의 심문 때문에……?!

아니, 그만두자. 이 이상 상상하는 건 위험하다.

나도 딱 한 번 심문실을 들른 적이 있다. 그때, 세 명의 포로를 슬쩍 보면서 시온에게 "너무 심하게 하지는 마라"라고 주의를 주긴 했지만…….

그때는 시온이 죽이지만 않으면 그걸로 충분하다고 생각했었으니까 말이지. 그렇게까지 진심으로 말리지는 않았던 것이다.

이제 와서 후회해도 늦었다.

갑자기 불안해졌지만, 여기서 겁을 먹어봤자 어쩔 수 없는 일이다.

나는 마음의 동요를 애써 억누르면서, 디아블로에게 이야기를 계속하도록 재촉했다.

●

디아블로가 맨 처음 한 행동은, 리무루에게 설명했던 대로 레이힘 대사제와 왕궁마술사장 라젠을 원래 모습으로 되돌리는 것이었다.

파르무스 왕국으로 가는 길 위를 두 대의 마차와 여러 마리의 기마가 나란히 달리고 있다.

그 한쪽 마차에서 디아블로는 세 명의 포로와 동석하고 있었다.

동석이라는 단어는 어폐가 있다.

여섯 명을 태울 수 있는 마차 안에는 디아블로 한 명의 모습밖에 보이지 않는다. 나머지 세 명은 바닥에 놓인 상자 안에 담겨 있으니까.

──그렇다, 살아 있는 고깃덩어리로서.

그들은 시온의 손에 의해, 인간의 모습과는 한참 먼 추악하기 그지없는 모습으로 변해버렸던 것이다.

죽지 않을 정도로 피부를 얇게 벗겨낸다. 그걸 반복하다가 근육을 도려냈고, 살점을 하나하나 깎아내면서…… 시온은 인간으로 살아 있는 조각을 연습하고 있었던 것이다. 그것도 한창 그러는 중에 육체적 고통은 일절 느끼지 않도록 만들어놓은 채로…….

유니크 스킬 '잘 처리하는 자(요리인)'로 죽기 직전까지 그들을 몰아붙이는 시온. 한계에 달하게 되면 회복약을 부여하여 원래대로 되돌린 뒤에, 처음부터 다시 연습을 시작한다.

전혀 고통을 느끼는 일 없이, 자신의 육체가 해체되는── 그런 행위를 반복하여 당하면서, 세 사람의 마음은 완전히 꺾여버린 상태였다.

다 드러난 내장에 묻혀 있는 괴로운 표정.

그런 그들을, 그 모습 그대로 돌려주는 것은 역시 좋지 않다. 그렇게 생각한 디아블로는 내키지는 않지만 그들의 상태를 해제할 방법을 고안하기 시작한 것이다.

"귀찮군……. 법칙을 이상하게 비틀어놓는 바람에, 회복마법이 제대로 안 통하지 않습니까…….."

그렇게 투덜대면서도, 디아블로는 마법만이 아니라 스킬(능력)의 유용성에 눈빛을 반짝이고 있었다.

마법의 극에 달하여 이 세계의 법칙을 모두 자세히 안다고 해도, 세계는 신비로움에 가득 차 있다.

디아블로는 그 사실을 솔직히 기쁘게 여겼다.

그리고 파르무스 왕국으로 향하는 마차 안에서 세 사람에게 작용하고 있는 시온의 힘의 잔재를 해제하는 데 성공한 것이다.

맨 처음에는 레이힘을.

뒤이어 라젠을 회복시켰다.

디아블로는 딱히 순서에 의미를 두지 않고 마음 가는 대로 해제를 했지만, 마지막 순서인 파르무스의 국왕 에드마리스를 보면서 그 손을 멈춘다.

"감사합니다, 감사합니다!"

환희하면서, 디아블로에게 감사의 말을 늘어놓는 레이힘.

"나보다도 왕을…… 왕을 원래대로 돌려놓아 주십시오──."

왕에 대한 충성심 때문에 디아블로에게 애원하는 라젠.

그런 라젠을 차갑게 바라보면서 디아블로는── 웃었다.

"쿠후후후후, 제게 부탁을 하는 겁니까? 그 대가는 비싸게 먹힌다는 걸 잘 알고 있겠지요?"

자상한 미소.

그러나 그 눈동자 속에 따뜻함은 전무하다.

"……아. ……아니, 나는……."

라젠은 창백해지면서, 공포에 떨었고, 후회했다──.

라젠은 떠올린다.

눈앞에 유유히 앉아 있는 디아블로가 무시무시한 악마라는 사실을.

아크 데몬(상위 마장, 上位魔將)—— 아니, 그런 귀여운 존재가 아니라는 것을.

애초에 이자가 아크 데몬이라고 해도 큰 위협이 된다. 만약 약소국에 출현하기라도 했다면 국가 존망의 위기가 될 정도로.

그렇기 때문에 캘러미티(재액, 災厄) 급—— 특A급의 위험도 판정을 받고 있는 것이니까.

그 마력에 어중간한 마법 결계 같은 건 아무런 효과가 없다. 강렬한 오라(요기)를 내뿜어서 도시의 방위 기구 그 자체를 날려버린다. 게다가 일방적으로 마법을 통한 유린을 벌이는 것이다.

모험가로서, A랭크 이상에 속한 자가 아니면 대처는 불가능하다. 눈앞에 선 것만으로 죽임을 당할 것이다. 그런 무시무시한 존재가 바로 아크 데몬이며, 라젠의 입장에서 봐도 혼자서 상대하고 싶지 않다는 생각에 기피하게 되는 악마였다.

하지만 디아블로는 그것과는 비할 바가 못 된다.

오라를 전혀 내뿜지도 않고 있으며, 그 모습은 인간으로밖에 보이지 않는다.

단, 그 눈만이 특징적이다.

어두운 밤에 뜨는 금색의 달. 그 달은 불길하게 진홍색으로 갈라져 있다.

그렇게 표현하는 게 딱 적합한, 한 번 보면 잊어버릴 수 없을 듯한 눈을 하고 있었던 것이다.

그건 이상했다.

그 눈 이외엔 인간과 다를 것이 없다. ——즉, 어떤 일정 수준 이상의 강력한 힘을 지닌 마물의 침입을 막아내는 도시의 방위

35

기구를, 순순히 통과할 수 있다는 뜻이니까.

인간이 마물에 비해서 훨씬 더 우위에 있는 점은, 그 지혜와 조심성이라 할 수 있다.

지혜가 있는 마물도 있지만, 그런 존재는 지혜가 있으면 있을수록 자신의 힘을 과시하려고 한다. 에너지(마력요소)양이 많음을 자랑하는 것처럼, 평소에도 늘 오라를 방출하고 있다.

그렇기에 더더욱 그러한 에너지양에 반응하는 결계가 유효한 것이다.

하지만 그런 마물이 오라를 숨겨버린다면?

도시 한가운데에 갑자기 출현하는 캘러미티 급. ──그런 광경은 상상하고 싶지도 않다고 라젠은 생각했다.

즉, 이런 뜻이다.

결계가 힘에 밀려서 파괴되는 것은 어쩔 수가 없다. 그동안에 전력을 정비해서 맞받아치면 되는 것이니까.

그러나 결계가 완전히 무시당하는 상황이 된다면── 농담으로 넘길 수 있는 일이 아니라는 것이 누구나가 느끼는 감상일 것이다.

그런 마물, 그것도 아크 데몬 이상의 존재.

그것이 디아블로이다.

그리고 그 정체는 태초의 악마 중 한 명──.

하지만 그보다도…….

훨씬 더 무시무시한 사실이 있었다.

이 디아블로라는 악마가, 모시고 있는 주인이 있다.

저 무시무시하면서도 아름다운, 금색의 눈동자와 실버 블루(은

청색)의 머리카락을 가진 마물들의 주인이.

다 비쳐 보일 것 같은 투명감이 느껴지는 자.

허망한 표정의 얼굴을 하고 있으면서도, 숨겨진 힘은 상상을 초월한다.

마왕.

그 칭호에 잘 어울리는 존재.

2만 명의 군대를 학살하는 광경에는 공포밖에 느껴지지 않았지만, 나중에 한 번 더 만났을 때에는 다른 감정에 지배당했다.

포로로서 끌려갔던 그 장소에서——,

라젠을 보는 눈은 길가에 굴러다니는 돌멩이를 보는 것 같았다.

그 금색의 눈동자가 자신을 본 순간, 라젠은 육체를 괴롭히는 고통도, 죽음에 대한 공포도 잊어버리고 그저 멍해지고 말았던 것이다.

그리고 이해했다.

이 세상에는 접해서는 안 되는 존재가 있다는 것을.

'너무 심하게 하지는 마라.'

라고 그때 말했던 천상의 미성.

그건 라젠에게 경고를 주었던 것이리라.

함부로 기어오르지 말라고.

태초의 악마조차 부리는 존재, 그런 자를 상대로 하다간 나라가 멸망하는 것도 당연하다고.

——그 마왕이라면, 단지 혼자서 파르무스 왕국을 멸망시키는 것조차 아주 쉬운 일일 테니까.

라젠은 그 사실을 떠올렸다.

마차가 흔들리는 것도 상관하지 않고, 라젠은 자리에서 일어나 디아블로 앞에 무릎을 꿇는다.

"물론입니다. 부디 나를── 아니, 저를, 말단이라도 좋으니 당신의 하인으로 삼아주십시오! 앞으로 신명을 다 바쳐 당신을 따르겠습니다. 그러니까 부디, 에드마리스 왕에게 자비를──."

라젠은 자신의 모든 충성심을 바치면서, 디아블로에게 왕의 목숨을 살려줄 것을 탄원한 것이다.

그런 라젠의 부탁을 듣고 디아블로는 크게 고개를 끄덕였다.

"좋습니다. 당신 정도라면 인간들의 세상에선 강자에 속하는 것 같더군요. 그렇다면 쓸모는 있겠지요. 애초에 리무루 님의 명령을 받지도 않았으니, 딱히 그자를 죽일 생각은 없었습니다. 무사히 해방시켜 드리죠. 단──."

모습을 원래대로 되돌리기 전에, 자신을 먼저 돕도록 만들어야겠다.

그 추악한 모습을 왕국의 중진들 앞에 보여줌으로써, 디아블로가 경애하는 리무루에게 칼을 들이댄 자의 어리석음을 알려줄 생각이었다.

디아블로의 말을 기다리면서 침을 꿀꺽 삼키는 라젠.

레이힘은 그 자리의 분위기에 눌리는 바람에 아예 공포로 굳어버린 상태였다.

"제가 봐드리는 건 딱 한 번뿐입니다. 그 후의 행동에 따라선 왕의 목숨은커녕 파르무스의 땅에서 생명의 기운이 아예 사라질 수도 있겠지요."

그 말은 액면 그대로의 의미이다.

디아블로의── 즉, 리무루의 뜻에 따른다면 좋을 것이고, 그러지 않는다면…….

라젠도, 레이힘도, 그리고 지금 아직 추악한 모습을 드러낸 채 상자에 담겨 있는 에드마리스 왕까지도──.

디아블로가 말하고자 하는 의도를 올바르게 이해했다.

세 사람은 어리석었지만, 바보는 아니다. 이 상황에 이르러서는 디아블로가 그 말을 주저 없이 실행에 옮기리라는 것을 싫어도 인정할 수밖에 없었다.

자신들이 살아남을 유일한 수단이 디아블로에게 협조하는 것이라는 사실은 명백했다.

"물론이고말고요! 무엇이든 말씀하십시오. 어떤 일이든 도와드리겠습니다!"

레이힘은 마치 디아블로의 구두를 핥기라도 할 기세로 무릎을 꿇으면서 아첨을 부린다.

"제 충성을 당신께 바치겠습니다!"

라젠은 이미 각오를 굳히고 있다.

이젠 왕이 무사하다 해도 아무런 의미가 없다. 단지, 파르무스 왕국을 오랜 세월 동안 지켜왔던 라젠의 긍지가, 왕의 혈통이 존속되기를 바라고 있는 것뿐이다.

그것은 여전히 고통과 절망 속에 있는 에드마리스 왕도 이해하고 있다.

라젠이 왕인 에드마리스를, 즉, 파르무스 왕국을 가망이 없다고 보고 포기했다는 것을. 그리고 그 판단이 옳을 것이라고 에드마리스 왕은 생각했다.

마왕에게 거역했다간 나라가 멸망한다.

에드마리스 왕에게 남겨진 선택지는 두 가지.

순순히 따를 것인가, 저항을 시도하다가 멸망할 것인가, 그중 하나다.

여기서 잘못된 선택을 할 정도로 에드마리스 왕은 어리석진 않았다. 왕이 해야 할 마지막 책무로서 바른 선택을 한 것이다.

"짐은 파르무스 최후의 왕으로서 디아블로 공이 바라는 대로 협조할 것을 약속하겠소이다——."

체념의 감정을 안은 채로, 그렇게 선언한 것이다.

디아블로는 세 명으로부터 언질을 받았다. 그 순간, 유니크 스킬인 '타락시키는 자(유혹자)'가 몰래 발동했다.

그 결과, 그들 세 사람은 디아블로에게 예속된다…….

"안심하십시오. 절 따른다면 나쁜 일은 생기지 않을 테니까요."

디아블로(악마)는 웃으면서, 상냥한 목소리로 그렇게 속삭였다.

●

파르무스 왕국은 그날, 천지가 뒤집히는 대소동이 일어났다.

그들의 주인인 에드마리스 왕이 무참한 모습으로 귀환한 것이다.

왕성 안에 있는 알현실.

모여든 왕국의 중진들은 창백해진 얼굴로 그것을 본다.

그 장소에 있는 옥좌 위에 정중히 놓인 상자.

그 안에 든 것은 고깃덩어리.

한가운데에 왕의 얼굴이 묻혀 있는 고깃덩어리였다.

그건 살아 있었다. 허망한 눈빛을 하고 있었지만, 의식도 확실히 유지하고 있었던 것이다.

"쇼고여, 이게 대체 어떻게 된 일인가? 왜 우리 왕께서 이런 무참한 모습이 되어버린 것이냔 말이다!!"

"그렇다. 다른 두 사람은 어떻게 됐나? 왕국군은 또 어떻게 되었고?"

"기사단장 폴겐은 뭘 하고 있었나?! 라젠 공이 있었으면서, 왜 이런 일이 일어난 것인가!"

격앙한 듯이 소리치는 중진들이었지만, 그 행동은 공포심을 얼버무리기 위한 것이다.

그것도 무리는 아니라고, 쇼고의 모습을 한 라젠은 생각했다──.

················.

············.

······.

마법을 통한 정기 연락이 끊어진 지 며칠, 왕국에 남은 자들은 불안한 나날을 보내고 있었다.

그 압도적인 2만 명의 군대가 패배할 것이라고는 생각할 수 없지만, 예측 못 한 사태가 일어나지 않으리라고는 장담하지 못한다. 왕의 무사조차 확인할 수 없는 상황은 그들의 마음에 불안의 씨앗을 심기에 충분했던 것이다.

그런 분위기 속에서, 라젠이 레이힘 대사제를 데리고 귀환했다. 원소마법 : 워프 포털(거점이동)로 왕성에 있는 전이용 공간에 나타난 것이다.

순찰을 돌던 병사가 그 기척을 알아차리고, 쓰러진 두 사람을 발견한 것이 그날의 이른 아침에 일어난 일이다.

그들의 모습을 본 병사가 서둘러 달려와서 그 정체를 확인한다.

한 명은 '이세계인'인 타구치 쇼고.

또 한 사람은 왕이 총애하는 대사제인 레이힘이었다.

병사는 경악하면서도, 완전히 지쳐 있는 모습의 레이힘을 부축해서 일으켰다. 그리고 문득 쓰러진 소년이 소중히 안고 있는 상자를 알아차리고, 무방비하게도 그 안에 든 내용물을 보고 말았던 것이다.

그 병사는 왕궁 내에서도 위치가 높은 근위병이었지만, 평소에는 절대 있을 수 없는 사태에 놀라 공포의 절규가 튀어나오는 것을 참을 수가 없었다.

왜냐하면 그 상자 안에는…….

육즙이 실처럼 끈적거리면서 악취를 풍기는── 내장을 그대로 찢어서 갖다 붙인 것 같은 모습을 한 기괴한 고깃덩어리.

너무나도 끔찍한 모습으로 변한 이 나라의 지존에 해당하는 존재.

그걸 눈으로 직접 보고 만 근위병이 불경하게도 소리를 지르고 만 것을 책망하는 자는 없었다. 병사의 절규를 듣고 달려온 다른 자들도 또한 마찬가지로 동요하고 말았기 때문이다.

자신들의 주인이 변해버린 모습을 보고, 시종과 대신들은 완전히 혼란에 빠지고 말았다.

절규하면서 울부짖는 자.

공포를 이기지 못하고 구토하는 자.

다리에 힘이 풀린 자.

모두가 그걸 왕이라고 믿고 싶지 않아 했다.

그러나 그건 현실이었다.

처음에는 왕이 진짜인지 아닌지 확인을 했다.

그 결과, 틀림없이 왕 본인임이 판명됐다.

"뭘 하고 있느냐! 빨리 폐하를 도와드려라!"

한 명의 대신이 황급하게 소리치자, 그제야 사람들이 일제히 움직인다.

왕궁에 남아 있던 마술사들이 소집되었고, 수많은 마법이 시험적으로 동원되었다.

서방성교회의 고위 신관까지 불려 와서 왕의 원상 복귀를 시도해봤다.

인간의 공포를 근본적으로 불러일으키는 듯한 끔찍한 모습을 앞에 두고, 왕을 원래대로 되돌리려고 기를 쓰는 자들. 그들은 그 끔찍한 모습에 얼굴이 굳어지면서도, 의지의 힘으로 참아내면서 작업을 계속한다. 그러나 성과는 나오지 않았다.

어떤 수단을 써도 왕을 구할 수 없었던 것이다.

················.

············.

······.

──그리고 현재.

전후 사정을 듣기 위해, 눈을 뜬 쇼고를 불러 왔다.

옛 동료들을 보면서 아주 약간 동정하는 라젠.

디아블로에게 예속된 지금, 라젠은 동료를 배신하는 것에 망설임을 느끼지는 않는다. 그들은 그들의 선택에 따라 그 운명이 갈린 것뿐이다. 단지 조금, 아주 조금, 라젠은 그들을 불쌍하게 여겼다.

이 모든 것은 디아블로가 명령하는 대로 행동하는 것이다.

기절한 척하고 있었던 것도 모두 계획대로 움직였던 것이다.

라젠은 디아블로의 하인으로서, 이 나라를 어찌할 것인가에 대한 설명을 들었다. 그러기 위해서 무엇을 해야 할 것인가, 그것도 정확하게 이해하고 있다.

이 나라는 마왕의 장난감이 될 것이다.

장기 말을 사용하여 지배할 놀이판으로 선택된 시점에서, 파르무스 왕국은 국가로서의 그 운명을 다했다.

하지만 국민의 입장에서는 그것을 불행이라곤 할 수 없을 것 같다.

마왕이 구상하는 계획을 디아블로로부터 들었을 때, 라젠은 희망을 느꼈다. 파르무스 땅이 지금 이상으로 번영하게 될 미래가 머릿속에 생생히 떠올랐던 것이다.

그런 미래를 실현하기 위해서라면 지금의 오래된 체제가 붕괴되는 것도 어쩔 수 없다고, 라젠은 그런 생각이 들었다.

그래서 지금도 예정대로 일을 진행시킨다.

"진정하시오, 나는 라젠이오. 왕을 보호하고, 영웅분과 협력하여 이렇게 살아남아서 도망쳐 온 것이외다."

"뭐? 네놈이, 아니, 당신은 쇼고가 아니란 말인가?"

"쇼고 녀석은 어떻게…… 아니, 일이 그렇게 된 것입니까."

"그건 그렇고 혼란스럽구려. 라젠 공이 그 시건방진 쇼고의 모습으로 바뀌다니."

처음에는 당황하는 모습을 보였지만, 라젠이 위대한 마법사라는 사실을 떠올리고는, 그 자리에 있는 사람들은 전부 납득했다. 그런 뒤에 다시 라젠에게 질문을 날린다.

"도망쳤다고 했소? 그러면 파르무스 군은, 우리 군대는 마물들에게 패배했다는 말입니까?!"

"그래서 어떻게 되었소? 마물들의 토벌에 실패했다고 해서, 그대로 순순히 도망쳐 온 것은 아니겠지요?!"

각자 질문을 하는 귀족들.

이 나라를 지탱하는 국가의 중진들. 그러나 실질적으로는 전쟁을 빙자해서 자신의 주머니를 채울 생각만 하는 여우들도 많다. 그런 그들에게 있어서, 재산을 잃게 되는 패전 따윈 생각할 수 없는 사태였다.

"다들 조용히 하시오. 우선은 라젠 공의 얘기를 들어봐야 하지 않겠소."

그 자리를 진정시킨 사람은 뮐러 후작이다.

이것도 예정대로다. 어젯밤에 디아블로가 움직여서, 블루문드 왕국의 길드 마스터(자유조합 지부장)인 휴즈를 통해 연락을 주고받았던 것이다.

상황은 디아블로가 구상했던 대로 진행되어간다…….

라젠은 우선 '왕을 구하기 위해 영웅 요움이 마물의 주인과 교섭했으며, 회복약을 가지고 돌아오기로 되어 있다'고 설명했다. 그 말에 따라 문지기에게 전령을 보내서, 요움 일행을 프리패스로 맞이하도록 미리 대비해둔다.

그런 뒤에 파르무스 군에 무슨 일이 일어난 것인지를 이야기하기 시작했지만…… 라젠이 설명을 시작하자마자 곧바로 그 자리가 소란스러워지고 말았다.

그렇다── '베루도라(폭풍룡)의 부활'이라는 한마디로 인해.

"그, 그런 말도 안 되는 일이…….'

"그 땅에, 그 사룡이 부활했단 말이오……?"

"그, 그럴 수가…… 베루도라는 소멸한 것이 아니었단 말인가?!"

"이러고 있을 수는 없소. 지금 당장 성교회에 보고하고, 크루세이더즈(성기사단)를 파견하도록 요청해야만 합니다!"

"끝이야! 라젠 공의 말이 사실이라면, 가망이 없어. 이 나라에 남아 있는 병사만으로는 맞서 싸우기에도 전력이 부족하단 말입니다!"

"그 말이 맞소! 당장 기사단을 되돌려야 합니다!"

"그렇소. '마법통화'가 연결되지 않는다면, 폴겐 장군에게 전령을 보냅시다!"

"그런 느긋한 소리를 할 때입니까! 이 일이 백성들에게 알려지기 전에 탈출하지 못하면 도망치는 것도 그리 쉽지 않게 될 거요!"

공포로 혼란에 빠지는 자.

맞서 싸우자고 주장하는 자.

백성들을 버리고 도망치자고 말하는 자.

그런 다양한 반응을 보이는 자들을, 뮐러 후작이 일갈하여 입을 다물게 만든다.

"조용히 하시오!! 기사단이 무사하다고 해도 마찬가지일 게요. 게다가 히터 공, 그렇게 당황한 모습으로 서두른다고 해서 해결되는 건 아무것도 없소. 대체 어디로 도망치겠다는 거요? 그 '폭풍룡'은 그야말로 카타스트로프(천재, 天災) 급이란 말이오."

냉정함을 되찾는 중진들.

그 자리에 찾아온 한순간의 고요함을 깨듯이, 라젠이 설명을 다시 시작했다. 그리고 그 땅에서 무슨 일이 일어났는지를 이야기한다.

파르무스 군의 완전 패배── 즉, '폭풍룡' 베루도라의 부활에 의해 전원이 행방불명되었다는 내용의 지어낸 이야기(전장에서의 참극)를.

라젠의 이야기를 듣고, 그 자리에 있던 자들은 모두 입을 다물었다.

아무도 아무 말도 못 하고 있다.

너무나도 황당무계해서, 도저히 믿기가 어렵다. 다들 그렇게 느끼고 있는 것이 명백했다.

그러한 분위기 속에서 상황을 파악하기 위해 질문을 하는 자가 나오기 시작했으며, 그 질문에 라젠이 대답을 해주기 시작한다.

"라, 라젠 공, 그 말이 사실이오? 정말로 전원이 행방불명이란 말입니까?"

"그렇소. 우리 군과 마물들의 싸움이 그 땅에 잠들어 있던 용을 다시 깨운 것이오."

"무슨 소리를 하는 거요. 그건 이상하지 않소! 서방성교회도 완전히 소멸했다고 선언했었는데, 그건 거짓말이라는 뜻이오?!"

"아니, 그건 아니오. 베루도라는 확실히 소멸한 상태였소. 하지만 '용종(竜種)'은 완전히 사라지는 게 아니지. 세계의 어딘가에서 새롭게 부활하는 것이오. 하지만 이렇게 짧은 기간에, 하물며 가까운 장소에서 부활하는 것은 완전히 예상 밖이었지만 말이오――."

"라젠 공, 그래서 살아남은 자들은 어떻게 된 겁니까?"

"그, 그렇지. 폴젠 장군은 무사한 거요? 행방불명이라고 말했지만, 남은 자는 몇 명이나 되오?"

그 질문을 받고 라젠은 고개를 옆으로 젓는 것으로 대답을 대신했다.

사실을 말하자면, 리무루의 분노를 사면서 모두 죽어버렸다. 그러나 디아블로와 입을 미리 맞추기 위해 모인 자리에서, 그 사실을 감추고 행방불명으로 설명하도록 명령을 받았던 것이다.

"그게 무슨 뜻이오?"

"그러니까 확실하지 않다는 뜻입니다. 베루도라의 부활에 의해, 그 땅에 있던 기사와 마물들은 사라졌소. 남은 건 우리들뿐――."

"그런 말도 안 되는 일이――?!"

"지금 한 번 더 묻겠소만, 살아남은 자가 패하여 도망친 게 아니라…… 정말로 사라졌단 말입니까?"

"보급 부대는 후방에 배치되어 있었을 텐데……. 그자들은 무사한 것이오?"

라젠은 말이 없다.

그리고 슬쩍 시선을 아래로 내린다.

그 모습을 보고, 모두가 아무런 의심 없이 믿고 말았다.

——정말로 기사단이 소멸했다는 것을.

한 명의 대신이 흐느끼면서 그 자리에 주저앉았다.

조금 전에 보급 부대의 안부를 물었던 자이며, 그는 이 싸움에 첫 출전하는 아들을 보냈던 것이다.

그는 아들을, 위험한 전선이 아니라 후방에 배치되도록 뒤에서 손까지 썼건만, 모든 것이 쓸모없는 짓으로 끝나고 말았다.

애초에 이번 전쟁은 마물들로부터 그들의 부를 빼앗고 유린하기만 하면 되는 일로 생각했기 때문에, 그는 첫 출전을 허락했던 것이다. 그랬는데 일이 이렇게 돌아가다니—— 생각지도 못한 불행에 눈물을 흘린다.

하지만 그런 비극 따위는 기껏해야 방대한 수의 사례 중 하나에 지나지 않는다.

이번 싸움에서 행방불명이 된 자의 수는 2만 명.

과거에 전례를 찾아볼 수 없는, 너무나도 막대한 수의 피해이니까.

행방불명이라고 하지만, 돌아올 희망은 없다.

그건 즉 사망과 같은 뜻이었다.

모든 자들이 베루도라의 부활과 관련지어서 생각하고 있다.

즉, 사라진 자들은 산 제물이 되었을 것이라고, 그렇게 믿어버리고 있는 것이다.

베루도라에 대한 공포와 헛소문이 낳은 피해이지만, 그것은 리무루 쪽이 의도하고 있는 바이기도 했다.

디아블로는 훌륭하게, 라젠을 시켜서 파르무스 왕국의 중진들의 의식을 유도해낸 것이다.

*

마침 그때, 타이밍을 계산하기라도 한 것처럼 옥좌가 있는 방에 구둣발 소리가 울렸다.

요움 일행이 도착한 것이다.

참모인 뮬란, 호위인 그루시스, 그리고 소서러(술법사)인 롬멜이 서기관 자격으로 따르고 있었다.

마지막에 들어온 것은 집사복을 입은 디아블로다. 도저히 집사로는 보이지 않는 오만불손한 태도였다.

이 왕성의 옥좌가 놓인 방에는 모험가 같이 지위가 낮은 자는 쉽게 들어올 수가 없다. 그러나 이번에는 라젠이 전한 말에 따라 안내할 사람이 대기하고 있었으며, 요움 일행은 곧바로 이곳으로 도착한 것이다.

"늦어서 미안하군. 하지만, 그럭저럭 그 사람을 설득하는 데 성공했어."

요움이 대표로 라젠에게 말을 걸었다.

당당한 태도지만, 말투가 거친 것은 고쳐지지 않았다. 귀족적인 품위와 태도는 하룻밤 만에 바로 익혀지는 게 아니니 어쩔 수 없다.

그러나 귀족들에게 있어 그 태도는 무례함 그 자체였다. 그러므로 반발하는 자가 나타난다.

"뭐냐, 네놈은! 평민 주제에 무례하구나!"

왕을 회복시키기 위한 약을 요움 일행이 가져올 것이다. 그렇게 미리 전해두었음에도 불구하고, 대신 중의 한 명이 성난 목소리로 소리쳤다.

물론 그도 영웅 요움의 이름은 알고 있었다. 초상화도 돌아다니고 있으니, 이 자리를 찾아온 사람이 요움이라는 것도 잘 알고 있다. 더구나 요움의 엑소 아머(골갑전신갑주, 骸甲全身甲冑)는 특징적이기 때문에, 그 모습만 봐도 착각하는 일은 없을 것이다.

하지만 그에게 있어 그것은 아무 관계없는 이야기였다. 이곳은 왕성이며, 시정잡배들의 것과는 다른 규칙이 존재한다는 것이 그의 상식이니까.

그래서 그는, 요움의 격의 없는 말투를 용서할 수 없었던 것이다.

당황한 것은 라젠이다.

디아블로 쪽으로 시선을 돌려서, 그 말이 그의 분노를 사지는 않았는지 확인한다. 대신들에게 미리 알리지 않았다는 것이 되면, 그건 곧 라젠의 책임이 되어버리기 때문이다.

소리친 대신의 기분은 이해할 수 있으며, 평소에는 그것이 옳은 행위이지만, 지금은 상황이 안 좋다. 좀 더 자세히 공을 들여 설명해둘 것을 그랬다고 후회하면서도, 라젠은 중재에 들어간다.

"잠시만 기다려주십시오, 카를로스 경. 그자들이야말로 우리를 구해준 자. 왕을 구해줄 수 있는 유일한 수단입니다!"

"뭐라고? 라젠 공 일행을 구했다고요?"

"왕국의 수호자인 라젠 공이 할 법한 말이라고는 생각되지 않지만, 대체 그게 무슨 말입니까?"

불만은 아직 남았지만, 라젠은 왕국 최고의 마법사이다. 위저드(마도사)로서의 실력은 의심할 바가 없으며, 수백 년 동안 왕국을 지켜온 실적도 있다. 그런 라젠의 말을 가볍게 볼 수도 없으니, 귀족들은 일단 날카로운 반응을 접기로 했다.

그렇다고 해도 그들이 지나치게 반응하고 있는 것은 베루도라 부활이라는 국가 존망의 위기를 눈앞에 두고 부리는 허세에 지나지 않는다. 그렇기에 그들은 라젠 일행이 어떻게 살아났는가에 관한 이야기를 듣고, 그것이 자신들의 안전과도 이어지지 않을까 하는 타산적인 생각을 하기 시작한 것이다.

그 질문에 라젠이 대답하려고 했을 때, 옆에서 다른 자가 끼어들었다.

"그건 제가 대답하기로 하지요."

대사제 레이힘이다.

지금 막 회복했다는 식으로 가장하여, 레이힘도 라젠의 말에 힘을 실어주기 위해 온 것이다.

라젠은 살았다고 생각하면서, 레이힘과 눈짓을 주고받는다. 디아블로 쪽을 바라보니, 미소를 지은 채로 일이 돌아가는 것을 지켜보고 있는 것 같다.

라젠은 안도하면서, 레이힘에게 설명을 맡기기로 했다.

"그래서, 라젠 공 일행은 어떻게 살아난 것입니까?"

"'폭풍룡'이 부활했다는 얘기는 라젠 공으로부터 설명을 들은 것 같군요. 그 전장에서 양쪽 군이 충돌하면서 격렬한 전투가 벌어지고 있었습니다. 수로 따지면 우리가 유리했습니다만, 지리적인 이점은 마물들에게 있었지요. 생각했던 것 이상으로 고전하면서, 많은 희생이 나왔습니다──."

그 넓은 공간이 조용해지면서, 레이힘의 목소리만이 울려 퍼진다.

레이힘은 디아블로의 안색을 살피면서 설명을 계속했다.

전쟁터의 혼돈된 기운이 베루도라 부활의 열쇠가 되었다.

그리고 전장에 갑자기 나타난 베루도라에 의해 적이고 아군이고 상관없이 희생이 나왔다고.

라젠도 고개를 끄덕이면서 한마디를 중얼거린다.

"나는 그 자리에 있던 레이힘 공과 둘이서, 왕을 지키는 것만으로 벅찬 상태였소."

자신은 아무것도 할 수 없었다고, 라젠은 강조한 것이다.

그 말을 잇는 레이힘.

"그렇습니다, 그 말이 맞습니다. 저와 라젠 공은 후방의 본진에서, 눈앞에서 일어난 참극에 절망하고 있었지요. 눈앞에 닥쳐오는 죽음, 모든 것을 파괴하는 위대한 '폭풍룡'을 눈앞에서 보면서 우리는 죽음을 각오했습니다. 하지만 그때 우리와 '폭풍룡' 사이를 가로막고 나타난 자가 있었던 것입니다──."

라젠은 디아블로를 슬쩍 바라봤다.

디아블로는 만족스러운 표정으로 고개를 끄덕이고 있다. 그걸 확인하고, 라젠과 레이힘은 서로를 바라보면서 고개를 끄덕였다.

"――그자가 바로 마물들의 주인이었던 리무루 님입니다."

"그렇습니다. 나도 레이힘 공도 죽음을 각오하고 있었소. 그러나 마물의 주인인 리무루 님이 베루도라 님을 설득해주신 것입니다."

라젠의 그 말에 일동은 놀랐다.

"설득이라고? 대화가 성립되었단 말입니까?!"

"애초에, 사룡 베루도라의 앞에 서는 것 자체가 자살행위 아니오? 농밀한 마력요소를 직접 쐬게 되면, 대부분의 생물은 죽게 된단 말입니다."

"그걸 어떻게 버텨냈단 말이지――?"

소란스러워지는 귀족들.

교섭이 가능하다면 베루도라가 날뛰더라도 진정시킬 수 있을지도 모른다. 그렇게 생각한 귀족들은 희망과 기대를 품으면서 라젠과 레이힘을 바라봤다.

베루도라가 파르무스 왕국에 오지 않을 가능성도 있지만, 그것을 기대하기만 하고 아무 대책도 세우지 않는 것은 잘못된 일이다. 그렇다고 해서, 뭘 할 수 있는가를 묻는다면 아무도 대답할 수 없다는 것이 현재 상황이다.

왕립기사단을 포함한 2만 명의 정예가 그 말 그대로의 의미로 전멸했다는 사실을 알게 된 지금, 베루도라와 싸워보자는 무모한 주장을 하는 자는 없다. 교섭으로 베루도라의 위협을 처리할 수 있다면 그것이 최선이라고 다들 생각했다.

"여러분도 알고 계시지 않소이까? 마물들의 주인인 리무루 님은 쥬라의 대삼림의 맹주라는 것을."

"그건 멋대로 자칭하는 것에 지나지 않는 것 아닙니까?"

대신 중의 한 사람이 그렇게 말한 순간, 디아블로가 불쾌한 표정으로 눈썹을 찌푸렸다.

그 모습을 본 라젠이 서둘러 그 대신의 말을 가로막으려는 듯이 대답한다.

"자칭이라니 절대 그렇지 않소. 마물의 도시라는 곳도 이 눈으로 봤지만, 그야말로 나라의 수도라고 부르기에 적합한 것이었습니다. 그 이야기는 일단 나중으로 미루지요. 그 리무루 님 말입니다만, 그분은 쥬라의 대삼림의 관리자인 드라이어드를 부하로 부리고 있었습니다."

라젠은 드라이어드를 통해서 베루도라와 리무루가 교섭을 벌였다고 설명했다.

이 말은 설득력을 높인다.

숲의 관리자는 베루도라가 잠든 땅을 지키는 힘이 있는 마물로 유명하다. 자유조합이 정한 등급으로도 A급 이상, 추정으로는 특A급에 해당하는 위험한 존재인 것이다.

그런 드라이어드가 따른다면, 리무루라는 이름의 마물의 힘은 상당할 것이다. 이 자리에 있는 귀족들 중에서 그것을 이해하지 못하는 사람은 없다. 각각 상위 귀족이며, 정보 수집을 게을리 하는 자는 단 한 사람도 없기 때문이다.

"과연……"

"적으로 돌린 것이 실수였단 말인가——."

자신들이 먼저 마물의 나라를 침공하고 말았다는 사실을 떠올린 대신들. 인정하고 싶지 않은 현실이 그들의 머리를 골치 아프게 만들고 있다.

"이거 위험하군요. 사룡과의 교섭이 가능하다면, 그 리무루라는 자가 우리와 적대하고 있다는 건 너무나도 위험합니다……."

대신 한 명이 그렇게 중얼거리자, 다른 중진들은 얼굴이 새파래졌다. 리무루에게 중재를 부탁하는 수준의 이야기가 아니라, 자칫하면 베루도라를 부추길 수도 있다는 가능성에 생각이 미친 것이다.

그때, 지금까지 무시당하다시피 하고 있던 요움이 그 자리의 한가운데까지 나아갔다. 그리고 주위의 주목을 모으면서 침착한 목소리로 이야기하기 시작한다.

"아아, 여러분. 그 점에 대해선 안심해주시오. 나는 오크 로드를 토벌할 때에 리무루 씨와 힘을 합쳐 싸웠소. 리무루 씨는 의외로 싹싹한 분이며, 인간과의 협력을 바라고 있소이다——."

그러나 또 요움의 발언은 막혀버렸다.

"오오! 그렇다면 그분이 중간에 서서 우리의 요망을 전해주면 되겠군. 내용에 관해선 나중에 알려줄 것이니, 별실에서 대기하도록 하여라."

방금 전에 요움을 꾸짖었던 카를로스 경이, 요움의 설명을 가로막고 건방진 태도로 그렇게 명령한 것이다.

신분 차이라는 것은 번거로운 개념이다 보니, 영웅이라고 해도 요움은 평민에 지나지 않는다. 기사의 작위조차 받지 않은 자다 보니, 귀족들 중에는 요움 일행을 얕보는 자도 적지 않았다.

카를로스 경은 백작의 작위를 가진 고위 귀족으로, 그런 신분 의식으로 똘똘 뭉쳐진 귀족의 가장 전형적인 예였다. 평범한 상황이라면 그 태도도 틀린 것은 아니겠으나, 몇 번이고 말하지만 지금은 상황이 좋지 않았다.

귀족들 중 몇 명은 분위기를 파악하지 못하는 카를로스 경을 불쾌한 눈으로 보기 시작하고 있었다.

"이봐, 이봐, 잠깐 있어보라고. 그야 평소에는 그 사람도 싹싹하긴 하지만 지금은 사정이 다르잖아? 그 이유는 당신들이 잘 알고 있을 텐데?"

"뭐라고?"

"당신들, 리무루 씨의 나라에 싸움을 걸었잖아? 그게 아주 안좋은 선택이었단 말이야. 그 일로 인해서 리무루 씨의 동료들 중에도 희생이 나오는 바람에, 그 사람은 단단히 화가 나버렸거든."

"무슨 소리를 하는 것이냐, 평민 주제에! 이건 국가의 중대사다. 네놈 같은 평민이 지껄일 일이 아니란 말이다! 리무루라는 자와 안면이 있다면 잘됐군. 문제를 처리하는 것도 영웅이 할 일이 아니더냐, 어떻게든 해봐라!"

요움의 발언을 무시한 채 끝까지 건방진 태도로, 카를로스 경이 그렇게 쏘아붙였다.

이런 태도에는 요움도 씁쓸한 표정을 감추지 못한다.

(쳇, 이래서 귀족이란 녀석들은······.)

속으로 그렇게 혀를 차면서, 그래도 표면상으로는 여유 있는 태도를 유지한 채 요움은 설명을 계속한다.

"다들, 우선 내 말을 들어보라고. 사자도 보내지 않고, 선전포고도 없이 '이세계인'을 투입시켜서 멋대로 날뛰도록 시켰다지? 나는 전쟁의 중재를 맡고 싶지만, 그 얘기를 듣고 아연실색하고 말았다고. 하지만 말이야, 나도 이 파르무스 왕국에서 태어난 사람이야. 조국이 멸망당하는 것은 참기 힘든 일이기도 하니, 어떻게든 분노를 진정시키고 교섭에 응해줄 수 없는지를 요청했다고. 저기 있는 라젠 씨의 부탁도 받았으니까 말이지."

요움은 부아가 나는 것을 억지로 참으면서 설명을 끝낸다.

여기서 분위기를 파악하지 못하는 귀족이 난폭하게 굴게 되면, 농담이 아니라 정말로 파르무스 왕국은 멸망하게 된다. 등 뒤에 있는 디아블로의 기운을 느끼면서 요움은 그렇게 생각했다.

요움은 디아블로를 보고, 진정한 악이라는 것을 알았다.

자신들이 얼마나 잔챙이 악당이었는지를 깨달은 것이다.

진정한 악당이란 권력에 아첨할 일이 없다.

누구에게도 굴복하지 않은 채, 그 의지를 관철하는 것이다.

지금 디아블로가 얌전하게 굴고 있는 것은 리무루로부터 받은 명령을 충실히 지키고 있는 것에 지나지 않는다. 이 자리에서 자신이 자칫 난폭하게 굴게 되면, 요움이 새로운 왕이 될 때에 폐해가 발생하기 때문이다.

어중간하게 귀족을 처단했다간 화근이 남게 되고, 입막음을 위해 몰살시켰다가는 악평이 퍼지는 것을 피할 수가 없다.

가장 이상적인 형태는 바로 반항적인 귀족이 스스로 덤비는 상황을 만들어내는 것이다.

그래서 디아블로는, 지금은 묵묵히 관찰을 계속하고 있다.

그러나.

귀족들이 디아블로의 역린을 건드리게 되면 그런 상황은 단숨에 사라지게 된다. 만약 디아블로가 '살려둘 가치가 없다'고 판단하면, 귀족들의 목숨은 즉시 사라질 것이다.

그에 관해서는 의견을 물었던 뮬란과 그루시스도 같은 대답을 했었다.

라젠이라는 강자를 손안에서 갖고 놀 정도의 실력자, 그런 자는 상위 마인 중에서도 얼마 되지 않는 존재이다. 그런 존재인 디아블로가 진심으로 나선다면, 주요 전력을 잃은 지금의 파르무스 왕국으로선 저항다운 저항도 제대로 할 수 없을 것이라고.

그런 상황이기 때문에 더더욱, 귀족들보다도 요움 쪽이 훨씬 더 긴장하면서 교섭에 임하고 있는 것이다.

라젠도 요움과 같은 심정이다.

디아블로가 사람의 목숨을 아무렇지 않게 생각한다는 것은 명백하며, 거기에 귀족이니 평민이니 하는 차이 따위는 관계가 없다.

모두 똑같이 무가치한 존재.

에드마리스 왕에 대한 대접을 보면 자명한 사실인 것이다.

마물들의 주인인 리무루를 우롱하는 듯한 발언이 튀어나온다면, 그때에 디아블로가 어떻게 반응할 것인지는 예상도 할 수 없다.

카를로스 경이 분노를 사는 것만으로 끝난다면 그나마 괜찮은 것이다. 자칫하면 이 파르무스의 땅에서 아예 인간들이 사라진다.

그 섬을 이해하고 있기 때문에 라젠은 더더욱 필사적이다. 동요를 속으로 감추면서 요움의 말에 동의하기로 한다.

"카를로스 경, 조용히 하시오!"

"뭐라고? 라젠 공은 그런 평민의 편을 들겠단 말이오?!"

"입을 다물라고 했소! 사정을 모르는 자가 섣불리 나설 일이 아니외다!!"

카를로스 경을 꾸짖는 라젠.

평소에는 늘 냉정하고 침착한 라젠이 큰 소리를 지르는 것은 드문 일이라, 다른 귀족들도 놀라면서 입을 다물고 돌아가는 상황을 지켜본다.

"다들 잘 들으시오. 방금 요움 공이 한 말은 사실이오. 쇼고를 비롯한 세 명의 이세계인은 마물의 간부들에게 패했으며, 전군으로 유린하고자 하던 차에 '폭풍룡'에 의해 저지당하면서, 우리의 패배는 이미 정해졌소. 살아남은 것은 나와 레이힘 공, 그리고 에드마리스 폐하, 이렇게 세 명뿐. 붙잡혔던 우리는 요움 공이 나서서 말해준 덕분에 해방된 것이오."

사전에 미리 입을 맞춰둔 대로 내용을 설명하는 라젠.

의심을 품는 자는 없었으며, 이야기는 계속 진행된다.

라젠이, 레이힘이, 그리고 요움이 이야기를 한다. 때때로 그 이야기에 도움을 주려는 듯이, 뮐러 후작과 헤르만 백작이 중간중간 추임새를 넣는다.

각자가 서로 보완해주면서, 이 자리에 모인 왕국의 중진들을 설득했던 것이다.

"──그러니까, 폐하는 전쟁에서 저주를 받는 바람에 지금과 같은 모습이 되신 것이라고……."

"폐하가 화평을 약속하신 덕분에, 마물의 주인은 얘기에 응할 마음을 먹었단 말인가……."

"대국인 파르무스가 마물들에게 굴복한단 말이오?"

"하지만 달리 아무런 방도가 없소. 경은 싸울 생각입니까? 적대하다간 '폭풍룡'까지 적으로 돌리게 되는데 말이오?"

"아니, 그렇지는……."

비장의 수였던 '이세계인'도 리무루의 부하인 간부들에게 패배하고 말았다. 게다가 베루도라까지 부활했다.

마물의 나라 운운하며 얕보고 있었던 '쥬라 템페스트 연방국'이었지만, 군사적인 면만 따지면 파르무스 왕국조차도 가볍게 능가한다. 처음에 전면전으로 덤빈다는 생각을 한 것은 어리석기 짝이 없는 짓이었다고 할 수 있을 것이다.

왕이 패배를 인정하는 것도 어쩔 수 없는 일이다──. 모든 자가 그렇게 이해했다.

그리고 결론이 나온다.

"제안을 받아들이는 게 좋지 않겠소? 여러분."

뮐러 후작의 발언에, 대부분이 동의하듯이 고개를 끄덕였다. 그중에는 불만을 품은 자도 있었겠지만, 그걸 드러내는 자는 없다. 이 이상 전쟁을 계속할 필요는 없다는 점에 대해선 이론이 없기 때문이다.

이렇게 하여, 파르무스 왕국과 템페스트(마국연방) 두 나라 간에 화평 회의를 여는 것으로 분위기가 만들어진 것이다.

이렇게 방침이 정해진 시점에서 디아블로가 움직였다.

"쿠후후후후, 현명한 판단입니다. 그러면 약속대로 이 나라의 왕을 해방시켜드리지요."

그렇게 말하면서, 유유히 걸어 나온다.

"누구냐——?!"

"이런, 실례했군요. 제 '이름'은 디아블로라고 합니다. 위대하신 주인인 리무루 님의 충실한 버틀러(집사)입니다."

자랑스러운 말투로 그렇게 밝히는 디아블로.

이름을 들은 중진들은 어떻게 반응해야 할지를 모른 채 당혹스러워할 뿐이다. 디아블로의 태도가 너무나도 자연스러워서 뭐라고 말을 할 타이밍을 놓친 것이다.

이름을 밝히는 그 말에 공포로 얼굴을 물들인 자는 라젠 한 명뿐이었다.

라젠 혼자만은 알고 있다.

그 악마가 '이름'을 가진, 그 의미를.

세상에는 모르는 게 더 행복한 일이 있다. ——라젠은 속으로 무지한 자들을 부러워하면서, 슬쩍 한숨을 쉬었다.

디아블로를 경계하면서 움직이는 자들이 있었다.

옥좌가 놓인 방의 구석에서 한 명 한 명의 거동을 주시하고 있었던 왕실 근위 기사들이다.

옥좌를 향해 똑바로 걸어가는 디아블로 앞을 막아서면서, 그의 움직임을 제지하려고 했다.

그러나——,

그런 그들을 무시하는 듯한 태도로 옥좌에 안치된 상자로 다가

가는 디아블로.

왕실 근위 기사들은 화가 난 기색을 띠었지만, 그 몸은 굳은 것처럼 움직이지 않는다. 목소리를 내려고 해도 불가능했다.

왕실 근위 기사들은 자유조합의 판정 기준으로 A-랭크에 해당한다. A랭크에는 미치지 못하지만, B랭크보다는 높은 실력자들인 것이다. 왕의 가족이나 중진들을 지키기 위해서 왕궁에 남아 있었던, 파르무스 왕국에 현존하는 최고의 전력이라고 말할 수 있었다.

그런 기사들 100명이 디아블로를 앞에 두고 한 발짝도 움직이지 못한다.

디아블로가 뭔가를 한 것은 아니다.

그 이유는 공포.

그들은 그 날카롭게 연마된 생존 본능을 통해서, 디아블로의 위험성을 알아차렸던 것이다.

"그렇게 있으면 됩니다, 쓸데없이 죽고 싶지는 않겠죠?"

디아블로는 만족스러운 표정으로 그렇게 말했다. 그리고 그대로 걸어가서, 상자 앞에 멈춰 선다.

상자 안에는 고깃덩어리가 된 에드마리스 왕이 있다.

그 에드마리스 왕을 향해, 디아블로는 품에서 꺼낸 풀 포션(완전회복약)을 부었다. 그와 동시에 누구도 알아차리지 못하도록 왕을 묶어두고 있는 시온의 주박을 해제한다.

변화는 극적으로 일어났다.

약을 뿌림과 동시에, 왕의 몸은 원래의 건장한 모습으로 변모한 것이다.

그리고 디아블로의 계획은 성공한다.

자신들이 어떤 수단을 동원해도 회복시킬 수 없었던 왕이, 눈 깜짝할 사이에 인간의 모습을 되찾는 것을 본 의사와 마술사들이 경악의 비명을 지른 것이다.

"그, 그 약은 대체……?"

"풀 포션입니다, 우리나라의 특산품으로, 우호국에게만 수출하고 있는 극상의 회복약이죠."

대신 중의 한 명이 묻는 말에, 디아블로는 친절하게 대답한다. 뭐니 뭐니 해도 이 약은 앞으로 템페스트의 주력 상품이 될 것이니까.

풀 포션── 고대의 마법 왕국의 유적 같은 데서 간혹 출토되는 경우가 있다. 마시면 신체의 부위 결손조차 완치한다고 일컬어지는, 엘릭서(소생약) 다음가는 전설 급의 회복약이었다.

그 제조법은 현재는 유실된 상태이며, 드워프족이 재현하기 위해 기를 쓰고 연구 중이라는 소문이 돌고 있는데……. 양산할 수 있게 된다면 그것을 원하는 자는 끝이 없을 것이다.

디아블로는 리무루가 회복약의 선전에 힘을 기울이고 있다고, 가비루 등의 입을 통해 자세한 이야기는 이미 들었다. 시온과는 달리, 이런 짧은 기간에 정보 수집을 끝내놓은 것이다.

그래서 디아블로는 잊어버리지 않고, 이 자리에서 왕을 이용해 효과적인 연출을 하며 그것을 선보인 것이다.

그 연출의 디테일에 대해선 실로 훌륭하다는 말밖에 나오지 않는다.

디아블로가 타협하지 않는 성격을 가지고 있다는 것을 알게 해주는 단적인 사례라 하겠다.

그렇기에 더더욱 적으로 돌리게 되면 무서운 존재인 것이지만……

라젠과 레이힘이 디아블로가 왕성의 인간을 학살하지나 않을까 하고 두려워하고 있다는 것은 눈치채고 있었다. 하지만 디아블로에게 그럴 생각은 털끝만큼도 없었다.

그런 짓을 하면 리무루의 신용을 잃어버리게 된다. 요움을 왕으로 만든다는 계획을 맡고 있는 이상, 그런 어리석은 짓을 할 디아블로가 아닌 것이다.

디아블로는 교활하게 계산한다.

당근(공포)과 채찍(자비).

그것들을 골고루 사용하여, 대신이나 고위 귀족 같은 국가의 중진들의 사고를 유도할 것이다.

거스르기보다 순순히 따르는 쪽이 현명하다고 생각하게 만들 것이다. 그리고 그걸 이해하지 못하는 어리석은 자를 선별하여 숙청할 것이다. 그것이 디아블로가 세워놓은 계획의 큰 개요였던 것이다.

모든 사람이 숨을 죽이며 지켜보는 가운데, 인간의 모습을 되찾은 왕.

언뜻 보기에는 풀 포션(완전회복약)의 효과로 인해 원래대로 돌아간 것처럼 보였을 것이다.

"기분은 어떠십니까?"

디아블로의 물음에, 에드마리스 왕은 창백해진 얼굴로 고개를 끄덕인다.

"아, 아아⋯⋯. 덕분에 살았군. 고맙네."

에드마리스 왕은 힘없이 그렇게 대답했지만, 그것은 반은 진심이고 반은 연기였다.

에드마리스 왕은 디아블로의 뜻에 따르고 있다.

디아블로의 유니크 스킬인 '타락시키는 자(유혹자)'는 리무루가 만들어낸 유니크 스킬 '무자비한 자(심무자, 心無者)'와 같은 계열이다. 디아블로를 상대로 마음이 꺾인 자를 절대적으로 지배하는 스킬(능력)이니까.

이미 '유혹자'의 영향 아래에 있는 현재, 에드마리스 왕이 다른 마음을 품으면 그 사실은 즉시 디아블로에게 전달될 것이다.

회복한 왕을 앞에 두고, 다급하게 시종이 옷을 갖고 다가왔다.

그걸 입고 한숨을 돌리는 왕에게, 디아블로가 눈빛으로 신호를 보낸다.

그 신호에 고개를 끄덕이는 에드마리스 왕.

"자, 파르무스의 왕이시여. 저의 주인이신 리무루 님께서 전하라 하신 말씀이 있습니다."

"들어보기로 하지, 마물의 나라에서 온 사자여."

이 시점에서 비로소, 파르무스의 왕이 템페스트(마국연방)를 나라로 인정했다.

이건 이 자리에 있는 자들에게 보내는 사인이다.

이 시점을 기하여 국가적 차원에서도 템페스트를 엄연한 교섭 상대로서 인정하겠다는, 에드마리스 왕의 선언인 것이다.

그리하여 디아블로는 전쟁 중인 상대국의 사자로서, 정식으로 대접받게 되었다.

　최대의 배려가 행해진 셈이지만, 이는 디아블로를 불쾌하게 만들지 않기 위해 에드마리스 왕이 나름대로 마음을 쓴 것이었다.

　그리고 이 선언은, 반발하는 귀족들의 발언까지 막아버리는 결과를 낳게 되었다.

　애초에 이번에 한해서는, 이미 전쟁을 계속할 뜻이 없다. 그러므로 이 선언은 디아블로를 위해서라기보다 자국의 중진들을 보호하려는 의미가 큰 것이라고 할 수 있다.

　"그럼 말씀드리겠습니다. 앞으로 일주일 후, 이 땅에서 양국 대표가 참가하는 화평 회의를 개최하고 싶다. 강화조약의 체결에 앞서서, 우리나라가 귀국에게 제시하는 조건은 다음과 같다——."

　디아블로는 품에서 양피지를 꺼냈다.

　——그대들에게 선택지를 주겠노라——.

　그 한 문장으로 시작되는, 리무르가 전쟁 종결에 대한 조건을 적어서 보낸 서신——이라는 명목의, 디아블로가 내놓은 요구서를.

　내용은 상당히 단호한 요구로 이뤄져 있었다.

　첫 번째 선택은 왕이 퇴위하고 전쟁 피해에 대한 배상을 행할 것.

　두 번째 선택은 템페스트의 휘하에 들어가 속국이 될 것.

　세 번째는 아예 선택이라고 말할 수가 없다. 첫 번째도 두 번째도 고를 수 없을 경우에 전쟁을 계속한다는 내용으로 적혀 있기 때문이다.

　이건 실질적으로 현상 유지인 것으로 보이지만, 실은 다르다. 템페스트를 나라로서 인정한 지금, 선전포고 없이 전쟁 행위를 벌인 파르무스 왕국은 위태로운 입장에 몰리게 되는 것이라 할 수 있기 때문이다.

　적어도 주변국의 찬동은 얻을 수 없을 것이다.

　서방성교회도 앞으로는 베루도라의 대처에 전력을 기울이느라 여유가 없을 것이다. 파르무스 왕국에게만 도움의 손길을 내밀어 줄 것이라 생각하는 자는 없었다.

　이것은 협박이다.

　파멸을 먼저 제시하고, 그것을 피하기 위해 약간의 무모한 조건을 억지로 받아들이게 하기 위한⋯⋯.

　당당하게 그것을 들어 올리면서, 낭랑하고 또렷한 목소리로 거기에 적힌 조건을 읽어가는 디아블로. 그 얼굴은 유열로 가득 차 있었으며, 귀족들의 반응을 즐기고 있었다.

　디아블로가 조건을 다 읽은 순간, "무모한 조건이야⋯⋯"라고 탄식하는 듯한 대신의 중얼거림이 들렸다.

　그러나 디아블로는 개의치 않은 채, 에드마리스 왕을 향해 인사한다.

　"――이상입니다. 그러면 일주일 후까지 답변을 준비해주십시오."

　"기, 기다려주게! 그러기에는 너무나도 시간이 부족하오! 적어도 한 달은――."

"닥치십시오. 저는 성격이 급합니다."

"아니, 그렇지만! 이건 궁정 회의만으론 결정하기 어렵소. 파르무스 왕국의 입장에서 지방의 귀족들도 소집해서 전체 회의를 거쳐야만——."

"닥치라고 했습니다. 당신들의 사정 따위 저하고는 관계가 없습니다. 알겠습니까? 시답잖은 잔재주를 부리려는 생각은 하지 마십시오. 이래저래 핑계를 대서 대답을 미루려는 것은 허락할 수 없습니다. 일주일 후까지 답변이 없다면 그건 '전쟁을 계속 할 뜻이 있다'는 의미로 받아들일 것입니다. 그러면 부디 잘 생각하여, 답변을 주시길."

디아블로는 일방적으로 그렇게 통보하더니 왕과 귀족들에게서 등을 돌렸다.

이건 횡포야! 그렇게 소리치는 목소리가 들렸지만, 그런 것으로 디아블로의 마음을 움직이지는 못한다. 그는 볼일이 끝나자마자, 요움 일행을 남겨두고 홀로 그 자리를 떠났다.

●

디아블로가 떠난 뒤에, 에드마리스 왕은 모든 귀족을 모아서 어전회의를 벌이겠다는 취지를 밝혔다.

지정한 날짜는 사흘 후.

마법을 사용한다고 해도 모든 귀족들이 모이기에는 아슬아슬한 기간이다.

하지만 그래도 어쩔 수 없다. 디아블로가 정한 기한이 일주일 후인 이상, 그때까지 이 나라의 대응 방침을 정해두어야만 하기 때문이다.

정말로 시간이 없다.

그러므로 더더욱 급하게 연락을 보내서 사흘 이내에 모든 귀족을 소집하기로 한 것이다.

용수철처럼 빠르게 움직이기 시작하는 왕의 측근들. 분위기는 다급해졌으며, 회의 준비를 위해 움직이기 시작한다.

에드마리스 왕은 지친 표정으로 주위를 향해 시선을 돌렸다.

"경들도 사정은 이해했으리라 보오. 귀족들이 모이기 전에 앞으로의 방침을 정할 필요가 있을 것이오. 내일, 자리를 달리하여 짐의 생각을 얘기하기로 하겠소. 그런 뒤에 경들의 의견을 듣고 싶구려."

그리고 그 자리에 있던 심복인 대신들을 둘러보면서 힘없이 그렇게 말한 것이다.

지금 현재, 파르무스 왕국이 멸망을 향해 나아가고 있다는 것은 틀림이 없다. 그런 상황에선 동료들끼리 서로 다투고 있을 때가 아니었다.

의견이 엇갈리면서 회의의 결론이 제대로 나지 않을 것은 분명하다.

그렇기에 더더욱 어전회의가 시작되기 전에 조금이라도 의견을 모아두고 싶었다.

──그리고 조금이라도 희생을 줄이고 싶다.

에드마리스 왕은 그렇게 생각하면서, 남몰래 각오를 굳힌다……

다음 날.

장소를 회의실로 옮겨서, 다시 일동이 모였다.

불려 온 자는 왕의 파벌에 속하는 심복들. 그에 더해 무슨 이유인지 중립파의 거두에 해당하는 밀러 후작과 그의 추종자인 헤르만 백작의 모습도 있었다.

에드마리스 왕은 한 번 더, 상황을 정리하려는 듯 무슨 일이 일어났는지를 이야기했다.

모두 말없이 왕의 말에 귀를 기울이고 있다.

이미 라젠과 레이힘에게 들은 내용이긴 하지만, 막상 그 무시무시한 현실이 닥치자 대신들은 할 말을 잃는다.

그런 분위기 속에서 밀러 후작이 입을 열어 왕에게 물었다.

"폐하…… 정말 그렇단 말씀입니까? 베루도라가 부활했다는 것은?"

"어제 라젠과 레이힘이 설명한 대로요. 짐이 문제로 여기는 것은 세 개의 선택지 중 어느 것을 고르는 게 최선인지 하는 것 하나뿐. 또한 그 후의 대응을 협의하고 싶소."

에드마리스 왕은 밀러의 질문에 긍정하면서, 이 자리에서 자유롭게 발언하도록 모두에게 일렀다.

그 말을 기다렸다는 듯이 다양한 의견을 서로 내놓기 시작한다.

"베루도라가 지키고 있는 쥬라의 대삼림은, 그 동쪽 제국조차도 손 대기를 꺼리는 금단의 땅입니다. 우리나라만으로 도전한다는 것은 이리석기 그지없는 짓이라 하겠습니다."

"그, 그렇습니다! 이길 수 있을 리가 없습니다. 이 이상 전쟁을 계속하다간 나라가 멸망해버릴 것입니다!!"

"그렇겠지요. 그렇게 되면 선택할 수 있는 것은 첫 번째나 두 번째의 조건이 되겠는데⋯⋯."

"속국이 되는 건 절대 있을 수 없습니다! 우리의 위치도 보증되지 않는 데다, 마물의 말을 따른다니 실로 터무니없는 일입니다!"

"그렇다고 단언할 순 없소. 이 이상의 분쟁은 일어나지 않을 테니까 말이오."

"말도 안 되는 소리! 그런 헛소리는 영지를 지닌 귀족들이 허용하지 않을 거요."

"내란이 일어날 겁니다!!"

"그거야말로 마물들이 노리는 것이겠지요."

"그럼 왕에게 퇴위할 것을 청원하고 전쟁 피해를 배상할 겁니까? 배상 내용을 들었을 것 아니오? 나라가 기울어지게 될 거요."

"성금화(星金貨)를 1만 개. 금화로 치면 100만 개에 해당하는 액수인가. 우리나라 세수의 20%에 해당하는군요."

"무리야⋯⋯."

"하지만 잘 생각해보시오. 나라가 망하는 것보다는 낫지 않소?"

"그렇소. 모든 것을 다 내놓으라고 하지 않는 게 그나마 양심적이라고 할 수 있을 거요."

"역시, 그 조건을 받아들일 수밖에 없나━."

"음, 나도 그것밖엔 없다고 생각하오."

왕궁 귀족과 대신들의 말에, 에드마리스 왕은 잠자코 귀를 기울이고 있었다.

그러면서 계속 생각을 거듭한다.

아름다운── 소녀처럼 가련하며, 그러면서도 압도적인 존재감.

그, 리무루라는 이름의 마물의 주인.

무시무시한 마왕.

떠올리기만 해도 몸속 깊은 곳에서 공포가 솟아오른다.

왕은 존엄보다도, 아니, 다른 어떤 것보다도 그 공포심 때문에, 그자에 대항하는 짓은 두 번 다시 생각조차 할 수 없다.

고깃덩어리가 되어서, 자신의 손발을 먹히던 나날.

그런 공포를 두 번 다시 맛보고 싶지 않다는 일념으로, 왕은 대신들을 설득했다.

패배와 그 후의 수많은 고문들.

예상 이상으로 질서가 잡혀 있던 마물들의 모습.

새로운 마왕의 탄생과 '폭풍룡'의 부활.

이런 사실들을 받아들이면서, 에드마리스 왕은 자신의 실수를 통감했다.

욕망에 휩쓸려서 판단을 잘못 내린 것이다. 처음부터 우호적으로 대했다면, 좀 더 다른 형태로 서로 손을 잡는 미래도 있었을 것이라고.

하지만 이제 와선 소용없는 이야기였다.

──이 이상의 실수는 허용되지 않는다.

니아블로는 이 세 가지의 선택지 중 하나를 골라도 좋다는 말을 했었다. 즉, 어떤 것을 골라도 디아블로의 목적은 달성된다는 뜻이며, 그렇다면 피해가 가장 적어지는 선택을 고르는 것이 바로 정답이리라.

어떤 것이 가장 피해가 적을지에 대해 에드마리스 왕은 자신의 생각을 정리하기 시작한다.

세 번째의 선택지는 논외다.

백성들을 포함해서, 전부 몰살당하고 말 것이다.

두 번째는 일고의 가치는 있다.

국민의 생명과 재산이 보증되니까.

간간이 보이던 그 아름다운 거리. 그 나라에는 마물과 사이좋게 서로 웃는 모험가의 모습도 보였다.

(의외로 나쁘지 않을지도 모르겠군…….)

에드마리스 왕은 그렇게 몽상했지만, 곧바로 그 생각을 버렸다.

(무리겠지. 그 모습을 본 자가 아니라면 마물을 믿을 수 있다는 생각은 하지 못할 것이다. 나도 얘기를 듣기만 했을 때는 미친놈의 헛소리라고 비웃었으니까 말이지——.)

애초에 귀족들에겐 백성을 지킬 의무가 있다. 그런 귀족들이 무조건적인 항복을 선택하여 속국이 된다는 길을 고른다니, 천지가 뒤집힌다 해도 있을 수 없는 일이다.

주변국의 반발도 클 것이고, 의회의 승인도 얻을 수 없다. 왕이 강권을 발동시킨다고 해도, 암살을 당하는 것으로 끝날 것이다.

첫 번째 선택지, 이것이 가장 무난한 것은 명백하다.

왕의 퇴위라는 것은 말 그대로 에드마리스 왕이 국왕의 자리에서 내려오는 것이다. 그런 뒤에 새로운 후계자에게 왕위를 넘겨주고, 두 번 다시 전쟁을 일으키지 않을 것을 맹세하게 만든다는 뜻이다.

전쟁 피해에 대한 배상금 지불을 요구하고 있는데, 이것도 어림없는 규모이긴 하지만 달리 어쩔 수 없는 면이 있다. 이 이상 전쟁을 계속하는 데에 드는 비용보다도 싸게 먹힐 것이며, 화해를 할 수 있으니까.

단, 마물들의 요구가 앞으로도 계속되지 않는다는 보증이 있다면 말이지만.

이 두 가지 요구에는 어떤 꿍꿍이가 숨어 있다.

디아블로는 에드마리스 왕으로부터도 자세한 왕국의 사정을 들었다. 그런 뒤에 요움을 왕으로 하는 새로운 국가의 수립을 목표로 삼아서 계획을 세우고 있다.

에드마리스 왕의 자식은 세 명.

장녀, 차녀, 장남.

위의 두 사람은 결혼하여 다른 나라에 시집을 간 상태이며, 왕위 계승권을 가지고 있는 것은 장남인 왕자뿐이다. 그렇다곤 하나, 그 나이는 이제 막 열 살이 되었을 뿐이다. 아직 성인이 되지 않았는지라, 지금 에드마리스가 퇴위하게 되면 후계자 분쟁이 일어날 가능성이 높을 것이다.

에드마리스 왕은 왕위를 노릴 자가 대강 짐작이 되었다. 그건 귀족 파벌의 수장이며, 피를 나눈 동생이면서 공작의 작위를 가지고 있는 에드왈드이다.

그렇게까지 사태를 이해하고 있다면, 디아블로의 노림수도 저질로 보이게 된다.

이 왕위 계승 분쟁을 이용하여 국왕파와 귀족파를 싸우게 만들 생각인 것이다.

생각해보면 세 가지의 선택지 중 어느 것을 골라도 분쟁이 일어난다. 자신들이 자신들의 의지로 어떤 것을 선택하려고 해본들, 디아블로의 입장에서는 그 모든 것이 계획에 포함되어 있는 것이다.

(──어떤 것을 선택해도 좋다고 자신 있게 말할 법도 하군…….)

에드마리스 왕은 마음속으로 탄식했다.

결과는 바뀌지 않는다. 그렇다면──,

"다들, 짐의 생각을 들어주면 좋겠소."

나올 의견이 전부 나온 타이밍에서 에드마리스 왕이 이야기를 시작했다.

"그 나라의 이름은 '쥬라 템페스트 연방국'이라고 하오. 쥬라의 대삼림에 사는 다양한 종족들이, 리무루라는 이름의 맹주 아래에 집결해 있소. 우리도 그 일원이 되는 것이 나쁘지는 않겠지만……."

"속국이 되는 것을 선택하시겠다는 말입니까?"

"아니, 그렇지 않소. 그 나라에선 의외로 평화적인 통치가 이뤄지고 있다는, 짐의 감상에 지나지 않소이다."

거기서 일단 말을 끊었고, 그런 뒤에 결의에 찬 표정으로 모두를 돌아보는 에드마리스 왕.

"이번 전쟁은 실패했소. 백성을 위해서가 아니라, 자신의 욕망을 위해서 벌인 것이었소. 그렇기 때문에 하늘이 짐을 버린 것이오. 그 오만한 마음이 베루도라의 부활을 불러냈고, 우리 파르무스에 재앙을 가져오게 되었소. 뮐러 후작과 헤르만 백작이 말했던 대로 했더라면 이런 사태는 일어나지 않았을 테지――."

"폐하, 그런 말씀을 하시다니……."

"그리 말씀해주시니 참으로 황공하기 그지없사옵니다."

에드마리스 왕은 두 사람을 보면서 "음" 하고 고개를 한 번 끄덕인다.

그리고 계속하여 진심이 담긴 말을 했다.

"두 번째는 있을 수 없소, 두 번째는. 그자, 마물의 맹주라고 하는 리무루 공 덕분에 짐의 목숨은 겨우 유지된 것이오. 다음 기회는 없을 것이오. 다음에 선택을 잘못했다간 재앙은 짐뿐만이 아니라, 백성들에게도 쏟아지게 되겠지. 짐의 명예와 긍지 따위는 이제 어찌 되든 상관없소. 적어도, 우리나라의 백성들에게까지 재앙이 쏟아지는 일은 없도록 하고 싶소. 어떻게 해야 좋은 쪽으로 일이 진행될 것인지, 국민들에겐 어느 것이 행복한 결과로 이어질 것인지, 다 같이 함께 생각해보도록 합시다!!"

대신들은 경악하면서 얼어붙었다.

타산적이고, 자신의 이익을 최우선적으로 생각하던 왕이 자신의 잘못을 인정했기 때문이다. 게다가 더 좋은 방책을 같이 생각해보자면서 호소했던 것이다.

모두가 놀라는 것도 당연한 일이었다.

새로이 깨달은 마음가짐으로 왕을 보면서, 자신을 돌아보는 대신들. 그 결과, 긍지니 뭐니 변명거리를 내세우면서 자신들의 권익을 지키려고 했던 이기적인 본심을 통렬하게 자각하게 됐다.

　일동은 일어서서 왕의 앞에 무릎을 꿇는다.

　그리고――,

　"드릴 말씀이 없습니다, 폐하. 저희들도 또한 어리석었습니다. 더욱 좋은 결과로 이어질 수 있는 방법을 모색하겠습니다, 이 나라의…… 백성들을 위해서!!"

　그들을 대표하여 뮐러 후작이 한 말에, 모두가 고개를 끄덕이면서 머리를 숙였다.

　그런 뒤에 손님인 요움 일행도 참고인으로 불렀으며, 그들의 대화는 언제 끝날지도 모를 정도로 계속 이어졌다…….

●

　"――그런 식으로 살짝 흔들어두고 왔습니다."

　그렇게 디아블로는 미소와 함께 보고를 했다.

　아니, 잠깐, 잠깐! 지적할 곳이 너무 많아서, 어디부터 물어야 할지 모르겠잖아.

　하지만 역시 가장 마음에 걸리는 것은――.

　"그걸 보여줬단 말이냐?"

　"네. 공포심을 심어주기에는 가장 적합하다고 판단했습니다."

　그런가……. 보여줬단 말인가…….

　그것, 즉 고깃덩어리를.

　시온이 자랑스러워하고 있지만, 칭찬할 일이 아니다.

그야 공포심을 느끼게 되겠지. 나도 전생하기 전이었다면 틀림없이 잔뜩 토했을 것이다.

그건 그 정도로 임팩트가 있을 테니까.

그렇다고 해도, 이렇게 하면 완전히 마왕이나 할 짓이잖아.

나의 깨끗한 이미지가 끔찍하고 무시무시한 이미지로 덧칠되고 말았네. 뭐, 이미 벌어진 일은 어쩔 수 없다. 수법만으로 따지자면 공포감을 준 뒤에 안도감을 주는 쪽이 쉽게 신용을 얻을 수 있다고 하니까…… . 야쿠자나 할 법한 생각이지만.

나는 시온의 무릎에서 통 하고 뛰어내렸다.

기분을 전환하고 마음을 진정시키기 위해서, 인간의 모습으로 변해 홍차를 마시기로 한 것이다.

"그리고 강화조건 말입니다만, 배상금 명목으로 성금화 1만 개를 요구해두었습니다."

풉!!

입에 머금었던 홍차를 나도 모르게 내뱉고 말았다.

성금화 1만 개라니, 너…… .

확실히 배상 문제를 들먹여서 왕과 귀족 사이를 갈라놓으라고 명령한 것은 나지만…… 그 금액은 너무 지나치게 무모한 요구다.

상식을 너무 벗어난 요구라, 주변의 나라들로부터 이해를 얻을 수 없을 것 같은데.

실은 이 세계는 아직도 물물교환이 주로 행해지고 있었다.

블루문드 왕국의 수도나 잉그라시아 왕국의 대도시에선 화폐경제가 주류이긴 하지만, 농촌 지역에선 은화 이상의 돈을 본 적이 없다는 인간도 있을 정도이다.

즉, 내가 생각했던 것 이상으로 돈의 가치가 높은 것이다.

동화가 10엔, 은화가 1,000엔, 그리고 금화가 10만 엔. 대충 그렇게 납득하고 있지만, 이것은 도시에서만 통하는 가치관이었다.

실정은 좀 더 차이가 컸다.

구체적으로 말하자면, 도시 구역의 노동자의 평균임금이 하루에 은화 여섯 개다. 월급으로 치면 150개이니, 어림잡아서 15만 엔이다.

그에 비해서 농촌 구역에선 연간 얻을 수 있는 화폐가 은화 100개에도 미치지 못한다. 연수입이 10만 엔 이하라는, 터무니없이 양극화된 사회다.

하지만 뭐, 오락거리도 적으니, 돈을 쓸 일이 그리 없는 이 세계에서는 애초에 화폐의 필요성은 그렇게 많지 않다. 그러므로 격차는 있어도 살기에 따라서는 그렇게까지 차이는 느껴지지 않는다.

보는 관점을 바꾸면, 현시점에서는 국제 금융자본에 의한 경제 지배 같은 것이 없기 때문에 실로 건전한 상태에 놓인 경제라고 할 수 있겠지만…….

그렇기 때문에 거대 경제권을 구축하기에는 지금이 찬스라 하겠다.

디아블로는 상당히 머리가 좋다.

내가 예전에 회의에서 흘렸던 공존공영 계획을 듣고, 경제 지배의 구조를 꿰뚫어 본 모양이다. 가치관이 다른 상품을 유통시키려면 무엇보다도 화폐가 필요하게 되니까.

그 화폐의 흐름을 지배하는 것으로, 세계의 경제를 손안에 쥘 수가 있게 된다.

이 세계에는 자국의 통화도 많이 있지만, 드워프 왕국에서 가공된 공통의 화폐가 유통되고 있는 것이 현 상황이었다.

즉, 단일 통화에 의한 세계 경제권을 구축하기 쉽다는 뜻이다.

디아블로는 아마도 그걸 염두에 두고 움직이고 있는 것이라 하겠다.

하던 이야기를 다시 하자.

현 상황에서 화폐의 대략적인 국가적 가치 말인데,

동화가 100엔, 은화가 1만 엔, 그리고 금화는 100만 엔 정도라 할 수 있다.

성금화가 1만 개라면 1조 엔의 전쟁 배상금을 요구한 것에 해당한다. 전에 살던 일본처럼 물자가 풍부하지 않은 이 세계에선, 그런 거액의 국가 자산은 사용할 방법이 없다. 그런 관점에서 보면 천문학적인 배상 청구 금액으로 평가될 것이다.

"아무래도 그건 너무 지나친 요구가 아닐까?"

"쿠후후후후, 문제없습니다. 세 개의 선택지를 주었지만, 답은 하나밖에 없으니까요. 세 번째는 언급할 것도 못 되며, 두 번째도 논외. 그렇다면 첫 번째를 선택한 뒤에 교섭을 하려고 생각하겠지요."

반대로 세 번째를 골라준다면 일은 편하겠지만 말입니다, 라고 말하면서 디아블로는 웃었다.

뭐, 확실히 고른다면 첫 번째밖에 없겠다.

배상금 액수를 낮춰달라는 교섭── 아니, 그렇게까지 어리석지는 않으려나. 한꺼번에 지불할 수는 없으니까, 10년 단위로 분할하여 지불하겠다는 말 정도는 할 것도 같지만.

내 생각을 읽었는지, 디아블로가 말한다.

"낮춰달라는 요구에는 응하지 않을 것이며, 파르무스 왕국으로선 그 요구를 받아들이겠다고 표명할 수밖에 없습니다. 하지만 실제로는 실현하지 못하겠지요. 그 정도의 금화가 시장에서 사라진다면, 경제에도 영향이 미칠 테니까요."

그야 그렇겠지.

역시 디아블로는 그걸 노리고 있군.

"그들이 취할 수단이라면, 다른 제3자에게 책임을 떠넘기는 방법, 이라고 할까요."

과연 그렇군.

디아블로가 말하는 방법은 이렇다.

어느 정도 돈을 준비한 뒤에, 남은 액수를 다른 물품으로 지불하는 것이다. 그리고 그 다른 물품의 소유자가 지불을 거절해도 파르무스 왕국과는 일체 관계가 없다고 퇴짜를 놓는다.

이 안이라면 파르무스 왕국으로선 지불은 이미 끝났다고 주장하면서, 우리가 화를 내도 순순히 요구에 따랐는데 무엇이 문제냐며 우길 수가 있다.

상대가 이성적이 아니라면 통하지 않을 수단이지만, 우리가 당하게 되면 귀찮아지겠군.

"그렇게 나오면 어떻게 할 거지?"

"예정대로입니다. 적어도 성금화 1천 개는 받아낼 수 있으므로, 계획의 제1단계는 완료한 것이 되니까요."

응, 잠깐?

"성금화 1천 개를 받아낼 수 있다는 근거는?"

"아아, 그것 말입니까."

내가 묻자, 디아블로는 '간단한 일입니다'라고 말하듯이 설명해 주었다.

쉽게 말해서 성금화는 당장은 사용할 방법이 없기 때문, 이라고 한다.

아아, 확실히 그렇겠군.

듣고 보니 납득이 간다.

한 개의 가치가 1천만 엔에서 1억 엔에 해당하기 때문에, 금화를 가지고 환전하는 것도 상당한 고생이다. 큰 거래가 일어나지 않는 한 쓰이지 않은 채로 보관되는 성금화는 당장 그 자리에서 토해낸다 해도 끼칠 영향이 적을 것이라 판단하리라고 본 것인가.

국가 예산으로서 이용되는 것은 금화가 주류이다. 모아둔 성금화는 멋대로 환전도 할 수 없는 증권 같은 취급을 받기 마련이다.

이 세상에는 은행이 없으며, 가지고 있다 해도 이자는 발생하지 않는다. 그러므로 그 정도까지는 저항 없이 지불할 것이라는 뜻인가.

역시 디아블로다.

나는 미리 결론을 내려두고, 성금화로 100에서 300개 정도면 충분하겠다고 생각하고 있었다.

희생자 한 명당 배상금 1억 엔 상당.

거기에 플러스, 가옥 파괴 정도에 대한 피해 보상.

이게 양보할 수 없는 최저한도라고 생각하고 있었다. 그러므로 디아블로가 말하듯이 성금화 1천 개라도 받아낼 수 있다면, 그 시점에서 강화에 응해줘도 문제가 없는 것이다.

1천억 엔이라는, 내 개인적 예정 이상으로 충분한 금액이니까.

하지만 디아블로는 그걸로 충분하다고 보지 않고, 거기에 더해서 내란이 일어나도록 계획을 짜놓았다고 한다.

정말로 두려운 녀석이다.

"우리 쪽 손실을 충분히 보상하게 만든 뒤에, 뭘 더 꾸미고 있나?"

"쿠후후후후. 해방한 에드마리스 왕은 이미 제 꼭두각시입니다. 유니크 스킬인 '유혹자'의 영향하에 있으므로, 어느 정도는 제 뜻을 따라 움직이겠지요. 즉──."

유니크 스킬 '유혹자'의 지배하에 있는 에드마리스 왕은 디아블로에게 생사여탈권을 붙잡힌 상황이라고 한다. 그의 뜻을 강제로 조종하는 일은 불가능하지만, 디아블로의 뜻에 따라서 언제든지 죽음을 부여할 수 있는 상황에 놓인 것이다.

디아블로의 명령을 따르는 동안은 괜찮지만, 명령을 어길 마음을 품은 순간, 그 속셈은 디아블로에게 뻔히 다 들키게 된다고 한다.

즉, 그 순간에 죽임을 당할 가능성이 있다는 것이니…… 그 사실을 이해하고 있다면, 배반할 마음을 품지는 않겠지.

인간을 공포로 얽매는, 무시무시한 스킬이다. 배반만 하지 않으면 되는 것이라고 말한다면 그야 맞는 말이지만 말이다.

그래서 디아블로는 그런 에드마리스 왕의 동향을 관찰하고 있다고 한다.

예상대로 첫 번째의 선택지를 고를 것이며, 틀림없이 퇴위할 것이라고 한다. 뭘러 후작과 헤르만 백작으로부터 책임 추궁을 당하게 만들 예정이었지만, 그럴 필요는 없어진 셈이다.

그렇다기보다 지금은 처음부터 왕의 파벌에 속하여 협력 관계를 구축하고 있다고 하는데…… 당초의 계획에서는 벗어났지만, 자세히 들어보니 지금의 상황이 더 좋을 것 같았다.

퇴위한 에드마리스 왕은 그 권력 기반을 잃는다. 그렇게 되면 저절로 책임 추궁의 화살이 그쪽으로 향하는 흐름으로 이어진다는 뜻이다.

"왕립기사단은 리무루 님에 의해 몰살당했으니, 왕가를 지켜줄 자는 없습니다. 지금 현재 귀족과 적대한다는 것은 에드마리스 왕에겐 죽음과 같은 뜻입니다. 시키는 대로 할 수밖에 없겠지요. 하지만, 그건 어디까지나 표면적인 흐름일 뿐, 뒤에선——."

왕가를 지키는 기사단도 지금은 없다. 귀족들이 말려줄 리도 없으니, 디아블로가 말하는 '책임을 억지로 지게 되는 제3자'가 완성된다는 이야기다.

분쟁이 일어나는 것은 피할 수가 없다.

귀족파는 에드마리스 왕을 산 제물로 삼을 작정이다. 그리고 에드마리스 왕은 그 흐름을 읽고, 필사적으로 대항 수단을 생각하리라.

으음, 그렇게 되면 과연 일은 어떻게 돌아갈 것인가.

군사력이 없는 국왕파는 귀족파에 질 것이다.

그 사태를 피하기 위해서는?

《해답. 그러기 위해선 요움 일파를 끌어들여서 협력 관계를 유지하는 것이 가장 좋은 방법입니다. 그렇게 함으로써——.》

그렇군, 요움은 나와 이어져 있다.

에드마리스 왕도 내가 요움을 왕으로 만들려 하고 있다는 것을 알고 있으니, 그렇게 되도록 움직인다면…….

갑작스럽게 왕위를 양도하는 것은 불가능하지만, 요움에게 도움을 받았다는 상황을 만들어내면 몰락한 왕가를 맡긴다는 줄거리로 연출할 수 있지 않을까.

"에드마리스 왕은 요움을 자신의 편으로, 즉 우리를 같은 편으로 끌어들이도록 움직인다는 뜻인가."

"참으로 명석한 판단이라 감히 드릴 말씀이 없습니다."

내 대답을 듣고 디아블로가 기쁜 표정으로 웃었다.

정답이었단 말인가.

우리를 같은 편으로 만들 수 있게 되면 왕립기사단 이상의 전력을 얻는 것과 마찬가지다. 저항할 수 없을 것으로 여기고 항전을 시작할 귀족들은 요움이라는 영웅 앞에서 패하여 사라지게 될 것이다.

"그렇다면 요움에게 군대를 빌려주면 되겠군?"

"네. 하인이 된 라젠을 통해 연락을 넣도록 시켜놓았기 때문에, 그때가 오면 잘 부탁드리겠습니다."

역시 디아블로, 잠시 자리를 비워도 괜찮도록 확실하게 부하를 시켜 준비해둔 모양이다. '유비무환'이라는 말이 있는데, 그야말로 그 말을 구체화한 것처럼 우아하게 일을 진행시키는 남자인 것이다.

그건 그렇다 쳐도 라젠이라니.

파르무스 왕국의 수호자라고 불리는 굉장한 인물이었다고 들었는데, 디아블로에겐 아무 상관이 없는 모양이로군.

이제 와서 따지는 것도 의미가 없으니, 그냥 넘어가기로 하자.

"그래서, 이길 수는 있는 거겠지? 다음에 왕이 될 자가 다른 나라를 끌어들여서 연합을 맺거나 하진 않을까?"

"주변 나라들은 휴즈 님이나 가젤 왕이 압력을 가하면서 엄중히 감독하고 있습니다. 그러므로 그럴 가능성은 적겠지만…… 그렇게 된다면 제가 직접 참전할 예정이니 안심하십시오."

자신만만하게 그런 식으로 말하니, 나로선 고개를 끄덕일 수밖에 없다.

그 전에, 디아블로는 정말로 자신은 철저하게 뒤에서만 활약할 생각인 것 같군. '나라를 수중에 넣는다'는 중대한 일을, 완전히 남을 시켜 진행할 생각이라니 정말로 어이가 없다.

연합군이 만들어질 가능성은 적다. 그건 '라파엘(지혜지왕, 智慧之王)'의 예측과도 일치하므로 맡겨놓아도 괜찮을 것이다.

"좋아, 네게 맡기겠다. 무슨 일이 있으면 보고를 해다오."

"네! 맡겨만 주십시오, 나의 왕이시여!"

나는 무릎을 꿇은 디아블로의 어깨를 툭 치면서, 계속하여 임무를 수행하도록 명을 내렸다.

＊

대강의 설명을 듣고, 세세한 점에 대한 확인도 마쳤다.

마침 그 타이밍에 하루나가 차와 같이 먹을 수 있는, 새로 만든 디저트를 준비해서 갖고 와줬다.

"오, 이건 말차 푸딩인가?"

"네, 리무루 님. 슈나 님 정도는 아니지만, 저도 실력을 길렀답니다."

부드럽게 미소 지으면서, 하루나가 테이블에 푸딩을 놓는다.

그러자, 지금까지 대화에 전혀 끼어들지 않고 만화를 읽고 있던 베루도라가, 그것도 당연하다는 표정을 하고 다가왔다.

"호오? 내 몫도 있겠지?"

"물론이죠, 베루도라 님."

음, 하고 잘난 듯이 베루도라는 푸딩 접시로 손을 뻗었다.

"베루도라 님, 이건 약속드린 몫입니다."

그렇게 말하면서, 디아블로가 베루도라에게 자신의 몫으로 나온 푸딩을 건넨다.

"크왓———핫핫하! 디아블로, 너는 제법 의리를 지킬 줄 아는 남자인 것 같구나."

만족스럽게 끄덕이면서, 베루도라는 디아블로로부터 푸딩을 받고 있다.

그건 그렇다 쳐도 참 싸게 먹히는 뇌물이로군.

"디아블로, 너는 먹지 않아도 괜찮으냐?"

정 뭣하면 하루나에게 일러서 하나 더 갖고 오게 하면 되는데. 그렇게 생각하여 물었지만, 디아블로는 인사를 한 번 하면서 사양했다.

"정보의 대가로서 지불한 것이니, 마음 쓰실 필요는 없습니다."

신사답게 자신이 뱉은 말은 지킬 생각인 것 같다.

아니, 푸딩 정도로 그렇게까지 거창하게 굴 것 없을 것 같은데, 디아블로가 그걸로 됐다면 내가 더 나설 일은 없겠지.

"그런가, 그럼 됐지만. 그건 그렇다 쳐도 타이밍 좋게 발푸르기스(마왕들의 연회)가 한창 벌어지는 중에 돌아올 줄이야, 하필이면 때가 엇갈려버린 것 같군."

별생각 없이 나는 디아블로에게 말을 걸었다.

자정에 출발했을 때에는 여기 없었기 때문에, 타이밍이 엇갈리게 돌아온 것으로 생각하면서.

그런데.

"아, 아닙니다. 저는 에드마리스 왕을 협박한 뒤에 각지를 돌면서 파르무스의 재정상황을 조사하고 있었습니다. 계획에 빈틈이 없는지 조사하고 있었습니다만, 그때 베루도라 님으로부터 돌아오라는 연락을 받았습니다."

자연스럽게 폭로하듯이, 터무니없는 발언이 튀어나왔다.

덜컹! 하고 당황한 표정으로 자리에서 일어서는 베루도라.

"가, 갑자기 잊어버렸던 볼일이 생각났네."

뻔뻔하게 그런 말을 내뱉지만, 그냥 보내줄 리가 없다.

"아아, 잠깐만, 베루도라."

재빠른 동작으로, 그 어깨에 덥석 손을 얹어서 붙잡는 나.

"자, 잠깐만! 설명을 들으면 이해가 될 거야!"

"이해는 무슨 이해! 남의 일을 방해하지 말라고!!"

필사적으로 도망치려고 하는 베루도라로부터 푸딩을 몰수했고, 하루나에겐 당분간 베루도라에게 디저트를 주지 말 것을 지시했다.

베루도라가 울고 있었지만, 용서할 생각은 없다.

정말이지 한시도 방심을 할 수가 없다.

결과론적으로는 발푸르기스에 베루도라가 난입해준 덕분에 살았다고 할 수 있겠지만, 그것과 이것은 별개의 이야기인 것이다. 여기서 괜히 봐줬다간, 나중에 지장이 생길지도 모르니까 말이지.

이번에는 유능한 디아블로였기에 아무런 문제가 없었지만, 다른 간부였다면 어땠을지를 생각하니 온몸에 소름이 돋는다. 베루도라가 멋대로 명령을 내리면 다른 자들은 혼란스러워할 것이다. 그러므로 앞으로는 반드시 내게 미리 알리도록 단단히 못을 박아놓았다.

다행히도, 디아블로가 직접 나설 필요가 있는 일은 5일 후의 강화회의가 남아 있을 뿐이라고 한다. 중요한 부분을 일일이 다른 자에게 맡겨놓고 있으므로, 자신은 내 집사 노릇을 계속할 수 있을 것이라고 한다.

디아블로는 "저는 리무루 님의 집사이므로 곁을 떠날 수는 없습니다"라고 말한다.

시온이 씁쓸한 표정을 하고 있지만, 이건 디아블로의 승리라 하겠다.

그리고 그 강화회의 말인데.

"아, 나도 나가도록 할까?"

"아닙니다, 저 혼자면 충분합니다."

라고 거절했다.

큰 거래가 있을 때에는 상사가 따라가주는 게 마음 든든하리라 생각했는데, 혼자서 처리할 수 있는 남자인 디아블로에겐 쓸데없는 간섭이었던 모양이다.

아니, 오히려 내가 나서면 귀족들의 전의를 꺾을 것이라고 한다.

무슨 뜻인지 약간 이해가 되지는 않았지만, 디아블로에 맡겨두면 문제는 없을 것 같다.

그렇게 생각한 나는 안심하고 파르무스 왕국 공략 작전 건은 머릿속 한구석으로 치워버렸다.

●

──그리고 모든 것은 디아블로의 예상대로 움직인다.

귀족들이 집합하면서 어전회의가 개최되었다.

예전과는 달리 왕과 대신들의 표정에는 여유가 없었으며, 진지함 그 자체이다.

귀족파에 속한 자들도 이질적인 분위기를 느끼면서, 자연스럽게 긴장된 표정이 된다.

그런 귀족들에게 전달된 왕의 첫 발언.

"이번에 우리 파르무스의 군대는 템페스트(마국연방)를 굴복시키기 위해 출전했지만, 부활한 '폭풍룡' 베루도라에 의해 전멸을 당하고 말았다. 살아남은 자는 짐을 빼면, 라젠과 레이힘 두 명뿐이다. 우리는 패배한 것이다."

그 폭탄 발언에 의해, 회의는 시끄러워지기 시작했다.

왕이 말한 파르무스 군의 참상.

그 믿을 수 없는 내용에도 놀랐지만, 그 뒤에 나온 왕의 말에는 비판이 쇄도했다.

그것은 당연한 이야기였다.

그도 그럴 것이, 왕은 마물의 요구를 받아들여 전쟁 피해에 대한 배상에 응하겠다고 선언했으니까.

그리고 그 배상 금액은── 성금화 1만 개.

"말도 안 됩니다! 성금화라면 금화 100개에 해당합니다. 금화로 100만 개를 지불하라는 말입니까?!"

"그런 큰 금액을, 마물 따위에게 지불할 수가 있겠습니까. 결코 인정할 수 없는 일입니다!"

"애초에 국고를 개방해도 그 정도 액수를 준비할 수 없습니다!"

참고로, 이 성금화란 것은 국가 간의 거래에 이용하는 '보존이 가능한 증서' 같은 취급을 받고 있기 때문에, 일반적인 나라의 재고에는 100개도 갖춰져 있지 않다. 파르무스 왕국이 아무리 대국이라고 해도, 기껏해야 1,000개가 있으면 많이 모아놓았다고 할 수 있는 실정이다. 거기다 유통용의 금화도 포함시킨다면, 귀족 중 한 사람이 절규한 것처럼 방대한 수를 준비해야 하게 될 것이다.

거래가 있는 나라라면 상품으로 대체할 수도 있겠지만, 신흥국──그것도 마물의 나라──이라면, 그런 수단을 선택할 수도 없다. 그렇게 되면 필연적으로 경제에 영향이 미치는 것은 피할 수 없다.

디아블로가 성금화 1만 개를 내놓으라고 말한 것은 처음부터 무리한 요구였다. 귀족들로부터 불만이 나오는 것도 당연한 일이다.

더구나 실제로 전쟁터를 경험해본 적이 없는 귀족들은 진정한 의미로서의 위협을 느끼지 못하고 있었다. 국가 존망의 위기라는 자각이 부족했던 것이다.

그렇기에 그런 귀족들의 반발이, 전쟁을 계속하자는 주장으로 이어지기 시작한다.

"그렇습니다. 속국이 된다는 것은 아예 말할 것도 없습니다. 상대가 약속을 어기고, 백성들에게 손을 대지 않는다는 보장이 없습니다."

"단연코 철저하게 항전할 수밖에 없겠군요. 이제 막 잠에서 깬 사룡 따위는 우리가 명예를 걸고서라도 토벌해 보이도록 합시다!"

"베루도라가 상대라면, 서방성교회가 가만히 있지 않을 겁니다. 그 이름 높은 히나타도 움직일 것이고요."

"오오, 성기사단장인 히나타 말입니까. 그 암여우는 지극히 타산적이지만, 이런 상황에선 의지가 될 겁니다."

"서방성교회가 베루도라를 적대시하고 있다는 건 유명한 얘기지요."

"용사도 있지 않습니까?"

"음! 잉그라시아 왕국에 있는 섬광의 마사유키 말이군!"

"그렇습니다. 상대가 무슨 공격을 받았는지 이해도 하기 전에 쓰러뜨린다는, 역대 최강으로 이름 높은 용사입니다. '섬광'이라는 이명이 단순한 허풍이 아니라면, 베루도라를 상대로 증명하도록 하면 되지 않겠습니까!"

분위기가 달아오르는 귀족들.

완전히 남의 힘에만 의존하고 있다는 것을 본인들은 자각하지 못한다.

"음, 그 마음가짐이 좋구려! 마물들을 전부 처치해버립시다!!"

그렇게 가능하지도 않은 일을 호기롭게 떠벌리기까지 한다.

그런 귀족파의 모습을 바라보는 국왕파의 대신들은, 왠지 부끄러움을 감추지 못하는 것 같았다. 처음 이 사태를 왕에게 전해 들었을 때 자신들이 보였던 반응을 떠올리고 있는 것이다.

얼굴을 붉히면서 한숨을 쉬는 자도 있다. 그때의 왕의 심경을 헤아려보면서, 스스로 반성하는 자들까지.

그리고 에드마리스 왕도 또한 이 자리에 모인 귀족들의 심정을 잘 이해할 수 있었다.

지금 소리를 드높이면서 전쟁을 벌일 것을 주장하는 귀족들은, 자신들의 권익을 지키는 것에만 집착하고 있다. 결코 파르무스 왕국 그 자체나, 그 국민들의 생명과 재산을 지키려는 것이 아니다.

진심으로 싸울 생각은 아예 없는 것이다. 그래서 강경한 발언을 당당하게 입 밖으로 내뱉을 수 있는 것이리라.

에드마리스 왕은 회의가 이렇게 흘러갈 것을 알고 있었다. 여기 모인, 영지를 지닌 귀족들은 아직도 현실을 제대로 보지 못하고 있는 것이다.

자신이 공포를 맛봤던 것도 아니며, 스스로 진두에 서서 싸울 의지 따윈 처음부터 가지고 있지 않으니까.

안전한 장소에 있으면서, 다른 누군가를 대신 시켜서 싸우려하고 있을 뿐.

패배했을 경우에 책임을 질 생각도 없을 것이다.

지금까지는 그래도 괜찮았다.

파르무스 왕국은 대국이며, 주변 국가들 중에선 강자의 입장에 있었으니까.

하지만 이번에는 그럴 수가 없다. 주변 국가를 통해 압력을 가한다는 평소의 방법이 통하지 않는 것이다.

게다가 상대는 단지 혼자서도 일개 군대를 전멸시킬 수 있는 카타스트로프(천재) 급이니까…….

귀족들은 격노하면서, 왕의 책임을 소리 높여 추궁한다.

그들은 말한다. 배상금은 왕가가 지불해야 한다고.

그들은 말한다. 마물의 요구 따윈 단호히 거절하라고.

그들은 말한다. 파르무스의 총력을 기울여 싸워야 한다고.

귀족들의 말도, 어떤 의미로는 틀린 것이 아니다.

하지만 중요한 점을 잊어버리고 있다.

이미 파르무스 국이 보유한 군사력이 대폭 줄어들었다는 사실을.

혹은 믿고 싶지 않은 것뿐일지도 모르지만…….

그 사실을 지적당하자 얼굴이 창백해지는 자도 있었지만, 뻔뻔하게 오히려 반발하는 자도 있다.

에드마리스 왕이 걱정했던 대로 귀족들은 단합되지 않았고, 회의 분위기는 어지럽게 변했다.

그러던 중에 귀족파의 대표인 왕제(王弟) 에드왈드가 분위기가 무르익기를 기다렸다가 입을 열었다.

"형님, 아니, 폐하! 퇴위를 하신다 해도 그 책임을 벗어나실 수는 없습니다! 긍지 높게 구셔야 할 왕이 그리도 쉽게 패배를 인정하신단 말입니까?"

"……잘 들어라, 에드왈드. 상대는 '폭풍룡' 베루도라다. 짐의 긍지 따위는 그 폭군 앞에서는 쓰레기나 마찬가지란 말이다! 그런 공포를 두 번이나 맛보고 어찌 버텨낼 수 있을까. 아니지, 긍지를 따져보겠다면 어디 네가 싸워보겠느냐? 말리진 않으마! 하지만, 병사들을 헛되이 죽게 만들 뿐일 것이다."

"아니, 그건……. 하지만 폐하, 애초에 그 얘기가 정말이라면, 자신만 혼자 도망치시겠다는 생각이 아닙니까?"

"멍청한 놈, 도망칠 곳이 있을 것 같으냐! 그러니까 짐은 배상금의 지불에 응하면서 퇴위하겠다고 말하고 있는 것이다."

왕의 책임을 추궁할 수 있는 기회라고 보고 도발을 해봤지만, 평소에는 존재하지 않았던 에드마리스 왕의 기백에 압도되면서 에드왈드는 입을 다문다.

그 모습을 보고, 에드마리스 왕은 목소리를 낮추면서 이야기를 계속했다.

"짐이 퇴위하지 않는다면, 속국이 되거나 전쟁을 계속할 수밖에 없다. 내 말이 이해가 되는가? 나라가 멸망한단 말이다――."

"으…… 그렇지만, 아무런 저항도 없이 마물의 부하가 된다는 건……."

그래도 납득이 되지 않는지, 에드왈드는 분한 표정으로 말끝을 흐린다.

그때 일단 조용한 분위기를 되찾은 회의장에 헤르만 백작의 조심스러운 목소리가 울렸다.

"한 말씀 드려도 되겠습니까? 오늘 아침에 제게 전해진 서신이 있습니다. 너무나도 중대한 내용이기에, 이 자리를 빌려 여러분께도 알려드리고 싶어서⋯⋯."

그리 말하면서 헤르만 백작이 이야기한 내용은, 블루문드 왕국에서 발표된 성명에 관한 것이었다.

그가 말하길, 블루문드 왕국은 템페스트를 지지하며, 이번에 있었던 파르무스 왕국의 파병을 비난한다는 내용이었다.

그것은 더 볼 것도 없이, 파르무스 왕국에 대한 비난 성명이었다.

"약소국 주제에 건방지게!!"

"우리가 이겼다면 입을 다물고 있었을 것들이, 이번 패배를 틈타 주제넘게 까분단 말인가."

그런 귀족들의 분노에 물을 끼얹듯이, 드워프 왕국에서도 같은 내용의 성명이 발표되었다고 수출입을 담당하는 대신이 발언했다. 이 발언에는 아무리 귀족들이라 해도 초조한 빛을 감추지 못했으며, 그들의 발언의 기세도 약해졌다.

"블루문드 왕국만이라면 또 모를까, 무장 국가 드워르곤이 움직이면 골치 아파집니다. 드워프 왕 가젤은 중립의 입장을 지킬까요?"

"아니, 문제로 삼아야 할 것은 그 발언력이오. 우리나라의 중요한 거래 상대국이기도 하므로, 가젤 왕의 기분을 상하게 했다간 위험할 것입니다."

헤르만 백작의 보고를 계기로, 회의장에 무거운 분위기가 감돈다. 그리고 그 자리에 새로운 폭탄이 투하되었다.

"아, 아룁니다! 지금 막 길드로부터 긴급 보고가 전해졌습니다!!"

다급하게 달려온 병사는 창백해진 얼굴을 하고 그렇게 소리쳤다. 지금 중요한 회의가 벌어지는 중임에도 불구하고, 위병들이 그를 제지한 것으로도 보이지 않았다. 그 이유는 한 가지, 그 전령이 들고 있는 '최중요 긴급 전달서'의 위광 덕분이었다.

꾸짖으려고 했던 귀족도 그 서신에 적힌 '최중요'라는 글자를 보고 입을 다문다. 그것은 위험도로 따지면 특S급 레벨의 사태에만 발령되는 서신이며, 그 서신의 전달을 방해하는 자는 국가 반역죄에 해당되는 중죄로 처벌된다는 합의가 자유조합과의 사이에 맺어져 있기 때문이다.

"말하라."

에드마리스 왕의 허가를 받아서, 병사는 긴장으로 떨리는 손으로 서신을 들고 천천히 읽기 시작한다.

"쥬라의 대삼림의 맹주를 자칭하는 마물 리무루가, 마왕이 되겠다고 선언했다고 합니다!"

"뭐라고?!"

"이건——."

"오히려 좋은 기회입니다. 이렇게 되면 우리나라는 살아날 수 있소."

"음. 마왕들이 잠자코 있지 않겠지. 분수를 모르는 리무루라는 녀석은 진짜 마왕의 무서움을 알게 될 것이오."

"일이 잘 풀리면 이제 막 부활한 베루도라와 함께, 마왕들이 소멸시켜줄지도 모릅니다!"

전령인 병사가 한 문장을 읽자마자, 귀족들이 환호성을 질렀다. 그러나 계속 이어지는 병사의 말에 그런 환호성은 단숨에 사라지게 된다.

"——반발한 마왕 클레이만이 리무루——마왕 리무루에게 도전했다가, 오히려 반격을 받아 패배했다는 정보가 들어와 있습니다!"

병사의 목소리가 울려 퍼짐과 동시에 회의장은 경악으로 물들었다.

"——뭐어?!"

"그런 말도 안 되는……."

"'비스트 마스터(사자왕)' 칼리온은, '스카이 퀸(천공여왕)' 프레이는 대체 뭘 하고 있는 건가? 쥬라의 대삼림의 패권을 신참에게 양보하겠다는 말인가?!"

자신들의 적대자가 마왕이 된 사실이 판명되었으므로, 그 경악하는 반응도 당연하다 하겠다.

귀족 중의 한 사람이 쥬라의 대삼림에 인접한 다른 마왕들의 동향을 묻자, 그에 대답하듯이 병사가 마지막 문장을 읽는다.

"그 칼리온과 프레이 두 명은, 마왕의 자리를 반납하면서 마왕 밀림의 밑으로 들어갔다고 합니다. 그에 따라 마왕 세력에 변동이 일어났으며, 현재는 여덟 명의 마왕이 '옥타그램(팔성마왕, 八星

魔王)'이라는 이름을 칭하게 되었다고 합니다!!"

그 목소리를 듣고, 귀족파에 속한 자들은 완전히 침묵에 빠진다.

자신들의 적대자인 리무루도 또한 그 옥타그램의 한 명이 되었다는 것을 이해하면서.

사전에 보고를 들어 알고 있었던 국왕파들도, 알고 있었다고 해서 여유가 있는 것은 아니다. 몇 번을 들어도 믿기 어려운지라, 마찬가지로 침묵에 빠져 있었다.

이 보고는 마왕들의 연대 서명을 통해 일방적으로 통지된 것이라고 한다. 그러므로 이 정보를 의심해봤자 의미가 없다. 각자가 절대적인 힘을 지닌 마왕들은, 이런 일로 인류를 속일 필요가 없기 때문이다.

그런 침묵에 휩싸인 회의장에서, 에드마리스 왕이 무겁게 입을 열었다.

"다들 들었는가. 베루도라라는 위협 이전에, 리무루라는 마물도 또한 위협적인 존재요. 마왕 클레이만을 쓰러뜨릴 정도의, 상상 이상의 괴물인 것이오. 대화는 더 이상 소용이 없지 않겠소? 짐은 이미 퇴위하기로 결정을 내렸소. 나라를 위해서라곤 하나, 상대국의 사정을 고려하지 않은 것은 어리석은 짓이었소. 욕심에 눈이 멀어서 움직인 짐의 실수라고 봐야 할 것이오. 상대를 대하는 방법을 다르게 선택하면, 어쩌면 좋은 이웃이 되어줄지도 모르오."

자신이 퇴위함으로씨 새로운 관계를 쌓을 수 있을 것이라고 섬

101

득하는 에드마리스 왕. 그 말에 귀를 기울이는 귀족들에게서는 이미 반발의 뜻은 느껴지지 않았다.

모두 다 잘 이해했다. 에드마리스 왕의 말대로 할 수밖에 없다는 것을.

"짐은 퇴위하겠소. 그리고 후계자로는 에드왈드를 추천하겠소."

"형님……."

"뭐라고 하셨습니까?!"

"에드가 왕자에게 물려주시는 게 아니란 말입니까?"

그 예상외의 발언에, 그 자리가 소란스러워졌다.

에드마리스 왕이 퇴위한다면, 당연히 왕자에게 왕위를 물려줄 것이라고 다들 생각하고 있었다. 그렇기에 더더욱 에드왈드는 필사적으로 자신의 존재를 어필하려 하고 있었다.

형인 에드마리스가 퇴위하는 것 말고는 다른 방법이 없다는 것은 명백하다. 갑작스럽게 생겨난 이 찬스를 통해, 에드왈드는 꿈에 그리던 옥좌를 노리고 있었던 것이다.

이번에 에드가 왕자가 왕위에 오른다고 하더라도, 이 자리에서 존재감을 제대로 보여줘야 다음 기회로 이어진다.

왕자는 아직 열 살. 그렇다고 해도 형이 건재한 이상, 섭정을 두는 것도 불가능하다.

그렇게 되면 귀족들이 불만을 가지도록 부추겨서, 역시 에드왈드가 왕이 될 수밖에 없다고 생각하도록 만들 필요가 있었던 것이다.

그러나 옥좌 쪽이 먼저 에드왈드에게 미소를 지었다.

"앞으로는 힘든 시대가 찾아오겠지. 에드가는 아직 어리오. 이겨내기는 힘들 것이오."

쓸쓸한 감정에 가득 찬 에드마리스 왕의 중얼거림.

그에 대하여 다양한 목소리가 오가는 중에, 그 말에 납득한 듯이 고개를 끄덕이는 자도 있었다.

"폐하, 저도 그게 좋다고 생각합니다."

밀러 후작이다.

그 말에 에드왈드는 속으로 씨익 웃는다. 중립파의 거두인 밀러 후작까지 받아들인다면, 이 결정이 뒤집어질 일은 없을 것이라 생각하면서.

옥좌에 앉기만 하면 이 난국 따위 어떻게든 할 수 있다──. 그런 자신이 에드왈드에겐 있었다.

이래저래 지불을 질질 끌면서, 그동안에 주변 국가들을 끌어들여서 대항할 것이다. 자신의 파벌에 속한 귀족들이 말한 것처럼, 용사나 성기사에게 의지하여 인간 연합군을 결성하는 것도 유효한 방법이다.

그리고 그렇게까지 하지 않더라도…….

왕이 바뀐다는 것은 정권도 바뀐다는 뜻이다.

이전의 정권이 받아들인 조건 따위를 다음 정권이 계승할 필요는 없다. 그렇다면 천문학적인 배상금 따위는 지불할 필요가 없는 것이다.

항의를 해 온다면 그때야말로 모든 책임을 전대 왕인 형 에드마리스에게 떠넘기면 된다.

에드왈드는 그렇게 짧은 생각을 했다.

(훗훗후. 내가 왕이 되어서 이 나라를 더욱 번영시켜주지.)

그것이 처음부터 꾸며진 계획이라는 사실을 깨닫지 못하고, 에드왈드는 다음 왕이 된다는 기쁨을 속으로 곱씹는다······.

그런 뒤에 회의는 큰 문제없이 진행되었다.

여러 문제점이 거론되었고, 세부적인 부분이 차례로 조정된다.

그리고 개요가 정해졌으며, 화평 회의를 여는 데 대한 동의가 만장일치로 채택된 것이다.

──그리고 화평 회의의 자리에서.

오랜 역사를 지닌 대국 파르무스와 쥬라 템페스트 연방국 사이에 종전에 관한 협정이 체결되었다.

화해가 성립된 것이다.

이로 인해 표면상으로는 파르무스 왕국도 템페스트를 국가로서 인정한 꼴이 된다. 국교 수립은 아직 멀었다고 하나, 섣불리 국제법을 무시할 수는 없게 된 것이다.

그렇다 해도, 템페스트(마국연방)가 서방 열국의 평의회── 카운실 오브 웨스트(서방 열국 평의회)에 가입한 것은 아니므로, 설령 파르무스 왕국이 재침공을 했다고 해도 법적인 제재 조치 같은 것은 발생하지 않는다.

어디까지나 템페스트가 인도적인 관점에 따른 국가 간의 위치를 확립한 것에 지나지 않는 것이다.

하지만, 템페스트에는 군사력이 있다는 사실이 증명되었다.

그 나라를 다스리는 존재는 새로운 마왕 리무루.

'폭풍룡' 베루도라의 맹우이자 불과 2년 만에 쥬라의 대삼림을 완전히 지배하에 넣은, 인간의 지혜를 초월했으며 인간을 넘어선 존재.

그 사실을 이해하고 있다면 템페스트와 전쟁을 벌이려고 생각할 나라는 없을 것이다. 얻을 수 있는 이익에 비해서 손해가 너무 크다는 판단이 서기 때문이다. 그러기는커녕 자칫하다간 나라가 멸망하게 될 것이다.

이날을 기점으로── 리무루는 불가침의 존재로 다뤄지게 된다.

이 세계에서 마왕으로 불리는 존재, 디재스터(재화, 災禍) 급으로서.

이렇게 하여 큰 문제없이, 계획의 제1단계가 완료되었다.

모든 것은 디아블로가 의도했던 대로 돌아갔다──.

제2장

각자의 역할

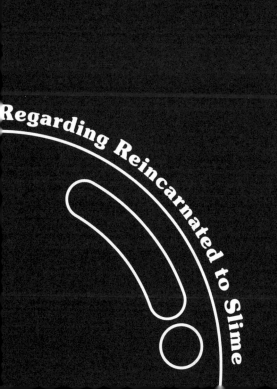

Regarding Reincarnated to Slime

디아블로로부터 보고를 받은 다음 날 아침, 슈나와 소우에이가 맨 먼저 돌아왔다.

"무사히 돌아왔습니다!"

그렇게 말하면서, 내게 볼을 비비는 슈나. 전쟁을 치르느라 마력을 다 써버렸다고 하며, '공간이동'을 쓸 수 있게 되기까지 회복하느라 시간이 걸렸다고 한다.

나는 아무렇지 않게 '공간지배'로 '전이'를 할 수 있지만, 에너지(마력요소)양이 적은 슈나는 하루에 사용할 수 있는 회수에 한계가 있다.

소우에이는 '그림자 이동'으로 돌아올 수 있었지만, 호위를 맡은 자만 먼저 돌아갈 수 없다는 이유를 들어 슈나의 회복을 기다리고 있었던 모양이다. 지금도 '분신체'가 몇 명, 클레이만의 거점 주변을 경계하고 있다고 말했다. 생각했던 것 이상으로 여유가 있는 모양이다.

"그래서 하쿠로우는?"

"네. 뒤처리를 부탁했습니다."

방긋 웃으면서, 슈나가 말한다.

소우에이는 슬쩍 눈길을 피했다. 즉, 뒷일을 억지로 떠넘기고 자신들만 돌아왔단 말인가.

하쿠로우는 '공간이동'을 할 수 없으니까, 자신을 놓아두고 가 버리면 달리 어찌할 방법이 없다. 하지만 뭐, 하쿠로우는 슈나를 손녀딸처럼 총애하고 있으니, 부탁을 받는다 해도 기분 나쁘게 생각하지 않겠지만.

지금은 게루도와 협력하여 클레이만의 성에 대한 조사와 전리품의 분류, 포로의 취급에 관한 지휘를 하고 있는 모양이다.

고생이 많습니다, 라고 속으로 감사히 여긴다.

할 일은 산더미처럼 쌓여 있겠지만, 이런 일에 경험이 없는 내가 도와줄 수 있는 건 없다. 요청이 있을 때까지는 잠자코 대기하기로 하자.

그리고 그날 밤에는 베니마루도 돌아왔다.

"어라? 대장이 돌아와도 괜찮은 건가?"

그렇게 묻는 내 질문에 베니마루가 씨익 웃는다.

"후훗. 전쟁이 끝난 이상, 우리가 끝까지 계속 개입할 필요는 없지 않습니까. 우수한 부관님에게 지휘권을 돌려주고 우리는 재빨리 물러나준 것입니다."

시원스럽고 호쾌하게, 베니마루는 그렇게 내뱉었다.

그러니까, 뒷일은 삼수사에게 맡긴 모양이다. 알비스 일행이 분해하는 얼굴이 눈에 선하게 떠오를 것 같다.

하는 짓이 슈나와 완전히 똑같은 것을 보니, 역시 남매라는 생각이 든다.

어느 정도는 내 강한 책임감을 본받아서——,

《해답. 마스터를 본받은 결과라고 추측됩니다.》

추측하지 마!

그건 틀림없이 잘못된 추측이니까.

혹시 '지혜가 있는 자(대현자)'에서 '라파엘(지혜지왕)'이 되면서, 연산 능력이 열화된 것 아냐?

《아닙니다. 그런 현상은 확인되지 않았습니다.》

대놓고 부정했다.

이런 점을 보면 틀림없이 진화를 하긴 했다.

입씨름을 해봤자 이길 수 있을 것 같지도 않으니, 어른답게 여유 있게 봐주기로 하자.

라파엘을 상대하는 건 불리하다고 생각한 나는 베니마루로부터 이야기를 계속 듣기로 했다.

"그래서 가비루는 아직 전쟁터에 있나?"

"네. 그 녀석은 밀림 님의 부하인 미도레이라는 인물과 친해지면서, 전쟁터의 뒤처리를 도와주고 있습니다."

"그렇군. 게루도는 클레이만의 본거지에, 가비루는 전쟁터에 있는 건가."

가비루도 전쟁터에서 뒤처리를 맡았단 말인가.

게루도도 그렇고, 가비루도 그렇고, 이런 실무도 제대로 처리해주는 것을 보니 일을 맡긴 보람이 제법 있군.

전쟁이란 이긴 것으로 끝나지 않는다.

그 뒤가 더 큰일인 것이다. 특히 이번에는 클레이만의 세력을 일망타진하고 말았으니……

노동력으로 삼으려고 한 포로가 전쟁터에도 본거지에도 대량으로 남아 있다. 그들의 생명을 보증하고 있는 이상, 책임을 지고 그들을 보살펴야 한다.

사람과 달리 마인이기 때문에 어느 정도는 거칠게 다뤄도 괜찮겠지만. 그래도 역시 식사를 빼먹거나 하면 원한을 사게 될 테니까 말이다.

이기고 지는 것으로 원망을 사는 건 어쩔 수 없다고 해도 그 뒤의 일은 이긴 쪽의 책임이 되는 것이니까……

전쟁터에서 포로들을 모아서 이송하는 일은 아주 힘든 노동이 된다. 잠깐 한눈을 팔다가 반란이라도 일으키면 번거로우니, 늘 감시가 필요해지기 때문이다.

무장해제를 시켰어도 마인이라면 안심할 수 없고 말이지.

이 세계에는 마법도 있으며, 스킬(능력)도 있다. 그렇게 생각하면, 지금까지 아무도 포로를 잡으려는 생각을 하지 않은 것도 당연하달까.

거역할 마음을 품지 않게 만들 수 있다면──.

"아아, 안심하십시오. 포로들을 모아서 눈앞에서 가볍게 설명을 해주었습니다."

"그, 그래."

베니마루의 상쾌한 미소를 보면서, 나는 자신도 모르게 고개를 끄덕이고 말았다.

무슨 이야기를 한 것이지는 굳이 묻지 않는다.

111

베니마루가 카리브디스(폭풍대요와)를 불태우는 광경을 본 포로도 있었을 테고, 그자들로부터 소문이 퍼지면 거역할 마음은 먹지 않게 되겠지.

게다가 삼수사는 그곳에 남아 있다. 포로를 통솔하는 일은 수인들에 맡기면 될 것이다.

"그러면 가비루는 한동안 돌아오지 않는 건가?"

"그렇게 되겠군요. 가비루는 '공간이동'을 쓸 수가 없으니까, 삼수사들과 같이 귀환할 것으로 생각합니다."

사태가 진정된 후에, 가비루 일행은 하늘을 날아서 돌아올 것으로 생각하고 있었다. 아니, 잠깐, 그전에──.

"응? 삼수사도 돌아온다고?"

왜 삼수사도 오는 거지?

혹시, 보호해두었던 백성이랑 무장해제를 시킨 포로를 끌고 다 같이 올 생각인 건 아니겠지?

"그게, 유라자니아의 수도는 밀림 님이 날려버리셨지 않습니까? 그래서 일단, 우리나라에서 받아들이기로 얘기가 되었습니다."

베니마루가 말하기로는 수인은 체력이 있기 때문에 행군도 문제가 되지는 않는다고 한다.

내가 묻고 싶은 건 그게 아니야…….

"하지만 모두를 다 받아들이는 건 무리일 텐데?"

전에 받아들인 2만 명만으로도 야영할 수 있는 환경을 마련하는 데 시간이 걸렸다고 한다. 하물며 이번에는 부탁할 수 있는 게 루도와 하이오크의 공작 부대가 출장 중이다. 개척한 개발 예정의 공터에 여유가 있긴 하지만, 모든 사람을 다 재울 수 있는 장소를 준비하기는 꽤 어려울 것이다.

"그 점에 관해선 게루도와 알비스와도 논의했습니다. 포로들을 대충 편성한 뒤에 받아들일 곳에 맞춰서 분산시키기로 했습니다."

내 걱정을 날려버리려는 듯이 베니마루가 설명해줬다.

받아들일 자를 엄선하고 있다고 한다.

돌아갈 마을이 있는 자는 각각 귀환 길로 돌려보냈다.

템페스트(미국연방)로 올 자들은 기술 습득을 희망하는 수인들이 될 것이라고 한다.

그리고 체력이 있는 수인과 마인들은 그대로 남아서 게루도 부대의 지휘를 받는다. 각 부대의 지휘하에서 황무지가 된 옛 유라자니아의 땅을 개발하도록 시킬 것이다.

칼리온이 마왕의 자리에서 내려와 밀림의 밑으로 들어감으로써, 유라자니아도 밀림의 지배 영역이 될 것이다. 쥬라의 대삼림 남쪽에 펼쳐져 있는 비옥한 대지의 중심이 유라자니아이므로, 이곳에 밀림이 거주할 성을 건조할 예정인 것이다.

어차피 도시를 재건해야 할 테니까 수도를 옮기면 어떨까? 나는 그렇게 생각해서 밀림에게 제안했다. 그러자 단번에 그 제안을 받아들인 것이다.

좀 더 논의 같은 게 필요하지 않을까…… 하고 생각했지만, 상대는 밀림이다.

그야말로 즉결.

생각해보니 밀림에겐 부하가 없다.

용을 모시는 자들인 미도레이 일행이 부하 같은 존재이지만,

일단 명목상으로 그들은 밀림을 모시고 있을 뿐이지 지배를 받고 있는 것은 아니다. 그러므로 수도를 옮긴다는 말도 어쩌면 이상하게 들릴지 모른다.

뭐, 그런 자잘한 이야기는 어찌 됐든 상관없겠지.

칼리온과 프레이도 납득을 했기에, 망설이지 않고 바로 신도시의 건설에 들어가기로 한 것이다.

재원은 클레이만이 축적해두고 있던 금은보화들.

노동력은 포로로 확보하며, 그 편성을 현재 실행 중.

내가 걱정할 것도 없이, 베니마루와 게루도가 현장에서 지시를 잘 내려주고 있는 것 같다.

그 성장에는 놀랄 따름이다.

몇 번을 설명해도 내가 말하는 대로 움직이지 않았던 후배 타무라여, 마물 쪽이 너보다 훨씬 우수하구나──. 나는 그렇게 속으로 몰래 생각했다.

베니마루의 이야기를 들어보면, 템페스트(마국연방)가 받아들일 사람 수는 지난번보다 적을 것 같다고 한다.

"그렇다면 새롭게 가설 주택을 준비할 필요는 없겠군?"

"네, 괜찮을 겁니다. 그러나 올 사람은 수인뿐만 아니라 포로가 된 마인도 있습니다. 그 점은 충분히 주지하고 있으니, 만일을 위해서 단단히 경계하도록 일러두기로 하겠습니다."

"그렇군요. 알겠습니다. 그 점은 제가 모두에게 설명해두도록 하겠습니다."

베니마루가 말하자, 리그루도가 고개를 크게 끄덕였다.

뭐 이런 믿음직스러운 녀석들이 다 있다지.

내가 지시를 내리지 않아도 각자의 판단에 따라 움직여준다.

어라? 혹시 나는 없어도 괜찮은 것 아냐? 그런 생각이 들면서 조금은 쓸쓸해졌다.

*

베니마루 일행이 돌아온 후로 며칠이 지난 저녁, 디아블로가 검은색으로 칠해진 상자를 안고 집무실로 찾아왔다.

"리무루 님, 교섭은 예정대로 정리가 되었습니다. 이것이 화해 협정 체결의 증거인 증서와, 배상금의 일부로 받은 성금화 1,500개입니다."

그렇게 말하면서, 디아블로는 내 앞에 상자를 내밀었다.

잊어버리고 있었다. 오늘이 파르무스 왕국과 화해 협의를 하는 날이었군.

나오지 않아도 된다고 했으니, 내가 잊어버려도 문제는 없겠지만…… 약간 찜찜한 기분이 든다.

뭐라고 할까, 부하들이 열심히 일해주고 있는데 혼자서 땡땡이를 친, 그런 기분이다.

아니, 결코 땡땡이를 치고 있었던 건 아니지만 말이지.

게다가 '군림하되 통치하지 않는다'를 목표로 삼고 있으니, 아무런 문제도 없는 것이란 말이다.

그런 식으로 자기 자신에게 변명을 하면서, 마음의 동요를 억누른다. 그리고 디아블로에게 고개를 끄덕여 보였다.

"호오, 그거 잘됐군. 그건 그렇고 성금화가 생각보다 많은데."

전쟁 피해 배상금으로 성금화 1만 개를 요구했지만, 이건 솔직히 너무나 무모한 요구였다.

나중에 들어보니, 이 세계에 돌아다니고 있는 성금화의 총 수량 그 자체가 1만 개가 될까 말까 하는 수준이라고 한다.

제조원인 가젤 왕이 말하길, "성금화는 한 달에 한 개밖에 제조할 수 없다. 우리나라가 세워지고 한동안은 제조하지 않았다고 들었다. 그래서 희소가치도 높다고 하겠지만"이라고 말했다. 금화의 유통량은 그 수백 배에도 달하기 때문에, 분명 희소하다면 희소하다고 할 수 있겠다.

그런 성금화가 이 자리에 1,500개. 모든 유통량의 1할 이상이 여기 있다고 생각하면, 이건 그야말로 엄청나다고 말할 수밖에 없다.

"역시 파르무스는 대국이로군. 용케도 이렇게나 축적해두고 있었다니."

이 정도나 되는 양을 준비할 수 있었던 것만으로도, 그 국력이 어느 정도인지를 엿볼 수 있다고 하겠다.

"그렇군요. 하지만 그 금액의 대부분은 에드마리스 왕이 쌓아두고 있었던 개인 재산에서 차출한 것 같습니다."

디아블로가 말하기로는 여기에 내놓은 성금화는 사용할 길이 없는 왕가의 재산으로서 잠들어 있던 것이 대부분이라고 한다. 드워프 왕국의 보증으로 환금성도 높으며 예술적 가치도 있으므로, 오랜 세월 동안 왕실의 재산이 되어 있었다고 한다.

"어차피 왕가를 지키는 기사단이 없는 지금, 귀족파와 충돌을 일으켰다간 다 빼앗기게 될 것——이라고, 예상대로 에드마리스 왕은 그렇게 생각했습니다."

그래서 국고를 비울 기세로 모든 것을 다 내놓았단 말인가.

"과연……. 그런데, 역시 예상대로 전쟁이 일어날 것 같나?"

"네, 확실합니다. 청구액에 부족한 부분을 차관으로 빌려주었으니, 새로운 왕은 이걸 참아내지 못할 테니까요."

미소를 지으면서 그렇게 대답하는 디아블로 군.

디아블로는 새로운 왕의 생각을 먼저 꿰뚫어 보고, 왕자였던 에드가 아니라 왕의 동생인 에드왈드가 왕위를 잇도록 만든 것이라고 한다.

이에 대해선 에드마리스 왕도 받아들였으며, 그것밖에는 방법이 없다고 자신들도 판단하고 있었다고 한다.

원래는 공작 작위에 해당하는 대접을 받는 것이 타당하겠지만, 에드마리스는 사퇴한 것이다.

그리고 왕위를 내놓고 자작이 되었다. 니들 마이검 백작령에 아주 가까우면서, 평화로운 작은 영지로 옮겨 살게 된 것이다.

권력에 대한 야심을 버렸다고, 누가 봐도 그렇게 보이도록.

이렇게 되면——,

《알림. 국가 차원에서 나머지 배상을 인정하고 싶어 하지 않는 세력이 에드마리스에게 모든 책임을 떠넘기도록 움직일 것입니다.》

그렇겠지.

디아블로가 의도한 대로 계획은 진행되는 것 같다.

"요움 일행은 니들령을 본거지로 삼고 있으니까, 무슨 일이 생기면 즉시 달려갈 수 있겠군."

"네. 말씀하신 대로입니다."

디아블로가 미소를 지은 채로 고개를 끄덕인다.

시온은 내 뒤에 서서, 이해하기 어렵다는 표정으로 이야기를 듣고 있다.

아니, 그냥 흘려듣고 있군. 도중에서 이해하길 포기한 것이 틀림없다.

이런, 시온은 그냥 내버려두고.

흠흠.

니들령은 쥬라의 대삼림에 인접해 있으며, 변경 중에선 자유조합 지부도 있다고 하는 중간 규모의 영지다. 상당한 수의 인구를 보유하고 있으니, 일을 벌인다면 이 장소가 기점이 되기 쉽다.

그곳에 요움이 있다.

민중으로부터의 지지가 두텁고, 영웅으로서 지명도도 높다.

"새로운 왕이 에드마리스를 저버리려고 움직인다 해도, 요움이 그걸 저지한단 말인가."

"네. 게다가 새로운 왕의 불성실함을, 요움 님이 규탄하도록 만들면 내란이 일어나겠지요."

요움이 에드마리스 일행을 보호함으로써, 자연스럽게 대립이 일어나도록 꾸민다는 말인가.

완벽하군.

새로운 왕이 순순히 나머지 배상에 응한다면, 우리로선 이 이상 손을 대기는 어려웠을 것이다. 좀 더 장기적인 시야에서 전략을 짜내고, 조금씩 파르무스 왕국의 붕괴를 노리는 것 말고는 다른 방법이 없었을 것이다.

하지만 디아블로의 책략은 내 생각을 상회한다. 사람의 마음을 조종하여, 바라는 결과를 이끌어낸다.

이렇게 되면 단기간에 일이 벌어질 가능성이 높다.

새로운 왕은 에드마리스를 배제하려고 움직일 것이다. 여기서 에드마리스 왕의 신병을 빼앗기면, 우리의 계획은 모두 수포로 돌아가버리는 것이다.

그야 상대의 변명을 무시할 수도 있겠지만, 그렇게 하면 국제사회에서의 신용을 얻지 못하게 될 테니까 말이지.

무슨 일을 하든지 대의명분이 필요하다. ——그게 인간사회의 규칙인 것이다.

"경계를 게을리하지 마라. 가능한 한 민중에겐 피해가 가지 않도록, 새로운 왕의 움직임을 조종할 수 있겠나?"

"그러길 바라신다면, 이 디아블로에게 맡겨주십시오."

정말로 믿음직스럽군.

머리가 너무 좋아서 조금 무섭긴 하지만, 디아블로에게 맡겨두면 어떻게든 될 것 같다.

"너에게 맡기마. 군자금이 부족하다면, 이 성금화를 사용해도 좋다."

나는 성금화 1,000개를 '위장'에 넣고, 나머지 500개를 디아블로에게 건넸다.

다행히도 희생자는 회복했으며, 개개인에게는 병문안만 해놓은 상태이다. 배상으로는 성금화 1,000개로도 넘쳐날 만큼 충분할 것이다.

클레이만의 본거지에 있었던 금은보화도 획득했으니, 지금은 재정적으로 상당히 풍족한 상태이다. 앞으로의 도시 창조 계획에서 많은 양을 사용하게 되겠지만, 요움의 지원으로 돌릴 예산도 충분하게 있을 것이다.

그렇게 생각해서 한 발언이었지만, 디아블로는 미소를 지은 채로 사양했다.

"리무루 님, 배려는 대단히 기쁘게 생각합니다만, 그러실 필요는 없습니다. 당초의 예상대로 전력만 준비해주시면 충분합니다. 혹은 제가 싸우도록 허가를━."

"아, 그건 안 된다. 전력은 준비해줄 것이니, 네가 눈에 띄는 것은 피하도록 해라."

나는 서둘러 디아블로의 발언을 가로막는다.

디아블로가 위험하다는 사실은 충분히 이해하고 있기 때문에, 사용할 곳을 잘못 판단하는 어리석은 짓은 하지 않을 것이다. 성기사 급의 자들이 나온다면 또 모를까, 인간의 국가를 상대로 디아블로를 보냈다간 과잉 전력이 되어버리기 십상이다.

그런 짓을 하면 우리가 두려움을 사게 될 뿐이며, 상호 이해로 향하는 길은 멀어진다. 현재 상황에서도 상당히 위험한 다리를 건너는 것으로 생각하고 있기에, 좀 더 온화하게 인간사회와 어울리고 싶은 것이다.

게다가 전력에 관해선 문제가 없었다.

지금은 표면적으로 대치하고 있는 적이 없다. 게루도의 부대는 공사 작업에 돌린다고 해도, 베니마루 휘하의 전력만으로도 충분한 것이다. 전력의 대부분을 잃은 지금의 파르무스는 우리에겐 위협이 되지 않는다.

그러므로 원군의 준비만 해두고, 이 돈은 요움이 수립할 예정인 새로운 국가에 투자하기로 하자.

"잘 알겠습니다. 저는 눈에 띄지 않도록, 철저하게 뒤에서 움직이도록 하지요."

내 설명을 듣고 디아블로는 쉽게 납득해주었다.

"시온, 디아블로를 잘 보고 본받아라."

"어떻게 그런 말씀을?! 저는 항상 냉정하게 리무루 님의 분부를 지키고 있습니다!"

때때로 이렇게 못을 박지만, 시온에겐 자각이 없는 것 같다.

이거 참 큰일이군.

조금씩, 폭주하지 않도록 자각을 촉구할 수밖에 없겠지.

시온에게 단독 임무를 맡기는 것은 당분간은 먼 미래의 일이 될 것 같다고, 그렇게 생각하면서 속으로 한숨을 쉬었다.

보고를 마친 뒤에, 디아블로가 문득 생각난 것이 있는 듯이 질문을 했다.

"리무루 님, 서방성교회가 제 장기 말이 된 레이힘에게 접촉을 시도했다고 합니다. 아무래도 파르무스 왕국과의 전쟁 상황을 자세하게 알고 싶은 것인지, 소집 명령이 내려왔다고 하는데……어떻게 할까요?"

레이힘이라고 하면 파르무스 왕국의 대사제인 그 아저씨 말이군.

지금은 디아블로의 충실한 개가 되었다고 하는데, 이 시점에서 소집 명령을 무시하도록 시키는 것도 문제가 되겠지.

"으─음, 방치해두면 귀찮아질 것 같긴 하군."

"네, 교회 측이 어떻게 나오는지를 보기 위해서라도, 일단 설명을 하도록 보내야 할 것으로 생각합니다."

"그렇겠군……. 살아남은 자는 세 명뿐이니까, 정보를 알고 싶어 하는 것도 당연한가."

전(前) 국왕 에드마리스, 왕궁마술사장 라젠, 대사제 레이힘, 이 세 명이라면 레이힘으로부터 직접 이야기를 듣고 싶어 하는 것은 당연한 일이려나.

오히려 생존자가 그들뿐이라면, 레이힘밖에 없다.

"베루도라가 부활했다는 건 사실이지만, 그 시기만 따지자면 실제와는 차이가 있다. 서방성교회는 베루도라를 감시하고 있었던 것 같으니, 거짓말을 했다간 쉽게 들키고 말겠지……."

"그렇습니까? 그러면 진실을 말하도록 시킬까요?"

거기서 나는 생각에 잠긴다.

서방성교회가 어떻게 나오느냐에 따라서 앞으로의 계획에 지장이 생길 것이다. 가능하다면 서로 간섭하지 않는 방향으로 관계를 맺으면 좋겠지만, 마물을 인정하지 않는다는 그 교의가 번거롭단 말이지.

예를 들어서 드워프 왕국도 서방성교회와 사이가 좋지 않다. 마물에게도 평등하게 대하는 드워프들의 행위가 서방성교회의 교의에 반하기 때문이다.

하지만 그래도 적대 관계로까지 발전하지는 않았으며, 서로가 서로를 무시하는 셈인데······.

우리도 그런 관계를 목표로 해야겠지.

1,000년 이상 계속된 종교의 교의를 부정할 생각은 없는 데다, 그렇다고 해서 무조건 받아들일 수도 없다. 마물이니까 죽으라는 말을 듣고, "네, 그렇군요"라고 고개를 끄덕이는 짓은 할 수 없는 것이다.

상대를 존중하고, 서로가 서로를 배려한다. 상대가 받아들일 수 없는 의견을 서로 주장하다간, 최종적으로는 분쟁으로 발전하고 말 것이다. 그러므로 서로의 차이를 이해하고, 그 부분에는 일부러 접촉하지 않는 어른스러운 방법을 목표로 삼아야 할 것이다.

그렇다곤 하나, 이건 어디까지나 상대에 따라 달라지는 이야기다.

상대도 같은 식으로 생각해주지 않는다면, 독선적인 태도가 되어버리는 것이다.

서방성교회가 우리를 '신의 적'으로 본다면, 우리는 그에 저항할 수밖에 없게 된다. 그렇게 된 경우에는 인정사정 봐주지 말고 전력을 다해 박살을 낼 뿐이지만.

하지만 지금은——,

"좋아, 우선은 메시지를 보내볼까. 클레이만으로부터 압수한 영상 기록용의 매직 아이템(마법 도구)이 있었지? 거기에 내가 전하고 싶은 말을 녹화하도록 하지. 그걸 레이힘에게 들려 보내서 교회 측의 반응을 보기로 하자."

"잘 알겠습니다."

"네! 그럼 곧바로 준비하겠습니다!"

내가 그렇게 말하자, 디아블로는 이해를 하면서 고개를 끄덕였고, 시온은 수정구를 준비하러 달려갔다.

레이힘을 보냈다고 디아블로로부터 보고를 받은 뒤로 며칠이 경과했다.

그러나 서방성교회의 반응은 없다.

저쪽은 저쪽대로 상당히 혼란스러운 모양이다.

그야 그렇겠지.

베루도라는 부활했지, 새로운 마왕, 즉, 나도 있으니까.

그런 우리를 어떻게 대해야 할지, 곧바로 대응 방침을 정하지 못하고 있을 것이다.

이대로 끝까지 아무 반응을 보이지 않는다면, 그건 그것대로 상관없다.

이렇게 이 건은 일단 지켜보면서, 상대의 반응을 기다리기로 했다.

*

삼수사 일행이 도착했다.

포로도 포함하여 수만 명이나 되는 대행렬이었지만, 생각했던 것보다 빨리 도착한 것 같다.

역시 수인과 마인이다. 인간과 비교하면 기초체력부터가 다르니까. 더구나 이 세계에는 마법이 있어서 체력이 떨어지면 마법으로, 마력이 떨어지면 자신의 발로, 그런 식으로 효율 좋게 이동할 수 있으므로 행군 속도는 몇 배로 빨라진다는 이야기를 들었었다.

그런 방법이 주민들에게까지 적용된다니, 역시 전투 종족인 수인답다는 생각이 들어 감탄했다.

가비루는 보이질 않으니, 아마도 후방에 있겠지.

그런 생각을 하고 있으려니, 삼수사인 알비스와 스피어가, 둘이 함께 내게 인사를 하러 왔다.

나도 인사를 해주다가, 삼수사가 한 명 모자란다는 것을 깨닫는다.

"어라? 포비오는 오지 않은 건가?"

"그 질문에 대해 답을 드리자면, 포비오는 남아서 포로가 된 마인들을 감시하고 있습니다."

스피어가 내 질문에 답하면서 설명해줬다.

게루도가 본거지에 있는 동안, 마인들의 반항을 억누르기 위해 엄중히 감시하고 있다고 한다. 쉽게 말해서 잡무를 억지로 넘겨받은 셈이라 하겠다.

포비오 군, 불쌍하게도…….

하지만 확실히, 베니마루가 단단히 위협을 했다고 해도 감시는 필요하다. 모든 걸 우리에게 떠넘기지 않고 도와주고 있는 것이니까, 이 점은 솔직하게 감사하기로 하자.

하나 더 언급하자면, 도시에 받아들일 준비는 완벽했다.

리그루도의 지휘 아래, 가설 주택의 점검도 끝내놓은 상태다.

직업의 분류에 관해서도, 생산 부분의 책임자인 카이진과 쿠로베와 의논한 결과, 어느 부서에서 어느 정도의 인원을 받아들일지를 서로 검토했다.

이곳을 찾아오는 자들은 기술을 배우려고 하는 열의가 있는 자들이지만, 받아들일 수 있는 수에는 한계가 있다. 그래서 희망자가 많은 부서는 로테이션으로 조를 짜도록 정해두었다.

이렇게 되면 기술자 양성 교실 같은 것을 개설하는 것도 좋지 않을까. 나중에 학교를 세우고, 거기서 가르치도록 하는 것도 좋을지 모르겠다.

그런 생각을 하면서, 수인들과 마인들을 받아들일 작업을 조심스럽게 진행시켰다.

알비스 일행이 도시에 들어온 후, 행렬의 맨 뒤에 가비루가 있었다.

"리무루 님, 지금 막 돌아왔습니다!"

지친 기색도 보이지 않은 채, 기운 찬 모습으로 하늘에서 내려오는 가비루.

"그래, 수고했다! 전쟁에선 큰 활약을 했다고 하더군."

"아닙니다, 전 아직 멀었습니다. 밀림 님의 부하인 미도레이 공에겐 완전히 박살이 나버렸으니까요."

아아, 베니마루한테서도 보고를 받았던, 특이하게 강하다던 드라고뉴트(용인족) 말이군.

"뭐, 밀림을 경배한다는 얘기를 들었으니 꽤나 싸움을 즐기는 사람들이겠지. 너도 약한 게 아니라, 이제 막 진화한지라 힘을 제대로 활용하지 못했던 게 아니겠나? 아직 발전의 여지는 있어."

위로가 될지는 모르겠지만, 일단 그렇게 말해줬다.

딱히 풀이 죽어 있는 모습은 아닌 걸 보니, 가비루도 같은 심정이었겠지.

"넷! 이 가비루, 리무루 님의 기대에 부응할 수 있도록, 앞으로도 계속 정진하도록 하겠습니다!"

그 증거로, 가비루는 그렇게 말하며 웃었던 것이다.

그런 뒤에 가볍게 가비루의 부하들의 노고를 치하해주는 일을 끝냈을 때 가비루가 뒤늦게 생각이 났는지, 품에서 서신을 꺼내어 내게 내밀었다.

"뭐지, 이건?"

"네. 밀림 님께서 제게 맡기셨습니다. 리무루 님께 전해달라고 하셨습니다──."

뭘까? 안 좋은 예감만 든다.

발푸르기스(마왕들의 연회)가 끝난 뒤에 작별 인사를 했을 때는 또 놀러 오겠다는 말을 하긴 했는데…….

펼쳐 보니, 밀림이 썼다는 걸 바로 알 수 있는 달필(엉망진창인 글씨)로──,

『밀림이야! 나중에 놀러 갈 때 날 돌봐주고 싶어 하는 자들을 데려갈 거야. 그자들에게 '요리란 것이 어떤 것인지'를 가르쳐주면 좋겠어. 이건 내 절실한 부탁이기 때문에, 친구인 네가 무슨 일이 있어도 들어주면 좋겠어. 정말, 정말로 이렇게 빌게!!』

라고 적혀 있었다.

뭐랄까 절실하다기보다는 필사적인 느낌이 느껴지는 필적이다.

밀림을 돌봐주고 싶어 한다면, 그 용을 모시는 자들을 말하는 걸까?

"무슨 뜻인지 잘 모르겠는데, 뭔가 들은 게 있나?"

"네, 아주 약간이지만. 저는 용을 모시는 자들 중에서 헤르메스 공이라는 자와 친구가 되었습니다만, 그자를 통해 내부 사정을 들을 기회가 있었는데……."

가비루가 말하기로는, 그 헤르메스라는 자는 말이 잘 통하는 사내라고 한다. 미도레이 같이 싸움을 좋아하는 것도 아니며, 드워프 왕국이나 서방 열국을 여행한 적도 있는 자유인이라고 한다.

그런 헤르메스가 가비루에게 해준 말에 따르면, 용을 모시는 자들은 상당히 검소한 생활을 한다나?

"그렇기에 밀림 님께 드리는 식사도 요리가 전혀 되어 있지 않은 것으로 보입니다. 저희가 물고기를 날것으로 먹는 것을 제일 고급스러운 것으로 여기는 것과 비슷할지도 모르겠군요——."

가비루는 그렇게 말했지만, 그건 좀 아닌 것 같다.

리저드맨의 미각은 물고기를 그대로 날것으로 먹는 데 적합하게 바뀌어 있으니까 그렇겠지. 게다가 훈제 같은 걸 포함해서, 조리라는 것을 모르는 것은 아니다. 평범한 식사라고 해도 물고기 이외의 간단한 요리도 존재하고 있다.

그에 비해 용을 모시는 자들은 요리라는 개념 그 자체가 없는 것 같은 느낌을 받았다. 아무리 그래도 날고기를 먹거나 하지는 않겠지만, 그건 식중독을 방지하는 의미가 포함된 것으로밖에 보이지 않는다.

"……알았다. 드라고뉴트의 미각은 인간과 같겠지?"

"네. 저희도 진화한 덕분에 풍부한 미각을 얻었습니다. 예전에는 맛이 없던 식사가 지금은 삶의 즐거움 중의 하나가 되었습니다!"

"그렇지? 그렇다면 맛있는 것을 먹으면, 그걸 또 먹고 싶다는 생각이 들게 되지 않겠나?"

내 감상을 듣고, 가비루는 납득이 된 표정으로 고개를 깊이 끄덕였다.

"그렇군, 그렇군요! 헤르메스 공이 말하고 싶었던 것은, 그런 풍습을 없애주길 바란다는 뜻이로군요!!"

가비루가 말한 게 맞을 것이다.

풍습인지 아닌지는 모르겠지만, 밀림이 바라는 것이 무엇인지는 이해할 수 있었다.

밀림을 신으로 모시면서, 그 신의 뜻을 무시하는 건 주객이 전도된 게 아닌가. 아니, 그 전에 밀림이 뭐라고 한마디 하면 해결될 것 같은데…….

그렇게 보여도 밀림은 의외로 분위기를 파악할 줄 안다. 자신을 위해 선의를 가지고 대하고 있다는 걸 알기 때문에, 더더욱 쓴소리를 함부로 하지 못하고 그에 어울려주고 있는 것이겠지.

"그렇다면 다음에는 성대하게 대접해주기로 할까."

"네! 그게 좋다고 생각합니다!"

상대의 문화를 처음부터 대놓고 부정하지 않도록, 자연스럽게.

그런 분위기 속에서 어떻게 하면 밀림이 더욱 기뻐할 것인지, 스스로 깨닫도록 만들어줘야 한다.

생각 이상으로 어려운 미션이 될 것 같다.

이 건에 관해선 나중에 회의를 할 때 모두의 의견을 듣기로
하자.

가비루에겐 동굴에서 진행 중인 연구로 복귀하라고 말했다.

지금은 베스터가 열심히 해주고 있지만, 연구원의 수는 아직도
모자란다.

가비루가 계속 자리를 비우고 있으면 큰일이다.

"그러면 저는 이만 물러나겠습니다."

"그래. 다음 회의에는 이번 전쟁에서 세운 공에 대해서도 검토
를 할 예정이니까, 너도 참가하도록 해라."

"넷!"

자신이 간부가 되었던 때를 떠올렸는지, 가비루의 얼굴은 자랑
스러움으로 가득 차 있다.

그리고 기쁜 표정으로, 동굴을 향해 그 자리를 떠났다.

*

발푸르기스(마왕들의 연회)로부터 한 달이 지났다.

사람이 늘어나면서, 도시의 열기가 증가했다.

그런 때에 게루도가 '공간이동'으로 돌아왔다.

오랜만에 보는 게루도는 상당히 지친 얼굴을 하고 있다.

"게, 게루도, 피곤해 보이는구나."

나도 모르게 그렇게 말을 걸자, 게루도가 깊은 한숨을 내뱉은
뒤에 나를 바라봤다.

"이 게루도, 리무루 님의 위대함을 새삼스레 이해하게 되었습니다."

"갑자기 왜 그러는 거냐?!"

진지한 표정으로 그렇게 말한 게루도에게 나는 자신도 모르게 되묻고 있었다.

게루도의 지친 듯한 표정 속에, 나에 대한 존경의 마음이 담겨 있다는 것을 분명히 보고 알 수 있었다.

최근에 나는 아무것도 하지 않고 있으니, 그런 식으로 나를 생각하는 이유가 짐작이 가질 않는다.

최근 몇 주 동안에 대체 무슨 일이 있었던 거지?

"아니, 실은……."

그렇게 말하며 게루도가 이야기해준 것은, 새로 들어온 자들에 대한 푸념이었다.

포로를 편성하여 각 부대에 배치했다. 거기까진 좋았다고 한다.

그런 뒤에 그런 그들을 지휘하여 측량과 지반 정리 같은 작업을 시작했다고 하는데…… 거기서 여러 가지 문제가 튀어나왔다고 한다.

하이오크들끼리라면 '사념전달'을 통해 의사소통을 쉽게 할 수 있다. 그렇기에 딱히 말이 없어도 작업은 지장이 없이 진척이 되지만, 혼성팀에 속한 마인들의 입장에선 그렇게 될 리가 없다.

입으로 설명해줘도 그들은 이해하질 못한다. 그 이전에 게루도를 필두로 하는 그의 부하들 중에는 말솜씨가 서툰 자들이 많다. 뭔가를 조리 있게 설명하는 걸 잘하지 못하는, 장인 기질의 집단인 것이다.

그렇기 때문에 예전엔 거의 있을 수 없는 효율로 공사를 진행할 수 있었지만, 남을 부리는 입장에 서게 되면 그렇게 하지는 못하게 된다. 게다가 당혹감, 짜증과 불만이 점점 높아지고 있는 모양이다.

마인들의 입장에서도 명령을 따르는 데 불만을 가지고 있는 것 같으며, 실제로 하는 걸 보여주고 따라 하라고 해도, 순순히 따르지 않는 자들도 많다고 한다.

또한 의욕이 있는 자라고 해도 아직 일에 익숙하질 않다 보니, 게루도가 바라는 성과를 내지 못하고 있는 모양이다.

그야 뭐 그렇겠지.

사람이 많아진다고 해서 무조건 좋은 것은 아니다. 아무것도 할 수 없는 자가 모이면 그건 단순한 오합지졸에 불과하기 때문이다.

그렇기 때문에 교육이 중요한 것이겠지.

──'해보고, 말하고, 시키고, 칭찬하지 않으면 인간은 움직이지 않는다'──.

구(舊) 일본 해군의 연합함대 사령관이었던 야마모토 이소로쿠라는 고위 장교가 남긴 말이다.

사람을 부려야 할 입장에 있는 자가 마음에 새겨둬야 할 말이라고 나는 생각한다.

사람을 부리는 일이 얼마나 어려운지, 교육이라는 것이 얼마나 어려운지가 이 말에 집약되어 있다. 그리고 사람은 다른 사람에게 인정을 받아야만, 비로소 그 일에 보람과 긍지를 가지게 되는 것이다.

게루도의 푸념을 들으면서, 나도 전생의 샐러리맨 시절의 고충을 떠올리고 있었다.

내 말을 듣지 않는 작업자들.

실수를 숨기려고 하는 타무라(후배).

남에게 책임을 떠넘기려고 하는 상사.

나도 전생에선 고생을 많이 했다.

좋은 추억도 많았지만, 고생담을 이야기하자면 끝이 없다.

그런 때는 언제나——,

"좋아, 마시자! 오늘은 실컷 마시도록 하자, 게루도!"

나는 게루도의 어깨를 두들기면서 술자리에 참석하도록 했다.

이런 때에는 술을 마시면서, 허심탄회하게 이야기를 나누는 게 제일 좋다.

부하의 고생을 치하해주는 것도 상사가 할 일이지만, 불만을 털어놓게 하여 기분을 풀어주는 것도 그 일환인 것이다.

게루도 같이 책임감이 강한 인물에겐 특히, 상사로서 내가 주의를 줄 필요가 있을 것이다.

그래서 그날은 하룻밤 내내 마시면서, 게루도의 불만과 고민거리를 들어주었다.

다음 날 아침, 아침부터 간부들을 불러 모아서 회의를 벌이기로 했다.

그 전에 우선 하쿠로우를 부르러 간다.

하쿠로우에겐 어젯밤에 '사념전달'로 연락을 해놓았다. 그렇기에 이른 아침부터 내가 맞이하러 간 것이다.

"리무루 님께서 직접 절 맞이하러 와주시다니——."

놀라면서 감격하는 하쿠로우.

하쿠로우는 게루도만큼 지치지는 않은 것 같다.

"고생이 많군."

"아닙니다, 그렇지 않습니다. 포로의 선별 작업도 끝냈으니, 제역할은 거의 끝난 상태니까요. 그보다 정말 힘든 쪽은 게루도입니다. 저는 어젯밤에 인수인계를 끝냈으니, 이제 돌아갈 필요도 없습니다만……."

"게루도라…… 역시 고생이 많은 것 같군. 어젯밤도 너에게 연락을 한 뒤에, 게루도와 둘이서 술자리를 가졌는데 말이지. 역시 고민이 많은 것 같더군. 지금까지는 아무런 잡념 없이 일에 몰두할 수 있었던 것 같던데, 포로를 부려서 작업을 하는 것은 힘든 모양이야."

"그렇겠지요. 속을 다 털어놓으면 어느 정도는 편해질 수 있을 텐데, 게루도는 워낙 진지한 성격이니까요."

하쿠로우가 말하기로는, 생각이 천차만별인 마인들을 따르게 만들려면 힘을 과시해서 강제적으로 명령을 실행하도록 시키는 편이 간단할 것이라고 한다.

하지만 그렇게 하면, 최고의 완성도는 기대할 수 없다. 어느 정도는 타협한 결과가 나와버릴 것이라고 한다.

게루도는 장인 기질이 있는지라, 그런 완성도에는 납득할 수가 없을 것이다.

"그보다 리무루 님, 보고드릴 게 하나 있습니다."

게루도의 일은 게루도의 문제——. 그렇게 단정하고 있는 것인지, 하쿠로우가 날 다시 바라보면서 말투를 바꾸어 말한다.

"무슨 일인가?"

"실은 클레이만의 지배지였던 괴뢰국(傀儡國) 지스타브라는 곳이 있습니다만, 그곳 주민의 대부분은 노예 계급이었다고 합니다. 다크엘프만 존재하며, 다른 종족은 없습니다. 성의 유지 관리에 관여하는 자들뿐인데, 천 몇백 명 정도 되는 자들이 전부 우리를 따를 뜻을 보였습니다."

"음, 그런데?"

"네……. 그자들이 말하기로는, 지스타브의 땅에는 옛날에 엘프의 왕국이 있었다고 하더군요——."

엘프라…….

마도 왕조 살리온의 사람들도 엘프의 후예라고 들었는데, 혹시나 조상이 같기라도 한 걸까?

장소가 상당히 떨어져 있으니, 그렇지는 않으려나.

"——놀랍게도, 그 땅에는 유적이 잠들어 있다고 하더군요. 자신들은 묘지를 지키는 자들이라고 말했습니다."

"뭐?"

수명이 긴 다크엘프가 지키는 묘지—— 유적이라고?

"즉, 고대 왕국의, 사람의 손을 타지 않은 유적이 잠들어 있단 말인가……?"

놀랄 만한 새로운 사실이다.

고대 유적은 세계의 각지에 잠들어 있으며, 보물찾기를 생업으로 하는 자들── 탐색계 모험가들이 숨겨진 보물을 쫓아 매일 도전을 하고 있다.

그렇다곤 해도 대부분은 슬픈 소식만 가져올 뿐이지만.

애초에 발견된 유적의 수가 적어서, 새로운 보물을 발견하는 일은 그리 자주 일어나지 않는다.

그런 현재의 상황 속에서, 세상에 알려지지 않은 유적이 있다면…….

"하쿠로우, 이 얘기는 비밀로 해다오. 현지를 한번 본 뒤에 판단을 내리고 싶다."

"알겠습니다."

하쿠로우도 일의 중요성을 이해하고 있는지, 내 말에 조용히 고개를 끄덕였다.

내 예상이지만 아마 클레이만의 재력은, 그 유적에서 나온 발굴품 덕분일지도 모른다.

다양한 매직 아이템(마법 도구)과 아티팩트(마보 도구, 魔寶道具)를 회수했다고 게루도도 말한 적이 있으니, 일단 틀린 생각은 아닐 것 같다.

하지만 그렇다고 해서…….

어쨌든 이 건은 잠시 보류하기로 한다.

다크엘프들은 입이 무겁다고 하니, 우리가 발표하지 않으면 이건은 세상에 알려지지 않을 것이다.

뭐니 뭐니 해도 그곳은 마왕의 영지다. 평범한 모험가는 들어가지 않는, 금단의 장소이니까.

모든 것에 동시에 손을 대는 것은 위험하다.

그렇게 생각하면서, 나는 고대 유적에 관해서는 신중하게 행동하기로 했다.

*

대회의실에 모두가 다 모였다.

우선은 내 발언으로 회의가 시작된다.

"아ㅡ, 여러분. 이미 알고 있는 분은 다 알고 있겠지만, 이번에 저는 마왕으로 취임했습니다!"

회의실에 마련된 슬라임 전용 의자 위에서, 나는 모든 사람들을 돌아보면서 선언했다.

"""""축하드립니다!!"""""

알고 있어도 기쁜지, 모두 웃는 얼굴로 축복해준다.

응응, 나도 위기를 하나 돌파한 것 같아서 너무나 기쁘다.

"길었지만, 겨우 끝이 났군요."

"정말 대단하십니다. 설마 정말로 마왕이 되시다니, 감개무량입니다."

"리무루 님의 시대가 드디어 막을 열었군요!"

리그루도, 길었다고 말하지만 너랑 만난 지 아직 2년도 되지 않았는데.

나를 대체 얼마나 과대평가하고 있는 거야, 이 녀석은……?

리그루는 감격에 북받쳤는지 남자의 뜨거운 눈물을 흘리고 있질 않나. 당연하다는 표정을 하고 있는 시온과는 대조적이다.

하지만 뭐, 감개무량하다는 것은 나도 동감이다.

실질적으로 남은 문제는 서방성교회의 반응뿐이니까. 이것만 정리가 되면, 내가 이상으로 생각하는 환경을 단번에 완성시킬 수가 있을 것 같다.

나는 기분 좋은 심정으로 하던 말을 계속 이어간다.

발푸르기스(마왕들의 연회)에서 정해진 내용을, 모두에게도 전해 둬야 하니까 말이지.

"그렇지. 아직 말하지 않았는데, 내 지배 영역은 쥬라의 대삼림의 모든 구역으로 정해졌다. 지금도 맹주라는 이름을 칭하고 있으니, 그 점은 문제가 없겠지? 그러니까 없을 거라 생각하지만 침략을 당했을 경우엔 내 이름을 걸고 대응해야만 한다. 나머지는 그렇군, 내 영지라고 선언하려면 어떻게 하는 게 좋을까? 그냥 내버려둬도 되는 건가?"

내 발언이 계속됨에 따라 간부들의 시선에 긴장감이 섞이기 시작했다. 무시무시한 기백을 띠기 시작한 자도 있다.

어라? 뭔가 문제가 있나?

"저기…… 모든 구역, 이란 말입니까? 정말로?"

조심스러운 태도로 리그루도가 묻는다.

"그, 그런데."

그렇게 고개를 끄덕이는 나.

"이거 참, 그게 정말입니까? 대삼림의 모든 구역이라면 강 너머 쪽도 포함된다는 말씀이죠?"

베니마루가 그렇게 물었기 때문에, "아마도"라고 대답했다.

강이라고 하면, 숲을 분단하듯이 흐르는 아멜드 대하를 말하는 것이겠지.

그 강 너머는 동쪽 제국의 영향을 받는 지방에 인접해 있어서, 지금까지는 인연이 없었던 장소다.

"무슨 문제가 있나?"

그렇게 묻자, 베니마루가 깊이 생각하는 듯한 표정을 지으면서 대답해줬다.

"우리에겐 큰 문제가 될 정도는 아닙니다만, 강 너머는 분명 드라이어드의 영향을 받지 않는 구역이었을 겁니다. 리무루 님이 맹주로서 인정받고 있었던 곳은, 어디까지나 드라이어드가 구축한 지반뿐. 강 너머의 인간들의 입장에선 새로운 마왕의 출현은 골치 아픈 문제가 되겠지요."

잘됐다는 표정으로, 거역한다면 이참에 아예 몰살시켜버리자는 말을 하고 싶어 하는 미소로 이야기를 끝내는 베니마루.

아니, 아니, 상당히 큰 문제라고 생각하는데?!

"아니, 아니, 이건 아주 큰일이오. 기본적으로 숲의 자원에 대한 권리가 모두 리무루 나리에게 있는 것으로, 마왕들이 승인했다는 얘기가 되지 않소? 즉, 숲에서 채취되는 자원 전체의 권리를 리무루 나리가 쥐고 있다는 얘기요. 이건 나중에 큰 문제가 될 거요."

내 마음을 대변하듯이, 카이진이 흥분한 표정으로 소리쳤다.

전적으로 그 말이 맞다. 깊이 신경을 쓰진 않았지만, 상당히 큰일이 벌어질 것 같은 예감이 든다.

카이진이 말하기로는, 지금까지는 자원의 채취 같은 것도 암묵적으로 행해지고 있었다고 한다.

관리자인 드라이어드도 어느 정도의 일에는 눈을 감아주고 있었으며, 애초에 강 너머는 무법 지대에 가까웠다고 한다. 드워프 왕국에 드나드는 자들이 숲의 산물을 채취하여 매매하는 것도 흔한 일상이었던 모양이다.

허가를 얻을 필요가 없었으니, 그건 당연한 일이다.

그렇지만 앞으로는 숲에서 사는 것도 내 허가가 필요하게 된 셈이니…….

지금 현재 숲에 살고 있는 자들은, 내 허가를 받으러 와야 하는 처지가 된 것이라 한다.

"뭐?! 그 말은, 앞으로도 계속 날 찾아올 거란 건가?"

"당연히 오겠지요. 리무루 님이 정식 마왕이 되신 지금, 인사를 하러 오지 않는 자는 반역의 뜻을 품고 있는 것으로 볼 수 있으니까요."

온화한 미소를 지으면서 슈나가 그렇게 말했다.

슈나까지 그렇게 말하는 걸 보면, 이건 틀림없는 것으로 보인다.

그러나 생각해보면 지금까지 자유롭게 살고 있었는데, 갑자기 허가가 필요하게 된 꼴이 아닌가. 아무리 생각해봐도 귀찮아질 것 같은데.

"하지만 말이지, 이제 와서 그럴 필요가 있을까? 이미 살고 있는데──."

그런 내 중얼거림에는, 리그루도와 가비루가 대답해주었다.

"아닙니다, 마왕이란 존재는 그 정도의 힘을 과시하는 존재입니다. 힘이 있는 상위 마인조차도 고블린의 입장에서 보면 구름 위의 존재였으니까요."

"그 말이 맞습니다. 마왕의 휘하에 들어가 보호를 받든가, 마왕을 인정하지 않고 멋대로 살든가. 당연히 판단은 자유이겠지요. 하지만, 우리 종족이었던 리저드맨조차도 마왕의 비호는 학수고대할 정도로 원하던 것이었습니다. 적대할 생각은 꿈도 꾸지 못할 것이며, 마왕을 무시한다는 것은 어리석기 짝이 없는 짓이겠지요. 그런 짓을 해서 마왕의 분노를 살 위험을 생각한다면, 인사를 하러 찾아오는 것이 일반적인 반응입니다."

슈나가 말한 것처럼, 인사를 하지 않는다는 것은 반역의 뜻을 품고 있는 것으로 받아들일 수 있다. 그것은 충분히, 공격을 당해도 할 말이 없는 행위라고 한다.

아니, 나는 그런 걸로 공격을 하지는 않지만 말이지. 그러나 그런 내 생각은 나와 만난 적도 없는 마물들이 알아차릴 수도 없는 일이지…….

"적어도 리저드맨은 인사를 하러 올 것입니다. 리무루 님이 마왕이 되셨다는 소식은 아버님께도 전해드렸으니까요!"

당연하다는 듯이 가비루가 그렇게 말했다.

아니, 잠깐, 언제 그렇게 정했는데?

"아비루 씨가 온다는 말인가?"

"네! 시온 님에게도 전해드렸는데, 아버님이 직접 무슨 일이 있어도 리무루 님께 인사를 드리고 싶다고 말씀하셨습니다!"

왠지 큰일이 일어날 것 같은 예감.

리저드맨도 쥬라의 대삼림 안에선 대규모 부족 중의 하나이다. 그런 자들조차도 인사를 하는 게 당연하다고 생각하고 있다면, 약소 부족은 말할 것도 없겠지.

나와 면식이 있는 자는 마음 편하게 오겠지만, 그렇지 않은 자는 전전긍긍하고 있을지도 모른다.

새로운 지배자가 탄생했다고만 생각하고 있을 것이고, 대응을 잘못했다간 파멸하게 된다거나 하는, 쓸데없는 걱정을 하고 있을지도 모른다. 그렇게 되지 않도록, 좀 더 마음 편하게 인사를 할 수 있는 분위기를 만들어주는 게 좋을 것 같다.

그러나 그렇게 한다고 해도…….

무슨 이유인지 한껏 자랑스러워하는 시온을 바라본다.

가비루의 아버지가 온다는 이야기를 들었으면서, 왜 내게 보고하지 않은 거람? 그렇게 의기양양한 표정을 짓고 있을 때가 아니잖아, 나 참.

시온은 그런 걸 신경 쓰지 않는다.

정말로 비서에 적격인, 뭐든지 해낼 수 있어 보이는 외모와는 정반대라, 전혀 도움이 되지 않는 여자라니까.

정말로 너무나도 아쉽다.

"흐흥! 리무루 님이라면 당연한 일입니다!"

그런 알아듣지 못할 소리를 자랑스럽게 내뱉은 시온은, 그냥 내버려 두는 게 나을 것 같다.

나를 추켜세워 주는 것을, 자신의 일보다도 기뻐해주는 건 고맙지만 말이다. 그런 말을 하면 시온은 더 신이 나서 까불 테니까, 끝까지 잠자코 있기로 한다.

결국, 내가 마왕이 된 것이 전해지면 대부분의 자들은 인사를 하러 이곳을 방문할 것이라고 한다.

누구라도 마왕과 적대하기보다는 비호를 얻는 쪽이 더 좋을 테니까.

그렇게 된다면, 이 도시에는 엄청난 수의 마물이 들르게 되는 셈이니까, 그에 대한 대응에 쫓기는 나날이 시작될 것이다.

지금부터 쥬라의 대삼림을 조사하여, 지혜가 있는 종족과 접촉하면서 돌아다닐 것이라 한다. 나를 맹주로 인식하고 있는 지역은 문제가 없지만, 그 외의 장소에는 고생을 할 것 같다.

아니, 어차피 바빠지게 된다면 아예 이참에———,

"생각을 해봤는데 말이지, 결국은 내가 마왕이 된 것을 널리 알리는 거잖아? 그렇다면 아예 대대적으로 선전해서 이 도시를 모두에게 선보이는 게 낫지 않을까? 제각각 흩어져서 몰려드는 것보다 전부 다 한꺼번에 찾아오는 게 더 편하겠지."

"……그 말씀은 곧……?"

리그루도가 당혹스러운 표정으로 나를 바라본다. 그래서 나는 방금 떠오른 아이디어를 알기 쉽게 설명하기로 했다.

딱히 어려운 일을 하려는 건 아니다.

템페스트(마국연방)의 수도인 이 도시는, 쥬라의 대삼림의 마물들 사이에선 지명도가 높아지고 있다. 코비가 이끄는 코볼트 상인들이 각지에서 성대하게 소문을 퍼뜨려주고 있기 때문이다.

흥미가 있는 자도 있는 것 같으니, 슬슬 도시의 주민을 늘릴 시기가 온 게 아닐까 하고 생각했던 참이다.

지금 있는 수인들은 언젠가는 기술을 배운 뒤에 떠날 것이다. 그 구멍을 메워야만 하는 데다, 어차피 교육을 실시한다면 사람들을 다 모은 뒤에 하는 게 효율이 좋다.

식량 사정의 개선도 순조로우며, 도시에서 받아들일 수 있는 인구에는 여유가 있다. 오히려 노동력이 부족할 지경인 것이다.

이런 일도 해보고 싶고, 저런 일도 해보고 싶다.

하지만 사람이 부족하다.

그것이 우리의 현재 상황이었다.

이런 시기에 이 도시를 제대로 한번 선보여서, 여기서 살 사람을 확보하는 것을 목표로 삼는다.

내게 인사를 올 거라면, 그때 겸사겸사 이 도시를 알 수 있게 만들자. 그렇게 하면 이주를 생각하는 마물도 나올 것이라고 생각한다.

일석이조, 아니 그 정도가 아니라──,

"그리고 말이지, 최근에는 계속 긴장의 연속인 나날을 보냈으니, 가끔은 숨을 돌리는 것도 필요하지 않겠어? 그러니까 다 같이 축제를 벌이자! 이런 뜻이야."

인사를 하러 올 시기를 지정한다.

그때가 오면 도시를 개방하고 축제를 벌인다. 기왕이면 오는 사람을 환영하는 게 좋지 않겠는가.

밀림이 부탁한 건도 있으니, 성대하게 잔치를 벌이는 것이다.

시간을 지정해두면 일일이 인사를 받을 필요도 사라지게 된다.

우리가 숨을 돌릴 수도 있는 데다, 도시를 선보이는 것도 가능하다.

즉, 모든 걸 한꺼번에 모아서 끝낼 수가 있는 것이다.

"축제……."

"훌륭합니다, 너무나도 훌륭한 제안입니다!!"

"벌입시다! 무슨 일이 있어도 성대하게!!"

내 설명을 다 듣자마자, 모두의 눈동자가 형형하게 반짝거리기 시작했다.

보아하니, 할 마음을 먹은 모양이다.

한 달에 한 번은 축제를 벌이고 있는 데다, 매번 축제를 통해 경험을 쌓고 있다 보니, 축제를 관할하는 솜씨는 점점 더 세련되어지고 있으며, 축제의 규모는 점점 더 커지고 있다. 그 규모를 더 확대시켜서 누구라도 참가할 수 있게 벌여보는 것도 즐거울 것 같다.

"날 모두에게 선보이는 자리도 겸하게 될 테니까, 기왕이면 한 번 성대하게 벌여보는 게 좋겠지!"

""""네!!""""

반대 의견은 나오지 않았다.

예산? 그런 걸 걱정할 때가 아니다.

분명 리그루도가 어떻게든 해줄 것이다.

지금의 우리는 잔뜩 들떠 있는 데다, 어느 정도의 낭비는 신경도 쓰지 않는다.

내 말에 기운을 얻었는지, 그 뒤의 이야기는 빠르게 진행되었다.

이런 걸 해보자, 저런 걸 해보자고 말하는 동안 의견이 모아졌으며, 정신을 차려보니 각국의 수뇌들에게까지 초대장을 보내자는 식으로 이야기가 마무리 지어진 것이다.

조금 성급하게 군 것은 아닐까?

마물들뿐이라면 또 모를까, 인간 국가의 수뇌들을 불러도 괜찮을까?

온천도 있다.

접객용의 여관도 있다.

왕후 귀족들도 만족할 수 있을 만큼, 영빈관도 만반의 준비를 갖추고 있다.

실제로 에라루도 공작이나 가젤 왕 같은 엄청 높은 지위의 사람들도 하루나 일행의 접대에 크게 만족하면서 돌아갔다고 하니까 말이다.

응, 아마도 괜찮겠지.

날짜를 조금 바꾸거나, 장소를 바꾸거나 하면서 경비 체제만 완벽히 갖춰두면, 각국의 수뇌들에게 우리를 알리는 좋은 기회가 될 것이다.

자신들의 주인——뭐, 날 말하는 거지만——이 정식 마왕이 된 것이다.

모두가 축하하고 싶어 하는 심정도 잘 이해가 된다.

나도 원래는 축제를 좋아하는 일본인이다. 이 자리는 나도 조금 진지하게 나서서, 축제란 건 어떤 것인지를 가르쳐주면서 지도할 필요가 있을 것이다. 그리고 내가 친절한 마왕이라는 것을 알려주는 것이다.

이래저래 이야기가 진행되면서, 결국에는 템페스트가 주최하는 대규모의 축제를 개최하게 되었다.

*

축제에 관해선 나중에 자세히 검토하기로 하고, 내가 할 보고는 끝이 났다.

뒤이어서, 각자에게서 근황 보고를 받는다.

나는 일단 모든 사항을 파악하고 있지만, 다른 간부가 뭘 하고 있는지 모르는 자도 있다. 어쩌면 내가 모르는 정보도 나올 수도 있으니까 말이지.

특히 디아블로 같은 녀석은 대단하다는 생각이 들 정도로 나와 가치관이 다르다. 상식을 모른다고 표현하는 게 맞으려나……

그에게는 사사로운 일이라고 해도, 내게는 큰일인 경우가 제법 있을 것 같다.

그런 경우에는 나 혼자만으로는 대처하기 난감한 문제도 있을 수 있다. 그러므로 정기적으로 이런 자리를 열어서, 모두가 정보를 공유하는 것이 중요하다.

리그루도의 보고로는, 도시에 거래 상대인 상인들이 돌아오기 시작했다고 한다. 휴즈가 이제는 안전하다고 선전해준 덕분인지, 예전보다 드나드는 자들의 수가 늘었다고 한다.

또한 다른 나라들의 동향 말인데, 눈에 띄는 움직임을 보이는 나라는 없는 모양이다.

내가 마왕이 된 것에 대해 경계는 하고 있는 것 같지만, 지금은 블루문드 왕국이나 드워프 왕국이 우리를 어떤 식으로 대하는가를 지켜보는 단계인 것으로 보인다고 한다.

게다가 이 시점에서 마도 왕조 살리온의 천제(天帝)인 에르메시아 에르 류 살리온이 직접 우리 템페스트(마국연방)와의 국교 수립을 선언했다. 이건 뭐, '빨리 교역용 도로를 정비하라'라는 부음

성이 들려올 것 같은 안건이긴 하지만, 우리에 대한 강력한 지원
사격인 것은 틀림이 없다.

각국의 수뇌들에게 마법으로 전달되었다는 그 선언문 때문에,
많은 나라들이 고뇌에 빠지는 사태가 벌어졌다고 한다.

휴즈와 가젤 왕과의 연락을 통해 그런 소식을 들은 모양이다.

"이래저래 모든 분들이 너무나 의리 있게 행동해주시면서, 적
극적으로 각 나라에 영향을 끼쳐주셨다고 하겠습니다!"

리그루도가 기쁜 표정으로 그렇게 말하면서 이야기를 마무리
지었다.

리그루도에 이어서, 이번에는 소우에이가 발언한다.

소우에이는 여러 가지 조사를 맡고 있는지라, 보고 내용이 많
을 것이다.

그는 마도 왕조 살리온으로 이어지는 도로 정비에도 관여하고
있다. 공사 그 자체에는 손을 대지 않고 있지만, 사전 조사를 하
도록 시켜놓은 것이다.

대부분의 루트는 내가 상공에서 조사한 뒤에 결정을 내려놓았
다. 그렇기 때문에 소우에이에게는 그 근처에 마물의 집락촌이
없는지, 공사를 해도 문제는 없는지 등등을 조사하도록 맡겨두고
있었다.

드워프 왕국이나 블루문드 왕국과 연결되는 도로 정비 때도 했
던 일이지만, 이런 사전 조사는 중요하다. 나중에 생길 트러블을
막는다는 의미로 봐서도, 결코 허술하게 처리해서는 안 되는 부
분인 것이다.

지금까지는 영향 범위 안에 있는 마물들이 협조적으로 나왔던지라, 딱히 큰 문제는 일어나지 않았다. 그러나 입지적으로 봐서 퇴거를 시킬 필요가 발생할 수도 있는 데다, 살면서 익숙해진 토지에서 이사를 가야 하게 된다면 반감을 품게 되는 자도 있을 것이다.

내가 마왕이 된 지금, 지혜가 있는 마물 중에서 내게 이빨을 들이대려는 자는 적다. 그렇다고 해서 내가 뭐든 내 맘대로 해도 된다는 뜻은 아니므로, 그 점은 늘 주의해야만 하는 것이다.

힘으로 짓누르는 것은 쉽겠지만, 그런 수단은 가능하다면 선택하고 싶지 않다. 공존공영이 내 이상이며, 그건 사람이든 마물이든 공평하게 적용할 생각이니까.

가능하면 이번에도 문제가 일어나지 않았으면 좋겠다.

지배 영역에 속한 마물에게 뭔가를 요구할 생각도 없다.

내게 의지하려는 자는 보호해줄 것이지만, 그렇지 않으면 간섭하지 않고—— 아, 새롭게 정비할 도로 위에 사는 자들은 지금의 장소에서 퇴거를 시켜야 하겠지만.

그렇지만 기본적으로 쓸데없는 분쟁은 피하고 싶으므로, 내 입장에선 순순히 교섭에 응해주면 그게 가장 좋은 것이다.

도로가 지나갈 예정인 장소에 집락촌이 있다고 해도 이사 갈 곳을 제대로 마련해줄 생각이며, 그곳은 이윽고 여관 거리가 되면서, 여행의 중계 지점으로서 인간이나 마물들이 모이게 될 것이다.

문제도 있겠지만 생활이 더욱 윤택해지리라 생각한다.

전에도, 그 전에도 그랬으니, 이번에도 그렇게 되면 좋겠다만······.

그런 식으로 생각하면서, 소우에이의 보고를 기다린다.

"도로 정비 계획의 루트 상에, 또는 그 부근에서 적대적인 마물의 존재는 확인할 수 없었습니다. 리무루 님의 계획을 설명해주면 다들 흔쾌히 계획에 동의하고 있습니다."

오오, 다행이다.

살고 있는 장소에서 쫓아내는 것이 아니라는 점을 이해해주는 것 같아서 정말 다행이다.

"그런가, 그거 다행이군. 그렇다면 게루도에게 여유가 생길 때까지 해당 지형의 측량을 끝내도록 해라."

여행 계획에 근거하여 현지 조사도 대강은 끝냈다.

완전 확인을 끝내고 문제가 없다는 것이 확인되면, 그다음은 기술반의 투입이다.

"기다려주십시오, 문제가 하나 있습니다. 쥬라의 대삼림은 리무루 님의 관할 구역입니다만, 그 경계에는 크샤 산맥이 있습니다. 험준한 계곡과 바위산이 있는데, 그 정상에는 텐구 족이 숨어 사는 마을이 있다고 합니다. 현지 주민에게서 들은 정보이기 때문에 무시할 수는 없다고 봅니다."

템페스트의 중앙 도시 리무루에서 남서쪽에 시스 호수와 이어지는 산악 지대가 있다. 하이오크도 이주한 산들인데, 그 명칭이 크샤 산맥이었다.

예전에 마왕이었던 프레이의 성도 이 크샤 산맥에서 분기하는 남쪽 산에 있다고 들었다.

하늘 높이 이어진 봉우리가 특징적인, 아름다운 산맥이다. 그러나 그 정상 부근은 인간이 발을 들이기에는 어려운, 상당한 비경으로 이루어진 모양이다.

이번 계획에선, 살리온과의 국경선까지 우리가 도로를 정비하기로 계획이 되어 있었다. 그 부근에 산으로 둘러싸인 중간 규모의 도시가 있다고 해서, 그곳까지 도로를 연결할 예정인 것이다.

그러므로 직접적으로는 크샤 산맥과는 관계가 없는데, 소우에이는 뭘 걱정하고 있는 것일까?

"무시할 수 없다니, 무슨 뜻이냐?"

"텐구는 온순한 민족이긴 하지만, 그 본질은 전투 민족입니다. 마왕 프레이조차도 그들과 직접적으로 얽히는 걸 피하고 있었다는 것 같으니, 한 번쯤은 직접 접촉하시는 것이 좋지 않을까 합니다――."

소우에이가 말하기로는, 쥬라의 대삼림에서 벗어난 크샤 산맥은 엄밀히 말하면 내 영토 밖이다. 프레이의 지배 영역에서도 벗어난 곳이며, 독립된 토지가 되어 있다고 한다.

마왕의 강권을 동원한다면 인사 따윈 필요가 없겠지만, 앞으로의 트러블을 피하기 위해서라도 한 번은 직접 가서 설명하는 게 좋을지도 모른다.

저쪽의 입장에서 보면, 마왕이 영토 확장의 야심을 가지고 무슨 짓을 벌이고 있다고 생각할 수도 있을 테니까 말이지.

소우에이는 내 판단을 들어야만 하는 사태를 보고하는 것을 미안하게 여기는 듯했지만, 오히려 내 안에선 소우에이에 대한 평가가 높아졌다.

깊이 생각하지 않은 채 멋대로 텐구와 먼저 교섭을 하지 않은 것만으로도 대단한 것이다. 역시 소우에이는 신중하기 때문에, 이런 방면에선 아주 큰 도움이 되어준다.

"그럼 내가──."

"기다려주십시오. 그렇다면 제가 가겠습니다."

슬쩍 한 번 가서 이야기를 하고 오자는 생각을 했지만, 그것은 베니마루에 의해 저지당했다.

마왕이 가볍게 나섰다간 오히려 경계를 사게 될 것이란 의견이다. 듣고 보니 그 말이 맞는 것 같으니, 이 일은 베니마루에게 맡기기로 하자.

"오라버니, 최근에 알비스 님과 사이가 좋으신 것 같던데, 설마 이 핑계를 대고 밀회 여행을 즐기고 오신다거나 하려는 속셈이 있는 건 아니시겠죠?"

뭐? 베니마루가 알비스와 사이좋게 지내고 있었다고?!

"이게 무슨 말이지, 베니마루 군?"

사실이라면, 이건 정말 중대한 사태거든요.

"오해입니다, 리무루 님. 슈나, 말도 안 되는 소리 하지 마라."

베니마루는 슈나의 말을 태연하게 부정했다.

그 태도가 당당한 것을 보니, 도저히 거짓말을 하는 것으로는 보이지 않지만…….

베니마루는 멋있게 생겼으니, 깊이 생각할 것도 없이 인기가 있겠지.

"안심하십시오, 리무루 님. 베니마루가 없어도 리무루 님에겐 제가 있습니다!"

"뭐? 무슨 소릴 하는 거야, 넌?"

"훗, 알비스의 책략에 빠져서, 이 나라를 떠날 생각이시죠? 어디든지 마음대로 떠나십시오!"

"이봐, 시온, 어떻게 해석을 하면 얘기가 그렇게 되냐?!"

시온이 또 알아듣지 못할 말을 꺼내자, 베니마루가 관자놀이에 핏줄을 보인 채 당황하면서 시온에게 따진다.

아니, 아니. 나도 사귀는 여자가 없으니 질투를 하긴 했지만, 베니마루가 우리를 남겨두고 사라질 거라는 생각은 하지도 않았다.

시온의 발상에는 그저 어이가 없을 뿐이다.

"잠깐, 시온. 아무리 그래도 그건 아닌 것 같구나."

"그렇다니까, 시온. 리무루 님, 저를 믿어주시는군요!"

"너는 내가 의지해야 할 한쪽 팔이니까, 아예 믿고 말고 할 문제가 아니지."

이제 와서 굳이 더 할 필요도 없는 이야기다. 베니마루가 나를 배반하다니, 그런 일은 조금도 의심한 적이 없다. 뭐, 타무라처럼 나중에 여자를 사귈 거라는 생각은 들긴 했지만.

그때는 그때 가서 생각할 일이다.

왠지 실없다는 생각이 들어서, 이 건은 베니마루에게 일임하기로 했다.

"뭐, 됐어. 이 이상 얘기해봤자 시온이 멍청한 착각을 할 것 같으니, 이 일은 베니마루에게 맡기겠다!"

"네, 잘 알겠습니다!"

베니마루도 피곤한 표정으로 고개를 끄덕이면서, 받아들인다.

이거 참.

하지만 실제로 나를 대신할 사람으로는 베니마루가 적임자다. 격으로 따지면 내 다음 위치에 있으니, 상대를 가볍게 여기고 있다고 받아들이진 않을 것이다.

살리온과의 국경에 그렇게 텐구가 은둔해 사는 마을이 있다는 것은 예상외였지만, 앞으로의 일을 생각한다면 미리 이야기를 해두는 것이 무난하다.

베니마루라면, 그 점에 관해선 나보다 능숙하게 대화를 나누고 올 것이다.

그렇게 생각하면서, 그 건은 끝내기로 했다.

*

아직 듣지 않은 보고는——,

"소우에이, 마물의 생태계의 변화는 어땠나?"

소우에이에게는, 도시와 도로 주변의 마물들의 동향을 조사하도록 지시해놓은 상태였다.

아무래도 이 나라에는 에너지(마력요소)양이 거대한 자가 많기 때문에, 마력요소의 농도가 쉽게 높아질 수 있는 것이다.

요마 같은 존재는 마력요소가 쌓인 곳에서 갑자기 발생하기도 한다. 그러다 보니 당연히 유해하기만 한 요마의 발생률도 상승하고 있는 것이다.

D랭크 이하로 구분되는 요마라고 해도 인간에게는 위협이 된다. 그러므로 그런 마물의 제거에는 신경을 곤두세울 필요가 있었다.

하물며 B랭크 이상의 위험한 마물이 출현하면 재빨리 제거해야 한다. 그런 사태에 대응하려면 매일 경계를 하는 것이 중요했다.

그런 대응은 경비 부문의 책임자인 리그루가 맡고 있다. 리그루의 부하들도 숙련된 자들이기 때문에 신입 대원이라고 해도 몇 주 정도만 교육하면 나름대로 일할 수 있게 될 정도였다.

인간의 상단이 안전하게 행동할 수 있도록, 교역용 도로에는 경찰이 순찰을 돌고 있다. 안전 확보는 완벽한 것으로 보이며, 현재까지는 문제가 일어나지 않았다. 하지만 숲의 모든 구역을 순찰하고 있는 것은 아니므로, 어딘가에서 강력한 마물이 태어나지 않았다고 장담할 수는 없는 것이다.

소우에이는 "그렇게 걱정하실 필요는 없을 겁니다"라고 말하고 있는데…….

걱정할 필요가 없다는 건 무슨 뜻이지?

공존 가능하다는 뜻이려나?

우리나 여행자들에게 해가 없다면 확실히 문제는 없다. 그 마물에게 지성이 있어서 교섭이 가능하다면, 제거할 필요는 없는 것이다.

하지만 고부타가 만났던 나이트 스파이더처럼 A-랭크까지도 해당될 수 있는 에어리어 보스가 태어나지 않는다고는 장담할 수 없다.

그러므로 내가 신경을 쓴 부분은 도시와 도로에서 거리가 먼 장소의 안전성이다. 그런 장소야말로, 시선이 미처 닿지 못하다 보니 위험한 마물이 태어나는 온상이 되기 쉬우니까.

소우에이는 '분신체'를 각지로 보내서 조사하고 있는지라, 이미 경향은 파악하고 있을 것이다.

그럼 보고를 듣기로 할까.

"큰 문제는 발생하지 않았습니다. 굳이 말하자면 북서쪽 숲에 소드 그리즐리가 돌아다니고 있기에 제거해두었습니다."

쿨한 표정으로 소우에이가 말했다.

음, 딱히 문제는 없단 말인가.

《알림. 소드 그리즐리는 나이트 스파이더와 동격인 A-랭크에 해당합니다.》

뭐라고?!

"잠깐, 그렇다면 평범한 모험가는 대처하기 힘든 레벨의 마물이잖아!"

너무나 자연스럽게 알려준 정보를 듣고, 나는 자신도 모르게 놀라면서 소리친다.

그런 위험한 마물이 배회하고 있다간 상인이 안전하게 여행을 할 수가 없다. 아니, 오히려 고부타가 이끄는 경비 부대 쪽까지 위험하다.

"잠깐만요?! 소우에이 씨, 그게 정말입니까? 그런 녀석이 있다면 신입 대원을 파견하는 건 위험합니다요."

"딱히 문제가 되진 않을 텐데. 네가 대원들을 너무 약하게 기르는 게 아닌가?"

"잠깐만 기다리십쇼! 소우에이 씨한테는 대단하지 않더라도,

우리 기준에는 방심할 수 없는 마물입니다요."

예상대로 고부타가 소우에이에게 고충을 토로하고 있다.

하지만 소우에이는 여전히 태연자약한 모습이다.

"그렇다면 하쿠로우에게 부탁해서 좀 더 수행을 엄격히 쌓으면 되겠군?"

그리고 그런 무시무시한 소리를 진지한 얼굴로 말하는 것이다.

하쿠로우도 그 말이 맞다는 듯이 고개를 끄덕이고 있는지라, 고부타가 약간 불쌍하게 느껴졌다.

그건 그렇고 마음에 걸리는 것은 고부타의 언동이다. 고부타 자신은 소드 그리즐리를 두려워하지 않는 것 같기 때문이다.

확실히 고부타의 에너지양도 약간 늘어난 것 같으며, 지금은 B랭크 중에서도 상위에 속할 정도로 성장했다. 하지만 그래도 A랭크의 벽은 아직도 높은 것처럼 보이는데……

혹시 라파엘이 고부타의 힘을 잘못 파악하고 있는 걸까?

《해답. 스타울프(성랑족, 星狼族)와의 '동일화'와 수치로 계측할 수 없는 레벨(기량) 면에서의 성장 때문이겠지요.》

아아, 그렇군.

스타울프와 '동일화'를 하면 A-랭크의 수준까지 간다고 했었 지. 고부타는 고블린 라이더의 대장이니, 소드 그리즐리 급의 마 물이라고 해도 문제가 되지 않는다는 말인가.

그러고 보니 고부타는 클레이만의 부하 장수의 일격을 받아냈 다고 말했었지. 하쿠로우에게 수련을 받고 많은 경험을 쌓으면서, 고부타 나름대로 성장을 하고 있는 모양이다.

보기에는 전혀 달라진 점이 없어서 속아 넘어가기 쉽지만, 고부타는 의외로 강자일지도 모르겠는데?

나는 고부타의 성장에 훈훈한 기분을 느끼면서, 슬슬 이 녀석들의 대화를 중재하기로 했다.

"자자, 고부타의 말에도 일리는 있다. 자신이 괜찮다고 해서 남들도 마찬가지일 거라 생각하면 안 된다, 소우에이."

고부타의 편을 들어주는 발언이 되겠지만, 자신의 힘만으로 만사를 해결하려는 풍조는 주의를 주어야 할 일이다. 능력이 높은 자기 자신을 기준으로 생각해버리면, 거기에 따라가지 못하는 일반인이 힘든 일을 겪게 되면서, 그게 도리어 효율을 악화시키기 때문이다.

큰 부담으로 인해 발생한 무리가 안 좋게 작용하면서, 결국은 파탄이 나는 결과로 이어질 수도 있다.

나는 그런 점을, 구체적인 예를 들어서 모두에게 설명했다.

"——네, 제 생각이 모자랐습니다."

소우에이도 납득하면서 순순히 사과를 한다.

사람은 각자 다르다. 소우에이의 부하인 소우카 일행은 능력이 높으니까, 소우에이의 엄격한 요구를 만족시킬 수가 있다.

하지만 그건 누구라도 해낼 수 있는 일이 아니라는 것은 마음 한쪽에라도 담아놓고 유념해주면 좋겠다.

소우에이만이 아니라 베니마루와 하쿠로우에게도 해당되는 것이지만, 그들이 좀 더 넓은 시야를 가지고 동료의 육성에 임해주면 좋겠다.

그 점에 있어서 게루도와 가비루는 부하를 잘 배려하는 성격인지라 그렇게 걱정할 필요는 없다. 이런 점은 본을 받아 좀 더 나은 관계를 쌓아주기를 바란다.

그와 동시에.

"하지만 뭐, 고부타와 부하들을 단련시키는 건 좋은 일이라 하겠지. 불시의 사태가 일어나도 괜찮도록 말이야!"

나는 그렇게 말하면서 이야기를 마무리했다.

하쿠로우가 씨익 웃었고, 고부타가 고개를 푹 숙였다.

누구라도 같은 수준으로 성장할 수는 없겠지만, 수행을 하는 것 자체는 나쁘지 않다. 공부와 마찬가지이니, 언젠가는 도움이 되는 것이다.

그러므로 고부타에겐 좀 더 노력해주길 바라면서, 이제 슬슬 본론으로 들어가기로 하자.

문제는 마물의 발생이었지.

역시 우려하던 대로 위험한 마물도 태어나고 있는 모양이다.

경비 부대에겐 만일의 경우가 생겨도 회복약이 있는 데다 스타울프의 속도도 빠르기 때문에, 그렇게까지 걱정하지 않아도 도망치는 것 정도는 할 수 있을 것이다.

하지만 나중에 이곳을 들를 손님들까지 그럴 것이라고 생각하면 안 된다.

"이만큼이나 마력요소의 농도가 높아져 있다 보니, 역시 이상 개체도 태어나기 쉬운 모양이군. 희생이 나온 뒤에 움직이는 건 소용이 없으니, 뭔가 대책을 강구해야겠는데."

좀 더 엄중한 경비 체제를 마련하는 것도 하나의 해결 수단이지만, 그래선 근본적인 해결이 되지는 않는다. 계속 그 체제를 유지해야만 하니, 우리의 부담도 상당히 커지게 된다.

마물이 모이면 마력요소의 농도가 높아진다는 원인을 해결하지 않는 한, 이런 걱정은 앞으로도 계속 따라올 것이다.

자, 그럼 어떻게 한다…….

나는 그런 고민을 하기 시작했지만, 생각지도 못한 곳에서 구원의 목소리가 들려왔다.

"그렇다면 도로에 대마 결계(對魔結界)를 치는 건 어떨까요?"

베스터가 그런 제안을 해준 것이다.

그리고 마치 그 말을 기다렸다는 듯, 카이진이 일어서서 발언한다.

"나리, 안 그래도 마침 완성했소. 결계를 발동시키는 전자동 마법 발동기의 시험 제작형을!"

그렇게 말하면서 카이진은 씨익 웃어 보였다.

＊

내게 숨긴 채 뭔가를 몰래 개발하고 있다는 것은 알았지만, 전자동 마법 발동기라고?

어떤 것이든 등록시켜놓은 마법을 자동으로 유지시켜준다고 하는, 획기적인 마법 기기라고 한다. 각인마법을 걸어놓은 마법구를 발전시킨 것 같은 물건이라 하는데, 성능과 확장성은 차원이 다르다고 한다.

얼마 전의 결계 소동 때에 제 역할을 하지 못한 것이 분했던 모양인지, 카이진과 베스터가 주도하여 이래저래 개발을 했다고 하는데.

아저씨들, 너무 대단한 거 아냐?

이런 짧은 기간에 시험 제작형까지 만들어내다니, 혹시 천재인가?

그렇게 생각했는데, 듣자 하니 그런 건 아닌 모양이다.

여유가 있을 때는 가비루도 참가했고, 여기에는 없는 쿠로베도 협조했으며, 놀랍게도 슈나까지 도와주면서, 현시점의 마법 기술이 집대성되어 완성되었다고 한다.

살짝 감동하고 말았잖아.

카이진이 말하길, 이미 제련 관련은 쿠로베에게 맡겨놓았으며, 자신은 연구에 밤낮을 가리지 않는 나날을 보내고 있다고 한다. 뭐, 템페스트(미국연방)의 생산 부문 총책임자인 이상, 연구만 하고 있을 수는 없겠지만…….

자세한 설명을 듣는다.

전자동 마법 발동기는 대기 중에 떠도는 마력요소를 이용한 구조로 되어 있는 모양이다.

이 일대에는 그야말로 상당한 농도의 마력요소가 모여 있다. 그걸 이용할 방법이 없을까 하는 발상에서 이런 구조를 떠올렸다고 한다.

그때 도시를 뒤덮고 있었던 결계──'프리즌 필드(사방인봉마결계, 四方印封魔結界)'는 결계 내부의 마력요소를 정화하는 구조로 되어 있었다.

또한 비슷한 예로 들자면 마물들이 있다.

마물은 대기 중의 마력요소를 체내에 흡수하며 마정석(魔晶石)을 만들어내고 있다.

그런 사례를 연구하여, 구조를 분석했다고 한다.

그리고 조금 전부터 문제로 삼고 있었던 대로, 이 나라에는 마력요소가 많다. 기본적으로 억제를 하려고 하지만, 다들 꽤나 많은 오라(요기)를 뿜어내고 있는 것이다.

평범한 동굴 안이라 해도 B+랭크에 해당하는 마물이 대량으로 나타나는 장소는 마력요소의 농도가 상당히 높아진다. 그런 예를 생각해본다면, 이 나라는 범상치 않은 레벨이라는 뜻이다.

그걸 어떻게 처리할 것인가 하는 어려운 문제를 놓고, 카이진 쪽도 예전부터 골치를 썩이고 있었다고 한다.

"그래서, 그 전자동 마법 발동기를 사용하면 대마 결계를 칠 수 있단 말인가?"

"칠 수 있습니다. 하지만 이점은 그것만 있는 게 아닙니다!"

자신만만하게 말하는 자는 베스터이다.

카이진과 둘이서 서로를 보면서 싱글싱글 웃고 있다.

이 두 사람, 서로 으르렁거리며 싸웠던 것이 마치 거짓말이었던 것처럼 사이가 좋군. 앗차, 그건 어찌 됐든 상관없으니 설명을 듣기로 하자.

"대마 결계로 침입을 막는 것이 목적이란 말이지? 그럼, 그것 말고 또 무슨 이점이 있나?"

"훗훗후. 나리, 듣고 놀라지 마십시오! 놀랍게도 이 전자동 마법 발동기에는 마력요소 집적 장치가 갖춰져 있습니다. 이걸 이용하면 대기 중의 마력요소 농도를 낮추는 효과도 있단 말입지요!"

그게 정말인가! 나는 자신도 모르게 그렇게 소리칠 뻔했다.

그야말로 지금 우리가 어떻게든 처리하려고 하는 문제의 해결법이 아닌가!

"그 말이 맞습니다, 리무루 님. 단, 이 장치에도 문제점은 있습니다. 어느 수준의 농도가 되지 않으면 효율이 너무 나빠서 쓸 수가 없습니다."

"하지만 말입니다, 나리. 이 도시에선 그런 걱정은 할 필요가 없잖소?"

베스터와 카이진의 설명에 나는 음 하고 고개를 끄덕였다.

마력요소 농도가 높아서 걱정인 우리에겐 고려할 필요도 없는 문제라 하겠다.

"그렇다면, 그 전자동 마법 발동기는 대기 중에서 마력요소를 모아서, 자동으로 대마 결계를 계속 쳐준단 말인가?"

"아니, 그렇게 쓸 수도 있습니다만, 그렇다면 연료가 되는 마력요소가 사라지면 마법도 사라지게 됩니다. 그러므로 연료는 보충할 수 있도록 설계해뒀소."

카이진이 말하기로는, 템페스트 부근에서 마력요소가 떨어질 걱정은 없지만, 서방 열국에 가까이 가면 마력요소가 희박해진다. 자신들이 모르는 사이에 결계가 사라지면 문제가 되므로, 보충한 연료를 사용하여 마법을 발동하도록 설계했다고 한다.

그 연료는 바로 대기 중에서 모은 마력요소의 결정—— 소위, '마정석'이었다.

원래는 '마정석'을 그대로 연료로 삼는 것은 너무나 비효율적이라 논외다. 자유조합의 비장의 기술에 의해 완성된 '마석'과 달리, '마정석'은 상태가 안정되어 있지 않기 때문이다.

그대로 마력으로 변환해도, 그 90% 가까이가 쓸데없이 확산되면서 사라져버린다.

그러므로 연료에는 '마석'을 사용하는 것이 일반적이다만…… 우리에겐 '대현자'에 의해 최적화된 〈각인마법〉의 마법식이 있다.

사용하는 데 드는 코스트가 회수에 필요한 에너지를 상회한다면, 마석이 아니라도 문제가 되지 않는다고 한다. 고가의 마석을 쉽게 수입할 수 없을 때에 만들어낸 기술이 지금도 큰 역할을 해주고 있었던 것이다.

쓰지 못하고 버려지는 부분을 극한까지 줄여서 마법을 발동시키는 것으로 인해, 이용할 수 있는 10%의 분량만으로 충분한 효과를 기대할 수 있다고 한다.

그 쓰지 못하고 버려지는 마력요소도 그냥 사라지는 것이 아니라, 대기 중으로 흘러나가 퍼질 뿐이라고 한다.

당연히 그건 다시 이용 가능하다는 뜻이다…….

그렇다면 고농도의 마력요소만 있으면, 영구기관도 꿈이 아니라는 이야기가 된다.

또한 다른 사용법도 생각할 수 있다.

대량의 '마정석'을 생산한 뒤에, 이걸 자유조합에 보내서 '마석'으로 가공하도록 시키는 것이다. 그렇게 하면 훨씬 효율적인 운용도 생각할 수 있게 될 터다.

하지만 그것보다도 중요한 것은, 대기 중의 마력요소 농도를 낮출 수 있다는 점이다.

마력요소가 낮아지게 되면, 마물이나 요마의 발생률이 낮아진다. 마물의 대량 발생을 걱정할 필요도 없게 되는 데다, 고부타 부대가 대처하기 어려운 유니크 몬스터가 태어날 가능성은 제로에 가까워진다.

실로 훌륭한 발명이다.

이 나라의 특성에 잘 맞춘, 필요 불가결한 시스템이 만들어질 것 같다.

"실은 말이죠, 마석으로 변환하는 에너지의 유출 방법도 초안이 나온 상태입니다. 하지만 그러려면 역시 전용 설비가 필요하게 됩니다. 지금 있는 설비만으로는 어려우니, '마정석'을 그대로 이용할 수 없을지를 생각하게 된 것이오."

낭랑하게 말하는 카이진.

대기 중의 마력요소를 모아서 '마정석'으로 결정화하는 방법을 발견했으며, 그리고 그 연구는 새로운 발전을 보이면서 '마석'으로 가공하는 이론까지 해명할 수 있게 된 모양이다.

내가 잉그라시아 왕국에서 구입한 대량의 마석이 도움이 되었다고 하는데, 스스로 생산하는 것은 어렵다는 결론에 도달했다고 한다.

그러고 보니 마석으로 가공하려면 대형 장치가 있는 공장이 필요하게 된다고, 예전에 들은 기억이 있다. 그리고 실제로 너무나 난이도가 높은 작업이 될 것이라고 한다.

방법은 알아냈지만, 실용화는 어렵다는 말이다.

뭐, 신경 쓸 만한 일은 아니다.

'마정석'을 그대로 이용 가능하다면, 지금 당장 이렇다 할 문제는 되지 않는다.

한편, '마정석'을 그대로 연료로서 이용하는 일은 의외로 간단했던 모양이다.

마력으로 발동시키는 〈각인마법〉의 마법식을 수정하여 마법진을 완성시켰다고 한다.

"게다가 이 전자동 마법 발동기 말입니다만, 이용할 수 있는 마법이 대마 결계만 있는 게 아닙니다!"

흥분한 표정으로 베스터가 소리친다.

정말 놀랍게도, 이용할 수 있는 마법에 제한은 있지만, 대마 결계만 발동할 수 있는 것은 아니라고 한다.

마강(魔鋼)으로 만든 마법판에 마법식을 각인한다.

그걸 교환함으로써 다양한 마법 효과를 발동시킬 수 있다고 한다.

이미지로 따진다면 레코드판이라 하겠다.

전자동 마법 발동기가 소리를 내는 레코드 플레이어에 해당한다고 생각하면 된다.

전원 대신에 '마정석'을 다는 것으로 생각하면 되겠지.

레코드판 같은 것도 내가 가진 이미지를 전달해주기는 했지만, 그걸 연결하여 매직 아이템(마법 도구)을 만들어낼 줄은 생각하지 못했다.

나중에 CD 플레이어 같이 소형화가 진행되면, 휴대용 장비로 들고 다닐 수도 있게 될지 모른다.

혹은 대형화하여 전략 급 마법을 발동할 수 있게 만든다거나?

아니, 아니, 가능성은 무한히 늘어날 수 있을 것 같다.

전자동 마법 발동기의 크기는 한 변의 길이가 1m 정도 되는 정방형. 두께가 50㎝ 정도라 제법 크다.

당연하지만 무게도 있어서, 움직이는 것은 상당히 어려울 것 같다. 그러나 예비용 '마정석'을 교환할 수 있게 만들어두면 본체를 움직일 필요는 없다.

베스터의 아이디어는 도로의 돌바닥에 섞어서 설치해두고, 대마 결계를 발동시킨다는 것이었다.

사용 기한을 확실하게 파악하여 매일 순찰을 돌 때에 교환하면, 계속 결계를 유지할 수 있다고 한다.

애초에 마력요소 농도가 높으면 교환할 필요도 없는 모양이다. 그러므로 실제로는 결계에 이상이 없는지를 살피면서 돌아다니기만 해도 될 것이라고 한다.

참으로 좋은 아이디어를 떠올렸다는 생각이 든다.

상당히 쓰기가 편리하며, 범용성도 우수한 마법 장치라고 할 수 있겠다.

대충 교역용 도로의 10㎞ 지점마다 설치해두면, 그 부근 일대의 안전 확보가 가능할 것이라고 한다. 파출소가 20㎞ 지점마다 있기 때문에, 순찰도 그렇게 시간을 잡아먹진 않을 것 같다.

"그래서, 그 결계의 마법식의 각인은――."

"훗훗후, 도르드 녀석이 완성해두었습니다. 발동기의 양산은 쿠로베 씨에게 맡겨두었고, 나리의 허가가 나오기를 기다리고 있었지요."

"제가 교육시키고 있는 자들도 성장한 상태이니, 수업을 하는 빈도도 낮아졌습니다. 저도 여유가 생겼으니, 그 역할은 부디 저에게 맡겨주십시오!"

연구만이 아니라, 실제로 발동하는 모습을 확인하고 싶은 것이겠지.

베스터의 눈이 기대감으로 반짝이고 있다.

이 장치의 설치가 완료되면 마력요소의 문제는 해결이 될 것 같다.

그뿐만이 아니라 도로의 안전성도 훨씬 향상된다.

빨리 허가를 내려서, 교역용 도로에 설치하는 공정을 예정에 넣기로 하자.

"좋다, 베스터, 내일부터라도 당장 시작해주길 부탁하마!"

"네, 맡겨주십시오!"

베스터는 기쁜 표정으로 웃으면서, 흔쾌하게 그 역할을 맡아주었다.

실로 믿음직한 사내이다.

설치에 관해선 도시에 남아 있는 하이오크의 공작병에게 맡길 예정인 모양이다. 인간의 기준으로 보면 아주 무거운 물건이라도 마물에겐 조금 무거운 정도로 그치니까. 작업 효율은 차이가 난다.

그것보다 결계의 발동 범위를 도로 주변으로 조정하는 일에 가장 고생할 것 같다고 말하면서 베스터는 웃는다.

그러나 그 온화한 분위기는 다음 순간에 멀리 날아가버렸다.

"크앗──핫핫하! 그게 완성되면 나도 마음 편히 요기를 해방시킬 수 있겠군!"

베루도라가 그런 터무니없는 소리를 툭 뱉은 것이다.

"안 돼, 이 멍청아! 그랬다간 이 나라의 대부분이 죽는단 말이야!!"

그런 갑작스러운 폭탄 발언을 듣고, 나는 자신도 모르게 진심 어린 지적을 날리고 말았다.

베스터도 웃음을 거두고는, 창백해진 표정을 짓고 있다.

"확실히 위험하다고 봅니다. 지금의 저희라면 견뎌낼 수 있겠지만, 도시의 주민들에겐 무리겠지요."

"장소를 바꾼다고 해도 베루도라 님의 힘이라면 어딘가에 영향이 나타나고 말겠지요."

베니마루와 슈나조차 베루도라의 발언을 듣고 안색이 바뀌었다.

그야 그렇겠지.

봉인된 상태에서 흘러나온 마력요소만으로도 대부분이 그에게 다가가는 것조차 불가능했다. 그런 베루도라가 내키는 대로 요기를 해방시킨다면, 이 나라는 죽는 자로 넘쳐나고 말 것이다.

"아니, 그렇지만…… 나도 계속 요기를 억누르고 있느라 슬슬 지쳤단……."

"참아."

변명을 시작하려고 하던 베루도라를, 단호한 말로 입 다물게 했다.

"……그건 그렇고 리무루, 너는 어떻게 그리 평안할 수 있는 거지?"

뭐? 그야 당연하잖아.

"나? 나는 전부 '위장'에 넣어두고 있으니까."

나는 옛날부터, 그러니까 리그루도에게 지적을 받은 뒤로, 억제한 요기는 '위장' 안에 담아두고 있었다. 지금은 완벽하게, 조금도 새어 나가지 않게 즉시 수납이 가능하다.

마왕으로 진화하여 에너지(마력요소)양이 대폭 증가했지만, 그와 동시에 '포식자'가 '벨제뷔트(폭식지왕, 暴食之王)'로 진화하면서, '위장'의 용량도 격이 다르게 증가한 상태이다.

그러므로 나는 요기를 해방하고 싶다거나 하는 욕구는 일절 느끼지 않았다.

"하지만 리무루 님, 베루도라 님처럼 완벽하게 요기를 억누르는 것은 너무나 어려운 일입니다. 베니마루 님과 다른 분들조차 희미하게나마 요기가 흘러나오고 있으니까요."

디아블로가 말했다.

"음, 디아블로여, 너는 잘 이해해주고 있는 것 같구나. 내가 이렇게 열심히 노력하고 있다는 걸 리무루에게 더 확실하게 말해다오!!"

베루도라가 기쁜 표정으로 고개를 끄덕이면서 그렇게 말하자, 디아블로가 내게 설명해준다.

듣자 하니, 데몬(요마족)은 요기와 마력을 다루는 데 능숙한 종족이라고 한다. 그러므로 요기의 제어는 완벽하게 해낼 수 있는 모양이지만, 그런 디아블로의 눈으로 봐도 베루도라는 백 점 만점이라고 한다.

그야말로 차원이 다른 방대한 에너지양을 자랑하는 베루도라이므로, 그 상태를 유지하는 일은 아주 힘들 것이라고 말했다.

"그 말이 맞아, 베루도라?"

"음! 너에게 배운 뒤로 줄곧 요기를 억제하고 있는지라, 슬슬 어딘가에서 펑 하고 발산하고 싶은 참이라고."

이건 상당히 중대한 문제일지도 모르겠다.

아직 여유는 있어 보이지만, 이대로 방치하면 터무니없는 일이 벌어질 것 같다.

어딘가에서 펑 하고 터뜨려버리면, 그 주변은 죽음의 대지가 될 것 같으니까.

위험한 마물이 대량 발생한다거나, 자칫하면 카리브디스(폭풍대요와) 급의 괴물이 태어나버릴지도 모른다.

그야말로 카타스트로프(천재) 급. 본인에게 악의가 없다고 해도, 그 점이 바로 각 나라가 그를 위험하게 보는 이유였다.

"알았어. 그 건에 관해선 생각해볼 테니까, 조금만 더 참아달라고."

"좋아. 아직 나도 여유가 있으니까, 가능하면 빨리 좀 부탁할게!"

일단 베루도라는 조금 더 참아주길 바란다.

그동안에 뭔가 대책을 생각하자.

그건 그렇다 쳐도──,

모처럼 마력요소 농도의 문제가 정리되었다고 생각했더니, 그 이상의 어려운 문제가 튀어나올 줄이야…….

인생은 정말 원하는 대로 되질 않는다니까.

그런 식으로 생각하면서, 나는 슬쩍 한숨을 내쉬었다.

＊

소우에이의 보고도 끝났으니, 다른 간부들로부터도 보고를 받았다.

그 외에는 딱히 큰 문제는 없었으며, 회의도 슬슬 끝나려고 하는 그때──.

"한 말씀 드려도 되겠습니까, 리무루 님?"

게루도가 손을 들어서 말했던 것이다.

게루도는 그동안 고민이 많았던 것 같으니, 뭔가 하고 싶은 말이 있을지도 모르겠다.

"뭐냐, 게루도? 뭔가 바라는 게 있다면 말해다오. 그게 아니면 무슨 문제가 있나?"

어젯밤의 분위기를 보면 큰 문제는 없는 것 같았는데.

포로인 마인들을 다루는 일에 관해 고민하고 있었던 것 같았으니, 어쩌면 그것과 관계된 것일지도 모른다.

할 수 있다면 도와주고 싶은데…….

"제 동족들에게도 리무루 님이 마왕이 되신 것을 알려주고 싶습니다. '공간이동'의 연습도 할 겸, 오랜만에 각 마을을 둘러본 뒤에 돌아오고 싶습니다만 괜찮겠습니까? 어느 정도 정리가 되었다는 보고도 받았으니, 새로이 리무루 님을 따르고 싶어 하는 자도 있을지도 모르니까 말입니다."

내가 재촉하자, 게루도는 그렇게 발언했다.

그러고 보니 최근에는 도로 공사만 하느라, 하이오크의 마을에 갈 틈도 없었던 모양이다. 나도 식량 사정이 개선되었다는 보고는 받고 있지만, 그 뒤로는 그냥 내버려두고 있었다.

그러므로 그 의견에 대해서는 허가를 내린다.

단──.

"게루도, 새롭게 따르고 싶어 하는 자가 있다면 우선은 이 도시에 오도록 일러두어라."

"──어째서입니까?"

"음. 그대로 네 부하로 받아들이고 싶다는 마음은 잘 안다만, 먼저 교육을 확실히 마쳐두고 싶기 때문이다."

그건 명목상의 이유다.

게루도는 동족이라면 '사념전달'로 즉시 전력으로 삼을 수 있을 것이다. 그건 엄청난 이점이며, 게루도의 뛰어난 능력 중의 하나이기도 하지만······.

"하지만 저라면 당장이라도······. 각국으로 연결되는 도로 정비와 마왕 밀림 님이 거주하실 성의 건설과 공사가 줄줄이 예정된 지금, 손발처럼 효율 좋게 움직일 수 있는 노동력이──."

앞으로는 노동력이 더 많이 필요하게 될 테니까 당장이라도 동족을 불러 모으고 싶다고, 게루도는 말한다. 하지만 나는 그것을 허락하지 않는다.

"안 된다. 노동력이라면 포로가 된 자들이 있지 않느냐? 그자들을 지도하여 확실하게 단련시켜라."

"그렇지만······."

"게루도, 네 생각은 이해한다. 효율을 추구하는 것은 당연하며, 그건 부정하지 않겠다. 하지만 말이지, 너는 좀 더 높은 목표를 가졌으면 좋겠다."

"높은 목표, 라고요?"

"그렇다. 확실히 '사념전달'은 편리하다. 실수도 적어지니, 실로 쓸 만하다 할 수 있지. 하지만 그걸 다룰 수 있는 네 동족들만 우대하다간, 포로의 존재는 어떻게 되겠나? 누구라도 간단히 처리할 수 있는 잡일만을 떠넘길 생각이냐?"

"그, 그건……."

내 지적을 받고, 게루도도 그 문제에 생각이 미친 모양이다.

분명 앞으로 노동력은 필요하게 된다. 그렇기 때문에 더더욱, 여유가 있는 지금 이 기간 동안에 포로도 교육을 시켜놓아야 한다.

인재 교육은 여유가 있는 동안에 행하는 것이 철칙이다.

게다가 이 시점에서 게루도가 동족들을 편애하여 부리게 되어버리면, 쓸데없는 차별의 온상이 될 수도 있다.

다종다양한 종족의 낙원 건설을 목표로 하는 나로서는, 그런 일은 결코 인정할 수 없다.

그렇기에 더더욱 지금은 소중한 시기인 것이다.

"그리고 말이다, 게루도. 너는 지휘관으로서도 우수하다. 이 시기에 다양한 마인을 부려보는 경험을 통해서 그 힘이 더욱 잘 갈고닦여 크게 성장할 것으로 생각한다."

"——?!"

"지금은 건설 예정 계획이 줄줄이 밀려 있지만, 그렇다고 해서 서두를 필요는 없다. 지금까지의 경험을 살려, 네 입에서 나오는 말을 통해 모두를 지휘해다오. 그리고——."

나는 한 장의 종이를 꺼내서 게루도에게 건넨다.

"이, 이건——!!"

"이 건설을 너에게 맡기고 싶다. 이건 기본이 되는 설계도지만, 너라면 훌륭하게 완성시켜줄 것으로 믿고 있다. 어떠냐, 받아들

175

여주겠느냐?"

"리무루 님……."

게루도에게 건네준 설계도―― 그것은 내가 여유가 있을 때에 꾸준히 그리고 있었던 거대한 건조물의 설계도였다.

물론, 밀림과 그녀의 부하들에게도 보여주었다.

그 하늘을 찌를 듯한 높이는 프레이를 만족시켰으며, 그 위용은 칼리온을 감탄하게 만들었다.

그리고 밀림은 단순히 기뻐했었다.

그러므로 고객의 만족도는 더 말할 것도 없다. ――아니, 미래에 대한 투자라고는 해도 현실로 따지면 무상 봉사에 가까우므로, 불만족스러운 반응을 보인들 곤란할 뿐이지만.

잉그라시아 왕국의 거리를 보면서, 질 수 없다는 생각에 설계한 것이다.

마천루를 목표로 삼았다가, 그래서는 재미가 없다는 생각이 드는 바람에 마음을 바꿔서, 이 세계에 어울리도록 다시 설계한 것. 그걸 게루도에게 맡기고 싶다.

물론, 그것뿐만이 아니라―― 그 자리에서 게루도가 책임의 중압감에 짓눌리지 않도록 하기 위해, 도와줄 사람을 추가할 것을 잊어선 안 된다.

나는 카이진 쪽으로 슬쩍 시선을 옮긴다.

"맡겨주십시오, 나리. 나도 같이 가서 게루도 씨를 돕도록 하지요. 미르드 녀석도 데려갈 테니까 나리의 아이디어를 기본으로 한 도시 설계 정도는 맡길 수 있을 겁니다."

그 시선을 알아차렸는지, 카이진이 씨익 웃었다.

슬라임의 시선을 알아차리다니, 제법이로군. 하지만 카이진 같이 눈치 빠른 자만 있는 것은 아니니, 이런 회의 시간에는 인간형으로 있는 편이 좋을지도 모르겠다.

그건 그렇다 치고, 카이진이 가준다면 안심이다.

"지금 하고 있는 일은 괜찮은가?"

"아아, 걱정 없습니다. 연구도 일단락된 참이고, 후진도 성장 중이니까요. 한동안은 도시를 떠나 있어도 문제없을 겁니다."

카이진은 그렇게 말하면서, 웃는 얼굴로 받아들여주었다.

이걸로 됐다.

작은 고민거리는 더 큰 문제와 성취감으로 전부 날려버린다.

게루도라면 이 정도 문제로 주저앉거나 하지는 않겠지.

"너라면 괜찮다. 이 일을 무사히 성취하면서, 새로이 성장한 모습을 보여주면 좋겠구나. 물론 힘든 일이 있다면 상의에 응해줄 것이니, 편안한 마음으로 해보지 않겠느냐?"

"그, 그렇지만! 이런 큰 임무를, 만일에라도 실패한다면⋯⋯."

게루도는 긴장하고 있는지, 몸이 굳어버린 것처럼 차렷 자세를 취하고 있다.

선천적으로 진지한 성격이며, 노력가에, 책임감이 강한 사내다.

그렇기에 나는 말한다.

"괜찮아, 괜찮아. 실패해도 말이지, 그건 네 경험이 될 것 아니냐. 사람이 죽는 것도 아니고, 손실 따윈 기껏해야 도시 하나 정도의 금액이잖아? 다시 벌면 되는 거다."

불성실한 녀석에게 이런 말을 하면 역효과지만, 게루도라면 괜찮다.

"그렇습니다요! 저도 얼마 전에——."

"잠깐, 고부타. 얼마 전에 무슨 짓을 저질렀단 말이지? 그 얘기는 자세하게 들을 테니 나중에 내 집무실로 와라."

"케엑?! 이건 교묘한 함정이었던 겁니까요?!"

정말이지, 고부타 녀석은……

금방 신이 나서 까분단 말이지.

그건 그렇고, 그런 고부타의 발언으로 게루도의 긴장도 풀린 것 같다.

"홋, 후후후후후. 감사합니다, 리무루 님. 이 게루도, 너무 실패를 겁낸 나머지, 작은 일로 지나치게 고민하고 있었던 것 같습니다. 리무루 님의 기대에 부응할 수 있도록, 이 큰 임무를 부디 제게 맡겨주십시오!"

"음, 부탁하마!!"

잘됐다.

게루도는 고민도 날려버렸는지, 상쾌한 표정으로 웃고 있다.

이걸로 이제 괜찮다.

그런 게루도를 시온이 부러운 듯이 보면서 "게루도만 아끼신다니, 너무 하십니다"라고 중얼거리기에, 나는 "사람은 적재적소에 쓰는 거다. 너한테도 엄연하게 맡긴 임무가 있지 않느냐"라고 말해줬다.

"요리 말씀이군요!"

아니야, 이 멍청아!

"뭐, 뭐어. 여러 가지가 있겠지만, 네 경우, 요리는 아니, 겠지."

자신도 모르게 그렇게 말하면서, 어떻게든 얼버무리고 넘어갔다.

굳이 말하자면, 내 호위. 그리고 이 도시를 지키는 일이겠지.

뭐, 시온에겐 시온의 장점이 있다.

각자 적성이란 게 있으니 초조하게 굴지 않아도 되는 것이다.

"그 말이 맞아, 시온. 네 실력은 상당히 상식 밖이야. 나라고 해도 상황에 따라선 질 때가 있다고. 그러니까 내가 자리를 비운 동안에는 네가 리무루 님을 확실히 지켜줘."

그렇게 말하며 베니마루가 이야기를 마무리 지었고, 이 화제는 끝이 나게 되었다.

*

간부들이 모인 자리에서 근황 보고도 일단락되었다.

이것으로 회의를 끝내도 좋겠지만, 이참에 디아블로의 작전도 얼마나 진전됐는지 들어두기로 하자.

"그러면 설명해드리겠습니다."

그렇게 말하면서 공손히 고개를 숙인 뒤에, 디아블로가 이야기를 시작했다.

각국의 동향── 우리를 둘러싼 상황은 리그루도와 소우에이가 보고했던 대로다.

이런 정보는 디아블로도 파악하고 있었는지, 보고 내용이 맞다는 반응을 보이면서 고개를 끄덕이고 있었다. 요움을 부각시키기 위한 밑바탕이라는 의미에서도 이런 움직임이 연동되고 있는 것이다.

그런 요움 일행의 상황도 디아블로가 하는 보고를 통해 파악하고 있다.

왕은커녕 귀족이 받을 교육조차 받지 못한 요움으로선, 왕후 귀족을 상대로 교섭을 하는 것은 무리라고 생각한다. 그러므로 왕에서 물러난 그 에드마리스가 디아블로의 뜻을 받아들여서, 요움의 교육을 맡아주고 있는 모양이다.

디아블로가 감시하고 있으니, 섣부른 행동은 하지 못할 것이다. 안심하고 맡길 수 있다고 하겠다.

앞으로의 상황에 따라선 동료로서 이용해보는 것도 재미있을지 모르겠다. 그렇게 되면, 분명 요움에게 도움을 줄 수 있을 테고 말이다.

그런 내용의 이야기를, 디아블로가 지금 한 번 더 간부들에게도 설명하고 있다.

나는 그 이야기를 들으면서, 에드마리스라는 남자를 한번 만나 보자고—— 마음속으로 메모해두고 있었다.

그리고 새로운 왕은 역시 뒤에서 몰래 행동을 개시했다고 한다.

"하지만 본격적으로 움직이는 것은 당분간은 먼 훗날이겠지?"

군대를 재편하여 실제 행동으로 옮기는 것, 이것만으로도 몇 개월은 필요할 것이다.

그렇게 생각하고 있었는데, 디아블로의 대답은 달랐다. 아니, 그렇다기보다 내 상상과 완전히 다른 것이었다.

"쿠후후후후. 빨리 끝내고 싶어서, 서둘러 움직이도록 손을 써 놓았습니다."

멋진 미소를 지으면서 그렇게 말했던 것이다.

"뭐? 아니, 그렇게 되면 우리 준비가——."

"문제없습니다. 그때에 파견할 부대의 편성은 베니마루 공에게 맡겨두었으니까요."

"아아, 그건 완벽하게 준비가 끝났어. 사람들 틈에 섞여서 표면적으로 움직일 부대와 뒤에서 움직일 부대, 양쪽의 준비가 갖춰진 상태야. 오히려 다들 참가하고 싶어 해서 선별하는 게 아주 힘들었다고."

별일도 아닌 느낌으로 디아블로와 베니마루가 대화를 나누고 있다.

그리고 내게 하는 보고도, 피크닉은 몇 시에 가겠느냐고 묻는 정도의 무게감밖에 느껴지지 않는 가벼운 것이었다.

꽤 중요한 안건이라고 생각하는데 말이지…….

"허나 문제라고 할 정도는 아니지만, 조금 마음에 걸리는 점이 있습니다. 아직 보고할 수 있는 단계는 아니므로 잠자코 있었습니다만, 레이힘이 돌아오지 않고 있습니다."

미소를 거두면서, 디아블로가 말했다.

그랬었다.

뭔가를 잊어버리고 있다는 생각이 들었는데, 이제 생각이 났다.

히나타에게 보낸 메시지의 대답이 아직 오지 않은 것이다.

"서방성교회가 불렀기 때문에, 보고를 하러 가라고 돌려보낸 대사제였지? 내 메시지도 전한 것으로 아는데? 혹시 무사히 도착하지 못한 건가?"

"아니오, 레이힘에게 수정구를 들려서 보냈고, 잉그라시아 왕국의 수도까지는 제 부하를 시켜 호송하게 했습니다. 그곳에는 특정 지점으로 전이하기 위한 '전이문(轉移門)'이 있다고 하는데, 신성교황국 루벨리오스에 있는 서방성교회의 본거지까지 확실하게 도착한 것으로 알고 있습니다…….''

파르무스 왕국에서 잉그라시아 왕국까지, 해안선을 따라 만들어진 도로를 마차로 2주일 동안 이동한다. 그곳에서 신성교황국 루벨리오스로 가려면, 다시 3주일 이상의 시간이 걸린다.

하지만 이 세계에는 마법이 존재한다.

잉그라시아 왕국과 신성교황국 루벨리오스 사이에는 '전이문'이라고 불리는 특수한 마법 회랑이 존재한다고 했다.

문을 통과하여 특수한 차원을 돌아다님으로써, 두 지점 사이를 순식간에 오갈 수 있다고 한다.

그 문의 존재는 극히 제한된 높은 지위의 인간만 알고 있었지만, 대국의 대사제인 레이힘이라면 알고 있어도 이상할 건 없었다.

당연히 이용할 수 있는 자격도 있었을 것이다. 잉그라시아 왕국에 들어가자, 곧바로 수도로 향했다고 한다.

디아블로가 소환한 그레이터 데몬(상위 악마)이 숨어서 지켜보는 가운데, 레이힘은 분명히 왕도 안으로 들어갔다.

왕도에는 결계가 쳐져 있어서, 그레이터 데몬이 침입하게 되면 소동이 일어난다. 그러므로 레이힘이 들어간 것을 지켜본 뒤에 디아블로에게 보고했다고 한다.

"그래서, 아직 왕도에서 나오지 않은 건가?"

"네. 그대로 왕도를 계속 감시하도록 시켰으니, 레이힘이 나오면 제게 보고가 올 것입니다."

그 보고가 아직 오지 않았단 말이지.

그렇다면 레이힘은 성교회 안에 여전히 머무르고 있다는 말인가.

"혹시 입을 막기 위해 죽였다거나?"

최악의 가능성을 떠올리고는, 그렇게 중얼거렸다.

"아닙니다, 지금은 그런 낌새는 없습니다. 제 유니크 스킬 '유혹자'는 지배한 대상이 죽으면 그 영혼을 빼앗을 수 있으니까요."

그 영혼을 빼앗을 수 없다는 것은, 아직 살아 있다는 증거라는 셈이다.

그 능력이 조금 두려워졌지만, 그건 뭐 넘어가기로 하자.

여러 명의 템플 나이츠가 호위를 서고 있으니, 왕도 안에선 안전할 것으로 판단했다. 그런데 레이힘이 돌아오지 않는다.

성교회 안에서 사문 회의가 길어지고 있을 가능성도 있으니 서두를 단계는 아닐지도 모르지만, 확실히 좀 마음에 걸리긴 하는군.

뭐, 살아 있다면 됐다.

입을 막기 위해 죽여놓고, 우리를 그 범인으로 몰지만 않는다면.

"그 말은 즉, 서방성교회가 어떻게 움직일지를 아직 예상할 수가 없다는 말이로군."

"네. 제 작전에 개입할 가능성은 있습니다만, 지금 단계에선 판단을 내리기가 어렵습니다. 최대한 경계하면서 대처하려고 합니다."

"음. 하지만 번거롭군. 정보가 너무 적어서 정확히 상황을 파악할 수가 없이."

정보가 갖춰지기라도 하면, 라파엘(지혜지왕) 선생에게 모든 걸 맡길 수 있는데.

"죄송합니다. 루벨리오스로 침입하는 건 역시 위험이 크기에──."

"아니, 아니, 괜찮다니까! 무리를 해봤자 일이 제대로 풀릴 리가 없지."

소우에이가 분해하고 있는지라, 서둘러 달랜다.

마물의 천적인 서방성교회의 본산을 조사하려고 하면, 소우에이 본인이 나설 수밖에 없다. 더구나 히나타가 있다면, 소우에이라고 해도 불안해진다.

소우카 일행이라면 제대로 대응하지도 못한 채, 발견되자마자 처분을 당하는 결과만 나올 것이다.

그러므로 무모한 짓은 하지 않도록 단단히 엄명을 내려놓았다.

하지만 그렇다고 해도…….

"역시, 적으로 돌아설까?"

나는 메시지에 예전에 있었던 일은 깨끗이 잊어버리자는 뜻을 담은 영상을 넣어놓았다.

살짝 도발도 한 셈이지만, 그건 애교 수준이다.

──아니, 역시 그게 문제가 된 건지도 모르겠군. 하지만 이미 보내버린 것이니 취소할 수는 없다.

기본적으로는 사이좋게 지내자는 의미를 담은 의도로 보냈으며, 분명 그렇게 받아들여 줄 것이다.

총명한 히나타라면 바른 선택을 해줄 것이라고 믿어보자.

적대하지 않고 공존하는 길을 선택해준다면, 그게 가장 이상적이 아닌가.

지금 현재, 옥타그램(팔성마왕)을 제외하고 경계해야 할 힘을 가진 존재는 서방성교회뿐이다.

동쪽 제국이란 존재도 수상쩍지만 당분간은 움직일 낌새가 없다.

서방성교회만 움직이지 않는다면, 디아블로의 작전이 실패할 일은 없다고 생각한다.

"어려운 문제로군요. 제 기분을 말하자면 이 시점에서 자웅을 겨루고 싶은 바입니다만."

베니마루는 화근을 남기기보다 깔끔하게 승부를 내고 싶은 모양이다.

하지만 그러다가 지면 모든 것이 끝나버리기 때문에, 나로선 평화적으로 해결하고 싶은데.

그때 슈나가 뭔가를 골똘히 생각하는 표정으로 입을 열었다.

"리무루 님이 성인 히나타와 싸우는 중에 저희는 습격을 받았습니다. 이건 틀림없이 연동한 것으로 보이며, 뒤에서 계획을 짠 자가 있을 거라 생각할 수 있습니다. 그리고 그것을 뒷받침하듯이 클레이만이 흑막의 존재를 넌지시 암시했고요——."

슈나의 발언을 듣고, 잊어서는 안 될 흑막의 존재를 떠올린다.

"'그분'이라고 불렀던 녀석 말이군."

"그렇겠군요. 우리를 모략에 빠뜨린 자가 존재한다는 것이 밝혀진 지금, 그자가 움직이리라는 것도 시야에 넣어두고 있어야만 할 것입니다. 방심은 할 수 없습니다."

내 중얼거림을 듣고, 하쿠로우도 씁쓸하게 고개를 끄덕였다.

"결코 놓칠 수 없는, 적입니다."

슈나의 발언에 모두가 동의하듯이 수긍한다.

"그렇군⋯⋯. 그 녀석이 이번에도 관여를 한다면 히나타가 움직일 가능성도 있단 말인가——."

하지만 아무래도 영 석연치가 않다.

뭔가를 보지 못한 채 놓치고 있는 것 같은, 그런 느낌.

그때 문득, 나는 자신이 어떤 것에 의문을 품고 있었는지를 깨달았다.

"——히나타 말인데, 자신의 의지가 아니라 누군가에게 부탁을 받았거나 명령을 받아서 나를 노린 걸까?"

그래서 내가 느낀 의문을 모두에게 물어본다.

"무슨 뜻입니까?"

"리무루 님을 노린 타이밍을 보더라도 히나타와 '그분'이란 자가 연결되어 있던 것은 명백하지 않은가요?"

모두 난감한 표정을 짓는 가운데, 슈나가 내가 생각하는 것이 무엇인지를 감안하면서 그렇게 발언했다.

그 말을 듣자, 역시 위화감이 강해진다.

내가 느낀 위화감, 그것은——,

"대놓고 말해서 말이지, 히나타가 누군가에게 명령을 받아서 움직일 거라는 생각은 들지 않는데 어떻게 생각하나? 가령 '그분'이란 자와 연결되어 있었다고 해도, 그 명령을 따를 거라고 생각하나?"

"""——?!"""

이 부분이 계속 걸렸던 것이었다.

내가 말하는 것도 전혀 듣지 않았던 그 여자가 누군가의 부탁을, 하물며 명령 같은 걸 들을 거라는 생각은 들지 않는다.

"나리의 말이 맞겠군요. 성기사단장인 히나타가 누군가의 명령으로 움직인다는 건 생각할 수 없는 일입니다. 그 여자가 말을 들을 상대라면 루미너스 신뿐이죠. 그 여자에겐 교황조차 간섭하지 못한다는 것은 누구나가 아는 유명한 얘기니까 말입니다."

내 생각을 카이진이 긍정했다.

신의 명령 이외엔 듣지 않는다니, 그 말은 히나타가 제일 높은 자리에 있다는 뜻이다.

그럼 역시 누군가에게 명령을 받았다는 가정은 사라진다.

"그렇군, 역시 그렇단 말이지? 히나타 녀석, 사람 말을 전혀 듣지 않았으니까 말이지. 누군가의 명령으로 움직인다는 건 역시 생각할 수 없는 일이야."

그 말은 즉, 반대로 말하자면 히나타를 설득만 할 수 있다면, 서방성교회와 싸울 필요는 없어진다는 뜻이 된다.

"히나타에게 명령할 수 있는 존재는 없다, 는 건가……."

"그렇다면 시기가 겹친 것은 우연이었단 말씀입니까?"

베니마루가 낮게 신음했고, 슈나가 난감해한다.

"교묘한 말로 이용했다, 라는 가정도 할 수 있겠군요."

디아블로가 생각에 잠긴 듯한 표정으로 중얼거렸다.

악마다운 발상이지만, 그 의견은 참으로 지당하다.

그 빈틈없는 히나타가 그렇게 쉽게 남의 꾀에 속아 넘어가 움직여주지는 않을 거라 생각하지만, 그럴 가능성은 부정할 수 없다.

"디아블로가 말한 것처럼, 히나타가 누군가에게 부추김을 당했을 가능성은 있어. 물론 '그분'이란 자와 연결 고리가 있을지도 모르지. 하지만──."

"그자가 히나타에게 명령을 할 수 있다는 생각은 들지 않는다, 이런 말씀이군요."

"바로 그거야."

나는 디아블로에게 고개를 끄덕여 보였다.

"'그분'이란 자는 파르무스 왕국을 움직이고, 마왕 클레이만까지 조종하여 우리나라를 멸망시키려고 했지. 그렇지만 히나타를 원하는 대로 움직일 수는 없었단 말인가……."

베니마루는 내 의견을 검토하고 있는지, 눈을 감고 생각에 잠겨 있다.

"그렇다면 리무루 님은 이번에는 서방성교회가 움직이지 않을 거라고 생각하십니까?"

"바로 그 부분 말인데……."

디아블로의 질문에 나도 곧바로는 대답하지 못한다.

상대의 입장에 서서 냉정하게 생각해본다면, 지금의 우리와 명확하게 적대하는 것은 히나타라고 해도 피하고 싶을 것이다.

내가 보낸 메시지에는, 우리는 적대하고 싶지 않다는 내용이 확실하게 담겨 있다.

그 메시지의 내용을 듣고도, 디재스터(재화) 급에 해당하는 나와 카타스트로프(천재) 급인 베루도라까지 있는 템페스트(마국연방)에게 적대할 만큼 히나타는 어리석어 보이지 않는다 하겠다.

손익계산만으로 생각해봐도 히나타에게는 이점이 없다. 가령 승리할 수 있었다고 해도 얻을 수 있는 것은 명성뿐이지, 서방성교회 측의 손실을 메우지 못할 것이 명백하기 때문이다.

실리가 동반되지 않는데 전쟁 행위를 일으키다니, 상식적으로 생각해봐도 있을 수 없는 일이다.

히나타는 남의 이야기를 듣지 않지만, 그런 것을 모르는 상대는 아니다.

하지만 역시 불안감이 남는다.

"──루미너스 신…… 루미너스, 라고? 나도 어딘가에서 들은 것 같은데……."

아까부터 옆에서 중얼중얼 시끄럽게 구는 녀석이 있어서 생각이 잘 정리가 안 되지만, 아무래도 뭔가 마음에 걸린단 말이지.

"히나타는 우리가 방해된다고 했어. 그건 서방성교회의── 루미너스 교의 교의가 마물과의 공존을 인정하지 않기 때문이야. 하지만 그것만이 이유가 아닐지도 몰라──."

왜 히나타는 우리가 방해된다고 생각한 걸까?

그건 루미너스 교의 교의가 마물을 인정하지 않기 때문이다.

하지만 그것만이 이유라고 한다면, 역시 그건 합리적이지 않다고 하겠다.

바꿔 말하면 히나타답지 않다.

그렇다면, 역시 뭔가 사정이 있었다고 생각해야 할 것인데…….

방금 말했던 것과 정반대가 되지만, 예를 들어서 흑막이 있다고 가정해보면 어떨까.

우리가 방해된다고 생각하는, 히나타 이외의 누군가의 의도가 관여하고 있다면?

그 누군가의 목적은 뭐지?

《알림. 다양한 의도가 관여하고 있을 가능성이 높아졌습니다. 일련의 일들은 모두 관련되어 있습니다. 하지만, 모든 것이 하나의 의도에 의해 일어난 것은 아니라고 추측됩니다.》

어, 그러니까 쉽게 말하면……?

《해답. 관여하고 있는 국가, 인물, 정세, 그 외의 요인. 그것들을 거울에 비춰 다시 바라보면, 여러 개의 목적으로 분류됩니다. 그것들의 이해관계는 언뜻 보면 일치하고 있지만, 모순도 품고 있습니다. 모든 것을 단 한 명의 흑막의 의도로 통일시키는 것은 부자연스럽다고 생각합니다.》

즉, 흑막은 한 사람이 아니라는 건가──.
그건 기본이었다. 듣고 보니 당연히 그렇군.
클레이만을 조종하고 있었던 자도 그들 중 하나, 인 셈인가.
아아, 그렇구나. 그렇게 생각하면 납득이 간다.
이해관계가 일치하기 때문에 협력하고 있을 뿐이지, 실제로 확실한 명령에 따라 움직이고 있는 것은 아니라는 건가.
그야말로 각자를 부추기는 정도의 행위일 뿐일 가능성도 있겠군. 어쩌면 히나타와는 전혀 관계가 없을 가능성도 있다.
확실히 복수의 의도가 관여하고 있었다고 보는 게 자연스럽다.
더구나 정세가 바뀌면 적대할 필요가 없어지는 일도 있다. 국제 정세라는 건 그런 것이며, 일시적인 감정으로 움직이는 건 아니니까.

그렇게 된다면——.

클레이만에겐 우리가 방해되는 존재였다.

동시에 이용하려고 하고 있었다.

그렇기에 더더욱 히나타와 우리가 같이 공멸하는 것을 환영하고 있었을 것이다.

파르무스 왕국에겐 맹주인 내가 방해되는 존재였다.

템페스트(마국연방)를 멸망시키는 것이 아니라, 지배하에 두고 싶어 했으니까.

내가 히나타에게 처리되기를 기대하며, 기뻐하고 있었을 것이다.

히나타 본인의 의사는 어떨까?

당연히 교의를 준수하는 입장이니까, 마물인 나를 그냥 두고 볼 수는 없었겠지.

이런 관점에서 세 사람의 의도는 일치하였고, 상황이 움직였다.

그 결과, 나는 히나타로부터 도망쳤고, 파르무스는 패배했으며, 클레이만은 죽었다.

그리고 지금.

각각의 흑막들을 둘러싼 상황이 변했다.

클레이만은 죽었으며, 그 뒤에 있었던 '그분'이라는 자는 극심하게 줄어든 전력을 다시 일으켜 세우느라 바쁠 것이다.

그래도 여전히 나와 정면으로 싸우려 들까?

《해답. 그렇게 움직일 가능성은 낮을 것입니다. 흑막의 힘이 클레이만을 압도하고 있었다면, 좀 더 빠른 단계에서 개입했을 겁니다. 힘을

191

온전히 보존하고 있었다고 해도, 전략적으로 실패한 지금에 와서는 개입할 의미가 없습니다.》

즉, 내게 손을 댈 의미는 없다, 는 말인가.

지금까지 뒤에서 숨어 있던 녀석이 이제 와서 모습을 드러내며 움직이지는 않을 테고.

이 시점에서 만회할 것을 생각한다고 해도, 우리와 정면으로 적대하는 것은 어리석은 짓이라는 걸 이해했을 것이다.

그렇다면 다른 세력은 어떨까?

에드마리스 왕은 퇴위했으며, 그 야망은 무너졌다.

새로운 왕이 움직이고 있다고 하며, 그중에는 우리에게 적의를 품는 자도 있을 것이다.

새로운 왕의 입장에선 우리가 방해될 테니까, 지금도 포기하지 않고 우리를 제거하고자 움직이고 있을 가능성은 높다.

그러나 이자들은 디아블로가 감시하고 있다. 새로운 흑막이 되기에는 너무 늦었으니, 위협이 될 것으론 생각할 수 없다.

하지만 방심은 할 수 없겠지.

혹 이자들 중에도 진짜 얼굴을 숨기고 있는 자가 있을 수도 있으니까 말이다.

이래서 인간이란 존재는 귀찮은 것이다.

서방성교회는 움직임을 보이지 않는다.

레이힘이 돌아오지 않는 걸 보더라도 내부는 상당히 혼란에 빠져 있을 것이다.

어쩌면 히나타 자신도 혼란스러워하고 있을 가능성이 있다거나?

우리와 적대할 명확한 이유, 그게 없다면 움직일 필요는 없는 셈이니까.

하지만 그래도 히나타가 적으로서 움직인다면?

그렇게 움직일 수밖에 없는 상황에 있다는 뜻이 된다.

《알림. 잊어서는 안 되는 것은, 배후에 있는 존재가 여러 명일 가능성이 높다는 것입니다.》

과연, 확실히 그랬지.

그 외에도 흑막이 여러 명 존재한다면, 히나타의 의사에 관계없이 사태가 움직이는 경우도 생각할 수 있다.

이번에도 낙관적으로 볼 수는 없다고 생각해야 한단 말인가.

"여러 명의 이해가 서로 얽혀 있으니까 히나타 혼자만의 의사에 따라 결정된 게 아니라고 생각해야 한다, 그런 얘기일까요?"

내가 결론을 내린 것과 동시에, 디아블로도 나와 같은 의견에 도달한 모양이다.

"역시 대단하군, 디아블로. 지금 막 나도 그렇게 말하려고 생각하던 참이야."

사실은 라파엘(지혜지왕) 선생의 도움을 받은 것이지만, 그런 것까지 폭로할 필요는 없다.

그건 그렇다 쳐도 디아블로는 내가 생각하고 있는 것 이상으로 엄청나게 머리가 좋은 것 아닌가?

지금의 나는 100만 배까지 '사고가속'을 하고 있었는데, 디아블로는 그와 동등한 속도로 같은 결론을 도출해낸 셈이 된다. 라파

193

엘 선생의 도움이 없는 머리로 지혜 대결을 벌이면 내가 완전히 지겠군.

"그럼 이번에도 서방성교회의 개입을 경계해두기로 하지요."

쿠후후후후 하고 웃으면서, 디아블로는 그렇게 말했다.

아니, 처음부터 최선을 다해 경계하고 있었던 것 같으니, 내가 충고하는 의미는 없었을지도 모른다.

그렇게 생각했지만 일단은 모두에게도 충고해놓기로 한다.

"우리는 착각을 하고 있었을지도 모르겠군."

"그 말씀은 곧……?"

베니마루가 대표로 물었다.

베니마루뿐만 아니라, 간부 전원의 시선이 내게 모이고 있다.

그렇기 때문에 더더욱 이 자리에서 확실하게 못을 박아두기로 하자.

"지금 디아블로가 말한 것처럼 흑막은 한 명이 아닐지도 모른 다는 얘기다. 아마도 다양한 의도가 서로 얽힌 결과, 그런 사태가 일어난 것이겠지. 그리고 지금은 그 녀석들도 이해관계가 일치하지 않은 탓에, 보조가 서로 맞지 않고 있는 게 아닐까?"

내 설명을 들은 간부들도 납득이 된다는 표정을 짓고 있다.

지금의 설명만으로 이해한 것이라면, 다들 터무니없이 통찰력이 좋은 것이다.

고부타는 자고 있는 걸 보니 이해하지 못하고 있단 말이로군. 조금은 안심이 되었지만, 나중에 벌을 주기로 결정했다.

"그자들과 클레이만이 말한 '그분'이란 자는 결탁하고 있다는 말입니까?"

"그건 모르겠다. 하지만 미리 결론을 내리는 건 좋지 않겠군. 정보가 부족한데 자기 판단만 믿고 행동하는 건 위험하다고 생각한다."

베니마루의 질문에, 나는 어깨를 으쓱거리면서 대답했다.

슬라임 상태이므로, 온몸에 약간의 진동이 일어났을 뿐이지만.

"하지만 히나타가 명령이 아니라, 그런 역학 관계에 따라 움직이고 있다면 납득은 가는구려."

카이진도 이해가 된다는 표정을 지었다.

"쿠후후후후. 그럼 저는 한 번 더 캐물어보기로 하지요. 에드마리스 쪽에 정보를 갖다 준 자는 상인이었다고 하던데, 지금 생각해보면 수상하기 그지없으니까요."

디아블로가 말한 그 말이 내 감을 자극했다.

"잠깐. 상인이라고……?"

"왜 그러십니까, 리무루 님?"

"아니. 파르무스 왕국이 우리 도시를 침공한 이유는 이익을 추구했기 때문이었거든. 전쟁이란 것은 돈이 움직이는 것이니, 전쟁 특수를 노리는 상인은 어디에나 있지. 그 상인들이 이익을 추구하여 암약한다는 것도 충분히 있을 수 있는 얘기가 아닐까 하는 생각이 들어서 말이지."

"과연——."

이것도 맹점이었지만, 적이 무력을 보유하고 있는 존재라고는 장담할 수 없다.

동서고금, 악의가 널리 퍼지는 원인은 인간의 욕망이다.

돈으로 무력은 살 수 있다. ——그렇게 생각한다면 상인도 충분히 경계 대상이 되는 것이다.

나는 의자에서 힘차게 일어남과 동시에 인간의 모습으로 변한다.

그리고 모두를 둘러본 후에, 한 사람 한 사람마다 지시를 내린다.

"슈나, 클레이만의 성에서 회수한 장부를 조사해서, 성을 드나든 상인의 기록을 남김없이 알아내오."

"잘 알겠습니다."

"디아블로, 너도 파르무스 왕국의 문관을 심문하여 거래가 있는 상인을 전부 조사해 밝혀내라."

"알겠습니다, 나의 왕이시여."

"베니마루, 요움의 원군으로 파견할 자를 다시 엄선해라. 무슨 일이 일어나도 대응할 수 있도록 말이지."

"네, 맡겨주십시오."

"리그루도, 너에겐 이 도시를 부탁한다. 화려하게 축제를 열 것이니, 그에 대한 준비를 확실하게 해다오."

"두 번 말하실 것도 없습니다!"

"게루도, 너는 이쪽 일을 걱정하지 말고 최선을 다해 자신의 할 일을 처리하도록 해라. 정말로 곤란하다면 너를 의지할 것이니, 나를 믿고 네 임무에 매진하도록!"

"물론입니다. 리무루 님을 의심하는 자는 이 나라에는 아무도 존재하지 않습니다."

"하쿠로우는 베니마루의 보좌를, 가비루는 리그루도를 돕고, 그리고 리그루는 각 종족의 방문을 대비하여 이 도시의 경비 체제를 다시 살펴봐라!"

"말씀대로 하겠습니다."

"네엣!!"

"맡겨주십시오!"

"그리고 시온은, 어, 그러니까 그렇지. 내 호위를 해야겠지, 응!"

"네!"

지금의 기세를 살려서, 각자에게 할 일을 배분하는 과정이 끝났다.

란가의 머리를 쓰다듬으면서, 나는 만족하여 고개를 끄덕인다.

이러면 된다. 뒷일은 맡겨도 괜찮을 것이다.

"나는?"

"아아, 베루도라는 다른 사람들의 방해를 하지 않도록 해."

"음, 내게 맡겨두라고!"

불안하다.

그러므로 내가 빈틈없이 감시하도록 하자.

아아, 그리고──,

"고부타 군. 피곤한 것 같은데, 자네는 내 집무실에 오도록 하고."

"으퐈!"

나는 정신없이 자고 있던 고부타를 깨운 뒤에, 씨익 웃으면서 그렇게 말했다.

이리하여, 마왕이 되어도 평소와는 다름없는 느낌으로 문제점의 확인을 마치면서, 간부들이 모인 자리는 종료하게 되었다.

사카구치 히나타

제3장

성인(聖人)의 의도

Regarding Reincarnated to Slime

그날, 세계는 다시 공포에 떨었다.

'폭풍룡' 베루도라의 부활.

그 사실이 서방성교회에 의해 공포된 것이다.

그에 앞서 길드가 발표한 마왕들의 연락 사항.

10대 마왕이 '옥타그램(팔성마왕)'이 되었다는 보고에 맞춰, 세계 각지에서 커다란 혼란이 발생했다.

각국의 왕들은 격변하는 정세에 대한 대응에 골치를 썩이게 된다.

세계는 격동의 나날을 맞은 것이다.

그리고 서방성교회 내부도 또한, 평소에는 없는 불온한 기운에 싸여 있었다.

사카구치 히나타가 리무루와의 싸움을 끝낸 며칠 뒤, 파르무스 왕국의 파병에 동행하고 있었던 레이힘 사제와의 연락이 끊어졌다.

정기 보고는 절대적인 규칙이며, 이게 제대로 시행되지 않는다는 것은 템페스트(마국연방) 침공에 무슨 문제가 발생했다는 뜻이된다.

보고를 받고 히나타는 템페스트에 자신이 직접 갈 것을 곧바로 결정한다. 그러나 그때 신탁에 의해 대성당의 수호를 명령받은 것이다.

'폭풍룡' 베루도라의 부활, 그것이 이유였다.

히나타는 템페스트를 멸망시키기 위해 크루세이더즈(성기사단)의 집합을 기다리고 있었지만, 그 명령에 의해 출격은 뒤로 미뤄지게 되었다.

그건 과연 어느 쪽에게 행운이었을까⋯⋯.

아무런 준비도 없이 히나타가 베루도라와 직접 대치한 경우, 히나타의 패배는 정해진 결과였을 것이다. 그러나 히나타가 베루도라의 존재를 알았으며, 그런 상태에서 계책을 동원해 템페스트 공략에 나섰다면 리무루가 자리를 비운 템페스트는 멸망당했을 가능성이 높다.

히나타의 목적은 어디까지나 템페스트이지, 베루도라의 토벌이 아니다. 오히려 그 힘까지도 이용하여 쉽게 일을 성취해냈을 것이다.

유리한 것은 히나타 쪽이었다.

──그러나 그건 어디까지나 그 뒤의 베루도라의 동향과 리무루의 반응을 고려해야만 하는 이야기이다.

어쨌든 두 사람에게 있어 최악의 사태는 피하게 된 것이다.

●

온화한 빛에 감싸인 도시.

신선한 결계로 지켜지고 있는 성스러운 도시.

그 결계는 오랜 세월을 거쳐 연구되었으며, 그리고 개선되어 온, 최고 레벨의 수호 결계이다.

그 결계는 수많은 외적의 침입을 막고, 이 도시를 1,000년이나 계속 지켜왔다.

도시에 사는 주민들의 기도가 구현된 모습이다.

태양빛조차 차단하며, 결계 내부에 있는 빛의 양을 조절하는 것까지 자동으로 관리한다. 낮 동안에는 빛의 양이 많으며, 밤은 어둑어둑해진다.

결계 내부의 기온은 1년 내내 거의 일정하게 유지되며, 여름에도 선선하고 겨울에는 따뜻하다.

따로 구역이 나눠진 농지에서, 계절을 타는 작물이 어느 시기에도 수확 가능하게 되어 있다.

국민이 굶주리는 일이 없는 이상향.

모든 어린아이들에게 일정 수준의 교육이 실시되며, 모든 국민에게 일자리를 만들어주고 있다.

완전한 조화를 실현하여, 법의 관리하에 관리된 이 세계의 낙원.

신성교황국 루벨리오스, 그 수도가 되는 성스러운 도시 '루운'의 모습이다.

발푸르기스(마왕들의 연회) 다음 날.

히나타는 대성당으로 이어지는 길을 걷고 있었다.

평화로운 온기가 몸을 감싸자, 엄숙한 분위기가 완화되는 것 같은 기분이 든다.

이 나라는 풍요롭다.

굶주리는 자는 아무도 없으며, 길가에 걸인도 존재하지 않는다.

누구나가 각자에게 적합한 일거리와 역할을 부여받으면서, 그 책무를 다하고 있다.

종소리와 함께 일어나고, 해가 지면 잠에 든다.

유능한 자의 일솜씨로 열등한 자를 보좌한다. 그렇게 관리된 조화에 의해, 국민은 모두 하나같이 행복한 생활을 보증받고 있는 것이다.

신의 이름하에 주어진, 평등하며 이상적인 사회. 그 완성된 모습이 눈앞에 펼쳐지는 성스러운 도시였다.

히나타는 스쳐 지나가는 사람들의 표정을 관찰한다.

다들 하나같이 미소를 띤 온화한 표정을 짓고 있었다.

하지만 약간 마음에 걸리는 것도 있다.

이 도시에 있으면 늘 의문을 느끼게 된다.

히나타에게 있어 이 성지는 틀림없이 이상적인 도시다.

서방 열국 내지는 전 세계를, 분쟁이 없는 평화로운 사회로 만드는 것——그것이 히나타의 장대한 이념이었다.

약자가 강자의 먹이가 되는 일이 없는 사회, 그것이야말로 히나타가 목표로 하는 사회인 것이다.

하지만 이 세계의 현실은 너무나도 잔혹했다.

잉그라시아 왕국과 신성교황국 루벨리오스에선 그 양상은 너무나도 확연하게 달랐다.

그런 점이 매번 히나타에게 의문을 느끼게 한다.

자유로운 도시 잉그라시아, 조화가 잡힌 루벨리오스.

그야말로 상반되는 성질을 지닌 국가.

그건 정치형태부터 사상에 이르기까지 수많은 분야에서 대조적이다.

그리고 그 차이를 더욱 강하게 느끼는 것은 아이들의 얼굴이었다.

대성당에 인접하여 지어져 있는 교육 시설에서 아이들의 목소리가 들려온다.

수업에 늦었는지, 몇 명의 아이들이 복도를 달리면서 건물로 향하고 있었다.

발이 빠른 아이가 발이 느린 아이의 손을 잡아끌고.

종종 보이는 광경이며, 그 모습에는 아무런 문제가 없는 것처럼 보인다. 하지만 히나타는 그런 광경에도 차이를 발견해내고 있었다.

잉그라시아 왕국에선 어떠했던가?

히나타는 잉그라시아 왕국에서 본 광경을 떠올린다.

그때는 어땠었더라?

아침에 본 광경이었는데, 지각할 뻔한 아이가 문을 통과하면서 미소를 짓는다. 발이 느린 아이는 제시간을 맞추지 못해 교사의 잔소리를 듣는다.

그때 늦지 않게 도착한 아이는 발이 느린 아이를 놀리면서, 자신은 의기양양한 표정을 짓고 있었다.

만약 그들이 루벨리오스의 아이들처럼 손을 잡고 뛰었다면?

틀림없이 모두가 제시간에 도착하지 못하면서, 교사에게 꾸지람을 듣게 되었을 것이다.

말할 것도 없이 좀 더 일찍 일어났으면 됐을 이야기다.

비교한다는 것도 잘못인, 정말로 사사로운 일이다.

그런데 왜 자꾸 생각하게 되는 걸까.

뭐가 다른 것이지?

발이 빠른 아이가 착하지 않은 것인가? 아니, 그렇지 않다.

그 아이는 지각한 아이를 놀리긴 했지만, 바보로 여기거나 업신여기지는 않았다.

무엇보다 지각한 아이도 겸연쩍은 표정으로 웃고 있었던 것이다.

교사에게 꾸지람을 들어도 즐거운 표정이었다.

그렇다면 이곳 루벨리오스에선 어떨까?

달려가는 아이들은 모두 하나같이 똑같은 표정을 짓고 있다.

온화한 미소.

어른들과 마찬가지인 부족함이 없어 보이는 표정.

경쟁이라는 의식이 없는, 몰개성적으로 똑같은 표정이었다.

관리된 사회는 행복하긴 하지만, 그곳에 자유는 없다.

그들은 평등하게, 주어진 역할을 다한다.

그렇게 존재하면서 공평하게, 충족시킬 수 있는 자가 충족시키지 못하는 자를 돕기도 한다.

이 나라는 자신들만으로 완결되어 있었다.

'분쟁이 없는 평등한 사회를 만들어내는 것'이야말로 히나타가 살아가는 목적이다.

부모에게 버림을 받는 아이를 없애고, 모두가 행복하게 살아가는 것을 처라받는 세계.

그건 이상론이지, 현실적인 것은 아니다. ——히나타도 그렇게 생각하고 있었다. 그러나 포기하고 있었던 히나타에게 루벨리오스의 모습은 이상 그 자체로 보였다.

경쟁은 분쟁을 낳는다.

완전히 관리된 이 사회에 경쟁은 존재하지 않으며, 그 말은 곧 히나타의 이상이 실현된 모습이었던 것이다.

신성교황국 루벨리오스의 정치형태는 말하자면 공산주의에 가깝다.

관리자를 '신'에게 맡김으로써, 완전한 평등성을 실현하고 있었다.

신—— 즉, 교황을 대표로 하는 교황청이다.

공산주의의 최대 약점은 지배계급의 존재라고 하겠다.

평등을 노래하면서, 그곳에는 반드시 상하 관계가 존재한다.

그리고 그런 상층부가 부패하면, 그것을 지배자 계급에 속한 자가 시정하기가 어려운 것이다.

부의 분배에 불평등이 발생하는 원인이 되며, 격차는 확대된다.

그런 결점을 보완하는 구조가 신에 의한 지배였다.

처음부터 교황청이 상위 존재로서 군림하고 있으니, 국민의 불평등은 발생하지 않는다는 이론이다.

당연히 타국과의 외교도 모두 지배자(상층부)가 관리하고 있다.

신 아래의 평등—— 궤변이긴 하지만, 이것이 1,000년 이상 계속된 신성교황국 루벨리오스의 현실이다.

그리고 그것은 더할 나위 없이 이상적으로 기능하고 있었다.

그것도 당연하다 할 수 있다.

무엇보다 그 루미너스 신의 정체야말로——,

마왕—— 루미너스 발렌타인이었으니까.

루미너스 발렌타인.

절대자이자, 진정한 마왕.

'퀸 오브 나이트메어(밤의 여왕)'라는 이명을 지닌 영원한 밤의 나라의 여왕이다.

그리고 히나타가 유일하게 패배한 상대였다.

*

절대자 앞에선 인간의 가치 따윈 평등하게 똑같다.

완전한 관리도 루미너스의 입장에서 보면 가축을 관리하는 일과 같은 것이다.

그러나 오히려 그렇기 때문에 이상향을 실현한다.

뱀파이어(흡혈귀)인 루미너스 쪽은 딱히 인간을 잡아먹어서 죽일 생각은 없다.

아주 약간의 피를 빨아서, 거기에 포함된 생기를 양분으로 삼을 뿐이다. 상위에 속한 자라면 그마저도 필요가 없으며, 영겁의 시간을 살아갈 수 있다.

먹이인 인간이 행복하면 행복할수록 그 피의 맛은 맛있어진다.

그렇기에 더더욱 인간들의 생활수준은 다른 나라와 비교해봐도 윤택했다.

　대량의 생기를 한꺼번에 빨아들이게 되면 문제지만, 그건 루미너스에 의해 엄격하게 금지되어 있다.

　말단 뱀파이어가 진조(眞祖)에 해당하는 루미너스에게 거역할 수는 없는 만큼, 이 나라의 질서는 완전히 지켜지고 있었다.

　그야말로 서방 열국에서도 유례를 찾아볼 수 없을 정도의 공평함으로.

　그래서 히나타는 루미너스 교의 공평함을 믿었으며, 정의에 뜻을 두고 서방성교회에 입단했다. 그리고 교의는 절대적인 것으로 여기면서 성심성의껏 포교에 힘을 쓴 것이다.

　공평하게 백성을 구제하는 홀리 나이트(성기사)가 되어서, 스스로의 정의를 관철하겠다고 생각하면서.

　은사인 이자와 시즈에의 방식은 너무 무르다.

　또한 같은 고향 출신의 소년인 카구라자카 유우키가 생각하는 이론도 너무 꿈같은 이야기라 현실미가 떨어진다고 판단했던 것이다.

　일이 일어난 뒤에 대처할 뿐이라, 예방이라는 관점에서 보면 많이 부족하다.

　스스로를 구하는 노력은 당연한 것이며, 서로를 돕는 조직으로서의 자유조합은 높게 평가할 수 있지만, 의뢰비를 내고 도와줄 것을 부탁하는 구조로는 도저히 공평함을 기대할 수 없다.

　그래서 히나타는 은사인 시즈에의 곁을 떠났다.

　──길을 헤매게 되면 내게 의지해주면 좋겠구나.

　시즈에는 그렇게 말했지만, 그럴 생각은 털끝만큼도 없다.

그건 응석을 부리는 것이나 마찬가지다.

이 이상 그 사람에게 응석을 부리고 의지해버리게 되면 자신은 망가진다. ──그렇게 히나타는 막연하게 생각했던 것이다.

··················.

·············.

·······.

이 세계에서 의지할 수 있는 것은 자신의 힘뿐이다.

그래서 히나타는 누구에게도 지지 않는 강함을 추구했다.

이 이상 아무것도 잃지 않도록, 소중한 것이 생기는 것을 두려워했다.

남과 어울리지도 않았고, 그저 한없이 강함을 추구하면서.

서방성교회에 입단하여, 겨우 1년 만에 홀리 나이트가 되었다.

그리고 2년도 채 되지 않아 성기사단장이 되었으며, 스스로의 손으로 역대 최강으로 불리는 크루세이더즈(성기사단)를 단련시키기에 이르렀다.

하지만 교회 내부에서 지위가 올라감에 따라 그 실태가 보이기 시작했다.

그리고 히나타는 루미너스 교의 본질을 알았다.

루벨리오스 교황── 그 정체는 놀랍게도 루이라는 이름의 뱀파이어였다.

더욱 충격적인 사실은, 교황 루이가 바로 마왕 로이 발렌타인의 쌍둥이 형이었던 것이다.

마왕과 결탁하여 그 권세를 유지하고 있는, 인간을 완전히 얕보고 속이는 프로파간다(선전 행위).

이 사실을 알게 되면서, 히나타는 격노했다.

단신으로 '깊은 곳의 사원'으로 쳐들어가 마왕 로이와 교황 루이 2인조를 숙청해버린 것이다. 그러나 동시에 자신도 치명상을 입으면서, 그대로 죽음만 기다리게 되고 말았다.

자그마한 정의감.

누군가를 구할 수도 없었던 나약한 힘.

모두를 다 구할 수 없기 때문에 취사선택을 할 수밖에 없는 선행.

그 모든 것이 우스꽝스럽고 허망하게 느껴졌다.

(훗, 후후후, 나도 여기서 끝인가. 약자는 결국 약한 채로 남을 뿐이었어. 하지만 사악한 존재 하나는 멸할 수가 있었어──.)

그래도, 그렇다 하더라도…….

자신은 잘못하지 않았다고, 히나타는 믿는다.

이 세상에서 사악함을 줄일 수가 있었으니까 부끄러워할 것은 전혀 없다고.

아무도 칭찬해주지 않더라도, 자신은 신념을 관철했다.

그것만으로도 히나타는 만족했다.

눈도 보이지 않게 된 히나타의 귀에 가벼운 발소리가 들렸다.

환청을 의심한 순간, 이번에는 시원스런 목소리가 들린다.

"내 침소까지 소리가 시끄럽게 들리더구나. 대체 무슨 짓을 벌인 것이냐?"

그곳에 나타난 자는 반짝이는 은발의 미소녀.

푸른색과 붉은색의 헤테로크로미아(금은요동)가 요사스럽게 빛나면서, 땅에 쓰러져 있는 히나타와 그녀가 쓰러뜨린 자들을 차갑게 응시한다.

풍기는 오라(패기)는 격이 달랐으며, 지금까지 사투를 벌였던 루이와 로이가 갓난아기처럼 느껴질 정도로 차원이 달랐다.

(──?!)

죽음에 임박해 있었던 히나타는 그 존재에 압도되었다.

그, 인간의 인식을 초월한 미모에.

너무나도 멀고, 투명한 존재감에.

그 소녀는 상위의 존재로서, 인류를 관리하는 위치에 있는 자가 지니는 품격을 갖추고 있었던 것이다.

선도 악도, 그 존재 앞에서는 별것 아니게 느껴졌다.

그 증거로──,

"둘 다 나를 놔두고 죽는 것은 허용하지 않겠다."

히나타가 확실하게 마무리를 지었을 마왕 로이와 교황 루이가 그 소녀의 힘의 파동에 감싸이더니, 이내 부활한 것이다.

히나타의 이해의 범위를 넘어선 초능력이었다.

(다 끝났어⋯⋯. 내가 한 일은⋯⋯.)

절망이 마음을 물들이면서, 히나타의 목숨의 불빛이 꺼지려고 하던 바로 그때──.

"너도 마찬가지다, 인간. 교만한 생각을 품은 채로 죽지 마라. 정의라는 것이 과연 무엇이냐? 악을 꺾는 것만이 정의는 아닐 터. 게다가 내가 한 일이 악인지 아닌지, 그걸 왜소한 몸으로 멋대로 판단하는 건 또 무슨 건방진 짓이란 말이냐? 모든 것의 자유의지를 만족시키는 정의 따윈 존재하지 않는다. 그런 정의를 실행할 수 있다고 생각하는 쪽이 오만일 것이다. 그렇지 않으냐?"

그녀가 한 말이 히나타의 귀에 들어온다. 동시에 쏟아지는 따뜻한 빛이 히나타의 목숨을 다시 붙들어 맸다.

상처 하나 없이 부활한 히나타를 앞에 두고, 그 소녀는 말했다.

"일주일의 시간을 주겠다. 내 심복들을 쓰러뜨린 너라면 '칠요(七曜)의 시련'을 통과할 수 있을 것이다. 그때야말로 나도 진심으로 상대해주마."

라고.

히나타는 시련을 받았고, 훌륭하게 통과했다.

사사해준 상대의 능력을 '찬탈'함으로써, 인간의 한계를 넘어선 힘을 얻으면서.

그리고——,

혼신을 다하여 도전한 소녀—— 루미너스 발렌타인에게 패하면서, 그의 휘하에 들어간 것이다.

……………….

………….

…….

패배를 깨달으면서도 꺾이지 않았던 검(히나타)은, 부드러움을 지니게 되면서 더욱 강한 칼날로—— 다시 태어났다.

신의 오른손, 모든 어려움을 제거하는 신의 검으로.

히나타에게 있어 중요한 것은 루미너스의 존재뿐.

루미너스가 있어야만 평등하고 공정한 사회가 존재하며, 그녀가 사라지는 것은 질서의 붕괴를 의미한다.

이상향을 유지하려면 부단한 노력과 각오가 필요한 것이다.

히나타는 양날의 검이다.

만일 루미너스가 인류의 적이라면, 히나타의 검으로 단죄해야만 한다.

그건 불가능하다고도 생각하지만, 히나타에게는 각오가 있었다.

그렇기 때문에 히나타는 오늘도 자신에게 계속 시련을 부여하는 것이다.

＊

히나타는 어느새 목적지에 도착했다.

그곳에서 기다리고 있는 자는, 지금은 동지가 된 교황 루이이다.

그리고 루이로부터 믿기 어려운 보고를 듣는다.

"어젯밤에 동생이 죽었어."

어젯밤.

히나타는 대성당에서 정체불명의 침입자를 격퇴했다.

그날 밤은 다른 인물과 만날 약속도 있었지만, 신탁이 명령하는 대로 그 모든 것을 취소하고 예정을 변경했던 것이다.

다행히 그 일이 잘 끝나면서 성지를 더럽히는 일 없이, 무사하게 그 밤은 끝을 맺은 것이다.

그랬을 것이다.

"농담이겠지? 로이는 마왕의 자격으로 발푸르기스(마왕들의 연회)에 참가하고 있었잖아."

"정말이야, 히나타. 당신이 완전히 처리하지 못한 침입자가 루미너스 님보다 먼저 귀환했던 로이와 마주쳤던 것 같아."

"설마. 나를 보자마자 도망치는 바람에 추적은 하지 못했지만……"

"확실히 그렇게 행동한다면 양동이라고 의심하는 것도 무리는 아니야. 네가 루미너스 님으로부터 받은 명령은 성지를 지키는 것이지, 침입자의 격멸은 아니었으니까. 오히려 그 역할은 바로 내 한심한 근위사단이 맡아야 할 일이지."

"그들의 필두 기사가 바로 나인데 말이지. 하지만 그 정도의 상대에게 죽임을 당하다니, 로이의 실력도 한심한 수준이었단 말이네."

그렇게 말하면서 히나타는 뻔뻔스럽게 웃는다.

그런 로이의 형인, 루벨리오스 교황을 앞에 둔 채로.

진정한 마왕이었던 루미너스 발렌타인.

그 심복에 해당하는 쌍둥이 형제, 루이와 로이.

형은 교황으로서 빛의 세계를 좌지우지하고 있으며, 동생은 마왕으로서 어둠의 세계를 지배한다.

그리고 루미너스는 신으로서 모든 것을 다스리는 것이다.

그것이 그들이 목표로 하는 세계.

따라서 루미너스는 수렴청정을 하면서, '깊은 곳의 사원'에 틀어박혀 세간에서 모습을 감춘 것이다.

로이는 그녀의 대리 자격으로 마왕이 되었지만, 10대 마왕이라는 이름에도 부끄럽지 않은 실력을 가지고 있었다.

뱀파이어(흡혈귀)는 태어날 때부터 뱀파이어라는 이유만으로 B랭크에 해당하는 실력을 가지게 된다.

근력, 내구력, 반응속도, 그 모든 것이 인간의 몇 배나 뛰어난 육체. 더구나 종족 고유 능력으로서 '강력(剛力)', '자기재생', '그림자 이동', '마비', '매료', '위압', '변신' 등등의 뛰어난 스킬(능력)을 차례로 획득하게 된다.

그 개체 수는 적지만, 상위 마인으로 불리는 자들 중에서도 한층 더 두각을 드러내는 전투 능력을 보유하는 종족인 것이다.

고대의 진조인 루미너스를 따랐던 대귀족인 루이와 로이. 그 두 사람의 힘이 절대적이란 것은 더 말할 것도 없으며, 히나타도 그 사실을 잘 알고 있다.

과거에 한 번 싸웠던 적이 있는 히나타이기 때문에 더더욱 그 실력을 의심할 생각은 없었다.

즉, 침입자가 강했던 것이다. ——히나타는 그렇게 인식한다.

"——하지만 루미너스 님이 무사하시다면 문제는 없겠네."

그렇게 말하면서도 히나타는 "루미너스 님을 걱정할 필요 따윈 없겠지만——"이라고 작게 중얼거렸다.

마왕 루미너스는 히나타의 기준으로 봐도 한계가 보이지 않을 만큼 상상을 초월하는 존재이다.

언젠가 대치하게 될 가능성도 있는, 쓰러뜨릴 목표로 삼아야 할 지고의 존재. 히나타가 루미너스의 걱정을 하는 것은 주제넘은 짓이라 할 수 있겠다.

그에 비해 로이 따위는 히나타에겐 길가에 구르는 돌멩이 정도의 가치밖에 없다.

루이에겐 안된 일이지만, 죽임을 당하든 말든 상관없는 존재였다.

약하기 때문에 죽었다.

자기 책임, 이라고 히나타는 생각한다.

"문제라면 있고말고. 지금까지 루미너스 교를 믿도록 만들기 위해서 인류의 위협자로 움직여오던 로이가 죽었으니, 우리의 교의에 대한 신앙심이 흐려질 가능성이 있어. 사룡 베루도라가 부활했다고 하는데도, 쥬라의 대삼림도 안정을 찾아가고 있는 것 같고 말이야."

"그러네――."

그렇게 대답하면서도 히나타는, 그 원인은 자신이 놓쳐버린 슬라임일 것이라고 짐작하고 있었다.

이 일은 변명할 수가 없다.

완전히 히나타의 실수이며, 그 사실을 가장 잘 자각하고 있는 사람은 히나타 본인인 것이다. 어젯밤의 침입자는 일부러 보내줬지만, 그 리무루라는 이름의 슬라임은 완전히 소멸시킬 생각이었으니까.

(믿어지질 않지만, 그 상황에서 도망쳐 나올 줄이야. 조심성이 많아 보인다는 생각은 했지만, 내 상상 이상이었어, 리무루――.)

히나타는 적이었던 리무루를 솔직하게 칭찬한다.

"――사룡에 관한 건 모르겠지만, 숲이 안정을 찾고 있는 건 그 리무루라는 슬라임을 내가 놓쳐버렸기 때문이겠지."

"흠. 나도 독자적으로 조사해봤지만, 파르무스 왕국의 군대가 전멸당한 것은 틀림없는 것 같아. 베루도라가 부활한 시기부터 역으로 계산해봐도 그 리무루의 짓이라고 단정할 수 있어. 번거로운 상대였던 모양이군."

"내가 만났을 때가, 홀리 필드(성정화결계, 聖淨化結界)로 그를 붙잡았던 그때가 바로 그를 제거할 수 있는 가장 좋은 기회였는데 말이야."

"같은 고향 출신이라는 말에 봐준 건가?"

"설마, 그럴 리가. 루미너스 님의 목적과, 그 슬라임의 목적은 일치하지 않아. 그의 사상은 이해가 가긴 하지만, 그대로 방치해 두다간 예정이 엉클어져. 그래서 그의 말은 아예 듣지도 않고 그 도시를 제거하려고 했던 건데······."

"천사가 움직인다, 는 말인가."

"그래. 지금은 아직 괜찮지만, 그 기세 그대로 도시를 발전시켰다간 틀림없이 움직일 거야."

"그건 귀찮은데. 우리 쪽의 준비가 아직 완료되지 않았어. 다음 '천마대전(天魔大戰)'에선 완전한 승리를 노리고 싶으니까 말이지."

"그러게. 천사 따위는 철저하게 박살 내야지. 그러기 위해서라도 시기가 앞당겨지는 건 곤란해."

히나타의 설명을 듣고, 루이도 동의하면서 고개를 끄덕였다.

엔젤(천사)족은 어떤 일정치 이상으로 도시가 발전하면, 그것을 노리고 공격을 개시한다.

그 이유는 불명이지만, 행동 원리는 명확하다.

큰 전쟁이 벌어지면 죄 없는 수많은 사람들이 희생된다. 그런 화근을 없애기 위해서라도 히나타는 군비를 증강하여 천사군의 완전 격파를 노리고 있었다.

동시에 루미너스 교의 포교에 힘쓰면서, 인류의 연계를 확실한 것으로 만들자고 생각하고 있었던 것이다.

그것이야말로 히나타에게 있어서 신에 해당하는 루미너스의 뜻을 따르는 것이라 믿으면서.

리무루의 행위는 그런 히나타의 의도를 방해하고 있었다.

더구나 이자와 시즈에가 죽은 원인이 리무루에게 있다는 이야기를 들은 이상, 개인적인 원한도 있다. 그러므로 히나타가 그를 봐줄 이유 따위는 전혀 없었던 것이다.

지성이 있으며, 이성적이고, 인간과 서로 이해할 수 있는 마물들. 그런 그들을 끌어들이는 것은 약간 마음이 아팠지만, 마물은 적이라는 루미너스의 주장은 절대적이다.

무엇보다 우선시해야 할 것은 '천마대전'에서의 승리이다.

최소한의 희생으로 끝낼 수 있다면, 히나타는 망설임 없이 그것을 실행으로 옮길 것이다.

냉철한 합리주의자, 그것이 바로 히나타였다.

"하지만 네가 실패한 것은 결과적으로는 좋은 것일지도 몰라."

"그게 무슨 뜻이지?"

"쥬라의 대삼림에 출현한 위협적인 존재, 이 사태로 인해 서방 열국은 하나로 뭉치겠지. 로이가 죽은 지금, 인류 공통의 적으로 부활해줄 거라는 생각이 들지 않나?"

"……글쎄, 어떨까? 그렇게 쉽게 잘 풀릴 것 같지는 않은데."

하지만 히나타는 생각한다.

생각하기에 따라서는 좋은 결과였는지도 모른다.

쥬라의 대삼림이 안정되는 것은 바람직하며, 그 존재가 인류와의 공존을 바란다면, 그건 그것대로 자신들에게 유리하게 돌아가는 것이다.

단, 리무루가 파르무스의 군대를 정말로 학살한 것이라면, 그냥 넘어갈 수 없는 위협적인 존재라는 것은 틀림없는 사실이지만.

그래도──,

"내게 정보를 갖다 준 동쪽의 상인 말인데, 어젯밤도 만나기로 약속이 되어 있었어. 루미너스 님의 명령이 없었다면 나는 이 자리를 비우고 있었을 거야."

"호오? 그건 그것대로 타이밍이 절묘하군."

"그래, 너무 딱 들어맞지? 그 상인들은 나를 이용하려 했다는 거지. 그렇게 생각하면 리무루라는 존재를 제거하지 않은 게 정답이었는지도 모르겠네."

실수를 인정하지 않으려고 억지를 부리는 거지만 말이야, 히나타는 그렇게 말했다.

하지만 튀어나온 못은 망치질을 당한다.

파르무스의 침공은 버텨낸 모양이지만, 부활한 '폭풍룡'의 위협이 리무루를 덮칠 것이다.

더구나 리무루는 스스로를 '마왕'이라고 칭하기 시작했다고 하며, 그 행동은 10대 마왕의 분노를 샀다.

그 결과, 어젯밤 벌어진 발푸르기스에 호출을 받았던 것이다.

"그렇겠지. 우리 준비가 끝날 때까지는 그 땅을 동쪽에 대한 방파제로 삼는 게 더 좋을 거라 생각해. 이것도 다 그 리무루라는 자가 발푸르기스에서 살아 돌아왔을 경우의 얘기겠지만."

"그러네. 과연 무사히 살아남을 수 있을까?"

"이제 곧 루미너스 님이 돌아오실 거야. 서두르지 않아도 그때
가 오면 결과는 명백해지겠지."

"로이의 죽음을 전해드려야 하는 건 우울한 심정이지만."

"당황하시겠지."

"나랑은 달리 그분은 다정하시니까──."

"흠. 그렇게 말한다면 나도 다정하진 않군. 동생이 죽었는데도
전혀 슬픈 기분이 들지 않아."

그렇게 대답하는 루이에게, 히나타는 어깨를 으쓱거리는 동작
을 보여줄 뿐이다.

그런 뒤에 두 사람은 대화를 멈추고, 조용히 루미너스의 귀환
을 기다렸다.

그리고──,

"루미너스 님이 돌아오신다! 모두 맞을 준비를 하라!!"

도착을 미리 알리는 전령이 도착하면서, 대성당이 약간 분주해
졌다.

그런 뒤에 히나타와 루이는 예상도 하지 못했던 이야기를 듣게
된 것이다.

*

장소를 '깊은 곳의 사원'으로 옮겼다.

신성교황국 루벨리오스의 중앙부에 우뚝 솟은 성스러운 산.

그 기슭에 있는 성교회 본부.

그 본부 부지를 통과하여 똑바로 나아가면 성신전(聖神殿)이 있

다. 그 안에 성스러운 산의 입구로 이어지는 대성당이 세워져 있었다.

그곳을 통과하여 산길을 따라 나아가면 '깊은 곳의 사원'에 도착한다.

이곳 신성교황국 루벨리오스에 있어선, 교황의 거처보다도 훨씬 더 신성불가침한 장소인 것이다.

그곳에 다리를 펴고 앉으면서, 마왕 발렌타인──아니, 루미너스가 단단히 짜증이 난 표정으로 어젯밤에 있었던 일을 이야기하는 것을 끝마쳤다.

"──이상이 어젯밤에 있었던 일이다. 그 짜증 나는 사룡이 끝까지 날 방해하더구나."

불쾌한 감정을 드러내면서, 긴 의자에 늘어지게 누운 자세로 이야기하는 루미너스.

히나타가 맨 처음에 로이의 죽음을 보고했던 것이, 그 분노에 괜히 더 불을 붙이고 말았던 모양이다.

멍청한 것──.

그렇게 작은 목소리로 중얼거리기만 하고 감정을 보이지 않았던 루미너스는 '깊은 곳의 사원'에 들어왔을 때는 평소의 근엄한 태도를 유지하고 있었다.

여전히 냉정하게, 마왕들과의 회담 내용을 히나타와 루이에게 전한 것이다.

하지만 베루도라 때문에 자신의 정체가 들킨 것을 이야기할 때, 그 가지런한 미모를 분노로 물들였던 것이다.

참고 있었던 것이 한꺼번에 분출되는 것 같이, 격렬한 기세로 히나타와 루이를 압도했다.

"로이도 로이다! 내 눈이 닿는 장소에 있었으면 다시 살릴 수 있었을 것을——."

"동생은 행복할 것입니다. 루미너스 님이 그렇게까지 생각해주셨으니."

"닥쳐라! 이렇게 되면 내가 로이를 사지로 몰고 간 꼴이 되지 않느냐!!"

"그렇지 않습니다. 동생이, 로이가 루미너스 님의 기대에 부응하지 못한 것이 잘못입니다."

"그렇지만——."

굳이 말하자면 운이 나빴다.

누가 잘못한 게 아니라는 것을, 이 자리에 있는 자들은 이해하고 있다.

"죄송합니다. 제가 놓쳐버리는 바람에 로이가……."

히나타가 그리 말했음에도 불구하고 루미너스는——,

"됐다. 그대는 내 명을 따랐을 뿐이니까. 책망의 말을 들어야할 자는 바로 나일 터. 하지만 지금은 로이의 죽음을 슬퍼하고 있을 때가 아니다."

그렇게 말하자마자 긴장된 표정을 지으면서, 히나타와 루이를 똑바로 응시했다.

"알겠느냐? 사룡은 부활했고, 리무루라는 새로운 마왕이 태어났다. 이건 이미 뒤집을 수 없는 사실이다. 그에 대한 대책을 생각해야 한다."

"네."

"잘 알고 있습니다."

히나타와 루이는 동시에 고개를 끄덕인다.

말 그대로, 그것이야말로 앞으로 신성교황국 루벨리오스가 어떻게 존재할 것인지를 결정하는 것이니까.

"그 베루도라라는 자를, 제가 처리하도록 하죠."

히나타가 제안한다.

그러나 루미너스의 반응은 차가웠다.

"히나타여, 그대는 확실히 강해졌다. 나와 싸웠을 때보다 지금의 그대의 힘은 훨씬 더 많이 늘어났겠지. 지금은 '칠요'를 넘어서 내게 근접한 레벨(영역)에 도달해 있다. 하지만——."

마왕 리무루라면 모를까, 베루도라에겐 이길 수 없다——. 그렇게 루미너스는 단언한다.

"그 말씀이 맞아, 히나타. 그 사룡은 그만큼 엄청난 존재야. 그건 정말로 카타스트로프(천재) 급이니까."

당시의 상황을 아는 루이도 루미너스의 말에 동의했다.

"그 정도란 말입니까? 하지만 '용사'에 의해 봉인되었지 않았나요?"

인간의 손에 의해 봉인되었으니, 자신도 가능하리라고 히나타는 생각했다. 그러나 루미너스와 루이는 망설이지 않고 바로 부정한다.

"잘 들어라, 히나타여. 그 녀석은 자연 에너지 그 자체이다. 미친 듯이 휘몰아치는 폭풍이라면 마법으로 제어할 수도 있겠지. 하지만 그 사룡에게는 자신의 의지가 존재한다. 검으로는 베지 못하여, 마법은 통하지 않는다. 그리고 녀석이 난폭하게 굴 때 발생하는 그 충격파는 어지간한 마법 이상의 파괴력을 동반하여 지상을 유린할 정도다."

진심으로 짜증이 나는 표정을 지으면서, 루미너스는 이야기한다.

그 말에 고개를 끄덕이는 루이의 얼굴은 떠올리기 싫은 것을 떠올린 것처럼 창백하게 변해 있었다.

"그건 악몽이었지요. 그 아름다웠던 나이트 로즈(밤의 장미 궁전)가 보기에도 처참한 폐허로 변해버렸으니 말입니다⋯⋯."

"루이여, 그 기억을 떠올리게 하지 마라. 뱀파이어의 지혜와 기술의 결정이었던 그 성도 지금은 기억 속에서만 존재하는 것이 되었다. 이미 사라진 것을 바라봤자 소용없는 일이다."

"그 말씀이 맞습니다."

그런 두 사람의 모습을 보면서, 히나타도 베루도라라는 존재가 위험한 상대라는 것을 인식할 수 있었다.

(──그래도 만일의 경우에는 내가 죽이겠어.)

그리고 히나타는 그렇게 조용히 결의한다.

동시에 깨달았다.

이 '깊은 곳의 사원'이 성스러운 산의 정상에 있는 것은 베루도라의 습격에 대비하기 위한 것이라는 사실을.

──항상 감시를 통해, 그의 접근을 미연에 막기 위한 것이라고.

신성교황국 루벨리오스의 진정한 도시── 나이트 가든(야상궁정, 夜想宮庭)이 지하에 있는 것은 사룡의 침입을 막기 위한 것이라는 사실을.

· ──설령 싸움이 벌어진다고 해도 그로 인한 피해를 입지 않

도록.

그 정도로까지 루미너스가 경계하는 상대, 그것이 바로 '폭풍룡' 베루도라인 것이다.

"히나타여, 나는 그대까지 잃고 싶지 않다. 부디 자중하거라."

루미너스가 그렇게까지 말한다면 히나타로선 고개를 끄덕일 수밖에 없다.

하지만 리무루와 만났을 때 대응을 잘못한 것이, 지금에 와선 목에 박힌 가시 같은 꼴이 되고 말았다.

리무루를 마물이라고 여기는 바람에, 대화를 거절하고 무시한 것이 실수였다.

교의를 지킨다는 의미로 봐도 대응이 잘못되었다고 생각하고 싶지는 않지만, 그 결과가 지금의 상황으로 이어진 것이다. 그것이 동쪽 상인의 의도라고 하면, 히나타는 제대로 속아 넘어간 꼴이 되기 때문이다.

(부아가 나는군. 마치 내 속마음을 다 파악한 것처럼 정보를 흘리다니. 아니, 어쩌면 내통자가 있는 것일지도 몰라.)

믿고 싶지는 않다고 생각하면서도, 교회 내부에 동쪽의 상인과 내통하고 있는 자가 있을 가능성에 히나타는 생각이 미친다.

그렇다면 천사에 대항하기 위한 준비를 하고 있다는 사실도 알려졌으리라 생각해도 틀림없을 것이며, 그 점을 파고들어서 히나타가 리무루를 제거하도록 획책한 것이라는 생각이 들었다.

내통자의 존재를 의심해봐야 할 것이다.

그건 나중에 천천히 파헤치기로 하고, 지금 생각해야 할 문제는——,

"네. 하지만…… 그렇다면 새로이 마왕이 된 리무루는———."

"방치할 수밖에 없겠지. 다행히도 '신의 적'과 정식으로 접촉을 하지는 않았을 것 아니냐?"

"그렇지만……."

"무슨 문제라도 있느냐?"

"……네. 그 마물들이 개발 중인 도시와 도로는 천사의 침공을 앞당기게 만들 가능성이 있습니다."

"아아, 그 문제가 있었구나. 날개 달린 벌레 놈들 때문에 걱정을 하는 것도 짜증이 난다만, 마왕 리무루와 '폭풍룡' 베루도라를 적으로 돌리는 게 더 귀찮은 일이지. 더구나 그자들이 눈에 띄게 움직여준다면 천사들의 주력의 표적이 되어줄 것이다. 지금은 생각해봤자 어쩔 수 없는 일이다."

루미너스는 천사 따위는 상대할 것도 없는 것들이라고 생각하고 있을 터다. 그것을 이해한 히나타는 그 뜻을 따라야겠다고 납득한다.

이제 문제가 되는 것은———,

"———게다가 '마물은 인류 공통의 적'이라는 루미너스 님의 생각——— 루미너스 교의 교의를, 그자들의 도시가 근본부터 뒤집는 꼴이 됩니다만……."

히나타의 질문에 루미너스가 씁쓸한 표정을 짓는다.

잠시 생각에 잠기는 루미너스.

이제 와선 쉽게 짓눌러버릴 수도 없는 데다, 그렇다고 해서 자신들의 교의에 정당성이 사라지게 되면, 설득력을 잃으면서 사람들의 마음이 떠나는 결과가 나올 것이다.

모처럼 힘들게 1,000년 이상의 시간을 들여서 길러온 백성들의 신앙을 여기서 잃는 것은 허용할 수 없는 이야기였다.

"사악한 마왕으로서 우리의 좋은 공범자가 되게 만드는 건 어떨까요?"

루이가 말한다.

로이가 마왕을 연기했던 것처럼 프로파간다로서 이용하자는, 방금 전에 히나타에게 말했던 의견이었다. 하지만 히나타가 납득을 하지 못했던 것처럼, 그 의견은 루미너스가 부정했다.

"무리다. 그 리무루라는 신참 마왕은 말이지, 즐겁게 살 수 있는 나라를 만들고 싶다고 하더군. 인간의 협력이 필요 불가결하기 때문에 자신이 지키겠다고, 우리를 앞에 놓고 호언장담을 늘어놓았다. '그걸 방해하는 자는 인간이든, 마왕이든, 성교회든, 모두 똑같이 내 적이다'——라고 말이지."

그렇게 말하면서 루미너스는 우울하게 한숨을 쉰다.

"적어도 인간과 교류만 하지 않는다면, 루이가 말한 의견도 채용할 수 있겠거늘——."

그리고 짜증스러운 표정으로 그렇게 읊었다.

히나타는 그 이야기를 듣고, 리무루가 했던 '자신은 전생자다'라는 말이 진실이었음을 깨달았다.

하지만 이제 와선 이미 늦었다.

지레짐작이 심한 데다, 남의 말을 듣지 않는 나쁜 버릇이 자신에게 있음을 자각하는 히나타. 그 버릇이 이번에 최악의 형태로 일을 크게 터뜨린 것이다.

루미너스 신이 마왕 발렌타인과 동일한 존재라는 것은 눈치채지 못한 것 같으니, 최악의 경우에는 자신이 혼자 희생되자고 히나타는 생각했다.

"그러면 지금은 상황을 지켜볼 수밖에 없겠군요."

"음, 그렇다. 섣불리 움직이지 말고 당당하게 굴면 된다. 변명을 하면 할수록 진흙탕에 빠질지도 모르니 각국의 신자들에게는 사실만을 알려라. '폭풍룡' 베루도라가 부활했다고 말이다."

"마왕 리무루에 관해선 어떻게 할까요?"

히나타가 속으로 생각을 하고 있는 동안에도, 루미너스와 루이 사이에서 차례로 대응 방침이 정해진다.

"……그렇구나. 리무루는 정치적인 거래에 응할 상대로 보이니, 서방 열국은 잘 얼버무리는 게 좋겠군. 히나타도 그러면 납득하겠지?"

물어보고는 있지만, 그건 루미너스의 결단이었다.

그렇다면 히나타에게 이론은 없다.

"잘 알겠습니다."

"원한이 남아 있을 것 같으냐?"

"──조금은요. 예전에 그자를 죽이려 했기 때문에."

"그랬었지. 하지만 그에 대한 앙심을 품고 나와 적대할 정도로, 그 리무루라는 자는 바보는 아니다."

그 말은 자신의 정체를 밝혀도 된다는 루미너스의 뜻이다.

하지만 히나타는 그것을 좋게 보지 않았다.

"──선처하겠습니다."

진심을 숨긴 채로 대답하면서, 루미너스의 앞에서 물러났다.

＊

――그 후로 약 1개월.

히나타는 자는 시간도 아쉬워하면서 일했다.

성기사들로 베루도라에 대한 방어 태세를 구축하는 한편, 근위 사단의 일원들을 각지로 파견하여 정보 수집의 임무를 맡긴다.

네트워크의 하나였던 동쪽의 상인을 신용할 수 없는 지금에 와선, 자신의 발로 모은 정보만이 신용할 수 있는 것이라고 판단한 것이다.

그리고 지금.

한 달에 한 번 있는 교황 양익(兩翼) 합동 회의가 시작되려 하고 있었다.

모인 자들은 히나타 직속의 크루세이더즈(성기사단)와 루크 지니어스(교황 직속 근위사단)―― 교황청 소속의 근위기사들이다.

사카구치 히나타가 정점에 있으며, 신성교황국 루벨리오스가 자랑하는 양 날개(兩翼).

의장의 자격으로 참석한 히나타.

교황 직속 근위사단 필두 기사이자 성기사단장인, 사실상 최강의 기사.

ㄷ자로 놓인 책상의 상석이 그녀를 위한 자리이다.

그 오른쪽에는 크루세이더즈를 대표하는 여섯 명.

부단장인 레나도 제스타.

'빛'의 귀공자라고 불리는 사람 좋아 보이는 표정을 짓는 홀리 나이트(성기사)이다.

그 옆에는 '하늘'의 아루노 바우만.

히나타 다음으로 최강의 기사로 불리는 남자다. 부대를 통솔하는 대장 격 기사 중에서도 한층 더 뛰어난 실력을 보이는 크루세이더즈(성기사단)의 특공대장 격인 존재였다.

그리고 아루노 옆에 줄줄이 앉은 네 명의 대장들.

'땅'의 박카스.

——마법의 힘이 깃들어 있는 홀리 메이스로 적을 때려잡는 것을 특기로 하는 큰 덩치에 과묵한 남자이다.

'물'의 리티스.

——치유마법을 쓸 수 있는 자이자, 아름다운 미녀. 그리고 운디네(물의 성녀)를 부릴 줄 아는 정령사역자(엘레멘탈러)이다.

'불'의 갸루도.

——화염술사이자 불꽃의 창—— 레드 스피어를 다루는 장신의 기사. 진지하며 언제나 동료를 배려하는 남자였다.

'바람'의 후릿츠.

——바람 마법과 쌍검술을 특기로 하는 마법검사. 정통파인 기사가 많은 크루세이더즈치고는 드물게 사도에 가까운 트릭스터였다. 자유로운 성격인지라, 혼자만 정식 제복을 대충 걸치고 있다. 그러나 누구보다도 히나타를 숭배하는 남자이다.

각각 열두 명 정도 되는 홀리 나이트를 부하로 부리며, 아루노를 필두로 한 다섯 명의 대대장이었다.

110여 명 정도밖에 없는 홀리 나이트들 중에서도 정점에 위치한 자들이다. 그 실력은 의심할 것도 없다.

그런 그들에 비해서 히나타의 왼쪽에 위치한 것은 개인주의 집단인 루크 지니어스다.

복장은 물론이고 장비까지 다종다양한 자들이 33명.

겨우 33명이지만, 사단이라는 이름을 칭하는 그 이유. 그것은 개인의 전투 능력이 뛰어나다는 점에 있다.

한 명이 일개 군대에 해당하는 실력자이며, 교황으로부터 '루크(성벽)'라는 칭호를 부여받았다.

당연하게도 전원이 A랭크 이상의 전투 능력을 보유하고 있다. 아니, 몇 명이 연계를 하면 캘러미티(재액) 급의 위협적인 존재와도 맞설 수 있는 영웅 급의 자들인 것이다.

그중에서도 특필할 만한 자들이 있다.

'푸른 하늘'의 사레.

——아직 앳된 소년의 모습을 하고 있지만, 이 자리의 누구보다도 오래 살았다. 히나타가 취임하기 전까지는 교황 직속 근위 사단 필두 기사였던 남자다.

'큰 바위'의 그레고리.

——사레의 한쪽 팔로서, '만물부동(萬物不動)'의 강력한 성능을 갖춘 남자. 육체 그 자체가 무기이며, 그 육체 강도는 웬만한 금속을 상회한다. 난공불락이라는 말을 구체화시킨 자였다.

'거친 바다'의 그렌다.

——히나타보다 신참이면서, 최근 몇 년 동안에 두각을 드러냈다. 뻗친 붉은 머리카락이 특징적이며, 야성적인 분위기를 갖춘 미녀이다. 뒷세계의 용병 출신이기 때문에 그 전투 방법은 베일

에 싸여 있다. 단 한 사람, 그렌다에게 패하여 그 지위를 빼앗긴 전임자 라마가 그녀의 실력을 알고 있을 뿐이다.

그런 '삼무선(三武仙)'이라고 불리는 세 명이 여섯 명의 홀리 나이트와 대칭을 이루는 자리에 앉아 있었다.

자리에 앉아 있는 이 아홉 명이야말로, 인간이라는 한계를 초월한 초인들이다.

그들은 '마왕'과 대칭되는 존재──'성인(聖人)'으로 인정을 받고 있었다.

히나타를 포함하여 십대 성인.

인간이 가혹한 수련을 쌓으면, 오랜 시간 끝에 상위 존재로 진화하는 일이 있다. 그것을 이뤄낸 자들은 선인(仙人)으로 불리며, 수명이 대폭 늘어나서 반쯤은 정신 생명체에 가까운 육체 구조로 변화하는 것이다.

육체라는 족쇄에서 해방된 존재. 그렇기 때문에 선인 급인 자가 다루는 에너지양은 방대한 것이 된다. 물리적인 힘이나 마법의 수준이 다른 인간과 비교할 수도 없을 정도로 강화되면서 '마왕종'에 필적할 정도의 강자가 된 상태다.

인류의 수호자, 올바르게 진화한 신의 사도였던 것이다.

그렇다고 해도, 그건 어디까지나 인간이 정한 기준이지만…….

그들은 조용히 히나타의 도착을 기다린다.

몇 명의 홀리 나이트(성기사)는 각자 자신의 대장 뒤에 대기하고 있다.

사단의 나머지 멤버들은 자리에 앉지 않은 채, 제각각의 모습으로 회의의 시작을 기다리고 있었다.

그리고 웅장하게 문이 열렸고——,

"다들 기다리게 해서 미안하군. 그러면 시작하기로 할까."

히나타의 도착을 기하여 회의가 시작되었다.

*

히나타의 후방, 발을 쳐서 가려놓은 안쪽에선 교황 루이가 앉아서 회의의 진행 상황을 지켜보고 있다.

그렇게 시작된 회의는 사레의 첫 발언으로 인해 분위기가 들끓는다.

"이봐, 늦게 온 주제에 너무 건방진 것 같은데. 베루도라의 부활을 저지하지 못했을 뿐 아니라, 새로운 마왕의 탄생까지 허용했다고. 그런 무능한 자가 우리의 리더라니, 비록 농담이라고 해도 이건 용서할 수 없는 이야기거든?"

히나타가 필두 기사라고 해도, 결국은 그 명령에 따른다고 해도, 속으로는 달갑지 않게 여기고 있는 자도 있는 법이다.

그 지위에서 쫓겨난 꼴이 되었던 사레야말로 히나타에게 반목하는 자들의 대표적인 존재였다.

최근 한 달 동안, 사단의 기사들은 히나타의 명령에 따라 각지로 흩어져 있었다.

그리고 다양한 정보를 가지고 돌아왔으며, 연속으로 일어난 중대 사건이 모두 이어져 있다는 증명을 마친 상태이다.

마왕 리무루의 탄생.

'폭풍룡' 베루도라의 부활.

그리고 발푸르기스(마왕들의 연회)는 물론이고, 최근에 파르무스 왕국 내부에서 일어나는 불온한 기운.

그 기점이 된 것이 히나타가 리무루에게 손을 댄 것이라고——

사레는 은근히 그런 뜻을 암시하면서 지적한다.

"무례합니다, 사레 공."

"이봐, 애송이. 우리 단장에게 불만이 있다면 내가 상대를 해주지. 어때?"

웃음을 지은 채로 레나도가 차갑게 말하자, 그에 동조하듯이 아루노도 고개를 끄덕인다.

그에 대해 반발하는 자는 사레의 옆에 앉은 그레고리다.

"고귀하신 기사님께서 우리와 싸워보겠다는 건가? 지위가 높다는 이유로 일부러 져줄 상대만 고르는 주제에, 기세 좋게 나서시는군!"

"뭐라고?"

"죽고 싶은 모양이군요."

회의의 분위기는 단번에 험악해졌지만, 그런 분위기에 찬물을 부은 것은 히나타다.

"시답잖은 짓은 그만해. 지금은 동료들끼리 내분을 벌이고 있을 때가 아니야. 사레, 당신이 나를 대신하고 싶다면 언제든지 이 지위를 넘겨주겠어. 단, 당신의 실력을 시험해봐야겠지만."

그런 히나타의 말 한마디로, 그 자리는 조용해졌다.

그 말에 담겨 있었던 것은 짜증 그 이상의 살기였던 것이다.

이 이상 소란스럽게 군다면 두말하지 않고 베어버리겠다는 히나타의 절대적인 의사 표현. 그걸 알아차리지 못할 정도로 이 자리에 있는 자들은 어리석지는 않다.

평소에는 냉정한 히나타가 이렇게까지 감정을 드러내는 일은 드물기 때문에, 사레도 섣불리 도발하는 것은 위험하다는 판단을 하지 않을 수 없었다.

"쳇! 그 말, 기억해두라고."

분한 표정으로 히나타를 노려보는 사레.

사레는 히나타에게 한 번 패배한 적이 있다.

질 리가 없는 싸움. 사레가 보기에 히나타의 실력은 틀림없이 자신보다 아래였다.

그랬는데 결과는 정반대.

그런 기억이 있기 때문에, 사레는 섣불리 움직일 수가 없다. 히나타가 어째서 강한지에 관한 비밀을 파헤쳐 밝혀내지 않는 한, 자신에게 승리는 없다고 생각하고 있기 때문이다.

이기지 못하는 싸움은 하지 않는다. 그래서 사레는, 지금은 얌전히 히나타를 따르는 것이다.

사레가 얌전해지면서 겨우 회의가 시작된다.

"보고 드리겠습니다."

그렇게 말하면서, 쥬라의 대삼림 주변을 조사하고 있었던 '물'의 리티스가 일어나 보고를 시작했다.

"쥬라의 대삼림은 평화로움 그 자체였습니다. 베루도라가 부활했음에도 불구하고, 상인들이 드나드는 모습도 확인되고 있습니다."

사실, 템페스트(마국연방)의 수도인 리무루에는 블루문드 왕국에서 행상이 끝없이 찾아오고 있다.

특산품인 회복약이 인기 상품인 데다, 그 외에도 직물이나 마물의 소재로 만든 무기와 방어구 같은 귀한 물건들을 구하려고 상인들의 줄이 끊이지 않을 정도이다.

"어떻게 된 거지? 마왕을 상대로 상업 활동이 가능하단 말인가?"

"그것보다 문제는 베루도라야. 문헌에는 아주 호전적이며 수많은 곳에서 난폭한 짓을 일삼았다고 기록되어 있었는데, 지금은 그럴 기미가 없는 것 같은데……?"

그런 의문이 담긴 의견이 오가지만, 히나타가 가볍게 손을 흔들어서 그들의 입을 다물게 했다.

"마지막까지 보고를 듣도록."

그렇게 말하면서, 리티스에게 보고를 계속하도록 손짓한다.

"네, 계속하겠습니다. 상인들에게 자세한 사정을 물어봤습니다만, 블루문드 왕국은 국책으로 템페스트와의 국교 수립을 선언한 상태였습니다. 그리고 거기에는 안전보장에 대한 내용도 포함되어 있기 때문에, 누구든지 가벼운 마음으로 갈 수 있게 되어 있습니다. 또한 교역용 도로는 아름답게 정비되었으며, 말똥 같은 것도 깔끔히 치워져 있었습니다. 마물이 출몰하는 낌새는 없었으며, 안전보장은 말로만 하는 소리가 아니라는 것도 확인했습니다."

"갔다 왔단 말이야?"

"네. 제 눈으로 확인해보자는 생각에, 여행자를 가장하여 현지까지 가봤습니다. 일정 지점마다 경비를 서는 자가 배치된 상태였으며, 도로의 안전은 제대로 지켜지고 있었습니다. 그리고 마물의 도시는 예상 이상으로 발전된 모습을 보이고 있었습니다. 역시 마력요소의 농도는 약간 높았지만, 인체에 영향을 줄 수준에는 미치지 못했습니다. 마왕 리무루는 그 말대로 인간과의 우호적인 관계를 바라고 있다는 인상을 받았습니다."

"——그렇군. 그래서 베루도라는?"

"네, 네. 그게 말인데……."

"왜 그러지?"

"'봉인의 동굴'은 출입이 금지되어 있었으며, 그 외에는 그 사룡이 좋아할 것 같은 장소는 보이질 않아서……. 그 존재를 확인할 수가 없었습니다."

"흠."

그렇게 말하며 생각에 잠기면서도, "보고는 이상입니다"라고 말하는 리티스에게 히나타는 고개를 크게 끄덕여 보였다.

"베루도라의 존재를 확인할 수 없었다면 부활했다는 건 역시 착오가——."

그렇게 물어보려 했던 '바람'의 후릿츠는, 히나타가 차갑게 쏘아보는 눈길에 입을 다문다.

서둘러 사과하려고 하는 후릿츠를 무시하고, 히나타는 발언했다.

"신탁은 절대적이야. 어쨌든 마왕 리무루의 행동은 이해했어. 다음으로 넘어가지."

그렇게 말하면서 히나타는, 차례로 조사해 온 내용을 보고하도록 지시한다. 논의를 하기 전에 자신이 알고 싶은 모든 정보를 머릿속에 새겨 넣으려는 듯이.

"——그런 분위기 속에서, 잉그라시아 왕국 내부는 평온함 그 자체였습니다. 라이벌 관계에 있는 대국 파르무스가 기울었으니, 그다음은 잉그라시아의 세력이 점점 힘을 얻을 것으로 보입니다."

차례차례 보고가 진행된다.

루크 지니어스(교황 직속 근위사단)에 소속된 기사라면 서방 열국의 출입은 자유롭다.

게다가 각국에 체류하는 템플 나이츠(신전기사단)에 대한 명령권까지 인정받고 있다. 뭐니 뭐니 해도, 그 계급은 각국에 파견되어 있는 기사단장보다도 위에 있다.

명령 계통이 혼란스러워지기 때문에 본국에서 내려온 명령 없이는 움직이지 못하게 되어 있지만, 긴급한 상황이라는 것이 인정될 경우라면 템플 나이츠는 루크 지니어스의 지휘하에 들어가게 된다.

그런고로 그들의 활동은 방해를 받을 걱정도 없으며, 각국의 기밀에 가까운 정보까지 수집하는 데 성공했던 것이다.

이 부분은 크루세이더즈(성기사단)와는 다른 점이다.

서방성교회 소속의 홀리 나이트(성기사)도 각국을 자유롭게 통행할 수 있는 권리는 가지고 있다. 그러나 템플 나이츠에 대한 명령권은 가지고 있지 않다. 템플 나이츠에서 크루세이더즈로 입단하는 자도 있지만, 이 점은 조직이 다르기 때문에 어쩔 수 없다고 할 수 있겠다.

그러므로 히나타는 각 조직의 장점을 유효하게 활용하도록, 적재적소에 파견해두고 있었던 것이다.

그리고 마지막으로 사례가 보고할 차례가 되었다.

"흐응, 다른 사람들의 보고를 듣고 있으니, 리더(히나타)가 뭘 알고 싶어 하는 건지 보이기 시작하는걸. 그래서 내 차례가 되긴 했는데, 이게 정말 알고 싶은 거겠지?"

"그래, 맞아. 가장 중요하니까 당신에게 맡긴 거야. 그러니까 빨리 보고해주면 좋겠어."

"그렇군. 파르무스 왕국의 현재 상황 말인데, 파르무스 왕국의 에드마리스 왕은 퇴위했으며, 언뜻 보면 평화롭게 양위를 끝냈어. 하지만 말이지, 새로 왕이 된 에드왈드는 쓸 만한 용병을 모으고 있는 것 같더군. 그에 호응하듯이 귀족들의 움직임도 어수선한 것이, 내가 보기엔 내란이 일어날 전조가 아닐까 생각해——."

서방 열국에 마왕 리무루가 탄생했다는 소식이 돌아다니고 있다. 그럼에도, 템페스트와의 교류를 통해 블루문드 왕국은 활기에 넘치고 있다고 한다.

그에 비해, 파르무스 왕국은 극도의 혼란 속에 빠져 있었다.

귀족들의 움직임은 제각각이라, 권력 유지에 매달리는 자들도 많다. 그중에는 서방성교회와 평의회의 장로들에게 접촉을 시도하려는 자도 있다고 하니, 뭔가 분위기가 뒤숭숭해지고 있는 것 같다.

백성에게 미치는 영향도 크다. 물가는 올랐으며, 물류는 정체되었다. 2만 명이나 되는 군대를 잃어버리는 바람에, 그걸 대신하기 위해 징병당하는 자까지 있는 형국이다. 그런 신병들은 전력에 보탬이 되지 않지만, 그래도 그렇게 하지 않으면 안 될 정도로 진퇴양난에 빠진 모양이다.

즉, 내란의 징조가 보인다는 뜻이다.

주위 약소국의 반응은 제각각 다르다. 그러나 공통적인 점은 파르무스 왕국에 대해 경계를 하고 있다는 것이다.

불온한 분위기를 감지하면서, 자기 나라가 말려들지 않도록 국경 경비를 엄중히 하고 있다.

뭔가 사태가 터질 날이 가깝다고, 모두 그렇게 판단하고 있을 것이다.

"──하지만 이것만으로 그곳에 마왕 리무루의 의도가 개입하고 있는지 아닌지를 판단하기에는 정보가 모자라."

"그러네. 그래서?"

"새로 왕이 된 에드왈드가 접촉한 상대를 뒤져봤지. 평의회의 중진에, 자유조합의 간부, 그리고 동쪽의 상인들. 그것도 모자라서 내 부하에게도 접촉을 시도하려 했던 것 같아."

"그 목적은 전력 증강인가?"

"역시 대단하군. 그 말대로야, 리더(히나타)."

"그렇다면 확정이군. 새로 왕이 된 에드왈드에겐 전쟁 피해 배상금을 지불할 의사가 없는 거야. 그리고 그걸 허용할 마왕 따윈 없을 테니, 리무루가 그걸 예상하지 못할 정도로 바보라는 생각은 안 들어."

"흐──응, 그렇다면 리더는 모든 것이 마왕 리무루의 계획이라고 말하는 거지?"

"그래."

히나타는 그렇게 말하면서 고개를 끄덕였다.

(마치 농담처럼 모든 게 하나로 이어지고 있어. 이 정보들을 해독해보면 어떤 결말을 향해 움직이고 있는 것으로밖에 보이지 않아……. 이건 틀림없이 누군가가 뒤에서 조종하고 있는 거야.)

들으면 들을수록, 그 의혹은 확신으로 바뀐다.

누가?

그 대답은 하나뿐이다.

서방 열국에서 암약하고 있던 마왕 클레이만이 사라진 지금, 그런 짓을 할 수 있는 자는 한 명 말고는 생각할 수 없다.

새롭게 대두된 마왕, 리무루뿐.

(골치 아프게 됐군. 방심하지 않는 성격도 그렇고, 뒤에서 용의주도하게 책략을 펼치는 지모를 봐도 그렇고, 과거에 일본인이었다는 건 역시 틀림이 없는 것 같네…….)

히나타는 냉정하게 리무루를 그렇게 평가했다.

지금 생각해보면 모든 것은 동쪽 상인들의 말을 믿은 것이 원인이었다. 몇 년에 걸친 관계이다 보니 그들을 믿고, 그 정보를 의심 없이 받아들여 버렸던 것이다.

치명적인 실수라고, 히나타는 반성한다.

더욱이 악질적인 것은, 그 정보의 대부분이 정확했다는 것이라 하겠다. 리무루에 관해서만 아주 약간 왜곡되어 전달되었다. 그 증명하기 힘든, 작은 거짓말에 히나타는 속아 넘어갔던 셈이다.

그때 리무루의 이야기를 믿었더라면, 약간은 다른 전개가 되었을지도 모른다. 그러나 이제 와서 후회해도 소용없다고 히나타는 생각한다.

그때 문득, 히나타는 사례의 보고에서 뭔가 걸리는 점을 발견한다.

"사레, 그래서 에드왈드는 동쪽 상인에게 접촉했단 말이지? 무슨 내용을 얘기했는지 알고 있어?"

"왜 상인을 신경 쓰는 거야? 마왕이 뒤에서 계획을 꾸몄다. 그걸로 이 얘기는 끝이잖아? 지금 얘기해야 할 것은 앞으로의 방침이고, 우리가 어떻게 움직여야 할지를 논의해야 한다고 생각하는데?"

"그것도 필요하지만 마음에 걸리는 게 있어. 됐으니까 어서 대답해."

"쳇. 그 녀석들은 늘 돈 얘기밖에 안 하잖아?"

"아니. 그자들은 아주 자연스럽게 자신들이 이익을 얻을 수 있도록 상대를 유도해. 나도 그들에게 이용당하고 말았으니까, 당신들도 방심하지 않는 게 좋을 거야. 그래서 뭔지 알고 있어?"

"헤에, 너처럼 머리 좋은 여자를 이용하다니, 그 녀석들도 제법이로군. 하지만, 글쎄…… 딱히 이렇다 할 내용은 떠오르지 않는데. 아아, 잠깐. 그렌다, 네가 담당하고 있던 범위에는 상업 도시가 있었지? 그곳은 동서의 상인들이 교류하는 장소이니, 뭔가 재미있는 얘기를 듣지 못했어?"

히나타를 마음에 들어 하지 않으면서도, 사레는 진지하게 맡은 일을 처리한다.

게다가 사레는 히나타를 인정하고 있기도 하다.

질이 나쁜 기사들의 집단을 크루세이더(성기사단)로 단련시켜낸 그 수완을.

마물에 대해 자비가 없으며, 백성을 지키려고 하는 그 모습을.

마음 한편으로는 그녀를 인정하고 있었던 것이다.

그렇기에 히나타에게 명령받은 조사도 확실히 처리하며, 그걸로 얻은 정보를 숨기지도 않는다.

그 지위에서 끌어내리려고 획책은 하고 있지만, 억지로 다리를 붙잡아 당기려는 생각은 하지 않는다.

사레는 실력주의자이기 때문에, 좋든 나쁘든 뒤끝이 없는 성격인 것이다.

히나타는 그걸 알고 있었다.

그에 비해 그렌다는——,

"그러게, 내가 알고 있는 한 수상쩍은 움직임은 없었는데."

유유히 거짓말을 한다.

용병으로서 뒷세계를 살아오면서, 수많은 수라장을 경험해온 그렌다. 그런 그녀의 감이 이번에 느껴지는 불온한 기운에서 돈 냄새를 맡고 있었다.

신앙과 돈벌이는 별개의 이야기. 그게 바로 그렌다의 신조였다.

경건한 루미너스 교의 신자로 여겨지고 있지만, 그건 그렌다의 진실한 모습이 아니다.

그녀의 진짜 목적은 전 세계에 퍼져 있는 루미너스 교도의 힘이다.

그건 돈이기도 하고, 정보이기도 하며, 무력이기도 한 다양한 모습을 가지고 있지만, 그 모든 것이 그렌다에겐 필요한 것이다.

그것들을 자유롭게 모을 수 있는 지금의 위치는 절대로 잃어선 안 되는 것이었다.

그렇기에 더더욱, 그렌다는 히나타에게 알려주지 않는다.

말 그대로 사례가 언급한 상업 도시에서, 그렌다는 동쪽의 상
인과 접촉을 했었다.

그뿐만이 아니라, 평의회의 장로라고도 불리는 거물과도 몰래
면담을 나누었던 것이다.

보수는 돈.

대가는 거짓된 정보를 흘리는 것.

그러나 그 정보를 흘리는 때는 지금이 아니며, 필요한 시기가
오는 걸 기다려야만 한다.

그렇기에 히나타가 자신을 의심하면 곤란하다고, 그렌다는 속
으로 몰래 생각한다.

히나타는 냉혹하고 냉철해서, 적에겐 절대로 자비가 없는 성격
을 갖고 있다. 방심은 전혀 하지 않으며, 빈틈을 보이는 모습 따
윈 상상도 할 수 없다.

하지만 아군에 대해선 무른 측면이 있었다.

아군이라기보다는 루미너스를 믿는 자에 대해선, 그렇다고 할
수 있겠다.

같은 신을 믿는 자들끼리, 동료라기보다 가족에 가까운 느낌을
받고 있는 것 같다.

그렌다는 그런 히나타의 성격을 꿰뚫어 보고 있었다.

그 무른 성격 때문에, 사례의 반항심을 봐주고 있다.

그 무른 성격 때문에, 자신의 배신을 꿰뚫어 보지 못하고 있다.

그리고 그 무른 성격으로 인해, 이윽고 자신에게 그 자리를 넘
겨주게 될 것이라고── 그렌다는 생각한다.

그렇기에 더더욱.

"리더가 그렇게 신경이 쓰인다면, 한 번 더 자세하게 조사해볼게."

"그래주겠어? 그럼 부탁할게. 절대 방심하지 않도록 하고, 상인들의 말에 쉽게 귀를 기울여서는 안 돼. 알겠지?"

"맡겨둬. 아는 인맥도 있으니까, 자세한 얘기를 듣고 올게."

그렌다는 히나타를 상대로 하면서, 그녀의 부탁을 경솔하게 받아들이고 만다.

그 가벼운 발언으로 인해 상당한 수준으로 자신의 속마음을 들키고 있다는 것도 깨닫지 못한 채……

히나타는 그런 그렌다의 모습을 관찰하면서, 속으로 슬쩍 한숨을 쉰다.

(이거 참, 나도 어지간히 얕보이고 있나 보네. 혹시나 내 성격이 그렇게나 무르다고 착각하고 있는 걸까?)

그렇다면 정말로 안됐다고 히나타는 생각했다.

애초에 히나타는 동료를 소중히 여기지 않는다.

그 점을 그렌다는 착각하고 있다.

루미너스를 위해 움직이는 장기 말이라고 생각하기 때문에, 소중히 다루고 있을 뿐인 것이다.

루미너스의 소유물을 자신이 멋대로 망가뜨려버리지 않도록.

히나타가 자신의 수족으로 부리기 위해 단련시켜 길러낸 크루세이더즈(성기사단)는 모두 히나타를 신봉하고 있다.

히나타를 위한 기사단이라고 해도 과언이 아닐 정도로, 그 충성심은 신용할 수 있었다.

그와는 반대로 근위사단의 멤버들은 너무나도 제멋대로인 행동을 취하는 일이 많다. 루미너스에 대한 신앙심이 있기 때문에 히나타가 그냥 봐주고 있을 뿐이다.

사레 같은 이가 그 대표적인 예이다.

히나타에게 반발하면서, 무슨 일이 있을 때마다 거역하는 모습을 보인다. 하지만 그건 어디까지나 포즈만 취하고 있을 뿐이지, 사레도 히나타도 서로 납득하고 있는 상황에서 취하는 행동이었다.

불평은 하지만, 명령에는 따른다——. 사레는 어떤 의미로는 아주 다루기 쉬운 자이다.

게다가 사레는 루미너스의 존재를 모른다.

사레뿐만 아니라 히나타 말고는 아무도 루미너스 신이 실제로 존재한다는 사실을 모르는 것이다.

(——참으로 가여운 노릇이네. 옛날의 나처럼, 진실을 모른다는 건…….)

히나타는 문득 그런 감상에 사로잡혔다.

그렌다는 야망에 불타고 있다.

나름대로의 미모와 실력을 갖추고, 자신에 가득 차 있었다. 그렇기에 히나타를 넘어설 수 있다고 진심으로 믿고 있을 것이라고, 히나타는 생각했다.

어쩌면 교황 루이의 환심을 사려는 계획도 꾸미고 있을지 모른다.

루이가 뱀파이어라는 것을 모르는 이상, 히나타를 몰아내려 하면서 그의 환심을 사는 것은 자연스러운 행위였다.

(뭐, 자기가 하고 싶은 대로 하면 되겠지만, 그래도——.)

배신자가 된다면 이야기는 달라진다.

사단의 멤버가 무슨 짓을 하든, 히나타가 뭐라고 할 말은 없다. 그 행동이 자신, 나아가 루미너스에게 해를 끼치지 않는 한은.

하지만 내통자가 존재하는 것이 아닌가를 의심하는 지금, 그렌다의 행동에는 문제가 있었다.

그렌다도 단지 이용당하고 있을 뿐인지도 모르니, 히나타도 지금 당장 숙청할 생각은 없다.

일단은 경계만 할 뿐이다.

(──그건 그렇다 쳐도, 약간 기강이 흐트러져 있는 것 같네. 언제 한 번쯤은 자신의 분수를 가르쳐주는 것도 좋겠어.)

히나타는 그렇게 생각하면서, 약간 우울한 기분에 빠졌다.

그러나 지금은 그보다 중요한 문제가 있다.

히나타는 곧바로 마음을 고쳐먹고 입을 연다.

"좋아, 이제 모든 보고는 들었군. 이걸로 제군들도 현재 상황을 이해했으리라고 본다."

"네. '폭풍룡' 베루도라가 부활한 영향은 예상보다 적으며, 피해 보고가 올라온 건 작전 행동 중이었던 파르무스의 군대뿐. 단, 그것도 마왕 리무루가 흘린 정보일 것이라고 여겨지기 때문에 실질상으론 제로, 라는 것이군요."

"이렇게 되면 생존자였던 레이힘 대사제로부터 얘기를 듣고 싶은데. 우리는 베루도라가 부활한 사실을 알고 있어. 그러니까 더더욱 전쟁터에서 무슨 일이 일어난 것인지가 마음에 걸린단 말이지."

히나타의 부관인 레나도가 그렇게 말하자, 그에 동의하듯이 사레도 그 뒤를 이어 말했다.

"그렇게 생각해서 이미 불러놓았어. 이제 슬슬 도착할 때가 된 것 같은데——."

히나타는 니콜라우스에게 명하여, 이미 레이힘을 이곳으로 호출했다. 패전을 경험한 데다, 리무루를 직접 봤을 레이힘의 감상을 듣기 위해서.

그리고——.

베루도라가 부활한 시기와 파르무스 군이 전멸한 시기에는 며칠간의 오차가 있다. 주변 나라들에 소문이 퍼져 있는 것처럼, 베루도라가 파르무스 군을 소멸시켰다는 것은 있을 수 없는 이야기다.

그렇기 때문에 전쟁터에서 살아남은 레이힘으로부터 유익한 목격 증언을 들어야 했다.

레이힘은 오늘 아침에 도착할 예정이었지만, 약간 늦어지고 있는 것 같다.

"그건 기대가 되네. 어떤 얘기를 들을 수 있을지 두근거리는데."

"어쩌면 베루도라의 부활에 관해서도 뭔가를 알 수 있겠군."

"'베루도라를 마왕 리무루가 교섭하여 달랬다'라는 소문도 있습니다만, 이에 대한 판단도 섣불리 내리기가 어렵죠. 부활은 사실이며, 지금도 베루도라는 얌전히 굴고 있습니다. 이게 사실인 이상, 그 소문에 대한 신빙성도 늘어나는 셈이니까요."

'하늘'의 아루노가 냉정하게 지적한다.

그 말이 맞다는 생각에, 모두가 고개를 끄덕였다.

마왕 리무루와 '폭풍룡' 베루도라. 이 둘은 분명히 연결되어 있다고, 모두 암묵적으로 깨닫고 있다.

그렇다면 숨길 의미는 없다고, 히나타는 판단했다.

루미너스로부터 들었던 말, 리무루와 베루도라는 맹우라는 진실을.

"──그래, 그에 관한 것은 사실이야. 당신들에겐 말해두겠지만, 루미너스 신으로부터 신탁이 내려왔어. '폭풍룡'을 제어하고 있는 자가 마왕 리무루라고 말이지. 그렇기 때문에 '마왕 리무루에게 손을 대는 것은 자중하라'고 하시더군. 모두 단단히 새겨두도록 해."

"그, 그 말씀은 즉……."

"확실하게 말해두겠어. 이번 건에 있어서 우리는 철저하게 뒤로 물러서 있을 것이며, 절대로 마왕과는 표면적으로 충돌하는 것을 삼가기로 할 것입니다."

히나타는 일어서서 강한 말투로 그렇게 선언했다.

이건 사실상, 마왕 리무루에 대한 불개입 선언이다.

이 말에는 모두가 놀라움의 표정을 감추지 못한다.

"설마?! 마왕 리무루가 파르무스 왕국에서 암약하고 있는데도, 그걸 방치하란 말입니까?"

"분명 마왕은 언터처블(불가침 존재)이긴 하지만, 그건 어디까지나 표면상의 얘기잖아? 십대 성인인 우리라면 마왕도 쓰러뜨릴 수 있다고!"

사례가 말하는 것은 사실이다.

마왕이라는 S급의 위협에 대해서, 인류도 아무 대책이 없는 것은 아니다.

대항할 수 있을 만한 전력을 비축해두고 있었던 것이다.

그게 바로 십대 성인 같은 '선인 급'에 도달한 자들이다.

아루노, 레나도, 그레고리, 이 세 명이라면 특A급의 마물들에게도 승리할 수 있을 것이다.

그리고 십대 성인 중에서도 사레는 히나타 다음으로 확실한 실력을 가지고 있었다. 그라면 마왕을 상대한다 해도 그렇게 쉽게 지지는 않을 것이다.

옛날이야기처럼 일대일로 싸우는 상황은 우선 일어나지 않겠지만, 그렇게 된다고 하더라도 좋은 승부가 될 것이라고 히나타는 생각하고 있다.

서방 열국에서 암약하고 있던 마왕 클레이만 정도가 상대였다면, 승리할 가능성도 높았을 것이라고.

하지만 그건 어디까지나 '마왕종'까지로 한정된 이야기다.

진짜 마왕과 대치하여 싸우게 된다면, 사레 일행으로선 전혀 상대가 되지 않는다.

그건 마왕 루미너스를 알고 있는 히나타에겐 자명한 이치였다.

그리고 리무루도 또한──.

파르무스 같은 대국에는 다수의 '이세계인'이 소환되어서 전력으로 길러진다고 한다. 인도적으로 용서할 수 없는 일이라는 비판도 많지만, 마물이라는 인류 전체에 대한 위협을 눈앞에 두고 그런 정론만으로 단죄할 수는 없다.

전생을 되풀이하여 마인이 된 왕궁마술사장 라젠이나, 지금은 죽은 기사단장 폴겐도 있었다.

그런 커다란 전력을 동원하고도 마왕 리무루에게 패배한 것이다.

그건 리무루가 마왕 클레이만을 순식간에 죽였다는 루미너스의 말을 통해서 생각해봐도 의심할 바가 없으며, 지금의 이름뿐인 '십대 성인'으로는 물리칠 수가 없다.

말 그대로의 의미로 새로운 진화를 하여, 진정한 '성인'에 도달하지 않는 한.

──즉, 히나타처럼 말이다.

지금의 마왕 리무루가 상대라면, 히나타를 제외한 아홉 명이 전부 덤벼도 이기지 못할 것이다. 그렇다면 쓸데없는 죽음은 피해야만 했다.

게다가──,

"아니, 그렇지만…… 이번에는 마왕뿐만이 아니라, '폭풍룡'까지 있습니다, 확실히 섣불리 손을 댔다간 더 큰 혼란으로 이어질 수도 있습니다."

레나도가 냉정하게 지적하는 대로 템페스트(마국연방)에는 베루도라도 협력을 하고 있다.

루벨리오스의 모든 전력을 투입한다 해도 승패는 예측할 수 없는 것이다.

"그렇다고 해서 우리 인류의 영역까지 마왕이 멋대로 설치게 놔둘 수는 없어!!"

그레고리가 커다란 목소리로 일갈하자, 열기가 가해지던 회의장이 조용해졌다.

그 말은 이 자리에 있는 모든 자들의 뜻이기도 했다.

모두의 시선이 히나타에게 집중된다.

그래도 히나타는 차가운 얼굴로 그들의 시선을 받아넘겼다.

"신탁은 절대적이야. 거역하는 것은 용서할 수 없다."

"설마! 그러면 파르무스 왕국을 저버리겠다는 것입니까?"

"그렇진 않아, 리티스. 그 나라에서 일어나는 일은 어디까지나 내란이야. 지켜야 할 것은 왕후 귀족이 아니라 백성들이지. 파르무스의 국민들이나 다른 나라에 불똥이 튀지 않도록 세심한 주의를 기울이도록 해."

"그 말씀은 곧······?"

"나라의 머리에 해당하는 자가 바뀔지도 모르지만, 거기에 끼어드는 건 내정간섭이 된다는 뜻이야. 지금까지 그들은 우리가 '이세계인'의 소환을 중지하라고 요청했어도 내정간섭이라는 이유를 들어 우기면서 버티고 있었잖아? 이번에도 마찬가지라고 생각할 걸?"

미소까지 지으면서, 히나타는 차가운 말투로 그렇게 말했다.

"그렇다면 마왕 리무루의 행동을 묵인하겠다는 것입니까?"

그레고리가 히나타에게 묻는다.

"바로 그거야. 마왕 리무루가 인간들과 적대하는 것을 바라지 않는다고 선언한 이상, 이 이상의 적대행동을 취할 의미는 없어. 파르무스 왕국의 대사제 레이힘이 토벌군에 참가하고 있었던 데다, 나는 리무루 본인을 숙청하려다가 실패했어. 이미 적으로 보고 있을 가능성이 높은 지금, 파르무스 왕국에서 그들이 벌이는 행동은 묵인할 수밖에 없겠지."

"그건 서방성교회의, 나아가서는 당신의 실수이지, 우리 루벨리오스의 실수는 아니오!"

그레고리가 소리친다.

그러나 히나타는 꿈쩍도 하지 않는다.

미소를 차갑게 바꾸면서, 그레고리에게 대답한다.

"그 말이 맞아. 그러니까 절대 당신들은 손을 대지 않도록 해. 최악의 경우, 서방성교회의, 즉 내 독단이었다고 주장할 생각이 니까."

태연하게 그렇게 내뱉었다.

"뭐라고?!"

"히나타 님!!"

놀라는 성기사들을 곁눈질로 보면서, 근위사단의 멤버들에게 그렇게 명령하는 히나타. 그 각오를 보고, 레나도조차 당혹스러 워하는 반응을 보였다.

"안심해. 아마도 그는 우리와 싸움을 하는 것까지는 바라지 않을 테니까."

히나타가 안심시키려는 듯이 말하지만, 그 말을 듣고 납득하는 자는 없다.

"이봐, 이봐, 그렇게까지 리더(히나타)가 신용하는 상대란 말이야?"

"전혀 신용하지 않고 죽이려 들었던 내가 할 말은 아니지만, 그는 신용할 수 있다고 생각해. 본인에게서 직접 들은 것이지만, 원래는 나와 마찬가지로 '이세계인'이었다고 했으니까. 그때는 얘기를 듣지 않고 무시했지만, 어쩐지 우리와의 분쟁을 피하고 싶어하는 모습이었어."

"'이세계인'이었다고?! 그렇다면 마왕 레온처럼 인간에서 마물로 마인전생(魔人轉生)한 건가?"

"아니. 본인이 말하기로는, 저쪽 세계에서 죽은 뒤에 이쪽 세계에서 슬라임으로 다시 태어났다고 했어."

"농담이겠지?"

"사례, 나는 농담을 싫어하는 걸 알고 있을 텐데?"

"쳇. 그렇다면 지금까지 전례가 없는 패턴이로군. 다시 태어난 사례는 있지만, 그건 단순히 전생(前生)의 기억을 갖고 있을 뿐이잖아. 세계를 건너와 다시 태어나는 일도 있겠지만 말이지……."

"그런 사례는 확인되지 않았지요."

사례가 중얼거리자, 레나도도 기억을 더듬으면서 동의한다.

"그렇지만 슬라임으로 전생한다니, 무슨 그런 확률이 있어? 그전에, 너라면 어떻게 할 것 같아?"

아루노가 옆에 앉은 리티스에게 묻자, 리티스는 가련한 얼굴을 불쾌한 표정으로 일그러뜨렸다.

"생각하고 싶지도 않군요. 말도 통하지 않는다면, 의사소통조차 힘들어질 가능성이 높습니다. 식자율(識字率, 전체 인구 중에서 글을 읽고 쓸 줄 아는 자의 비율. 문맹율과 반대되는 개념)로 따져봐도, 만나는 상대에게 자신이 해가 없는 존재란 걸 알리는 것조차 성공시킬 자신이 없겠는데요. 무엇보다 일반적으론 말을 할 수 없을 테니까요."

그리고 리티스는 느낀 그대로 솔직한 감상을 읊었다.

말도 하지 못하는 데다, 손발도 없다. 공용의 문자를 안다고 해도 의사소통은 힘들 것이다.

거기까지 생각이 미친 자들은 리무루를 아주 약간 동정한다.

"그렇겠지."

"확실히……."

그렇게 각자 동의하는 성기사들과 근위사단의 멤버들.

"마물의 헛소리라고 흘려들었지만, 아마도 그 말은 전부 사실이었겠지. 지금에 와선 아주 약간은 그에게 미안한 짓을 했다고 생각해."

히나타도 마찬가지다. 더구나——,

리무루가 필사적으로 진심을 말하고 있었다면, 그 말을 전혀 상대하지 않으려 했던 자신을 원망하고 있을 거라고 히나타는 생각했다.

"뭐, 마물이 상대라면 어쩔 수 없는 일이지."

"교의로도 금지되어 있으니까 말이죠……."

사레와 레나도도 말끝을 흐린다.

히나타와 같은 입장이었다면, 자신도 또한 같은 대응을 했을 거라 생각하면서.

교의는 절대적이며, 마물의 말에 귀를 기울인다는 것은 있을 수 없는 일인 것이다.

오히려 히나타가 그런 짓을 했다면, 그 행동이야말로 규탄을 받으면서 시끄러워졌을 것이다.

"게다가 리무루가 내 은사의 원수라는 밀고도 있었지……."

"그게 무슨 뜻입니까?"

"말했잖아. 나도 이용당한 거야, 동쪽의 상인에게 말이지. 그때 그들에게서 들은 내용은 마물이 인간으로 변해서 국가를 집어삼키려 하고 있다는 정보였어. 나라를 부흥시켜서, 주변의 나라들을 홀리고 있다고 말이야. 그리고 그 맹주인 리무루라는 네임드 마물이 내 은사를 죽인 원수라고 하더군. 그래서 나는 주저하지

256 전생했더니 슬라임이었던 건에 대하여 7

않고 단죄를 결행한 거였어."

"그러고도 놓쳤단 거야? 이제 와서 생각해보면 잘된 건지 아닌
지……."

히나타의 설명을 듣고 사레가 어이가 없다는 표정으로 고개를
저었다.

확실히 사레의 말대로, 이제 와선 문제의 불씨가 되었을 뿐이
다. 히나타도 그 말에는 동의한다. 어느 쪽으로 일이 돌아가든 번
거로운 사태가 일어났을 것이다.

"도망치는 솜씨는 훌륭하더군. 그리고 지금에 와서 그는 마왕
이 되었지. 틀림없이 진화를 한 상태일 테니 괜히 건드리는 것은
이롭지 않다, 바로 그런 뜻이야."

히나타의 그 말에 반론은 나오지 않는다.

신탁이 내려진 이상, 교의를 들이대는 것도 의미가 없다. 그렇
다면 지금은 순순히 화해를 하기 위해 움직여야 했다.

"그래서, 히나타 님은 어떻게 하실 생각입니까?"

레나도가 묻는다.

그 질문에 대해 히나타는 태연한 표정으로 "아무것도 하지 않
을 거야"라고 대답했다.

상대가 인류의 적이라면, 자신의 신명을 다 바쳐 싸울 것이다.
하지만 마왕 리무루가 각국과 교류할 것을 바라고 있다면, 히나
타로선 묵인할 생각이다. 히나타에게는 루미너스의 뜻을 어길 생
각이 없다.

단, 리무루의 움직임에 불온한 기운이 느껴진다면 이야기는 다
르지만…….

"그럼 마왕 리무루가 히나타 님을 적대시할 경우에는?"

"그러게, 리더가 죽으려고 했다는 건 지울 수 없는 사실인 데다, 마왕으로서 힘을 키운 지금, 그 리무루라는 자가 리더에게 앙갚음을 하려고 생각하는 것도 이상한 일은 아니로군."

그런 그들의 걱정을, 히나타는 마치 버드나무처럼 부드럽게 받아넘긴다.

"말했잖아. 모든 것은 내 독단이었던 것으로 처리하겠다고. 결정적으로 그와 적대하기 전에, 일단 한 번 얘기를 할 수 있는 자리를 만들어보려고 생각하고 있어. 필요하다면 사과도 확실하게 할 생각이야."

그리고 히나타는 별것도 아니라는 듯이 그렇게 대답했다.

이 히나타의 발언을 듣고는 아무리 그들이라고 해도 잠자코 있지 못했다.

"무모해!"

"위험합니다!!"

"마왕 리무루가 히나타 님을 제거하기 위해 함정을 파놓고 죽이려 들지도 모릅니다!"

"그렇게 나오지 않는다 해도, 부하인 마물들을 대량으로 투입하여 습격하기라도 한다면……."

"다들 진정해. 아무리 그래도 지금 당장 나선다는 건 아니니까. 우선은 마왕 리무루의 생각을 정확하게 이해하는 것이 먼저야——."

히나타는 그렇게 말하면서 모두를 진정시키면서도, 속으로는 그 정도로까지 문제가 커지지는 않을 것이라고 생각하고 있었다.

보고에 의하면, 리무루는 상당히 사람 좋은 성격이라고 한다.

히나타가 리무루와 실제로 만났을 때의 감상을 떠올려 봐도, 그 정보를 의심할 만한 요소는 보이지 않았다.

진심으로 이야기한다면 서로 이해할 수 있다──. 자신이 생각해도 뻔뻔스러운 소리이기는 하지만, 히나타는 그렇게 생각하고 있었다.

그러나 그런 바람은 성취되지 않는다.

서로 얽히는 인간들의 욕망, 그런 의도가 담긴 생각에 농락당하면서──,

사태는 히나타의 예측을 넘어서, 최악의 방향을 향해 움직이기 시작한 것이다.

*

회의실의 문을 노크하는 소리가 울렸다.

기다리고 있던 레이힘이 드디어 온 모양이로군──. 히나타는 그렇게 생각하면서, "들어오라"고 짧게 허가를 내린다.

회의 중인 방 밖에서 문을 지키는 기사들이, 그 목소리에 반응하면서 문을 열었다.

들어온 자는 히나타가 예상한 대로의 인물이었다.

히나타의 심복인 니콜라우스 추기경.

그 뒤를 따라서 긴장한 표정으로, 대사제 레이힘이 방으로 들어온다.

거기까지는 예상했던 대로다.

그러나 그 뒤를 따라 등장한 인물을 보고, 히나타는 눈썹을 찌푸리게 된다.

예상도 하지 못한 인물——'칠요(七曜)의 노사(老師)'가 들어온 것이다.

『오랜만이구나, 히나타.』

『잘 지냈느냐?』

『왜 그러지, 뭘 놀라고 있는 거냐?』

예상외의 사태에, 히나타도 놀라움을 감추지 못한다.

"왜, 당신들이 여기에……."

그렇게, 자신도 모르게 중얼거리고 만다.

늘 냉정한 니콜라우스도 동요하고 있는 것 같았으며, 레이힘은 아예 얼굴이 창백했다.

"리더(히나타), 그 사람들은 누구야?"

사레가 묻자, 히나타가 아니라 안내를 맡은 니콜라우스가 당황하면서 대답한다.

"무, 무례합니다, 사레! 이 분들은 '칠요'의 분들입니다!!"

그 말을 듣고, 사레는 헉하고 기억을 떠올렸다.

"——'칠요'라고? 그 전설의……?"

"그래, 맞아."

히나타도 인정하자, 그 자리에 있던 전원이 기립하면서 예를 표한다——.

——'칠요의 노사'라고 불리는 대현자들.

한 사람 한 사람이 선인 급의 초월적인 존재이며, 용사의 육성도 맡았다는 전설적인 인물들이었다.

그 존재는 완벽하게 감추어져 있으며, 밖으로 드러나는 일은 없다.

전설로서, 옛날이야기에나 언급될 뿐.

성기사들조차 그 존재를 아는 사람은 없다.

그 존재를 직접 알고 있는 사람은 히나타와 니콜라우스를 포함한 극소수뿐이다. 서방성교회의 상층부의 일부만이 그 모습을 볼 수 있는 인물들인 것이다.

히나타가 받은 '칠요의 시련'은 이자들로부터 받은 것이다.

영웅이나 용사를 선별하기 위한 시련이라는 것을 보더라도, 그것을 부여하는 역할을 맡은 '칠요'의 중요성을 이해할 수 있을 것이다.

그러나 히나타는 이자들을 싫어했다.

실은 이 '칠요'들은 서방성교회의 최고 고문 자격으로 조직의 감시와 부하의 육성의 임무를 루미너스로부터 부여받고 있다. 그러나 히나타가 현재의 자리에 앉기 전에는, 크루세이더즈는 이름만 있는 집단에 지나지 않았다.

히나타의 기준에서 보면 그건 태만이다.

(지금 생각해보면, 그때 그들로부터 힘을 완전히 빼앗아버릴 걸 그랬어.)

그렇게까지 생각하는 히나타.

히나타의 힘── 유니크 스킬 '찬탈자'에겐 두 가지의 권능이 있다.

상대의 힘을 빼앗는 '찬탈'과 배워서 익히는 '복사', 이 두 가지

261

이다.

시련을 받았을 때, 히나타는 그들이 전설적인 위인이라고 생각하고 있었다. 그래서 히나타는 그들의 힘을 배우기 위해 '복사'를 통해 자신의 기량을 높였다.

어떤 의미로 히나타는 '칠요의 노사'의 제자라고 할 수 있겠지만…….

그러나 그것이 '칠요'에게는 마음에 들지 않았던 모양이다.

자신들을 넘어선 히나타를 싫어하면서, 툭하면 히나타의 방해를 하게 된 것이다.

서방성교회의 어둠 속에 숨어서, 오랜 세월 동안 성교회를 좌지우지해온 늙고 교활한 자들. 그러나 그런 그들에겐 아무런 생산성도 없다. 시련을 받았을 때 그 사실을 알고 있었다면, 히나타는 망설이지 않고 '칠요'를 늙고 해로운 존재로 여겨 처단하고, 그 스킬(능력)을 완전히 빼앗았을 것이다.

지금은 히나타가 그들로부터 배운 힘을, 아루노를 비롯한 각 대장 격의 기사들에게 전수하여 단련시키고 있다.

(루미너스 님은 아마도 그걸 노리고, 나에게 '칠요의 시련'을 받도록 시키신 것이겠지——.)

히나타는 그렇게 생각하면서, 루미너스의 혜안에 탄복한다.

히나타의 입장에서 보면 '칠요'는 다음 세대를 기르는 역할을 방치하고, 자신의 보신에만 힘쓰고 있는 것으로밖에 보이지 않는다. 그러나 루미너스가 '칠요'를 방치하고 있는 이상, 거기에는 어떤 의도가 있으리라고 생각하고 있었다.

그래서 히나타도 표면상으로 그들을 거스르는 짓은 하지 않고 있다──.

　모두가 예를 표하는 것을 마치고 자리에 앉기를 기다린 후.
　"그래서, 오늘은 어떤 일로 오신 건지요──?"
　그렇게 히나타가 대표로 물었다.
　『후후후, 그렇게 경계할 것 없다.』
　『음. 거기 있는 대사제 레이힘이 마왕 리무루의 정보를 가지고
돌아왔다고 했지?』
　『우리도 흥미가 있어서 말이지.』
　머릿속에 직접 울리는 목소리── '사념'을 통해 '칠요'가 대답
했다.
　글쎄, 과연 그럴까. 히나타는 그렇게 냉정하게 생각한다.
　나타난 '칠요'는 세 명. 전원이 아니다.
　히나타의 주관으로 봤을 때, 특히 부패가 심각하게 진행되고
있는 것으로 여겨지는 자들이었다.
　그중에서도 '화(火)'를 관장하는 '화요사' 아즈 같은 이는 이자와
시즈에의 발끝에도 미치지 못하는 정도의 실력밖에 없었다. 아무
런 기술도 배울 것이 없었으며, 히나타가 '찬탈자'를 쓸 것도 없이
시련을 클리어할 수 있었던 상대다.
　그런데도 무슨 이유인지, 자신에게선 능력을 빼앗지 못했다고
착각하는 경향이 있다. 그렇기 때문에 항상 히나타를 얕잡아보는
태도를 취하면서, 히나타의 골치를 썩이는 상대인 것이다.
　나머지 두 명, '월요사' 디나와 '금요사' 비나의 목적은 확실하진
않지만, 아마도 아즈를 도와주고 있는 것으로 보인다.

(귀찮군. 루미너스 님의 명령으로, 이번에는 얌전하게 대응하는 방향으로 의견을 모아야 하는데…….)

히나타는 그렇게 생각하면서, 불안을 느꼈다.

안 그래도 리무루가 느끼는 심증은 좋지 않을 것이다. 그런데 여기서 방해를 받게 되면, 화해의 길은 아예 닫혀버릴지도 모른다.

그러나 세 명의 목적이 짐작도 되지 않는 지금은, 레이힘의 이야기를 듣는 것이 더 중요하다.

그리고 세 명의 재촉을 받으면서, 레이힘의 설명이 시작되었다.

히나타는 생각을 중단하고, 레이힘의 이야기에 귀를 기울인다.

"저는 어리석었습니다. 무시무시한, 너무나도 무시무시한 자를 상대하고 말았습니다. 그자는 의심할 바도 없는 진짜 마왕입니다. 우리 손으로 새로운 마왕을 탄생시키고 만 것입니다!"

당시를 떠올리면서 감정이 북받쳤는지, 레이힘은 눈에 핏발을 세우면서 높은 소리로 외치듯이 호소하고 있다.

무시무시한 마왕, 그 탄생까지의 자초지종을.

스스로 벌인 악행까지도 포장하여 숨기지 않고 보고하는 레이힘. 그것은 명령을 받았기 때문이 아니라, 그렇게 하지 않으면 안 된다는 강박관념에 의해 자발적으로 그렇게 한 것이다.

조금이라도 괴로움에서 해방되어 신에게 용서를 받기 위해서, 스스로의 죄를 참회할 필요가 있다고 생각한 것이리라.

마왕 탄생의 상황 설명을 들으면서, 성기사들에게도 차츰 동요가 인다.

너무나도 상식 밖인 그 높은 전투 능력에 놀라움을 금치 못하는 것이다.

대마 결계(對魔結界)나 대규모 범위마법 전용의 방어 결계는 물론이고, 성스러운 결계까지도 무의미하게 만드는 빛의 공격.

그런 마법은 들어본 적도 없다.

장벽조차도 관통하는 그 공격을 마주치게 되면, 자신들이라 해도 대처하지 못할 가능성이 있었다.

그런데도 히나타는 동요하지 않는다.

레이힘의 보고를 통해 추리하면서, 태양 광선을 집중시켜서 만들어낸 공격일 것이라고 예측한 것이다.

그리고 그 예상을 뒷받침하듯이——,

『흠. 그란 님이 장기로 하시는 태양빛의 마법과 비슷하군.』

『빛을 굴절시키는 마법 말인가. 하지만 그렇다면 대마 결계(對魔結界)로 봉인할 수 있을 텐데?』

『그리고 그 정도의 위력은 없을 터이고.』

'칠요'들이 의견을 말했다.

'일요사' 그란은 '빛'을 관장하는 '칠요'들의 수장이다. 그 힘 중의 하나가 태양빛을 집중시키는 것이다.

'칠요'가 말하는 마법은 정답이 아니겠지만, 느낀 인상이 같다면 히나타의 예상은 정확한 것으로 보인다.

(바보로군. 마법으로 태양빛을 직접 굴절시키는 것이 아니라, 어떤 수단으로 태양빛을 반사시켜서 모은 것이겠지. 안 그러면 결계로 쉽게 막을 수가 있었을걸. 혹시 물과 바람의 정령의 도움을 받은 걸까? 하지만 그렇게 하려면 상당한 연산 능력이 필요해지는데…….)

그러나 두려워할 것은 없다.

정체만 알아낸다면 대책은 간단하다.

열을 분산시키는 방어막과 빛을 난반사시키는 먼지를 공중에 산포하기만 해도 그 공격을 무력화시킬 수 있을 것이다.

태양빛을 이용하는 것뿐이라면 허점투성이다. 히나타가 보기엔 한참 모자란 공격이었다.

(얘기를 들어보면, 저쪽 세계의 과학 지식을 이용하고 있는 거로군. 그렇다면 이쪽 세계의 인간은 이해하지 못할 것이고, 대처하기도 곤란하겠지. 마법 방어의 허점을 찌르는 걸 보면 방심하지 않는 성격에다 머리도 좋은 것 같은데…….)

그렇게 생각하는 히나타.

확실히 비정상적일 정도의 연산 능력인 데다, 여러 가지 마법을 동시에 다루는 그 힘은 위협이 된다. 하지만 진정한 공포를 알고 있는 히나타의 기준에서 보면, 그렇게까지 두려워할 필요는 없을 것으로 느껴졌다.

그러나 히나타의 그런 판단은 지나치게 이른 결론이었다.

레이힘의 이야기는 끝나지 않았다.

그 뒤의 내용이 있다. ……아니, 그렇다기보다 지금부터가 본론이라고 해도 좋았다.

"기다려주십시오. 그 정체불명의 공격은 확실히 굉장한 것이었습니다. 폴겐 공도 아무런 대처도 하지 못하고 죽었으며, 라젠 공도 어쩔 도리가 없었지요. 만 명에 가까운 병사들이, 그 공격 앞에 쓰러진 것으로 생각했습니다. 그런데——."

거기서 말을 잇지 못하는 레이힘.

침을 꿀꺽 삼키고, 식은땀을 흘리며, 공포에 온몸을 벌벌 떨면

서——,

"——진짜 무서운 일은 그 뒤에 일어났습니다. 다음 순간, 전쟁터가 적막에 휩싸인 것입니다."

중상을 입고 기절한 자나, 큰 상처를 입고 바닥을 뒹굴면서 비명을 지르고 있었던 자. 그리고 다친 곳이 없더라도 공포에 제정신을 잃고, 정처 없이 도망치고 있던 자. 그런 자들이 연주하는 광기 어린 소음에, 전쟁터는 미친 듯이 거칠게 일어나는 소리로 가득 차 있었다.

그런데 그다음 순간, 모든 자들의 소리가 사라졌다고, 레이힘은 말한다.

"그게 무슨 뜻이지?"

"말 그대로입니다, 히나타 님. 전쟁터에 있던 2만 명의 군대, 그중에 살아남았던 자들이 그 순간에 죽은 것입니다. 살아남은 것은 불과 세 명, 저와 라젠 공과 파르무스의 왕인 에드마리스 님뿐이었습니다. 저는 그걸 보고 이성이 날아가고 말았습니다. 너무나도 무서운 나머지 기절하고 만 것입니다……."

그렇게, 레이힘은 고백한다…….

성스러운 대성당이 고요함에 휩싸였다.

2만 명의 군대를 단 한 마리의 마물이 몰살시켜버렸다. ——그 사실을 앞에 두고, 누구도 말을 하지 못한다.

긴장에 휩싸인 엄숙한 분위기 속에서, 모두가 하나의 전승을 떠올렸다.

과거에 단지 혼자 몸으로 도시를 전멸시키고, 마왕이 된 자들의 전승을——.

그리고 히나타도 떠올린다.

루미너스로부터 직접 들은 이야기를.

서방성교회의 전신(前身)이 발족된 것은 천 몇백 년 전으로 일컬어지고 있다.

정통한 계보를 따라가더라도 1,200년 전까지 기록이 남아 있었다.

베루도라에게 왕국이 멸망당하는 바람에, 이 땅으로 옮겨 온 것이 2,000년 전의 일.

그 부조리한 힘과 불사의 성질은 아예 논외인지라, 제대로 상대하려면 손해만 커지게 된다.

베루도라의 변덕으로 자칫 인류가 멸망하게 되면, 먹이를 확보하는 데도 곤란하게 된다. 질이 좋은 생기(生氣)는 인간에게서만 얻을 수 있기 때문이다.

루미너스와 부하들 같은 초월자라면 모를까, 하등한 뱀파이어(흡혈귀)에게 있어선 사활이 걸린 문제가 되었다.

그래서 루미너스는 어쩔 수 없이, 공존공영의 사회적 구조를 생각하여 인류의 보호를 위해 움직인 것이다. 그녀가 신으로 추앙받고 있는 것도 과거에 인간들을 구하고 이끈 실적이 있기 때문이었다.

모든 것은 난동을 부리고 돌아다녔던 베루도라 때문이다.

자연현상보다도 악질적이라 대응하기가 힘들었다고 한다.

그런 이유로, 카타스트로프(천재) 급이라고 불리고 있다.

그것이 현재엔 특S급으로 불리면서, 인간의 힘으로는 감당할 수 없는 존재로 정해져 있는 셈이지만…… 대규모 파괴를 일으킨 자는 그 외에도 있다.

현시점에서 특S급으로 정해져 있는 것은 네 마리의 '용종'뿐이다. 그러나 그건 어디까지나 세간에 대한 표면적인 이야기이며…… 전승에선 두 명의 마왕이 대규모 파괴를 벌였다고 기록되어 있었다.

그것이 바로 '로드 오브 다크니스(암흑 황제)' 기이 크림존과 '디스트로이(파괴의 폭군)' 밀림 나바, 이 두 명이다.

마왕은 전부 S급으로 지정되어 있지만, 그 힘에는 격차가 있었다.

이 두 사람처럼 비공개적으로는 특S급으로 지정된 자들도 존재하고 있는 것이다.

루미너스가 말하길── '마왕종'은 각성을 한다.

대규모 파괴로 인해 대량의 인간들의 '영혼'을 얻으면서, 상상을 초월하는 진화를 성취한 '마왕종'의 각성. 말 그대로의 정확한 의미로 마왕에 해당하는 것은 이 각성한 '진정한 마왕'을 가리킨다. 그리고 각성에도 단계가 있으며, 마왕 중에는 '용종'에 필적하는 자까지 있다고 한다.

기이와 밀림은 아예 '용종'보다 더 강할 것이라고, 루미너스는 그렇게까지 생각하고 있는 것 같다.

애초에 '진정한 마왕'인 루미너스조차도 그 두 명에겐 상대가 안 된다는 모양이니까.

'밀림이 상대라면 잠깐 동안 우위에 설 수는 있겠지. 싸우게 되면 나름대로 좋은 승부는 될 거라고 생각해. 하지만 결과는 반드

시 내가 질 거야.'

루미너스는 그렇게 말했다.

그럼, 기이가 상대라면?

'하! 짜증 나는 얘기지만 나로선 아예 상대가 안 된다. 그 녀석
은 격이 달라.'

히나타가 보기에도 절대적인 힘을 지닌 루미너스가 기이를 격
이 다른 존재라고 단언한다.

자신만만한 루미너스가 이기지 못한다고 단언하는 이상, 기이
의 실력은 다른 차원의 수준일 것이다. 그리고 그런 기이에 대항
했다고 하는 일화가 남아 있는 밀림도 또한 히나타의 상상이 따
라가지 못할 정도의 괴물이라 하겠다.

그런 괴물들을 나타내는 특S급이라는 구분.

인류의 힘을 결집하면 대처 가능할 것으로 여기고 있지만, 그
건 희망적인 관측이다.

왜냐하면 인류라는 범위에 용사도 포함되어 있기 때문이다.

용사가 존재하지 않는 현재. 인간들의 손으론 감당하지 못한다
는 것이 진상이었던 것이다.

그리고———,

현재의 마왕들——— '옥타그램(팔성마왕)'은 격이 다른 존재들이
다.

마왕 리무루도 예외는 아니다.

루미너스의 예상으로는 리무루도 또한 각성한 상태인 것으로
보인다.

지금의 레이힘의 말은, 그 사실을 뒷받침하기에 충분했다.

히나타와 마찬가지로, 다른 자들도 떠올리고 있었다.

──그런 무시무시한 각성 마왕의 존재를.

인간들의 불안을 쓸데없이 부추기지 않기 위해서라도 공표는 되어 있지 않지만, 분명하게 존재하는 인류의 위협.

태초의 '용종'은 힘을 잃었으며, 무슨 이유인지 다시 태어날 낌새가 없다.

남은 세 마리 중의 하나는 최근까지 봉인되어 있었지만, 번거롭게도 부활하여 지금 화제가 된 마왕 리무루와 손을 잡고 있다.

그리고 그 마왕 리무루 말인데, 혼자의 몸으로 2만 명의 군대를 살육해버린 것이다.

그것은 과거에 일어났던 두 명의 마왕들과 동등한 행위.

대규모 파괴에는 미치지 못하지만, 대량의 인간들의 '영혼'을 얻었을 가능성은 높았다.

무거운 침묵이 이어진다.

진정한 의미로서의 마왕의 탄생을 인정하고 싶지 않다는 생각들이 그 침묵을 만들어내고 있었다.

단순한 '마왕종'과 '진정한 마왕'은 그 존재에 압도적으로 차이가 존재한다.

이 자리에 있는 자라면, 그 사실을 잘 이해하고 있었다.

모두가 입을 닫은 가운데, 그 침묵을 깨뜨린 자는──,

"그렇군. 마왕 리무루는 '각성'한 것으로 봐야 한단 말인가……."

히나타가 조용히 중얼거렸다.

그 말은 날카로운 칼날이 되어 그 침묵을 베어버렸다. 그와 동시에 침묵을 버텨내지 못한 자들의 마음에 불을 지른다.

"그런 것 같네. 어떡하지? 지금 방치해뒀다간 나중에 손도 대지 못할 정도의 큰 위협이 되는 거 아냐?"

"진정해. 마왕 리무루가 과거에 인간이었으며, 인류와의 공존을 바라고 있다면 무리해서 싸울 필요는 없을 거야."

"그래, 저쪽이 어떻게 나오는지를 먼저 봐야 해."

"하지만 2만 명이나 되는 기사들을 주저 없이 죽인 것은 사실입니다……. 더 볼 것도 없이 위협적인 존재. 이대로 마왕 리무루를 믿어도 될까요……."

마지막에 나온 레나도의 의견이야말로, 이 자리에 있는 자들의 본심이었다.

전쟁이란 결국, 상대에 대한 의심과 의혹에서 태어나는 것이다. 같은 인류끼리도 그랬으니, 상대가 마왕이라면 쉽게 신용하기는 어렵다.

언제든지 토벌이 가능했다면 또 모를까, 리무루는 급속도의 성장을 보이고 있다. 인류의 수호자인 성기사들과 교황의 검인 근위사단의 멤버들에게, 대처가 불가능하게 되기 전에 토벌을 시도해봐야 한다는 의견에는 귀를 기울일 부분이 있는 것이다.

하지만 히나타는 흔들리지 않는다.

"다들, 조용히 해. 신탁은 절대적이야."

히나타는 의연한 표정으로 그렇게 선언한다.

무슨 말을 듣든 간에, 자신의 생각은 바뀌지 않는다.

히나타는 교황 직속 근위사단의 필두 기사이자 성기사단장, 신성교황국 루벨리오스를 이끄는 자인 것이다. 모범적이면서 의연한 태도로 성기사들을 통솔해야 한다.

히나타가 자신의 의지를 바꾸는 것은 루미너스의 뜻을 따르는 경우뿐이다.

그렇기 때문에 히나타는 더더욱 망설이지 않고 단언했다.

그리고 이것으로 회의도 끝이 났으며, 예정대로 모든 자들은 정보 수집의 임무로 돌아간다. ──그랬어야 했는데…….

악의는 어디에서든 파고들어 오는 법이다.

*

『오오, 레이힘이여. 그밖에 달리 **전할 말**은 없는가?』

돌아가는 상황을 지켜보기만 했던 '칠요'가 회의 종료를 선언하려고 했던 히나타를 제지한다.

그 목소리를 듣고 레이힘이 뭔가를 떠올렸는지 수정구를 꺼냈다.

그리고 그것을 공손하게 히나타에게 건넨다.

"그, 그러고 보니 이것을……. 마왕 리무루가 히나타 님에게 전할 말이 있다고──."

"전할 말이 있다고?"

수상하게 생각하면서도, 히나타는 그걸 받아 들었다.

리무루가 전할 말이 있다고 하면 안 들을 수가 없을 테니까.

'칠요'의 재촉을 받은 레이힘이 리무루로부터 받았다고 내민 그 수정구는 고가의 매직 아이템(마법 도구)이다. 누구라도 사용할 수 있는 영상 기록 장치이며, 메시지를 전달하는 수단 중의 하나다. 증거능력이 편지보다도 더 확실했기 때문에, 국가 간의 교섭에도 이용하는 물건이었다.

그런 고가의 물건을 어디서 입수했는지는 일단 미뤄두고, 리무루 본인이 촬영했다고 하는 그 메시지의 내용을 빨리 재생해보는 히나타. 이 자리에는 유력자들이 다 모여 있으므로, 마왕 리무루의 모습을 확인하는 의미로서도 적당하다고 생각한 것이다.

그러나 이야기는 그것만으로 끝나지 않는다…….

수정구에 비춰진 것은 아름다운 소녀.

아니, 소녀가 아니라 마왕 리무루 본인이다.

어딘가 히나타의 스승이었던 이자와 시즈에를 떠올리게 하는 그 맨얼굴은 너무나 차갑고 감정의 빛이 전혀 보이지 않는다.

영상을 통해서도 확실히 알 수 있는 패기.

(놀랍군. 몇 개월 전과는 완전히 다른 사람인걸——.)

히나타는 눈을 크게 뜨고 그 모습을 응시한다.

그러자, 영상 안의 마왕과 눈이 마주쳤다.

그건 우연이겠지만…….

자신도 모르게 히나타는 자신이 긴장하고 있다는 것을 깨달았다.

같은 고향 출신인, 어딘가 사람 좋은 성격이라고 하는 인물.

그런 인상이 너무 강한 탓에, 자신은 그를 어딘가 안이하게 보고 있었을지도 모른다——. 히나타는 그렇게 이해한 것이다.

그리고 그걸 뒷받침하듯이——,

『상대해주겠어. 너랑 나의 일대일 결투로 말이지.』

전달된 메시지는 겨우 그것뿐이었다.

너무나도 간결하여, 오해할 거리도 없는 내용.

──리무루는 격노하고 있다. 방해가 됐던 마왕 클레이만을 제거했으니, 다음은 히나타의 차례라는 뜻인가──.

누구나가 그렇게 이해한 것이다.

"어, 어떡하시겠습니까, 히나타 님?"

보기 드물게도 니콜라우스가 동요하면서, 히나타에게 그렇게 물었다.

그러나 히나타가 그 질문에 대답하기도 전에──,

"히나타 님, 저에게 명령을 내려주십시오! 제 부대를 이끌고 가서 마왕의 야망을 분쇄해 보이겠습니다!!"

열혈한인 아루노가 힘찬 기세로 그렇게 소리친다.

그러면서 다시 논의가 활발해진다.

아루노를 어이없다는 표정으로 보면서, 사레가 웃었다.

"이봐, 이봐, 네 검 실력은 확실하지만, 머리 쪽에는 문제가 있는 것 같은데."

"──뭐라고?"

"아니, 방금 전에 손을 대는 것을 금한다고 리더(히나타)가 말했잖아? 손을 대면, 그때야말로 다른 마왕들까지 잠자코 있지 않을 거야. 더구나 각성했을 가능성이 있다고 하면, 더더욱 섣불리 손을 대는 거 엄금이라고. 지금은 평화적으로, 상대의 신청을 받아들이는 게 좋을 거라고 생각하는데 말이지."

"그래, 아루노. 베루도라까지 상대 쪽에 있다면 우리에겐 승산이 없어. 아니, 이긴다고 해도 손해가 너무 커. 상대가 일대일의 결투를 신청한 이상, 이 자리는 히나타 님에게 맡기는 게 확실하다고."

사레의 말에 고개를 끄덕이는 자는 리티스다.

총력전이 벌어지는 경우, 예상되는 피해는 터무니없는 결과가 될 것이다. 승리할 수 있을지도 의심스럽다.

그렇다면 신성교황국 루벨리오스의 최강 기사인 히나타가 나서는 것도 나쁜 수는 아니다.

사레는 물론이고 리티스도 히나타의 승리를 의심하지 않고 있으며, 그렇기 때문에 낙관적으로 그렇게 말하고 있는 것이다.

히나타도 또한 방금 그 이야기에 대한 검토에 들어간다.

아루노의 주장, 부대를 이끌고 가서 토벌한다는 것은 아예 논외다.

국가를 끌어들이게 되면, 그야말로 리티스가 말한 것처럼 총력전이 일어나고 만다.

입지적으로 생각해봐도, 서방 열국까지도 휘말리는 세계대전이 될 가능성이 높은 것이다. 그렇게 되면 지킬 것이 많은 자신들 쪽이 불리한 데다, 루미너스가 바라는 바와도 일치하지 않는다.

지금의 단계에서 다루기 번거로운 존재는 베루도라다. 피해를 최소한으로 억제한다는 의미에서도, 마왕 리무루가 보낸 일대일의 결투 신청은 바라마지 않던 이야기인 것이다.

하지만.

(자, 어떻게 할까…….)

히나타는 생각에 잠긴다.

지금 생각해보면 상황을 모른 채로 마물의 나라(템페스트)를 토벌하러 가지 않은 것은 행운이었다.

루미너스의 혜안에 감사해야만 한다.

상대가 각성하여 '진정한 마왕'으로 진화한 상태라면 병력의 수는 무의미해진다.

강력한 정예병이라고 해도 어느 정도의 일정한 기준을 채우지 못하는 자라면 도움이 되지 않는 것이다.

그 사실을 살아남은 자가 겨우 세 명이라는 파르무스 군대의 참상이 증명하고 있었다.

──아니, 그렇지 않다.

리무루가 파르무스 군과 싸웠을 때는 아직 각성하기 전이었을 것이다. 왜냐하면 그 파르무스 군을 전멸시킴으로써, 진화에 필요한 '영혼'을 얻은 것이니까.

각성도 하지 않은 상태에서 2만 명의 군대를 전멸시킨 것이다.

(괴물이네, 정말로…….)

리무루와 싸웠던 기억을 회상해봐도 그렇게까지 할 수 있을 것으론 생각되지 않았다. 그러나 그것은 히나타가 상대이기 때문에 힘 조절을 한 것, 으로도 생각할 수 있다.

그렇다면 그런 상대가, 이제 와서 자신을 죽이려고 한다는 걸까?

리무루가 히나타를 원망하고 있었다고 해도, 일부러 복수를 위해 일대일의 결투를 바란다는 것은 부자연스럽다.

히나타를 비롯하여 서방성교회가 방해가 되는 이유가 있다고 해도, 지금은 리무루가 먼저 움직일 때가 아니다. 그걸 이해하지 못하는 어리석은 자라면, 파르무스 왕국에 대해서 벌이고 있는 것으로 보이는 책략을 쓸 리도 없을 것이다.

그렇다면 역시, 뭔가 다른 이유가 있는 것으로 생각할 수 있다.

(역시 부자연스러운걸. 사정이 바뀐 건가? 설마 마왕으로 진화하면서 인간의 마음을 잃어버렸다거나——?!)

방대한 힘을 얻었다면, 인간의 마음 정도는 간단히 망가지는 법이다.

시즈에가 이플리트(불꽃의 거인)의 힘을 제어하기 위해 고생했던 것처럼, 커다란 힘은 쉽게 인간을 파멸로 몰아붙이는 것이다.

하물며 각성한 마왕 정도가 되면…….

(——아니, 그렇지는 않은가. 그렇다면 인간의 편을 든다는 것도 말이 안 되니까…….)

루미너스는 리무루가 인간을 지키겠다고 선언했다고 말했었다. 인간의 마음이 남아 있지 않다면, 자신이 바라는 도시를 만들겠다는 리무루의 선언은 의미를 잃어버리고 만다.

역시 정보가 부족하다고 히나타는 생각한다. 자신의 '수학자'로도 정답을 이끌어내지 못할 정도로, 숨겨진 진실이 있는 것으로 생각된다.

애초에 리무루가 전하는 말을 기록하고 있는 이 수정구도 이상하다.

대용량의 기록을 보존할 수 있을 텐데, 재생된 것은 아주 짧은 말뿐. 아무리 생각해도 거기에는 뭔가 숨겨진 의도가 있는 것으로밖에 생각할 수 없었다.

게다가——,

(방금 '화술사' 아즈는 리무루가 전할 말이 있다는 걸 알고 있었던 것 같았어. 그건 어째서지?)

레이힘은 상황 설명밖에 하지 않았으며, 리무루가 전해주길 부탁한 말이 있다고는 한마디도 하지 않았다. 그런데도 아즈는 '그 밖에 달리 전할 말은 없는가?'라고 물었던 것이다. 히나타는 그것이 부자연스럽다는 사실을 깨달았다.

히나타의 마음에, 작은 의혹의 싹이 튼다. 그러나 히나타는 그 의혹을 속으로 삼키면서 표정조차 움직이지 않는다. 사사로운 사항도 놓치지 않고, 추측을 거듭할 뿐이다.

그러나 아쉽게도 모자라는 정보가 너무 많았다. 히나타가 평소와 마찬가지로 담담히 계산하여, 답을 이끌어내고자 생각해도 정답에 도달하는 것은 불가능했다.

그래서 히나타는 망설이지 않고 최선이라 여기는 방법을 취한다.

"이거 참. 상대로부터 지명을 받은 이상, 내가 스스로 설명을 위해 갈 수밖에 없겠군."

히나타는 한숨을 쉬면서, 그렇게 결론을 밝혔다.

리무루가 그러길 바란다면, 일대일 결투에 흔쾌히 응하는 것도 좋을 것이다. 하지만 그건 정말로 이야기를 나눌 여지가 있는지 아닌지, 그 점을 확실히 해둔 뒤에 생각할 이야기로 보인다.

만나보면 대답이 나올 것이다.

여기서 고민하기보다는 의의가 있다.

(어찌 됐든 이렇게 된 이상, 내 손으로 마무리를 지을 수밖에 없어——.)

히나타는 그렇게 결단한 것이다.

"위험합니다! 마왕 리무루에게 위해를 가할 의사가 있는 이상, 히나타 님이 나서실 필요는 없습니다!"

니콜라우스가 당황하면서 그리 말하지만, 히나타가 그 뜻을 바꿀 일은 없었다.

"상대의 의도를 확인하지 않으면 답은 나오지 않을 거 아냐? 사과해야 할 건도 있어. 어찌 됐든 한 번은 만나서 얘기를 나눠봐야 하겠지?"

히나타는 그렇게 말하면서, 이 화제를 끝내려고 했다.

그러나 그 행동에 제지를 건 자들이 있다.

'칠요'의 세 명이다.

『후후후. 그 결단은 훌륭하구나!』

『루미너스 신의 가호가 너를 지켜줄 것이다.』

『마왕 리무루는 확실히 위협적인 존재지.』

『대화가 좋지 않게 끝나더라도 걱정할 필요는 없다.』

『너라면 쓰러뜨릴 수 있을 것이다.』

『하지만 히나타여, 너는 잊어버리고 있다.』

『그렇다. 그 사룡의 존재를 말이지.』

『아무리 너라고 해도 그 사룡은 쓰러뜨리지 못한다!!』

『자아도취에 빠지지 마라, 히나타.』

『그 사룡에게는 어떤 공격도 통하지 않는다.』

『그러나 히나타여, 안심하도록 하라.』

『너에게 이걸 줄 테니까.』

『이, 드래곤 버스터(용파성검, 竜破聖劍)를 말이다!!』

일방적으로 자기가 하고 싶은 말을 히나타에게 그렇게 지껄인다.

(이거 참, 뻔할 뻔자네. 이제 막 대화를 나누러 가겠다고 말했을 뿐인데, 이미 내가 리무루와 싸울 것이라고 멋대로 정해놓고 있어. 그리고 당신들의 목적은 내가 베루도라를 처치하도록 만드는 것인가 보군. 그게 아니면 혹은──.)

'칠요'는 루미너스가 인정한, 과거에는 인간이었던 존재들이며, 그들의 충성은 루미너스에게 향하고 있다. 그렇기 때문에, 루미너스가 상대하기 번거롭다고 생각하는 베루도라를 제거하려는 것도 이해는 할 수 있지만…… 그러나 목적은 그것뿐만이 아니라는 것을 히나타는 깨달았다.

'칠요의 노사'들은 두려워하고 있는 것이다.

새로운 재능을 가진 자가 발견되면서, 루미너스의 총애가 자신들로부터 사라지지 않을까 하고.

그래서 후진의 육성에도 열심히 임하지 않으며, 방해자를 제거하려고까지 드는 것이리라.

(어리석은 자들. 루미너스 님에게 있어서 백해무익인 존재로밖에 보이지 않지만──.)

그래도 히나타는 표면상으로 드러내어 움직이지는 않는다.

판단하는 것은 루미너스이지, 히나타가 멋대로 움직이는 것은 당치도 않은 일이라고 생각하니까.

그렇기에 히나타는 아무렇지 않은 표정으로 이렇게 대답한다.

"분에 넘치지만, 감사히 받도록 하겠습니다."

그리고 드래곤 버스터를 '금요사' 비나의 손에서 받아 들었다.

그걸 보고, 만족스러운 표정으로 고개를 끄덕이면서——,

『일을 잘 처리하는 것이 좋을 것이야.』

『만약의 경우에도 그 검이 너를 지켜줄 것이다.』

『만일 실패한다면 그 책임은 네가 지는 거다, 알겠지?』

그런 말을 남기고 '칠요'는 그 자리를 떠났다.

"히나타 님……."

성기사들이 뭐라고 말을 걸려 했지만, 히나타는 손을 들어서 그것을 제지한다.

"그러면 각자 자신의 역할을 다하도록 해. 이것으로 회의는 끝내겠어."

그리고 발 너머에 있는 교황 루이 쪽으로 시선을 돌리면서 그렇게 선언했다.

삼무선은 생각하는 바가 있는지, 묵묵히 말이 없다.

성기사들은 히나타의 뜻을 존중하면서 따를 뿐이다.

이리하여 파란만장했던 회의는 종료되었다.

●

히나타는 잠깐 조는 듯이 자다가 눈을 뜬다.

회상에 잠기다가, 어느새 잠이 들어버렸던 모양이다.

의식이 깨어남과 동시에 느껴진 향긋한 커피 향기. 히나타의 시중을 들기 위해서 니콜라우스가 옆방에서 바지런히 아침 식사 준비를 하고 있는 모습이 눈에 들어왔다.

"아, 일어나셨습니까?"

니콜라우스 슈펠터스 추기경.

생각해보면 이자도 희한한 사내였다.

신성교황국 루벨리오스의 최고 지도자인 교황의 심복이면서, 서방성교회의 사실상 정점에 군림하는 남자. 그런 인물이 히나타에게만은 마치 강아지처럼 충실하게 따르고 있는 것이다.

"자, 아침 식사 준비가 다 됐습니다. 어서 드시죠."

문득 이상한 기분이 솟구친다.

니콜라우스가 다른 사람을 위해 아침 식사 준비를 한다니, 누구도 상상조차 하지 못할 것이다.

평소의 그를 아는 자들은 모두 니콜라우스를 성자의 가면을 쓴 악마, 라고 평가하니까.

"아아, 잘 먹을게. 고마워."

히나타가 아무렇지도 않은 듯이 그렇게 대답하자, 니콜라우스는 기쁜 표정으로 고개를 끄덕였다.

둘이서 아침을 먹는다.

오랜만에 맛있다는 느낌이 드는 식사였다.

최근에는 제대로 잠도 자지 못할 만큼 바빴다.

그러나 그것도 이젠 끝이다——.

"……역시 가실 생각입니까?"

"응. 그게 내 책임이니까 말이지."

"하지만 레이힘에게 명령을 내린 것은 저인데——."

"그걸 묵인한 것은 나야. 당신이 마음에 둘 문제는 아니야."

"어떻게든…… 다시 마음을 돌리실 수는……."

"끈질기게 굴지 마. 그리고 걱정할 필요는 없어. 반드시 싸우게 될 거라고 정해진 건 아니니까."

그리고 싸운다면 진다고 정해진 것도 아니다.

히나타에겐 아직 비장의 수가 있으니까.

그건 드래곤 버스터 같은 것이 아니라, 좀 더 숭고한——.

그리고—— 루미너스로부터는 "자중하라"는 명령도 받은 상태이다. 히나타는 죽을 생각은 털끝만큼도 없는 것이다.

만약 싸움이 벌어지고, 마왕 리무루가 '각성'한 상태라고 해도, 지금은 아직 쓰러뜨릴 수 있을 거라고 히나타는 믿고 있다.

그렇기에 걱정할 필요 따윈 없다.

이긴다는 확신은 없지만, 자신보다 격이 높은 상대와 싸우는 것은 히나타가 자신 있어 하는 부문이니까.

그리고 비장의 수는 하나만 있는 것이 아니다.

이렇게 기분 좋은 아침에 암울한 화제는 어울리지 않는다.

"이번에도 괜찮아, 니콜라우스. 아무런 걱정도 할 필요 없어."

그러므로 히나타는 그렇게 말하면서 웃는다.

나지막이 살짝.

오랜만에 계산적인 의도가 없는 미소를 보이면서.

——그리고 히나타는 움직이기 시작했다.

막간　밀담

잉그라시아 왕국과 파르무스 왕국 사이에 있으면서, 북해에 접해 있는 소국인 실트로조.

그곳에서 지금 역사를 움직이게 할 밀담이 벌어지고 있었다.

"그래서, 어떻게 됐지?"

"예상대로예요. 우리 움직임은 들키지 않았습니다."

"후후후, 그 마녀는 머리가 비상하다는 소문을 들었는데, 의외로 대단하지는 않군."

"하지만 방심은 할 수 없습니다. 그 여자의 실력만 따진다면 틀림없이 서방에서 최강일 테니까 말이죠."

"음. 어설픈 꿍꿍이 따위는 순수한 무력(武力) 앞에선 무력(無力)하지. 그걸 여러분들은 각자 절대로 잊지 않기를 바라는 바입니다."

바다에서 불어오는 차가운 바람 때문에 늘 서늘한 이 나라에서.

커다란 난로로 데워진 큰 방에.

다섯 명의 노인이 모여 있다.

차림새는 최고급이다.

현재도 유통량이 적은, 템페스트(마국연방)산 옷감을 이용한 옷을 입은 자도 있다.

마법에 대항하는 기능을 갖춘 아티팩트(마보 도구)가 박힌 장식품으로 몸을 꾸미며, 마법에 대한 완전 방어도 실현하고 있다.

그것만으로도 이 노인들의 재력이 대단하다는 사실을 엿볼 수 있을 것이다.

당연하지만, 이 방은 완전한 첩보 방어 대책을 갖추고 있다.

게다가 핵격마법에도 버틸 수 있게 단단하게 만들어져 있다.

그 정도로 조심에 또 조심을 거듭한 것도 모자라서, 방 안에는 굴강의 A랭크 기사까지 대기시켜놓고 있다.

그런 노인들과 나란히 앉아서, 발을 꼰 채로 대답하는 자는 뻗친 붉은 머리카락이 특징적이면서, 야성적인 분위기를 갖춘 미녀—— 그렌다다.

'거친 바다'의 그렌다—— '삼무선'이자 십대 성인 중의 한 명.

그런 그녀의 진정한 고용주는 바로 이 다섯 명의 노인들이다. 오대로(五大老)라고 불리는, 서방 열국을 좌지우지하는 자들인 것이다.

그중에서도 한 명, 순백의 늘어진 옷을 입은 노인은 매처럼 날카로운 눈빛을 뿜어내고 있다.

엄청난 위압감을 뿜어내고 있지만, 그러나…… 그 허벅지 위에는 인형처럼 사랑스러운 소녀가 앉아 있었다.

바슬바슬한 금발에 분홍색의 입술. 포동포동하며 귀여운, 아직 열 살이 될까 말까 한 나이 대의 소녀다.

그 엄격해 보이는 노인과 사랑스러운 소녀, 언뜻 보기엔 할아버지와 손녀로밖에 보이지 않지만, 이런 장소에는 어울리지 않는다. 그러나 아무도 그 사실을 언급하려고 하지는 않는다. 그런 모습이 마치 당연한 것처럼, 노인이 하고 싶은 대로 하게 놔두고 있다.

왜냐하면 한가운데에 앉은 그 노인이야말로, 오대로의 리더 격이자 로조 일족의 수령인 그란베르 로조, 바로 그자이기 때문이다.

로조 일족.

서방 열국에 뿌리를 내린 지배자의 일족이다.

그리고 이곳, 실트로조 왕국의 왕족이기도 하다.

파르무스와 잉그라시아 같은 대국에까지 그들 일족은 숨어 들어가 있었다.

그리고 무엇을 더 숨기랴, 카운실 오브 웨스트(서방 열국 평의회)를 창립한 것은 그들 일족의 노력에 의한 것이다.

표면상으로 서방 평의회는 각국에서 평의원이 선발되는 것으로 되어 있다. 그러나 실제로는 그들 로조 일족의 후원을 받는 자가 대다수를 차지하며, 그 발언력은 대국조차 능가한다.

카구라자카 유우키가 세운 자유조합에 자금 제공을 하고 있는 것도 로조 일족이며, 사실상 이 서방 열국의 지배자로고도 부를 수 있는 노인들인 것이다.

그 수령에 해당하는 그란베르.

그의 행동에 불만을 제기할 수 있는 인간은 존재하지 않는다.

그란베르는 소녀의 머리를 쓰다듬으면서, 무겁게 입을 열었다.

"그렇다면 됐다. 하지만 다무라다 공, 아무래도 그대들의 거짓말은 들통이 난 것 같구려."

희미한 웃음을 지으면서 그렇게 지적하는 그란베르.

그렌다의 보고에 따르면 히나타가 자신이 이용당했다는 사실을 깨달았다고 한다. 그걸 가리켜 말한 것이다.

그 말을 듣고 대답하는 자는 다무라다라고 불린 남자다.

검은 옷에, 모자를 눌러써서 얼굴을 가리고 있다. 이자도 또한 옷감의 질감에서 고급스러운 분위기를 느끼게 하는 옷을 입고 있었다.

그것은 서쪽에선 보지 못한 복장이며, 어딘가 이국풍이다. 그도 그럴 것이, 애초에 다무라다 일행은 서방 열국의 인간이 아닌 것이다.

"후후후, 문제없습니다. 사카구치 히나타의 신용은 잃었습니다만, 그 대신 얻은 것도 있었으니까요. 그건 당신의 신용입니다. 그란베르 옹."

"가소롭군. '동쪽'의 목적은 서쪽에 혼란을 일으켜 무기를 파는 것일 텐데. 그리고 우리가 피폐해지기를 기다렸다가 제국을 움직일 생각이잖소? 신용이라니 웃기지도 않는구려."

"이거 참. 다 꿰뚫어 보고 계시다니, 역시 그란베르 옹이십니다."

"부정하지 않겠다는 거요?"

"해봤자 의미가 없지 않습니까?"

"훗, 헛된 수작을 부리는군. 뭐, 좋소. 그래서 본론을 말하겠는데."

"네."

"히나타를 제거한다는 목적은 일치한다. 그렇게 보면 틀림이 없겠소?"

"물론입니다. 제국이 서쪽으로 진출하는 데 있어 최대의 장애물은 말할 것도 없이 '폭풍룡' 베루도라였습니다. 그렇지만 지금, 그 사룡은 마왕 리무루에게 회유되었다고 하더군요. 사실인지 아닌지는 모르겠습니다만, 교섭이 가능해졌다고 생각해도 틀림없겠지요. 그렇다면 손을 쓸 방도는 있습니다. 다음 난관으로는 서방성교회가 위협이 되겠지요. 이 조직이 있는 탓에, 각 나라가 하나로 뭉쳐버리게 됩니다. 그렇게 되면 아무리 제국이 강대하다고

289

하더라도, 서쪽을 함락하는 것은 어렵다고 하겠지요……."

"호오? 우리는 안중에 없다는 말인가?"

"그럴 리가 있겠습니까. 오대로 여러분은 이익에 밝으신 분들. 실제로 제국이 서쪽을 지배한 후에도, 그대로 협력 관계를 유지한 채로 우리와 같이 뒤에서 경제를 지배해보시지 않겠습니까?"

"협력이라고? 우리보고 제국을 이끌어갈 수 있게 준비하라고 말하는 거요? 웃기는군."

"후후후, 하지만 제국은 강대하답니다? 어렵긴 하지만 불가능하진 않죠. 우리와 적대하실 겁니까?"

"무기 상인 주제에, 그란베르 님에게 무례한 것 아닌가?"

화를 낸 자는 그란베르가 아니라 그렌다.

품에서 꺼낸 이계의 무기—— 권총을 동쪽 상인인 다무라다에게 들이댄다.

그러나 다무라다는 놀라지 않는다. 그것이 얼마나 무서운지 몰라서 놀라지 않는 것이 아니라, 잘 알고 있기에 놀라지 않는 것이다.

"후후후, 권총입니까. 서쪽에서도 유통되고 있다니 놀랍군요."

크게 놀라지도 않는 듯한 말투로, 다무라다는 그렇게 말했다.

"헤에, 이걸 알고 있단 말이야? 그런데도 꽤나 여유 만만한 거 아냐?"

"당연하지요. '이세계인'이 서쪽에만 존재한다고 생각하고 있습니까? 게다가 우리는 무기 상인, 많은 무기에 통달해 있는 것이 당연하죠. 그리고 당신이 든 그것은 이미 양산에 성공한 상태인 흔해빠진 무기에 지나지 않는답니다."

다무라다는 태연하게 그리 대답했다.

이 말에는 오대로도 놀라움을 감추지 못한다.

"뭐라고? 이걸 양산했단 말인가."

"역시 '동쪽'의 상인, 얕볼 수가 없군."

"그렇다면 제국군이 얼마나 강한지는 가늠이 안 되는군. 마물에겐 통하지 않을지도 모르지만, 이건 인간을 상대로는 대적할 것이 없는 무기인데……."

그렇게 각자 놀라움의 목소리를 드높인다.

그란베르도 또한 다무라다의 발언을 곱씹는다.

이 다무라다라는 남자는 거짓말은 하지 않는다.

엄밀하게 말하자면, 해석의 차이를 통해 다른 사람이 멋대로 오해할 수 있을 만한 언동을 취하는, 그런 방심할 수 없는 남자인 것이다.

그렇다면 그 말을 하나하나 검토하면, 거기에 포함되어 있는 악의를 꿰뚫어 보는 것도 가능하다는 뜻이다.

이번에 다무라다는 경고를 하고 있는 것이다. 제국과 적대하기보다 손을 잡는 편이 이득이라고.

"이익에 밝다는 말은 맞는 말이긴 하지. 확실히 당신이 말하는 대로, 지금은 얌전히 협력하는 게 이득일 것이고."

그란베르의 중후한 목소리에, 오대로는 냉정함을 되찾았다.

"그란베르 님, 괜찮으시겠습니까?"

"물러나라, 그렌다. 처음부터 목적은 같았다. 지금은 아직 적대할 때가 아니다."

그란베르의 결정은 절대적이다. 그렌다는 얌전히 물러난다.

이해의 측면에서 봐도 다무라다의 말에는 들을 만한 점이 있었다.

다무라다 일파는 무기 상인이며, 경제를 통해서 정치를 지배하려고 하는 로조 일족과는 대립하지 않는다. 상황이 바뀌면 이해의 대립도 있을 수 있겠지만, 그건 또 별개의 이야기라고 하겠다.

"후후후, 역시 대단하십니다, 그란베르 옹. 언젠가 적대하게 될지도 모르겠지만, 지금은 동지니까 말이죠."

"그 말이 맞소. 우리는 파르무스와 잉그라시아의 저울을 기울게 만들고 싶지 않소. 세력을 일정하게 유지함으로써, 밸런스를 취하고 있는 거요. 마왕 리무루가 무슨 목적으로 파르무스를 함락하려고 하는지는 불명이지만, 그 땅을 마왕에게 뺏기는 건 곤란하단 말이오."

"네에, 이해합니다. 저희가 봐도 드워프 왕국에서 파르무스 왕국을 경유하는 판로를 빼앗긴 것은 달갑지 않습니다. 좋은 거래 상대였던 마왕 클레이만도 죽었으니, 마왕 리무루를 원망스럽게 생각하죠. 협력하고말고요. 그러니까──."

"히나타 건 말이로군? 그건 빈틈없이 진행되고 있소. 부하들이 이미 함정을 설치했고, 그자는 그 함정에 걸렸소. 남은 건 마왕 리무루를 도발해서 히나타를 처리하게 만드는 것뿐이오."

"그래, 그건 확실해. 히나타는 마왕 리무루의 메시지에 따라서, 홀로 마물의 나라(템페스트)를 향해 떠났어. 나머지는 마왕을 자극해서, 그 분노를 히나타를 향해 쏟아내게 만드는 것뿐이야."

"믿음직스럽군요. 그런데 왜 사카구치 히나타를 제거하려고 하는 겁니까? 그란베르 옹의 입장이라면, 그 성인을 이용하는 쪽이

293

더 좋은 계획이지 않을까 생각합니다만······."

다무라다는 그렇게 말하면서, 그란베르의 의도를 꿰뚫어 보려는 듯이 시선을 돌린다.

그러나 그란베르는 아무런 동요 없이, 그 시선을 일소에 부친다.

"훗, 간단한 이유요. 그 여자는 너무 지나치게 강해. 서쪽 최강의 기사라는 이름은 단순한 간판이 아니지. 마인 라젠과 그랜드마스터(자유조합 총수) 유우키, 그리고 섬광의 용사 마사유키. 이런 영웅들과 비교해봐도 그 여자의 강함은 두드러지고 있소. 당신들도 그렇게 느끼고 있으니까 우리를 이용하려고 생각한 것이겠지? 안 그렇소, 다무라다 공?"

"후, 후후후, 이거 참, 정말로 무시무시한 분이로군요. 자신이 다루기에는 버거운, 제어 불능의 장기 말은 제거하겠다, 그런 뜻이군요. 그것도 또한 이치에 맞는 일이긴 합니다."

그란베르과 다무라다는 서로 시선을 교환하면서, 같이 고개를 끄덕인다. 비슷한 자들끼리, 그것만으로도 통하는 게 있는 법이다.

그대로 두 사람은 아무 일도 없었던 것처럼, 각자의 역할 분담에 관한 이야기를 나눴다.

다무라다는 현재 파르무스 왕국에서 암약하고 있는 악마의 제거를 약속한다.

그란베르는 그렌다에게 명해서 파르무스 왕국 주변의, 제국의 템플 나이츠(신전기사단)를 동원하도록 시킨다. 그리고 새로운 왕인 에드왈드를 도와서, 마왕 리무루가 원조하는 에드마리스 파를 몰아넣을 것을 약속했다.

그런 뒤에 히나타가 마왕 리무루를 토벌하기 위해 갔다는 소문을 흘려서, 마왕 리무루의 움직임을 봉하는 것이다.

성기사단장 히나타를 경계할 것이니, 마왕 리무루 쪽은 원군을 보낼 여유 같은 건 사라지게 된다. 나머지는 지휘를 하고 있는 거물 악마만 처치해버리면, 영웅 요움 일당을 처분하는 것쯤은 아주 쉬운 일이다.

그리고 방해자인 히나타는 마왕 리무루가 처리해줄 것이다.

"하지만 만약 사카구치 히나타가 마왕 리무루의 토벌에 성공한다면?"

"그것도 또한 우리에겐 유리한 결과라고 할 수 있겠지만······ 안심하구려. 그 리무루라는 마왕은 다른 마왕과는 다르오. 언젠가는 처리해야 할 위험 분자지만 베루도라를 회유하고 있는 지금, 죽이는 건 좋지 않지. 필요한 수는 이미 써두었소."

"후후후, 그럼 맡기도록 하지요."

"음. 그보다 당신들이야말로 악마의 처리를 실수하지 마시오."

"두말할 것도 없습니다. 서방성교회에도 악마 사냥의 전문가는 있겠지만, '동쪽'에는 그 이상의 전문 조직이 있습니다. 상대가 아크 데몬(상위 마장)이라고 해도 아무런 문제 될 게 없습니다."

"그렇다면 좋소."

"그럼 저희는 이쯤에서——."

그란베르가 고개를 끄덕이자, 다무라다는 인사를 한 뒤에 방에서 나갔다.

나중에 남은 것은 로조 일족과 그 호위 기사들뿐.

같은 편만 남은 것을 확인하자마자, 그렌다가 큰 소리로 혀를 찬다.

"뭐야, 저 음험하고 빌어먹을 상인은! 우리를 얕보는 태도를 취하는 게, 정말 재수 없이 구네!"

감정을 터뜨리는 그렌다.

그란베르는 차갑게 문을 한 번 보고는, 유연하게 그렌다를 달랜다.

"훗, 그리 말하지 마라, 그렌다. 저래 봬도 저자들은 최대한의 경의를 표한 것이다."

"하지만 그란베르 님……."

"그렌다, 너는 저자들의 정체를 모른다. 히나타도 저자들이 뒤에서는 무기를 취급하는 죽음의 상인이라는 사실은 알아차렸을 것이다. 그래도 표면상으로는 이용 가치가 있으니까 그냥 내버려두고 있는 것이겠지만, 아마도 그 진짜 모습을 알면, 틀림없이 그 존재를 허용하지 않았을 것이야."

"진짜 모습, 이라고요?"

"그래. 저자들이야말로 바로 그 비밀결사 '케르베로스(삼거두, 三巨頭)'다. 그리고 저 다무라다야말로 그 보스 중의 한 명—— '금(金)'의 다무라다이지."

동시에 고개를 끄덕이는 다른 오대로들.

자신들이 전부 모일 정도의 상대이니만큼, 그 정체도 당연히 알고 있었던 것이다.

그렌다도 그 말을 듣고 납득한다.

"헤에. 저도 들은 적이 있습니다. '동쪽'을 뒤에서 지배하는 거대 조직 '케르베로스'의 소문은 말이죠. 확실히 적대했다간 위험해질 상대군요. 그 솜씨가 어느 정도인지 한번 기대하면서 지켜 봐야겠네요."

야성미가 느껴지는 미소를 보이면서, 그렌다는 그렇게 말했다.

그 말에 고개를 끄덕이는 그란베르.

다리 위에 앉은 소녀의 금발을 쓰다듬으면서, 사악한 미소를 지으며.

"홋홋후, 그렇게 쉽게 풀리지는 않을 것이다, 다무라다. 애초에 네놈들이 상대할 악마는 단순한 아크 데몬이 아니니까 말이지."

그란베르는 유쾌한 표정으로 웃는다.

조사 보고에 의하면 그 악마는 마인 라젠도 문제없이 제압할 정 도로 강했다고 한다. 다무라다 쪽의 실력을 시험할 수 있는 좋은 기 회이기도 하지만, 패배할 경우에 대해서도 검토해둘 필요가 있다.

"만약의 경우엔 제가……."

"흠. 뭐, 너라면 문제는 없겠지만, 만일을 대비해서 나머지 두 명의 '삼무선'도 끌어들이는 게 좋겠구나."

"그래. 그란베르 님의 말씀대로다."

"마왕 리무루의 장기 말을 줄이는 것도 중요하니까 말이지. 그런 위험한 악마는 이 시점에서 제거해두지 않으면 위험할 것이야."

"그게 무리라고 해도, 연합군의 승리는 불변의 것으로 만들어 야 한다."

그란베르를 따라 동의하는 오대로.

그렌다도 그 말을 잘 이해한다는 뜻을 드러냈다.

"하지만 그 악마도 큰일을 벌이지는 못할 것이다. 많은 사람들 의 눈앞에서 그 힘을 보이기라도 했다간, 각 나라의 입을 막는 것도 어려울 테니까. 위험하면 위험할수록, 그 공포를 직접 본 자들이 토벌할 것을 소리치며 요구하겠지. 그렌다, 네 역할은 잘 알고 있겠지? '케르베로스'를 이용하여 그 악마의 움직임을 봉인하거라."

다무라다 쪽이 악마를 처리할 수 있으면 좋다.

만일 실패한다 해도 연합군으로 포위하고 있는 이상, 악마는 아무것도 하지 못할 것이다.

'삼무선' 그렌다와 과거에 '삼무선'이었던 라마, 이 두 명만으로도 악마는 손쉽게 처리할 수 있겠지만, 악마의 움직임을 봉인할 수만 있어도 작전은 성공한 것이 된다.

영웅 요움 일당만으로는 새로운 왕이 이끄는 파르무스 연합군에는 상대가 안 될 것이다.

게다가 만일을 대비해서 남은 '삼무선'인 사레와 그레고리도 악마 토벌에 참가시킨다.

반석의 포진을 구축하는 것이다.

"네, 제게 맡겨두십시오. 이 그렌다 아트리가 그 임무를 확실하게 맡겠습니다."

그렌다는 대담하게 웃는다.

그렌다 아트리── 귀족도 아닌데 성을 갖고 있는 여자.

즉──,

이곳 실트로조 왕국에서── 그보다 정확하게는 로조 일족에 의해 소환된 '이세계인', 그게 바로 그렌다 아트리인 것이다.

어떤 나라의 외인부대에서 전투 기술을 익힌 용병 출신이며, 이 세계로 넘어오면서 그 기술은 인간의 한계를 넘어선 것이 되어버렸다.

유니크 스킬 '노리는 자(저격자)'를 가지고 있으며, 다양한 총기를 구사할 수 있다. 더구나 특수 격투 기술에도 뛰어나며, 나이프를 대표로 하는 암기를 통한 암살 기술은 초일류이다.

소환 시에 그란베르에 대한 충성이 영혼에 새겨진, 아름다운 암표범이다.

그렌다는 생각한다.

이 세계의 전쟁터에서 10년을 살아남은 히나타라고 해도, 저쪽 세계의 사지(死地)에서 태어나 자란 자신과 비교하면 아기나 마찬가지라고.

열여섯, 열일곱쯤 되는 어린 여자애가 힘을 얻은 것만으로 정점에 설 수 있는 세계 따위는 진짜 지옥을 경험한 자신에게는 낙원이라고, 그렌다가 그렇게 생각하는 것도 무리는 아니다.

단, 그것은 이 세계가 만인에게 평등할 경우의 이야기이다.

현실이 그렇지 않기 때문에, 더더욱 인간은 신에게 비는 것이다.

루미너스 교의 교의에도 그런 내용이 있다. 그런데도 '삼무선'이라는 지위에 있는 그렌다까지 그 사실을 완전히 잊어버리고 있었다…….

"그러면 사레와 그레고리를 움직이도록 '블러드 섀도우(혈영광란, 血影狂亂)'를 부려서 공작을 꾸미도록 하지. 너는 얘기를 잘 맞추도록 해라."

'블러드 섀도우'란 존재는 로조 일족의 그림자를 말한다.

높은 전투 능력을 보유한 자들로 구성된, 어떤 임무도 마다치 않는 맛이 간 자들이다. 그렌다가 과거에 속했던 곳이며, 소환으로 불려 온 '이세계인'도 많이 속해 있다. 계약으로 묶여 있으며, 그 충성을 로조 일족에게 바친 전투 집단인 것이다.

그 말을 듣고 그렌다는 고개를 끄덕인다.

"그 녀석들을 움직인단 말이군요. 알았습니다. 모든 것은 로조를 위해, 그리고 내 자유를 위해."

"음. 그럼 가거라."

그란베르의 명령에 따라서, 그렌다는 야망으로 불타는 눈을 하고 방을 나간다.

난로의 불은 붉게 불탄다.

타탁, 하고 장작이 터지면서, 불꽃이 한층 더 밝게 타올랐다.

"이러면 되겠니, 마리아베르?"

"네, 물론이죠, 할아버님. 이런 포진이라면 양쪽 다 움직이지 못하겠죠. 마왕 리무루는 성인 히나타를 상대하는 것만으로도 벅찰 거예요. 그 틈에 파르무스의 내란을 서방 열국의 개입으로 진압하는 거죠. 새로운 왕인 에드왈드의 이름하에 말이죠. 그리고 에드왈드는 할아버님에게 함부로 고개를 들지 못하게 될 거예요."

"그렇겠지, 그 말이 맞다, 마리아베르. 우리 로조가 지배하는 앞마당에 어떤 자라고 해도 개입은 허락할 수 없지!!"

파르무스의 내란에 마왕의 그림자가 존재하지 않는다면, 양쪽 진영에 자신들의 도움을 제안하여 싸움을 진흙탕으로 만드는 방법도 있었다. 그러나 그랬다간 잉그라시아 왕국의 힘이 지나치게 강해질 우려가 있다.

한 명이 중심이 되어 지배하는 것은 로조 일족이 바라는 모습이 아니다.

그러므로 이상적인 밸런스를 유지하기 위해서, 그란베르 로조는 지휘를 하고 있는 것이다.

"세계는 로조를 위해!"

""""세계는 로조를 위해!""""

금발의 사랑스러운 소녀 마리아베르의 말을 따라 모두가 합창한다.

이곳은 세계의 중심이다.

왜냐하면 그들 로조 일족은, 이 세계의 지배를 꾀하는 자들이니까.

그리고 그 야망은 카운실 오브 웨스트(서방 열국 평의회)라는 정체를 숨긴 가면 속에서 착실히 커지고 있다…….

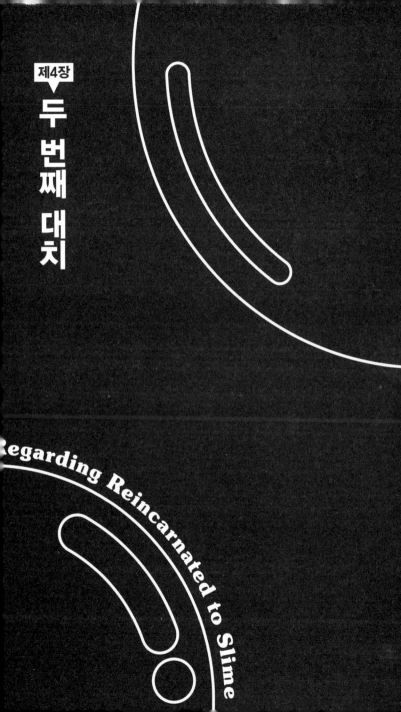

제4장
두 번째 대치

Regarding Reincarnated to Slime

드워프 왕국까지 이어지는 도로도 완성되면서, 블루문드 왕국과 이어질 도로도 본격적인 개통의 전망이 세워졌다.

그런데도 더 바빠지기만 한다.

새롭게 마도 왕조 살리온 방면으로도 도로를 정비해야 하는 데다, 밀림 쪽을 위한 신도시 계획도 실행해야 한다.

할 일은 아직도 많이 남아 있는 것이다.

그런 상황에서 대규모의 축제를 계획하고, 수면 아래에선 파르무스 왕국 공략 작전을 발동 중이다.

마왕이 되면 귀찮은 일이 늘어날 것이라 생각하고 있었지만, 그이전에 작업량이 한계까지 불어나버린 것 같은 느낌이 드는군.

그런 바쁜 나날 중에서 흉보가 날아들었다.

사카구치 히나타가 이 나라를 향해 출격했다는 보고를, 소우카가 가지고 온 것이다.

어깨를 들썩이며 가쁘게 숨을 쉬면서 보고하는 소우카를 보고, 나는 머리를 감싸 쥐었다.

오늘 할 예정이었던 대장간 견학을 취소하고 일단 집무실로 돌아갔다. 그곳에서 소우카로부터 자세한 설명을 들은 것이다.

동행도 없이 혼자서 이리 오고 있다고 한다.

"혼자라고?"

"네. 루벨리오스에 펼쳐진 결계 밖에서 관찰하고 있는 난소우가 보내온 보고로는 성도에서 나오는 존재는 확인할 수 없었다고 합니다. 잉그라시아 왕국에서 나온 것은 리무루 님이 경계하라고 말씀해주신 히나타뿐입니다."

똑바로 나를 보면서 대답하는 소우카.

소우에이의 지도를 받으면서, 첩보 활동을 완벽히 해내게 되었다. 그런 소우카가 단언하는 것이니 이 보고는 틀림이 없으려나.

그렇게 판단을 내리려고 했던 그때——.

"잠시만 기다려주십시오! 새로운 움직임을 감지했습니다!!"

그렇게 소리치면서, 소우카의 그림자에서 토우카가 출현했다.

"무슨 일이 있었나?"

"네, 소우카 님! 성기사가 네 명, 히나타를 뒤따르는 것처럼 움직이기 시작했습니다!"

"겨우 네 명이라고?"

"네. 그렇지만, 그자들의 실력은 상당한 것으로 보입니다. 아무래도 마법을 썼는지, 눈 깜짝할 사이에 저희의 추적을 뿌리쳤습니다……."

토우카는 힘없이 고개를 숙이면서, 나와 소우카에게 보고한다.

으음, 이게 어떻게 된 일일까?

히나타가 말없이 나가는 바람에, 당황해서 쫓아간 것일까? 아니, 아무리 그래도 그건 좀 아닌가.

감시가 있다는 걸 이미 알아차리고, 시간 차를—— 아니, 그렇다면 좀 더 신중하게 행동하겠지.

정확히는 모르겠지만 역시 히나타다.

갑작스럽게 내 예상을 넘어선 행동을 한다.

거치적거리는 자를 배제하고, 최고 전력만으로 우리에게 강습을 가할 작전일까?

어중간한 전력 따윈 방해만 될 뿐이라고, 그렇게 파악하고 있는 것일 수도 있겠군.

그렇다면…….

"히나타는 우리와 싸울 생각인 걸까?"

히나타와 싸우게 되는 경우는 그다지 생각하고 싶지 않지만, 이것만큼은 상대가 어떻게 나오느냐에 달렸다.

지금이라면 쉽게 질 거라는 생각은 들지 않지만, 결코 방심하고 있을 상대가 아니다.

내 메시지를 보고 대화에 응해주지 않을까 하고 기대하고 있었는데 말이지…….

"정확히 알 수는 없습니다. 하지만 수상한 검을 등에 지고 있었으므로, 대화를 나누겠다는 분위기로는 보이지 않았습니다."

으음, 무장을 하고 있단 말인가.

하지만 이 세계에선 그것이 당연한 차림이며, 마왕인 내가 있는 곳으로 가는데 아무리 그래도 빈손으로 나서지는 않을 것이다. 그렇다면 그것만으로 히나타에게 싸울 의사가 있다고 단정하는 것은 이른 판단이겠지.

"그것만으로는 판단할 수가 없군……."

"성기사들은 완전 무장하고 있습니다만——."

"아아, 그래? 그쪽은 상당히 진지해 보여?"

"네! 상당히 진지해 보입니다!"

진지해 보인단 말인가.

기운차게 대답하는 토우카의 말에 따르면, 히나타와 합류하려 하고 있는 성기사들은 완전무장을 하고 있다고 한다.

대화보다도 전쟁이 벌어질 것 같은 예감.

싸움이 일어나는 것은 싫은데──. 아쉬운 마음으로 그리 생각한다.

우리들 마물을 사악한 존재로 여겨 쳐내버리고, 서로 이해할 수 있는 가능성을 뽑아버리려고 하는 그 행위.

과연 거기서 어떤 목적을 찾아낼 수 있단 말인가.

서로를 이해하려고 하지 않는다면, 상대를 완전히 멸망시킬 수밖에 없게 되는데…….

그렇게 되면 생존을 건 커다란 전란이 찾아오게 된다.

히나타가 대화를 거부한다면, 그것은 일방적으로 자신들의 생각을 상대에게 억지로 강요하려고 하는 행위로 이어진다.

상대의 사정도 생각하지 않고, 상대의 말에 귀를 기울이지도 않는 행위.

거기에 진정한 의미의 정의 같은 건 존재하지 않는다고, 나는 생각한다.

히나타는 그런 것도 모른단 말인가?

처음 만났을 때부터 다른 사람의 말에 귀를 기울이지 않는 녀석이긴 했지만, 그렇게까지 바보는 아닌 것으로 보였는데…….

역시 루미너스 교의 교의가 원인인 걸까?

상대가 마물이니까 그 말을 들을 필요가 없다는 뜻인지도 모르겠다.

교의도 어느 정도는 유익한 것이며 소중한 것일 수도 있겠지만, 그걸 맹목적으로 믿는 건 좀 아닌 것 같다.

종교라는 이름하에 흘린 피가 많다는 사실 정도는, 우리 시대의 일본에서 살았던 자라면 상식일 텐데.

자신의 눈과 귀로 보고 느낀 것을, 자신의 머리로 판단하는 것이 중요하지 않을까. 그렇게 행동하지 않는 것은, 스스로의 생각을 방치하고 있는 것과 마찬가지인 어리석은 행위가 아닐까?

결국 따지자면, 얻은 지식을 활용할 수 있는가 아닌가는 본인에게 달린 것이다.

정보를 얻고, 그걸 어떻게 판단하고 어떻게 행동할 것인가.

그 결과는 본인의 책임으로 귀결된다.

히나타가 우리와 적대할 것을 선택했다면, 우리는 그에 맞설 뿐이다.

흥보는 계속 이어지는 법이다.

나는 머리를 감싸 쥐면서, 생각을 전환하려고 했다.

"어쩔 수 없지. 간부들을 모아서 대책을 생각할까──."

히나타가 공격해 올지도 모르는 이상, 방치해둘 수는 없다.

겨우 다섯 명이라고 해도, 그 전력은 얕볼 수 없는 것이다.

먼 옛날부터 마왕을 쓰러뜨리는 자는 당연하게도 늘 엄선된 용사와 동료들로 이뤄진 파티였다.

자신이 마왕이라는 입장에 있는 건 바라는 바가 아니지만, 아무 저항 없이 쓰러져줄 정도로 나는 사람이 좋지는 않다.

히나타는 내가 상대한다고 치고, 나머지 성기사를 누가 상대할 것인지 정해놓아야만 한다.

그렇게 생각해서, 대책 회의를 열려고 했는데…….

"리무루 님, 보고 드릴 것이……."

의미심장한 표정을 한 디아블로가 말하는 것이 내키지 않는다는 투로, 그렇게 알려 온 것이다.

"무슨 일이냐? 혹시 무슨 문제가 생겼나?"

혹시라고 할 것도 없이 문제가 생긴 모양이다.

지금의 디아블로는 평소처럼 자신만만한 표정이 아니니까 말이다.

"네, 문제가 발생했습니다."

"무슨 일이 있었나?"

"레이힘이 죽었습니다. 원인은 불명이지만, 아마도 살해당한 것으로 보입니다."

디아블로가 마지막으로 봤을 때에는 건강하게 이상이 없었다고 하니, 사고를 당했거나 살해당한 것 중 하나일 것이라고 한다.

"리무루 님이 입막음을 당할 수도 있으니 조심하라고 말씀하셨건만, 이건 제 실수입니다……."

죄송하다는 말투로, 디아블로가 그렇게 말했다.

그러고 보니 그런 말을 했던 기억이 있다. 별생각 없이 한 말이었는데, 설마 정말 그렇게 될 줄이야…….

결계로 막힌 신성교황국 루벨리오스 내부에서 벌어진 일이라, 상세한 사항은 불명. 그러나 전후 상황을 생각해보건대, 살해당했을 가능성이 농후하다고 디아블로는 생각한 모양이다.

그 상황을 듣고 보니, 생각했던 것 이상으로 심각한 사태가 벌어지고 있는 듯했다.

"파르무스 왕국 주변 국가에 '악마의 모략으로 인해 대사제가 살해당했다'는 전문이 돌고 있습니다. 마법통신을 통해 그 내용이 확산되면서, 그에 호응하듯이 각국의 템플 나이츠(신전기사단)가 움직이기 시작했습니다. 며칠 안에 정비를 끝내고, 새로운 왕인 에드왈드 쪽으로 합류할 것으로 생각됩니다……."

쓸쓸한 표정의 디아블로.

완전히 예상 밖의 사태였던 것으로 보이며, 디아블로가 진행 중인 파르무스 왕국 공략 계획에도 지장이 생길 것이다.

히나타가 움직이기 시작한 이 타이밍에서 벌어진 이 소동.

틀림없이——,

《해답. 모든 것은 이어져 있으리라 생각됩니다.》

응, 그 정도는 나도 알아.

혹시나 그런 것도 모를 정도로 형편없는 녀석으로 생각하고 있었던 걸까?

아니, 아니, 그렇지는 않겠지.

하하하, 라파엘도 참 난감하게 군다니까.

그건 그렇고, 이거 큰일이군.

서방성교회가 나를 '신의 적'으로 규정한 것은 아닌 것 같지만, 이대로 가면 그것도 시간문제다.

정식으로 선고가 내려지기라도 하면, 전면전을 피할 수가 없게된다.

우리 실수였습니다, 라고 쉽게 취소해주지도 않을 테고 말이지.

나라를 발전시키는 일에 대해서만 생각하고 싶은데, 아무래도 그렇게 되지는 않을 것 같다.

나는 그렇게 우울하게 생각하면서, 소우카에게 간부들을 소집하도록 명령했다.

*

그런고로, 긴급회의를 가진다.

게루도를 제외한 간부 전원이 모였다.

"리무루 님, 게루도는 부르지 않아도 되겠습니까?"

"그래, 그 녀석은 지금 큰 임무를 맡아서 열심히 노력하고 있다. 이번 일은 나와 히나타의 문제이니, 싸움이 일어난다 해도 대규모의 군대는 필요하지 않을 테고 말이지."

국가의 존망을 건 방어전인 것도 아니니, 적은 수의 상대를 숫자로 밀어붙이는 것도 뭔가 아닌 것 같다.

아니, 이 세계에선 힘의 차이가 너무 크면, 숫자의 힘이라는 것이 의미가 없어진단 말이지. 우리를 찾아올 성기사들은 개개인이 A랭크 오버의 강자들뿐이다. 간부들이 나서지 않으면 상대가 안 되는 것이다.

어찌 됐든, 지금부터 게루도의 부하를 전부 불러서 돌아오게 하는 것은 어려운 일이다. 내 전송마법으로 데리고 돌아올 수는 있겠지만, 현지에 전원 집합하기에는 시간이 너무 걸린다.

포로를 감시할 인원도 필요하니, 무계획적으로 대충 명령을 내릴 수도 없고 말이다.

내 설명을 듣고 모두가 납득했을 때, 정보 공유를 겸해서 소우에이에게 상황을 설명하도록 시킨다.

"네, 그러면 설명하겠습니다. 우선 첫 번째, 성기사단장 히나타를 포함하여 다섯 명이 이곳 템페스트(마국연방)를 향해 오고 있습니다. 아무래도 크루세이더즈(성기사단) 중에서도 상위의 실력자들만으로 이뤄진 것으로 보이며, 소우카를 비롯한 제 부하들의 추적을 뿌리쳤습니다——."

이 시점에서 일단 술렁거림이 일어났다.

소우카 일행도 일단은 A랭크 이상의 실력을 갖고 있다. 그런데도 추적에 실패했다는 시점에서, 이미 상대의 실력이 상당한 수준이라는 사실을 증명하는 셈이 된다.

하늘을 날면 쫓아갈 수 있겠지만, 그렇게 하면 들키고 말았겠지. 무리하게 굴지 않은 것은 올바른 판단이었다고 칭찬해줘도 될 것이다.

게다가 이 도시의 주변에는 경계망이 구축되어 있기 때문에, 이미 소우에이가 히나타 일행의 동향을 파악하고 있는 상태다.

정보를 확보하는 것은 전략의 기본이다.

전술 단계에서도 활용할 수 있으므로, 일일이 당황하지 않아도 되도록 준비해두는 것이 중요하다.

그렇다고 해도, 소우에이의 정보 수집 능력은 대단하다.

돈으로 고용한 정보 판매상을 이용하거나, 자신의 '분신체'를 변장시켜서 투입하기도 한다.

소우에이 녀석에게 닌자의 마음가짐 비슷한 것을 가르친 적이 있었는데, 그것을 자신에게 맞게 발전시킨 것 같다. '은밀(隱密)'이라는 역할을 부여한 내가 깜짝 놀랄 정도로 이 일이 천직이었던 모양이다.

실은 그뿐만이 아니라, 소우에이는 휴즈에게도 실무적인 사항들을 가르침받으면서, 첩보 활동의 프로가 되었다고 한다.

내가 알려준 수상쩍은 마음가짐을 들은 것만으로 그렇게까지 해낼 수 있다면, 아무도 그런 고생을 할 필요가 없겠지. 그랬단 말이군. 나는 그 말을 듣고 납득했다.

소우카 일행도 소우에이의 가르침을 받았으며, 이제는 또한 그들의 부하에게까지 철저하게 교육이 이루어진 상태다. 그런 상태에서 현지인까지 이용하여 정보를 모아주고 있다고 한다.

지금은 내가 지시하지 않더라도, 필요하다고 생각하는 정보를 자체적으로 수집해주고 있었다.

지금도 지극히 당연하다는 태도로 설명하는 소우에이.

실로 믿음직스러워졌다고 하겠다.

"파르무스 주변의 템플 나이츠의 움직임에 대해 말씀드리자면, 파르무스를 둘러싸듯이 계속 집결하는 모양새를 띠고 있습니다. 소규모로 이동하기 때문에 그 속도는 빠르며, 총 인원수는 3만 명을 넘을 것으로 예상됩니다. 보아하니 '악마를 물리치는' 것을 목적으로 삼고 있는 것 같으며, 내란 그 자체에 간섭할 생각은 없는 것으로 보입니다. 하지만 이대로 가면, 다른 나라와 파르무스의 유력한 귀족들로부터 요움 님에 대한 원군을 제공받는 것은 기대할 수 없습니다."

그 말을 듣고 디아블로의 얼굴빛이 어두워졌다.

스스로도 정보를 파악하고 있었는지, 놀라는 낌새는 없다. 그러나 화제가 되고 있는 악마란 것이 디아블로를 가리키는 것으로 봐도 틀림이 없는지라, 어디에서 정보가 샌 것인지 신경을 쓰고 있을 것이다.

그건 그렇고 3만 명이라니…….

주변 국가들로부터 수백 명에서 수천 명씩 파병된 자들이 모이면서 상당한 대규모에, 무시할 수 없는 전력이 되어버린 모양이다.

병참 문제도 농촌 구역에서 마음껏 보급을 받을 수 있으니, 장기전이 되면 불리해지는 것은 요움 측이 되려나.

상황이 번거롭게 되었다.

"──그렇지만 각국의 왕들은 서방성교회에 동조하여 군을 움직이고 있는 건 아닙니다. 기본적으로 교회 내부에도 파벌이 있는 것 같으며, 아무래도 명령 계통이 복잡하게 이루어져 있는 것으로 보입니다. 내부 사정을 자세히 알 수만 있다면 판단을 내리기도 쉽겠습니다만……."

소우에이는 그렇게 말하면서, 자신의 보고가 충분하지 않은 것이 부끄럽다는 듯이 고개를 살짝 저었다.

으음, 확실히 수수께끼가 많은 조직이로군.

유우키도 자세하게는 모른다고 말할 정도였던 데다, 일반적으로 템플 나이츠는 크루세이더즈의 하부 조직으로 여겨지고 있는 것 같으니까.

"이럴 줄 알았으면, 레이힘에게 자세한 사정을 물어볼 걸 그랬습니다……."

디아블로도 분해하는 것 같다.

디아블로는 기본적으로 자신이 생각하고 자신이 결론을 내리는 스타일이라, 하등하다고 여기는 자들로부터 의견을 듣거나 하지 않는다. 그게 이번에는 역효과가 나온 셈이라 하겠다.

"그 말이 맞아요! 이건 당신의 실수입니다, 디아블로. 역시 이 문제는 제가 선배로서, 당신을 대신하여 지휘를 하는 게 좋을 것 같군요!"

마치 이때를 기다렸다는 듯이 시온이 말한다. 후배인 디아블로가 중요한 임무를 맡고 있는 것을 부럽게 생각하고 있었던 모양이다.

평소라면 맞받아치며 대꾸할 디아블로도 이번만큼은 자신의 실수라고 생각하는지, 입을 닫은 채로 반론을 할 낌새가 없다.

어쩔 수 없군. 내가 대신해서 시온에게 물어볼까.

"──좋아, 시온. 만약 너에게 파르무스 공략을 맡긴다고 하면, 넌 대체 뭘 할 생각이지?"

혹여나, 그래, 만에 하나이긴 하지만 시온에게도 훌륭한 작전 입안 능력이──,

"네! 물론 제가 부대를 이끌고 가서 왕후 귀족을 몰살하는──."

──있을 리가 없었다.

"이 멍청아! 그건 아니지, 절대 아니라고!!"

현 지배 체제의 머리를 박살 내버리면, 그야말로 군웅할거의 내란이 촉발되고 만다.

받들어야 할 존재가 없어지면, 패권을 노리는 자가 너도 나도 할 것 없이 일어날 것이다.

나라를 통치하는 제도는 남겨둔 상태에서, 머리만 교체하여 평화롭게 새로운 제도를 침투시키는 것이 가장 피해가 적게 나올 방법인 것이다. 그렇기에 더더욱, 머리가 뛰어난 디아블로에게 맡기는 것이 가장 좋다.

시온에게는 무리인 임무다.

"역시 안 되는 건가요……."

시온도 자각은 하고 있었는지, 순순히 "네"라고 말하면서 고개를 끄덕였다. 그리고 그대로 말없이 내 뒤에서 조용히 대기한다.

안 될 거라는 걸 알고 있으면 말을 하지 말라고 생각했지만, 이건 말하자면 그거다. 처음부터 디아블로의 임무를 빼앗을 생각 따윈 없었던 것 같다.

그렇다기보다 그 실수를 감싸주기 위해, 시온 나름대로 마음을 써준 것이겠지.

어찌 됐든 나로서는 이대로 디아블로가 임무를 계속 맡도록 시킬 뿐이다.

"디아블로, 누구라도 실수는 하는 법이며, 설마 레이힘이 살해당할 것이라고는 나도 생각하지 못했다. 게다가 네 정체가 탄로난 것은 딱히 그렇게까지 큰 문제는 아니지 않나?"

"네?! 하지만 리무루 님……? 악마가 관여한 것으로 알려져 시끄러워지면, 임무의 속행은……."

놀란 표정으로 나를 바라보는 디아블로.

풀이 죽어 있었던 것은, 그 임무에서 제외될 것으로 생각하고 있었기 때문인 것 같다.

"잘 들어라, 실수를 했을 때는 그것을 어떻게 만회할지를 생각하는 것이 중요하다. 책임을 지고 그만두겠다고 말하는 건 누구나 쉽게 할 수 있는 일이 아니냐! 그리고 기본적으로 요움과 내가 협력 관계에 있다는 건 세상에 다 알려진 사실이다. 디아블로는 악마지만, 내 부하다. 주위에서 시끄럽게 굴건 말건 전혀 상관없다. 지금 문제가 되는 것은 레이힘을 죽인 범인이 누구인가 하는 것이겠지? 그게 디아블로가 아니라고 증명하면 되는 것이니, 그렇게 어렵게 생각할 문제가 아니야."

애초에 나는 마왕이다.

그 부하 중에 악마가 하나둘쯤 있다고 해도 전혀 부자연스럽지 않을 것이다.

"그 말씀이 맞아요. 시온도 사실은 당신을 대신할 수 있으리라고는 생각하지 않았을 거예요."

"아닙니다, 슈나 님. 저라면 당장에 파르무스 왕국을 잿더미로——."

그렇게 말하려고 하던 시온을, 슈나가 노려보면서 입을 다물게 한다. 그 눈빛이 너무나도 날카로운지라, 시온도 차마 거역하지 못한다.

"——시온도 그렇게 생각하지 않았어요. 말솜씨가 서툴긴 하지만, 방금 그건 시온 나름대로의 격려였던 거예요. 당신도 리무루 님을 모시고 있으니, 작은 실수를 마음에 두고 풀이 죽어 있을 때가 아니라고 생각합니다."

자상하면서도 엄격한 슈나의 말.

그러나 시온은 도저히 잠자코 있을 수 없다는 듯이 그 말을 부정한다.

"슈나 님, 그건 지나친 해석입니다. 저는 이 신참에게 제1비서로서 선배의 위엄을 보여주고 싶었을 뿐이란 말입니다!"

짐짓 젠체하며 말하지만, 그 표정에는 약간 쑥스러워하는 기색이 보였다.

역시 방금 그 말은 시온 나름대로의 격려였단 말인가. 쉽게 알아듣기는 어렵지만 시온답다. 그리고 슈나는 그걸 정확하게 꿰뚫어 본 모양이다.

평소에는 생각 없는 말만 하는 시온이지만, 가끔은 배려 있는 행동을 하기도 한다.

"뭐, 그렇게 받아들이라고. 원군에 관한 문제는 작전을 어떻게 짜느냐에 달렸군. 최악의 경우엔 게루도를 불러온 뒤에, 내가 전선에 나서기로 하지."

베니마루도 나선다.

중요한 것은 부대의 운용이라고 말하면서, 수적으로 불리한 것은 신경도 쓰지 않는 모습을 보인다.

템플 나이츠의 전군을 상대해도 문제가 없다는 듯이, 그 자신감에는 한 점의 흐림도 보이지 않았다.

믿음직스럽기 그지없다.

"——그럼, 이대로 제가 작전을 속행해도……?"

"당연하지. 나는 히나타를 상대하는 것만으로 벅찬 데다, 파르무스 왕국의 공략은 네가 할 일이다. 애초에 레이힘을 보내는 것을 허가한 건 나다. 그 책임은 내게도 있는 것이야. 그러니까 이 작전은 네가 마지막까지 완수해라. 그렇지 않으면, 무리일 것 같은가? 그렇다면——."

"아닙니다, 절대 그렇지 않습니다! 리무루 님께서 모처럼 내려 주신 임무입니다. 부디 마지막까지 제게 맡겨주십시오."

"할 수 있겠나?"

"쿠후후후후, 당연합니다!"

"좋다. 확실하게 그 오명을 씻도록 해라."

자신감과 여유를 되찾은 디아블로가 고개를 끄덕인다.

이제 괜찮을 것 같다.

디아블로가 회복한 모습을 보고, 슈나가 미소를 지으면서 입을 연다.

"리무루 님, 제안이 하나 있습니다."

"별일이군, 의견이 있다면 말해다오."

슈나가 회의에서 의견을 제안하는 것은 드문 일이다.

망설일 것 없이 의견을 들어보기로 했다.

"얼마 전 제가 쓰러뜨린 아다루만이란 자가 있습니다만, 그에게서 얘기를 들어보는 것은 어떨까요? 수백 년 전이라곤 하나, 그도 일단은 서방성교회에 소속되어 있었다고 하니까요."

아다루만이라고 하면…….

《해답. 클레이만의 성을 방어하고 있었던──.》

아아! 슈나가 동료로 삼았다고 하던 언데드(불사계 마물) 말이군.

분명 힘을 잃고, 지금은 와이트(사령, 死靈)가 되었다고 했지.

한 번 만났을 때는 완전히 감격한 모습으로 신이 어쩌고 했었는데, 감정이입이 좀 격렬한 타입이었다.

그렇구나, 아다루만이 원래는 서방성교회에 소속되어 있었다면 내부 사정을 알고 있을지도 모르겠다. 옛날과 지금은 사정이 좀 다를지도 모르지만, 들어봐서 손해 볼 건 없겠지.

"그거 좋겠군. 잠깐 얘기를 들어보기로 할까."

그렇게 하기로 정해졌으니 당장 불러오기로 한다.

지금 아다루만은 가비루를 도우면서, 봉인의 동굴 안에서 연구와 경비 임무를 실행하고 있었다. 그렇기에 가비루가 '사념전달'로 연락하여, 당장 이리 오도록 불러준 것이다.

아다루만은 곧장 이리 왔다. 말 그대로 전송마법으로 동굴 내부에서 도시까지 재빨리 날아온 것 같았다.

와이트가 되어도 생전에 익힌 마법은 그대로 유지된다고 하며, 상당한 고위 마법을 다룰 수 있는 것 같았다. 그 말은 곧, 에너지(마력요소)양이 B랭크 정도밖에 안 된다고 해서, 그 실력을 우습게 볼 수는 없다는 뜻이다. 지혜가 있기에 마법 기술도 높은 것이니까, 좀 더 그럴듯한 임무를 맡겨도 괜찮을 것 같다.

하지만 생긴 게 해골이다 보니…….

아다루만의 부하들은 햇볕에 약한 데다, 말을 할 줄도 모르니까 말이지. 의사소통은 가능한 것 같지만, 도시 안에서 할 일을 맡기는 건 어려울 것 같다.

일단은 보류로군.

어쨌든 지금은 이야기를 들어보기로 하자.

"──알현할 수 있는 행운을 베풀어주셔서 진심으로 감사히 생각하옵──."

"길어!"

내가 아다루만에 대해 생각하고 있는 동안에도, 아다루만은 계속 감사의 말을 늘어놓고 있었던 모양이다.

흘려듣고 있었지만 끝날 기미가 보이지 않는다. 그래서 일갈하여 입을 다물게 했다.

이 녀석도 또한 어떤 의미로는 정말 강렬한 녀석이다.

"넌 소질이 있구나!"

시온은 그렇게 말하면서 만족스럽게 고개를 끄덕이고 있는데다, 디아블로도 미소를 지으면서 부드러운 표정으로 아다루만을 보고 있지만, 다른 간부들은 역시 약간은 질린 표정을 짓고 있었다.

"아다루만, 그쯤 하세요. 리무루 님을 뵙게 되어서 기쁜 마음은 잘 전해졌으니까요. 하지만 지금은 시간이 없으니 슬슬 본론으로 들어가주세요."

슈나가 어이없다는 표정으로 말리지 않았다면, 이대로 기도문까지 바칠 듯한 기세였다.

그런 성격이 신앙의 힘으로 바뀌었다면 그야 강력할 법도 하군. 그렇게 생각하니 납득이 되었다.

그건 그렇고 아다루만의 설명에 따르면.

놀랍게도 이 아다루만은 과거에 서방성교회에서 추기경이라는 최고 지위에 있었다고 한다.

당시에는 서방성교회의 입장이 약해서, 신성교황국 루벨리오스에선 그렇게까지 높은 지위는 아니었다고 하지만, 그래도 자세한 이야기를 들을 수가 있었다.

우선 신성교황국 루벨리오스라는 나라는 루미너스 신을 정점으로 규정해놓은 종교 국가이다.

교황은 신의 대변자이며, 그 정체는 불명. 세대교체를 하고 있는지도 모르지만, 그런 이야기를 들은 적은 없다고 한다.

나라를 통치하는 것은 교황청이라는 조직이다.

이 조직이 신성교황국 루벨리오스의 최고 집정 기관이 되어 있다. 아다루만이 있었던 당시에 서방성교회는 이 교황청의 하부 조직에 지나지 않았다고 한다.

"서방성교회라는 것은 루미너스 교를 포교할 목적으로 조직된 것입니다. 무력 같은 건 소유하지 않았으며, 신자에게 신의 가르침을 퍼뜨리는 것만을 위해 움직이는 조직이었지요. 그런데——."

그것만으로는 포교를 하는 자를 위험에서 지켜줄 수 없다. 그래서 교황청 산하의 나라들에게 요청하여 템플 나이츠(신전기사단)를 결성했다. 교황청의 예산으로 운영되는 템플 나이츠는 각 나라도 환영했으며, 협력해줄 것을 약속한 것이다.

마물의 위협에서 신자를 지킨다는 것은 즉, 각 나라의 국민도 안전하게 된다는 뜻이다. 예산을 대신 내준다면 협력하는 것도 당연하겠지.

그런 관계가 구축되어가자, 본국과 각 나라 사이에서 마찰이 일어나게 된다. 그때 등장한 것이 교황 직속 근위사단인 셈이다.

"사단이라고는 부르지만, 실제로는 몇 명밖에 되지 않습니다. 비정상적일 정도로 강하며, 템플 나이츠에게 명령을 내릴 수 있는 권한을 갖고 있습니다. 신과 교황에게만 충성을 맹세하는 집단이며, 교황청의 최고 권력자인 집정관도 그들에게는 어디까지나 요청을 할 수밖에 없습니다."

집정관이라는 것은 행정을 맡은 자들이라고 한다. 그런 권력자도 명령을 할 수 없는 권한을 지닌 교황 직속 근위사단. 상당한 실력자들인 것은 틀림없는 것 같다.

"한 말씀 더 드리자면, 제 친구인 알베르트도 근위사단에 입단 권유를 받았던 모양입니다. 하지만 거절하고, 서방성교회에서 제 부관을 맡아주었지요. 그래서 팔라딘(성당기사)이라는 호칭을 교황으로부터 받은 것입니다."

해골의 턱을 덜그럭덜그럭 소리 내면서, 왠지 자랑스럽게 웃는 아다루만.

그렇군, 하쿠로우가 고전했다고 하던 데스 나이트(사령기사, 死靈騎士)—— 지금은 스켈레톤(해골검사)이던가. 검의 기술은 그대로 유지하면서 마물의 육체를 얻은 셈이니까 강한 것도 당연하려나.

"——하지만, 지금은 상황이 상당히 변해버린 것 같습니다."

이런, 아다루만의 이야기는 아직 끝나지 않았던 모양이다.

그대로 설명을 더 들어보니, 당시와는 상당히 양상이 바뀐 상태인 것 같다.

최대의 차이점은 교회의 힘이 늘어난 것이다. 크루세이더즈라는 전력을 얻으면서, 발언권도 크게 향상되었다고 한다.

그 이전에도 서방성교회의 추기경 중에서 집정관이 선출되게 되는 등, 입장이 상당히 개선되었다고 한다.

그 이유는 '칠요의 노사'의 존재라고 하겠다.

아다루만이 있었던 시절에는 '칠요의 노사'가 교황 다음가는 권력자로서 집정관도 맡고 있었던 모양이다. 그 '칠요'라는 자들이 서방성교회의 재건을 명령받으면서, 지금처럼 추기경 중에서 집정관이 선출되는 형태로 바뀌었다고 한다.

단, 그 '칠요'라는 자들은 수상쩍은 녀석들인 모양이다. 아다루만 쪽을 제거하려고 함정에 빠뜨린 것도, 듣자 하니 그 '칠요'라고 한다.

아다루만은 '칠요'를 상당히 혐오하고 있는 것 같았다.

'칠요'의 감독하에선 눈에 띄는 활약이 없었던 크루세이더였지만, 히나타가 공을 들여 키우면서 명실공히 최강의 기사단으로 성장했다. 이로 인해 신성교황국 루벨리오스는 루크 지니어스(교황 직속 근위사단)와 크루세이더즈(성기사단)라는 두 날개를 얻은 것이다.

"자세히 아는구나, 아다루만. 클레이만 쪽에 있었던 것치고는 내부 사정을 꽤 많이 알고 있지 않은가……."

"마왕 클레이만은 서방성교회를 적으로 보고 있었습니다. 그 전력을 경계하면서, 정보 수집을 게을리 하지 않았던 모양입니다. 저도 일단은 간부였기 때문에, 제 의견을 요구하지는 않았어도 정보는 계속 듣고 있었습니다."

나도 모르게 의문이 들어서 그렇게 묻자, 아다루만은 턱을 덜그럭거리고 웃으면서 대답해주었다.

그렇군, 납득이 간다. 생각지도 못한 곳에서 클레이만의 조심성이 도움이 되었다.

"저의 신이신 리무루 님, 부디 경계하도록 하십시오. 신성교황국 루벨리오스에는 현재 '십대 성인'이라고 불리는 '선인' 급의 자들이 있습니다. 마왕 클레이마도 경계하고 있던 자들이므로, 부디 방심하시지 않기를 이렇게 부탁드립니다."

아다루만의 설명은 이상이다.

상세한 것은 불명이지만, 근위사단 중에도 '삼무선'이라고 불리는 자들이 '선인' 급의 실력을 갖춘 자들이라고 한다. 여기에다 크루세이더즈에 있는 여섯 명의 대장 급 기사와 히나타를 더한 일곱 명이 '십대 성인'으로 불리고 있는 모양이다.

'선인'이란 것은 '마왕종'에 필적하는 힘을 얻은 인간이라고 한다. 그런 자들이 열 명이나 있다면 클레이만이 경계하는 것도 당연하려나.

그렇다면 아마도 지금 여기로 오고 있는 히나타를 제외한 네 명도, 그 '십대 성인'일 가능성이 농후하군. 일반 병사로 대응하여 싸우다간 쓸데없는 죽음이 될 것 같으니, 처음부터 나와 간부들로 상대하는 게 좋을 것 같다.

그리고 템플 나이츠가 움직이기 시작했다는 정보로 판단하자면, 근위사단의 멤버들도 움직이고 있을 것이라 한다. '삼무선'도 움직이고 있는 것으로 봐도 틀림이 없을 것 같다.

"저의 신이시여, 저, 아다루만이 전(前) 추기경으로서 히나타라는 자를 설득해 보이겠습니다! 그녀에게도 리무루 님을 신으로 모시도록 바꾸길 권해서——."

"아아, 잠깐, 잠깐. 그런 건 필요 없으니까, 너는 이만 물러가도 괜찮아."

이야기가 이상한 방향으로 흐를 것 같았기에, 서둘러서 아다루만을 물러나게 했다. 어떤 것을 한번 믿기 시작하면 그쪽으로만 바라보는 모습이, 히나타 이상으로 남의 말을 듣지 않을 것 같은 녀석이다. 이런 녀석들이 만나서 서로 이야기해봤자 결코 좋은 결과는 나오지 않을 것이다.

그리고…….

"과연, 그거 멋진 아이디어군요."

"쿠후후후후, 그런 방법이 있었습니까!"

그렇게 지껄이면서 아주 쉽게 감화되고 있는 비서(시온)와 집사(디아블로).

"무슨 멍청한 소리를 지껄이고 있는 거냐, 너희들은! 그런 멍청한 설득을 시도했다간 오히려 얘기가 엇나갈게 뻔하잖아!!"

정말 호흡 하나는 기가 막히게 잘 맞는다니까, 이 녀석들은.

사이가 좋은 건지 나쁜 건지…….

아예 디아블로는 방금 전까지 풀이 죽어 있었던 것이 거짓말 같다.

두 멍청이들의 모습에 탈력감을 느끼면서, 나는 곧장 다시 본론에 들어가기로 했다.

*

아다루만도 물러갔으니, 다시 시작하기로 할까.

정보도 다 모였으니, 본격적으로 대책을 생각해보기로 하자.

상대의 힘을 파악할 수 있는 장기 말이 필요한데, 그렇게 딱 적합한…… 아니, 아까부터 베루도라가 날 힐끔힐끔 보고 있는데, 넌 안 돼. 틀림없이 오버할 게 뻔하다고.

"베루도라는——."

"음! 이제 겨우 내가 나설 차례로군. 맡겨만 둬!"

"아니. 베루도라에겐 최종 방어 라인을 맡기고 싶어."

"뭐라고오?"

"발음이 멋지잖아? 최, 종, 방, 어, 라인이라고. 여길 맡길 수 있는 건 너뿐이야. 그렇게 생각하는데——."

"물론이고말고. 나도 그렇지 않을까 하고 생각하고 있었어!"

의기양양하게 고개를 끄덕이는 베루도라.

좋아, 이것으로 이 녀석의 폭주는 미연에 피할 수 있게 됐군.

베루도라가 나서면 패하지는 않겠지만, 아무리 그래도 그건 위험할 것 같다. 아직 히나타와 대화를 나눌 수 있는 가능성이 완전히 사라진 것도 아니니, 처음부터 베루도라와 맞부딪게 놔둘수는 없을 것이다. 원군으로 돌린다는 건 아예 논외고 말이다.

베루도라가 흥분을 가라앉혔을 때, 베니마루가 입을 열었다.

"우선 요움 님을 도와줄 원군을 발표하겠다."

응응. 베니마루는 지휘관다워졌군.

얼마 전의 대전에서 경험을 쌓으면서, 시온처럼 교만하게 구는 일도 없어진 것 같다.

진지하게 정보 분석을 하면서, 적과 아군의 전력 차를 확실하게 판단할 수 있게 되었다.

대장군은 내게 맡기라고! 그렇게 말했었지만, 지금에 와선 나보다 훨씬 더 적임자라고 하겠다.

아니, 사실 나보고 하라고 해도 곤란하다. 그러므로 베니마루가 분발하는 모습을 기대해보자.

베니마루는 또렷하게 들리는 목소리로, 파르무스 쪽으로 보낼

자를 발표한다.

고부타를 대장으로 하는 고블린 라이더즈가 100명.

베니마루의 부하인 그린 넘버즈(녹색군단) 4,000명과 그걸 지휘하는 '쿠레나이(홍염중, 紅炎衆)'가 100명. '쿠레나이'의 나머지 200명은 이 도시를 지키기 위해 남겨두는 것 같다.

그리고 마지막으로 가비루가 이끄는 '히류(비룡중, 飛竜衆)'가 100명.

합계 4,300명, 그자들을 요움의 원군으로 결정한 모양이다.

"——이상이다. 이 도시를 수호할 전력은 감소하겠지만, 지금은 라이칸스로프(수인족)의 전사들도 있는 데다, 베루도라 님도 대기하고 계신다. 문제는 없을 거라 생각하지만, 뭔가 의견이 있나?"

"잠깐, 저도 가는 겁니까?!"

"무슨 문제가 있나?"

"아, 아뇨. 아무것도 아닙니다요……."

고부타가 뭔가 말하려고 했지만, 베니마루의 눈빛에 눌려 입을 다물어버린 것 같다.

어리석은 녀석.

"원군의 지휘관은 하쿠로우가 맡는다. 하지만 안심해라. 무슨일이 있으면 내가 즉시 '공간이동'으로 도와주러 갈 것이다. 단, 이쪽도 성기사단장 사카구치 히나타와 교전하게 될 가능성이 높다. 그렇게 된 경우에는 연락이 끊어지는 사태도 있을 수 있으니, 각자 무리하지 말고 하쿠로우의 지시를 따르라!"

"맡겨만 주십시오."

"잘 알겠습니다요⋯⋯."

"나도 이번에야말로 반드시 활약하고 말겠어!"

하쿠로우와 가비루. 두 사람은 의욕이 타오르는 모양이다. 고부타 혼자만은 약간 불안하지만, 요령만큼은 좋은 녀석이니 어떻게든 될 거라 생각하지만⋯⋯.

"역시 걱정이 되는군. 란가, 깨어 있느냐?"

나는 내 그림자 속에서 잠들어 있는 란가에게 말을 걸었다.

란가는 내 호위를 겸하면서, 최근에는 계속 그림자 속에 잠겨 있다. 그런데도 이상하게 에너지(마력요소)양이 늘어나 있는 걸 보면, 운동 부족이 아닐까 하는 의심이 들곤 한다.

"나의 주인이여, 출격 명령입니까?"

"그래. 너도 가끔은 운동을 하는 게 좋겠지? 고부타를 따라가서 지켜줘라!"

"넷, 몸이 가볍습니다. 잠에서 깬 김에 운동을 좀 할까 했는데, 기대가 되는군요."

무슨 이유일까.

내 위험 예지 능력이 이 녀석을 풀어놓는 건 위험하다! 라고 느끼고 있는 것은.

뭐, 위험한 건 내가 아니라, 아마도 적대하게 될 자들이겠지만⋯⋯.

"란가 씨가 따라와 준다면 안심입니다요!"

이번에야말로 고부타도 정말로 의욕이 생긴 모양이다. 정말 타산적인 녀석이다.

"란가, 너는 절대 무모하게 굴지 마라. 상대는 죽이지 않도록 하고……."

"맡겨주십시오! 시온 님에게 힘을 조절하는 법은 배워놓았습니다!"

"으, 응……."

괜히 더 걱정이 되었다.

그림자 속에서 잠만 자고 있는 줄 알았는데, 내가 모르는 사이에 그런 일도 하고 있었구나.

시온에게 배웠다는 시점에서 이미 불안감만 느껴지지만, 회복약도 있으니 괜찮겠지.

란가는 기쁜 표정으로 포효하면서, 고부타 옆에 엎드렸다.

이젠 상대가 무사하기를 바랄 뿐이다.

잘 싸워라! 아직 보지도 못한 적에게 그런 응원을 보내고 만 것은 비밀로 하자.

내 결정에 베니마루도 불만은 없는 것 같다.

고부타의 응석을 너무 쉽게 받아주십니다──. 그렇게 말하듯이, 베니마루의 눈이 웃고 있었지만.

이래저래 나는 베니마루의 결정을 승인했고, 파견할 자가 정해진 것이다.

그건 그렇고.

지금의 문제는 새로운 왕에게 붙을 원군의 존재다.

"그런데 디아블로, 작전은 어떻게 할 생각이었나?"

"네. 어느 정도의 원군은 예상하고 있었습니다만, 3만 명이 오는 것은 예상 밖입니다. 당초의 계획으로는 새로운 왕 쪽의 전력은 전부 합쳐서 1만 명 정도일 것이라 보고 있었습니다——."

그렇게 말하기 시작한 디아블로의 설명에 의하면——,

우선, 새로운 왕 쪽이 군을 움직이려고 한 단계에서 에드마리스에게 이유를 묻는 서한을 보내도록 시킨다.

새로운 왕은 배상금의 지불을 에드마리스에게 떠넘길 생각을 하고 있을 테니, 그걸 미연에 저지하는 형태로 말이다.

그렇게 되면 새로운 왕은 에드마리스가 맺은 계약을 이행할 의무는 없다고 주장할 것이다. 이런 주장은 평의회에 가입하고 있다면 통하지 않을 이야기지만, 우리에게는 아슬아슬하게 통용된다.

에드마리스를 처형하고, 약속의 무효를 주장할 것이다. 그 시점에서 우리가 분노하여 군사행동을 일으키면, 서방 열국에서 단결하여 대항하자는 속셈을 가지고 있을 것이다.

그것을 방지하기 위해, 궁지에 몰린 에드마리스를 요움 일행이 구출했다고 한다.

지금 에드마리스는 요움 일행에게 보호를 받으면서 니들령에 숨겨져 있다고 한다. 여기까지는 예정대로 일이 진행되고 있는 모양이다.

요움이 거점으로 삼은 니들령에서, 요움이 모은 전력이 5,000명. 그에 더해 내가 전송마법으로 4,300명을 한꺼번에 보낸다. 숫자상으로도 호각이지만, 등 뒤에 일개 군대가 출현하는 공포——그 심리 효과에 의해 형세는 단번에 기울 것이라는 계획이었다.

새로운 왕에게 원군이 모이기 시작한 지금, 그 작전은 쓸 수 없다.

상대의 태세가 정비되기를 기다렸다간, 4만 대 1만이라는 네

배의 전력을 상대하는 꼴이 된다. 일을 벌이려면 빨리 시작하는 것이 좋을 것 같다.

"——새로운 왕인 에드왈드는 에드마리스가 숨어 있는 영토에 진을 펼치고 원군을 기다리고 있는 상황이라 하겠습니다."

그렇게 말하면서, 디아블로의 설명이 끝났다.

원래는 그 결전에서 에드왈드를 격파한 뒤에, 에드마리스가 복권을 선택하지 않고 영웅 요움의 즉위를 촉구하는 식으로 진행되게 만들 생각이었다.

"현재 에드왈드 아래로 모인 전력은 2만 명. 앞으로 3주만 지나면 4만 명이 전부 다 모이게 되겠지요. 그렇게 되면 배후의 방어가 약한 니들령 정도는——."

소우에이가 설명을 보충해주었다.

이대로 기다리고 있어도 상황은 악화될 뿐이라는 말인가.

그러나 우리가 공격을 하기 위해 나서버리면, 진짜로 살육전이 벌어지고 만다. 2만 명의 인명을 잃어버린 상황에서 전쟁이 진흙탕의 양상을 띠게 되어버리면, 파르무스 왕국에 결정적인 대미지를 주게 된다.

자, 그럼 어떻게 한다…….

"——최악, 이로군. 이번에는 포기한다는 선택도 있지. 내가 나머지 채권을 포기하면 전쟁은 피할 수 있을 것 아닌가? 녀석들의 대의명분을 빼앗으면 이 이상 전쟁을 계속할 의미가 사라지니까 말이지."

"안 됩니다! 그랬다간 리무루 님을 우습게 보고 말 것입니다!"

"우습게 보는 건 문제가 되지만, 실리는 얻었잖아. 히나타 건을 정리한 뒤에 한 번 더 일을 꾸미는 게 쉽지 않을까?"

실제로, 이미 충분한 양의 배상금을 일부 얻었다.

이미 손해를 각오하고 포기한다고 해도 이익은 확정된 상태이니, 무리하게 두 가지 작전을 벌이는 쪽이 리스크가 더 클 것 같다.

마왕은 두려움의 존재가 되어야 한다——. 시온이 말하는 것도 지당하다만…….

"쿠후후후후, 작전을 포기하다니 그건 말도 안 됩니다. 리무루님, 제게 맡겨주지 않으셨습니까?"

"음. 하지만 가능하다면, 이 이상 관계없는 희생자는 내고 싶지 않은데……."

"문제 될 것 없습니다. 그게 저의 왕께서 바라시는 것이라면, 그 뜻을 따르는 것이 신하의 의무. 리무루 님께서 말씀하신 대로 간단한 일이고말고요."

나는 작전 중단도 어쩔 수 없다고 생각했지만, 디아블로는 전혀 포기할 생각이 없는 것 같다.

"어떡할 생각이냐?"

"범인을 찾아내겠습니다. 제게 죄를 뒤집어씌우려고 한 범인을 말이지요."

그리고 조용한 말투로, 그렇게 말하는 디아블로.

아, 이건 상당히 화가 났구나.

"'악마를 물리친다'고? 즉, 저를 물리치겠다면 상대를 해주면 될 뿐입니다. 파르무스로 올 3만 명 중에는 범인과 연결되어 있는 자도 있을지 모릅니다. **상냥하게** 캐물어보기로 하지요."

미소까지 지으면서, 디아블로는 그렇게 말했다.

이거 큰일이군. 상냥함 같은 건 한 점도 갖추고 있지 않아.

그리고 디아블로는 혼자서 3만 명의 템플 나이츠를 상대할 생각인 것 같다.

무모한 짓을 하지 말라고 말해야 할까——.

"과연, 네가 나선다면 걱정할 필요는 없겠군. 하지만 관계가 없는 자를 죽이진 마라."

"두말할 것도 없습니다. 리무루 님의 뜻을 어기는 짓은 하지 않을 테니까요."

내가 망설이고 있는 사이에, 베니마루와 디아블로 사이에선 이미 이야기가 정리되고 말았다.

그리고 그것도 모자라서.

"그러면 됐어. 그럼 하쿠로우, 너는 새로운 왕의 병사들을 상대로 희생자를 내지 않고 제압할 수 있겠나?"

"문제없을 겁니다. 기습을 하여 단번에 끝내는 게 간단하지만, 그러면 병사들의 훈련이 되지 않으니까요."

"그렇겠지. 가비루, 회복약은 대량으로 준비해두어라."

"알겠습니다! 맡겨놓으십시오."

어라? 어라라?

날 내버려 둔 채로, 이야기가 점점 진행되고 있다.

"리무루 님, 파르무스 왕국 공략에 관해서는 별문제가 없을 것 같군요."

"아, 응. 그러네. 다들, 잘해주길 바래……."

시온이 미소를 지으면서 그렇게 말하는 바람에, 나는 자신도 모르게 고개를 끄덕이고 말았다.

""""네엣!!""""

그런 내게, 모두의 기합이 담긴 대답이 들려온다.

이렇게 내 망설임을 날려버릴 기세로, 이 이야기는 정리가 되어버린 것이다.

✳

여러모로 납득이 가지는 않지만, 또 하나의 문제로 이야기가 넘어갔다.

히나타 일행의 상대를 누가 할 것인가 하는 것이다.

"그래서 이리로 오는 다섯 명에 대해선——."

그렇게 말하면서, 베니마루가 나를 바라봤다.

좋아, 이번에야말로 내가 주도하면서 이야기를 진행시켜야지!

나는 때를 기다렸다가 발언하려 했——지만, 바로 그때 소우에이가 갑자기 일어선다.

"리무루 님, 긴급사태입니다. 크루세이더즈(성기사단)가 뭔가 행동을 취한 모양입니다——."

그리고 긴장한 모습으로 그렇게 말했던 것이다.

당황하는 일동. 아니, 나.

"히나타 쪽에 무슨 일이 생겼나?"

"아니오, 잉그라시아 왕국을 감시하고 있던 호쿠소우로부터 온 보고에 따르면, 지금 막 100명의 말을 탄 자들이 출격했다고⋯⋯."

"뭐라고?!"

"반나절 이상의 시간 차가 있습니다만, 이 스피드라면 선발대를 따라잡을 것입니다. 적어도 방향은 일치하고 있으니, 이 나라를 향해 오는 것은 틀림없어 보인다고 합니다."

히나타는 서두르지도 않고, 평범한 속도로 이동하고 있는 모양이다. 그녀를 뒤쫓는 네 명은 마법까지 사용한 전력 질주로 이동했지만, 히나타와 합류한 뒤로는 평범한 속도로 낮췄다고 한다.

뭔가 다툼이 있었던 것 같지만, 그대로 행동을 같이 하게 되면서, 다섯 명이 이 도시를 향해 오고 있다고 한다. 아직은 잉그라시아 왕국에서 블루문드 왕국으로 이동 중이지만, 그 속도는 빠르지 않다고 들었다. 그러므로 후발대인 100명이 따라잡겠다고 생각하면, 따라잡을 수 있는 모양이다.

그러나 후발대는 도로처럼 눈에 띄는 루트를 피하여, 말을 버리고 옛길인 숲으로 들어가는 루트를 탈 것으로 예상된다고 한다.

"히나타와 합류하려는 게 아닌 것 같군."

"그 의도가 명확하지 않군요. 히나타의 도착은 빨라도 2주일 후로 예상됩니다만, 후발대도 비슷한 시기에 도착할 것 같습니다."

소우에이는 난감해하면서도, 추적하라는 지시를 내린 상태다.

이대로 정보를 기다릴 수밖에 없겠지.

어려운 문제를 하나 해결하면 또 어려운 문제가 등장하는 건가. 아니, 사라지는 게 아니라, 어려운 문제가 갈수록 점점 쌓이는 느낌이다.

정말 짜증 나는군.

어쨌든 상황은 바뀌었다.

한탄을 하고 있어봤자 어쩔 수 없는 일이었다.

간부들이 토론을 시작한다.

나는 그것을 들으면서, 어떻게 할지를 생각하고 있었다.

히나타를 포함하여, 선인 급의 인간이 다섯 명. 그리고 정체불명의 움직임을 보이는 후발대의 성기사들 100명.

예전의 파르무스의 군대 2만 명보다 지금 100여 명 쪽의 위험도가 압도적으로 높았다. 아니, 히나타 한 명이 압도적으로 위험하다.

그것이 이 세계의 진리.

숫자의 폭력은 개개인의 힘 앞에서 그 효과가 흐려진다.

모히칸 머리의 잔챙이들이 아무리 많이 모여 봤자, 세기말 패왕에겐 이기지 못하는 것이다(만화 '북두의 권'의 내용임).

이번에는 나 혼자서 나설 생각은 없다. 아무리 그래도 역시 자살행위일 테니까 말이지.

어떻게 할까.

"고민하지 말고 전부 다 죽여버리면 어떨까요?"

누구라고는 말하지 않겠지만, 정말이지 아무 생각도 하지 않는 녀석은 그야말로 무적이다.

가능한지 아닌지를 생각하지 않고, 결과만으로 말한다.

그렇기에 그런 터무니없이 황당한 유니크 스킬에 각성한 것이겠지만.

"이런 때야말로 게루도가 있으면 좋았을 것을……."

"그 녀석은 그 녀석 나름대로 지금쯤 열심히 노력하고 있을 거야. 더 이상 좋은 방법이 없을 때까지는 우리끼리 대처하자고."

히쿠로우와 베니마루의 대화가 귀에 따갑게 들린다.

고집을 부리지 말고 게루도에게 의지해야 할까?

그렇다고는 하지만, 상대는 100여 명. 부대를 출동시켜도 의미가 없는 데다, 솔직히 말해서 간부가 나설 수밖에 없는 사태라는 것은 확정적이다.

히나타의 상대는 내가 한다고 해도, 나머지 네 명을 누군가가 상대하면서 붙잡아줘야 한다.

일대일 결투에 히나타가 응해준다면 문제는 없지만, 역시 다섯 명을 동시에 혼자서 상대하는 건 너무 무모하다.

《해답. 문제없습니다. 경계해야 할 것은 개체명 : 사카구치 히나타뿐입니다.》

이봐…….

아니, 아니, 그게 가장 문제라니까!

이거 괜찮은가? '대현자'였을 때보다 더 믿음이 안 가는데.

《…….》

애초에 지금 고민하고 있는 것은, 아무도 희생시키고 싶지 않기 때문이다.

홀리 나이트(성기사)들이 지칠 때까지 인해전술을 계속 쓰면, 승리는 문제없다. 그렇지만 그런 짓을 하면 수많은 희생자가 나오고 만다.

모처럼 지금까지 다들 무사히 넘어왔는데, 이제 와서 희생자가 나오거나 하는 건 말도 안 되는 이야기다.

하지만 상대는 히나타.

그 여자는 위험하다.

전에 접촉했을 때는 철저하게 도망치는 데 집중했지만, 진심으로 맞붙었다면 아마 틀림없이 나는 죽었을 것이다.

그것도 상대는 진짜 실력을 발휘하지 않고 있었는데도 말이다.

현재 상황에서 히나타의 상대를 할 수 있는 건 나뿐이겠지.

일대일이라면 질 거라는 생각은 들지 않지만, 선인 급이라는 홀리 나이트들까지 동시에 상대하게 되면 승부는 알 수가 없다.

자신감이 지나쳐서 여유를 부리다가 자칫 실수하면 살해당할지도 모른다.

그리고 나머지 100명의 홀리 나이트들도 문제다. 이 녀석들의 대응을 어떻게 해야 할까…….

히나타의 목적이 대화라면, 이렇게 기사들을 데리고 오지는 않으리라고 생각하니까. 그 이전에 이런 식으로 사람들의 눈을 피하는 수상쩍은 행동을 취하는 시점에서, 경계하지 말라는 게 더말이 안 되는 소리다.

"그렇지, 좋은 생각이 났어! 내가 우연히 드래곤 브레스를 시험해보는 건 어떨까? 거기에 사람이 있다는 것을 알아차리지 못하고, 잘못 쏜 것으로 치면 되겠지!"

"잠깐만. 최종 방어 라인을 맡은 사람이 나설 차례는 정말로, 정말로 마지막의 마지막 선택이라고!"

장난꾸러기 같은 베루도라의 제안을, 일도양단으로 기각시킨다.

히나타의 목적이 대화였을 경우, 그런 짓을 하면 모든 것이 파탄난다. 그리고 그 브레스로 얼마나 되는 피해를 줄 수 있는지가 불명인 데다, 너무나도 무서운 선택이다.

오히려 베루도라가 나설 차례가 없는 편이, 우리에겐 행복할 것이다.

죽일 기세로 선제공격을 가하자는 의견도 있지만, 역시 상대가 어떻게 나오는지를 봐야 한다. 단, 멋대로 움직이게 놔두는 것도 곤란하다. 왜냐하면 홀리 나이트가 여러 명 있으면, 홀리 필드(성정화결계)를 펼쳐버릴 우려가 있기 때문이다.

방치할 수는 없지만 죽이는 것도 문제다.

홀리 나이트—— 인류의 수호자라는 위치에 있으며, 정령의 수호를 받는 기사들.

이쪽 세계에서 마물들이 주는 피해는 얕볼 수가 없다. 누구라도 모험가를 고용할 수 있을 정도로 유복한 것도 아니며, 매일같이 공포에 노출되어 있다. 그런 마을들이나 변경의 도시를 무상으로 지켜줄 자들은, 히나타가 훈련시킨 기사들뿐이다.

마물의 습격을 받았다가, 그들에게 구출된 사람들은 많다.

이렇게 살아남은 자들이 마음을 의지하면서 기댈 곳이 루미너스 교이고, 그들 크루세이더즈인 것이다.

실력도 1급.

한 명 한 명이 A랭크 오버의 실력자이니, 정면에서 싸우면 우리의 손해도 막심하게 될 것이다.

하지만 문제는 그 점이 아니다.

약자의 기대와 희망과 기원을 한 몸에 받고 있는 기사들을 죽여버리는 것은, 앞으로 틀림없이 화근을 남기게 될 것이라는 점이다.

루미너스 교의 '마물은 인류 공통의 적'이라는 교의가 없다면, 그나마 대화를 나눠볼 여지는 있겠지만…….

희망을 버리지는 않았지만, 이번에도 보아하니 어려울 것 같다.

그들에게 있어서 마물인 우리는 교섭의 여지가 없는 악한 존재인 것이다.

그들의 사고방식도 이해가 가지 않는 것은 아니다.

마물에게 멸망당한 마을의 생존자나 부모를 살해당한 자도 있을 테니까.

속아 넘어가는 것은 곧 죽음으로 이어진다. 그건 그들만의 죽음이 아니라, 그 뒤에 있는, 지켜야 할 자들의 죽음도 의미하는 것이니까.

그리고 지금도 이성이 없는 마물이 날뛰고 있는 현실이 있다.

이 나라 주변에서 마물의 피해는 감소했다.

하지만 다른 지역에선, 지금 현재도 마물이 발생하면서 난폭하게 굴고 있는 곳도 있는 것이다.

여기서 성기사들을 전멸시켜버릴 경우, 그런 변경은 어떻게 지켜낼 것인가.

그런 생각을 하니, 그들을 섣불리 죽여서는 안 될 것 같다.

그때 히나타와의 대화가 제대로 이뤄졌다면 오해가 풀렸을 가능성은 있다. 하지만 아쉽게도 내가 마물이라는 이유로 전혀 이야기를 들어주지 않았다.

히나타는 완고한 성격이니까 말이지.

내 메시지를 보고도 여전히 전력을 파견해 올 정도니까.

《의문. 그에 관해선 역시 부자연스러운 점이 보입니다. 사카구치 히나타의 의도에서 벗어나 있을 가능성이 높다고 추측합니다.》

뭐?

그렇다면 아직 대화를 나눌 수 있는 여지는 남아 있단 말인가.

완전히 적이라고 결론을 내린다면, 쓰러뜨릴 방법은 얼마든지 떠올릴 수 있다. 그러나 상대가 어떻게 나올지 확실하지 않은 지금은, 우리도 어떻게 움직이는 게 정답인지 몰라 고민이 된다.

뭐, 이렇게 여러모로 생각해봤지만…… 나로선 히나타를 죽이고 싶지 않은 게 본심이다.

시즈 씨도 히나타의 앞날을 걱정하고 있었다. 그런 마음을 내가 물려받은 이상, 다짜고짜 살육전을 벌이고는 싶지 않은 것이다.

에잇, 히나타가 너무 완고하기 때문에 내가 이렇게 골치 아픈 꼴을 당하는 거잖아.

짜증이 나는군, 진짜.

어떻게 되든지, 대화가 결렬되면 충돌을 피할 수 없는 셈인데…….

그런 경우 불리하게 되는 건 내 쪽이다.

뭐니 뭐니 해도 상대는 마물을 상대하는 데에 있어선 전문가이다. 얕보고 덤빌 수 있는 상대가 아니다.

일단 확실한 것은, 양쪽 모두에게 가능한 한 피해를 입히고 싶지 않다는 점이다.

상대가 어떻게 나오느냐에 관계없이, 항상 최악의 경우를 상정하여 대비해야 할 것이다.

교섭이 결렬되는 경우에는 나와 히나타의 일대일 결투로 승부를 낸다.

메시지로도 그렇게 전해두었으니, 그 점은 문제가 없을 것이다.

상대 쪽에서는 총력전을 생각하고 있을지도 모르지만, 이곳은 우리의 홈그라운드다. 함정이든 뭐든 설치해두면 내가 히나타를 쓰러뜨리는 동안의 시간 벌이 정도는 할 수 있을 것이다.

번거롭게 되겠지만, 시도해볼 수밖에 없다.

"좋아, 정했다! 앞으로의 일도 생각해서, 가능한 한 성기사 쪽에도 희생을 내지 않도록 상대하기로 하자."

어디까지나 대화가 결렬될 경우를 전제로 두고, 나는 모두에게 그리 말했다.

방향성이 정해지면서, 모두의 의견에도 열기가 일어나기 시작한다.

상대에게 희생이 나오지 않도록 할 거면서, 정작 우리 쪽에서 희생이 나온다면 아무런 의미가 없다.

그걸 감안한 상태에서 다 같이 최선의 방법을 생각한다.

가장 확실한 것은, 내가 히나타를 쓰러뜨려서 그들의 전의를 꺾는 것이다. 그러므로 다른 사람들에게는 시간 벌이에 중점을 두는 쪽으로 이야기가 진행된다.

"쉽게 말해서, 전부 다 때려눕혀서 기절시키면 되는 거로군요?"

"……."

"농담입니다."

그렇게 말하면서, 시온은 엣헴 하고 헛기침을 했다.

괜찮으려나, 시온 녀석. 베루도라에 이어서 사람이 불안해지는 말과 행동을 하고 있으니.

"쉽게 말해서, 성기사를 죽이지 않고, 우리도 누구 하나 탈락하는 일 없이 전황을 유지. 그 사이에 리무루 님이 적의 수괴를 쓰러뜨린다는 작전이란 말씀이죠?"

"응, 그게 맞아. 이해해줘서 기쁘네."

이해하고 있었나.

정말 머리가 나쁜 건가, 이 녀석? 그런 생각이 드는 바람에 초조했단 말이야.

시온이 이해할 수 있을 정도면 다른 자들도 괜찮겠지.

"그렇다면 제게 좋은 생각이 있습니다!"

그렇게 안심한 것도 잠깐, 시온이 자신만만한 표정으로 나를 바라봤다.

불안하다. 내용은 차치하고 일단은 불안감이 느껴진다.

"……말해봐라."

"네! 제 '부활자들(자극중, 紫克衆)'도 마침 딱 100명 있습니다, 상대를 해도 부족함이 없을 것이니, 저희가 상대를 해보는 게 어떨까 생각합니다!"

시온은 자랑스러운 표정으로 그렇게 말했다.

"이 멍청아! '부활자들'은 C랭크 정도의 실력밖에 없으니, 상대 쪽이야말로 너희에게 부족함을 느끼겠지!"

시온한테는, 어디서 그런 자신감이 나오는지를 물어보고 싶다. 수는 동등하다 해도 그 실력에는 하늘과 땅만큼의 차이가 있는데 말이지……

"──아니, 확실히 시온의 말에는 문제가 있지만, 그 계책은 효과가 있을 것으로 생각합니다."

놀랍게도, 시온을 옹호하고 나선 것은 베니마루다.

베니마루가 말하길,

'부활자들'에게는 엑스트라 스킬 '완전기억'과 '자기재생'이 있는 덕분에, 평범한 공격으로는 잘 죽지 않는다. 첫 공격부터 영혼을 파괴하는 공격을, 약한 자를 상대로 쓰지는 않을 것이라고 한다.

"약하기 때문에 오히려 성기사들의 방심을 유도할 겁니다. 그 틈을 파고들면……. 시간을 버는 거라면 의외로 그들이 적합할지도 모릅니다."

그리고 깊이 고려를 해본 것처럼, 그리 말했던 것이다.

그런 말을 들으니 일리가 있는 것처럼 느껴지기 시작한다.

성기사가 영혼을 직접 공격하는 방법을 갖고 있지 않다면, 그야말로 '부활자들'이 유리하게 될 것이다. 다른 부대가 나서는 것보다 평화롭게 일이 끝날 가능성은 높다.

"베니마루의 말이 맞습니다! 그리고 말입니다, 리무루 님, 제 특훈으로 녀석들도 단련되어 있습니다. '통각무효'는 당연하고 '독내성', '마비내성', '수면내성'까지. 모두 획득에 성공한 상태입니다! 끈기만큼은 누구에게도 지지 않는다고, 최근에는 하쿠로우로부터도 보증을 받았습니다."

베니마루가 편을 들어주자, 시온이 그 기세를 살려 말한다.

하쿠로우도 고개를 끄덕이고 있는 걸 보니, 그 말에 거짓은 없는 것 같다.

"하나 묻겠는데, 그 내성을 어떻게 획득한 거지?"

"아아, 그건 말이죠──."

거짓말이라고 생각한 건 아니지만, 만일을 위해서 물어보니 놀랄 만한 답이 돌아왔다.

쿠로베에게 부탁해서 상태 이상 효과를 부여하는 무기를 만들었던 모양이다. 그걸로 훈련을 했더니 자연스럽게 익혔다고 한다.

불사의 성질을 갖고 있으니 인정사정없이 공격했고, 행동 불능에 잘 빠지지 않으니 승패를 구별하기가 힘들다. 그렇다 보니 서 있는 쪽이 이긴 것으로 치는 그들 나름대로의 독특한 모의전으로……

"리무루 님, '부활자들'만으론 위험하다고 판단하신다면 제 '쿠레나이'를 원군으로 투입하겠습니다. 고부아, 할 수 있겠지?"

방문을 지키고 있던 장신의 오거 미녀가 베니마루의 부름을 받아서 이리로 왔다. 그리고 무릎을 꿇으면서 베니마루와, 그리고 나를 보면서 고개를 숙인다.

고부아라는 이름의 그 미녀는 '쿠레나이'의 대장이라고 한다.

틀림없이 내가 이름을 지어준 고블린이었던 것으로 보이는데, 이미 그 흔적은 남아 있지 않다. 주홍색의 군복을 입은 엘리트였다.

그리고 베니마루의 말에 힘입어 늠름한 표정으로 나를 봤다.

"네! 저도 시온 님에게 지지 않도록 부하를 단련시키고 있습

347

니다. 그 힘을 지금, 리무루 님을 위해 쓸 수 있도록 허락해주십시오!"

그 시선은 날카로우면서 상당한 품격이 느껴진다.

그리고 실력도 또한 A랭크를 넘어서고 있었다.

소우카에 필적하거나 그 이상이다. 베니마루의 부하 중에도 얕볼 수 없는 자가 성장하고 있는 것 같다.

"성기사보다는 실력이 떨어질지도 모릅니다만, 제 부하들도 어느 정도 실력은 있는 자들입니다. 둘이서 한 명을 상대한다면 '부활자들'이 도망칠 시간 정도는 벌 수 있습니다."

"바보 같은 소리 하지 마십시오! 제 부하만으로 성기사들을 무력화시켜 보이겠습니다!"

그리고 시작되는 베니마루와 시온의 말싸움.

두 사람 다 사기는 충분하다.

그렇다면 맡겨보아도 괜찮을 것 같다.

"좋아, 그럼 시온에게 맡겨보지. 고부아라고 했지? 지원 임무는 너에게 맡기겠다!"

"네, 넷! 맡겨주십시오, 리무루 님!!"

흥분했는지, 볼을 새빨갛게 물들이면서 고부아가 대답한다.

의욕은 충분한 것 같아서 아주 만족스럽다. 단, 그녀들이 나설 자리는 없는 게 더 좋겠지만 말이다.

"시온, 어디까지나 대화가 결렬될 때까지는 우리 쪽에서 먼저 손을 대지 마라, 알겠지?"

"문제없습니다! 하지만 상대가 불온한 움직임을 보였을 경우에는———."

그렇군, 그런 경우에는 이야기가 다르다.

'홀리 필드'를 펼치지 못하도록 미리 방해를 한다는 목적을 잊어버리고 있었다.

"그때는 사양할 것 없다. 내가 '사념전달'로 확인하는 대로 즉시 행동을 시작하도록 해라!"

"알겠습니다."

시온은 만족스러운 표정으로 고개를 끄덕였다.

고부아는 베니마루로부터 돌아가라는 명령을 받고, 그대로 문의 경비 임무로 돌아간다.

자, 이것으로 남은 문제는──'선인 급'의 네 명을 누가 상대하는가, 하는 것이로군.

*

크루세이더즈(성기사단)의 상대는 시온의 '부활자들(자극중)'에게 맡기기로 결정됐다. 베니마루의 '쿠레나이(홍염중)'는 만일의 경우를 대비해 대기한다.

이 300명으로 100명의 성기사들을 상대한다.

그들의 힘을 믿기로 하고, 이제 히나타와 같이 행동하고 있는 네 명을 누구에게 맡길 것인가를 생각한다.

전제 조건으로, 지금 현재 '선인'에 대항할 수 있는 힘을 가진 자는──,

나, 베루도라, 란가, 베니마루, 시온, 소우에이, 게루도, 가비루, 그리고 디아블로.

하쿠로우도 에너지(마력요소)양으론 밀리지만, 검의 기술만 따진다면 상대할 수 있을 것이다.

슈나는…… 확실히 모르겠군. 마법전이라면 또 모를까, 접근전을 특기로 하는 기사가 상대라면 힘들 것 같다.

선인인 '십대 성인'은 '마왕종'에 필적한다고 하니까, 적어도 오크 디재스터에 필적한다는 뜻이다. 역시 슈나에겐 짐이 무거울지도 모르겠군.

——그런고로, 하쿠로우까지 포함해서 열 명.

나는 히나타를 상대할 것이다.

베루도라는 논외다. 폭주라도 하면 위험하므로, 도시의 방어를 맡기고 싶다. 아니, 정말로 농담이 아니라, 우리가 눈치채지 못하게 적의 별동대가 움직이고 있을 가능성도 있는 것이다. 방어는 단단히 해두지 않으면 안 될 것이다.

게루도는 보류한다. 가능하다면 불러오고 싶지 않다.

디아블로, 란가, 하쿠로우, 가비루는 파르무스 왕국에 집중해주길 바란다.

그렇게 되면 나머지는——,

"자유롭게 움직일 수 있는 자는 베니마루, 시온, 소우에이, 이 세 명뿐인가."

한 명당 하나씩 상대했으면 좋겠는데, 수가 모자랄 것 같다.

그럼 어떻게 한다…….

"당연히 저는 나갈 것입니다."

베니마루는 그러기 위해 요움을 지원하는 군대의 지휘를 하쿠로우에게 넘겨놓았다. 그는 뺄 수 없다.

"저도 남겠습니다. 정보 수집은 '분신체'로도 할 수 있는 데다, 지금은 소우카 쪽도 나름대로 쓸 만하게 되었으니까요."

소우에이도 문제없다.

요령이 좋으니, 정보 수집도 동시에 수행할 수 있을 것이다.

"저도! 리무루 님의 비서로서, 항상 곁에 있어야 합니다──."

시온도 그렇게 주장했지만, 이때 내 안에서 다른 의견이 나왔다.

《알림. 별동대에 '선인 급'의 기사가 있을 경우, 시간 벌이조차 제대로 되지 않을 가능성이 있습니다. 만일을 위해서 그쪽에도 전력을 배치하는 것이 무난할 것입니다.》

오오, 그럴 가능성도 있었군.

제대로 된 의견을 줘서 고마워!

역시 라파엘 선생은 믿음이 간다.

일단 소우에이에게 확인해본다.

"잠깐, 시온. 그 전에 소우에이에게 물어보고 싶은데, 히나타와 별도로 행동하고 있는 성기사들에 '선인 급'의 기사가 있는지는 알아볼 수 없겠나?"

그렇게 묻자, 소우에이는 잠시 눈을 감았다.

그런 뒤에, "죄송합니다. 개개인이 A랭크 오버인 건 틀림없습니다만, 그중에 특출하게 거대한 기운은 보이지 않았습니다──."라고 아쉬운 표정으로 대답해주었다.

마물이라면, 오라(요기)를 마구 내뿜고 있으니 바로 알아볼 수 있겠지만.

실력이 있는 자일수록, 그 기운을 능숙히 감출 수 있다.

예를 들면 히나타는, 그야말로 일반인으로밖에 보이지 않을 정도의 기운만 느껴진다. 예전의 나는 그걸 전혀 꿰뚫어 보지 못하는 바람에, 그녀의 높은 실력에 놀랐던 것이다.

전투 상태가 되면 이야기는 달라지겠지만, 지금은 알아내지 못하는 것도 어쩔 수 없는 일인가.

"역시 만일을 대비해서, 시온도 별동대를 감시했으면 좋겠군. '부활자들'뿐만 아니라 '쿠레나이'도 시온의 지휘하에 두도록 하지. 그래도 문제없겠나, 베니마루?"

"리무루 님이 그렇게 판단하신다면 문제는 없습니다. 성인 히나타를 따르는 네 명은 저와 소우에이가 두 명씩 맡아서 상대하면 되니까요."

엄청난 자신감이다.

소우에이도 동의하는지, 그게 당연하다는 듯이 자연스러운 태도를 유지하고 있다.

"기다려주십시오, 리무루 님. 지금은 불초 리그루도가 나설 차례가 아닐까 합니다. 저도 도시에서 사람들을 지휘하는 역할만 맡는 게 아니라, 가끔은 한바탕 힘을 쓰고 싶습니다!"

그 근육을 과시하면서, 리그루도가 의견을 밝혔다.

"그렇게 말씀하신다면 저도 있답니다."

미소를 짓는 슈나.

그러니까 말이지, 너는 접근전에는 적합하지 않잖아?

위험할 것 같은데.

"저도 있습니다. 고부타만 멋진 활약을 보이게 놔두고 싶지 않으니까요!"

리그루도 의욕을 보인다.

리그루도와 리그루는 분명 A랭크를 넘어서 강해지긴 했지만, 그래도 '마왕종'에는 훨씬 미치지 못한다. 아무리 생각해도 무모하다.

"아아, 잠깐, 잠깐. 너희들 실력으론 조금 위험할 것 같은데."

"하지만 달리 적임자가 없지 않습니까?"

"우리가 있으니까 괜찮아."

"베니마루 님과 소우에이 님이 강하다는 건 잘 알고 있지만 상대를 얕보지 않는 게 더 좋지 않겠습니까? 역시 이 임무는 저와 리그루가——."

그렇게 점점 논의가 뜨거워지기 시작한다.

상대의 태도에 따라선 걱정할 필요도 없겠지만, 역시 안심한 상태에서 일을 처리하고 싶다. 만전을 기한다면 역시 게루도에게 그날만이라도 이리 오도록 하는 편이——.

정리될 낌새가 보이지 않는 논의를 곁눈질로 바라보면서 내가 그런 생각을 하고 있으려니, 문 쪽에서 소란스러운 소리가 들리기 시작했다.

"그러니까, 지금은 중요한 회의 중이라——."

"에잇, 우리도 그 회의에 참가하고 싶단 말이다!"

"잠깐, 스피어, 그렇게 싸울 듯이 말하지 말라니까. 거기 있는 당신, 우리는 그저 은혜를 갚기 위해서 도와주고 싶다는 말씀을 전하러 왔을 뿐이랍니다."

이야기를 나누는 목소리의 주인은 방금 전의 고부아와, 삼수사인 스피어와 알비스였다.

문이 열리면서 두 사람이 들어온다.

"여어, 방해해서 미안. 방금 해골 녀석이 달려가는 걸 봤는데, 무슨 일이 벌어진 거야? 우리도 도와주게 해달라고, 리무루 님."

"마왕 리무루 님, 갑작스런 방문을 용서해주십시오. 스피어는 입이 험하지만, 도와주고 싶다는 마음은 진심입니다. 그러니 부디 저희에게도 은혜를 갚을 기회를 주시기 바랍니다."

그렇게 말하면서, 스피어와 알비스는 내 앞—— 정확하게 말하자면 내 바로 앞까지 와서 무릎을 꿇었다.

두 사람을 막으려고 했던 고부아는, 베니마루가 한 손을 들어서 제지하고 있다. 그리고 자신이 자리에서 일어나 내 앞으로 다가왔다. 그 옆에는 어느새 디아블로가 서서, 두 사람의 접근을 저지했다.

베니마루도 이 두 사람을 신용하고 있겠지만, 그래도 내게 접근하는 것을 좋게 보지 않은 모양이다.

그리고 디아블로는 이 두 사람을 전혀 신용하지 않고 있다. 명령을 내리면 지금 당장이라도 이 두 사람을 처단할 것 같은 기세였다.

대조적인 두 사람이지만, 그 호흡은 딱 맞아떨어지고 있다.

스피어와 알비스도 무례하게 찾아와서 청을 하는 것이라는 사실을 잘 알고 있기 때문인지, 그런 대응을 보여도 불만스럽게 여기는 기색을 보이지 않았다.

"베니마루, 디아블로, 둘 다 물러나라."

"알겠습니다."

"네, 리무루 님."

두 사람이 원래 자리로 돌아가는 동안, 스피어와 알비스에게도 앉을 자리를 마련해주었다. 분위기가 진정되기를 기다렸다가 회의를 다시 시작했다.

"날 도와주겠다고 했는데."

"네, 리무루 님. 이곳으로 오는 건 '십대 성인'이겠지요? 그들의 발을 묶어둘 자가 필요하신 것 같으니, 저희가 그 역할을 맡고 싶습니다."

"그래! 내가 도움이 될 수 있는 건 싸우는 것뿐이니까 말이지. 이런 때가 아니면 은혜를 갚는 것도 불가능할 테고. 부탁이니 우리를 써줘!"

두 사람의 제안을 검토한다.

이 두 사람이라면, 실력만 따질 경우 문제는 없다. 그러나 만일에 다치기라도 하면 마왕, 이 아니라 전(前) 마왕 칼리온을 볼 면목이 없는데…….

"하지만 칼리온에게 허락도 받지 않고 멋대로 굴 수는 없지 않은가?"

"괜찮다니까! 칼리온 님은 그런 점은 너그러우신 분이니까."

"그리고 칼리온 님도 리무루 님에 대한 은혜를 어떻게 갚아야 할지 몰라 고민하고 계시는 것 같이 보였습니다. 이 자리에서 저희가 아무런 행동도 하지 않는다면, 오히려 꾸중을 하시겠지요."

으음, 사실을 말하자면 두 사람의 제안은 고마운 바다. 이 두 사람이 있다면 전력 면으로 봐도 안심할 수 있을 테니까.

"저는 찬성입니다. 이자들이라면 믿을 수 있으니까요."

베니마루는 찬성인 모양이다.

"제가 없는 동안, 리무루 님을 방해하는 자를 제거해주시겠죠?"

"아아, 내게 맡겨."

시온과 스피어는 사이가 좋은지, 친숙한 분위기로 이야기를 마무리 짓고 있다.

반대하는 자는 없다는 건가.

"부탁할 수 있겠나?"

"맡겨줘!"

"그렇게 말씀해주시니 감사할 따름입니다!"

리그루도가 모처럼 나서줬는데 미안하지만, 역시 리그루도에겐 도시에서 사람들의 통솔을 맡아주면 좋겠다.

전력 면으로 따져봐도 약간 불안하기도 하고.

이렇게 스피어와 알비스라는 강력한 아군을 얻으면서, 지금 이쪽으로 오는 히나타 일행에 대한 대책은 만전을 갖추게 되었다.

작전이라고도 부를 수 없는 행동 방침이 정해졌다.

간부들이 생각 끝에 서로 의견을 내놓으면서, 앞으로의 방침에 빠진 곳이 없는지 검토하는 쪽으로 분위기가 옮겨지고 있다.

나는 눈을 감고, 히나타의 행동을 다시 예측해본다.

라파엘(지혜지왕) 선생의 연산으로도 이 방침이 피해를 최소한으로 줄일 것으로 예상하고 있다. 그러니 걱정할 필요는 없을 것으로 생각하지만, 마음에 걸리는 점이 있는 것이다.

파르무스 왕국의 공략을 포기하거나, 게루도를 다시 불러오기로 한다면 더 확실한 작전을 세울 수 있을 것이다. 하지만 그러지 않고 이 작전을 채용한 것은 내 이기심이다.

그렇기 때문에 더더욱 완벽하게, 완전한 승리를 목표로 해야만 한다.

히나타가 대화에 응해준다면 좋다.

그렇지 않으면 일대일로 승부를 낸다.

이 방침과 그에 대비한 대책은 만전을 기했지만, 큰 구멍이 하나 있었다.

내가 히나타에게 패배하면, 모든 것은 무의미하게 되어버린다는 것이다.

라파엘 선생은 내 승리를 의심하지 않는다.

하지만 여기서 내가 패배하기라도 하면, 이 작전은 근본적으로 실패로 끝나고 만다.

정말로 '라파엘'의 연산 결과는 괜찮은 것일까?

매번 생각하는 것이지만, 약간 자신만만하게 구는 것 같은 기분이 드는 걸 어찌할 수가 없다.

기본적으로 나를 너무 지나치게 믿고 있다.

라파엘 선생은 나를 과대평가하고 있는 것 아닐까? 그런 불안을 불식시킬 수가 없는 것이다.

하지만 해볼 수밖에 없다.

지금까지도 그랬으며, 앞으로도 그럴 것이다.

내가 나 자신을 완전히 믿지 못하더라도, 동료들이 나를 믿어주고 있다.

그렇다면 이젠 망설이지 않고 나아갈 뿐이다.

"마지막으로 한 번 더 말해두겠다. 만약 싸움이 일어나서 전황을 유지하기 어렵게 될 것 같으면, 즉시 상대를 섬멸하는 것으로 방침을 바꾸도록. 우선해야 할 것은 동료의 목숨이다. 그리고 자신이 죽으면 의미가 없다는 걸 이해하라. 이번에도 모두가 무사히 위기를 돌파할 것을 기대하겠다. 이상!!"

""""넷!!""""

성기사에게 희생이 나올 것을 우려하다가 동료가 살해당하기라도 하면, 그건 그야말로 주객전도이다.

그것만큼은 모두가 철저하게 이해하도록 만들어두자.

모두가 수긍하는 것을 보고, 나는 만족하면서 고개를 끄덕였다.

자, 그럼.

이제 남은 건 히나타가 어떻게 나올지를 기다리는 것뿐이다──.

●

히나타는 순조롭게 템페스트(마국연방)를 향해 가고 있었다.

루벨리오스에서 잉그라시아까지는 '전이문(轉移門)'으로 순식간에 이동했지만, 거기서부터는 평범한 여정이다. 갈아탈 말도 없기 때문에 쉬엄쉬엄 이동하는 여행이었다.

행군으로 익숙해져 있기 때문에 짐은 최소한.

말 한 마리와 침낭. 그 안에는 비상식과 냄비 같은 휴대용품을 넣어뒀다.

계절은 겨울.

눈으로 길이 막히는 일은 없었지만, 속도를 내야 하는 여행에는 적합하지 않은 시기였다.

히나타는 여행을 시작한 지 얼마 되지 않아, 네 명의 부하와 합류했다.

후방에서 말이 달려오는 소리가 들리기에 돌아보니, 그곳에는 눈에 익은 얼굴들이 나란히 있었던 것이다.

아루노, 박카스, 리티스, 후릿츠, 네 명의 대장들이었다.

부단장인 레나도에겐 히나타의 부재 기간 동안 자리를 지켜야 하는 역할이 있다. 그리고 대장이 전부 자리를 비우는 것도 역시 문제가 있기 때문에, 나중에 다섯 명이서 제비를 뽑아 갸루도가 잔류하기로 정해놓은 상태였다.

분해하는 두 사람을 남겨두고, 아루노 일행은 히나타를 쫓아온 것이었다.

"──당신들, 지금 뭘 하고 있는 거지?"

"히나타 님, 그건 저희가 할 말입니다. 혼자서 먼저 앞서가시려고요?"

"바보 아냐? 대화를 나누러 가는 건데, 앞서가는 게 무슨 의미가 있단 말이야?"

"또 그런 말씀을……. 그렇게 결전을 치르기 위한 차림새로 말하셔 봤자 전혀 설득력이 없습니다."

"그렇습니다. 저희는 히나타 님의 희생을 디딘 채 서 있고 싶은 생각은 조금도 없습니다. 영광은 당신의 아래에 있어야 빛나는 법이죠."

"그렇다고 하네요. 리무루가 했던 말에도, 딱히 혼자 오라고 하지는 않았잖습니까."

차례로 그런 말을 하는 부하들.

히나타는 어이가 없다는 표정을 지으면서, 한숨 섞인 말을 한다.

"알고들 있는 거야? 상대는 마왕이라고. 내가 분노를 샀으니 이건 내 문제야. 당신들에겐 아무런 책임도 관계도 없어. 지금 즉시, 나라로 돌아가."

그러나 그런 히나타의 명령에도 아루노 일행은 따르지 않았다. 그리고 끝내는 히나타가 포기하고, "마음대로 해"라고 말하면서 동행을 받아들인 것이다.

사람 수가 다섯 명이 된 히나타 일행.

정비가 되어 있다고는 하나, 거친 도로를 천천히 나아간다.

여관도 드문드문 있는 데다 이 시기에는 빈 방이 없을 경우가 많으므로, 야숙을 하게 되는 것도 어쩔 수 없는 일이다.

마물과 마주치는 일은 없었지만, 겨울의 추위와 비상식만 있는 힘든 여행길은 그것만으로도 히나타 일행의 심신을 지치게 만들었다.

열흘의 여정을 마치고 블루문드 왕국에 들어갈 무렵에는, 생각했던 것 이상으로 체력을 소모한 상태였다.

그래서 히나타 일행은 오랜만에 느긋이 여관에서 쉬기로 했다.

＊

"그건 그렇고, 이 도시는 꽤 발전이 됐군요."

각자 방을 잡은 뒤에, 식당으로 모였다.

그 자리에서 입을 열자마자, 아루노가 그렇게 말한 것이다.

"그러네."

히나타도 그것을 느끼고 있었다.

리티스로부터도 보고를 받았지만 자신의 눈으로 보니, 그 차이를 명백하게 알 수 있었다.

여관에서 옷을 갈아입고 숨을 돌린 뒤에 도시의 모습을 살펴보니, 겨울임에도 불구하고 시장에 활기가 있었다.

낯선 상품도 유통되고 있는 것 같았으며, 예전에 임무 때문에 들렀을 때 느꼈던 것 같은 시골스러운 분위기가 많이 사라져 있었다.

"보셨습니까? 옷의 종류가 풍부해졌는데, 잉그라시아 왕국에서만 볼 법한 호화로운 의상을 입은 사람도 돌아다니고 있더군요."

"그렇게 말한다면 무기와 방어구도 마찬가지야. 마물을 재료로 만들어낸 장비 같던데, 의외로 질이 좋은 것이 팔리고 있더라고."

아루노와 박카스도 자신의 눈으로 보고도 믿어지지 않는 모양이다.

그렇다. 이 도시에는 성기사인 자신들의 무기와 방어구에는 미치지 못하지만, 일반적인 소국에서 유통되기에는 과분하며 질이 좋은 물건이 넘쳐나고 있었다.

노점의 수도 많다.

겨울에는 가게를 닫는 자가 많은 가운데, 이 부분은 참으로 희한한 일이다.

가게를 열고 있다는 건 손님이 있다는 말이다.

즉, 이런 시골의 겨울 도시에도 상인이나 모험가가 많다는 것을 의미하고 있는 것이다.

"템페스트(마국연방)의 영향, 일까요……?"

후릿츠가 히나타의 안색을 살피면서, 그렇게 묻는다.

이 나라와 템페스트가 무역을 하게 되었기 때문에, 이 도시가 발전하게 된 것이리라. 그 외에는 다른 이유가 떠오르지 않는다.

그러나 그건 곧 루미너스 교의 교의를 완전히 무시한 행위가 버젓이 통하고 있는 꼴이 된다.

"마왕과 거래하면서 발전한다니——."

리티스가 중얼거리는 목소리에도 난감해하는 빛이 드러나 있었다.

히나타도 본심으로는 그 의견에 동의하고 있다.

일반적인 경우라면 있을 수 없는 일이다.

하지만, 그라면.

같은 고향 출신인 리무루라면, 그런 일이 벌어져도 이상할 게 없을 것이다.

그 증거로—— 식당의 벽에 걸린 메뉴판.

"주문하시겠어요?"

그렇게 말하는 여관 점원 아가씨의 목소리에 히나타는 망설이지 않고 대답한다.

"라면을 먹겠어."

"라면 말이군요! 최근의 인기 상품이랍니다. 미소(된장 국물), 쇼유(간장 국물), 톤코츠(돼지 뼈 국물) 세 종류가 있어요. 각각 진한 맛과 담백한 맛이 있는데, 어떤 걸 드시겠어요?"

전부 여섯 종류.

아무래도 히나타의 착각이 아니라, 이 라면이라는 단어는 그 음식을 가리키는 것 같다.

"톤코츠를 진하게 부탁하지. 그리고 교자랑 밥도 추가할게."

"잘 알겠습니다! 손님, 처음이신데 잘 아시네요. 다른 분들은 어떻게 하시겠어요?"

히나타가 망설임 없이 주문하는 모습을, 감탄스러운 표정으로 바라보고 있던 일동.

"아, 그럼…… 같은 걸로."

"나, 나도……."

"음."

"나도 그걸로."

아루노 일행은 라면이 어떤 것인지 모르기 때문에, 그녀를 따라 했다. 히나타와 같은 것을 주문한 것이다.

"히나타 님, 이 라면이란 것은 대체 어떤 음식입니까?"

"알고 계시는 것이죠?"

"응. 하지만, 그러네……. 당신들은 먹기가 조금 어려울지도 모르겠어."

"""네?!"""

히나타의 말에 불안해지는 일동.

"아아, 걱정하지 마. 그냥 좀, 익숙해지지 않으면 먹기 어려울 거라 생각했을 뿐이야."

히나타는 단순히, 아루노 일행이 젓가락을 사용할 줄 모르면 먹기 어려울 것이라고 걱정했을 뿐이다. 그런 반응을 보고 아루

363

노 일행은 뭔가 괴상한 요리가 튀어나오는 줄 알고 걱정했던 것이다.

그리고 요리가 놓이기 시작한다.

히나타에게는 너무나 그리운, 아루노 일행에게는 처음 보는, 그것은 두말할 것도 없이 진짜 라면이었다.

히나타는 국물에 머리카락이 들어가지 않도록 손으로 넘긴 뒤에, 곁에 놓인 나무젓가락을 집어서 딱 하고 쪼갠다.

(나무젓가락이라니…….)

이렇게까지 집착하며 만들었단 말인가. 그게 히나타의 감상이었다.

어떻게 하면 이런 짧은 시간 안에, 옆 나라의 식당에까지 나무젓가락을 보급시킬 수가 있을까. 그것부터가 이미 궁금했다.

하지만 지금은 눈앞에서 모락모락 김을 내고 있는 라면에 집중해야 한다.

"잘 먹겠습니다."

두 손을 모으면서 낮은 목소리로 그렇게 중얼거린 뒤에, 히나타는 천천히 숟가락으로 국물을 떠서 한 입 맛본다.

진한 맛의 톤코츠 풍미. 어떻게 국물을 냈는지는 잘 모르겠지만, 깊고 진한 맛이 재현되어 있었다.

입에 넣으려고 한 면이 입술에 닿자, 히나타는 "쳇" 하고 혀를 찬다.

그 모습을 보고 아루노 일행은,

"독입니까?!"

"괜찮으십니까, 히나타 님?"

그렇게 말하면서, 걱정스러운 표정으로 일어섰다.

"조용히 해. 잠자코 어서들 먹어."

그런 부하들을 꾸짖은 뒤에, 히나타는 이번엔 면을 숟가락 위에 놓고 살짝 숨을 내쉬면서 식혔다.

히나타는 사실 뜨거운 것을 잘 못 먹는다.

냉혹한 인상의 외모와는 어울리지도 않게, 그런 모습은 귀엽게 비춰질 정도였다. 그러나 본인은 그런 자각도 없이, 입에 넣은 면을 맛보는 데 정신이 팔려 있었다.

식감이 좋다. 맛도 좋다. 진하게 우려낸 톤코츠 국물 맛이 면에 잘 배어 있다.

극상의 요리였다.

이제 더는 맛볼 수 없을 거라 생각했던 그리운 맛이 훌륭하게 재현되어 있다.

묵묵히 라면을 먹는 것에 집중하는 히나타.

그런 히나타를, 아루노 일행은 조심스럽게 살펴본다.

그리고 그녀의 흉내를 내듯이, 자신들도 라면을 먹기 시작했다.

"——앗, 뜨거?!"

"맛있어! 이게 대체 뭐지?!"

"국물도 맛있는데!"

"어머, 세상에! 이런 요리가 있었다니……."

일동은 어색하게 젓가락질을 하면서 조심스럽게 라면에 도전했지만, 그 반응은 생각도 해보지 못한 것이었다.

딱딱한 빵과 짭짤한 수프. 그리고 신선한 야채샐러드가 주식이었던 그들에게 있어서, 이 라면이라는 미지의 음식은 천지개벽에 필적하는 충격을 가져다준 것이었다.

맛의 혁명, 그렇게 표현하는 것이 어울린다.

히나타가 주문을 했기 때문에, 영문도 모르고 같이 주문했던 밥. 이것도 또한 라면에 잘 어울린다. 씹으면 씹을수록 단맛이 느껴지면서, 공복감을 채워주고 있었다.

그리고 교자.

입에 넣자, 안에 든 속 재료가 퍼지면서 그 풍미가 코를 통해 빠져나간다.

풍부한 종류의 속 재료가 이뤄내는 맛의 협연. 그리고 이게 또 밥과 절묘한 하모니를 선보였다.

"맛있어! 이거 진짜 맛있군요!!"

아루노는 절찬한다.

어제까지 여행용 비상식을 먹었던 만큼, 한층 더 맛있게 느껴졌던 것이다.

그리고 접시에 남은 교자가 하나.

따악!! 하고 메마른 소리가 울려 퍼진다.

별생각 없이 내민 후릿츠의 젓가락이, 히나타가 든 젓가락에 막히면서 밀려난 것이다.

"후릿츠. 그건 내가 마지막에 먹으려고 남겨둔 거야. 멋대로 가로채는 건 용서하지 않겠어."

후릿츠는 등줄기가 얼어붙는 듯한, 살기에 가까우면서 차가운 기운을 느꼈다.

"죄, 죄송합니다. 맛있다 보니 그만……."

"부족하다면 한 접시를 더 시키면 되잖아?"

어이가 없다는 듯이 말하는 히나타의 목소리가 들리자마자, 네 사람은 일제히 주문을 한다.

하지만 아쉽게도.

"아, 죄송해요, 손님. 그게 마지막이었어요."

점원 아가씨에게 잔혹한 현실을 전달받고 말았다.

점원 아가씨는 그런 그들을 신경 쓰지도 않고, 히나타 일행이 앉은 테이블까지 와서 이야기를 시작한다.

"실은 그거, 신상품이거든요. 이제 막 저번 주부터 팔기 시작한 거랍니다. 이건 우리끼리만 하는 얘기인데요, 그 요리를 엄청 열망했던 사람이 마왕님이었대요. 이 일대를 관리하는 묘르마일 님이, 그 마왕님으로부터 직접 물건을 납품받으신다나 봐요. 먹기 힘든 점이랑 가격이 너무 높은 탓에 아직 매상은 안 좋지만……한 번 맛보면 중독이 될 정도라는 평판이에요!"

우리끼리만 하는 이야기인데, 라고 말하면서도 계속 이야기를 이어가는 점원 아가씨. 그러나 그 목소리가 커서, 식당 안에 있으면 누구에게라도 다 들릴 것 같다.

히나타는 '그렇군' 하고 생각했다. 처음부터 그렇게 선전하도록 하라는 지시를 받았을 것이라고.

그렇게 단골의 수를 늘림으로써, 조금씩 손님의 수를 늘린다. 그렇게 되면 대량생산이 가능해지면서, 상품으로서도 자리를 잡을 것이다.

현재 식당에 있는 자는 히나타 일행을 흥미진진하게 살펴보고 있다. 아루노 일행처럼 히나타가 먹는 모습을 보고, 다음에는 자신도 주문해보자는 생각을 하고 있을 것이다.

그런 이야기를 들으면서, 히나타는 국물을 다 마셨다.

"잘 먹었어. 아주 맛있네."

그렇게 말하고 히나타는 계산을 마친 뒤에, 자리에서 일어선다.

그녀의 눈에 서둘러 국물을 마시는 부하들이 보였다.

"아아, 서두를 것 없어. 그냥 방에 돌아가는 것뿐이니까. 그리고 일단 말해두겠는데, 국물까지 다 마시면 살이 찔 거야."

그 말을 듣고 마시던 동작을 멈춰버린 사람은 리티스였다.

"네? 하지만…… 히나타 님도……."

"나는 살이 찌지 않는 체질이거든."

자신은 충고했다는 투로 말을 남기면서 히나타는 자리를 떠난다.

그녀의 뒷모습을 향해 리티스의 원망 섞인 시선이 쏟아졌지만, 만족스러운 기분으로 졸음을 느끼기 시작한 히나타가 뒤돌아보는 일은 없었다.

*

그리고 다음 날 아침, 일행은 다시 여행길에 올랐다.

푹 쉬었기 때문에 체력은 완전히 회복됐다.

쥬라의 대삼림의 곤란하기 그지없는 어려운 길에 도전하기에도 충분한 기운을 회복한 상태이다.

"그럼 출발하겠어."

히나타의 목소리를 신호로 출발하는 일행. 그러나 그렇게 넣은 기합은 시작하자마자 바로 사라지게 되었다.

"이게 대체 어떻게 된 일일까요."

"지루할 정도로 순조롭군."

"아니, 아니, 그 이전에 이 길 좀 보십시오! 잉그라시아의 왕도와 맞먹을 정도로 깨끗하게 정비되어 있다니, 이건 아무리 생각해도 이상하잖아요!!"

그들이 놀라는 것도 무리는 아니다.

길은 돌바닥으로 포장이 되어 있으며, 물이 고인 부분조차 없었다. 미미하게 한쪽으로 경사가 져 있으며, 밑에는 도랑이 설치되어 있었기 때문이다.

눈으로 노면이 얼어붙는 일도 없이, 쾌적한 여행을 약속해주고 있다.

"게다가 마물의 기척도 없군요. 숲 속에서도 마물은 적었지만……."

조사를 위해 한 번 들렀던 리티스도, 그때의 모습을 떠올렸는지 그렇게 말했다.

리티스의 말대로 이 도로를 뒤덮듯이 펼쳐진 결계는 경악스러울 정도다.

도로를 따라 10㎞ 지점마다 설치된 마법 장치가 작동하면서, 그 주변의 마물의 침입을 저지하는 대마 결계가 펼쳐져 있었던 것이다.

이로 인해서 여행의 안전은 비약적으로 향상했으며, 오가는 상인의 수가 늘어나 있었다. 블루문드 왕국에 활기가 있는 것도 이런 상인들이 모이는 덕분이라 하겠다.

"이런 길에까지 이 정도나 되는 공을 들이고 있다면, 이 앞에 있는 마물의 나라는 대체 어느 정도의 수준이란 말일까요."

아루노의 의문에 아무도 대답하지 못한다.

그 의문은 모두가 느낀 것 그 자체였으며, 대답을 듣고 싶은 마음은 모두 마찬가지였다.

"상인들로부터 말을 타고도 오갈 수 있다고 듣기는 했는데, 정말이었군요."

"그래. 숲에 들어가면서부터 말은 방해가 될 거라고 생각했는데, 그런 걱정은 필요가 없었던 것 같네."

히나타도 마왕 리무루가 벌였다는 대규모의 공사에 관한 보고를 듣고 있었지만, 자신의 눈으로 직접 보게 되니 역시 놀라움을 감출 수가 없다.

인간의 침입을 거부하는 쥬라의 대삼림이 피크닉 기분으로 가볍게 여행할 수 있는 장소로 바뀌어 있으니, 그것도 어쩔 수 없는 일이었다.

한동안 말을 탄 채로 일행은 길을 따라 나아간다.

그러자 전방에서 늑대를 탄 홉고블린이 오는 것이 보였다.

"들킨 건가?!"

"잠깐, 그런 것 같지는 않아."

경계하는 부하들에게, 히나타는 냉정하게 지적한다.

그리고 그 지적은 정확했다.

홉고블린들은 가벼운 분위기로 잡담을 나누고 있는지, 웃음소리까지 들려왔던 것이다.

시야가 훤히 트여서, 홉고블린들도 히나타 일행을 알아본 것 같다. 한 손을 들어서 친근한 표정을 지으면서 접근해 왔다.

"여어, 당신들은 처음 보는 얼굴이로군. 상인으로는 보이지 않는데, 모험가들인가?"

"맞아, 그런 셈이야."

"그런가, 그렇군, 당신들의 임무가 성공하길 빌지. 그래서 말인데. 괜찮을 거라 생각하지만 일단 주의는 줄게."

그렇게 말하면서, 그 홉고블린은 말투를 바꿨다.

그리고 시작된 것은 이 도로를 이용하기에 앞서 알아야 할 주의 사항에 관한 설명이었다.

* 쓰레기를 버리지 말 것.

* 이 도로 위에서 싸움은 금지.

* 야숙을 할 경우, 10㎞ 지점마다 있는 수돗가를 이용할 것.

* 20㎞ 지점마다 파출소가 있으므로, 그쪽이 더 안전함.

* 돈이 있다면, 여관이 40㎞ 지점마다 있으니 이용할 것.

* 곤란해 하고 있는 자를 발견하면, 반드시 가장 가까운 파출소에 연락할 것.

등등이다.

"알겠지? 10㎞ 지점에는 빛나는 석판도 있는데, 거기에는 절대 손을 대지 않도록. 만약 그걸 망가뜨리면 엄중한 벌칙이 주어질 테니까 그렇게 알고 있으라고."

그 빛나는 석판이란 것이 결계를 유지하고 있는 마법 장치라고 한다. 돌바닥에 섞여서 빛나고 있기 때문에, 밤에는 길잡이로서의 역할도 해준다고 한다.

정말로 마물인지 의심이 들 정도로, 그 주의 사항은 세세했다.

"좋아, 잘 알았어. 친절하게 설명해줘서 고마워."

"뭘 이 정도를 가지고. 우리 같은 자가 순찰하며 돌아다니고 있으니까, 뭔가 곤란한 일이 생기면 말해주면 돼."

그 홉고블린들은 순찰 중인 경비 부대라고 한다. 그 말을 남기고 씩씩하게 사라져버렸다.

남겨진 히나타 일행은 멍하니 그 모습을 배웅한다.

"저기, 히나타 님……."

"잠깐, 진정해. 잠시 생각을 해보고 싶으니까, 잠깐만 말을 걸지 말고 기다려주겠어?"

그렇게 말하면서 아루노 일행의 입을 다물도록 한 뒤에, 히나타는 생각에 잠긴다.

그대로 말없이 이동하기를 한 시간, 수돗가가 보이기 시작했다.

홉고블린의 설명했던 내용 중에 있었던, 도로 옆에 있는 거리 표시.

현재 위치를 알 수 있게 1㎞마다 설치된 그것에는 수도 리무루의 서쪽 문을 제로 지점으로 삼아서 숫자가 배당되어 있었던 것이다.

앞으로 몇 ㎞를 걸어가면 수돗가나 파출소가 있는지, 그걸 보면 한눈에 알 수 있게 되어 있었다.

고속도로 같은 것을 아는 히나타는, 그런 표식이 무슨 일이 벌어졌을 경우의 안전과도 이어진다는 것을 알 수 있었다. 구조가 필요해서 돌아가지 말지 망설일 때, 어느 쪽으로 가면 되는지를 바로 알 수 있기 때문이다.

진지하게 여행자의 고충에 대해서 생각하며, 그 안전을 배려하고 있다는 사실을 엿볼 수 있었다.

참고로 이 세계의 단위는, 원래 살았던 세계와는 다르다. 그러나 그걸 무시하고, 리무루는 자신이 이해하기 쉬운 표기를 하고 있다.

㎞라는 단위도 평균적으로 한 시간 안에 진행할 수 있는 거리를 5㎞라고 치고 계산한 모양이다. 그러므로 하루 여덟 시간 이동하는 것을 전제로 하여, 40㎞ 지점마다 여관을 준비해둔 것이겠지.

짐마차의 속도도 사람과 큰 차이가 없으니까, 조금 여유를 두고 일정을 꾸린다면 여관을 이용하기가 쉽다. 여러모로 많은 계산을 했으며, 그 의도가 다 들여다보이는 것 같다.

더는 의심할 것도 없이, 리무루가 인간과의 공존을 바라고 있다는 것은 명백했다.

블루문드 왕국에 도착하기까지의 여정보다, 거기서 나온 뒤가 더 쾌적하다.

그 수돗가에는 그대로 마실 수 있는 물이 준비되어 있었다. 누구라도 무료로 이용할 수 있는 모양이다.

그걸 봤을 때는 현기증이 날 뻔했다.

'물은 무료'라는 일본인적 감각을 이런 위험한 곳에서까지 적용시키는 그 정신에, 살짝 잔소리를 한마디 해주고 싶은 기분에 빠질 정도였다.

야숙하는 자를 위해 만든 취사장이 있다. 게다가 텐트를 치기

편하게 보이는 광장까지. 통나무로 만든 긴 의자가 놓인 장소에
는, 비를 피하기 위한 지붕까지 설치되어 있었다.

아무리 봐도 캠핑장 같은 분위기다.

인간이 발을 들이지 못하는 성역이었던 쥬라의 대삼림이 이제
는 누구든지 가볍게 이용할 수 있을 것 같은 평화로운 모습을 보
이고 있었다.

다종다양한 마물이 만연하는 쥬라의 대삼림. B랭크 이하의 모
험가라 하더라도, 방심이 곧 죽음으로 이어지는 위험한 장소이다.

이곳은 인간이 살 만한 영역이 아니라, 마물들의 낙원이었다.

그런 불가침 영역을 누구든지 가볍게 오갈 수 있게 개발하다
니…….. 히나타는 검토조차 해본 적이 없다. 할 수 있느냐 할 수
없느냐를 따지기 이전에, 아예 상상조차 못 해본 일이다.

그건 히나타뿐만 아니라, 같은 고향 출신인 카구라자카 유우키
도 마찬가지일 것이다.

자신들이 마물의 위협에서 필사적으로 사람들을 지키고 있는
사이에, 이렇게 쉽게도——. 웃기지 마, 히나타가 그렇게 생각한
것도 어쩔 수 없는 일이다.

(——하지만 지금이라면 그가 했던 말의 의미를 이해할 수 있
겠어.)

히나타는 떠올린다.

잉그라시아 왕국에 있는, 히나타가 좋아하는 카페에서 유우키
와는 정기적으로 정보교환을 하고 있었다. 그때 리무루에 대한
이야기를 들을 수 있었던 것이다.

리무루는 마물의 나라를 진심으로 발전시킬 생각인 것 같다.

그뿐만이 아니라 서방 열국과도 우호적인 관계를 맺고 싶다고 생각하면서, 그 방법을 모색하고 있다고 한다.

최근에 나오게 된 신작인 브랜디 케이크. 그것도 또한, 풍부한 주류를 리무루로부터 쉽게 납품받게 된 덕분으로 완성된 것이라고 한다.

'뭐, 그 사람은 아예 격이 달라. 여유가 있다고 해야 하려나. 우리보다 훨씬 더 미래를 보고 있다는 느낌이 든단 말이지. 그래서 이렇게 맛있는 것을 재현하는 일에 꽤나 진지하게 임하고 있는 것 같아.'

행복을 곱씹듯이, 케이크를 조금씩 입으로 옮기는 히나타를 보면서 유우키는 쓴웃음을 지으며 그렇게 말했다.

그 뒤에 리무루와 적대하는 건 권하고 싶지 않다는 충고를 받은 것이다. 자유조합은 리무루의 편을 들 것이라는 암시를 받은 꼴이다.

그때는 대답을 하지 않고 흘려 넘겼지만, 지금이라면——.

(——확실히 그러네. 여유가 없다면 이런 일에까지 신경을 쓰지 않겠지.)

감사의 말을 늘어놓으면서 수돗가를 이용하는 상인들을 보고, 히나타는 그런 생각을 한 것이다.

수돗가를 뒤로한 지 또 두 시간이 지났다.

그때 처음 보는 여관이 보이기 시작했다. 이 도로 상에 일곱 군데가 있다고 하던데, 그중 일곱 번째 여관이다.

히나타 일행은 그 여관에서 하룻밤 묵기로 했다.

그 식당에서.

"자, 제군들. 의견을 듣고 싶어."

히나타가 입을 열자마자 모두에게 묻는다.

모두를 대표하여 맨 처음에 발언한 자는 아루노다.

"솔직한 감상을 말하고자 하는데, 괜찮겠습니까?"

"그런 의견을 기대하고 있어. 말해봐."

히나타의 재촉을 받으면서, 아루노는 대답한다.

"이 도로를 보는 것만으로도 마왕 리무루라는 자는 엄청나게 유능한 왕이라는 생각이 듭니다. 경비병이 도로를 지켜주고 있다는 안도감은 사람을 불러 모으죠. 파르무스 왕국을 경유하는 길은 틀림없이 쇠퇴할 겁니다."

그 뒤를 이어서 박카스가 무거운 말투로 의견을 말한다.

"음, 두려운 것은 마왕뿐만이 아닙니다. 상인을 노리는 도적의 부류도 있을 테고, 병이나 상처를 입는 일도 있겠지요. 마차가 망가져서 오가질 못한다거나, 그런 사례는 종종 일어날 것입니다. 사람이 많다는 것은 그런 걱정이 적어진다는 뜻이 되겠죠."

"어려움을 겪을 때 도움을 기대할 수 있는 환경이란 것은, 그것만으로 안심할 수 있으니까요."

"금전적으로도 대규모의 호위단을 고용할 필요가 없어지게 되죠. 그것만으로도, 이미⋯⋯."

박카스의 말을 듣고, 리티스와 후릿츠도 동의하듯이 고개를 끄덕였다.

대체적으로 리무루에게 호의적인 의견이 많다.

"어중간한 영주보다도 더 치세에 힘을 기울이고 있는 것 같으니, 마왕이라기보다 성군이라고 말할 수 있을 것 같습니다."

"그러게, 본받을 점도 많아. 우리 조국인 루벨리오스에서도 도입해야 한다고 봐."

"'신의 적'으로 정하지 않기를 잘했군요."

"남은 건 마왕 리무루가 히나타 님의 사과를 받아들여 주면 되겠는데 말이죠……."

그런 그들에게 히나타도 동의한다는 듯이 고개를 끄덕였다.

"역시 성심성의껏 사과할 수밖에 없겠군. 그래도 마왕 리무루가 끝까지 일대일의 결투를 원한다면, 받아들일 수밖에 없겠지만——."

그리고 히나타는 의문으로 생각한다.

왜 이제 와서 리무루가 일대일의 결투를 바라는 걸까? 히나타가 한 짓을 용서할 수 없다고 해도 그게 싸울 이유는 되지 않는다는 생각이 든다.

히나타는 리무루가 마왕으로서 각성한 힘을 보여주고 싶어 한다——는, 그런 저속한 사고방식을 지닌 인물로는 여겨지지 않았던 것이다.

그런 의문을 품으면서도 히나타 일행의 여행은 순조롭게 진행되었다.

이레째의 밤도 여관에 묵었는데, 이곳은 아예 잉그라시아 왕국의 고급 여관 수준으로 호화로웠다.

대욕탕까지 마련되어 있어서, 여행의 피로를 씻어낼 수가 있다.

여관의 직원 중에는 블루문드 왕국에서 모집된 자가 반드시 포함되어 있었다.

마물인 점원은 금전 거래를 공부 중인 것으로 보였으며, 그런 직원에게 지도를 받고 있는 모습을 목격하는 것도 드물지 않은 광경이다.

그곳에는 마물과 인간의 이상적인 관계가 존재하고 있었다.

히나타에게 루미너스 교의 교의에 대해서 다시 고려해봐야겠다는 생각이 들게 하기에 충분한 것이었다.

다음 날, 수도 리무루에 도착한다.

그곳에서 리무루와 재회하게 될 것이다.

(바라건대, 싸우지 않고 대화하는 자리가 마련될 수 있기를——.)

이기적인 바람이라고는 생각하지만, 그게 히나타의 본심이었다.

그러나——,

그곳에 서로 얽혀 있는 악의에 농락당하면서, 그 바람은 이루어지지 않는다.

●

히나타는 예정대로 오늘 저녁에는 도착한다고 한다.

대충 2주 정도의 시간 동안, 마법 같은 것을 써서 단축하는 일 없이 평범하게 온 모양이다.

그 정보는 소우에이의 부하를 통해 재빨리 전해졌다.

"역시 대단하군, 정보를 조기에 파악하는 것은 중요하지. 앞으로도 잘 부탁하마."

"아닙니다, 그 정도까지는……. 더 정진하도록 하겠습니다."

내가 칭찬하자, 소우에이는 조용히 그걸 받아들인다.

그야말로 그림자.

미남이 그렇게 나오니, 비꼬는 게 아니라 정말로 멋지게 보인다.

참고로 히나타가 처음 묵은 여관에서 긴급 연락이 왔을 때 "이 참에 독을 넣어서 히나타를 말살해버릴까요?"라는 무시무시한 제안을 받았다.

바보냐! 라고 꾸짖으면서 기각시켰지.

히나타는 결전에 임하겠다는 분위기가 아니라, 아직 대화를 나눠볼 여지가 있어 보였다.

하지만 방심은 할 수 없다.

매번 여관에 머무르면서 서두르지 않는 여행을 계속하는 히나타가, 지나칠 정도로 너무나도 당당하게 굴고 있다.

"어쩌면 양동작전이 아닐까요?"

베니마루가 말한다.

자신을 눈에 띄게 만들어서 미끼가 된 다음에, 별동대가 기습을 가한다는 건가.

그런 방법도 있을 수 있겠군.

다른 사람도 아닌 히나타니까 말이다. 그 냉혹한 느낌으로 보건대, 이기기 위해서는 수단을 가리지 않을 것 같다.

"별동대의 움직임은 어떤가?"

"네. 역시 옛날 길을 통해 이동하면서 은밀 행동을 취하고 있습니다. 초기에 포착하지 못했더라면 그 존재를 알아차리지 못했을 가능성도 있었겠지요."

이쪽은 전력으로 군사행동을 벌이고 있는 모양이다.

이렇게 되면, 역시 히나타는 미끼라는 생각도 들 법하군.

어찌 됐든 경계는 게을리 할 수 없다. 이미 시온이 부대를 배치해두고 있기 때문에, 만약 상대가 움직이게 되면 단번에 전쟁 상황이 시작될 것이다.

"히나타의 실력이라면, 미끼였다고 쳐도 이상할 건 없겠군. 지금의 베니마루 수준으로도 벅찰 것이니, 내가 상대할 수밖에 없지. 아마도 내 예상이지만, 우리 모두를 상대한다고 해도 이길 수 있다고 생각할 것 같아."

"훗, 대단한 자신감이로군요. 리무루 님을 알고 있으면서도 여전히 그런 멍청한 생각을 하다니. 어리석은 것으로밖에 생각할 수 없습니다."

소우에이가 옅은 미소를 지으면서, 험악한 분위기를 띤다.

뭐, 말하자면 내가 진화하기 전의 실력만 알고 있을 것이고, 또 히나타에겐 그럴 만한 실력이 있다.

지금의 나는 그때의 히나타가 전혀 진심을 다해 싸운 것이 아니라는 사실도 잘 알고 있고.

"그렇다면 별동대의 병력이 흩어지는 건 위험하겠군. '홀리 필드'를 펼친다면 단번에 전황이 불리하게 되어버려."

"그렇군. 그런 경우에는 이미 출격해 있는 시온에게 연락하여, 재빨리 제거를──."

베니마루의 말에 고개를 끄덕이던 소우에이가, 그 말을 도중에

멈췄다. 그리고——,

"리무루 님, 아무래도 움직임이 있었던 것 같습니다. 이 도시의
네 방향을 향해 병력이 흩어진 것으로 보이며, 시온이 그걸 저지
했습니다. 현재 교전이 시작되었다고 합니다."

——내가 듣고 싶지 않았던, 최악의 보고가 날아와버렸다.

그렇군, 히나타는 싸움을 선택한 것인가.

어쩔 수 없지. 내 적이 되겠다면 이쪽은 계획대로 진행시킬 뿐
이다.

●

히나타 일행은 여관을 나와서, 출발 준비를 하고 있었다.

저녁에는 수도 리무루에 도착할 것으로 생각하기 때문에, 모두
의 표정도 긴장을 띠기 시작했다.

"겨우 도착하겠군. 오늘 만날 수 있을지는 모르겠지만, 다들
각오는 해두도록 해. 싸움이 벌어져도 절대 손을 대지 않도록
하고."

"그렇지만……."

"이건 명령이야. 이 이상 마왕 리무루와 적대할 의미는 없어.
내가 책임을 지고 나면, 그 뒤에는 우호적으로 얘기를 진행——."

히나타는 모두에게 말하면서 다짐을 받으려 했지만, 그 말은
중단되었다.

마법에 의한, 긴급 연락이 들어온 것이다.

『──겨우 연결── 나타 님, 들리……니까? '삼무선'이…… 참전…… 습니다──.』

중간중간 끊기는 데다, 필사적인 심정을 느끼게 하는 전달.

히나타의 심복, 니콜라우스 슈펠터스 추기경이 보낸 것이다.

절박한 말투로 전했지만, 중간중간 끊기는 바람에 정확한 내용이 파악이 안 된다.

방해받고 있다는 느낌이 든다.

『어떻게 된 거야? 무슨 일이 있었나?』

그렇게 말하는 히나타의 통신은 도착하기 전에 흩어지면서 사라지고 있는 것 같은 느낌이 든다.

『'칠요'를 조심하십──.』

그 말만 일방적으로 전하더니, 니콜라우스의 반응은 사라지고 말았다.

무슨 일이 생긴 것이 틀림없다고, 히나타는 깨닫는다.

(몇 번이고 나에게 뭔가를 전하려 했고, 그 시도가 겨우 성공했다, 이 말인가? 그렇다면 사태가 벌어진 것은 좀 더 예전이라는 얘기가 되는데. '삼무선'이 참전…… 설마 파르무스 왕국의 내전에 참전했다는 건가──?!)

단번에 얼굴이 창백해지면서, 히나타는 '마법통화'로 교황 루이를 불러냈다.

『무슨 일이지? 법술이 안정적이질 못 한데, 초조해하고 있는 건가?』

평소처럼 담담한 말투로 루이의 응답이 돌아왔다.

그 반응에 안도하면서, 히나타는 대답한다.

『그래, 여유가 없어. 단도직입적으로 묻겠는데, 당신의 부하인 '삼무선'을 움직였어?』

『뭐라고? 나는 그런 명령을 내리지 않았는데. 아니, 지금 움직이고 있단 말인가?』

『그래, 당신은 인간사회에 아예 흥미가 없었지. 루미너스 님이 내리신 명령도 있었으니, 얌전히 내버려 두었을 테고. 멋대로 움직일 그들도 아니니, 무슨 일이 있었던 모양이네.』

루이의 흥미는 루미너스와 나이트 가든(야상궁정)에만 향하고 있다. 그렇기 때문에 모든 권력을 히나타가 장악하고 있는 것이다.

반발을 사는 일도 있지만, 히나타의 명령은 절대적이다. 한 번 명령을 받아들인 이상 '삼무선'이 멋대로 행동을 벌이는 것이라고는 생각할 수 없다.

그렇다면 무슨 일이 일어난 것이다. 혹은 '삼무선'에게 무슨 이야기를 해서 부추긴 자가 있다는 뜻이다.

('칠요'──인가.)

안 좋은 예감이 확신으로 바뀌면서, 히나타는 즉시 돌아갈 것을 결의했다.

전이마법을 쓰면 시간의 손실을 줄이면서 끝낼 수 있다. 리무루와 싸울 것을 상정한다면 피로는 적은 편이 좋지만, 지금은 그런 말을 하고 있을 때가 아니다.

그렇게 판단한 히나타였지만, 때는 이미 늦었다.

『그런 것 같군. 그렇다면 나도──.』

뚝 하고 무거운 통증이 머릿속을 스치는 바람에, 히나타는 루이와의 마법통화가 중단되었음을 알아차린다.

어떤 힘의 파장이 주위를 덮으면서, 마법의 발동을 방해한 것이다.

그와 동시에 대기를 뒤덮을 것 같은, 대규모의 투기의 기운.

"뭐야——?! 이 기운은, 레나도인가?"

히나타의 모습을 지켜보고 있던 아루노가 갑작스러운 사태에 놀라면서 소리를 질렀다.

히나타는 그것을 무시하고, 단번에 성기사단장이라는 입장에 맞게 사고 회로를 전환한다.

"가자!"

무슨 일이 있었던 것은 명백하다.

그 사건이 바람직한 것일 리가 없으니, 리무루와의 교섭을 앞에 둔 상태에서 사태의 악화는 피할 수가 없다.

초조함을 느끼면서도, 히나타는 전쟁터를 향해 전속력으로 내달리기 시작한 것이다.

●

히나타가 누군가와 연락을 취하고 있다는 것을 듣고, 일단 방해를 해놓았다. 그러자 히나타는 전속력으로 전쟁터를 향해 이동하기 시작한 모양이다.

히나타의 계획을 사전에 박살 내는 것은 성공한 것 같다.

그러나 이것으로 확정이 되어버렸다.

"아무래도 히나타의 계획이었던 것 같군."

"그런 것 같습니다. 계획이 들키자마자 방침을 바꾸는 걸 보면 역시 대단하다고 말할 수밖에 없군요."

내게 동의하듯이 고개를 끄덕이는 베니마루.

"예정대로 간다. 나와 히나타가 승부를 내기로 하지."

"알겠습니다! 적이 방해를 하도록 놔두지는 않겠습니다."

"그래, 적의 발을 묶는 것은 너희에게 맡기겠다. 가자!"

""""넷!!""""

베니마루를 안심시킬 수 있게 고개를 한 번 끄덕인 뒤에, 나는 인간의 모습으로 변화했다.

나, 베니마루, 소우에이, 알비스, 스피어.

"무운을 빕니다!"

그렇게 말하는 슈나의 목소리에 배웅을 받으면서, 우리도 예정대로 움직이기 시작한다. 각오를 굳히고 '공간지배'를 발동하여, 히나타보다 먼저 시온이 있는 장소에 출현한 것이다.

시온은 잔뜩 의욕에 넘쳐 있었지만, 크루세이더즈를 상대로 한다면 '부활자들(자극중)'로는 버티기 힘들 것이다.

──그렇게 생각하고 있었던 시기가 나에게도 있었습니다.

뭐가 뭔지 모르겠다.

머리가 어떻게 될 것만 같다.

대체 어째서, 이런 일이?!

눈앞에서 벌어지고 있었던 광경에 할 말을 잃는 나.

무슨 일이 일어나고 있었는가 하면──,

시온이 팔짱을 낀 채로 부활자들에게 지시를 내리고 있었던 것이다.

이건 뭐 좋다. 작전대로니까.

그 싸우는 모습이 문제였다.

좋은 의미로 예상 밖이었던 것이다.

"마, 말도 안 돼! 이 녀석들에겐 공격이 안 통한다고!"

"언데드(불사자)도 아닌데, 대체 어떻게 된 거야?!"

그렇게 외치는 성기사들의 경악의 비명.

그에 대한 대답 대신에 손에 든 나이프를 휘두르면서 성기사들에게 상처를 입히는 부활자들.

자신의 몸을 미끼로 삼아서, 자신보다 강한 성기사에게 일격을 날린 모양이다. 감탄이 나올 정도로 훌륭하게, 자신의 불사의 성질을 이용하여 싸우고 있었던 것이다.

그러나 여기까지겠지.

그다음은 어차피 정신을 차린 성기사들의 원사이드 게임(일방적인 전개)이 될 것으로 생각했지만…… 내 예상은 뒤집히고 말았다.

3분도 되지 않아서 성기사들의 대열이 무너지기 시작했던 것이다.

내 예상과 다르지 않게, 방심 상태에서 벗어난 성기사들이 일방적으로 부활자들을 몰아붙이고 있었다. 그런데도 상황이 일변한 것이다.

기본적인 전력에 큰 차이가 있기 때문에, 불사라는 성질만으로는 승리할 수 없을 거라 예상. 그래서 발을 묶어두기만 하기로 한 작전이었다.

하지만 그 결과, 부활자들은 중상에서도 무사하게 회복하였고 성기사들이 쓰러져 있었다.

쓰러진 성기사는 재빨리 묶이면서, '쿠레나이(홍염중)'에 의해 움직임이 봉인되었다.

"에헤헤, 성기사 아저씨. 이 나이프에는 말이지, 강력한 수면약이 듬뿍 발라져 있거든? 그러니까 말이야, 한 번 공격을 허용한 시점에서 우리가 이긴 거나 마찬가지야!"

자그마한 어린아이 병사가 눈이 마주친 기사에게 그렇게 설명하고 있다. 그걸 설명해버리면 안 된다고 생각하지만, 아직 어린아이니까 어쩔 수 없지.

《알림. 개체명 : 고부에는 개체명 : 고부타보다 연상입니다.》

정말이야?!

역시, 마물의 생태는 잘 모르겠다니까. 고부타도 분명 진화했을 텐데, 외모는 그렇게 바뀐 것 같지 않았으니.

앞으로도 깜짝 놀랄 만한 변화가 있을지 모른다는 말인가.

뭐, 그건 일단 넘어가기로 하고.

어리게 생긴 여자애에게 설교를 듣는 성기사라는, 그런 웃지 못할 상황이 눈앞에 있다. 그 사실이 가리키듯이, 고전은커녕 선전이라고 말해도 좋을 정도의 활약을 보이는 부활자들.

준비성 좋게 미리 해독제를 준비해두거나, '독내성'을 지닌 자 외에는 이 기습은 버텨낼 수가 없다. 일회성이라고는 해도 상당히 유효한 수단이라고 할 수 있겠다.

하지만 역시 여기까지였다.

후속 부대는 방심하지 않고, 처음부터 전력을 다해 공격해 온다.

압도적인 실력 차 앞에선 자잘한 잔재주는 그리 쉽게 통하지 않는 것이다. 한 번 적에게 보이고 만 이상, 이 방법은 이제 통하지 않을 것이다.

치명상을 입혔다는 생각에 방심한 뒤였기 때문에, 겨우 스치는 상처를 입히는 것에 성공했을 뿐인 것이다.

그러나 그 스친 상처만으로도 절반의 수를 전선에서 이탈하게 만들었으니, 그 정도면 충분하다는 평가를 내릴 수 있었다. 아니, 너무나도 훌륭한 성과였다.

지금부터는 당초의 예정대로 돌아가서, 가혹한 장기전이 시작될 것이다── 라고 생각했던 내 예상은 또 멋지게 배신을 당한다.

시온이 턱을 쓱 치켜 올리면서 가리킨다.

그 앞에 있는 것은 고부조랑, 또 한 명은 고부아로군.

두 사람은 서로를 바라보면서 당혹스러운 표정으로 시온을 본다.

"설마, 저희도 참전하라는 말입니까?"

"어?! 안 싸우는 겁니까? 하지만 우리만으로는 저 강해 보이는 사람들에게 이기는 건 힘들겠는데요……."

"아니, 그러니까요. 이기지 않더라도 시간을 벌면 되는 것으로 아는데——."

"네엣?! 무슨 일이 있더라도 이기라는 명령을 받았다고 들었습니다만?"

고부아는 회의의 내용을 알고 있다.

문의 경계를 서고 있었을 뿐이지만, 이야기는 다 들렸을 것이다.

고부조는 그런 말은 처음 듣는다는 표정으로, 눈을 휘둥그레 뜨면서 놀라고 있는데—— 서로 이해도에 차이가 있는 것 같은데?

"저기, 작전 회의에서는 우리는 대기하는 걸로 얘기가 된 게 아닌지……?"

고부조와는 이야기가 안 되겠다 싶었는지, 고부아가 시온 쪽을 다시 보면서 물었다.

그랬었지.

나도 이상하다고 생각하고 있었다. 다행이다. 내가 잘못 알고 있는 게 아니었던 것 같다.

그런데, 그때 시온이 큰 소리로 꾸짖는다.

"바보냐, 너희들은? 눈앞에 바로 승리가 굴러다니고 있거늘, 왜 그걸 못 알아보는 거냐? 자신보다 강한 상대에게 도전하여 쓰러뜨려봐야, 비로소 한계를 넘어설 수가 있는 거란 말이다. 그런 기회를 주겠다는 거다. 고맙게 여겨야 할 정도란 말이다."

시온의 말은 들어보니 뭔가 좀 말이 안 되는 것 같다…….

승리가 굴러다니고 있는데 상대는 자신보다 강한 존재라니, 약간 모순되는 것 같이 느껴지는데.

그러나 고부아는 그 말을 듣고 납득했다.

눈빛이 바뀌고, 입가에 대담한 미소를 지으면서.

"그렇군요, 그 말이 맞습니다. 그 기회를 부디 이 '쿠레나이(홍염중)'에게 내려주십시오!"

그리고 너무나도 간단히 시온의 주장에 동참한 것이다.

한편 고부조는…….

"저, 저기…… 그건 명령 위반이 되는 거 아닙니까?"

조심스럽게 시온에게 되묻고 있다.

"네놈, 아직 거기 있었나? 빨리 시키는 대로 움직여라. 아니면 신작 요리의 실험대가 될 테냐? 원하는 쪽을 고를 기회를 주마."

불쌍하게도 고부조는 시온의 협박에 굴하고 말았다.

납득을 하고 말 것도 없이, 그대로 크게 허둥지둥 놀라면서 참전한 것이다.

……아니, 너는 잘못하지 않았어.

하지만 이상하군. 무슨 이유인지 고부조만 잘못한 것 같은 분위기가 되고 있으니.

고부아는 베니마루의 부하답게 참으로 호전적이다. 그렇기에 쉽게 구슬려 넘어가고 있지만, 고부조는 멍청해 보이는 외모와는 달리 성실하다.

말하지 않아도 될 것을 말하는 바람에 늘 손해를 보며 살 것 같다.

자업자득인 면도 있지만, 본인은 깨닫지 못하고 있다. 그래도 행복해 보이는 것 같으니, 내가 끼어드는 건 자제하자고 생각했다.

"……괜찮겠나, 베니마루?"

"괜찮지는 않겠지만, 임기응변으로 보면 나쁘지 않습니다. 특히 시온은 직감이 아주 우수합니다. 이길 수 있다고 봤으니까 저런 식으로 명령을 내린 것이겠지요."

엉겁결에 물어본 날 보면서, 베니마루는 어깨를 으쓱거리며 대답했다.

확실히 그렇긴 하군.

이길 수 없으리라 생각했기 때문에 소극적인 시간 벌이를 명령했지만, 피해 없이 상대를 무력화시킬 수 있다면 사양할 필요는 없을 것이다.

납득한 나는 전쟁터 쪽으로 의식을 집중했다.

그리고 시작된 것은 본격적인 공방전이다.

남은 50명의 성기사에 대해 2인 1조의 부활자들(자극중)이 정면에서 맞붙어 싸운다. 그걸 서포트하는 것이 각각 한 명씩의 쿠레나이(홍염중)다.

총력전이라면 쿠레나이는 성기사에게 밀린다. 그러나 절망적일 정도로 힘의 차이가 존재하지는 않는다.

A랭크 오버라고는 하나, 성기사는 낮은 급의 실력을 갖추고 있다. 그에 비해 쿠레나이는 한없이 A랭크에 가까운 실력을 갖추고 있다.

보조하는 자가 있으니, 의외로 좋은 승부가 벌어지고 있었던 것이다.

그리고 쿠레나이에겐 교대 인원이 있다.

쓰러진 자를 감시하고 있는 자들이, 지친 자와 차례로 교대한다. 회복약도 있으니, 그런 분위기는 바뀌지 않는다.

"그건 그렇고 엄청난 전투 능력이네요. 이 나라에는 아직 저 정도나 되는 자들이 있었단 말이군요."

그렇게 말한 사람은 알비스다.

그 시선 끝에 있는 것은 쿠레나이가 아니라 부활자들이다.

그 뛰어난 불사의 성능. 그리고 전투 속행 능력.

"그래, 저건 골치 아프겠어. 머리를 날려버리는 정도로는 멈추지 않을 것 같으니, 나도 애를 먹을 것 같아."

고개를 끄덕이는 스피어.

그녀들에게는 부활자들이 상당히 번거로운 존재로 느껴지는 것 같다.

나도 놀라고 있다.

성기사 측에는 교대 인원이 없는 데다, 이런 상황이 계속되면 승리하는 것도 꿈이 아니겠다는 느낌을 받았으니까.

"이럴 예정이 아니었는데 말이지……."

그렇게 말하면서 애매하게 고개를 끄덕였다.

그리고 시온은——,

전황을 만족스럽게 바라보면서, 혀로 입술을 핥고 있다.

슬쩍 보인 핑크빛의 혀끝이 요사스럽게 젖어 있는 것처럼 보였다.

이쪽을 돌아보는 시온.

우리를 알아차린 것인지, 빙긋 미소를 짓고 있다. 고부조에게 보이던 악마 같은 얼굴은, 그 미소에선 상상도 할 수 없다.

"리무루 님, 예정대로입니다!"

"그건 아니지! 전혀 예정에 없는 행동이잖아!"

"칭찬해주셔서 영광입니다!"

"칭찬하는 것도 아니라고……."

"그러면 저도 슬슬 참가하도록 하겠습니다!"

그렇게 말하자마자 시온은 두 발에 힘을 주면서 땅을 박차더니, 마치 총알처럼 날아가 버렸다.

"응, 어디로……?"

그런 내 질문을 그대로 남겨둔 채…….

●

질주한다.

잡아 늘려지는 듯한 감각에 따라, 난립하는 나무 사이를 빠져나가듯이. 정령의 힘을 자신의 몸에 깃들인 상태로, 히나타는 전속력으로 숲을 내달리며 통과했다.

숲이 끝나면서 훤하게 뚫린 장소로 나오자, 다섯 명의 상위 마인의 모습이 보였다.

히나타의 접근을 이미 알고 있는 것 같지만, 그 시선은 더 먼 곳에 고정된 상태였다.

히나타도 그 시선을 쫓는다.

거기서 본 광경은 패색이 짙어 보이는 자신의 자랑스러운 부하들의 모습이었다.

히나타는 쳇 하고 혀를 차고 싶어졌지만 애써 참는다.

그 짜증은 패배 때문이 아니라, 완전히 적대 행위를 취해버리게 된 현재의 상황 때문에 나온 것이었다.

이미 전투가 벌어진 이상, 교섭만으로 끝날 것이라는 생각은 할 수가 없다.

비록 히나타 쪽에 사정이 있었다고 해도 그건 리무루에겐 관계가 없는 이야기이기 때문이다.

리무루는 전쟁터를 바라본 채로 움직이지 않는다.

히나타도 또한 자연스럽게 그 자리에 멈춰 선다.

지금부터 어떻게 움직일지를 생각하면서, 상대의 전력을 파악한다.

강력한 상위 마인이 네 명. 그 너머에도 이질적인 오라(요기)를 내뿜는 슈트 차림의 여자가 보였다.

눈앞에 있는 두 명의 여성은 라이칸스로프(수인족)로 보인다.

마왕 리무루에 관한 보고 중에 있었던, 전 마왕 칼리온과의 관계. 그 내용으로 추측하건대, 그 두 사람이야말로 그 유명한 수왕전사단의 삼수사일 것이다.

어중간한 마인 따위는 이빨도 먹히지 않을, 참으로 엄청난 강자의 품격이 느껴졌다.

그러나 그 두 사람과 나란히 서 있는 자들도 또한, 삼수사에 뒤지지 않는다. 아니, 오히려——,

두 개의 검은 뿔이 돋아난 붉은 머리카락의 미남자. 그런 마인과 대칭을 이루듯이 푸른 머리카락의 청년의 이마에는 하얀 뿔이 하나 돋아나 있다.

"삼수사?! 그리고 오거—— 아니, 키진 족입니까?"

히나타를 쫓아오던 아루노는, 목소리를 낮춰서 히나타에게 물었다.

히나타는 대답하지 않은 채, 조용히 마인들을 관찰한다.

"──아니. 저건 오니(요귀, 妖鬼)야."

"오니, 라고요?"

"들은 적이 있습니다. 신통력을 다루는 토지신 급의 마물이라고. 이교도에는 오니를 신으로 모시는 자들도 있다거나……."

"실제로는 오거의 진화 계통 중 하나라고 하던데, 그 수준에 도달하는 자는 극소수라고 들었어. 하지만 지금 실제로 눈앞에 있군. 특A급의 위험도를 가지고 있다고 인식하도록 해."

이곳은 마왕의 영역.

자신들은 초대받지 못한 손님이다. 아루노 일행도 그렇게 인식하면서, 긴장한다.

그리고 히나타는.

특A급의 위험도── 그것도 너무 낮게 본 것일지도 모르겠다는 생각을 하고 있었다.

특히 저 붉은 머리의 마인은 '마왕종'을 넘어서는 힘을 숨기고 있는 것 같다.

비슷하게 싸우려면, 아루노를 포함한 대장격의 기사가 세 명은 필요하다. 하지만 지금은 저쪽에 네 명의 마인이 있으며, 이쪽도 네 명의 대장밖에 없다. 이건 우연이 아니라, 리무루가 일부러 숫자를 맞춘 것이라 생각해야 할 것이다.

그리고 그── 마왕 리무루.

예전에 만났을 때와는 비교도 되지 않는 압도적인 존재감.

『상대해주겠어. 너랑 나의 일대일 결투로 말이지.』

히나타는 그 말을 떠올리고 있었다.

(그래, 그렇지. 당신은 나와의 일대일 결투를 바라고 있었지. 방해는 받고 싶지 않다는 뜻이려나?)

그렇다면 최악의 경우, 히나타 한 명의 목숨을 대가로 내놓을 테니, 부하들은 그냥 보내주면 좋겠다.

아니, 아니다.

압도적으로 승리하여, 히나타의 사과를 받아들이게 만들어야 한다.

히나타는 그렇게 속으로 몰래 각오를 굳힌다.

그때 슈트 차림의 여자 마인이 움직였다. 엄청난 압력을 발산하면서, 멀리 있는 레나도를 노리면서 점프한 것이다.

그걸 끝까지 바라본 후에, 리무루가 천천히 히나타 쪽으로 시선을 돌렸다.

그리고 지금 리무루와 히나타의 시선이 교차한다——.

●

이거 참 어이가 없군.

정말로 어이가 없지만, 상황은 예상한 범위 안의 것이다.

아무런 문제가 없다.

그렇기에 나는 뒤를 돌아보았다.

그곳에 서 있는 것은 히나타다.

숨 하나 헐떡이지 않은 채, 차가운 얼굴로 나와 마찬가지로 전쟁터를 보고 있었다.

눈이 마주쳤다.

그대로 한참 동안 말없이 서로를 뚫어져라 바라본다.

맨 처음 입을 연 것은 내 쪽이었다.

"결국 일을 저질렀구나, 히나타. 말할 것도 없겠지만, 이곳은 내 영토다. 무단으로 군사행동을 벌인 시점에서 너희들이 우리에게 위해를 가할 뜻을 가졌다는 것은 판단할 수 있다. 선제공격을 허용할 정도로 나는 만만하지 않아."

공격을 시작한 게 어느 쪽이 먼저인지, 그런 건 관계가 없다.

'홀리 필드(성정화결계)'를 펼친 시점에서 우리의 패배가 확실해지기 때문에, 그 전에 시온이 먼저 움직이는 것은 당연하다. 그 점을 따지고 드는 것은 번지수를 잘못 찾은 것이므로, 먼저 못 박아 둔다.

"그래, 그게 당연하겠지. 나도 왜 레나도가 명령을 위반했는지 모르겠어."

히나타는 태연한 표정으로 그렇게 대꾸했다.

뻔뻔하다.

"잘도 말하는군. 레이힘을 죽여서 그 죄를 우리에게 떠넘기려 하고 있잖아? 그 덕분에, 파르무스 왕국의 신왕파가 힘을 얻고 말았다고."

"레이힘을 죽여서……?"

"그래. 그쪽의 호출을 받아서 돌아간 대사제 레이힘이 말이지. 미리 말해두겠지만, 레이힘에겐 내가 전해주길 부탁한 메시지만 들려서 보냈을 뿐이지, 그 이상 다른 말은 하지 않았어."

히나타는 한순간 당혹스러워하는 표정을 보였지만, 그 이후는 가면을 쓴 것처럼 표정을 움직이지 않는다. 차가운 시선을 이쪽으로 돌리더니, 값을 매기기라도 하는 듯한 눈길로 나를 바라보고 있다.

미인이긴 하지만, 그게 오히려 냉혹한 인상을 더 날카롭게 만들고 있는 것 같다.

"그렇군. 그렇게 된 거란 얘기군."

히나타는 그렇게 중얼거렸다.

"내 메시지는 제대로 전달받았겠지?"

"그래. 확실하게 전달받았어."

"그 답이 이건가?"

"그래, 그러네……. 조금 다르긴 하지만, 그걸 말해봤자 믿어주지는 않을 거잖아?"

뭐가 다르다는 거지.

"믿어줄 수도 있어. 하지만 그 전에, 저 집단을 말리고 네 나라로 돌아가는 게 조건이다."

나는 그렇게 말하면서, 현재 시온이 교전 중인 상대를 가리켰다.

그리고 히나타가 그쪽을 보았으며, 그리고 작게 고개를 옆으로 저었다.

"이미 무리겠는데. 말리러 끼어들기 전에 결말이 날 것 같아."

확실히 그 말은 맞다.

레나도라고 했나? 가장 강한 녀석과 시온이 전투를 벌이고 있다.

그리고 또 한 사람. 레나도보다는 약하지만, 상당한 실력자.

둘 다 아마 '십대 성인'일 것이다. 시온은 그런 두 사람을 상대로 자신의 본성을 드러내면서 싸우고 있었다.

이거 참, 저렇게 되면 이젠 결말이 날 때까지는 내버려 둘 수밖에 없다.

히나타의 말을 인정하는 것은 거슬리지만, 내가 내건 조건은 조금 무리가 있어 보이니까.

그렇게 생각하고 있으려니, 젊은 기사가 끼어들었다.

"무슨 말을 하는 거냐! 이 상황에서 우리 쪽의 전력을 되돌렸다 간 히나타 님은 어떡하라고? 히나타 님을 이리 오도록 부른 네놈이 아무 짓도 하지 않는다고 누가 보증할 수 있나?!"

내 말에 화가 난 듯이 그렇게 소리쳤다.

그렇게 말한다면, 처음부터 대화를 나눌 생각이 없었던 것으로 받아들이게 되는데……

"입 다물어라. 지금 이 자리에서 말을 할 수 있는 건 리무루 님과 사카구치 히나타뿐이다. 너희들은 이 자리에 불려 온 자들이 아니다. 그 사실을 자각하고 얌전히 있어라."

"뭐라고?"

베니마루가 젊은 기사를 제지함에도 불구하고, 그자는 멈추질 않는다.

다음 순간, 베니마루 앞에서 섬광이 교차했다.

아루노라고 불렸던 기사의 검이, 베니마루가 대충 뽑아 든 칼에 의해 막힌 것이다.

"살기는 없단 말인가. 올바른 판단이다. 만약 네가 나를 죽일 생각이었다면, 지금쯤 너는 여기 널브러져 있었을 테니까."

"히나타 님의 교섭을 방해하고 싶지는 않으니까 말이지. 약간 위협을 가할 생각이었지만, 설마 이 공격에 반응할 줄이야. 하지만 이대로 내 실력을 착각하는 것도 달갑지는 않군."

"착각하고 있는 건 네 쪽이다."

"후후, 조금 떨어진 장소에서 대화를 나눠볼까."

"좋겠지."

상쾌한 미소. 그러나 그 이마에는 핏줄이 돋아난다.

아루노라는 녀석은 의외로 도발에 내성이 없는 모양이다.

그런 분위기를 띠면서, 베니마루와 아루노가 그 자리를 벗어나기 시작한다.

히나타를 제외한 네 명 중에서, 이 아루노라는 녀석이 가장 강했다. 그렇기 때문에 베니마루가 움직인 것이다. 예정대로 죽이지 않고 발을 묶어줄 것이다.

히나타는 말리지도 않고, 어이가 없다는 표정으로 그 대화를 보고 있었다.

아루노의 실력은 베니마루보다 못하다는 것을 파악하고 있을 텐데, 말릴 낌새는 없어 보인다.

"자, 당신들도 지루하겠죠? 리무루 님의 방해가 되지 않도록, 잠시 저희가 상대해 드릴 수도 있는데 말이죠?"

"그러게 말이지. '십대 성인'의 실력은 나도 한번 시험해보고 싶었거든!"

알비스와 스피어가 움직였다.

처음부터 이게 목적이었는지도 모르겠군.

이제 와서 생각해보니, 스피어는 상당한 전투광이었지.

"그럼 내가……."

"어쩔 수 없지. 어울려줄까."

그렇게 응하면서, 두 명씩 짝을 지으며 사라졌다.

남은 것은 홍일점인 기사와 소우에이다.

"시작하겠나?"

"네에, 그러죠."

분위기를 파악했는지, 두 사람도 이 자리에서 사라졌다.

완전히 예정과는 다르게 진행됐는데.

아니, 딱히 남아 있어줘도 상관은 없다. 베니마루 말고 세 개의 팀은 뭔가 데이트를 하러 가는 것 같은 분위기였으니.

무리해서 싸울 필요 따윈 없었는데, 이거 참 난감하군.

아니, 그러고 보니 내 상대도 여성이었다.

그것도 가장 아름다운 미인.

그런데도 전혀 기쁘지가 않단 말이지, 이게…….

──농담은 이쯤 하고, 이렇게 되면서 우리가 아무런 방해를 받지 않게 된 것도 확실한 사실이다.

결국 이것은 필연이었던 모양이다.

이렇게 나는 다시 히나타와 대치하게 된 것이다.

제5장

성마격돌(聖魔激突)

Regarding Reincarnated to Slime

이렇게 하여 싸움이 시작된다.

히나타를 쫓아서 행동을 개시한 크루세이더즈(성기사단)를 지휘하는 것은 히나타의 부관인 레나도였다.

레나도는 원래 홀리 나이트(성기사)가 아니다.

마도의 극에 도달한 천재, 세인트 위저드(성마도사, 聖魔導師)였다.

성마도사라는 존재는 〈정령마법〉과 〈원소마법〉, 그리고 〈신성마법〉에 통달한 자가 그 호칭을 쓰는 것이 허락되는, 특별한 클래스(직업)이다.

이 세상의 법칙을 깨달은 자, 그게 성마도사인 것이다.

그러나 레나도는 성검을 휘두르는 검사로서, 수많은 작전에 종사하고 있다.

성마도사라는 본색을 숨긴 채로 싸우지만, 그러고도 성기사의 대장으로서의 명성이 훨씬 더 널리 알려졌던 것이다.

그리고 어느새 크루세이더즈 부단장의 직함을 얻기에 이른다.

그건 오로지 그의 실력에 의한 것이다.

아름다운 검기. 아루노가 강(剛)의 검이라고 한다면 레나도는 유(柔)의 검.

두 사람의 실력은 백중이지만, 아루노가 약간 더 강했다. 무엇보다도 진짜 전쟁에서 보여주는 그의 끈기 있는 모습이 아루노의 진면목이었다.

강력한 마물을 상대한다면 호화로운 검기보다 강건한 공격이 그야말로 중요하다. 그러므로 최강의 성검사라는 평가는 아루노에게 주어진 것이다.

하지만 마도사로서도 천재적인 재능을 가지고 있는 마검사. 그것이 레나도의 진정한 전법이다.

검의 실력으로는 아루노에게 미치지 못하지만, 원래 그가 가진 마검사로서의 전법을 사용한다면, 결코 밀리지 않을 것이다. 아니, 밀리기는커녕 자신이 더 강할 것이라고 레나도는 자부하고 있다.

그러나 성기사에게 있어서 〈원소마법〉의 실력은 평가의 대상에서 제외된다. 성기사 중에는 자신의 속성과 맞는 정령과 원소마법을 융합하여, 주문을 읊지도 않고 높은 위력의 마법을 발동할 수 있는 자도 있기 때문이다.

주문을 읊어야 하는 〈원소마법〉은 발동이 빠른 〈정령마법〉에 비해 속도 면에서 뒤진다. 위력은 더 높을지도 모르지만, 접근전에 있어서는 '속도'야말로 어떤 것보다 중요하게 여겨지고 있었다.

그것은 레나도에게도 예외가 아니며, 그렇기 때문에 검의 실력을 올리기 위해 수련을 하고 있다.

진정한 강함이란 것은 극에 달한 칼끝에 존재한다.

신속의 검기에 성(聖) 속성을 부여하면서, 만물을 가를 수 있는 힘이 태어나는 것이라고.

레나도는 그렇게 생각하고 있었다.

그건 아직 학생이었을 때 레나도가 봤던 선명하고 강렬한 기억.

유학차 머무르고 있었던 작은 나라가 마왕 발렌타인의 맹위의 희생물이 된 것이다.

그때 달려왔던 것이 당시에 막 성기사가 된 히나타였다.

히나타는 강했다.

그저 한결같이 강했다.

공격해 오는 마물의 무리를, 레이피어를 한 번 휘두르는 것만으로 소멸시킨다. 인간의 몇 배나 되는 덩치를 가진 악귀조차도, 그 검 앞에선 단 일격에 쓰러지는 것이다.

절망에 휩싸여 있던 그 나라의 사람들은 히나타가 찾아온 덕분에 구원을 받은 것이다.

그날부터 레나도는 검의 매력에 사로잡혔다.

정령마법을 공부하는 한편, 매일 히나타의 검을 떠올리면서 목도로 연습을 반복하는 나날을 보냈다.

금세 마도의 정점에 도달한 그는 잉그라시아 왕국의 학원으로 돌아왔다. 거기서 원소마법을 습득하면서, 신성교황국 루벨리오스로 이주할 수 있는 기회를 얻은 것이다.

외부의 인간이 신성교황국 루벨리오스로 이주하는 것은 아주 어려운 일이지만, 루미너스 교의 신자이자 우수한 실적이 동반된다면 허가를 받을 수 있다. 단, 가족과의 인연을 끊는 것이 조건이지만.

레나도는 망설이지 않고 이주를 선택했다. 원소마법과 정령마법도 높은 레벨로 습득하였으니, 이주 허가를 얻을 수 있었던 것이다.

그 후에 루벨리오스에서 신성마법을 습득하는 데 성공하면서, 수습 성기사가 될 수 있었다.

레나도가 계약한 정령은 '빛'이다.

빛의 성기사라고 불릴 정도인, 그 청렴결백하며 고결한 영혼의 색 그대로.

레나도는 성기사가 되었지만, 동경하는 히나타의 부관이 될 때까지 그렇게 많은 시간을 필요로 하지 않았다.

무모한 임무에도 솔선하여 지원하면서, 실적을 쌓은 결과인 것이다.

히나타를 노리는 라이벌은 많다.

동기인 아루노와 후릿츠. 히나타와 맞먹을 정도로 냉혹한 지혜자로 유명한 니콜라우스 추기경까지.

숨은 신봉자들까지 언급하자면, 그야말로 다 셀 수 없을 정도로 존재할 것이다.

그런 히나타의 부관이 될 수 있었던 것을, 레나도는 자랑스럽게 생각하고 있었다. 그런데…….

『레나도여, 너에게만 알려주고 싶은 것이 있다.』

레이힘 대사제가 살해당했다는 처참한 사건이 발생한 직후, 위대한 '칠요의 노사'의 호출을 받았다. 그곳에서 레나도는 무시무시한 진실을 전해 들었던 것이다.

『실은 말이지, 히나타와 마왕 발렌타인은 한통속이었다──.』

『우리가 발렌타인을 처치했지만, 그때 목숨을 구걸하면서 그렇게 떠벌렸지.』

그 말을 듣고, 레나도의 머리는 새하얗게 되었다.

동경하던 히나타가 마왕 발렌타인과 사실은 한통속이었다. 그렇다면 자작극을 펼쳐서 레나도를 속이고 있었다는 뜻이 된다.

만약 그게 사실이라면, 청렴한 레나도에게는 용서할 수 없는 배신이었다.

위대한 영웅들이 거짓말을 하리라는 생각은 하지도 못했고, 그렇다고 해서 히나타가 레나도와 다른 부하들을 속이고 있다는 생각도 할 수가 없었다.

(하지만 확실히……. 최근에 마왕 발렌타인의 활동은 소강상태를 유지하고 있지. 히나타 님이라면 마왕 발렌타인을 토벌할 수 있었을 텐데, 그렇게 하려는 낌새가 없었어──.)

히나타의 실력이라면, 마왕 발렌타인을 토벌할 수 있다. ──그건 틀림없는 사실이라고 레나도는 확신하고 있었다. '삼무선'인 사레의 전투 보고를 읽어봐도, 히나타가 나서면 승리는 확실하다고 레나도는 생각하고 있었다.

히나타에게는 히나타 나름대로 생각하는 바가 있겠지만…….

레나도는 곤혹스러웠다.

그런 레나도에게 추가타를 날리려는 듯이 '칠요'의 이야기는 계속된다.

『물론, 발렌타인이 난처한 나머지 거짓말을 했을 가능성도 있겠지. 하지만 그걸로 이 얘기가 끝나지는 않는다.』

『믿어지지 않지만, 이번에는 마왕 리무루와 같은 편이 되려고 하는 낌새가 보인다.』

『대사제 레이힘이 이 신성한 땅에서 살해당한 것도, 원래는 생각할 수 없는 일이라고 여겨지지 않느냐?』

그렇게 차례로 말하는 것을 들으면서, 레나도는 혼란에 빠졌다.

"그, 그렇지만! 히나타 님은 누구보다도 열렬한 루미너스 교의 신자입니다. 신과 우리를 배신할 리가…….."

그렇게 반론해보지만, '칠요'는 여전히 자신들의 의견을 주장한다.

『바로 그거다, 레나도. 우리도 그에 대해서는 의문으로 생각하고 있다.』

『하지만 그 반대일 수도 있다. 히나타가 교묘하게 우리와 루미너스 신을 속이고 있다는 의심도 피할 수는 없지.』

『그걸 확실히 밝힐 방법도 하나 있긴 하다만…….』

일부러 의미심장하게 내뱉는 '칠요'의 말에 레나도는 그대로 덥석 미끼를 물고 말았다.

"그, 그 방법이 뭡니까?!"

'칠요'는 침묵한다.

그리고 무거운 말투로 입을 열었다.

『그걸 들으면 넌 두 번 다시 돌이킬 수가 없게 될 텐데?』

『이건 어디까지나 밖으로 드러내면 안 되는 얘기인지라──.』

『히나타의 결백이 증명될 때까지는 말이지.』

그런 질문을 받으면서도, 레나도는 주저하지 않는다.

이미 '칠요'의 교묘한 화술에 넘어가 버린 것이다.

레나도는 자신도 모르는 사이에 '칠요'가 바라는 대답을 하도록 유도당하고 있었다.

"상관없습니다. 히나타 님의 결백은 바로 제가 증명해 보이도록 하지요!!"

『흠, 그렇단 말이지…….』

『협력해주겠는가, 레나도여?』

『하지만 위험한 역할을 맡게 될 것이야.』

레나도는 동요하지 않고 '칠요'의 말을 기다린다.

그런 레나도를 만족스러운 얼굴로 내려다보면서, '칠요'는 알려준다.

『마왕 리무루를 죽여라!』

『그러면 답이 나올 것이다.』

『히나타와 마왕이 연결되어 있다면, 히나타는 미친 듯이 그걸 막으려 움직일 테니까 말이다.』

아무리 레나도라고 해도 역시 그 말을 듣고는 동요했다.

"그, 그렇지만! 사룡 베루도라가…….'"

그런 레나도의 반응은 '칠요'의 예상 범위 안에 있었다.

『당황하지 마라.』

『침착하게 생각해보아라.』

『사룡은 정말로 부활한 것이냐? 모든 게 헛소리라는 생각은 들지 않느냐?』

그런 질문을 받자, 레나도도 떠올린다.

사룡의 부활은, 교황과 히나타밖에 확인하지 않았다는 것을.

"그럼 베루도라는 부활하지 않았단 말입니까?"

『그럴 가능성이 높다.』

『레이힘도 베루도라를 목격하진 않았다고 하더군.』

『어쩌면 교황님도 히나타에게 부추김을 당하고 있을 뿐인지도 모른다.』

그들이 그렇게 단언하자, 레나도의 마음에도 의심이 소용돌이치기 시작한다. 모든 것은 '칠요'의 의도대로 돌아간다.

『히나타는 마왕 리무루와 한 번 만난 적이 있다고 하더군.』

『그때 유혹에 넘어갔을 것이라고 우리는 의심하고 있다.』

『마왕 리무루에게 조종당하고 있다고 하면…….』

그런 말을 들으면서, 레나도의 마음속 저울은 기울었다.

히나타를 구할 수 있는 것은 자신밖에 없다. ──그렇게 레나도가 생각하는 것도 자연스러운 흐름이었다.

"그렇고말고요. 틀림없이 그럴 것입니다! 히나타 님이 배신을 하는 건 절대 생각할 수 없는 일입니다. 히나타 님을 이용하는 자가 있다고 생각하면, 여러분들의 의심도 풀리지 않겠습니까?"

그런 레나도의 말을 듣고, '칠요'는 무겁게 고개를 끄덕인다.

『그렇군. 그럴 수 있다면 의심도 풀리겠지──.』

『하지만 위험한 임무일 텐데?』

'칠요'들이 레나도의 각오를 시험하듯이 그렇게 말하지만, 레나도로서는 망설일 것도 없다.

"그럼 그 임무를 제가 맡겠습니다!!"

레나도가 그렇게 말하며 자원한다.

결의를 가슴속에 품고, 히나타를 구해내기 위해서.

그리고 만일, 모두가 히나타에게 속고 있었던 거라면…… 그때는 레나도 자신의 손으로 히나타를 처치할 각오를 품으면서.

『좋다. 그럼 네게 맡기도록 하지.』

『그 각오는 확실하게 확인했다.』

『잘해다오, 레나도여.』

그리고 레나도는 히나타의 당부를 어기고 출전한 것이다.

＊

쥬라의 대삼림에 들어오면서, 레나도는 확신하기에 이르렀다.

마력요소의 농도가 낮은 걸 보더라도, 베루도라의 부활은 헛소리라고.

그렇다면 역시 히나타가 루미너스 교를 배신하고 있을 가능성이 높다. 그것을 인정하고 싶지는 않다고 생각하면서도, 레나도는 목적을 향해 매진하고 있었다.

그리고 부대의 병사들을 산개시켜서 대규모로 '홀리 필드(성정화결계)'를 펼치려고 했던 바로 그때, 마치 매복이라도 하고 있었던 것 같은 타이밍으로 마물의 습격을 받았던 것이다.

"설마 히나타 님이 우리를 팔아넘긴 것은……."

레나도의 동료인 '불'의 갸루도가 그런 말을 뱉었다.

뭔지 모를 방법을 동원하여 레나도 부대의 동향을 알아낸 뒤에, 마왕 리무루에게 전한 게 아닐까 하고.

──『히나타와 마왕이 연결되어 있다면, 히나타는 미친 듯이 그걸 막으려 움직일 테니까 말이다.』──.

'칠요'의 말이, 레나도의 머릿속에 메아리쳤다.

그러나 그런 생각을 하고 있을 때가 아니다. 레나도는 즉시 대응공격을 할 것을 명령했으며, 그대로 난전으로 돌입했다.

적은 예상 이상으로 강했다. 그러나 사태는 그것으로 끝나지 않는다.

이대로 가다간 위험하다. 레나도가 그렇게 생각했던 바로 그 때—— 악몽과 같은 존재감을 내뿜는 오니(악귀, 惡鬼)가 하늘에서 내려온 것이다.

지면이 폭발이라도 한 것처럼 파이면서, 주변에 흙먼지가 피어 올랐다.

"이건 거물인데."

갸루도가 긴장한 표정으로 창을 빼 들고 싸울 자세를 취한다.

레나도도 고개를 끄덕여 동의하면서, 당황하지 않고 지시를 내렸다.

이 자리에 남은 자는 레나도와 갸루도를 제외하면 네 명이다. 나머지는 모두 습격해 온 마물들을 상대로 싸우고 있다.

대원들은 명령받은 대로 신속하게 대처를 마쳤다.

빛이 그들을 감싸면서 전신을 덮는 갑옷으로 변한다.

'정령무장'—— 성기사를 최강으로 만들어주는, 궁극의 방어구이다.

무게를 느끼기는커녕, 몸에 날개가 달린 것처럼 가볍게 만들어준다.

각자가 계약하고 있는 정령을 실체화시키기 쉽게 조정된 홀리 메일(성스러운 갑옷). 그것을 입으면, 성기사는 정령의 힘을 더욱 완전하게 사용할 수 있는 것이다.

또한 손에 든 무기에까지 파사(破邪)의 능력이 부여되며, 어떤 내성도 무효화시켜서 확실한 대미지를 줄 수 있게 된다.

소모가 심하기 때문에 장시간 유지하는 것이 불가능하다는 부분이 약점이지만, 이 무장을 입은 지금, 그들 성기사들은 마물의 천적이 된 것이다.

그대로 재빨리, 대상을 중심으로 사방으로 흩어지는 네 명.

간이형의 홀리 필드를 전개시킨다.

감지해낸 존재감은 아주 높았다.

눈앞에 선 마인은, 레나도가 알고 있는 한 전례를 본 적이 없는 거대한 에너지(마력요소)양을 보유하고 있다. A랭크의 마물이라고 해도 상위에 속한 존재인 것으로 보였다.

마왕 리무루, 당사자는 아니지만 그의 심복이라는 건 틀림이 없다.

마왕 리무루를 쓰러뜨리기 전의 전초전.

재빨리 끝내버리고, 진짜 목표를 공격한다──. 그렇게 생각한 레나도는 처음부터 힘을 아끼지 않는 총력전을 선택했다.

"목표에 대해 홀리 필드를 발동하라!"

방심은 곧 죽음으로 이어진다.

대상을 확인할 것도 없다고 생각하면서, 명령을 내렸다.

즉시 사방으로 흩어진 성기사들이 그 명령에 반응했고, 성스러운 결계가 펼쳐진다.

결계의 발동은 완벽했다.

안쪽에서 이 결계를 파괴하는 건 불가능할 것이다.

하지만, 그건 완전하지는 않다. 간이형은 결국 간이형인 것이다.

범위가 좁으며, 마물에게 작용하는 약체화 효과도 약하다. 움직임을 봉인할 수는 있지만, 안에서 적이 펼치는 공격을 전부 막아낼 수 있는가 하는 의문은 남는다.

한 변의 길이가 5m 정도 되는 피라미드 모양으로 발동하고 있지만, 결계 안의 마력요소가 전부 사라지기 전에 극대마법이 발동될 우려도 있다. 그렇게 되면 파괴될 가능성은 충분히 있었다.

그리고 그 공격은 밖에까지 영향을 끼친다.

원래 결계의 범위가 광대한 이유는, 그 점을 대비하기 위한 것이다.

기본적으로 마력요소의 통과를 막아낸다는 점에서는 문제가 없다. 상위 마인 정도의 힘으로는 결코 파괴할 수 없는, 성기사의 비장의 수단 중 하나이다.

레나도는 방심하지 않고, 전원에게 방어 결계의 발동을 명령한다.

이 홀리 필드에서 적을 죽이는 것은 불가능하다. 그러므로 이참에 취할 수 있는 한 모든 방어 수단을 강구해둔다.

결계 밖에서 안쪽으로 공격을 할 수도 있지만, 그건 상대의 수준을 확인한 다음에 해야 한다.

반사 속성을 지닌 레어(희귀)한 마물일 경우, 섣불리 공격했다간 피해를 확산시키는 것으로 이어진다. 그런 실수를 범할 수는 없는 것이다.

그렇게 하여 레나도와 부하들의 준비가 다 갖춰짐과 동시에, 폭발로 인해 일어났던 분진이 진정되었다.

그곳에 우뚝 서 있는 것은 한 명의 마물.

늘씬하고 가느다란 몸매를 가졌으며, 보랏빛 머리카락의 키가 큰 여성.

긴 머리카락을 하나로 묶어서 등 뒤로 넘기고 있다.

늠름하며 아름다운 얼굴을 갖고 있었다.

하지만 그 이마에는 칠흑의 뿔이 하나.

낯선 이국풍의 의복(슈트)을 입은 그 모습은, 보는 자의 시선을 끌어당긴다.

보라색의 눈동자로 레나도를 바라보면서 그 여성이 입을 열었다.

"내 이름은 시온. 리무루 님의 제1비서다. 잘 들어라, 너희들. 리무루 님은 이렇게 말씀하셨다.『복종』인지 '죽음'인지 선택하라』고. 현명한 제군들이라면, 이 의미를 이해할 수 있으리라고 생각한다. 어서 무장을 해제하고 항복하도록 해라!"

한없이 잘난 척을 하면서, 시온이라고 이름을 밝힌 마물은 그렇게 내뱉었던 것이다.

무슨 이유인지 '제1' 부분을 강조하면서, 그렇게 선언한 시온.

레나도는 상대를 관찰하면서, 그 시온이라고 이름을 밝힌 마물의 실력이 어느 정도일지를 추측한다.

확연하게도 이질적인 존재.

거대한 에너지(마력요소)양을 보면 A랭크 중에서도 상위 존재일 것으로 확신했지만, 그 정도로 끝날 수준이 아니다.

"엄청나군. 특A급, 어쩌면 마왕조차도 될 수 있겠어."

그 이마의 뿔을 근거로 예상하건대, 적은 오거의 상위종으로 보인다.

키진(鬼人)족이거나, 그 이상—— 레나도는 시온을 '마왕종'에 필적한다고 하는 '오니(요귀, 妖鬼)'라고 판단한다.

'네임드'인 오니—— 그건 틀림없이 캘러미티(재액) 급 이상의 존재. 마왕을 칭한다면 디재스터(재화) 급에 해당한다.

과거에는 신통력이라고 불리는, 천재지변도 다룰 수 있는 초상 능력을 보유한 개체도 확인되어 있다. 마물이라기보다 토지신에 가까운 존재다.

레나도와 부하들이 최대한으로 경계했던 것은 아무래도 정답이었던 모양이다.

"흥! 아쉽지만 그건 틀렸다. 뭐, 비슷하긴 하지만 말이지. 난 말이지, 오니(악귀, 惡鬼)다. 아마도 너희가 생각하는 것보다는 상냥하지 않을걸?"

그런 레나도에게, 시온은 태연하게 대꾸했다.

그 자리에서 시온이 상냥할 것이라고 생각한 자는 절대로 존재하지 않으리라. 어디서 그런 발상을 떠올린 것인지는 잘 모르겠지만, 그건 시온 나름대로의 충고였다.

"오니(악귀)라고? 큰 차이는 없지만, 우리에겐 관계없는 얘기입니다. 당신이 토지신이라고 해도, 우리에겐 사악한 마물에 지나지 않습니다. 우리의 신은 유일신 루미너스뿐이오!!"

신성교황국 루벨리오스가 인정하는 신은 유일신 루미너스뿐이다.

그것이 절대적인 진리.

지방을 수호하는 토지신이라고 해도, 그런 존재는 절대로 인정할 수 없는 일이었다.

신을 청하지 않는다면 봐줄 수 있다. 그러나 그렇지 않으면 섬멸할 뿐이다.

하물며 상대는 단순한 마물에 지나지 않는다.

아무리 거대한 힘을 보유하고 있다고 해도, 마왕의 부하에게 자비를 베풀 필요 따위는 전혀 없다.

그렇기에 레나도는 자신의 신념을 입으로 밝힌 것이다.

그러나 그렇게 내뱉은 레나도에게, 시온은 터무니없는 소리를 입에 올린다.

"너희의 신 따위에겐 흥미 없다. 그러니 어서 질문에 답하도록 해라!"

복종인가 죽음인가, 네가 선택하는 것은 어느 쪽이냐, 라고.

이 발언이 레나도의 역린을 건드렸다.

"입 닥쳐라, 사악한 마물아. 더러운 그 존재를, 이 세상에서 말소시켜주마!"

격노한 레나도가 그렇게 소리치면서, 성기사들에게 신성마법 : 홀리 캐논(영자성포, 靈子聖砲)의 일제사격을 명령한다.

신성마법의 몇 안 되는 공격 수단 중의 하나인 홀리 캐논은 마력요소를 분해함으로써 마물의 신체 구조를 파괴한다. 인간이라면 충격으로 의식이 흐려지는 정도로 끝나지만, 마물이라면 존재가 말소되어버리는 것이다.

상대가 성스러운 속성이라면 통하지 않는 공격이지만, 마물에게는 약점이다. 자연 속성의 '땅, 물, 불, 바람'의 네 가지 속성과는 달리 '성'와 '어둠'의 두 속성은 '무효화'가 불가능한 것이다.

성 속성에 속하는 천사계의 마물 이외에는 홀리 캐논을 막는 것은 불가능했다.

레나도의 명령을 받고, 일제히 사격을 시작하는 성기사들. 사방에서 쏟아지는 성스러운 에너지 탄이 시온을 덮쳤다.

그러나.

그 공격을 눈앞에 두고도 시온은 태연하게 서 있다. 손에 든 대태도로 모든 에너지 탄을 튕겨내 버린 것이다.

"그게 대답인가? 복종하지 않겠다면 죽여도 되겠지?"

그리고 왜 이 녀석들은 말을 듣지 않는 건지 모르겠다는 투로, 한 번 더 레나도에게 묻는 시온.

이 모습에는 아무리 레나도라고 해도 놀라고 말았다.

하지만 그런 협박에 굴할 리가 없다.

아무리 토지신 클래스의 괴물이라고 해도 적은 이미 홀리 필드에 붙잡혀 있는 것이다.

레나도와 부하들은 결계를 유지하면서, 적이 약해지기를 기다렸다가 마무리 공격을 날리기만 하면 된다.

그렇게 생각하면서도 레나도는 시온의 검술 실력이 달인 급이라는 것에 감탄하고도 있었다.

어느 정도는 약해져 있을 텐데도 불구하고, 그녀가 휘두르는 검의 속도는 레나도에게 필적한다. 그 사실에 놀라움을 감추지 못한다.

성 속성의 에너지 탄을 튕겨내는 그 대태도도 이상하다고 하면 이상했다. 마력요소를 분해한다고 하는 홀리 캐논의 성질상, 그 길 받아낸 마검은 몇 방 만에 파괴되어야 하는 것이다.

그러나 그 대태도는 파괴될 낌새 따윈 조금도 없었다.

그때 성기사 중의 한 사람이 신음 소리를 냈다.

네 방향 중의 한 곳. 그쪽의 방어와 공격을 담당하고 있었던 성기사에게 시온이 홀리 캐논을 튕겨내어 되돌려 보낸 것이다.

(말도 안 돼! 그런 재주를 부릴 수 있단 말인가?!)

경악하는 레나도.

성스러운 속성을 받아내면서, 그 에너지를 대태도에 두른 뒤에, 적이 다시 발사한 에너지 탄을 되돌려 보내 자신의 공격으로 전환한다니…….

상식적으로 말해서 있을 수 없는 기술이다.

그건 한순간의 타이밍이 아니면 실행할 수 없는 신기(神技). 그걸 시온은 아무렇지 않게 해낸 것이다.

레나도는 당황하면서 공격을 중지시켰다.

피해를 입은 성기사도 의식이 흐려지지는 않았으며, 불의의 기습을 받으면서 동요한 정도로 끝난 상태였다. 지금은 당황하지 말고, 다른 공격 수단을 모색해야 했다.

그러나 동요는 크다.

홀리 필드 안에서 바깥을 향해 공격을 하다니, 이건 예상외의 사태다. 성기사들도 놀라움을 감추지 못하는 모습이었다.

레나도는 경악의 감정을 애써 속으로 삼키면서, 다음 대책을 생각한다.

시온은 시온대로, 생각했던 대로의 효과가 없다는 것에 짜증이 나 있었다.

확실히 명중했을 텐데, 큰 대미지가 들어가지 않았다. 이건 자신 같은 마물에게는 절대적인 효과가 있지만, 발사한 인간에게는 효과가 약하다는 사실을 깨달은 것이다.

상대를 얕보고 있던 탓에 결계에 붙잡힌 것은 실수였다.

하지만 그건 처음부터 알고 있었던 것이다. 시온에겐 시온 나름대로의 생각이 있으며, 이 상황은 시온이 바란 결과이다.

이 결계는 리무루로부터 주의를 받은 홀리 필드와 같은 계열로 보인다. 비슷한 성질을 지니고 있으며, 내부의 마력요소 농도가 감소하기 시작하고 있다.

이대로 있다간 얼마 있지 않아서, 시온의 능력에도 영향을 끼칠 것 같다.

방금 슬쩍 시험해본 결과, '공간이동'까지도 봉인되어 있다는 것이 판명되었다.

그러나 이것도 모두 예상했던 범위 안의 일이다.

"이봐…… 이봐, 너희들. 내가 상냥하게 말하고 있는 동안에 어서 항복하라니까."

분노를 애써 참으면서, 필사적으로 미소를 지으며 시온은 설득했다.

완전히 상대를 깔보는 자세로, 성기사를 상대도 안 될 존재인 양 말하지만, 본인은 지극히 진지하다.

그렇지만 당연하게도 레나도와 성기사들에겐 그런 그녀의 사정이 제대로 전해질 리가 없다.

"멍청한 놈! 결계에 붙잡혀서 아무것도 못 하는 주제에, 잘난 척 굴지 마라!"

그렇게 갸루도가 울부짖듯이 소리쳤다.

그 말에 시온의 짜증이 한층 더 강해진다.

한계에 도달할 정도로 높아지면서, 당장이라도 폭발할 것 같다. 애초에 참을성의 한계치가 낮은 성격이기 때문에, 본인은 상당히 참고 있는 셈이라 하겠다.

이제 터지는 것은 시간문제였다.

"잘 들어라, 나는 사실 리무루 님으로부터 너희를 죽이지 말라는 명령을 받았다. 지금이라면 공격하지 않고 봐줄 것이며, 정 원한다면 특별히 내가 직접 만든 요리도 먹여주겠다. 어떠냐, 괜찮은 제안이지? 이게 마지막 경고다만, 어떻게 하겠나?"

그래도 시온은 참으면서 교섭을 계속한다.

그러나 어디까지나 끝까지 상대를 얕잡아보는 태도로 말하는지라, 그런 요구를 받아들일 자는 아예 없다.

게다가 홀리 필드는 시간이 지나면서, 붙잡은 마물을 약하게 만든다.

그 원리는 단순한데, 바로 결계 내의 마력요소를 정화하는 것이다.

마력요소가 없어진다는 것은, 마법이나 요력에 의한 술법이나 신통력, 마력 조작 외의 기타 등등, 법칙에 영향을 끼치는 아츠(기술)를 쓸 수 없게 된다는 의미이다.

예외는 특수한 스킬(능력)뿐이다.

승리가 확정되어 있다고 믿는 성기사들에게는 시온의 말에 귀를 기울일 의미가 없다.

하지만 착각해선 안 되는 것은, 홀리 필드가 방어 결계는 아니라는 점이다. 마력요소는 완전히 차단했지만, 물질이나 단순한 물리적 에너지는 통과시켜버린다.

예를 들면 '결계' 내에서 폭발을 일으킨다고 하면 폭풍과 파편은 외부까지 도달한다.

그걸 숙지하고 있는 레나도와 부하들은 절대로 경계를 게을리 하지 않는다. 완전무장으로 경계하는 것은 당연했다.

경계하고 있는 상황에서도 여전히 불안을 씻을 수가 없지만, 그래도 레나도는 시온에게 대답한다.

"우리 성기사는 마물과의 교섭에는 응하지 않는다. 이 이상은 대화를 할 필요가 없을 텐데?"

라고.

그 말을 듣고, 시온의 참을성도 한계를 넘어선다.

"좋다, 잘 말했다! 그렇다면 공포로 너희들이 나를 따르게 만들 수밖에!!"

그렇게 외치면서 시온은, 대태도를 지면에 처박았다.

그 충격으로 대지가 폭발하더니, 수많은 잔돌들이 공중에 날아오른다. 시온은 그걸 움켜쥐고는, 정면의 기사를 노리면서 내던졌다.

"——큭?!"

그 동작은 순식간이었다.

굉음이 울렸고, 시온의 정면에 서 있던 성기사 앞에서 작은 폭발이 발생했다. 투척된 돌이 성기사가 들고 있던 방패와 충돌하면서, 그걸 분쇄한 것이다.

엄청난 위력이었다.

약해진 상태가 이 정도인 것이다. 만약 홀리 필드가 없었다면 피해는 훨씬 더 컸으리라.

"방심하지 마라! 정령무장에 힘을 주입시켜라!!"

"그래, 기합을 넣어라! 상대는 마왕이라고 생각해!!"

레나도와 갸루도가 대원들을 고무시킨다.

방패가 박살 난 자는 크게 당황하면서, 빛의 방패를 다시 만들어냈다.

그런 레나도와 부하들을 바라보는 시온은 너무나 분하다는 표정으로 발을 동동 구르고 있다.

방금 그 공격으로 한 명을 쓰러뜨릴 예정이었던 모양이다. 그게 실패하면서 화가 난 것이다.

보기에는 이지적이며 아름다운 여성인 만큼 그 갭은 심각하다.

그러나 시온은 이대로는 끝이 없겠다는 것을 깨달은 모양이다. 전력을 다해 분노를 억지로 삼키고, 다시 레나도에게 말을 건다.

"제안이 하나 있다."

"마물과는 교섭하지 않는다. 그렇게 말했을 텐데."

"일단 들어봐라. 방금 말했던 것처럼, 나는 너희를 죽이지 말라는 명령을 받았다. 하지만 그것도 모자라서 너희에게 실력의 차이가 있다는 걸 가르쳐줘야만 한다."

"......."

"이 돌도 힘 조절을 해서 던진 것인데, 이게 의외로 어렵거든. 이 이상 진짜 힘을 발휘해버리면 한 명이나 두 명 정도는 죽일 것 같아서 말이야──."

"어, 어디서 허풍을!"

"듣지 마라! 이게 마물의 수법이다. 우리를 혼란시키려는 계책에 지나지 않는다!"

시온의 말에 자신도 모르게 반응하고 마는 성기사들.

그 모습을 보고 빙긋 웃는 시온.

"응응. 들을 마음이 생긴 것 같아서 다행이로군. 그래서 제안을 하겠는데——."

"현혹되지 마라! 이 이상 녀석의 망언을——."

시온의 말을 갸루도가 차단하려고 했다.

그 순간, 갸루도의 오른쪽 귀가 격렬한 뜨거움을 호소한다. 그 뒤에 느껴지는 것은 충격, 그리고 한 발 늦게 공기를 가르는 소리가 울려 퍼지면서 갸루도의 고막을 파괴한다.

뇌진탕을 일으키지 않은 것은, 그나마 평소에 늘 단련을 하고 있었기 때문일까…….

"뭐, 뭐야?!"

레나도가 그렇게 말하면서 갸루도를 쳐다봤을 때, 저 멀리 뒤에 있는 큰 나무가 뿌리 부근부터 꺾이더니, 끼기긱 하는 소리를 내면서 쓰러지는 광경이 눈에 들어온다.

"——!!"

할 말을 잃는 레나도.

귀에서 피를 흘리는 갸루도도 또한, 지금 막 무슨 일이 일어났는지 깨닫고 있었다.

시온이 돌을 던진 것이다.

말로 표현하자면 단지 그것뿐이다.

시온이 던진 주먹 크기의 돌이, 음속을 넘어서는 속도로 갸루도의 머리를 스친 것이다. 그리고 그대로 뒤에 있는 큰 나무에 명중하였고, 그 나무를 박살 낸 것이다.

물론 빗나간 것은 아니다.

시온의 겨냥은 정확했으며, 갸루도의 귀를 노리고 던진 것이었다.

그렇기 때문에 그다음은 이런 말을 했다.

"남의 말을 듣지 않는 귀 따위는 필요가 없겠지? 얌전히 내 말을 들으란 말이다."

성기사들은 얌전해졌다.

"괴물 놈……."

갸루도도 그렇게 중얼거리지만, 움직이지 못하고 있다.

레나도도 지금은 시온의 말을 들을 수밖에 없다는 사실을 깨닫고 있었다. 그 위력을 본다면 직격할 경우 대원이 죽을 수도 있다. '정령무장'이라고는 하나, 충격까지도 완전하게 막아낼 수는 없는 것이다.

시온이 진심으로 임하면 지금 같은 위력이 나온다는 것이 증명된 이상, 방금 했던 말이 거짓말이 아니라는 판단을 내리지 않을 수가 없었다.

'십대 성인'인 '불'의 갸루도조차도 반응할 수 없는 고속의 탄환을 일개 대원 레벨의 기사가 피하기는 힘든 것이다.

즉, 얌전히 이야기를 듣는 것이 정답이다.

시간을 벌면, 그만큼 상대는 약해지게 되어 있으니까.

"들을 수 있는 얘기라면 듣도록 하지."

그래서 레나도는 그렇게 답할 수밖에 없었다.

그 대답을 듣고 시온은 만족스럽게 고개를 끄덕였다.

그리고 대담한 미소를 지으면서, 폭탄 발언을 내뱉은 것이다.

"잘 들어라. 지금부터 너희가 낼 수 있는 최대한의 공격을, 내게 발사해봐라. 내가 그걸 받아낼 테니까, 끝까지 버텨내면 내 승리다. 얌전히 내게 항복하도록 해라. 어떠냐?"

자신만만하게 그렇게 말한 시온을, 어이없는 표정으로 바라보는 레나도. 그때 머릿속에 작은 의문이 발생했다.

(──혹시, 정말로 우리를 죽이고 싶지 않은 건가?)

시온은 처음부터 그렇게 여길 수밖에 없는 언동을 보여주고 있다.

그렇다면 그 이유는…….

그러나 레나도가 생각에 잠겨 있을 여유 같은 건 없었다.

고막을 파괴당한 갸루도가 그 분노를 토해내려는 듯이 도발에 응하고 만 것이다.

"좋아, 그 제안을 받아주지. 너희들, 내게 영력(靈力)을 동조시켜라. 레나도, 제어는 너에게 맡기겠어! 녀석은 너무 위험해. 살려두면 안 된다고!!"

자신을 부르는 소리를 듣고, 레나도는 제정신을 차렸다.

"자, 잠깐! 얘기를 좀 더──."

"시끄러워! 당장 시작한다!!"

갸루도가 독촉하며 명령한 대로, 힘을 집중시키기 시작하는 대원들.

홀리 필드의 천장에 모이는, 성스러운 힘의 거센 흐름. 그것은 마력으로 환원되면서, 갸루도의 마력을 증폭시킨다. 이대로 레나도가 제어하지 않으면 대원 네 명의 마력이 폭주하게 되어버릴 것이다.

(확실히, 지금은 싸우는 중이니 망설이고 있을 때가 아니겠지. 저자는 스스로 바란 거다. 그렇다면 나를 원망할 이유는 없어.)

전력으로 덤비라는 말을 듣는다면, 성기사의 명예를 걸고 사정을 봐주거나 하지는 않는다.

6 대 1이므로 비겁하다. 그런 안일한 생각 따윈 품지 않는다. 마물을 상대하게 된다면 승리해야만 정의인 것이다.

"알았어, 갸루도. 제어는 내게 맡겨."

"그래! 받아라, '인페르노 플레임(극염옥령패, 極炎鈺靈覇)――!!"

열화와 같이 거친 성격을 보이면서, 갸루도는 극염을 조종한다.

엘레멘탈 로드(불꽃의 정령왕)의 힘을 일부 빌리면서 구사하는 정령마법의 궁극. 갸루도 혼자서는 다 다루지 못할 거대한 힘이, 시온의 몸을 향해 쏟아졌다.

핵격마법 : 뉴클리어 캐논(열수속포, 熱收束砲)도 능가하는 열량.

마력요소를 구성하는 영자(靈子)를 그대로 이용한, 순수한 파괴 에너지였다.

그것을 시온은――,

"후후훗, 상대하기에 부족함이 없군! 생각했던 대로의 공격은 아니었지만, 뭐, 좋아. 공포를 주려면 이렇게 나오는 게 가장 빠르겠지!"

기쁘게 웃으면서, 시온은 대태도를 고쳐 잡는다.

그리고 다음 순간, 쏟아지는 열파인 '인페르노 플레임'을, 시온이 아무 말도 없이 다짜고짜 달려들어 베어버린 것이다.

그것은 시온의 뉴 스킬인 '잘 처리하는 자(요리인)'의 권능이었다.

시온은 아무 생각도 하지 않는 것처럼 보이면서도, 다양한 스킬을 구사하고 있었다.

우선은 엑스트라 스킬인 '다중결계'로 방어하면서, '천안(天眼)'과 '마력감지'로 상대의 약점을 파헤친다.

그리고 '요리인'의 '최적행동'에 의해, 자연스런 동작으로 열파의 흐름을 파악했다. 그곳을 찌르면서, 공격의 직격을 회피한 것이다.

그렇다곤 하나, 그 열파로 인해 시온의 피부는 타고 짓무르면서 처참한 몰골이 되어 있었다. 그러나 '초속재생'이 있는 시온에게는 문제가 되지 않는다. 보는 동안에도 피부가 재생을 시작했으며, 눈 깜짝할 사이에 원래대로 돌아간다.

언뜻 보기에는 막무가내였지만, 이치에 맞게 행동했던 것이다.

"자, 약속을 지켜야지. 내게 항복하고 이 결계를 풀어라."

당당한 시온의 선언에 대꾸할 수 있는 자는 없다. 성기사들은 레나도와 갸루도 쪽을 힐끗 볼 뿐이었다.

그 비현실적인 광경을 보면서, 사고가 마비되어 있었다. 성기사인 그들의 긍지가 지금 막 완전히 박살 나버린 것이다.

하지만 단 한 명, 갸루도만은 납득을 하지 않는다.

"웃기지 마라, 이 괴물 놈아. 그 결계가 있는 이상, 네 녀석은 아무것도 할 수 없다! 이렇게 되면 내키지는 않지만, 이대로 내구전으로 끌고 가야겠어!"

"자, 잠깐, 갸루도?!"

레나도는 놀랐다.

살짝 성격이 급한 면은 있지만, 갸루도는 지저분하게는 굴지 않는 사내다. 그런데도 지금은 끝까지 패배를 인정하려고 하지 않는다.

성기사의 입장에서는 옳은 모습일지도 모르지만, 레나도는 갸루도답지 않다는 느낌을 받았다.

그러나 그런 생각을 하고 있을 때가 아니게 되었다.

"흥, 이래도 아직 인정하지 않는 건가? 그렇다면 정말로 죽일 수밖에 없게 되는데……."

시온이 점점 더 험악한 표정을 지었고, 그 몸에서 오라(요기)가 감돌기 시작한다.

그걸 보고, 레나도는 전율했다.

(이, 이 정도일 줄이야……!! 이런 괴물이 진심으로 싸운다면 우리는 곧바로 전멸했을 거야. 홀리 필드가 있다고는 하나, 화를 내게 만들면 위험해――.)

"위험해, 이 이상 저자를 자극하지 마! 지금은 일단 칼을 거두 고――."

"멍청한 놈! 성기사에게 패배는 있을 수 없다! 그런 것조차 잊 어버렸단 말이냐!!"

레나도는 갸루도를 달래려고 했지만, 그 일갈을 듣고 동요했다.

그 말투는 평소의 갸루도에게선 상상할 수 없는 모습이었다. 아니, 그렇다기보다 오히려 다른 사람 같은 느낌이――.

"너, 넌――."

레나도가 갸루도에게 결정적인 의심을 품기 전에, 그 일은 일어났다.

"흥!"

그렇게 외치는 기합 소리.

동시에 들린 것은 파―앙 하고 울리는 맑은 소리.

시온이 대태도로 '결계'를 벤 소리였다.

홀리 필드(성정화결계)라는, 성기사들의 자신감의 근원이 지금, 시온 앞에서 파괴되며 사라진 것이다.

"마, 말도 안 돼……."

"그건 성스러운 결계란 말이다!!"

"꿈인가? 이건 꿈이란 말인가?!"

"마력요소를 차단하는 홀리 필드를 어떻게 마물이 파괴할 수 있는 거지――?!"

공포를 억지로 덮으려는 듯이 성기사들이 차례로 소리친다.

하지만 그에 대답하는 시온은 대수롭지 않다는 듯이 당연하다는 반응을 보인다.

"――역시 그렇군. 고밀도의 '다중결계'가 아니라, 순수하게 법칙을 비튼 '특수결계'였군. 법칙을 비트는 것은 내 전문이다. 난 말이지, 요리가 특기거든!"

레나도는 무슨 말을 들은 것인지 이해가 되지 않았다.

하지만 시온이 뭘 한 것인지는 이해할 수 있었다.

시온은 자신의 유니크 스킬인 '잘 처리하는 자(요리인)'로 홀리 필드에 영향을 끼치는 결과를 만들어낸 것이다.

현상과 법칙의 갱신.

자신이 원하는 '결과'를 대상에게 덮어씌우는 그 능력―― 그건

'확정결과'라고 한다.

시온의 '요리인'의 진면목이었다.

시온의 요리가 맛있어지는 것은 이 스킬(능력)의 효과이다. 이런 엄청난 힘을, 시온은 너무나도 아쉬운 용도에만 이용하고 있었던 것이다.

그걸 전투에 이용하면 어떻게 될까?

그 답이 지금, 레나도가 체험하고 있는 절망이다.

자신이 바라는 대로 확정된 결과를 낸다는 그 능력 앞에서는, 어떤 방어도 의미가 없다.

그에 대항하려면 더 강한 심상으로 결과를 다시 덮어쓸 수밖에 없는 것이다. 즉, 그것은 법칙을 비트는 것이 전제가 되며, 같은 계열의 힘이 없는 자에겐 대항할 방법이 없는 것이다.

천재이기 때문에, 레나도는 그 의미를 올바르게 깨달았다.

공포.

시온이 선언했던 대로 레나도의 마음은 공포로 뒤덮였다. 그러나 대장으로서 마지막까지 희망을 저버릴 수는 없다.

싸우면 전멸한다. 그렇다면 지금은 항복해서 살아남을 찬스를 노려야 한다.

"있을 수 없어……. 그런 말도 안 되는 일이……. 이런, 이런 괴물이, 어떻게……."

헛소리처럼 중얼거리는 갸루도를 곁눈질로 바라보면서, 레나도는 결단을 내린다.

"──항복하겠다. 부하들에게는 관대한 처우를 내려주길 바란다……."

그리고 꿈에서 깨어난 듯한 기분과, 떨리는 목소리로 그렇게 선언한 것이다.

시온은 레나도의 항복 선언을 듣고, 그제야 만족한 표정으로 웃었다.

레나도는 처음으로 시온을 똑바로 바라본다.

그, 꾸밈없는 미소를.

그리고 그 말을 곱씹으면서도 냉정하게 돌이켜보고 있었다.

이 시온이라고 자신을 밝힌 마물은, 아마도 진심으로 자신을 죽일 생각이 없었던 모양이다. 그것은 시온의 뜻이 아니라, 마왕 리무루의 명령 때문이라고 한다.

그렇다면 마왕 리무루가 악마에게 명령해서 대사제 레이힘을 죽였다는 이야기가 조금은 부자연스럽지 않은가 하는 생각이 들었던 것이다.

애초에 생각해보면 히나타는 처음부터 우호 관계를 쌓을 것을 목적으로, 마왕 리무루를 만나러 가고 있었다. 그런데, 그것을 마왕이 스스로 방해할 이유가 없다.

그야말로 분쟁과 혼란을 일으키려고 하는 것이라면 이야기는 다르지만, 이 시온의 반응을 보더라도 그렇지 않다는 것을 레나도도 이해할 수 있었다.

그렇다면——.

(설마, 내가 이용당하고 있었던 것은…….)

학우들의 원수인 마왕 발렌타인과 히나타가 한통속이었다는 이야기를 듣고 냉정한 판단력을 잃어버리고 있었다. 그 빈틈을 찔리면서, 자신은 속아 넘어간 것이 아닐까⋯⋯.

누구에게?

말할 것도 없이 '칠요의 노사'에게다.

레나도는 거기까지 생각이 미치자, 단번에 얼굴이 창백해졌다.

자신이 부대를 움직인 것으로 인해, 결과적으로 히나타를 방해하게 되었다는 것을 깨달았다.

히나타 쪽을 바라보니, 그녀는 혼자서 마왕 리무루와 대치하고 있다.

대화를 나눌 분위기가 아니라, 싸움을 목전에 둔 조용한 분위기.

(아, 안 돼. 히나타 님, 정말 죄송합니다!! 저 때문에 교섭이———.)

레나도는 모든 것을 깨달았지만, 이제 와선 그 싸움을 지켜볼 수밖에 없다.

상황은 이미, 레나도가 끼어들 수 있는 단계가 아니었다.

———그리고, 싸움이 시작됐다.

레나도가 바라보는 앞에서 히나타와 리무루의 검이 교차한다———.

●

사카구치 히나타가 이자와 시즈에와 만난 것은 행운이었다.

아주 짧은 시간이었지만 진정한 의미로 히나타가 마음을 허락한 사람은 시즈에뿐이었으니까.

한 달.

그 짧은 기간에 시즈에가 지닌 기술을 전부 배워서 익힌 뒤에, 히나타는 시즈에의 곁을 떠났다.

그건 거부당할 것이 두려웠기 때문이다. 결국에는 한 번 손에 넣었던 온기를 다시 잃을 것이 무서웠다.

히나타는 자신이 그런 면에 서툴다는 것을 자각하고 있었다.

어머니를 위해서 아버지를 죽였다.

그러나 그 결과는 어머니의 마음을 망가뜨렸을 뿐이다.

어머니는 그런 인간이라도 아버지를 사랑하고 있었던 것이다.

어머니가 종교에 빠진 것은 기도를 하지 않고는 버텨낼 수 없었기 때문일 것이다.

이 세상에서 불행이 사라지는 일은 없다.

그건 자연스럽고 당연한 일이다.

그 모든 것을 없애려고 해도, 그런 일은 불가능한 것이다.

히나타는 그걸 인정하고 싶지 않았다.

누구나가 웃으며 살아갈 수 있는 세계── 그것을 꿈꾸면서 현실의 불행을 한탄한다.

──어머니가 기도를 하는 것은 딸의 죄를 뉘우치기 위해.

만약 그렇다면 어머니는 자신을 미워하고 있었을까?

히나타는 그런 상상을 하는 것만으로도 너무나, 너무나 두려워졌다.

그렇기 때문에 더더욱 이 세계에 온 것을 행운으로 생각했다.

히나타가 이 세계에 오면서 어머니는 괴로움에서 해방되었을 것이다.

그리고 히나타도 이 이상 미치지 않은 채 끝낼 수 있었다.

기계처럼 정확하게, 번민하는 일도 사라질 것이라고.

그런 환상을 가슴속에 품고 히나타는 살아간다.

그렇기 때문에 히나타는 시즈에를 받아들일 수 없었다.

만약 받아들였다가, 미움을 받으면── 히나타는 틀림없이 시즈에를 죽이려고 할 것이다.

그렇게 자각하고 있기 때문에 히나타는 더더욱 단호하게 시즈에의 곁을 떠난 것이다.

망가져 있는 것은 자신──이라고, 히나타는 생각했다.

세계는 절망으로 가득 차 있으며, 인간은 쉽게 목숨조차도 빼앗기는 그런 세계.

히나타는 살아남기 위한 힘을 얻었다.

그때 들렀던 어떤 나라에서 충격을 받는다.

캘러미티(재액) 급의 마물에게 습격을 받아서, 몇 명이나 되는 사람이 죽어갔다. 그런 분위기 속에서 아이들을 지키려고 싸우는 자들.

어른들은 누구 하나 도망치려고 하지 않았으며, 아이들의 방패가 되어주고 있다.

살아남기 위해서 자신의 몸을 지키는 것밖에 생각하지 않는 자들만 존재한다고, 그렇게 생각하고 있었는데.

그런 모습은 히나타에게 감명을 주었다.

싸우고 있는 자들은 홀리 나이트(성기사)라고 불리는 자들이었다.

비록 자신의 몸을 희생하더라도 타인을 위해 몸을 바치고, 이 마을 부근을 정기적으로 순찰하며 사람들을 지켜내는 정의를 담당하는 자들.

그들이 사는 모습에 공감한 히나타는 자신도 성기사가 되어 자신의 힘을 활용할 것을 결의한다. 싸움에 몸을 맡기고 있으면 더 이상은 번민에 사로잡힐 일도 없어질 테니까.

그리고 히나타는 자신의 죄를 속죄할 기회를 얻었다.

그 후로 10년의 세월이 흘렀으며──,

히나타는 인류의 수호자가 된 것이다.

*

마물과의 싸움에 밤낮을 지새우는 나날.

같은 일이 반복되기만 하는 매일을 지루하게 느끼기 시작했던 것은 언제부터였을까.

히나타가 기사단장이 된 후로 대책이 수립되면서, 지금은 그 피해가 놀랄 만큼 줄어들었다.

마물의 발생 지점의 예측과 피해 예측. 연계하는 방법과 순찰하는 타이밍.

그런 시스템의 최적화가 피해를 감소시키면서, 놀랄 정도로 큰 효과를 발휘하고 있다.

그렇기 때문에 히나타에 대한 성기사들의 신뢰는 높다.

그런 자신이 뒤에서는 마왕 발렌타인과 한통속이라는 아이러니함에, 히나타는 자조할 수밖에 없다. 하지만 그래도, 그렇게 하는 것이야말로 가장 합리적으로 평안한 나라를 유지하는 방법인 것이다.

그러므로 히나타는 망설이지 않으며 후회도 하지 않는다.

모든 것은 루미너스 신 아래에 평등하며―― 완전한 관리하에 인간들은 행복을 향유할 수 있으니까.

그리고 지금.

상황은 좋지 않다. 웃음이 나올 정도로.

하지만 그 덕분에 모든 것이 깔끔할 정도다.

상황은 교섭은커녕, 싸움에서 이기지 못하면 해명조차도 허용될 것 같지 않다.

이야기를 들어줄 분위기가 아닌 것이, 그건 예전에 히나타가 리무루의 이야기를 듣지 않았던 것에 대한 대가를 치르는 것일지도 모른다.

(정말로 그때와는 상황이 정반대네――.)

자조하는 히나타.

지루함을 한탄하고 있던 것이 그리워질 정도로, 상황은 일변했다.

(정말로 이 세계는 상냥함이라고는 한 조각도 없다니까…….)

그렇게 탄식하면서도, 히나타는 이미 각오를 굳히고 있다.

번민하는 것도, 생각하는 것도 지금에 와선 의미가 없다.

승리야말로, 이 상황을 타파할 유일한 수단인 것이다.

자신의 신념이 옳은 것인지, 잘못된 것인지.

이미 그런 것조차도 아무 상관없게 된 심정으로, 히나타는 싸움에 이기는 것에만 의식을 집중한다――.

히나타는 리무루를 관찰한다.

아루노 일행이 각자 자신의 상대와 함께 장소를 옮기면서, 지금은 리무루와 단둘만 남았다.

히나타는 몰래 유니크 스킬인 '변하지 않는 자(수학자)'로 리무루를 바라본다.

그러나 예전과는 완전히 다른 사람이다.

마왕이 된 리무루는 한계가 보이지 않는다.

(이런, 이런, 정말 터무니없을 정도로 성장했네. 이자가 만약 인류의 적이 되었다고 생각하면 온몸이 오싹거릴 정도야.)

히나타의 '수학자'로도 다 파악할 수 없다면, 그 실력의 상한선은 자신과 동등하거나 그 이상. 그렇게 생각한 히나타는 계속하여 유니크 스킬인 '넘어서는 자(찬탈자)'를 발동한다.

상위의 존재에 대한 절대 우위.

그것이 히나타의 비장의 수인 '찬탈자'의 특징이다.

이 힘은 대상의 스킬(능력)이나 아츠(기능)를 꿰뚫어 보면서 빼앗을 수 있다. 자신이 쓸 수 있는가는 별도의 문제지만, 상대의 노력의 결정을 빼앗는다는 의미로는 흉악무도하며 무자비한 스킬인 것이다.

대상이 히나타보다 격이 낮은 경우, 감정 결과는 《대상 외》가 나온다. 이 결과가 나오면 상대의 힘을 빼앗을 수 없지만, 히나타의 승리는 확실한 것이 된다.

대상이 히나타보다 격이 높은 경우, 감정 결과는 《실패》나 《성공》이 나온다.

이 감정 결과가 나온 시점에서, 상대는 강적이라는 뜻이 되는 것이다.

그러나 《성공》하게 되면 상대의 스킬이나 아츠가 다 보인다는 뜻이고, 《실패》하더라도 끝나는 것은 아니다. 몇 번이고 도전 가능한 것이다.

어떤 강적이라고 해도 반복하다 보면 언젠가는 《성공》한다. 방심하지 않고 시간을 벌면서, 그때를 기다리기만 하면 된다. 그렇게 하면 히나타의 승리는 보장되는 것이다.

히나타가 전에 리무루와 대치했을 때, 그 감정 결과는 《대상외》였다.

그렇기 때문에 리무루를 경계하지도 않고, 완전히 얕보면서 대응했던 것이다.

이프리트(불꽃의 거인)를 소환한 것은 약간 놀라웠지만, 그것도 문제가 되지는 않았다.

왜냐하면 히나타는 스킬을 더욱 갈고닦아서, '강제찬탈'의 영역에 이르기까지 높여놓았기 때문이다. 이것은 자신보다 격이 낮은 상대에게도 유효하게 적용되는 파격적인 비기이지만…….

그 스킬을 쓰게 만든 것은 평가할 만하다, 그 정도의 인식밖에 품지 않았던 것이다.

이렇게 히나타의 '넘어서는 자(찬탈자)'는 자신과 상대의 역량 차이를 가늠하는 역할도 담당하고 있다.

그랬는데 지금은,

그 힘을 사용하면서도 리무루의 힘을 가늠하는 것이 불가능했다.

감정 결과는 놀랍게도 《방해》로 나온 것이다.

이 결과는 두 번째다.

마왕 루미너스 발렌타인과 대치했던 때 이후로, 같은 결과를 보인 사람이 또 한 명 나타난 것이다.

(즉, 너는 루미너스 님과 같은 경지에 이르렀다는 뜻이로군…….)

이런 짧은 시간에 용케도……. 그렇게 감탄하는 히나타.

그렇다면 잔재주 따위는 의미가 없다.

히나타는 손에 든 대검—— 드래곤 버스터(용파성검)를 내던졌다. 이런 것으로는 승부가 나지 않는다는 사실을 깨달은 것이다.

그리고 뽑은 것은, 루미너스로부터 받은 문 라이트(월광의 세검)—— 레전드(전설) 급의 무기다.

그리고 몸에 두르는 것은 '성령무장'——.

그것은 성기사들이 착용하는 '정령무장'의 오리지널. 용사도 사용했다고 일컬어지는, 서방성교회의 비밀 대마병기였다.

대룡대마(對竜對魔)의 무장이며, 성령에게 사랑받는 자만이 사용 가능하다.

빛이 히나타를 감싸더니, 번쩍이는 갑옷으로 변하면서 그 모습이 안정된다. 이렇게 되면 히나타는 이제 모든 제약에서 해방되면서, '선인 급'조차도 초월한 진정한 '성인'의 단계에 이르게 되는 것이다.

이제 순수한 힘과 힘의 승부만 남았다.

자신의 모든 것을 걸고 도전할 뿐이다.

그저 지루하기만 한 일상.

그런 나날이 지금 끝을 고했다.

승산이 없는 싸움 같은 것은 어리석은 자들이나 하는 짓이다. 그런데도 지금, 히나타의 마음은 흥분을 느끼고 있다.

히나타는 나지막이 웃었다.

리무루는 자신이 전한 메시지를 들었는지를 물었다. 그 말은 즉, 일대일의 결투로 승부를 가리자는 제안인 것이다.

(승리를 해야만 비로소 내 잘못에 대한 대가를 치를 수 있다는 말이네——.)

가슴속으로 결의를 품으면서, 흥분되는 마음을 그대로 실은 채로.

히나타는 리무루를 향해 칼을 겨눈다.

●

히나타가 내게 검을 겨눴다.

내 메시지를 전해 듣고도 결국은 일대일의 결투를 골랐단 말인가.

무기를 내던졌을 때는 이야기를 나눌 마음이 든 줄 알았는데, 아무래도 내 착각이었던 모양이다. 더 흉악해 보이는 무기를 빼

들면서, 그녀의 눈빛은 완전히 진지하게 바뀌어 있었다.

어쩔 수 없군. 이 싸움에 승리하여, 그녀가 내 이야기를 듣도록 만들기로 하자.

히나타와 대치하면서 새삼 느낀다.

이 여자, 빈틈이 없다.

기존의 무기들, 내가 지금까지 봐왔던 그 무기들 중에서도 톱클래스의 성능을 과시할 것 같은 그 검. 그것에 대항하기 위해서, 나도 칼을 빼 들어 자세를 잡는다.

이럴 줄 알았으면, 쿠로베에게 부탁해서 내 전용의 칼을 제대로 완성시켜둘 것을 그랬다. 내 '위장' 안에서 마력요소에 계속 노출시켜둔 칼은, 그 칼날이 시커먼 색으로 그럴듯하게 물들어 있었던 것이다.

그러나 지금까지 기다렸으니 서두를 것 없다는 생각에 쿠로베에게 맡겨두고만 있었다.

히나타의 검을 눈앞에서 보니, 이런 대용품은 믿음직스럽지가 못하다. 오라(요기)로 칼을 감싸서 보호해두고, 정면에서 날아오는 공격은 피하기로 하자. 그렇게 생각하면서 나는 '우리엘(서약지왕, 誓約之王)'로 제어한 '마법투기'를 써서 칼날을 '흑뢰염(黑雷炎)'으로 감싼다.

만반의 준비를 갖췄다. 이제 히나타가 어떻게 나올 것인지를 기다릴 뿐이다.

그리고 시작되는, 초고속으로 주고받는 검기의 공방.

처음부터 전력을 다해 싸운다.

히나타의 검의 속도는 비정상적일 정도다. 내가 '사고가속'으로 지각 속도를 100만 배까지 강화시켜야만 겨우 반응할 수 있는 레벨.

밀림과의 전투를 방불케 한다고 말하면, 그녀의 공격이 얼마나 대단한지 이해할 수 있을 것이다.

하지만 나도 밀리고만 있지는 않는다.

받아낸다. 그리고 반격한다.

이미 몇 합의 공방을 거치고 있지만, 서로에게 단 하나의 공격도 들어가지 않았다.

뭐, 자랑은 아니지만, 스치지도 않았다는 뜻이다.

그런 식으로, 서로가 공격을 막아내면서 상대의 빈틈을 살피고 있는 셈이지만, 이 빈틈이란 게 전혀 보이지 않는다.

마왕으로 각성하여 '라파엘(지혜지왕)'의 서포트를 받으면서도 이 정도인 것을 보면, 히나타 녀석은 정말로 괴물이다.

솔직히 내가 조금은 압도할 수 있을 거라 생각하고 있었다.

히나타는 확실히 강했지만, '진정한 마왕'이 된 지금의 나라면, 역시 신체 능력으로 압도할 수 있을 것이라고 말이다.

하지만 결과는 호각이다.

히나타는 내 검의 궤도를 완전히 읽어내고 있는지, 주저 없이 파고 들어온다. 그 움직임에는 쓸데없는 동작이 없으며, 반격을 해도 다 받아냈다. 그리고 그것도 모자라서 훨씬 더 날카로운 연속 공격을 퍼부으면서, 이쪽의 빈틈을 찌르며 들어오는 것이다.

예전의 나라면 전혀 맞서지 못했을 것이다. 그 말은 즉, 예전에 대치했을 때 히나타는 진짜 실력을 기의 발휘하지 않았다는 뜻이다.

그때는 정말로 운이 좋았다고 생각해야겠군.

이기기 위해서는 나도 아낌없이 모든 힘을 다 쏟아부어야 할 것 같다.

●

이거 정말 큰일인데. 히나타는 그렇게 생각했다.

검으로 압도하여 자신의 승리를 빨리 인정하도록 만들자고 생각하고 있었다. 그런데도 리무루는 무난하게 자신과 대등한 싸움을 벌이고 있다.

히나타가 10년의 시간을 들여 갈고닦은 검의 기술, 그 모든 것에 대응하고 있는 것이다.

인간의 몸의 한계.

마법과 스킬(능력)과 아츠(기술)를 구사해야만 겨우 마물과 싸울수 있을 만한 힘을 얻을 수 있다. 그에 비해 리무루는 호흡조차도 필요로 하지 않는다.

체력의 감소와는 아예 인연이 없으며, 마법으로 회복하지 않더라도 근육 피로 같은 건 아예 일어나지 않는 모양이다.

(후훗, 동등한 레벨로 싸워보니, 그 부조리함을 잘 알겠네…….)

그렇게 생각하면서 자신의 불리함을 한탄하는 히나타.

마물을 상대로 하는 거라면 처음부터 알고 있었던 일이다. 이

세계는 약육강식이므로, 따라서 절대적으로 이길 수 있는 조건을 갖추는 것이 중요하니까.

히나타는 '수학자'로 지각 속도를 1,000배까지 높인 데다, 그 한계를 더욱 초월하여 주위를 인식하고 있다.

뇌에 최대한의 부담이 가해지면서, 모세혈관이 몇 번이고 몇 번이고 파열되고 있었다. 그것을 자기회복마법을 자동으로 계속 거는 것으로 대응하여, 상대가 자신의 약점을 일절 깨닫지 못하게 한다.

그런 상태의 히나타에게는 세계의 움직임은 마치 멈춰 있는 것처럼 느껴질 정도다.

그래도 아직 부족했기 때문에, 히나타는 '수학자'의 '예측 연산'을 구사하여 리무루의 공격 궤도를 예측하고 있었다. 그것만으로도 전력을 다 쏟아부어야 할 정도로 히나타에게는 여유가 없는 것이다.

그런데도 상대인 리무루에게는 아직 여유가 남아 있는 것처럼 보였다.

흘러나온 코피를 알아차리지 못하게 닦으면서, 짧게 호흡을 가다듬는다.

길게 끌면 그것만으로 히나타의 패배가 결정된다.

'성인 급'이 된 지금도 히나타는 인간의 몸에 묶여 있었다. 반정신 생명체가 되려면 지금 또 하나의 벽을 넘어설 필요가 있었던 것이다.

자신이 가장 믿는 무기인 '찬탈자'는 《방해》를 받으면서 도움이 되지 못했다.

상위의 존재에 대한 절대 우위—— 그게 통하지 않는다. 그렇다면 더더욱 자신이 지금까지 길러온 기량으로 리무루를 압도해야만 하는데…….

루미너스에게서 받은 검은 엄청난 힘을 숨기고 있다. 이 검에 히나타의 마력을 주입하여 오라(투기)를 띠게 하면, 어중간한 회복 능력 따위는 따라오지도 못할 치명적인 대미지를 줄 수 있을 것이다. 지금 당장도 '초속재생'을 가진 적이라 한들, 이 검이라면 일도양단할 수 있는 것이다.

그렇기 때문에 팔 하나라도 빼앗으면 그것으로 끝이다. 히나타는 그렇게 생각하고 있었다.

죽이지는 않는다. 리무루가 히나타의 승리를 인정하도록 만들 수 있다면 그것으로 승부는 끝나니까.

그런데, 그 일격이 들어가질 않는다.

리무루는 감탄스러울 정도로 훌륭한 공간 파악 능력과 그 신체 능력으로, 히나타의 검의 궤도를 다 꿰뚫어 보고 있는 것 같았다.

(정말로 엄청난 성장이네. 하지만 그건 어디까지나 신체 능력에 관한 것뿐. 레벨(기량)까지는 따라잡지 못했겠지——.)

리무루의 진화는 굉장하지만, 그 기량은 이전에 봤을 때와 그렇게 변화하지 않았다. 히나타처럼 아츠(기술)를 빼앗았다고 해도, 그건 어디까지나 원리를 이해해서 몸에 기억시킨 것일 뿐이다. 이걸 제대로 다루게 되려면 정신이 아득해질 정도의 반복연습이 반드시 필요하다.

이 점에 관해선 리무루도 마찬가지인 것으로 보인다.

447

히나타는 거기서 승산을 찾아낸다.

계속 싸워온 경험의 차이.

리무루에게는 그 점이 치명적으로 부족했다.

그렇게 파악한 히나타는 완급을 더하여 상대에게 착각을 일으키게 하는 전술로 전환했다.

흔히 말하는 페인트라는 것이다.

히나타는 노련한 기량을 구사하여 리무루를 농락하는 작전으로 나선다──.

●

갑자기 히나타의 검의 속도가 상승했다.

변환 자재의 검기── 100만 배의 지각 속도인데도 슬로비디오로 돌린 것처럼 갑자기 히나타의 검의 궤도가 변화하는 것처럼 느껴진다.

'농담은 집어치워.' 그렇게 생각하면서, 나도 필사적으로 달려든다.

이게 바로 사카구치 히나타.

알고는 있었지만, 인류의 수호자라는 이름은 단순한 간판만은 아닌 모양이다.

격렬한 공방을 한동안 계속하면서, 히나타의 상태를 관찰한다.

그 입가에는 살짝 미소가 지어져 있으며, 승리를 확신한 듯한 표정으로 나를 보고 있다.

히나타의 움직임은 눈에 의존하고 있지 않다.

그 눈은 내게 고정된 채로, 주위에 펼쳐져 있는 모든 기운을 탐지하는 센서 같은 감각으로, 공격을 감지하고 있을 것이다.

신체의 축이 흔들리는 일 없이, 어떤 동작에도 대응할 수 있도록 자연스러운 상태를 유지하고 있다.

그 움직임에 쓸데없는 힘은 담겨 있지 않았으며, 이완된 상태에서 예비 동작을 보이지 않고도 다양한 공격을 펼치고 있었다.

히나타가 내 공격을 어떻게 예측하고 있는지는 모르겠지만, 내 동작은 완전히 읽히고 있었다.

그에 비해서 나는 히나타의 공격 동작을 보고 나서, 신체 능력에 의지해 필사적으로 회피하고 있는 상황이었다.

당연히 내 움직임에는 쓸데없는 동작이 많아진다.

이대로 계속 농락당하다간 패배할 것은 확실하다.

내 쪽이 신체 능력은 더 높다고 생각하지만, 무슨 이유인지 공격이 전부 읽혀버리고 만다.

레벨(기량)은 완전히 히나타가 위에 있다. 그런데도 지금의 히나타는 방심을 하지 않는다.

예전과 비교하면, 분위기는 물론이고 모든 것이 완전히 다른 사람이다.

투기를 띤 그 칼 공격은 맞으면 대미지가 엄청날 것 같다.

《해답. 치명상은 되지 않습니다만. 대폭적으로 에너지(마력요소)양이 감소할 것입니다.》

그것 보라지.

치명상은 아니라는 점이 다행이지만, 맞게 되기라도 하면 틀림없이 대미지를 입을 것 같다. 몇 번이나 공격을 당했다간 위험할 것 같고 말이다.

라파엘 선생에 의하면, 그 검도 특수 능력을 가지고 있다고 한다. 법칙을 바꿀 수 있는 특수한 파장이 있으며, 내 '다중결계'도 파괴되어버릴 것이라고 한다.

그게 정말인가 하는 생각이 들었지만, 라파엘 선생이 하는 말이니 틀림은 없을 것이다.

《…….》

어라? 무슨 문제라도 있어?

《알림. 다음 공격이 옵니다──.》

앗차, 딴 생각에 잠겨 있을 때가 아닌 것 같다.

히나타의 검은 날카롭다.

레이피어를 자유자재로 다루면서, 찌르는 동작에서 휘두르는 동작으로 춤추듯이 변화한다.

그리고 히나타는 견실하다.

화려한 기술이나 마법에 의존하지 않고, 견실한 검술만으로 공격을 가해 온다.

실제로 나 말고 히나타와 검으로 싸울 수 있는 사람은 하쿠로우 정도일 것이다. 그리고 아쉽게도 하쿠로우의 실력으론 이기지 못할 것이다. 기본적인 실력 차이가 너무 난다.

이렇게 보니 히나타는 전투의 천재였다.

어중간한 공격은 통하지 않는 것이다.

예를 들어 히나타가 상대라면 '분신체'를 만들어내도 의미가 없다.

얼티밋 스킬(궁극 능력)은 본체가 아니면 다룰 수 없는 것이다.

즉 '분신체'에 자기투영을 한다 해도 유니크 스킬까지만 사용할 수 있다. 그래서는 히나타에게 순식간에 베여버릴 것이다.

소우에이가 하고 있는 방식처럼 필요한 능력만을 추가하여 '분신체'를 만들어낸다 해도 임기응변으로 움직이지는 못한다. 그래서는 히나타를 상대할 수 없는 것이다.

자칫하다가 빈틈을 보이는 결과로 이어질 수 있으므로, 잔재주는 부리지 않는 쪽이 차라리 나았다.

특별할 것 없는 작전이 되겠지만, 히나타의 피로를 기다리는 편이 확실하다. 기본적으로 나는 피로해지는 일이 없으니까.

그렇게 생각하고 있었는데, 이 시점에서 히나타의 검의 속도가 한층 더 올라갔다.

아니, 아니다.

읽을 수가 없게 된 것이다.

궤도를 보고 회피 동작을 취하고 있었던 나였지만, 그 움직임의 방향을 예상하고 있었던 것처럼 히나타가 추격을 하기 시작하게 된 것이다.

아니, 그렇다기보다는 이건…….

《해답. 공격 예정 지점으로 유도당하고 있습니다.》

그렇군, 그래서인가—.

내가 도망치려는 방향으로 늘 히나타의 만전을 기한 공격이 날아온다.

즉, 내 움직임이 히나타가 생각하는 대로 이뤄지고 있다는 말인가.

써걱 하고 옷이 베인다.

아까부터 조금씩 스치는 상처가 늘어나고 있었다.

큰 대미지는 아니지만, 계속 이러다 보면 당할 것 같다.

위험하다. 아주 위험하다.

선생님, 라파엘 선생님——!!

지금은 선생님의 지혜를 빌릴 수밖에 없겠습니다.

뭔가 좋은 방법이 없겠습니까?!

아니, 빨리 대책을 생각해달라고!

——그런 내 소원이 통한 것인지, 라파엘 선생이 움직였다.

《알림. '미래공격예측'을 습득했습니다. 사용하시겠습니까?
YES / NO》

…….

역시 대단하다. 이 사람, 정말 장난이 아니야.

라파엘 선생이라면 기대에 부응해줄 것이라고 생각하고 있었어.

갑자기 무슨 소릴 하는 건지 이해가 잘 안 됐지만, 티무니없는 능력을 획득한 것으로 이해하고──,

《알림. 획득이 아니라 습득입니다.》

아, 네.
어느 쪽이든 상관없어. 마음속으로 그렇게 중얼거린다.
라파엘 선생이 말하기를,
히나타의 행동을 관찰한 결과, 내 공격에 대처할 수 있는 이유가 공격 예측 말고는 달리 생각할 수 없다는 걸 깨달았다고 한다. 그래서 내가 히나타의 상대를 하고 있는 동안에 히나타의 행동을 통해 학습을 했다고 한다.
──아니, 그런 게 가능하단 말이야?!

《해답. 가능합니다.》

가능하다고 한다.
뭐, 습득해버렸다고 하니, 거짓말은 아니겠지.
재빨리 사용해봤다.
수많은 빛줄기가 시야에 떠오른다. 감각이므로 머릿속에 표시되기라도 한다는 걸까?
그중의 하나가 빛을 발했다.
내가 그 빛을 맞받아치려는 듯이 검을 휘두르자, 재미있게도 히나타의 검을 받아치는 데 성공한다.

아무래도 빛줄기는 현재 적대하고 있는 자의 자세로부터 낼 수 있는 공격의 궤도이며, 빛나는 선을 따라 공격이 가해지는 모양이다.

몇 번인가 시험해보고 있으려니, 검의 예상 궤도가 시커멓게 변하는 패턴이 있다.

이런 경우에는 예측할 수 없다는 의미이며, 진심이 담긴 공격이 온다는 증거였다.

즉, 페인트나 레벨이 낮은 공격은 모두 연산이 가능하다고 한다.

히나타 같은 검의 달인 클래스라면 더더욱 예측이 불가능한 공격도 할 수 있겠지.

이 스킬의 무서운 점은 예측 연산이 아니라 확정 예측이라는 점이다.

확률이 높은 게 아니라, 예측에 성공하면 반드시 그 장소에 공격이 오는 것이다.

그렇다면── 히나타는 이미 내 적이 아니다.

페인트는 이미 페인트가 아니라, 오히려 완전한 사지로 이끌어 버리는 한 수가 되어버린다.

내 승리다──!!

물 흐르듯이 자연스럽고 빈틈이 없는 동작으로, 나는 '미래공격예측'이 가리키는 검의 궤도를 따라서, 히나타의 검을 튕겨내려고 한다──.

그것은 직감이었다.

이대로 검을 휘둘러버리면 치명적인 실수가 된다——는, 근거가 없는 감이 발동했다.

히나타는 원래 사리에 맞게 움직이는 것을 선호한다.

근거가 없는 행동 같은 것은 하지 않지만, 이때는 자신의 감을 믿었다.

그게 히나타를 구했다.

페인트로 날린 일격이었던 것이 다행이라 여기며, 억지로 궤도를 바꾼다. 아니, 그렇다기보다 그대로 자신의 몸까지 함께 리무루에게 날려 부딪치면서, 그 자리에서의 탈출에 성공한 것이다.

리무루는 아주 약간 놀란 표정을 보였지만, 아무 일도 없었던 것처럼 히나타를 향해 검을 다시 겨눴다.

히나타도 또한 리무루를 향해 검을 겨눈다.

그러나 뭔가 다르다.

방금까지와는 리무루의 분위기가 달라져 있다.

히나타는 시험 삼아 페인트 공격을 시도해봤다. 그러자 리무루는 어떻게든 대처할 수 있게 날린 그 공격을 무시하면서, 히나타를 향해 직접 공격을 날린 것이다.

마치 히나타의 검의 궤도를 알고 있었던 게 아닐까 싶을 정도로, 망설임이 없는 동작이었다.

(——우연? 아니, 아니겠지……. 이건 내 '예측 연산'보다도 정확한——.)

그렇다, 그건 미래 예지에 가깝다.

거의 완벽하게, 히나타의 생각이 읽히고 있는 것 같은 기분이

든다.

(놀랄 정도의 성장 속도. 검의 기술은 내가 위라고 해도, 그 차이를 메우고도 남을 만큼 우수한 스킬(능력)이 있단 말이네. 어중간한 공격은 통하지 않겠어. 그렇다면——.)

히나타는 냉정하게 리무루와 자신을 비교한다.

이 시점에서 놀랄 정도로 승률이 저하됐다.

시간 경과는 그만큼 상대를 유리하게 만든다. ——그런 생각을 했기 때문에 빨리 끝장을 내려 했는데, 그러고도 지금 이런 꼴을 하고 있다.

이 상대에게 승리하려면 죽이지 않도록 힘을 조절한다는, 그런 안일한 생각을 버릴 수밖에 없다. 히나타는 그 점을 깨달았다.

그렇다면 답은 하나——.

원래는 보이면 안 될 필살기를 써서 승리를 손에 쥐는 것뿐.

다시 자세를 잡고 거리를 둔다.

어느새 주위에서도 승부의 결말이 나 있었다.

시간이 멈춘 것처럼, 모두 움직임을 멈추고 있다. 그리고 히나타와 리무루의 싸움에 주목하고 있었다.

서로 공격을 시도할 수가 없다.

상대의 공격에 대한 예상이 극에 달하다 보니, 행동을 벌이기 전에 그 결과를 예상해버리기 때문이다.

그저 시간만이 흘러간다.

그러던 중에 히나타가 입을 열었다.

"——리무루, 제안이 있는데."

"뭐지?"

"다음 일격으로 끝을 내도록 하지. 나는 전력을 다해 필살기를 날릴 거야. 그걸 버텨내면 네 승리야. 버텨내지 못하면──."

"내 패배라는 건가?"

그래, 그거야──. 히나타는 그렇게 말하면서 고개를 끄덕였다.

"하지만 미리 말해둘게. 이 기술은 너무나 위험한 거야. 그래도 내 제안을 받아들이겠어?"

리무루라면 받아들이겠다고 대답할 것이다.

그리고 지금, 히나타가 사전에 충고한 덕분에 리무루가 이 기술로 죽을 일은 없게 되었다.

이것으로 안심하고 히나타도 전력을 다할 수가 있다.

만약 리무루를 죽여버린다면, 리무루의 부하인 상위 마인들은 복수의 악귀로 변하여 인류의 천적이 되어버릴 것이다. 힘이 다한 히나타는 살해당할 것이고, 전력에서 밀리는 부하들도 몰살당하게 될 것이다.

그렇게 되지 않기 위해서라도 리무루는 살아남아 줘야 하는 것이다.

원래는 상대가 알아차리지 못하도록 준비를 하고, 필살의 일격으로서 날리는 기술이다.

오버 블레이드(초절성검기, 超絕聖劍技)──멜트 슬래시(붕마영자참, 崩魔靈子斬).

히나타가 만들어낸, 마법과 검기의 융합 기술이다.

그 위력은 절대적.

그러므로 죽이지 않도록 조절하는 것은 가능할 리가 없다. 그렇기 때문에 더 쓸 수가 없었던 것이다.

(──그리고 너한테 이걸 보여주면, 쉽게 따라 할 것 같아서 내키질 않았거든──.)

죽일 상대에게만 쓰기로 정한 기술.

그런데도 본 것을 모두 배워서 익혀버리는 리무루 앞에서 써야만 한다는 것을, 히나타는 아주 조금 분하게 느끼고 있었다.

하지만 이것 말고는 다른 결론이 없으니 어쩔 수가 없다.

(──그러니까 더더욱 이 기술로 끝을 내겠어!!)

리무루가 패배를 인정하도록 만들기 위해서, 히나타는 자신의 압도적인 우위를 보여줄 수밖에 없으니까.

●

"하지만 미리 말해둘게. 이 기술은 너무나 위험한 거야. 그래도 내 제안을 받아들이겠어?"

히나타는 그렇게 말했다.

다음에 쓸 기술에 어지간히 자신이 있는 것으로 보인다.

하지만 이해가 안 된다.

왜 그걸 미리 나에게 선언한 것일까?

《해답. 사카구치 히나타로부터는 주인님을 죽일 의사가 느껴지지 않습니다. 경고를 남긴 것은, 다음 공격이 그 정도로 위험한 것이라는 뜻으로 보입니다.》

과연.

나를 죽이고 싶지 않단 말이지.

응, 어라?

히나타는 나를 죽이러 온 게 아니었나?

아니, 처음부터 좀 이상하다고는 느끼고 있었지만.

——하지만 뭐, 이제 와서 따지는 것도 이상하군.

그건 나중에 생각하기로 하자.

다음 승부에 이겨서, 천천히 이야기를 들으면 된다.

"좋아. 그 승부를 받아주지."

"후훗. 너라면 그렇게 말해줄 거라고 생각하고 있었어."

내가 승낙하자, 히나타는 그렇게 말하면서 웃었다.

그 표정은 너무나도 천진난만한 것이, 나이보다 어리게 보인다. 아니, 외모만 따진다면 여전히 고등학생인 것 같다.

방금 전까지의 어른스런 분위기의 히나타보다, 지금의 히나타 쪽이 더 자연스러운 느낌이 들었다.

잔혹한 미소도, 냉혹한 조소도 아닌 웃음.

어쩌면 이게 히나타의 진짜 얼굴일지도 모른다.

"하지만, 이걸로 다시는 두말하지 않기다! 네가 지면 깔끔하게, 다시는 이 나라에 손을 대지 않겠다고 맹세해라."

내가 그렇게 말하자, 히나타는 의아한 표정으로 고개를 갸웃거렸다. 하지만 곧바로 망설임을 떨쳐내려는 듯이 고개를 끄덕였다.

"……? 알았어, 약속할게. 네가 바랐기 때문에 일대일 결투에 응한 것뿐이지, 나도 사실은 앞으로의 일을 대화로 의논해보고 싶다고 생각하고 있었으니까."

히나타가 납득해주었으니 이것으로 됐다고 생각해야겠지만, 잠깐만 기다려봐. 방금 그 말에 위화감이 느껴지는데.

어라?

"내가 바랐기 때문에 일대일 결투에 응한 거, 라고……?"

"그렇고말고. 네가 전해달라고 부탁한 메시지는 확실히 들었어."

고개를 끄덕이는 히나타.

내가 전하려고 했던 메시지는 분명, 일반적인 인사로 시작하여 오해를 풀기 위한 시즈 씨와 아이들에 관한 설명과, 히나타가 그걸 이해한 상태에서 대화의 자리를 만들고 싶다는 내용이었을 텐데.

마지막을 마무리하는 말로서,

『——대화에 응해주길 바라지만, 납득이 가지 않는다면 상대해 주겠어. 누구한테도 폐를 끼치지 않도록 너랑 나의 일대일 결투로 승부를 겨뤄보자고. 하지만 가능하다면 대화로 끝내고 싶어. 좋은 대답을 기다리고 있을 테니까, 잘 생각해봐. 그럼 또 보자고.』

위와 같은 내용으로 끝을 낸 것으로 생각하는데, 결코 일대일의 결투를 바란 것은 아니다.

히나타가 워낙 완고해 보여서, 어쩔 수 없이 그렇게 말한 것뿐이지…….

"그럼 시작하겠어."

"잠깐━━!!"

이런, 생각에 빠져 있는 사이에, 히나타가 공격 자세를 취하고 말았다.

또 뭔가 오해가 있는 것 같은데, 지금 이렇게 된 상황에선 히나타에겐 말이 통하지 않을 것이다.

아니, 엄청난 집중력을 발휘하고 있는 것 같은지라, 이미 주위의 소리는 들리지 않을 것 같다.

뭐, 좋아.

버텨낸다면 내 승리이니, 간단한 내기가 아닌가.

주변의 싸움은 베니마루를 비롯하여 우리 쪽이 승리한 것 같다.

어떤 자는 앞으로 쓰러졌으며, 어떤 자는 지면에 주저앉아서, 힘을 다 써서 제대로 움직이지도 못하는 모습이다.

태연하게 서 있는 것은 베니마루와 소우에이인가.

삼수사는 '수신화(獸身化)'를 하지 않고 싸웠는지, 성기사들과 마찬가지로 완전히 지쳐 있는 것 같다.

남은 건 소우에이인데…… 무슨 짓을 한 거야, 이 녀석?

상대를 했어야 할 여성 기사는 무사한 것 같은데, 무슨 이유인지 소우에이를 보고 볼을 붉히고 있다.

왠지 몸을 꼬고 있는데, 대체 무슨 일이 있었던 거지. 저건 마치 소우에이를 사랑하는 아가씨처럼 보이잖아.

아니, 그 전에 지금은 전투 중인데?

이것도 나중에 차근차근히 이야기를 들을 필요가 있을 것 같다.

그리고 시온.

완전히 승리했는지 성기사들을 이리로 끌고 온다.

부상자는 있는 것 같지만, 희생자는 없는 것으로 보인다. 그건 성기사들도 마찬가지였으며, 회복약이 있으면 나중에 별문제는 없을 것 같다.

정말 잘했다고 칭찬해줘야겠다.

이것으로 문제는 히나타와 나와의 승부뿐.

그것도 다음 공격으로 끝날 것이다.

"베니마루."

"네."

"만일의 경우 내가 쓰러진다면, 뒷일은 네게 맡기겠다."

"훗, 농담이 심하십니다. 감히 리무루 님의 승리를 의심할 자는 없습니다."

그렇게 산뜻하게 대꾸하는 바람에 나는 어깨를 으쓱한다.

그렇지. 저쪽 세계에 남겨두고 온 PC와는 달리, 날 따르는 동료들을 남겨두고 갈 수는 없지.

나는 그렇게까지 무책임하지는 않다.

"알았다. 내 승리를, 여기서 기다리고 있어라!"

"넷! 무운을 빕니다——."

나는 고개를 끄덕이면서, 히나타 쪽으로 시선을 돌린다——.

●

이야기는 정리가 된 것 같군——. 히나타도 주위를 돌아보면서 그렇게 생각했다.

피폐해진 부하들이 보이지만, 생각했던 것보다는 정중히 다뤄 준 것 같다. 포로에 대한 학대 같은 문제도, 엄격하게 제한을 걸어놓았겠지.

(그렇군, 너의 인간됨을 처음부터 믿을 수 있었으면 좋았을 텐데.)

이제 와선 소용없지만, 그런 생각이 들었다.

하지만 아직 늦은 것은 아니다.

이대로 승부에 이긴 뒤에, 새로운 관계를 쌓을 것이다.

히나타는 고양되는 기분을 그대로 기도에 담으려는 듯이, 차가운 목소리로 주문을 읊기 시작한다.

사실은 필요가 없는 것이지만, 리무루에게 보여주고 싶다는 생각을 한 것이다. 어차피 도둑맞을 거라면, 완벽한 모양으로 전해 주고 싶다고.

발동시키는 것은 '디스인티그레이션(영자붕괴, 靈子崩壞)'이다. 그리고 그 힘은 비어 있는 히나타의 왼손으로 모이더니, 강하고 눈부신 빛을 발산한다.

빛나는 입자가 사방으로 날아다니면서, 환상적인 광경이 나타났다.

그리고 히나타는 그 빛을 문 라이트(월광의 세검)의 칼날에 두른다.

──왼손으로 슬쩍 칼날을 쓰다듬듯이 하면서.

이것으로 준비는 끝났다.

최강의 마법을 검기에 담는다.

이 검기로 베지 못할 것은 없다.

"자, 각오는 되었어?"

"덤벼라!"

"간다. ──멜트 슬래시(붕마영자참, 崩魔靈子斬)!!"

그리고 히나타는 빛으로 변하여 리무루에게 돌진한다.

●

눈부신 빛.

칼이 빛나는 게 아니라, 히나타의 몸까지 빛났다.

번쩍이는 입자를 두른 채로, 인간의 몸을 초월한 속도로 돌진해 오는 히나타. 내 예상을 넘어서는 엄청난 속도다.

그 검은 수많은 마를 물리치는 파사(破邪)의 성질을 띠고 있었다.

《알림. 방어 불능. 회피 불능──!!》

라파엘(지혜지왕)의 당황한 것처럼 들리는 경고의 목소리를 처음 들었다.

100만 배로 강화시킨 지각 속도로 포착하는데도, 그 빛은 평범한 속도로 나를 향해 다가온다.

말이 안 되는 속도를 가지고 있다는 증거였다.

이 거리, 이 각도와 타이밍.

히나타가 노리는 곳은 내 몸통부터 그 아랫부분. 머리만 남겨 두면 내가 죽지 않을 것이라 판단한 모양이다.

그러나 히나타에게 나를 죽일 생각이 없다고 하더라도, 이 기

465

술은 너무 위험하다.

회피는 불가능하고 '다중결계'는 의미가 없으며, 저 빛은 모든 물질을 붕괴시키는 영자—— 파사의 빛을 내뿜고 있다. 접촉하는 순간에, 내 몸을 불태워 버릴 것이다.

《알림. 얼티밋 스킬(궁극 능력) '벨제뷔트(폭식지왕. 暴食之王)'를 희생하여, 상쇄시키는 방법을 제안합니다.》

이런 때에도 라파엘 선생은 믿음직스럽다.

솔직히 말해서 '벨제뷔트'를 희생하는 것은 뼈아프지만, 지금은 어쩔 수가 없겠지.

여러 개의 대항 수단 중에서도 가장 성공률이 높은 것을 제안해준 것이니까, 내가 망설이고 있을 때가 아니다.

역시 이 속도라면, 어디를 노리는지는 오히려 쉽게 알아낼 수 있다. 너무 빨라서 도중에 궤도 수정 같은 건 하지 못할 테니까.

라파엘 선생이 히나타가 노리고 있는 부위를 '미래공격예측'하여, 그곳에 '벨제뷔트'를 가동시켜둔다.

히나타의 검이 내게 닿는 순간에 '벨제뷔트'로 전부 먹어치운다는 작전.

단순 명쾌. 망설일 것도 없다.

그리고——,

히나타의 기술과 벨제뷔트가 교차한다.

··················.

············.

……

그 결과, 나는 살아남았다.

죽는 줄 알았지만 살아남았다.

"후후훗, 아하하하핫!"

쓰러진 내 귀에 히나타의 웃음소리가 들려왔다.

주위의 마력요소가 전부 정화되어버리면서, '만능감지'가 작동하지 않게 된 것 같다.

오랜만에 고막의 진동으로 듣는 음성은, 그리움보다 당혹감을 내게 주었다.

몸이 움직이지 않는다.

히나타의 기술을 상쇄할 때에 내 에너지(마력요소)가 대량으로 소비된 것이다.

대미지를 환산하니, 7할 이상을 한꺼번에 빼앗긴 셈이 된다.

뭐, 살아남았으니 괜찮긴 하지만…… 무시무시한 공격 수단을 숨겨놓고 있었군.

만약, 경고 없이 이걸 사용했더라면…… 그런 생각이 들자, 등줄기에 식은땀이 흐르는 걸 막을 수가 없었다.

"굉장하네, 너. 그 상황에서 일부러 맞은 거지?"

뭐어? 무슨 소리를 하는 거야, 히나타는.

이런 위험한 기술을 일부러 맞는 바보가 어디 있단 말이야?

《……》

어, 아니, 설마…….

라파엘 선생의 상태가 조금 부자연스러운 느낌이 들어서, 따져 물어보려고 했다.

그러나 선생은 침묵하고 있다. 이건 틀림없이 뭔가를 숨기고 있다는 낌새가 농후하군.

"방금 그 공격을 버텨낸 이상, 내 패배로군. 어차피 더 이상은 싸울 수도 없어──."

히나타는 그렇게 말하면서, 무장을 해제했다.

그렇다기보다 힘을 다 써버렸다는 느낌에 가깝다.

내가 '벨제뷔트'로 먹어버렸기 때문에, 그 엄청난 성능을 자랑하고 있던 검까지 사라져버렸다. 지금의 히나타에게는 싸울 힘 따윈 티끌만큼도 남아 있지 않을 것이다.

그래도 히나타는 늠름하게 등을 쭉 펴면서, 내 대답을 기다리고 있다.

"그렇군, 내가 이긴 걸로 치고 끝내지──."

히나타와의 승부는 끝이 났다.

그러나 아직 문제는 해결되지 않았다.

히나타와 상대하여 이겼다는 선언을 하려고 했던 나는, 시야 한쪽 구석에서 뭔가가 빛나는 것을 느꼈다.

동시에 히나타도 그제야 알아차렸다는 듯이 그쪽으로 시선을 보내고 있다.

그 시선이 향한 곳에 있는 것은 한 자루의 대검.

《알림. 대상에 대한 사념 간섭과, 에너지(마력요소) 폭주의 확인── 폭

발합니다.》

대상이란 그 대검을 말하는 것이다.

누군가의 간섭이 있었다는 것은 우리를 노린 공격의 일종인가?!

"앗차! 이렇게까지 한단 말이냐, '칠요'——?!"

히나타가 그렇게 소리치면서, 움직이지 못하는 나를 감싸려고 일어선다.

그 직후에 폭발과 섬광이 일어난다.

그리고——,

히나타의 몸이 천천히 무너지듯 쓰러졌다.

ROUGH SKETCH

리티스

아루노 바우만

레나도 제스타

제6장

신과 마왕

Regarding Reincarnated to Slime

영원한 밤의 나라에 있는, 아무도 모르는 깊은 현실(玄室, 관을 넣어두는 방) 안에서.

얼음의 관에 봉인된, 실오라기 하나 걸치지 않은 아름다운 흑발의 소녀를 앞에 두고.

그자는 자신도 알몸이 되어, 얼음의 관에 자신의 몸을 기댄다.

황홀한 표정에 떠오르는 요염한 미소.

한없이 투명하게 보이는 흰 피부를 붉은색으로 물들이면서. 소녀는 감동의 한숨을 내뱉는다.

(아아, 아름다워. 아아…….)

관 속에 있는 소녀를 바라보면서 애정을 주는 것이 그자의 비밀스러운 즐거움이었다.

은발의 가련한 소녀.

그 눈동자는 헤테로크로미아(금은요동)── 붉은색과 푸른색으로 일렁이는 것 같은, 요사스러운 광채를 내뿜고 있다.

너무나도 반듯한 용모 중에서도 한층 더 이채로운 빛을 띠면서, 소녀의 미모를 돋보이게 하고 있었다.

하지만 무엇보다도 눈길을 끄는 것은──,

사랑스러운 소녀의 입술 사이에서 살짝 드러나는, 두 개의 새하얀 송곳니다.

작은 입술을 열 때마다, 피처럼 붉은 혀와 새하얀 이가 보이고 있었다.

그녀가 바로 밤의 지배자인 '퀸 오브 나이트메어(밤의 여왕)'──마왕 루미너스 발렌타인.

그 관에 손을 댈 때마다 루미너스의 아름다운 피부에 화상과 같은 상처 자국이 생긴다.

그것은 성궤.

순수한 성령력(聖靈力)으로 이뤄진 덩어리였다.

그러므로 루미너스가 상처를 입는 것도 전혀 이상한 일이 아니다. 뱀파이어(흡혈귀)의 마왕인 그녀에게 있어서, 그 관은 독 그 자체이니까.

그러나 루미너스는 그것을 개의치 않는다.

그 상처조차도 루미너스에게 있어선 최고의 행복인 것이다.

마왕으로서 절대적인 힘을 가지고 있는 루미너스라고 해도 그 관을 파괴하는 것은 불가능하다.

그렇기 때문에 루미너스는 그 관 속에서 잠자고 있는 소녀를 해 방시키기를 꿈꾸면서, 오늘도 역시 그 관과 함께 장난을 즐긴다…….

그런 루미너스에게, 심복이 소식을 알리는 목소리가 들렸다.

"즐거운 시간을 방해해서 죄송합니다. 지금 들어주셔야 할 사항이 있습니다."

그렇게 알려 온 사람은 루이이다.

루미너스가 지배하는 신성교황국 루벨리오스에서 '교황'의 역할을 부여한 부하다.

루미너스는 불쾌한 기분을 느꼈지만 참는다.

루이가 스스로 먼저 말을 거는 일은 그다지 자주 있지 않으므로, 상당히 긴급한 사태가 일어났다는 것을 상상할 수 있었으니까.

"뭐냐, 루이. 무슨 일이 생긴 것이냐?"

루미너스의 질문에 루이는 짧게 대답한다.

"히나타가 리무루와의 화근을 제거하기 위해 움직였습니다. 그걸 저는 묵인하고 있었습니다만, 아무래도 사태가 복잡하게 움직이기 시작한 것 같습니다."

"——무슨 뜻이냐?"

"실은——."

그렇게 말하면서 루이는 자신이 조사한 사실을 설명한다.

"그렇군……. 느긋이 있을 수가 없겠구나."

루미너스는 우울한 표정으로 그렇게 말하면서, 관에서 몸을 뗀다.

그리고 현실에서 나와 시종을 불렀다.

"귄터!"

"네, 여기 있습니다——."

어둠 속에서 노령의 집사가 나타난다. 발푸르기스(마왕들의 연회)에도 참가했던, 루미너스를 모시는 오래된 뱀파이어다.

그 계급은 루이와 동등하며, 루미너스의 부하인 '삼공(三公)' 중의 한 명이다.

교황청은 루이가.

나이트 가든(야상궁정, 夜想宮庭)은 귄터가.

그리고 지금은 죽은 로이가, 선전을 위해 존재하는 외적(外敵)이자 마왕의 대역을 맡고 있었던 것이다.

동시에 그것은 루미너스의 호위를 번갈아 맡는다는 의미이기도 하다.

지금 루미너스가 있는 곳은, 나이트 가든에 있는 현실이다. 그렇기 때문에 귄터가 호위의 자격으로 곁에서 모시고 있었던 것이다.

귄터의 도움을 얻어 의상을 입는 루미너스. 마법을 써서 순식간에 옷을 갈아입지 않는 것을 보면, 형식미에 집착하는 성격이라는 것을 엿볼 수 있다.

옷을 갈아입는 것을 도우면서, 귄터는 화가 난 표정으로 루이를 힐책한다.

"시답잖은 일로 루미너스 님을 번거롭게 만들다니——."

"미안하군. 하지만 이대로 방치해두면 루미너스 님이 총애하시는 히나타도 잃어버리겠다는 생각이 들었거든."

"그거야말로 시답잖은 일이다. 하지만 그 마왕 리무루와 얽혀 있다면 신중한 행동이 필요하겠지만……."

"일을 복잡하게 만들고 싶지 않으니까 말씀을 드리러 온 거야. 히나타가 살해당하기라도 하면 루미너스 님이——."

그런 두 사람의 대화를 중단시킨 것은 짜증 난 표정을 짓고 있는 루미너스이다.

"루이, 그 입을 닫도록 하여라. 귄터, 그대도 마찬가지다. 내가 나서면 해결될 얘기가 아니냐? 화근이 남지 않도록 말이지."

영역을 서로 침범당하는 것을 싫어하는 '삼공'의 성격은 루미너스의 두통거리이기도 했다.

루이도 그것을 이해하고 있기 때문에, 이번만큼은 귄터에게 머리를 숙이고 있다.

"넷, 황송합니다."

"드릴 말씀이 없습니다——."

루미너스에게 꾸지람을 듣고 머리를 숙이는 두 사람.

흥 하고 기분이 상한 표정으로 콧방귀를 뀌더니, 루미너스는 두 사람에게 명령한다.

"로이가 없는 지금, 역할 분담을 다시 정할 필요가 있을 것 같구나. 하지만 지금은 시간이 없다. 두 사람 다, 나를 따라오도록 하여라."

위엄을 담아서 그렇게 말한 뒤에, 루미너스는 걷기 시작한다.

"네."

"따르겠습니다."

기쁜 표정으로 승복하는 두 명의 마인을 이끌고.

문득 멈춰서는 루미너스.

그리고 사랑하는 자가 잠든 성궤 쪽을 돌아봤다.

(기다리고 있으렴——.)

루미너스는 사랑하는 소녀의 이름을 나지막이 중얼거렸다.

그리고 사랑하는 자를 만지는 듯한 손길로 현실의 문을 쓰다듬으면서 엄중히 봉인한다.

——루미너스의 방대한 마력 결계에 유폐되면서, 현실은 진정

한 어둠으로 잠기기 시작한다…….

●

비밀결사 '케르베로스(삼거두)'의 보스 중의 한 명── '금(金)'의 다무라다는 오대로와의 밀담을 마치고 파르무스 왕국으로 왔다.

그 변경에 있는 니들령으로.

돈에 눈이 먼 니들 마이검 백작과 친하게 지내고 있으며, 늘 선물을 빼먹지 않았다. 그 덕분에 지금 니들 백작은 다무라다를 완전히 신용하고 있다.

이번에도 역시 뇌물을 조금 전해준 것만으로, 자신이 키운 부하들을 도시 내부로 들여보내 준 것이다.

그리고 지금, 그 도시에 에드마리스가 숨어 있다는 정보를 확보하고 있다. 이번에는 이 땅이 태풍의 눈이 될 것은 틀림없었다.

새로운 왕 에드왈드가 2만 명의 군대를 끌고 와서, 인접한 에드마리스령에 진을 치고 있다. 이것도 확인이 끝난 사실이다.

영웅 요움이 에드마리스 왕을 숨겼다──. 이 사실을 전면적으로 홍보하면서, 새로운 왕 에드왈드는 영웅 요움과 에드마리스의 결탁을 주장하고 있다.

애초에 에드마리스가 멋대로 맺은 종전 협정이니, 그걸 새로운 왕이 된 에드왈드가 이행할 필요는 없다고도 외치고 있다.

그래도 어떻게든 성의를 보이려고 했는데, 에드마리스와 요움이 그 돈을 착복했다──고 국민에게 설명한 것이다.

변경이 아니라 도시부에 사는 자들에게 있어서, 싸우는 것밖에 능력이 없는 영웅 따위는 그렇게까지 고마운 존재가 아니다. 안전하게 보호를 받고 있기 때문에 더더욱 방어력의 필요성에 대한 인식이 안일하다.

자신들의 세금으로 공짜 밥을 먹여줄 수는 없다고 주장하는 자까지 있다. 그 안전을 지키는 데에는 돈이 든다는 인식이 결여되어 있는 것은 아이러니했다.

그러던 중에 영웅 요움과 선왕 에드마리스가 배상금을 횡령했다는 발표를 듣고, 파르무스의 국민들 중 상류계급인 자들이 격노했다.

차례로 새로운 왕을 돕겠다고 자청하는 자가 나타났으며, 지금은 에드왈드의 정통성을 모두가 인정하고 있다. 그리고 에드왈드는 그런 국민들의 뜻을 등에 업고 군대를 움직인 셈이다.

이대로는 요움과 에드마리스 두 사람은 무고한 죄를 뒤집어쓰고 처형당하게 될 것이다.

당연하지만, 두 사람이 그 사실에 납득할 리가 없다.

이 땅에서 전쟁이 일어나는 것은 필연적이었다.

다무라다가 머릿속으로 그렸던 대로 진행되고 있다.

이 니들령에는 요움이 모은 5,000명의 병사밖에 없었지만, 3일 전부터 계속 원군이 도착하고 있다.

(흠, 역시 마왕 리무루는 영웅 요움을 저버리지 않은 건가. 무르군, 너무 물러. 게다가 이것으로 성인 히나타의 승률이 크게 올라가고 말았어. 자, 슬슬 때가 되었는지도 모르겠군…….)

다무라다에게는 이것도 또한 예상한 범위 안의 일이다.

히나타를 처리해두고 싶다는 것은 다무라다의 개인적인 희망일 뿐이다. 히나타를 이용하기 위해 거짓말을 한 것이 들켰을 가능성이 높다. 그러므로 방해가 되기 전에 처리하고 싶었던 것이다.

히나타는 다무라다를 결코 용서하지 않을 것이다. 서방 열국에서 활동하려면 그 사실을 염두에 둘 필요가 있을 것 같다.

그렇다고 해도 히나타에 관한 일은 오대로에게 맡길 수밖에 없다. 다무라다가 직접 손을 대기에는 너무나도 위험한 상대이니까.

(뭐, 좋아. 임무에 실패한 것도 아니니까…….)

'케르베로스'의 총수로부터는 이 땅에서 전란을 일으키도록 하라는 명령만 받았을 뿐이었다.

즉, 이미 임무는 달성된 상황이다. 히나타가 돌아오기 전에 물러나는 것이 더 현명한 것이다.

하지만 아직 다 처리 못 한 일이 있다.

다무라다는 새로운 왕과 영웅, 그 싸움의 승패에는 관심이 없었다. 단, 앞으로의 이익으로 이어지도록 만들기 위해서, 오대로와의 약속은 지켜야만 한다.

그건 즉, 악마를 토벌하는 것이지만…….

이제 와서 계획에 차질이 생기고 말았다.

니들 백작이 회의의 내용을 조사해서 알려줬는데, 그에 의하면 악마도 단기 결전을 노리고 있는 모양이다.

자, 이제 어떻게 할까. 다무라다는 생각한다.

새로운 왕의 의도와 악마의 동향.

이게 완전히 어긋나고 있다.

새로운 왕 쪽은 마왕 리무루에게는 적대할 생각이 없다. 전력 차이는 확연하며, 일개의 나라로 상대하기엔 이길 수 있는 전망이 보이지 않는 상대이기 때문이다.

그런데도 마왕 리무루가 영웅 요움에게 원군을 파견하고 말았다. 그건 전쟁도 불사하겠다는 의사 표현일 것이다.

자신들이 외치고 있는 대의명분조차도 마왕이 선왕 쪽으로 가담한 시점에서 뒤집어진다.

흐름이 바뀌었다고 봐야 할 것이다.

더구나 다무라다로서는 마음에 걸리는 점이 하나 있었다.

악마 토벌 건을 받아들여서 여러모로 조사를 하던 중에, 마인 라젠은 선왕이 아니라, 다무라다가 노리는 악마를 따르고 있다는 사실을 밝혀낸 것이다.

이게 의미하는 것은——,

(——설마 마인 라젠은 마왕 리무루가 아니라, 그 부하인 악마에게 당하기라도 했다는 것인가? 그렇다면 현대종(現代種)이나 근대종(近代種) 정도의 아크 데몬(상위 마장)이 육체를 얻은 레벨이 아니란 말인데. 좀 더 오래된 악마가 되살아났다거나…….)

거기까지 생각이 미치면서, 다무라다는 얼굴을 찌푸린다.

정보가 부족하다. 총수로부터 들은 이야기에도 그런 악마의 정보는 포함되어 있지 않았다.

적어도 수백 년을 살아온 근세종(近世種) 이상으로 봐야 할 것——이라고 다무라다는 인식했다.

같은 아크 데몬이라고 해도 그 실력은 태어난 연대에 따라 다르다.

근대종까지라면 또 모를까 2, 3백 년이나 살아온 근세종 급이 되면 캘러미티(재액) 급에 필적하는 강적이다. 하물며, 1,000년 가까이 살아온 중세종(中世種)의 악마 정도라면 그야말로 마왕의 부관 클래스에 해당하는 실력이 있다고 봐도 틀림이 없다.

하위 악마로부터 진화한 개체 따위는 아예 논외일 정도의 실력을 갖추고 있다.

그런 악마가 육체를 얻었다고 한다면, 번거롭기 짝이 없을 정도로 인류의 위협이 될 것이다.

참고로, 인간의 소환에 응하여 따르는 것은 중세종까지만 기록에 남아 있다. 그 이상의 악마를 불러내 버리면, 그것은 파멸을 의미하게 된다. 불러낸 시점에서 행운을 다 쓴 것이며, 결국에는 그 영혼을 뺏겨버리는 것이다.

동쪽 제국에서 진행 중인 최신 연구의 결과에 따르면, 불러낼 때 제한을 걸어두는 것이 상식으로 여겨지고 있었다. 애초에 아크 데몬을 소환할 수 있는 자는 얼마 되지 않는 영웅 급의 실력자밖에 없지만…….

"그건 그렇고, 마인 라젠이라면…….."

자신도 모르게 입 밖으로 중얼거리는 다무라다.

그렇다, 마인 라젠의 이름은 제국에도 널리 알려져 있었다. 그 실력을 따지면, 그야말로 중세종에도 뒤지지 않는다. 만약 그런 라젠을 쓰러뜨릴 수 있을 정도의 악마가 있다고 한다면——.

게다가 오대로 측도 뭔가를 획책하고 있는 낌새가 느껴진다. 그 계획에도 아주 약간 흥미가 동하긴 했지만, 이 이상 깊이 파고드는 것은 위험하다고 다무라다의 본능이 경고하고 있었다.

(휩쓸리기 전에 탈출하는 것이 좋을 것 같군——.)

다무라다는 그렇게 생각했다.

"다무라다 님, 왜 그러십니까?"

다무라다의 부하가 다무라다의 혼잣말에 반응하여 물어봤다.

그런 부하를 바라보다가, 다무라다는 슬쩍 웃는다.

"후, 후후후. 위험하군. 이 이상은 안 되겠어. 지금은 얌전히 굴라는 지시도 받았으니, 이번에는 정말로 자숙하는 게 좋겠군."

"——?"

"철수한다. 관찰자를 두 명 정도 남겨두고, 나머지는 전원 이나라를 떠나라."

"네, 알겠습니다. 그러면 다무라다 님은?"

"나는 새로운 왕에게 인사만 하고, 그런 뒤에 템페스트(마국연방)로 가보기로 하겠다."

"자숙하시는 게 아닙니까?"

"응? 후후후, 자숙하고말고. 당분간의 어둠 속의 일이 아니라, 표면적인 상인으로서 마왕 리무루 님에게 알현을 요청하기만 할거다. 새로운 거래 상대로서, 부디 잘 봐주십사 하고 인사를 드리는 목적으로 말이지."

"과연, 잘 알겠습니다. 그러면 본국에서 불러 모은 컨트랙터(청부연합회) 여섯 명은 어떻게 할까요?"

"그걸 위해 새로운 왕에게 인사를 하는 것이다. 그들을 새로운 왕에게 바치는 선물로 삼을 것이야."

"과연, 그 뒤는 전부 에드왈드에게 떠넘기는 것이로군요?"

"듣기가 좀 그렇군. 오대로와의 약속을 지키는 김에, 새로운 왕에게도 은혜를 좀 베풀 뿐이다."

컨트랙터(청부연합회)라는 것은, 서방 열국에서 말하는 자유조합 같은 조직이다. 전문직을 파견하는 조직으로, 데몬 헌터(악마 토벌자)라고 불리는 악마 토벌을 생업으로 하는 자들도 있었다.

마물과 싸우는 자들 중에서도 최고의 실력자에게만 면허를 부여하는, 악마 사냥의 전문가들이다.

다무라다는 많은 돈을 주고 그들을 고용하여, 본국에서 불러들였다. 그리고 이 땅에서 그들의 강한 실력을 선전할 생각이었지만, 위험을 느끼고 예정을 변경하기로 한 것이다.

"하지만 그렇게까지 경계할 필요가 있을까요? 투자액을 다 회수하지 못했습니다만……."

"글쎄. 지나친 생각인지도 모르지만, 나는 나 자신의 감을 믿는다. 그리고 손해를 감수하고 파는 걸 아까워하다가 목숨까지 잃는 어리석은 짓은 범하지 않아."

"감히 건방진 말씀을 드리고 말았습니다. 그럼 저는 철수할 준비를 시작하겠습니다."

"그래. 나도 새로운 왕에게 줄 선물을 하나 더 준비하기로 하지."

대화는 그것으로 마무리되었고, 부하는 방에서 나가면서 사라진다.

준비는 재빨리 끝났으며, 그리고 다무라다는 니들령을 나갔다.

그 판단은 정답이었다.

다무라다는 간발의 차이로 분노한 악마가 목숨을 노리는 위기에서 탈출한 것이다.

새로운 왕인 에드왈드는 흥분의 절정에 있었다.

각지의 귀족으로부터 지원은 끊이지 않았으며, 전력은 점점 증강 중이다.

영웅 요움이, 형인 에드마리스의 편을 든 것은 예상 밖이었다. 그리고 마왕 리무루가 요움의 편을 들었을 때는 계획이 실패할 것을 각오했던 것이다.

그러나 하늘은 에드왈드를 저버리지 않았다.

대사제 레이힘이 살해되면서 상황이 변했던 것이다.

놀랍게도 그 성인 히나타가 마왕 리무루를 토벌하기 위해 나섰다. 크루세이더즈(성기사단)를 이끌고 출전했다고 한다.

게다가 신성교황국 루벨리오스의 영웅들이 에드왈드를 돕겠다고 제안한 것이다.

교황 직속 근위사단── 그중에서도 히나타 다음으로 강하다는 소문이 도는 '삼무선'이. 템플 나이츠(신전기사단)를 동원해서 참전하고 있었다.

아직 '신의 적'으로 정해지지는 않았지만, 그것도 시간문제일 것으로 생각할 수 있는 포진이다.

그들의 목적은 대사제 레이힘을 죽인 악마의 토벌이지만, 그것은 표면적인 명분에 지나지 않는다. 서방 열국 연합군이라고 부를 수 있는 일대 세력을 모아서, 마왕 리무루에게 대항하는 것이 진정한 목적이다──. 에드왈드는 그렇게 생각하고 있었다.

그렇기 때문에 에드왈드는 파르무스 왕국 안에서의 그들의 행동을 모두 인정하고, 군사행동을 벌이는 것까지도 허락한 것이다.

마왕 리무루와 싸울 생각은 없었지만, 일이 이렇게 되면 이젠 상관없다.

히나타가 마왕에게 패할 리는 없을 것이고, 이 정도나 되는 군대라면 마왕군에게도 이길 수 있다. ——그것이 에드왈드가 내린 판단이다.

문제는 베루도라이지만…… 그 변덕스러운 사룡만이라면, 서방성교회가 총력을 들여서 다시 봉인해줄 것이다.

나머지는 대의명분이 필요했지만, 그 문제도 이미 해결된 상태다.

유력한 '동쪽'의 대상인이 인사차 찾아왔으며, 그때 니들 백작이 보낸 편지를 전달받은 것이다.

그 내용은 구해주길 바라는 의뢰.

이로 인해 모든 문제는 정리되었다.

에드왈드는 신이 나 있었다.

(국경 부근에 각 나라의 원군이 도착해 있는 지금, 니들을 구한다는 명분으로 부대를 보내는 것도 괜찮을지도 모르겠군.)

그렇게 재빨리도 결단을 내린다.

본격적인 전투를 벌일 생각은 없지만, 니들령의 성벽 바깥에 군대를 주둔시키는 것만으로도 충분한 위협이 될 것이라고.

충고를 해주면서 말릴 사람이 없었던 것이 에드왈드의 불행이었다.

에드왈드는 출격 명령을 내려버리고 만 것이다.

예정이 크게 뒤틀려버렸다고, 그렌다는 생각한다.

하지만 그런 사태는 전쟁터에선 흔한 법이다. 요점만 말하자면, 임기응변으로 대응하여 상황을 호전시키면 되는 것이다.

그렇게 생각하면 지금은 그렇게 위험한 상황은 아니라고 할 수 있었다.

각 나라도 이번의 동향에 관심을 표시하면서, 기자들도 많이 몰려들었다.

예정했던 대로의 환경은 갖춰져 있었다.

리무루가 히나타에게 전념하지 않았다는 점이 예정과 달랐지만, 오히려 그렇게 되면 전력이 분산되는 것이니 악수를 둔 것이라고 그렌다는 생각한다.

그러므로 문제없다.

다무라다는 도망친 것 같지만, 악마 사냥 전문가 팀을 우호의 증표로 에드왈드에게 맡겨두고 있었다. 한 명 한 명이 A랭크 이상인 강자들이며, 충분한 활동을 기대할 수 있다.

(뭐, 쓰고 버리는 장기 말로 치면 되잖아.)

그렌다는 그런 식으로 느긋하게 생각하고 있었다.

일이 어떻게 돌아가든 악마를 쓰러뜨릴 수 있다는 자신이, 그렌다를 낙관적으로 바라보게 만들고 있다.

그러나 그 여유는 오래 지속되지 못한다…….

쿠후후후후.

그 악마── 디아블로는 사악하게 웃는다.

박쥐와 같은 날개를 크게 펼친 그 모습은 사악했다.

상공에서 전황을 둘러보면서, 자신을 함정에 빠뜨린 자를 찾는다.

경애하는 리무루 앞에서 수치스러운 모습을 보이게 만든 것을, 디아블로는 결코 용서하지 않는다.

공포를 느낀 적은 태어나서 한 번도 없었지만, 임무를 빼앗기는 게 아닐까 하는 생각만으로 온몸이 떨렸다.

또 "돌아가도 된다"는 말을 들을지도 모른다고 생각하자, 오싹해진다. 상상만 해도 몸이 갈가리 찢어지는 것보다 괴롭다.

그런 공포를 디아블로에게 느끼게 만든 자들에겐 반드시 보답을 해주어야 한다.

디아블로는 그렇게 생각하면서, 더욱 깊게 미소를 짓는다.

그리고 디아블로는 후방에 진을 치고 있는 새로운 왕 에드왈드를 발견했다.

그 외에 몇 명, 약간 눈에 띄는 자를 발견한다. 흔하게 널린 자들과 비교하면 그나마 낫다는 정도의 인식이다.

적어도 디아블로의 앞에 서 있을 수 있을 정도의 힘은 느껴진다. 그렇다면 그들이야말로, '십대 성인'이란 자들일 것이다.

리무루가 바라는 것은, '관계없는 희생자를 내지 않는다'는 것이다. 그러므로 관계자라면 그 제한은 없어진다. ──이건 디아블로뿐만 아니라 감시 역으로 동행한 하쿠로우도 같은 의견이다.

당연히 저항하지 않는 병사는 놓아주겠지만, 자신에게 공격해오는 자는 별개다. 하물며, 일방적으로 공격을 시작하려고 하는 어리석은 자 따위는 봐줄 필요도 없는 상대일 것이다.

지금 당장이라도 인사를 하러 가고 싶은 기분을 억누르고, 디아블로는 하쿠로우에게 '사념전달'로 이 소식을 알린다.

『하쿠로우 님, 그쪽에 한 명, 약간 눈에 띄는 자가 가고 있습니다. 란가 님의 좋은 심심풀이 상대가 될 것 같군요.』

『호오, 잘 알았네. 죽이지 않는 게 좋겠나?』

『네. 그자는 소문의 출처인 루벨리오스의 관계자이겠지요. 산 채로 붙잡아서 교섭 거리로 삼는 게 좋을 것 같습니다만.』

『잘 알았네. 란가 공에겐 그렇게 전해두지.』

『그리고…… 그자는 5,000명 정도의 병사들을 이끌고 있습니다. 자유조합의 기준으로 따진다면 A랭크를 넘어서는 자도 몇 명 섞여 있는 것 같군요.』

『흠, 그거 마침 잘됐군. 고부타와 가비루를 보내도록 하지.』

『아아, 그거 좋은 생각이로군요. 만일의 경우가 일어나도 패배하지는 않을 것 같습니다만──.』

『음, 안심하게. 나도 지켜보고 있을 테니, 그대는 그대가 하고 싶은 대로 하게나.』

『그 말을 듣고 안심했습니다. 그러면 저는 이만…….』

『너무 지나친 짓은 하지 말게나.』

디아블로는 정찰을 통해 얻은 정보를 하쿠로우에게 보냈다. 그리고 이미 자중도 자제도 하지 않은 채, 그대로 단번에 사냥감을 향해 비상한 것이다.

갑자기 찾아온 디아블로를 눈앞에 둔 채로, 새로운 왕인 에드 왈드는 얼어붙었다.

그 옆에서 홍차를 즐기고 있던 사레도 갑작스런 사태에 미처 반응하지 못한 것으로 보였다.

"처음 뵙겠습니다, 여러분. 에드왈드 왕은 오랜만에 뵙는 게 되려나요. 제 이름은 디아블로라고 합니다."

디아블로는 공중에서 내려오자마자, 우아한 동작으로 그렇게 인사했다.

"흩어져라! 경계 태세를 취해라! 에드왈드 왕을 지켜라!!"

디아블로의 인사가 끝나는 것을 기다리지 않고, 기사단장이 큰소리로 명령을 내린다.

왕을 지키는 호위 기사들이 그 목소리에 깜짝 놀란 듯이 반응하면서, 에드왈드를 둘러싸고 후방으로 물러났다.

그걸 지키려는 듯이 인간의 벽이 만들어진다.

근위사단의 기사들은 디아블로를 목격하자마자 순식간에 진을 펼쳤으며, 이미 방어 태세에 돌입해 있었다. 그런 그들이 에드왈드 일행 앞으로 나섰다.

디아블로는 유유히 자세를 잡으면서, 당황하여 허둥대는 자들의 준비가 끝날 때까지 아무런 행동도 하지 않는다. 목표를 포착한 지금, 남은 할 일은 그렇게 많지 않다. 그러므로 서두를 필요 따위는 아무것도 없었다.

야영지에 설치된 군용 텐트.

그중에서도 가장 호화로운 왕 전용의 텐트 앞에 선 디아블로는 곧바로 사례와 그 부하들에게 포위되었다.

그런데도 즐거워 보이는 디아블로.

그러나 그 눈동자는 분노로 불타고 있었지만, 그것을 알아차리는 자는 없었다.

무슨 일인지 몰라 놀라서 튀어나온 보도진에게도 디아블로는 계속 미소를 짓는다.

"당신들에게 위해를 가할 생각은 없습니다. 거기서 얌전히 있으면 됩니다."

그렇게 말하면서, 딱 하고 손가락을 울린다.

소리가 울려 퍼짐과 동시에 보도진은 '결계'에 둘러싸였다. 싸움에 휩쓸리지 않도록 하려는 디아블로 나름대로의 배려이다. 그 뒷면에는 거기서 나온 자는 봐주지 않겠다는 뜻도 포함되어 있지만, 거기까지는 생각하지 못하는 편이 기자들에게는 행복한 일일 것이다.

준비가 다 갖춰진 단계에서 에드왈드가 여유를 되찾았다.

"이런, 이런, 마왕 리무루의 사자분이 아니신가. 오늘은 무슨 용건으로 오신 게요?"

위엄을 갖추는 데는 약간 실패했지만, 그래도 애써 왕에 어울리는 태도를 취하면서 에드왈드는 그렇게 물었다.

디아블로는 대답한다.

"쿠후후후후, 말하자면 용건은 하나입니다. 경고죠."

"경고? 그건 무슨 뜻인지?"

"지금 당장 병사들을 물리고, 요움 님과 화해하십시오. 그렇게 하면 자신도 모르게 끝이 날 공포를 맛볼 일도 없을 것입니다."

일단은 형식을 갖춰서 화해 교섭부터 시작해봤다. 그렇지만 그건 디아블로의 본심은 아니다.

오히려 그 제안에 응해 오면 귀찮아진다고까지 생각하고 있다.

"하하하, 이거 이상한 말씀을 하시는군. 애초에 이건 우리 형님이 귀국에게 줄 배상금을 횡령한 것이 발단이오. 그걸, 짐이 귀국에게 성의를 보이기 위해서 회수하려고 움직인 것뿐이오. 우리에게 간섭할 이유는 없소이다!"

"그렇군요. 어디까지나 화평 회의의 합의 사항을 지키고 있다고 주장하신단 말씀이군요?"

"당연하지. 애초에 그럴 필요는 없었던 것 같구려. 짐도 속고 있었으니까!"

"그 말씀은 곧……?"

"흥, 뻔뻔하군! 형님, 아니, 에드마리스와 사기꾼들과 공모하여 우리나라로부터 이중으로 배상금을 갈취하려는 것이 아닌가? 그런 고식적인 꿍꿍이를 꾸미고 있다는 것쯤은 뻔히 다 보인다!"

"……."

"할 말도 없는 것이냐? 마왕이라고 자칭한 시점에서 리무루라는 자도 그 바닥이 뻔히 보이는군. 돈에 지저분한 욕심을 부리면서, 전쟁의 불씨를 퍼뜨릴 생각이겠지?"

"…………."

"하지만 안됐구나. 대사제 레이힘 공의 입을 막기 위해 죽인 듯하지만, 그의 말은 여기에 제대로 기록되어 있다!!"

디아블로가 입을 다물고 있는 것에 신이 났는지, 에드왈드의 말수는 점점 많아진다.

그리고 꺼낸 수정구를 들어 올리면서, 보도진에게도 잘 보이도록 내밀었다.

거기 비춰진 것은 고문을 받은 것 같은 레이힘의 모습이다.

그 영상 속에서 레이힘은 "배신할 생각은 없었습니다! 제발, 제발 용서해주십시오!"라고 외치고 있다.

누가 봐도 살해당하기 직전에 찍힌 것으로 보이는 영상이었다.

"그게 대체 어떤 증거가 된다는 거죠?"

디아블로가 묻자, 에드왈드는 진심으로 상대를 얕보는 듯이 웃었다.

"모르겠는가? 이건 말이지, 거기 있는 그렌다 공이 가져다준 것이다. 네놈이 루벨리오스에 잠입하여 레이힘 공을 죽인 것이지? 레이힘 공을 협박하여 안심하고 있었겠지만, 그의 깊은 신앙심이 네놈에게 느끼는 공포보다 더 강했던 것이다! 그걸 알게 된 네놈이 공공연한 장소에서 발설될 것을 두려워한 나머지, 일을 저지른 것이 아니냐!!"

'자, 어떠냐'라고 말하는 듯한 표정으로, 에드왈드는 디아블로를 바라봤다.

그러나 디아블로는 여전히 미소를 짓고만 있다.

"그거 대단하군요. 저에 대한 공포를 단순한 '인간'이 극복했단 말입니까? 제법 재미있는 농담입니다."

"말을 돌리지 마라! 이만큼이나 되는 증거가 여기 있다. 변명

따위는──."

"이제 됐다. 그만 닥쳐라."

보도진을 앞에 두고 위엄을 보이려고 한 에드왈드를, 디아블로가 조용한 목소리로 가로막았다.

그 얼굴에서 아주 잠깐 미소가 사라졌다.

지독하게 허망하고, 끝을 알 수 없는 두려움을 느끼게 하는 얼굴.

"장난은 이제 끝이다. 머리싸움을 즐기려 해도 네놈은 레벨이 너무 낮아."

디아블로는 그렇게 잘라 말하면서 에드왈드를 경직시킨다.

"진실을 보여줘서 나 자신의 결백을 증명하려고 생각했지만, 아무래도 헛수고인 것 같군요. 인간은 자신이 믿고 싶은 것만 믿는 생물이니까 말이죠. 그렇지만 좀 더 간단히 증명할 수는 있습니다──."

"무, 무슨 소리를 하고 있는 것이냐……?"

디아블로의 분위기가 바뀌는 것을 보고, 에드왈드는 겁을 먹고 있었다. 어쩌면 자신이 잘못 안 것일지도 모른다는 것을, 이제야 겨우 깨달은 것이다.

그리고 디아블로는 말한다.

"증명해주길 바라는 것이겠죠? 이 중에서 한 명이라도 제게서 느끼는 공포를 극복할 수 있다면 이번에는 패배를 인정해주기로 하겠습니다. 하지만, 충고를 하나 하죠. 저는 지금까지 한 번도 패배해본 적이 없습니다. 저와 적대하려면 각오를 단단히 하십시오."

어디까지나 온화하게.

그러나 그 금색의 눈동자 속에선 붉은 동공이 분노에 물들어서

493

타오르고 있다.

자신을 언급한 것뿐이라면 디아블로는 그나마 자제를 할 수 있었다. 그러나 에드왈드는 리무루에게까지 악담을 퍼부으면서 모욕한 것이다.

이 시점에서 에드왈드의 목숨은 끝난 것이었다.

공포에 사로잡힌 에드왈드가 소리친다.

"죽여라, 저 녀석을 죽여라!! 저 위험한 악마를——."

그 명령을 고대하고 있었던 것은 에드왈드를 호위하는 자들 속에 섞여 있었던 데몬 헌터(악마 토벌자)들이다.

차례로 튀어나와 디아블로에게 공격을 개시한다.

"공포를 극복해보라고? 웃기지 마라! 악마 중에서 최상위인 아크 데몬(상위 마장)이라고 해서 잘난 척 굴고 있는 것 같다만, 우리 조국에선 그리 드문 것도 아니다!"

"데몬(악마)족은 그 육체를 파괴하면 존재를 유지할 수 없지! 그건 아크 데몬이라 해도 마찬가지다!"

"악마를 상대하는 전술은 연구가 이뤄져 있다. 인간을 얕보지 마라!!"

그런 말을 제각각 외치면서, 데몬 헌터들은 연계하여 필살의 진을 펼쳤다.

그 말의 내용과는 달리, 절대로 방심은 하지 않는다. 왜냐하면 디아블로는 이름을 밝혔으니까.

'네임드'가 된 아크 데몬은 그 위험도가 한층 더 상승하기 때문이다.

"왜 그러지, 반응도 못 하는 건가?"

"결국은 입만 산 녀석이었나."

특수 합금을 성스러운 속성으로 물들인 사슬로, 디아블로를 꽁꽁 묶어버리는 데몬 헌터들.

첫 공격이 쉽게 성공하는 바람에, 디아블로에 대한 경계심이 아주 조금 풀리고 있었다.

서방 열국과 비교하자면, 동쪽 제국에선 악마로 인한 피해가 크다. 그 이유는 동쪽 땅에 거대한 힘을 가진 악마의 거점이 있기 때문이라고 일컬어지고 있다.

그러나 그렇기 때문에 악마를 상대하는 전술이 발달된 것도 사실이다. 서쪽에선 전설적인 위협일 뿐인 아크 데몬조차도 그 힘을 단계별로 나눠서 대처 방법이 연구되어 있었던 것이다.

데몬 헌터의 리더는 디아블로를 중세종으로 파악하고 있었다. 그러나 '이름'이 있다는 점을 고려하여 고대종(古代種)에 필적할 만큼 위험한 존재로 인식을 다시 하고 있다.

절대적인 힘과 지식을 축적한 귀족 계급의 악마.

수많은 권속을 부리는 존재도 확인되어 있는 위험한 대상이므로, 결코 얕보고 덤벼도 되는 상대가 아니다.

하지만 리더는 그래도 이길 수 있다고 보고 있었다.

실제로 몇 번인가 아크 데몬과의 전투도 겪어본 적이 있다. 그런 자신감에서 오는 판단을, 리더는 의심하지 않는다.

"준비는 끝났습니까?"

그렇기에 리더는 디아블로가 그렇게 묻는 바람에 더더욱 당황했다.

"뭐, 뭐라고?"

"아뇨, 준비가 끝났다면 시작 신호를 내려주시길 부탁드리겠습니다."

디아블로의 태연한 태도에, 리더는 무슨 말을 하는 것인지 이해가 되지 않았다.

"……호오? 우리가 무슨 짓을 하든 방해하지 않겠다는 건가?"

당혹스러움을 감추면서, 도발하듯이 리더가 묻는다.

"왜 그런 짓을 할 필요가 있습니까? 모처럼 힘들게 노력을 하고 있으니, 방해는 하지 않겠습니다. 그야 그렇게 하는 게 더 공포가 커지지 않겠습니까?"

"후, 후후후, 얕보지 마라, 이 악마야. 그 오만이 널 멸하리라는 것을 단단히 깨달아라!!"

터무니없는 대답을 하는 디아블로에게 살짝 서늘한 감정을 느끼는 데몬 헌터들.

악마란 존재는 원래, 자신감이 지나쳐서 인간을 얕보는 자가 많다. 그렇기 때문에 디아블로의 발언만 보면, 두드러지게 이상한 점은 없다.

그러나 이번에는 자신의 몸을 묶인 상태에서 이런 발언을 하는 것이다. 그 지나친 자신감을 눈앞에 두면서, 역전의 데몬 헌터들도 불안을 느끼고 말았던 것이다.

하지만 그들은 프로다. 그들의 행동에는 망설임이 없었으며, 몇 번이고 반복해온 훈련대로 재빨리 준비를 갖췄다.

"──어디, 그 오만함을 저세상에서 후회하도록 해라!! 사라져라, 선더볼트(육연뇌광격, 六連雷光擊)──!!"

에드왈드 왕, 각국의 기자, 그리고 사례를 비롯한 루벨리오스의 근위기사들이 지켜보는 가운데.

눈부신 번갯불이 디아블로를 불태운다.

"어떠냐! 마력요소를 사용하지 않는 자연의 번개를 맛보는 기분은!"

"네놈 같은 데몬족은 자신의 육체를 다중의 '결계'로 보호하고 있지? 하지만 안됐구나! 제국의 기술은 그 '결계'를 파괴할 방법을 발견했다!"

"데몬족이 물질세계에 영향을 주려면 육체를 얻을 필요가 있지. 그 육체를 파괴해버리면, 이제 네놈은 아무것도 할 수 없을 것이다!!"

자신만만하게 소리치는 데몬 헌터들.

마력요소에 의해 발동되는 힘은, 마력요소를 막아내는 '결계'에 의해 쉽게 막혀버리고 만다. 그래서 고안해낸 것이 마력요소를 사용하지 않는 병기의 개발이었다.

이번에 사용하는 이 전격도 그중 하나이다. 악마를 상대할 때 쓰는 최신 병기인 것이다.

그 말을 듣고, 공포를 느끼고 있었던 에드왈드도 안도했다.

"훌륭하다! 역시 '동쪽'의 용사들이로구나. 그 상인에게도 상을 줘야겠군."

희색이 가득한 얼굴로 그렇게 말하면서, 일그러진 표정으로 디아블로를 바라봤다.

전격은 디아블로를 불태운다.

불태우는 것일까. ……과연 정말로?

빛에 감싸여 있는데도 불구하고, 디아블로의 입가에는 여전히 미소가 지어져 있다.

이 시점에서 위화감을 느낀 것은 사레와 그렌다 두 사람뿐이다.

결정적으로 이상을 느낀 자는 데몬 헌터의 리더였다.

(──이상해. 이상하다고! 왜 옷에 탄 자국조차 생기지 않는 거지?!)

그런 의문을 느끼다가, 그리고 알아차렸다.

그 사악한 웃음을.

"네, 네놈──!!"

"쿠후후후후, 빈약합니다. 너무나도 빈약해요. 이 정도로 저와 싸울 생각이었단 말입니까? 열심히 노력은 했습니다만, 기대 밖이었군요."

그렇게 말하면서, 디아블로는 가볍게 팔을 들어 올렸다.

그 순간, 디아블로를 묶고 있던 사슬이 튕기면서 날아간다.

"우옷?!"

"크윽!!"

믿어지지 않는 완력으로, 디아블로가 특수 합금으로 만든 사슬을 끊어버린 것이다.

"이, 이 괴물 놈!!"

경악한 리더의 입에서 자신도 모르게 흘러나온 말이다.

디아블로는 웃는다.

"자. 그럼 선별 시험을 시작하겠습니다."

아무 일도 없었다는 듯이, 디아블로는 그렇게 말했다.

"자, 잠깐! 아무리 생각해도 이상하잖아! 왜 전격이 효과가 없었던 거냐?!"

납득이 가지 않았던 것일까, 그렇지 않으면 공포를 희석시키기 위해서였을까. 리더가 묻는다.

그 질문에 디아블로가 자상하게 대답을 해준다.

"왜냐고 물었습니까? 답은 간단합니다. 저는 말이죠, 자연 영향에 높은 내성을 갖추고 있답니다. 그 안에는 방전 현상도 포함되어 있죠. 지금 당신들이 시도한 공격 따윈 방어 결계를 사용할 것도 없는 빈약한 자극에 지나지 않았습니다."

이걸로 만족했습니까? 라고.

와들와들 떨기 시작하는 리더.

하지만 그건 그나마 괜찮은 반응이었다.

그 말의 의미를 이해했기 때문인지——,

"우, 우와———!! 오지 마, 그만, 오지 말라고!!"

"히익————! 사, 살려줘!!"

그렇게 각자 소리치면서, 대원들이 그 자리에 무너지듯 주저앉은 것이다.

일류의 데몬 헌터로서, 수많은 경험을 쌓아왔던 용맹한 자들이 말이다.

그뿐만이 아니다.

보호를 받고 있는 보도진을 제외하고, 이 자리에 있는 자들 모두가 등줄기가 얼어붙는 듯한 공포를 느끼고 있었다. 에드왈드는 아예 그 자리에서 거품을 물고 기절해버렸을 정도였다.

그건 에드왈드뿐만 아니라, 호위 기사들도 마찬가지였다.

무슨 일이 일어난 것인가?

리더는 충분히 이해할 수 있었다.

이건, 이 압도적인 공포는── 눈앞의 악마가 뿜어낸 위압이라는 것을.

쉽게 말해서 디아블로가 억누르고 있었던 오라(요기)를 해방한 것, 단지 그뿐이었다.

단, 그 오라에는 인간을 죽일 수 있는 위압의 힘이 갖춰져 있다.

"이런, 이런? 시험에 합격한 사람은 겨우 세 명입니까? 하지만 뭐, 일단은 칭찬해 드리도록 하지요. 힘 조절을 하고 있었다곤 해도, 제 '마왕패기(魔王覇氣)'를 버텨냈으니까요. 직접 상대하는 걸 허락해드리겠습니다."

그 말을 듣고, 호흡이 곤란해질 정도의 공포를 느끼면서도 리더는 뒤를 돌아본다.

그곳에 서 있었던 자는 디아블로의 말대로 두 명뿐이다.

소년과 야생적인 분위기의 미녀── 사레와 그렌다.

아무렇지 않아 보이는 그 두 사람을 보고, 리더의 마음에 기력이 다시 돌아왔다.

(괜찮다, 아직은 괜찮아. 역시 '삼무선', 서쪽의 정점에 있는 영웅들이군. 내 부하들은 이제 틀렸지만, 이 두 사람이 있으면 승산은 있어…….)

기운을 차린 리더는 그 기세를 살려서 디아블로 쪽으로 돌아봤다.

"후, 후후후, 역시 마왕을 따르는 악마로군. 제법 그럴듯한 허풍을 부릴 줄도 아는 것 같고 말이야."

"허풍, 이라고요?"

"그래, 그렇고말고. 너는 지금 '마왕패기'라고 말했지? 그걸 다룰 수 있는 것은 '마왕종'이 된 마물뿐이다. 데몬족의 최종 진화가 아크 데몬인 이상, '마왕종'에는 절대 도달하지 못하지! 그게 바로 네 말이 허풍이라는 증거다!!"

이것이 바로 동쪽의 연구 성과의 극비 사항이었다.

악마의 에너지(마력요소)양에는 상한선이 있다. 평등하게 같은 수치이면서도 그 강함에는 개체별로 차이가 있는 것이다.

이 결과가 가리키는 것은 오래된 악마일수록 전투 경험이 풍부하며, 효율적인 전투 방법을 확립시켜두고 있다는 사실이었다.

그리고 동시에 악마를 두려워할 필요가 없다는 근거가 되기도 했다.

그 힘의 한계치를 숙지하고 있으면, 악마가 무슨 짓을 하더라도 대처가 가능하기 때문이다.

지식은 힘. 올바른 정보를 알고 있기만 해도 악마의 허풍에 마음이 현혹될 일도 없는 것이다.

"그렇군요. 그 말은 맞기도 하고 틀리기도 합니다. 확실히 우리 데몬족은 그 에너지양의 상한선이 정해져 있죠. 하지만 더 높은 곳으로 진화할 수는 있답니다. 어떤 조건을 만족시키면 말이죠."

"뭐라고?"

"예를 들면 '붉은색'이라는 이름은 당신들에게도 유명하지 않습니까?"

"——'붉은색'이라고? 무슨 소리를 하고……."

그렇게 말하다가, 리더의 머릿속에 어떤 악마가 떠오른다. 너무나도 유명한 그 악마는 너무 유명하기 때문에 예외가 되어 있다…….

"그리고 마왕이 될 자격을 얻는 것뿐이라면 이건 간단합니다. 한계치까지 힘을 축적한 뒤에 2천 년 이상을 유지하기만 하면 되니까요. 아무런 고생도 할 필요가 없답니다."

디아블로는 쉬운 일인 것처럼 말하지만, 이것은 실은 극도로 힘든 일이다.

정신 생명체인 데몬족은 싸움을 좋아하는 종족이다. 현세에 소환되지 않더라도 정신세계에서는 늘 싸움을 반복하고 있다.

패배하면 에너지양의 절대치가 떨어지기 때문에 퇴화하는 경우도 있었다.

'한계치까지 힘을 축적한 뒤에 2천 년 이상을 유지한다'는 것은 아크 데몬으로 진화한 뒤에 한 번의 패배도 허용하지 않는다는 가혹한 조건을 의미하고 있는 것이다.

데몬 헌터의 리더는 그 사실을 이해한 것은 아니지만, 디아블로가 비상식적인 말을 하고 있다는 것은 왠지 모르게 알 수 있었다.

그러나 그 이전에 신경이 쓰이는 것이, 디아블로가 '붉은색'이라고 이름을 편하게 불렀다는 사실이다.

그, 너무나도 유명한 악마의 절대 지배자의 이름을 친구를 부르듯이 부르다니…….

(있을 수 없어. 그런 일은, 절대로 있을 수 없어──.)

악마에게는 절대적인 상하 관계가 있다──. 동쪽 제국의 위대한 대마법사, 가드라 노사가 제창한 이론이다.

같은 계열의 태초 격에 해당하는 왕에 대해선 당연한 일이며, 다른 계통의 상위자에 대해서도 엄격한 신분 관계가 존재한다고 한다.

하위 존재가 상위 존재의 이름을 편하게 부르는 그런 일은 천지가 뒤집혀도 일어날 수 없는 일인 것이다.

"당신의 출신지인 동방이라면 '흰색' 쪽이 더 유명할지도 모르겠군요. 얼마 전에 동방의 땅에서 그녀의 '마왕패기'를 관측했으니까──."

아연실색해 있던 리더는 디아블로의 그 말을 듣고 떠올린다.

몇 년 전 '흰색'── 그 무시무시한 블랑(태초의 흰색)이 이 세상에 나타나서 육체를 얻기 직전까지 갔었던 사건을.

통칭──'붉은색으로 물든 호반 사건'으로 불리는 그 사건.

자칫하면 제2의 기이 크림존이 태어났을 것이다.

마왕 사이의 밸런스가 무너지는 바람에, 세계는 혼돈에 빠져들기 직전까지 갔었다.

제국의 위신을 걸고 어둠 속에 묻어버렸던 사건.

리더는 창백해진 얼굴로 이해했다.

'붉은색', 그리고 '흰색'──그런 식으로 이름을 편하게 부르는 눈앞의 악마가, 그 존재들과 동격이라는 것을.

(이런, 이런 일, 이런 일이, 이런 일이 있을 수가 있나────!!)

속으로 절규한다.

(이길, 이길 수…… 이길 수 있을 리가 없어!! 뭔가가 잘못된 거야. 이런 일이 있을 리가 없잖아──?!)

그리고 꺾여버렸다. 간단하게 꺾여버렸다.

데몬 헌터는 프로로서 맡는 업무이다 보니, 요금 이상으로 목숨을 걸 필요 따위 없다.

친밀한 자를 지키기 위해서라면 이야기는 별개지만, 이런 이국의 땅에서 죽고 싶다는 생각을 할 자는 없다. 하물며 절망적일 만큼 힘의 차이가 있다는 걸 알아버리면, 저항 따위는 무의미하다는 생각에 포기한 것이다.

"살려주십시오! 목숨만은 부디, 부디, 제발 살려주십시오!!"

수치스러움도 체면도 없이, 리더는 디아블로에게 애원한다.

그걸 보면서 디아블로는 너무나도 상냥하게 웃었다.

"어라, 왜 그러시죠? 모처럼 시험에 합격했으니까, 저와 같이 즐겨보시는 게 어떻습니까? 알고 싶지 않습니까? 제 말이 허풍인지 아닌지를. 그 몸으로 확인해보면 됩니다."

그런 말을 듣고도 리더는 필사적이 된다. 이미 디아블로의 말을 의심하지 않으며, 그 정체가 극도로 위험한 존재라는 것을 깨닫고 말았다.

허풍이라니, 터무니없다.

"용서를, 용서해주십시오! 저는 돈으로 고용되었을 뿐입니다. 앞으로는 절대로 거역하지 않겠다고 맹세합니다! 결코 방해하지 않겠습니다. 저기에 기절해 있는 왕을 죽이라고 명령한다면 기꺼이 따르겠습니다! 그러니까 부디 목숨만은!!"

체면도 불사하고, 추한 모습으로 목숨을 계속 구걸하는 리더. 그리고 그랬던 보람이 있었다.

"흠, 그러면 물러가도록 하세요. 저기 보도진이 있는 '결계'까지, 방해되는 자들을 치우십시오."

디아블로는 리더에 대한 흥미를 잃고 그렇게 말했다.

리더는 따랐다. 주저 없이 따랐다.

부하들을 두들겨 깨워서, 드러누운 기사들을 회수하게 했다.

그리고 자신은 왕을 업고, 디아블로가 시키는 대로 '결계'로 도망친 것이다.

그 모습을 보고 웃는 기자는 없다.

이 이상 사태를 앞에 두고, 마른침을 삼키면서 일이 어떻게 돌아가는지를 지켜볼 뿐이었다…….

＊

정리가 된 텐트 앞에서.

사례는 대담한 미소를 지으면서 디아블로 앞에 섰다.

"흐응, 실력이 제법인가 보네. 도저히 캘러미티(재액) 급에 불과한 아크 데몬으로는 보이지 않아."

"──? 당신은 도망치지 않는 겁니까?"

"도망친다고? 재미있는 소리를 하네. 내 이름은 사례. 신성교황국 루벨리오스의 교황 직속 근위사단 소속이고, 마왕에 대항하는 '십대 성인(十大聖人)'이자 '삼무선' 중의 한 명이야. 그건 그렇고 대체 네 정체는 뭐지?"

"방금 전에도 이름을 밝혔습니다만, 제 이름은 디아블로라고 합니다. 위대하신 나의 왕, 리무루 님이 지어주신 훌륭한 '이름'입니다."

"……끝까지 정체는 밝히지 않을 생각인가 보네?"

사례는 여유 있는 태도를 유지하고 있지만, 그 마음은 굴욕으로 끓어오르기 직전이었다.

한 명이라도 공포를 극복한다면──. 그렇게 말한 디아블로의 말은 사레를 완전히 모욕하고 있었다.

생각만큼은 냉정하게. 시시한 분노로 자제심을 잃어버리지는 않았지만, 디아블로의 반응은 사레를 너무나도 얕잡아본 것이라는 사실을 느꼈던 것이다.

'동쪽'의 데몬 헌터들은 우스꽝스러웠다. 악마 퇴치의 프로라고 큰 소리를 쳤으면서, 꼴사납게도 목숨을 구걸하기까지 하면서 도망치는 겁쟁이였다.

그렌다에게선 버리는 장기 말로 쓰라고 들었기 때문에 좋을 대로 하도록 내버려 두기는 했지만, 너무나도 기대 밖이었다.

(결국 민간인은 어쩔 수 없군. 교황 폐하의, 나아가 루미너스 신의 수호를 맡은 우리와는 싸움에 임하는 각오가 달라!)

그렇게 생각하면서, 사레는 속으로 데몬 헌터들을 비웃었다.

그러나 경계만큼은 한 단계 끌어올려서, 디아블로와 대치했다.

(그레고리도 싸우고 싶어 했지만, 사냥감 쪽이 날 골라준 셈이로군. 어디, 그럼── 그 건방진 태도를 후회하게 만들어주지.)

디아블로 같은 존재는 어떤 오래된 문헌에도 기재되어 있지 않다. 전혀 들어본 적이 없는 이름이니, 큰 위협이 될 수 있는 대악마는 아니라는 뜻이다.

('붉은색'이니 '흰색'이니 장황하게 늘어놓기만 하는데, 뭘 그렇게 두려워할 필요가 있지?)

이름도 없는 '태초'라면 또 모를까──. 사레는 그렇게 생각한다.

단순한 아크 데몬(상위 마장)이 아니라는 건 이해했지만, 그래도 사레는 디아블로가 위협적인 존재는 아니라고 생각하고 있었다.

무지한 자의 슬픔, 악마에 대한 인식이 부족하다.

사례는 생각한다.

정체를 말할 생각이 없다면, 실력으로 밝혀내면 된다. 왜냐하면 사례는 단독으로 마왕과 싸울 수 있을 정도의 힘을 갖고 있기 때문이다.

예전에 벌였던 마왕 발렌타인 토벌 작전에서도 아쉽게 놓치고 말았지만, 거의 끝장내기 직전까지 몰아붙였었다. 아크 데몬 따위는 두려워할 것도 없는 상대였다.

그런 사례였기 때문에 더더욱 디아블로의 태도를 참을 수 없었지만…… 디아블로가 다음에 뱉은 말을 듣고, 귀를 의심하게 된다.

"──정체, 라고요? 그렇군요, 강한 힘에 흥미가 없다 보니 잊어버리고 있었군요. 저는 분명 당신이 말하는 것 같은 아크 데몬은 아닙니다. 데몬 로드(악마공, 惡魔公)로 진화를 했으니까요. 크게 차이는 없습니다만, 착각하시지 않도록 부탁드리겠습니다."

그렇게 가볍게 말하는 것을 듣고.

디아블로에게 있어서 중요한 것은 '이름'이지, 자신의 종족이 아니다. 그래서 흥미도 없었던 것이지만, 사례에게 있어선 큰 문제였던 것이다.

사례는 동요했다.

믿어지질 않는다. 그리고 믿고 싶지 않다.

눈앞의 악마가, 지금 뭐라고 말했지?

분명 '데몬 로드'라고 말하지 않았나?

'데몬 로드'── 그것은 전설상의 존재.

비공식의 존재이면서도 디재스터로 구별되는 위협적인 존재인 것이다.

단, 그 실력은 웬만한 마왕을 능가한다.

상위 정령 클래스라고 해도 그 발끝에도 미치지 못할 것이다. 대처가 가능한 수준을 찾는다면 정령왕 클래스가 여러 명 덤비는 경우 정도일까.

이 세계에 간섭한 사례는 오랜 문헌에 기록되어 있을 뿐이지만, 확실히 존재하는 것으로 정의되어 있었다.

그 증거가, 그 최강의 마왕──.

그리고── 그렇구나, 사례는 납득하고 있었다.

그냥 듣고 넘겼지만, 몇천 년을 살면서 '마왕종'이 된 아크 데몬이 어떤 계기를 통해 진화한 것이 '데몬 로드'인 것이다. 그렇다면 그 실력이 차원이 다른 것도 당연하다는 것을.

에너지(마력요소)양이 최소한 아크 데몬의 몇 배나 늘어났으며, 그것도 모자라 오래 살아온 경험까지 있다.

──그 실력에 제한은 존재하지 않는다.

두려운 표정으로 돌아가는 상황을 지켜보고 있던 데몬 헌터의 리더는 '데몬 로드'라는 단어를 들은 순간 실신하고 말았다.

그건 안도감 때문이다. 만약 싸우기라도 했다면 어찌 되었을지 모른다는 공포와, 그렇게 되지 않았던 행운에 감사하면서 기절한 것이다.

그런 그를 책망하는 사람은 없었다.

사례도 또한 도망치고 싶은 마음이 가득했던 것이다.

무엇보다 두려운 것은, 그런 희귀한 아크 데몬에게 쉽게 이름을 지어준 바보가 있다는 사실이다.

(마왕 리무루는 대체 무슨 생각을 하고 있는 거야──!!)

사레는 온몸의 모공에서 식은땀이 흘러나오는 것을 느꼈다.

위험하다고, 본능이 경종을 최대한으로 울리고 있다.

방금 전까지 있었던 여유 따위는 한꺼번에 사라져버리고 말았다.

이건 무리라는 것을 이해했다.

망설이지 않고 이름을 밝혔다는 것은, 그 이름을 바친 상대가 존재한다는 증명.

주인이 없는 떠돌이 '네임드'라면 진명(眞名)을 댈 경우 조종을 당할 우려가 생긴다. 그렇기 때문에 결코 이름을 밝히지 않는 것이 상식인 것이다.

그 말은 곧, 마왕 리무루가 이름을 지어주었다는 것이 사실이라는 증거가 된다.

(──그렇지만, 아크 데몬에게 이름을 지어주다니, 이제 겨우 마왕이 된 리무루에게 그게 가능하단 말인가?)

그런 의문을 품어봤자 의미는 없지만, 사레는 그런 생각을 하고 말았다.

단순한 현실도피이다.

그때, 사레의 옆에서 누군가 움직이는 기척이 느껴졌다.

"뭘 멍하게 서 있는 거야, 사레! 너와 내가 힘을 합쳐서 빨리 저 색기 어린 악마를 처치하자고!!"

그렇게 소리친 것은 그렌다였다.

"이 바보! 그만둬, 그렌다!!"

사레가 말리지만 이미 늦었다.

그렌다는 바람처럼 재빠르게, 소리도 내지 않고 디아블로에게 파고든다. 그리고 검게 칠한 나이프를 단번에 찔렀다.

그 나이프는 전혀 막힘없이 디아블로의 심장부에 박힌다.

"흥! 입만 산 녀석이었군!!"

확실한 감촉을 느끼면서, 그렌다는 웃었다.

그러나──,

아쉽게도 디아블로에겐 처음부터 피할 의사가 없었던 것이다.

"쿠후후후후, 훌륭한 신체 능력이군요. 하지만 아쉽게도 저에게 물리 공격은 통하지 않습니다."

담담하게 밝히는 디아블로.

그건 사실이었다. 디아블로도 또한, '물리공격무효'라는 특성을 획득한 상태이다.

"쳇, 귀찮은 녀석일세!"

당황하면서 거리를 벌리는 그렌다.

그리고 사레의 충고를 무시하면서, 단번에 속공을 걸기 시작했다.

그렌다도 디아블로가 강적이라는 인식은 하고 있다. 처음처럼 얕보지도 않고, 그야말로 마왕을 상대로 하는 기분으로 싸우고 있다.

그러나 그 행동은 디아블로가 보기엔 장난에 지나지 않는다. 차원이 다른 실력 차이가 있다 보니, 그렌다의 공격이 전부 헛손질로 끝나고 마는 것이다.

그렌다는 그 사실을 깨닫──는다기보다 처음부터 알아차리고 있다.

그런 그렌다의 목적은──.

사레도 어쩔 수 없이 각오를 굳힌다.

그렌다를 내버려 둘 수가 없다는 생각을 하면서 참전한 것이다.

영력 해방을 실시하고, 신체 능력을 최대한으로 높이면서.

남아도는 재력으로 입수한 유니크(특질) 급의 무기, 데몬 슬레이어(파사의 검)로 디아블로에게 달려들어 벤다.

그러나 그 공격도 전혀 통하지 않는다.

"제길, 정말로 참격이 통하지 않는단 말인가?! 그렌다, 시간을 벌어! 그 틈에 내가 〈신성마법〉 중에서──."

최강 마법이 아니면 이 적은 쓰러뜨릴 수 없다──. 그렇게 판단한 사레는 그렌다에게 시간을 벌 것을 요구했다.

그러나 그렌다의 반응이 없다.

그런 사레에게 날아든 것은 잔혹한 말이다.

"동료인 여성분이라면, 방금 온 힘을 다해 도망갔습니다만?"

사레는 디아블로가 가르쳐주는 말을 들으면서, 그게 무슨 뜻인지 이해하기가 힘들었다.

설마 하는 생각에 뒤돌아보니, 그곳에 그렌다의 모습은 보이지 않았다. 디아블로의 말대로, 이미 예전에 도망쳤던 것이다.

"빌어먹을──!!"

사레가 분한 마음에 소리쳐 봤지만, 이미 때는 늦었다.

멋대로 싸움을 시작한 그렌다에게, 그 뒤처리를 억지로 떠맡겨진 꼴이 되어버린 사레.

그 사실에 부아가 나지만, 눈앞에는 사악하게 웃는 디아블로가 있다. 도망친 그렌다보다 자신이 살아남을 것을 걱정해야 하는 상황이었다.

(버텨주마, 버텨주겠어! 그레고리가 돌아올 때까지 시간을 벌어 보이겠어!!)

믿음직스러운 한쪽 팔인 그레고리가 돌아올 것이라는 희망을 품고, 사레는 뜨겁게 분발한다.

그레고리는 도시까지 악마를 이끌어내기 위해 갔을 뿐이다. 그 목표가 여기 있으니까 분명 곧바로 돌아올 것이다.

그렇게 믿는 사레의 절망적인 싸움이 막을 올렸다.

그러나 그것은 이뤄질 리가 없는 허망한 희망이었다.

●

사레가 역경에 처해 있을 때와 같은 시각――.

'삼무선' 중의 한 명인 그레고리도 또한, 절망적인 상황에 처해 있었다.

전쟁터를 내달리는 그레고리의 앞에, 하늘에서 재앙이 내려온 것이다.

도시의 문을 지키듯이 싸우는, 요움이 고용한 용병 부대. 선발대를 상대로 용케도 버텼다고 할 수 있었다.

그런 그들은 그레고리가 노리는 사냥감이 아니다, 파르무스 왕

513

국의 내란에는 흥미가 없으며, 자신에겐 관계가 없는 이야기라고 구분 짓고 있었다.

그레고리의 목적은 대사제 레이힘을 죽였다는 악마이다. 도시에서 암약하고 있다는 정보를 입수하고, 그레고리 자신이 토벌하러 온 것이었다.

(에드왈드 왕의 옆에는 '동쪽'에서 온 자들이 대기하고 있었어. 앞서서 이리 달려오지 않았으면 내 차례는 아예 없었겠지.)

그렇게 생각하고 있었던 그레고리.

그러나 지금, 악마 정도가 문제가 아닌 무시무시한 거대 늑대를 눈앞에 두고, 그레고리는 말에서 내리게 된다.

그레고리 앞에 나타난 거대한 늑대—— 그건 물론, 란가이다.

기쁜 표정으로 꼬리를 흔들면서, 란가는 하늘을 내달렸다.

몸이 가볍다. 마치 날개 같다.

땅을 박차는 감촉이 사라지면서, 어느새 그 몸은 하늘로 뛰어올라가 있었다. 극히 일부의 수마(獣魔)만 구사할 수 있는 〈비상주(飛翔走)〉의 기술을, 자연스럽게 습득한 것 같다.

그러나 그것은 란가에게는 대수롭지 않은 일이었다. 해방된 힘의 파동에, 온몸으로 기쁨을 느끼고 있을 뿐이다.

그 몸은 힘차게 약동하면서, 에너지(마력요소)양이 충실하게 채워져 있다는 것을 느낄 수 있게 한다.

칠흑의 털로 뒤덮인 네 다리를, 금색의 번개가 감싸고 있다. 흘러나온 오라(요기)가 란가의 의사와 관계없이, 방전 현상을 일으키고 있었다.

이마의 뿔이 금색으로 빛나면서, 그 빈개를 제어하고 있다.

번쩍이는 뿔―― 그것은 마치 왕관 같다.

번개를 두른 그 칠흑의 털들은 어둠을 자아내는 망토 같다.

늑대의 왕이라 할 수 있는 란가의 위엄을 증가시켜주고 있었다.

하늘을 누비는 속도는 음속의 경지에 도달했으며, 눈 깜짝할 사이에 디아블로가 보고로 알려준 한 무리를 포착한다.

그리고 지금, 그레고리 앞에 내려선 것이다.

그레고리를 따르는 것은 근위사단에 소속된 몇 명의 기사들뿐이다.

나머지 5,000명의 병사는 에드왈드 왕이 원군으로 파병한 제2진, 파르무스의 기사들이었다.

"그, 그레고리 공, 어떻게 할까요?"

기사를 데리고 온 귀족 출신의 장군이, 그레고리에게 의사를 물었다.

잘 훈련된 기사는 예전의 원정에 참가하러 나갔다가 전멸했으니, 지금 남아 있는 것은 지식도 기술도 떨어지는 이류 이하의 자들뿐일 것이다. 그렇기 때문에 더더욱 스스로 생각할 머리도 없다 보니, 협력 관계에 있다고는 하나, 다른 나라의 인간인 그레고리에게 부끄럽게 여기지도 않고 묻는 것이다.

"가스톤 장군, 당신은 나중에 이곳으로 도착할 부대를 상대하시오. 지상과 하늘을 통해서 이쪽으로 다가오는 게 보이겠죠?"

그레고리의 지적을 받으면서 가스톤 장군도 깨달았다.

"알았소. 그러면 그레고리 공은……?"

"나 말이오? 그야 뻔하지. 저 녀석의 상대를 할 것이오. 파이슨, 가르시아, 너희들은 가스——."

가스톤 장군을 호위하라——고 명령을 내리려 했던 그레고리의 옆을, 검은 질풍이 스치고 지나갔다.

"——?!"

그레고리이기 때문에 겨우 반응할 수 있었던 속도로, 란가가 가스톤 장군이 이끄는 부대에 격돌한 것이다.

"제길, 이 빌어먹을 개가!!"

격노한 그레고리.

힘을 주면서 할버드(도끼창)를 찌르지만, 란가는 그걸 가볍게 피했다.

그리고 그대로 종횡무진으로 날뛰기 시작한다.

그 모습은 마치, 눈이 내리는 걸 보고 기뻐하는 강아지 같다.

마구 뛰어다니면서, 차례로 희생자를 양산하기 시작한다.

파이슨이, 가르시아가, 그리고 다른 동료들까지도 차례차례로 란가의 사냥감이 되면서 땅에 처박힌다.

그리고 드디어 그 이빨이 그레고리에게 향한다——.

고부타와 가비루는 필사적으로 란가를 쫓았다.

"란가 씨, 너무 빠릅니다요……."

"음, 이대로 가면 우리가 나설 차례는 없을 것 같군."

"오라버니, 넋두리는 이제 됐으니까, 빨리 쫓아가기나 하세요."

그런 대화를 나누는 가비루와 소우카.

여전히 서로에게 심한 소리를 해대고 있지만, 사실은 사이가 좋다는 건 모두가 알고 있다. 모를 거라고 생각하는 건 본인들뿐이었다.

"그럼 먼저 갑니다요!"

"음, 알았네!"

고부타는 '그림자 이동'으로 앞서간다.

그 뒤를 따르는 것은 100명의 고블린 라이더이다.

가비루는 날아간다. 히류(비룡중) 100명도 동시에 날아올랐다.

그리고 소우카는 지휘를 맡은 하쿠로우 쪽으로 보고를 하러 되돌아간다.

전쟁터에 가장 먼저 도착한 고부타가 본 광경은, 한곳에 정리된 채 시체를 쌓아놓은 것처럼 쓰러져 있는 병사들의 모습이었다.

남은 기사들은 란가를 포위하듯이 거리를 둔 채 둘러싼 모습으로, 란가의 상대를 하고 있는 그레고리의 승리를 기원하고 있다.

쓰러져 있는 자들은 실력이 강한 자들이었다. 그레고리를 지원하려고 란가에게 덤볐다가 쉽게 반격을 당한 것이다.

란가는 쓰러진 기사들을 짓밟아 죽이지 않도록, 앞발로 툭 튕겨내고 있었다. 그렇기 때문에 한곳에 몰린 채로 기사들이 쓰러져 있었던 것이다.

승리를 기원하는 병사들의 얼굴은 이미 절망으로 물들어 있다. 처음에는 기세 좋게 큰 소리로 응원하고 있었지만, 지금은 아무도 소리를 치지 않고 있었다.

왜냐하면…….

그레고리는 이미 만신창이다.

아무리 봐도 승리 따위는 꿈속의 꿈 같이 보였다.

그레고리의 금강석 같은 '만물부동'의 강한 성능도, 란가에게는 장난감이 잘 부서지지 않는 것 정도의 의미밖에 없었다. 그러기는커녕 기절을 하지 못하는 만큼 길고 괴로운 시간이 계속될 뿐이었다.

"잠깐?! 안 됩니다요, 란가 씨!! 그 이상 공격했다간 죽어버립니다요!!"

"그 말이 맞아! 빨리 치료를 하지 않으면——."

당황하여 말리는 고부타와 가비루.

그 말을 듣고, 란가는 바로 움직임을 멈췄다.

그리고 주위의 참상을 깨닫더니, 풀이 죽은 모습으로 꼬리를 늘어뜨린다. 그리고 사이즈까지 작아졌다.

"——으, 음. 하지만 이자도 좀 더 같이 놀고 싶어 하는 게 아닌가……?"

부서진 할버드를 손에 든 채로, 축 늘어져 있는 그레고리. 그런 그를 앞발로 쿡쿡 찌르면서, 란가가 미련이 남은 표정으로 말했다.

역시 가엾게 생각했는지, 고부타와 가비루가 란가를 설득한다.

만약 자신이 같은 입장일 경우를 상상하면서, 남의 일로 느껴지지 않게 되었기 때문이다.

"아니, 아니아니아니아니, 그렇지 않습니요!"

"그, 그렇소! 슬슬 그쯤에서 멈추지 않으면 리무루 님이 화를 내실 겁니다!!"

리무루의 이름을 들먹인다면 란가도 물러설 수밖에 없다.

"그건 안 되지. 이대로 있다간 내가 혼이 날 거야——."

란가는 슬픈 눈빛으로 고부타와 가비루를 보고는, 그런 뒤에야

겨우 포기를 했다.

해방된 그레고리.

그의 몸은 침으로 끈적끈적해져 있으며, 손발도 약간씩 이상한 방향으로 구부러져 있다. 약간씩이라고는 해도, 인체의 구조상 구부러져선 안 되는 각도로 구부러져 있는 이상, 상당한 중상이라는 것은 틀림없었다.

살아 있는 것이 신기할 정도이다.

그러나 그레고리는 버텨냈다. 그 상처는 후유증을 남기지도 않고, 고부타 일행이 준비한 회복약 덕분에 쾌유한 것이다.

그러나 그 마음속은 과연 어땠을까──.

후세에 그레고리는 '개를 싫어하는 부동의 요새'라는 용맹스런 이명을 남기게 되지만, 그 유래를 아는 사람은 아무도 없다…….

이대로 부대를 물린다면 추격은 하지 않겠다──. 그렇게 가비루의 말하자, 가스톤 장군은 가타부타 따지지 않고 고개를 끄덕였다.

도시의 문 쪽에서 공격하다 지친 부대에도 전령을 보내서 후퇴시킬 것을 결의한 것이다.

『이길 수가 있겠냐! 이길 수 있겠냔 말이다──!!』

그런 말을 남겨놓고 도망친 것은 유명한 이야기다.

이렇게 니들령에서 벌어진 공방전은, 본격화되기 전에 끝났다.

●

빨리, 빨리 와줘, 그레고리!! 사레는 필사적으로 그렇게 바라고 있었다.

그 그레고리는 현재, 란가의 등에 실려서 운반되는 중이다.

이제 곧 사레가 바라는 대로 도착할 것이다.

——단, 기대했던 대로의 도움은 주기 어렵겠지만. 그 사실을 모른다는 것이 사레에게는 행운이었다.

애초에 이건 말이 안 된다고 사레는 생각한다.

이 디아블로라는 이름의 악마는 터무니없는 존재였다. 사레라는 인류 굴지의 강자조차도 디아블로가 얼마나 강한지를 가늠할 수 없었던 것이다.

이젠 사레도 디아블로의 발언을 의심하지 않는다.

마왕 발렌타인보다도 강한 괴물이 굳이 일부러 대사제 레이힘을 죽일 이유 따윈 없으니까.

그 말대로 살짝 협박만 해도, 아무도 거역할 생각은 할 수 없을 것이다.

(그렇다면 나는 왜 이런 꼴을 당하고 있는 거지……?)

사레는 지금도 온 힘을 다해 디아블로의 공격을 버텨내고 있지만, 거의 한계에 가깝다. 체력도 정신력도 슬슬 바닥이 드러나려 하고 있었다.

"쿠후후후후, 좀 더 노력해서 재미있는 기술을 보여주시죠."

그렇게 즐거워하는 디아블로의 목소리를 듣고, 사레는 진심으로 울고 싶어졌다.

돌아가고 싶다고 진심으로 생각한다.

사레는 천재라고 불리고 있다.

엘프족의 피를 이어받아서 수명이 길다. 그런데다 꾸준한 노력으로 자신의 기량을 갈고닦아 왔다. 그런 그에게 나타난 것이 유니크 스킬인 '가능한 자(만능자)'였다.

상대의 아츠(기술)를 한 번 보기만 하는 것으로 꿰뚫어 볼 수 있다. 그뿐만 아니라 습득도 가능하게 된다는 뛰어난 스킬(능력). 히나타의 유니크 스킬 '찬탈자'와 같은 원리이며, 아츠(기술)에만 특화된 힘이었다.

획득한 아츠를 구사하려면, 극도로 단련한 신체 능력이 필요하다는 것은 더 말할 것도 없다.

사레는 그 사실을 잘 이해하고 있었으며, 다양한 기술을 자신의 것으로 만들어두고 있었던 것이다.

최고 난이도로 여겨지는 마법과 아츠의 융합기도 습득하고 있다. 자신의 오라(투기)에 마법 효과를 부여함으로써, 절대적인 위력의 참격을 낼 수 있는 기술이다.

신체 능력을 향상시키는 〈기투법(氣鬪法)〉의 기본기이자 궁극기인 〈기참(氣斬)〉을 기초로 하여, 적의 약점이 되는 속성의 마법을 부여한다. 이로 인해 모든 마물을 베어버리는 일격필살의 궁극기가 완성된다.

——그렇게 사레는 속으로 자화자찬하고 있었던 것이다.

그런데도 전혀 통하지 않았다.

디아블로는 사레가 마법을 발동하기 전에 그 구성을 해독하여 분해해버리고 만다. 세계의 섭리에 간섭하지 못하는 이상, 법칙은 개변되지 않고 기적은 일어나지 않는다.

사레는 마법의 사용을 포기하고, 〈기투법〉과 아츠 : 오라 소드

(투기검)만으로 싸우고 있었던 것이다.

"제기랄……."

분하다는 표정으로 중얼거리는 사레.

무엇보다 화가 나는 건, 디아블로가 진심을 다하지 않고 있다는 걸 이해할 수 있었다는 것이었다.

마법 기술의 수준에는 어른과 갓난아기 이상의 격차가 있다. 신체 능력도 그와 마찬가지인 것을 보면, 유일하게 수련을 통해서 익힌 레벨(기량)만이 사레가 디아블로와 나란히 설 수 있는 점이었다.

그러나 그것도 이 짧은 시간의 전투로 차이가 좁혀졌다. 놀랄 만한 성장 속도. 지금의 디아블로라면 그럴 마음만 먹으면 사레를 간단히 죽일 수 있다.

(그렇게 하지 않는다는 건 역시…….)

디아블로에게 사레를 죽일 마음은 없다──는 것이 된다.

그렇다면 대사제 레이힘을 죽인 진짜 범인이 따로 있다는 것이며, 그게 누구인가를 생각해보면──,

(그래. 리더(히나타)는 이번에는 관여하지 않겠다는 방침이었어. 그리고 사건이 일어난 것도, 리더가 여행을 떠난 뒤를 노린 것 같은 타이밍. 그렇다는 건 역시──.)

의심스럽다. 아니, 아니다.

틀림없이──'칠요의 노사'가 진짜 범인이다.

사레는 그렇게 확신했다.

그리고 그때──,

『사레여, 도와주러 왔다.』

『감사히 여겨라. 함께 악마를 물리치자!』

『그대로 악마를 제압하고 있어라. 우리의 마법으로 처리하겠다.』

사례의 등 뒤에 있는 공간이 일그러지더니, 거대한 힘을 지닌 존재가 출현했다.

나타난 것은 세 명의 현자── '칠요의 노사'의 멤버다.

그리고 '칠요'는 자신들의 말과는 달리, 이 자리에서 사용하기에는 너무 위험한 마법을 발동시키려 하고 있었다.

범인은 증거인멸을 꾀하려 하고 있는 것이다.

이 경우에 증거라는 것은, 대사제 레이힘을 죽인 자가 디아블로가 아니라고 깨달은 자들을 가리킨다.

각국의 기자들도 바보는 아니다. 사례가 깨달은 것처럼, 진실을 꿰뚫어 본 자도 적지 않게 있었다.

그게 바로 디아블로의 의도였으니 당연하다고 하겠다.

그 말은 곧, '칠요의 노사'가 노리는 것은 디아블로가 아니라──,

"위험하다, 피해──!!"

사례가 보도진에게 경고를 함과 동시에, 그 자리를 거대한 불꽃의 구가 집어삼켰다

●

히나타의 가슴이 열선으로 뚫렸다,

나는 당황하면서 히나타를 안아 든다.

"이봐, 괜찮아?"

"큭, 허억——."

피를 토하는 히나타.

히나타는 괴로워하면서도 자신의 가슴에 손을 뻗어 마법을 발동시키려고 했지만, 그 시도는 실패로 끝났다.

목소리도 나오지 않는 것을 보니, 마법을 구사할 수 있는 상황이 아니다. 그대로 힘없이 내게 몸을 기대면서 축 늘어진다.

히나타로부터 흘러나온 피로 내 옷도 붉게 물들어 있다. 이대로는 의미도 모른 채로 히나타가 죽어버린다…….

무슨 일이 일어난 것이지를 검토하는 것은 뒤로 미뤘다.

나는 '위장'에서 회복약을 꺼내어 히나타의 가슴에 뿌렸다. 그러나 평소라면 곧바로 신체의 재생이 시작될 텐데, 이번에 한해선 효과가 나타나지 않는다.

《해답. 개체명 : 사카구치 히나타는 마법에 대한 높은 저항력을 보유하고 있는 것 같습니다. 자동으로 마력요소를 분해하여, 그 영향을 무효화시키고 있습니다.》

마법무효, 라는 말인가?

"히, 히나타 님에겐 마법이 듣지 않습니다. 회복마법도, 신성마법의 계통이 아니면 무효가 되고 맙니다…….."

당황하며 달려온 히나타의 부하, 아루노가 고개를 옆으로 저으면서 그리 말했다.

그렇군, 마력요소를 사용하지 않는 〈신성마법〉이라면 효과가 있는 건가.

어떻든 간에 내 회복약은 효과가 없는 모양이다.

그렇다면——.

"그럼 멍청히 있지 말고 빨리 회복마법을 걸어!"

효과가 있는 방법을 쓰는 것뿐이다.

히나타는 아직 살아 있다. 지금이라면 아직 〈신성마법〉으로 상처를 치료하면, 히나타도 분명 회복할 것이다.

내가 꾸짖는 소리를 듣고, 아루노 일행이 움직이려고 했다.

그러나 그것은 누군가의 방해로 인해 이뤄지지 않는다.

빛의 고리가 아루노 일행을 묶어버린다.

거대한 힘이 느껴지는 자들이, 상급 전이마법으로 공간을 도약해 왔다. 그리고 아루노 일행을 구속한 것이다.

갑자기 출현한 정체불명의 두 사람은 내 앞에 무릎을 꿇었다.

그리고——,

『마왕 리무루여, 처음 뵙겠습니다. 우리는 '칠요의 노사'라고 하는 자. 이번에 명령 위반을 범한 사카구치 히나타를 처단하기 위해 여기 왔습니다——.』

라고 뻔뻔하게 지껄인 것이다.

쓰러진 채로 의식불명에 빠진 히나타.

묶여 있는 아루노 일행.

갑자기 나타난 정체불명의 두 사람.

'칠요의 노사'라면 들은 기억이 있다. 아다루만이 혐오하던 녀석들이다.

수상쩍다. 더할 나위 없이.

자세한 사정을 듣고 싶지만, 그렇게도 할 수 없는 상황이로군.

"너희들의 사정은 모르겠지만, 히나타를 살리는 걸 방해하지 마라. 우리의 승부는 이미 결말이 났으니 히나타를 죽게 만들 생각은 없다."

짜증을 내면서 그렇게 말하자, '칠요'는 과장스러운 몸짓으로 그 요구를 거절했다.

『유감스럽지만 그럴 수는 없습니다. 그자── 히나타는 루미너스 신의 뜻을 무시했습니다. 이건 용서받을 수 없는 폭거이니, 신의 벌을 내려야만 합니다.』

잘난 듯이 남의 구역에서 제멋대로 떠들어댄다.

"그, 그렇지만!"

"히나타 님을 용서해주십시오! 히나타 님에게도 생각하시는 바가 있어서──."

성기사들이 제각각 말하지만, 그 말을 들을 마음이 없는 것 같다.

그렇게 생각하고 있으려니, 성기사 중의 한 명이 격분하여 소리쳤다.

"우, 웃기지 마! 네놈들, 나를 속였겠다?! 처음부터 히나타 님을 말살할 생각으로──."

그자는 시온이 상대를 했던, 100명의 기사를 이끌고 있던 대장이었다.

그리고 바로 그때, 사태가 더욱 복잡해진다.

그 옆에 서 있던 동료가 검을 빼 들더니, 주저 없이 검으로 대장을 찌른 것이다.

" ──무슨 짓을, 갸루도, 네, 네가⋯⋯."

"무례하다, 레나도. '칠요'의 분들에 대한 폭언이 눈에 거슬리는구나. 너야말로 역적인 히나타와 공모하여, 우리를 속인 장본인이 아니냐!"

갸루도가 그렇게 소리치자, 연행되어 있던 성기사들에게도 동요가 퍼졌다.

누구의 말이 진실인지, 자신들도 알 수 없게 된 모양이다.

그 정도로 이 '칠요'라는 자가 절대적인 권력을 쥐고 있다는 것인가.

아니, 그것만은 아니겠지.

히나타를 꿰뚫은 열선은, 마침 갸루도가 있던 방향에서 날아온 것이었다. 그건 즉——.

그건 그렇고 큰일이군.

상황이 혼돈에 빠지면서, 수습을 할 수가 없게 되었다.

히나타가 죽음에 임박한 것을 구해주고 싶은데, '칠요'가 방해를 한다. 그것도 모자라 레나도도 지금 그야말로 불의의 기습을 당하면서 죽어가고 있었다.

그리고 '칠요'는 명령 위반을 범한 히나타를 처분하러 왔다고 한다. 적어도 나와 적대할 의사는 없는 것 같았다.

자, 그럼 어떻게 한다…….

우선 대전제로서 히나타는 살려주고 싶다.

시즈 씨에게서 부탁을 받은 것도 있지만, 이제 조금만 더 하면 오해도 풀릴 것 같은 느낌이 들었다. 히나타와 화해할 수 있다면 서방성교회, 나아가서는 신성교황국 루벨리오스와의 우호 관계도 쌓을 수 있을 것 같았다.

여기서 히나타를 저버린다는 선택지 같은 건 처음부터 없는 것이다.

"너희들이 하는 말은 나중에 듣겠다. 이곳은 내가 다스리는 나라니까, 너희들도 우리나라의 '법'을 따라줘야겠어. 그러므로 아루노라고 했던가? 빨리 히나타에게 회복마법을——."

우리나라에 법률 같은 건 없지만, 그렇게 말하면서 강권을 발동하려고 했다.

그런데 '칠요'는 끝까지 방해를 한다.

『그렇게는 안 됩니다. 우리 루미너스 교의 신도는 루미너스 신에게 절대적인 충성을 바친 자들뿐. 설령 마왕 리무루의 지시라고 해도 이를 따를 자는 없습니다.』

그렇게 말하면서 성기사들이 움직이는 걸 견제한 것이다.

정말로 짜증이 난다.

느긋하게 이야기를 나눌 시간도 없으니, 여기선 강제적으로라도——. 그렇게 생각했을 때 디아블로로부터 '사념전달'이 도착했다.

『리무루 님, 긴급하게 드릴 보고가——.』

『뭐냐? 이쪽은 지금 바쁘니까 간단히 말해라.』

『그럼 실례하겠습니다. 대사제 레이힘을 죽인 진짜 범인이 판명됐습니다. '칠요의 노사'라는 자들이 뒤에서 모든 계획을 꾸민 모양입니다.』

『호오…….』

『그래서, 지금 눈앞에 세 마리 정도 있습니다만, 살려두는 건 해악일 것 같기에——.』

『그 녀석들이 범인이라는 증거는 준비할 수 있겠나?』

『각국의 기자들이 목격자로서 여러 명 있습니다——.』

『——허락한다. 제거해라.』

『알겠습니다!!』

나이스 타이밍.

감탄이 나올 정도로 훌륭한 디아블로의 팡파르다. 어떻게 하면 그렇게 딱 적당하게 일을 처리할 수 있는지는 모르겠지만, 디아블로에게 맡긴 것은 정답이었던 모양이다.

이것으로 수수께끼가 풀렸다.

그렇군, '칠요'가 진짜 범인이었단 말인가. 뭐가 목적인지는 모르겠지만, 그 목적은 내가 아니라 히나타인 것 같군.

살아 있으면 자기들이 불리해지기 때문인지, 어떻게 해서든 히나타를 처리하려 들고 있는 것 같다. 실력으로 쓰러뜨리는 게 곤란하기 때문에, 계책을 써서 농락했다고 할까.

방금 레나도라는 성기사를 찌른 녀석도, 뒤에서 '칠요'와 연결되어 있는 것이 틀림없다.

혹은 '칠요' 본인일 가능성도 있겠군.

어찌 됐든 히나타를 쏜 범인은 아마도 이 갸루도라는 녀석일 테니까. 히나타의 암살을 확실하게 성공시키고 싶은 것 같지만, 내 앞에서 실행한 것은 악수였다.

내 '만능감지' 범위 안에서의 범행은 자신이 범인이라고 자백하는 것과 마찬가지니까.

히나타에게 보내는 내 메시지가 왜곡된 것처럼 보이는 것도 이 녀석들 짓일 것이고, 디아블로의 계획을 방해한 것은 분명히 이 녀석들이다.

어찌 됐든 간에 이 녀석들이 범인이라는 걸 안 이상, 신성교황국 루벨리오스와의 관계를 신경 쓰면서 망설일 필요 따윈 없다.

이곳은 내 나라인 것이다.

살려놓아야 할까도 생각해봤지만, 나도 상당히 피해를 입은 상황이다. 그럴 필요는 없다고 마음을 고쳐먹었다. 도망칠 수도 있다면 차라리 처리해두는 편이 제일 낫다.

디아블로 쪽은 맡기기로 하고, 이쪽은 이쪽대로 대처하기로 한다.

그러면 지금까지의 울분을 풀어보기로 하자.

"베니마루, 소우에이!"

"" 넷!""

"저 두 명을 붙잡아라. 저항한다면 실력 행사로 나서는 것을 허락한다."

"기다리고 있었습니다, 그 명령을!"

"맡겨주십시오. 리무루 님께서 바라시는 대로 시행하겠습니다."

베니마루와 소우에이가 '칠요' 쪽으로 향한다.

그것을 기다리지 않고, '칠요'는 내게 증오 어린 시선을 보내고 있었다.

나는 개의치 않고 다음 지시를 내린다.

"시온!"

"넷!"

"저기 있는 갸루도라는 놈을 맡기겠다."

"!"

"방심하지 마라, '칠요'가 변장하고 있을 가능성이 있으니까 말이지."

"그렇군요! 지옥을 보여주고 그 가면을 벗겨주면 되는 거로군요!"

기쁜 표정을 지으면서, 시온도 대태도를 뽑아서 자세를 갖췄다. 이번에는 말리지 않는다. 말 그대로 그걸 기대하고 있으니까.

『크, 크크크, 이런, 이런…….』

『괜찮으시겠습니까? 우리와 전면전이 일어나게 될 텐데?』

잠꼬대를 지껄이는 '칠요'의 두 명.

이대로 방치하는 것이 오히려 나중에 불씨가 되겠지.

기왕 시작했으면 철저하게 처리해야 한다.

"너희들은 너무 지나치게 까불었다. 대사제 레이힘을 죽인 죄까지 우리에게 덮어씌우려 한 것 같은데, 네놈들의 꿍꿍이는 전부 다 밝혀졌다. 내게 싸움을 걸었으니 각오는 되어 있겠지?"

내가 그렇게 말하자, 성기사들이 혼란스러운 표정으로 서로의 얼굴을 바라보고 있다. 그러나 그중에는 납득이 되었다는 표정을 보이는 자도 있었다.

아루노는 아예 분노에 물든 얼굴로 '칠요'에게 검을 들이대고 있다.

그런 상황인데도 '칠요'들은 동요하지 않는다.

그러기는커녕 새된 목소리로 웃기 시작한다.

『크크크, 들켰을 줄은 몰랐군.』

『와하하하핫! 그러나 이미 '성인'은 죽었다!! 마왕 리무루여, 네놈도 히나타와의 싸움으로 힘을 다 소모했겠지?』

『이런 좋은 기회를 어찌 이용하지 않을 수가 있을까!!』

『이참에 진실을 알아버린 네놈들도 마왕과 함께 처리해두기로 하마!』

얼버무리려 들지도 않고, '칠요'는 그 본성을 쉽사리 드러낸 것이다.

그리고 그 자리에 악의가 담긴 웃음소리가 크게 울려 퍼진다.

구역질이 날 만큼 극도로 추악한 모습이다. 이런 녀석들은 살려둘 가치가 없다.

베니마루와 소우에이가, 그리고 시온이.

각자 사냥감을 포착하면서 움직인다.

그러나 '칠요'는 내 예상을 넘어설 정도로 노회했다.

『멍청한 놈! 내 정체를 파악한 것까지는 칭찬해주겠지만, 이미 준비는 완벽하게 끝났다.』

『처음부터 전부 죽일 생각이었단 말이다!!』

『후후후, 그럼 시작해볼까──.』

'칠요'의 두 사람은 그렇게 선언하자마자, 재빨리 거리를 두면서 공중에 뜬다. 시온이 달려가고 있던 가루도도 그 정체를 드러내면서 공중으로 떠올랐다.

그리고 그 세 명을 정점으로 하여, 대규모의 마법진이 구축된다. 확실히 이건 처음부터 준비해두지 않으면 발동할 수 없을 것 같은, 인간의 지혜의 한계를 넘어선 위험한 것으로 보인다.

범위 안에는 우리는 물론이고, 삼수사의 두 사람과 성기사들도 포함되어 있다.

완전히 몰살시키고, 증거 은폐를 의도할 생각으로 보인다.

"헬 플레어——!!"

"조사요참류(操絲妖斬流)."

업화를 머금은 검은 불꽃의 구와 강철도 자르는 '끈끈하고 강한 거미줄'의 격류가, 각자의 목표를 감싼다. 그러나 그 자리에는 높게 웃는 목소리가 울려 퍼질 뿐이다.

『헛수고다, 헛수고. 이 마법진은 성스러운 속성이 아니면 모조리 튕겨낸다! 네놈들 같이 사악한 마물들의 공격 따위는 일절 통하지 않는다.』

『크핫핫하, 어리석은 것들. 인간의 지혜는 오랜 시간에 걸쳐 계속 연마되고 있다. 자신의 강함에 우쭐해하는 마물 따위에게 결코 뒤지지 않는단 말이다!!』

기분에 거슬리는 높은 웃음소리가 울려 퍼져도, 나는 히나타의 생명을 유지하는 데 필사적이라 움직이지 못한다.

내 몸으로 가상의 심장을 모방해서 만들어봤지만, 정말로 마력 요소를 튕겨낸다. 익숙하지 않은 행위인 데다 상성이 너무 안 좋아서, 뮬란에게 시험해봤던 때처럼 그렇게 잘 풀리지 않는다.

그런 내 초조감을 날려버리듯이, 시온이 돌진했다.

"시끄러워! 그런 건 내 '고리키마루 개(改)' 앞에선 무의미하다!!"

알아듣지 못할 말을 힘차게 선언하면서, 아무 생각도 없는 듯이 전력으로 '칠요'에게 칼을 휘두르며 달려드는 시온. 평범하게 생각하자면 바보 그 자체이지만, 시온은 조금 다르다.

『후하하하하! 멍청한 것, 그런 검으로 뭘 할 수 있다고——?!』

비웃고 있던 '칠요'의 앞에 있는 공간이 지직 하고 작은 소리를 내면서 갈라진다.

『위, 위험해!』

『안 돼, 이대로 있으면 마법진이 붕괴한다!!』

『이렇게 된 이상, 이대로 발사한다!!』

비상식적인 시온의 공격은, 속성 따위 관계없는 힘에만 의존하는 일격이었다. 그에 더하여 그건――.

《해답. 유니크 스킬인 '잘 처리하는 자(요리인)'의 '확정결과'에 의해, 사물의 현상을 덮어쓴 것으로 보입니다――.》

시온은 정말로 터무니없는 녀석이다.

이 녀석만큼은 적으로 돌리고 싶지 않다.

《알림. 가능성은 적다고 해도, 개체명 : 시온의 공격은 마스터에게 해를 가할 가능성이 있습니다.》

정말인가.

시온을 화나게 만드는 일은 자제하는 것이 좋을 것 같다.

시온이 대단하다는 것은 재확인했지만, 아쉽게도 그 공격으로도 '칠요'들의 공격을 막는 것까지는 불가능했던 것 같다.

《알림. 공격이 옵니다.》

대규모 섬멸형 마법이 완성되어버린 것 같다.

제길, 어떻게 해야――.

《알림. 문제없습니다. 마법진은 이미 해석이 끝났습니다.》

　나는 그런 생각을 하면서 초조해졌지만, 너무나 냉정하고 믿음
직한 목소리가 달래줬다.
　아니, 아, 네.
　그렇다면 문제는 없을 것 같지만, 그 마법진은 상당히 복잡해
보이던데……. 아니, 라파엘 선생에게는 어리석은 질문이었나.
　'칠요의 노사'들이 자신만만해 하고 있을 때 미안하지만, 아무
래도 선생의 진짜 실력 앞에서는 상대가 안 되는 것 같다.
　⊓⊓모조리 죽어버려라! 트리니티 브레이크(성삼위영붕진, 聖三位靈崩
陣)━━!!⊔⊔
　세 명의 목소리가 하나로 겹치면서, 그 마법은 발동했다.
　그러나 그것은 이미 의미가 없다.

《알림. 얼티밋 스킬(궁극 능력)인 '벨제뷔트(폭식지왕)'를 재가동합니다.》

　선생이 알려주는 그 목소리가 들려옴과 동시에, 비처럼 지상으
로 쏟아지는 살육의 광선은 모두 내 '벨제뷔트'가 삼키면서 사라
져버린다.
　이거 참, 이 힘을 완전히 개방하면 굉장하겠는데.
　눈앞에서 사라지는 살육의 빛을 보면서, 성기사들이 눈을 동그
랗게 뜨고 있질 않나.
　아니, 어라? 잠깐만 기다려봐?

방금 히나타의 공격으로 '벨제뷔트'를 희생시키지 않았던
가…….

《해답. 틀림없이 얼티밋 스킬인 '벨제뷔트'를 희생으로 삼았습니다만,
백업(능력의 복제)을 해두었으므로 문제는 없었습니다.》

뭐어? 백업이라고오?

아니, 왜 과거형으로 말하는 건데. 그럼 그렇다고 처음부터 말
하라고!

더 이상은 못 쓰는 줄 알고 있었잖아.

선생의 머릿속에선 다 끝난 이야기일지 모르겠지만, 뭔가 이렇
게, 석연치 않은 느낌을 받는다고.

《알림. 영력 반응이 상승. 진짜 공격이 옵니다.》

이런, 방금 그게 진짜 공격이 아니었단 말인가.

〃멸망하라, 마왕이여! 트리니티 디스인티그레이션(삼중영자붕
괴, 三重靈子崩壞)!!〃

위험해! 아무리 그래도 저건 '벨제뷔트'로는 무리야.

《알림. 문제없습니다. 얼티밋 스킬 '우리엘(서약지왕)'의 '절대방어'를
발동시키겠습니까?

YES / NO》

오오, 역시 선생이로군.

물론 YES지만, 어라?

또 위화감.

내가 고민하고 있으려니, 처음으로 '우리엘'의 '절대방어'가 발동했다. 내 피부를 한 장의 얇고 무색투명한 막이 덮은 것 같은 느낌이다.

그리고 그 피막——'절대방어' 앞에 '트리니티 디스인티그레이션'은 완벽하게 봉인된 것이다.

＊

아니, 그 전에 잠깐.

지금 처음으로 이걸 사용한 것 맞지?

방금 전까지 사용하고 있던 것은 '절대방어'가 아니라 '다중결계'였다.

최대한까지 '사고가속'하고 있는 것을 좋은 핑계 삼아, 나는 라파엘에게 묻는다.

이봐, 왜 아까는 발동하지 않았던 거야? 히나타의 공격도, 이게 있었다면 막아낼 수 있었던 거 아니야?! 라고.

그 질문에 라파엘 선생이 놀라운 해답을 내밀었다.

내 어이없는 심정은 한계에 도달할 뻔했다. 왜냐하면——,

《해답. 얼티밋 스킬 '우리엘'의 '절대방어'라 해도 '영자'는 관통되는 경우가 있습니다. 그러므로 발동시켜도 의미가 없다고 판단했습니다.》

──그렇게, 당연하다는 듯이 말했기 때문이다.

완벽주의자인 것도 어느 정도가 있어야지, 라파엘 선생…….

마력요소를 구성하는 특수한 입자인 '영자'는 그 움직임을 예측하는 것이 상당히 힘들다고 한다. 시간과 공간을 무시한 움직임을 보인다고 하며, 수많은 배리어를 그대로 통과한다.

그 불규칙한 움직임을 보이는 난수위상(亂數位相)──'영자'가 자연 전이하는 법칙성──을 간파하지 않는 한, 내 '절대방어'조차도 관통하는 모양이다.

그러나 지금, 내 '절대방어'가 '트리니티 디스인티그레이션'을 완벽하게 방어하고 있다.

즉, '영자'의 움직임을 완벽하게 예측하기라도 했다는 건가?

《해답. 방금 전의 공격── 멜트 슬래시(붕마영자참)를, '벨제뷔트'로 상쇄함과 동시에 '포식'했습니다. 그때, 노리던 대로 정보 수집을 시행하여, '영자'의 난수위상을 인식하는 것에 성공했습니다. 이로 인해 성(聖)속성 공격의 예측 방어도 가능하게 되었습니다. 추가로 말씀드리자면, 성검기(聖劍技): 멜트 슬래시를 획득한 상태입니다.》

흐응…….

응? 잠깐. 잠───깐만 있어봐.

어? 그 말은 역시 방금 전 싸움에선 히나타의 검을 일부러 맞았다는 거 아냐……?

《……》

이봐! 왜 말이 없는 건데, 이 자식아?!

앗차, 실수했다! 라는 분위기의 반응을 보이다니…….

아니, 답을 하지 못하는 게 바로 답이 된 셈이다.

어? 그렇지만…….

잠깐 기다려봐? 라파엘 선생이 위험을 감수하면서 그런 짓을 벌일 것이라는 생각은 들지 않으니, 어쩌면…….

——딱히 '벨제뷔트'로 상쇄하지 않았어도, 멜트 슬래시의 직격을 받고 내가 죽는 일은 없었단 말인가?

《해답. 당연합니다. 대량으로 에너지(마력요소)양을 소모했겠지만, 머티리얼 보디(물질체)는 '무한재생'으로 즉시 부활이 가능했습니다.》

…….

그럼, 왜 너는 초조하게 굴었던 건데?

혹시 멜트 슬래시를 맞아보고 해석하고 싶었다거나 하는 건 아니겠지?

《……》

이런, 또 그렇게 나오기냐?

이 자식, 응수하는 수준이 점점 높아지고 있잖아. 인간답게 변했다고 할까, 속이 시커멓게 변했다고 할까.

이미 자아가 존재한다는 말을 들어도, 나는 솔직하게 그 말을 믿을 수 있을 것 같은 기분이 들었다.

——하지만 분명히.

틀림없이 내가 바라고 있었을 것이다.

그 공격을 버틸 수 있게 되고 싶다거나, 쓸 수 있게 되고 싶다거나.

그 한순간의 소원을 받아들여서, 즉시 실행으로 옮긴 것일까?

그렇다면 참으로 어이가 없는 초절능력(라파엘)이 아닌가.

내게는 지나치게 과분한 힘이다.

《아닙니다. 저는 마스터를 위해서만 존재하고 있습니다.》

즉시 부정하고 나섰다.

흥, 그거 고맙군.

앞으로도 잘 부탁하겠어, 파트너!

——하지만 말이지, 가능하면 비밀은 만들지 않도록 부탁할게.

그리하여, 길게 늘어진 시간 속에서 이뤄진 나와 라파엘의 대화는 현실 시간에선 순식간에 끝을 고한 것이다.

＊

『말도 안 돼, 그런, 말도 안 되는 일이━━?!』

『있을 수 없어. 그런 말도 안 되는 일은 있을 수가 없다!!』

『이 세상에 '디스인티그레이션(영자붕괴)'의 직격에 버텨낼 수 있는 존재가 있어선 안 돼━.』

등등.

그 세 사람이 극도의 혼란에 빠진 것 같다.

하긴 그렇겠지.

그걸 직접 시행한 나 자신도, 이건 좀 문제가 있지 않나 하는 생각이 드는걸.

신성계의 최강 마법을, 그것도 3중으로 구사된 절대적인 파괴의 힘을, 내가 간단히 막아내 보였으니까.

그야 경악스럽고 인정하고 싶지 않다는 기분이 들겠지.

하지만 안됐군. 이게 현실인 것이다.

너희들의 패인은, 나를━ 아니, 라파엘(지혜지왕)을━ 적으로 돌린 것이라 하겠다.

"자, 그럼 이번에는 내 차례로군."

내가 그렇게 말하자, 베니마루, 소우에이, 시온이 고개를 끄덕인다.

"그렇게 자랑하던 마법진도 사라진 것 같은데, 과연 이번에도 버텨낼 수 있을까?"

그렇게 말한 베니마루의 손에는 검은 불꽃이 일렁거리고 있었다.

그걸 보고 벌벌 떠는 '칠요'들.

비장의 수를 다 써버리는 바람에, 당황해하고 있는 것 같다.

"놓치지 않겠다. 이 쓰레기들. 각오하도록 해라!!"

시온이 무시무시한 미소를 지으면서, 사냥감을 노려본다.

소우에이는 말이 없다. 그러나 빈틈없이 '칠요'의 움직임을 감시하고 있다.

삼수사인 알비스와 스피어도 성기사 전체를 내려다보듯이 위압하고 있었다. 이 중에 아직 위험인물이 있다는 생각은 들지 않지만, 그래도 경계해서 나쁠 건 없다. 만약 수상한 자가 섞여 있었다고 해도 이 상태에선 아무 짓도 하지 못할 것이다.

『큭…….』

한곳에 몰려버린 '칠요'들. 그러나 그들은 이 상황에 처한 상태에서도 아직 포기하지 않은 것 같다.

『잘 생각하도록 해라! 우리는 인류의 수호자다! 그런 우리를 죽이면 루미너스 신의 신도들이 잠자코 있지 않을 것이다!』

『그 말이 맞다! 루미너스 신의 분노가 네놈들을 불태울 것이다!!』

『이번에는 우리가 물러나겠다. 네놈들이 악이 아니란 걸 안 지금, 서방 열국에도 얘기를 잘 전해주도록 하겠다. 앞으로는 좋은 이웃으로서──.』

차례로 공감과 회유를 섞으면서, 끝까지 건방진 자세로 교섭을 시도하기 시작한다.

슬슬 짜증 나니까 이제 그만 끝을 내도록 할까── 그렇게 생각했는데…….

"─ 미왕 리무루여, 폐를 끼친 것 같구나."

그때 울려 퍼진 것은 늠름하고 차가운 목소리였다.

공간을 가르면서, 거대한 문이 출현한다.

그게 열리더니, 아름다운 소녀가 모습을 드러냈다.

특징적인 은발과 헤테로크로미아(금은요동)―― 누구냐고 묻는다면 마왕 발렌타인, 바로 그자가 찾아온 것이다.

왜 여기 왔느냐고 묻는 것은 눈치 없는 짓이겠지.

『커, 커억!!』

『당신은, 당신은――?!』

『왜 당신이 이런 곳에…….』

경악하면서, 그리고 그 이상으로 위축되면서.

'칠요'들이 벌벌 떨고 있었다. 그리고 그 자리에서 무릎을 꿇고 있다.

즉, 그랬던 것이다.

루미너스 신의 정체는 놀랍게도, 마왕 발렌타인이었던 것이다.

그 사실을 알고, 나는 할 말을 잃었다.

●

디아블로는 환희에 몸을 떨면서 사악하게 웃는다.

『――허락한다. 제거하라.』

그런 리무루의 허락을 받으면서, 모든 실력을 행사할 수가 있게 되었다.

당장이라도 어리석은 자들을 없애버리고 싶지만, 그 전에 한 가지 해야 할 일이 남아 있다.

"자, 여러분. 무사하십니까?"

기분 좋게 보도진에게 묻는 디아블로.

불꽃의 구는 디아블로가 펼친 '결계'에 의해 막히는 바람에, 보도진 중에 희생자는 나오지 않았다. 그 '결계'에 몸을 맡긴 데몬 헌터(악마 토벌자)와 에드왈드 왕과 그 호위 기사들도 누구 하나 상처를 입지 않았다.

마력요소를 사용하는 〈원소마법〉이나 〈정령마법〉으로는 디아블로가 펼친 '결계'를 파괴할 수 없는 것이다.

『쳇, 짜증 나는 악마 놈. 이 정도일 줄이야——.』

『무시무시한 녀석. 그렇다면 이쪽도 성스러운 힘을 보여주기로 하마——.』

『시작한다. 준비해라!』

전원을 간단히 처리할 것으로 생각하고 있었던 '칠요'들도, 이 사태는 역시 예상 밖이었다.

아무리 강력한 데몬(악마)족이라고 해도, 소환되면서 얻은 그 육체를 파괴하면 영향력을 잃게 된다. 마체(魔體)를 유지할 수 없게 된 순간에 정신세계로 돌아가기 때문이다.

그걸 전제로 하여 '칠요'들은 출현과 동시에 궁극 마법을 발동시켰다.

극대화구(極大火球)—— 핵격마법 : 뉴클리어 플레임(파멸의 불꽃)을.

혼자서는 제어조차 할 수 없기에, 세 명이 달려들어야 구사할 수 있는 원소계 궁극 마법이다.

모든 것을 불태우는 지옥의 업화. 그런데도 디아블로 앞에선 무력했던 것이다.

경악한 '칠요'들은 주저 없이 최종 수단을 선택한다.

그런 위험한 디아블로를 쓰러뜨리려면, 성스러운 힘을 사용할 수밖에 없다. ──그렇게 생각하여, 이번에는 미리 준비해두었던 비장의 수인 '트리니티 브레이크(성삼위영붕진)'를 사용하기로 결단을 내린 것이다.

다른 자들이 리무루 일행에게 사용했던 술식이며, 그들의 필살기이다.

어느 정도 준비하는 데 시간이 걸리긴 하지만, 술식을 쓰는 동안에는 '결계'로 보호되기 때문에 안심이다. 게다가 이 술식의 최후에 발사되는 트리니티 디스인티그레이션(삼중영자붕괴)은 수많은 물질을 소멸시키는 신성계 궁극 마법이다.

아무리 거대한 마물이나 마인── 그게 비록 마왕이라고 해도 이 술식에는 버텨낼 수 없다. 그런 절대적인 자신감을 갖고 '칠요'들은 술식을 가동시킨다──.

디아블로는 슬슬 교섭을 시작했다.

'칠요' 따위는 안중에도 없다는 듯이, 시선은 여전히 보도진을 향하고 있었다.

"방금 그 공격을 봤겠지요? 그들이 당신들을 죽이려 했던 건 확실합니다. 그렇게 생각하지 않습니까?"

자상하게 묻는 디아블로.

지금까지 같이 싸워왔던 사례조차도 디아블로의 말을 부정하지 못하고 있었다.

당연히 보도진 쪽에서는 부정하는 목소리가 나오지 않는다.

모두가 고개를 끄덕였고, 그리고 이해하고 있다.

인류의 수호자, 위대한 영웅—— 전설에도 남아 있는 '칠요의 노사'들. 그런 그들에 대해 기자라면 모르는 자는 없다.

디아블로의 말은 진실이며, 자신들은 산 제물이 되었다는 것을 깨닫고 있었다.

'칠요'는 디아블로와 함께 자신들을 죽여버리고, 그런 뒤에 모든 것을 디아블로의 짓이라고 선전할 생각이었다는 것을.

"하지만 안심하도록 하십시오. 제가 여러분을 지켜드리지요."

기자들의 눈에는 디아블로의 미소가 부처님처럼 자애로움으로 가득 채워져 있는 듯 보였다.

그리고 그 말을 믿는다. '삼무선'의 사례를 가볍게 능가하는 그 강한 실력이라면, 전설적 존재인 '칠요의 노사'에게도 이길 수 있지 않을까 하는 생각이 들었던 것이다.

"우, 우리는 뭘 하면 됩니까——?"

"돈을 바랍니까?"

디아블로가 뭘 대가로 요구하는 건지, 그걸 신경 쓰는 자도 있다.

악마는 그냥은 베풀지 않는다. 반드시 어떤 보답을 요구하는 것이다.

그리고 그것은 디아블로도 마찬가지다. 리무루 외의 자에겐 아무 이유 없이 뭔가를 제공하진 않는다.

"쿠후후후후, 이해가 빨라서 좋군요. 제가 바라는 것은 하나——."

미소를 지은 채로 디아블로가 요구한다.

자신의 무죄를 증명하라고.

기자들은 그 말을 듣고, 안도함과 동시에 납득도 했다.

극악한 악마라고 들었지만, 진실은 다르다는 것을.

신성교황국 루벨리오스의 대간부인 사례까지도 말려든 것을 보면서, 이건 최고 간부인 '칠요'가 뒤에서 꾸민 책략이라는 사실을 알아차린 것이다.

그렇다면 자신들도 또한 이용당한 것뿐이니, 디아블로의 요구를 부정할 이유 따윈 없다.

"물론이고말고! 반드시 이 사실을 알리도록 하겠어!"

"그래, 모든 걸 기사로 쓸 거야! 당신의 화려한 활약도 말이지!"

"물론이지. 그러니까 부탁할게! 우리를 살려줘!!"

100명에 가까운 보도진. 그 모두가 디아블로를 지지할 것을 약속한다.

그리고 그건, 유니크 스킬 '타락시키는 자(유혹자)'의 영향 아래에 들어가는 것을 의미하고 있었다.

배신은 용서받지 못한다. 계약은 완료된 것이다.

"쿠후후후후, 좋습니다. 여러분을 살려 드리겠다고 제가 약속하겠습니다. 하지만 너는 안 되겠다."

그렇게 말하면서 디아블로가 가리킨 자는, 기절 상태에서 눈을 뜬 에드왈드였다.

"왜, 왜냐?! 짐이 무슨 짓을 했다고——."

"닥쳐라! 네놈은 위대하신 리무루 님을 우롱했다. 그 죄는 만

번 죽어도 모자란다. 네놈은 살 가치가 없다는 걸 깨달아라."

내뱉듯이 그렇게 말하는 디아블로.

에드왈드는 돌아가지 않는 머리로 필사적으로 생각한다. 그러나 좋은 생각이 전혀 떠오르지 않는다.

단 하나 확실한 것은, 이대로 있다가는 자신은 틀림없이 죽는다는 것뿐이다.

기사들을 봐도 재빨리 시선을 돌려버렸다.

그것도 당연하다. 저런 괴물이나 전설상의 영웅에게 거역해봤자 이길 수 있을 리가 없는 것이다.

"부탁하겠소, 부디, 부디, 짐도, 아니, 저도 구해주십시오!"

에드왈드가 할 수 있는 것은 눈물을 흘리면서 읍소하는 것뿐이었다. 그러나 그것으론 디아블로의 마음에 영향을 주지 못한다.

"쿠후후후후, 거기서 스스로의 어리석음을 깨달으면서 저세상에 가도록 해라."

기자들도 누구 하나 에드왈드를 도우려고 하지 않는다.

그럴 수가 없는 것이다. 애초에 모든 원인이 에드왈드에 있는 이상, 중재를 할 수도 없으니까. 그렇게 나섰다가 괜한 불똥이 자신에게 튀는 게 더 큰 문제다.

누구도 도와주지 않는다는 것을 이해하고, 에드왈드는 울음을 터뜨렸다.

"전부 다 주겠소. 돈도, 지위도. 와, 왕위도 양보하겠습니다. 저는 퇴위하고 모든 걸 넘겨드릴 테니까——."

그 말을 듣고 잠시 생각에 잠기는 디아블로.

"그러고 보니, 영웅 요움이 지금 에드마리스 님의 후견인이 되어 있죠. 그야말로 이 파르무스의 백성들을 이끌어가기에 적합한 남자라고 생각하는데, 당신은 어떻게 생각하십니까?"

그리고 디아블로는 아주 약간 말투를 자상하게 바꾸면서, 에드왈드에게 그렇게 묻는다.

에드왈드도 이해했다. 지금까지 살아온 인생 중에서 최대한 빨리 머리를 굴렸고, 그리고 이해했다.

"저, 저도 그렇다고 생각합니다! 그 남자는 가망성이 있습니다. 무슨 일이 있어도 제 후계자로 공표하고 싶소——."

에드왈드의 대답은 디아블로를 아주 만족시키는 것이었다.

기자들도 또한 그 모습에 깨닫는 바가 있다.

"하, 하하하. 영웅왕이 탄생하는 겁니까?"

"이건 대대적으로 선전해야겠군——."

분위기를 파악하고, 디아블로의 의도를 올바르게 이해하면서 그렇게들 말한다.

디아블로는 기쁜 표정으로 고개를 끄덕인다.

이것으로 준비는 완벽하게 되었다. 약간 계획이 어긋나긴 했지만, 결과는 만족할 수 있게 나올 것 같다.

그렇게 되면, 나머지는 쓰레기를 처분하는 것뿐——.

그때가 왔다.

『흥, 각오는 되었나?』

『이제 곧 악마를 소멸시킬 빛을 날려주마.』

『그때까지의 목숨을 실컷 즐기거라——.』

자신들의 술식에 꽤나 자신이 있는지, 여유 만만한 태도로 돌아가는 상황을 지켜보고 있던 '칠요'들. 그런 그들에게 절망의 시기가 찾아온다.

"각오? 웃기지 마라, 쓰레기들아. 내 계획을 방해하고, 리무루님 앞에서 내게 창피를 준 것──. 그 죄는 너무나도 무겁다. 내가 맛봤던 공포와 절망을 몇 배로 되갚아주마."

'칠요'들을 바라보는 디아블로는 전혀 웃고 있지 않았다. 그 얼굴에 표정은 존재하지 않았으며, 그 아름다움이 오히려 더욱 강한 공포를 느끼게 한다.

『뭐, 뭐라고──?』

『네놈은 무슨 헛소리를 하는 것이냐?』

『정신을 놓기라도 했느냐? 이 술식 앞에선──.』

'칠요'들의 말을 가로막듯이, 디아블로는 손가락을 딱 하고 한 번 울렸다.

그리고 세계는 공포에 휩싸인다.

"천천히 멸망해가는 세계 속에서, 아무것도 하지 못하는 절망을 깨달아라! 발동── '디스페어 타임(절망의 시간)'──."

그것은 디아블로의 힘.

유니크 스킬 '유혹자'의 권능 중의 하나── '유혹세계(誘惑世界)'를 이용하고 있다.

원래는 대상자의 의식에 직접 작용하여 상대의 정신에 영향을 주는 효과가 있지만, 디아블로는 그것을 더욱 발전시켜놓고 있었다.

가상 세계를 실체화시켜서, 그 세계 속에서 절대 권력을 발동시키기에 이른 것이다.

그 세계에선 대상자의 생사조차도 디아블로가 관장한다. 그리고 그 세계에서 일어난 일은 '허실변전(虛實變轉)'으로 인해, 가상과 현실을 뒤바꾸는 것이 가능하게 되는 것이다.

디아블로가 부여한 환각이, 물질세계에서의 현실이 된다. ──그렇게 부조리하게까지 느껴질 만큼 무시무시한 기술이었던 것이다

이 능력을 이기려면 단순히 스피리추얼 보디(정신체)를 단련하여, 의지의 힘으로 돌파할 수밖에 없다.

그러나 정신 생명체인 디아블로에게 이길 자는 거의 존재하지 않으며, '칠요의 노사'라고 해도 예외는 아니다.

『뭐, 뭐냐, 이건?!』

『마법이, 마법이 사라졌어──?!』

『마, 말도 안 돼…….』

경악하면서 소란스럽게 굴지만, 그런다고 뭘 할 수 있는 것도 아니다.

그저 절망의 시간을 보낼 뿐.

이윽고 세계는 붕괴한다.

"그 어리석음을, 심연의 밑바닥에서 반성하도록 해라──."

디아블로는 그렇게 고하면서, 마지막 마무리를 실행했다.

'엔드 오브 월드(붕괴하는 세계)'──'유혹세계'의 붕괴는, 그 안에 갇힌 자도 포함한 채로 진행된다.

'칠요'들의 절망까지도 집어삼킨 채로 세계는 종말을 고한 것이었다.

──그리고, 이 자리에서 맺어진 약속은 무사히 이행되게 된다.

●

마왕 발렌타인, 아니, 루미너스의 등장에 놀라고 있었지만, 문에서 나온 자가 또 한 명 있었다.

분명 이 남자는 마왕 발렌타인. 지금 생각하면 루미너스의 대행자 역할을 하고 있었지.

'칠요'의 세 명은 창백해지면서, 루미너스 앞에 무릎을 꿇고 있다.

더 이상은 싸울 의사 따위는 없어 보였으며, 심판을 기다리는 어린양처럼 벌벌 떨고 있었다.

자, 루미너스는 과연 어떻게 나올까?

폐를 끼쳤다는 말을 하는 걸 봐서는, 싸울 생각은 없어 보이는데…….

그렇게 생각하고 있으려니, 대행자 역할을 하던 남자가 입을 열었다.

"예의를 갖추어라. 짐은 교황 루이이다. 그리고 여기 계신 분이야말로 우리의 신── 루미너스 님이시다!"

또렷하게 들리는 목소리로 그렇게 선언했다.

그 말을 듣고, 성기사들이 일제히 무릎을 꿇었다. 마치 암행어사라도 출두한 것 같군. 그런 생각을 했던 건 비밀로 하자.

그리고 우리는 당혹스러워하면서도, 상황이 돌아가는 걸 지켜보기로 했다.

그러나…… 마왕이 신이라니, 이건 또 무슨 농담이람.

그 대행자가 교황이라고? 이거 참, 프로파간다가 너무나 황당한 나머지, 나까지도 어이가 없어질 레벨이다.

하지만 잘 생각해보면, 그건 아주 효율적이긴 하겠지만——.

《맞습니다. '인간'이라는 종족을 지배함에 있어서, 효율적인 환경을 마련할 수 있을 것입니다.》

아, 응.

따라 해보자는 제안이 아니니까, 그 점은 착각하지 말아줄래?

주의를 주지 않으면, 라파엘(지혜지왕)이 폭주할 것 같다. 뭐, 그건 일단 넘어가기로 하고.

"——히나타. 자중하라고 일러두었건만, 멋대로 움직이다니……."

그렇게 말하면서 루미너스는 내가 안고 있는 히나타를 향해 손을 내밀었다.

"리저렉션(심장이여, 소생하라)!"

그것은 신의 기적 : 리저렉션(사자소생, 死者蘇生)——.

내 눈앞에서 점점 히나타의 등에서부터 오른쪽 가슴까지 꿰뚫린 상처가 메워지기 시작한다.

내 회복약보다도 대단한 효과이긴 한데, 잠깐만.

왜 마왕이 신의 기적을 다루는 건데?!

《해답. 신의 기적이란 것은 '영자(靈子)'를 효율적으로 운용하는 마법을 가리키는 것 같습니다. 통상적인 방법으로는 '영자'에 간섭할 순 없지만, 그걸 가능하게 하는 방법은 판명했습니다. 나머지는 해석하여──.》

뭐가 뭔지 잘은 모르겠지만, 라파엘 선생에게 의욕이 생긴 것 같다.

라파엘에게 맡겨두면 안심, 그러니까 방치해두기로 하자.

"으, 으──응……. 서, 선생님──?"

이런, 히나타의 의식이 돌아온 것 같다.

나를 시즈 씨로 착각하고 있는 걸까?

"여어, 잠꼬대는 그쯤 해둬. 누가 선생이야──?"

재미있는 반응인지라 히나타를 놀려봤다.

평소에 보이는 험악한 분위기도 없이, 순진한 느낌.

이 녀석도 분명 여고생 정도일 때 여기로 와서, 지금은 10년 정도 지났다고 했던가? 그렇다면 지금의 나이는──.

거기까지 생각했을 때, 히나타의 눈매가 날카로워졌다.

차가운 눈빛을 내뿜으면서 나를 쏘아본다.

"──이봐."

"네."

"당신, 지금 뭔가 무례한 생각을 하지 않았어?"

"아니요, 천만의 말씀입니다."

"그래? 뭐, 그건 됐어. 그건 그렇고 언제까지 날 안고 있을 거지?"

안고 있다니, 남이 들으면 오해하겠네. 모처럼 신경 써서 간호해주고 있었는데, 말이 너무 심한 것 같다.

하지만 그 말에 뭐라고 반론을 해주고 싶어도, 왠지 말을 꺼낼 수 없는 분위기이니 지금은 순순히 사과하기로 하자. 지는 게 이기는 거라는 어른의 처세술이다.

"실례했습니다! 눈이 아주 행복했습니다!"

나는 그렇게 말하면서 히나타에게서 펄쩍 뛰어서 물러난다.

내가 그렇게 말하자, 히나타는 자신의 가슴을 봤다.

옷에 구멍이 나는 바람에, 새하얀 가슴이 보이고 있다.

"──호오?"

위험하다. 히나타의 살기가 보통이 아니다.

이거, 혹시 내가 지뢰를 밟아버린 건가?

"당신, 남들한테 섬세함이 모자란다는 소리를 자주 듣지 않아?"

노려보듯이 나를 보면서, 내게 그런 말을 한다.

"너, 너야말로, 그렇게 날카로운 눈으로 남을 노려보고 있으면서⋯⋯. 완고한 성격에다, 남의 말을 전혀 듣질 않잖아!"

나도 모르게 그렇게 대꾸했지만, 이건 확실히 실수였다.

히나타의 예쁜 얼굴이 분노로 물들면서 "쳇" 하고 혀를 차는 소리가 들리고 말았던 것이다.

하지만 히나타는 분노를 억지로 참으려는 듯이 심호흡을 한 번했고, 그런 뒤에 내게 미소를 지었다.

그게 오히려 더 무서운데⋯⋯.

"──저기 말이지, 나는 그냥 근시일 뿐이야. 당신 말이지, 역시 섬세함이 없는 것 아냐? 그렇게 구는 걸 보면 여자한테 전혀 인기가 없었을 것 같은데?"

히나타의 공격(말)이 내 마음에 박혔다. 크리티컬(치명상)이다.

시끄러워! 잊어버리고 있었던 과거를 떠올리게 하다니.

"아, 아니거든? 배려를 할 줄 아는, 믿음직한 사람으로 통했거든?"

"흐─응, 그럼 다행이지만."

불쌍하게 여기는 눈빛으로 나를 보면서, 히나타는 훗 하고 웃었다.

분하다. 왠지 진 것 같다.

싸움에 승리한 건 나인데, 뭔가 패배감이 가슴을 가득 채웠다.

그러고 보니 승리 선언조차 아직 안 했네…….

그런 식으로 쇼크를 받고 있는 나를 내버려 두고, 히나타가 레나도를 회복마법으로 치료한다.

이게 또 아주 훌륭한 솜씨였다.

기왕 온 김에 루미너스가 구해주려나 하고 생각했는데, 여전히 그대로 방치해둔 채였다. 흥미가 없는 자는 철저하게 무시하는 스타일인 것 같군.

레나도, 힘내라. 나보다 불쌍한 녀석이로구나.

루미너스가 히나타를 치료하는 모습을 보고 성기사들도 루미너스를 믿게 된 모양이다. 교황 루이를 아는 자도 있는 모양이니, 의심할 이유도 없다는 분위기였다.

레나도가 의식을 되찾으면서, 모두 기쁨을 같이 나누고 있었다.

그리고 그대로 "히나타 님!"이라고 소리치더니, 눈물을 흘리면서 모두가 히나타를 감싸고 있다.

아, 히나타의 가슴을 훔쳐본 녀석이 한 대 맞았다.

역시 히나타, 무서운 아이.

근시라고 했는데, 그건 딱히 관계없는 거 아냐? 평소에도 '마력 감지'를 발동하고 있는 것 같으니까.

뭐, 남자가 슬쩍 훔쳐보는 짓은 100% 여자에게 들키는 법이라고 하니, 나도 조심해야겠다.

그래 봤자 이미 늦었지만 말이지.

그렇게 모두가 진정하게 되기를 기다렸다가, 루미너스가 무겁게 입을 열었다.

"——자, '칠요'여, 이번 일을 어떻게 변명할 셈이냐?"

루미너스가 어떻게 마무리를 지을 것인지 궁금했기 때문에, 우리도 견학을 한다.

그때 디아블로로부터 보고가 날아들었다.

『——리무루 님, 끝났습니다.』

『음. 그래, 어떻게 됐나?』

『쿠후후후후. 모든 게 예정대로입니다——.』

기분이 좋은 것 같군, 디아블로 녀석.

그러면 모든 문제가 정리되었다는 뜻인가.

『좋아, 일단락된 뒤에 한 번쯤은 보고를 하러 돌아오너라.』

『알겠습니다. 그때를 고대하고 있겠습니다.』

그렇게 말하면서, 디아블로는 '사념전달'을 끝내고 임무로 돌아갔다.

그 말은 곧, 누명을 썼던 디아블로의 살인 용의도 무사히 벗겨졌다는 뜻이겠지.

그렇다면 내가 여기 있는 '칠요'의 처분에 간섭할 필요는 없겠군.

그들이 여러모로 폐를 끼치긴 했지만, 그에 대한 사과는 방금 막 받은 참이다. 이 이상 간섭했다간 일이 복잡해질 테니까, 앞으로 교류할 방법을 어떻게 하면 유리하게 진행시킬 수 있을까만 생각하기로 하자.

그런 생각을 하고 있으려니, 판결을 내린 모양이다.

즉결, 즉단.

"이 죄는 죽음으로 갚아라. 적어도 내 손으로 직접 그대들에게 죽음을 내려주기로 하마──."

『자, 자비를!』

『저희는 루미너스 님을 위해서──.』

『저희의, 저희의 오랜 충성을 봐서라도 부디──.』

'칠요'들은 보기 추한 모습으로 루미너스의 동정을 사려고 하지만, 그 소원은 이뤄지지 않았다.

"──데스 블레싱(죽을 자에게 내리는 축복)!!"

루미너스가 두 팔을 벌리자, 보이지 않는 신의 손이 '칠요'들을 자상하게 감싼다. 그것은 루미너스 나름대로, 부하들에게 내리는 마지막 자비였을 것이다.

자비로 가득 찬 포옹──. 그렇게밖에 보이지 않지만, 산 자를 죽은 자로 바꾸는 잔혹한 권능으로 보인다. 마왕 루미너스가 가진 힘의 일부분을 언뜻 본 것 같은 기분이다.

우리를 함정에 빠뜨리려고 한 '칠요'들은, 괴로움도 없이 아주 자연스럽게 소멸의 때를 맞았던 것이다.

여차하면 신성교황국 루벨리오스와의 전면전까지도 각오했는데, 그 끝은 허무했다.

이렇게 무대는, 앞으로 어떻게 교류할지에 대한 교섭을 벌이는 자리로 바뀌게 된다.

＊

서서 이야기하기도 그러니, 장소를 옮기기로 했다.

도시까지 루미너스와 루이, 그리고 히나타 일행을 안내함과 동시에 개선을 하게 됐다.

그리고 나를 맞아줄 베루도라를 보면서 그제야 떠올린다.

"아, 미안. 최종 방어 라인이 나설 차례는 없었네."

"뭐라고?! 모처럼 기합을 넣고 기다리고 있었는데……."

베루도라는 불만스러운 표정을 지었지만, 그 점은 납득해주기를 바랄 수밖에 없다.

그런고로 사건은 원만히 해결——된 것으로 생각했지만, 그렇게 마음먹은 대로 되지는 않았다.

베루도라가 루미너스를 보고 폭탄 발언을 뱉은 것이다.

"——!! 오오, 너는! 생각났어, 생각났다고! 루미너스, 마왕 루미너스잖아! 내가 성을 날려버렸던 그 뱀파이어(여자 흡혈귀). 야아, 기억을 떠올리니 이제 속이 다 시원, 하——."

거기까지 말하던 베루도라에게, 루미너스가 어디서 나온 건지

모를 검을 빼 들고 겨누면서 입을 다물게 했다.

하지만, 이미 때는 늦었다.

루미너스 신이 마왕 루미너스 발렌타인이라는 것이 완전히 다 알려지고 만 것이다.

침묵하는 성기사들.

방금 들은 말이 무슨 뜻인지 이해가 안 되었을 것이다.

히나타는 알고 있었는지, 머리에 손을 얹으면서 한숨을 쉬고 있으며, 루이는 루이대로 나와는 상관없다는 자세로 일관하고 있었다.

역시 베루도라는 트러블메이커라는 것을, 나도 다시 재확인하게 되었다.

그 후——.

루미너스가 "이 빌어먹을 도마뱀은 매번 날 방해하는 구나——!!"라고 격노하면서 날뛰는 바람에, 모두가 필사적으로 달래기도 했지만——.

그건 또 별개의 이야기였다.

새로운 관계

Regarding Reincarnated to Slime

성스러운 장소── '깊은 곳의 사원'에서.

'칠요의 노사'의 수장인 '일요사' 그란은 자신의 일을 끝내고 동료의 귀환을 애타게 기다리고 있었다.

히나타의 말살 계획에 차질이 생긴 것 같다고, 아즈(화요사)로부터의 긴급 응원 요청이 도착한 것이다. 실패는 허용할 수 없다고 말하면서, 디나(월요사)와 비나(금요사)가 나섰다.

(그 여자는 머리가 너무 좋아. 이쯤에서 사라져주지 않으면 내 계획에 방해가 될 것이다. 루미너스 신── 아니, 그 마왕을 이용해서 내가 바로 진짜 지배자가 되는 거다──.)

그란(일요사)은 그런 야망을 남모르게 품으면서, 수백 년 이상의 세월에 걸쳐서 루미너스를 모셔왔다.

너무 유능한 자가 나타나지 않도록, 위험한 싹은 미리미리 솎아내면서.

동료이자 부하인 다른 '칠요'들을 잘 구슬리면서, 그란은 경건한 신의 사자를 계속 연기하고 있다.

다른 자들을 움직이는 것은 간단했다.

루미너스의 총애를 얻은 자에 대한 질투심을 자극하기만 해도, 유쾌할 만큼 시키는 대로 움직여준다.

이번에도 또한 그들은 그란의 뜻대로…….

아즈는 몰래 처리해둔 성기사 갸루도로 변장하여, 히나타를 암살하러 가 있다.

준비는 완벽했다.

변장은 디나의 환술을 동원한 것이니, 알아볼 자가 있을 리 없다.

히나타에게 준 드래곤 버스터(용파성검)에는 어떤 장치를 설치해 두었으며, 원하는 타이밍에 파괴할 수 있었다. 마왕 리무루의 공격에 맞춰서 파괴해버리면, 그것만으로 히나타의 패배가 확정될 것이다.

그런데 히나타는 드래곤 버스터를 사용하지 않았으며, 그러고도 우세하게 싸웠다고 한다.

그 말을 듣고 계획의 개요를 변경하기로 했다.

마왕 리무루가 히나타를 처리해주면 잘된 것이다. 만약 실패했다면 그때는 아즈가 확실하게 히나타를 말살한다.

그런 뒤에 '칠요'의 손으로 목격자 전원을 처리하고, 마왕 리무루의 분노를 풀어주면 된다.

그리고 마왕 리무루로부터도 신용을 얻은 뒤에, 앞으로도 적당히 비위를 잘 맞춰주기로 방침을 바꾼 것이었다.

하지만, 문제는 계속 겹치는 법이다.

파르무스 왕국의 니들령에서도, 악마가 예상 이상으로 강했다. 그리고 교활했다.

자신의 강함을 과시한다고 하는, 그런 억지스럽기까지 한 힘자

랑으로 인해 모처럼 모아놓은 각국의 보도진에게 의문을 가지게 만드는 것에 성공해버린 것이다.

감시하고 있었던 자우스(토요사)로부터의 보고를 받고 놀라서 메리스(수요사)와 사룬(목요사)을 파견했다.

이렇게 된 이상, 목격자는 전부 처리한다. 그런 뒤에 모든 죄를 악마에게 뒤집어씌울 것이다.

악마의 잔학무도한 행위를 용서할 수 없어 천벌을 내렸다──. 그렇게 설명함으로써 '칠요'의 정의와 정당성을 주장한다.

위험한 악마의 짓이니, 마왕 리무루의 책임을 묻지 않는다는 식으로 진행시키면 될 것이다.

교섭이 난항에 처할 것 같으면, 그때는 루미너스 신이 나설 차례다. 서방 열국에 기반을 쌓고 싶어 하는 마왕 리무루의 입장에 선 '신의 적'으로 정해지는 것은 곤란할 터였다. 교섭의 여지는 충분히 존재할 것이 틀림없다.

그란은 상황을 그렇게 해석하면서, 계획의 성공을 의심하지 않는다.

문제가 있다면 그 악마── 디아블로의 이상할 정도의 강함인데…….

자신 다음으로 강한 실력자인 사룬까지 보냈으니, 승리는 확실하다──. 그렇게 생각하며 그란은 의심도 하지 않았다.

하지만 그런데도, 동료의 귀환이 늦다.

『뭘 하고 있는 거람, 그 녀석들은──.』

자신도 모르게 입에서 흘러나온 불만의 목소리.

대답할 자가 없는 것이 당연한 그 목소리에, 그러나 대응하는 자가 있었다.

"왜 그러시죠? 심하게 짜증을 내시는 것 같군요."

『네놈…… 뭘 하러, 이곳에──?』

놀라움을 감추면서, 그란이 묻는다.

무단으로 방에 들어온 자는 히나타의 심복── 니콜라우스 추기경이었다.

"재미있는 걸 하나 발견해서 말이죠."

『발견이라고?』

"네. 이겁니다."

그렇게 말하면서 니콜라우스가 꺼낸 것은 리무루의 메시지가 담겼던 수정구였다.

『그게 어쨌다는 거──.』

"이것에 세공이 가해진 흔적을 발견했습니다."

그란의 말을 가로막으며, 니콜라우스가 말한다.

이건 전설적인 영웅에 대한 태도치고는 너무나도 무례한 행위였다. 그러나 니콜라우스는 전혀 개의치 않는다.

그 사실을 불쾌하게 생각하면서, 그란은 수정구를 봤다.

틀림없이 삭제했을 내용이 재현되면서, 제대로 된 메시지를 비추는 그것을.

『──?!』

그런 그란의 동요를 꿰뚫어 보고, 니콜라우스가 계속 말한다.

"전 말이죠, 당신들의 목적이 무엇이든 간에 딱히 흥미가 없습니다. 당신들이 루미너스 신의 총애를 바라든, 혹은 그 힘을 이용하고자 계획을 꾸미든……."

『무슨 소리를 하는 거냐? 신은 개념이며 모두의 마음속에——.』

"얼버무릴 필요 없습니다. 루미너스 신이 실제로 존재한다는 건 이미 예전에 알고 있었습니다. 히나타 님이 비밀로 하고 계셨으니, 저도 그걸 따랐을 뿐이죠. 그러니까 정말로 흥미가 없었단 말입니다——."

그란에게는 '당신이 신을 이용하려 하고 있다는 것도 말이죠——'라는 니콜라우스의 마음속 소리가 들리는 것 같았다.

그란은 눈을 크게 뜨고 니콜라우스를 본다.

니콜라우스는 그 영리한 얼굴로 그란을 바라보고 있었다. 그 눈동자만은 바닥이 없는 늪처럼 기분 나빴으며, 감정의 빛을 전혀 보이지 않는다.

『네놈——.』

그란이 뭔가를 말하려고 했지만, 니콜라우스는 그걸 허용하지 않는다.

"늙고 해로운 존재는 사라져야 하지. '디스인티그레이션(영자붕괴)'!!"

『무슨——?!』

무슨 말도 안 되는……. 그렇게 외치고 싶었지만 놀라는 표정 그대로 굳어진 채, 그란은 빛의 입자에 삼켜지면서 소멸했다.

"더러운 벌레 놈. 히나타 님께 위해를 끼치는 짓을 내가 용서할 거라고 생각했나?"

그 말을 남기고, 니콜라우스는 아무 일도 없었다는 듯이 자신의 집무실로 돌아간다…….

니콜라우스 슈뻴터스 추기경 —— 히나타의 심복이면서, 열광적이기까지 한 히나타의 팬(신자)이다.

그런 그에겐 종교조차도 히나타와 연결되기 위한 하나의 수단일 뿐이었다.

니콜라우스는 이단이다.

교황청의 최고위에 있으면서, 신을 믿지 않으니까.

그의 신앙심은 히나타 한 사람에게만 바쳐지고 있었던 것이다.

*

난롯불로 데워진 따뜻한 방 안에서.

중후한 의자에 파묻힌 채로 기대앉아 명상에 잠겨 있던 그란베르 로조는,

"빌어먹을…… 니콜라우스 놈……."

이라고 중얼거리면서 눈을 떴다.

머릿속에 강렬하게 박힌 것은 '디스인티그레이션(영자붕괴)'의 눈부신 빛이다.

그렇다. 그란베르 로조의 정체는 바로 '칠요의 노사'의 수장—— '일요사' 그란인 것이다.

그란베르는 자신의 스피리추얼 보디(정신체)를 날려 보내, 다른 사람에게 빙의하는 힘을 지니고 있었다. 바로 얼마 전, 새로운 육체로 이제 막 갈아탄 참인데, 그게 헛수고가 되는 바람에 분개한다.

그렇다고는 하나, 만약 그게 본체였다면 어땠을까 하는 생각을 하자, 이번만큼은 심장이 오그라드는 기분도 부정할 수 없었다.

그 사실이 그란베르의 분노에 불을 더 강하게 붙이고 있었다.

하지만 이제 때가 되었다.

눈을 뜸과 동시에 자신의 저택으로 달려오는 그렌다의 기운을 느꼈다.

회의 때는 예상하지 못했던 이상 사태, 즉, 작전은 실패했다는 뜻이다.

방으로 뛰어 들어온 그렌다는 그란베르를 보자마자 소리치듯이 말한다.

"그란베르 님, 그건 무리입니다. 제 힘으로는 감당이 안 되는, 말도 안 되는 괴물이었어요!"

그 얼굴에는 있는 힘을 다해 도망쳐 왔다는 걸 한눈에 알 수 있을 정도로, 지친 기색이 엿보이고 있다. 의심할 것도 없이, 그 말은 진실일 것이다.

"다른 '삼무선'은 어떻게 됐나? 동시에 덤빈다면——."

"아니, 그런 레벨이 아니었어요. 저는 전쟁터에선 죽음의 냄새를 민감하게 느낄 수 있습니다. 그래서 위험하다는 판단이 들어서, 사레에게 떠넘기고 도망쳐 온 거라고요. 그건 마왕 클래스—— 아니, 훨씬 더 위에 있는 존재일지 몰라요……."

그렌다는 그렇게 말한다.

호들갑을 떨기는. 그란베르는 그렇게 생각했지만, 동료인 다른 '칠요'들로부터도 연락이 없다.

마음에 걸려서 찾아보니, 그들의 반응은 하나도 없었다.

"설마……."

그란베르가 경악하며 의심해봤지만, 그 사실이 뒤집어지는 일은 없었던 것이다.

그리고 며칠 후——.

각지에 풀어놓았던 밀정의 보고를 통해 에드왈드 왕의 실각을 알았다.

각국의 보도진도 무사했던 모양인지, 대대적으로 보도가 되었다.

그리고 템페스트(마국연방)에서 성대한 축제가 기획되고 있다는 소문이, 블루문드 왕국을 경유하여 흘러나왔다.

이런 정보들을 종합하여 판단해보면, 그란베르의 계획은 실패했다고 판단할 수밖에 없었다.

그란베르를 포함하여 '칠요의 노사'는 전멸.

이것으로 그란베르는 이제 루미너스 신의 이름을 이용하는 것은 불가능하게 되었다…….

그리고 자신이 가장 사랑하는 마리아베르가 예언한다——.

"위험해, 위험해요. 그 도시는 너무 위험해요!"

무슨 뜻인지 이해가 안 돼서, 그란베르는 되물었다.

"——천사가 공격해 온단 말이냐?"

"아니요. 그건 아니에요, 할아버님. 그 마왕은 경제로 세계를 지배할 생각을 갖고 있어요."

경제를 통한 인류권의 지배—— 그건 바로 로조 일족의 비원.

현재진행형으로, 그란베르가 진행하고 있는 바로 그 계획이다.

"설마……."

"정말이에요. 정말로 그렇게 될 거예요. 그러니까 더더욱──확실하게 박살 내야 해요."

마리아베르가 하는 말에 거짓은 존재하지 않았다.

──지금까지는.

그러니까 앞으로도 그 말에는 들어야 할 가치가 있다.

"그렇구나, 네가 하는 말이라면 그렇게 되겠지."

왜냐하면 마리아베르는 그란베르의 직계의 손녀이자──,

"네에. 다음에는 반드시. 바로 저, '탐욕'의 마리아베르의 이름을 걸고!"

──전생자.

'이세계'의 지식과 흔치 않은 힘을 보유한 로조 일족의 희망이니까.

마리아베르가 있는 한, 로조 일족의 패배는 존재하지 않는다──. 그렇게 생각하면서 그란베르는 다시 야망의 불꽃을 피우기 시작한다…….

여러 일이 있었지만, 나와 루미너스는 화해했다.

히나타와의 오해도 풀렸다.

그에 대한 사과의 의미로서, 서방성교회의 이름을 걸고 우리가 해롭지 않은 존재라는 것을 선언해주기로 약속한 것이다.

오해도 또한 상호 이해가 어렵기 때문에 일어난 것.

앞으로도 이런 문제는 일어나겠지만, 이번 일을 교훈으로 삼아 극복해내고 싶다.

그리고 우리나라와 신성교황국 루벨리오스와의 관계도 다시 고려하게 되었다.

우선은 불가침조약을 체결하고, 서로의 행동을 묵인하는 것으로 이야기가 정리된 것이다.

어떤 인물(베루도라)이 벌인 사건이 문제가 되기도 했지만, 그건 그거다.

그건 개인적인 문제이지, 우리나라와는 관계없다는 태도로 일관했다.

루미너스는 떨떠름한 반응을 보였지만, 그 인물에 대해선 나도 참견하지 않겠다고 맹세했기 때문에, 내키진 않지만 합의에 찬성한 것이다.

──뭐, 얼티밋 스킬 '베루도라(폭풍지왕, 暴風之王)'가 있는 이상, 어떤 의미로 베루도라는 불사신이다. 만일 무슨 일이 생긴다 해도 문제는 없을 것이다.

《해답. 문제없습니다.》

음.

그러므로 친구를 팔아넘기는 것 같아서 미안하긴 한데, 베루도라에겐 루미너스의 분노를 달래줄 산 제물이 되어주기를 바랄 따름이다.

"우오, 날 저버릴 셈이야——?!"

그렇게 소리치는 필사적인 목소리가 들려왔지만, 기분 탓인 게 틀림없다.

애초에 그의 자업자득인 면도 있으니, 그런 부분까지 일일이 다 돌봐줄 수는 없는 것이다.

슬프지만 이것도 어른의 처세술이라는 거야.

이렇게 작은 희생을 치르면서, 우리에게 평화가 찾아온 것이다.

어쩌다가 그렇게 되었는지는 모르겠지만, 요움의 즉위도 결정됐다.

남은 건 대관식을 기다리는 것뿐이라고 하니, 아주 순조롭게 진행되는 것 같아서 무엇보다 다행이다.

뭐, 말하자면 그런 식으로 문제가 한꺼번에 정리되었다.

그리고 이날 이후——,

우리는 정식으로 서방 열국의 일원으로 받아들여지게 된다.

빅카스

후릿츠

가루도

ROUGH SKETCH

그레고리

그렌다

사레

오래 기다리셨습니다. 《전생했더니 슬라임이었던 건에 대하여》7권을 이렇게 전해드리게 됐습니다.

이번에도 글이 약간 많아지고 말았습니다.

"이번에는 짧게 정리하겠습니다!"

"그렇습니까. 그런 말을 하셔봤자 어차피 길어질 것 아닌가요?"

"아뇨, 아뇨, 이번에는 인터넷 연재분에서 삭제할 곳이 많으니까, 짧게 줄일 수 있습니다!"

"이제 포기했으니까, 무리하게 줄이지 않아도 괜찮습니다."

그런 대화를 나눈 기억도 있습니다만, 당연하다는 듯이 양이 늘어나고 말았습니다.

"저기이, 쓰다 보니까 역시 조금 길어지고 말았는데⋯⋯."

"매번 하시는 말씀 아닌가요, 그거? 그럴 거라고 생각하고 있었습니다."

역시 신뢰 관계라고 할까요.

편집자인 I 씨는 다 꿰뚫어 보고 있었던 모양입니다.

어라? 그 말은 즉, 처음부터?

아니, 그 점은 신경 쓰면 지는 것이겠지만요.

그런고로, 이번 권의 내용에 대한 설명으로 들어가겠습니다.

지금까지 읽어주신 여러분이라면 아시겠지만, 후기에는 스포일러가 포함되어 있을 가능성이 큽니다.

아니, 이제 와선 의미가 없을지도 모르겠군요.

7권부터 구입하실 분은 드물 테니, 본문을 먼저 읽도록 권하지
않아도 괜찮겠지요.

                                   *

 인터넷 연재분을 읽으신 분께는, 이번 권은 전혀 다른 것으로
느껴질지도 모르겠군요.
 대놓고 말해서, 내용은 완전히 다릅니다.
 조금씩 '큰 줄거리는 같다'는 말이 변명처럼 변하기 시작했네요.
 여러모로 이야기의 전개를 바꿔온 결과, 아무래도 그대로 이어
가기에는 무리가 있다고 판단한 것이 그 이유입니다.
 이쯤에서 일단 큰 줄거리에 다시 맞추기 위해서 대폭적인 수정
을 가했습니다.
 하지만 최대의 원인은 어떤 캐릭터의 설정을 크게 바꾼 것이라
하겠습니다.
 누구라고는 말하지 않겠습니다만, 성격은 그대로라고 해도 목
적이나 능력이 바뀐 부분이 있습니다.
 그 영향을 받은 것이 이번의 주역인 히나타 양이로군요. 히나
타 양도 또한 인터넷 연재분과는 다른 사람 같이 보일지도 모르
겠습니다.
 하지만 이쪽이 원래의 그녀입니다.
 전개가 달라져서 이런 느낌이 된 것입니다.
 이 부분은 양쪽의 이야기를 비교해서 읽어보시면 좋겠다──
라고 생각했습니다만, 인터넷 연재분을 아직 읽지 않은 분은 그

대로 서적판을 읽으시는 게 더 나을지도 모르겠군요. 그 부분은 여러분 나름대로 즐기시길 부탁드리겠습니다!

　서두 부분에 수상쩍은 대화를 나누던 사람들이 본편에선 안 나온 것 같은데?

　그런 의문을 느끼신 분들, 거기에는 이유가 있습니다.

　작가가 절대로 잊어버린 게 아니므로, 다음 권을 기대해주십시오!

　하지만 뭐, 여기까지 오면 여러분도 대부분은 이해하고 계시지 않을까 하고 생각하고 있습니다.

　이 작가, 아무 생각이 없는 거 아냐?! ——그게 아니라, 이젠 인터넷 연재분을 그대로 적을 생각이 전혀 없구나, 라고 말이죠.

　확실히 말해서, 그대로 적는 것은 이젠 어렵겠다는 생각이 듭니다. 하지만 이 7권으로 어떻게든 원래의 루트로 복귀하는 데 성공했다는 느낌이 듭니다.

　이 후기를 쓰고 있는 시점에서, 8권의 내용은 인터넷 연재분에 가깝게 진행시킬 수 있지 않을까 하는 생각은 하고 있답니다…….

　이것만큼은 쓰기 시작했을 때의 기분에 따라 달라지지만 말이죠——.

　그런 식으로 무책임한 말을 하는 작가입니다만, 부디 저버리지 마시고 끝까지 함께해주시길 부탁드립니다.

　그럼 또, 다음 권에서 뵙도록 하죠!

TENSEI SITARA SURAIMU DATTA KEN Vol. 7
©2016 by Fuse
First published in Japan in 2016 by Fuse.
Korean translation rights reserved by Somy Media, Inc.
Under the license from Micro Magazine Co., Ltd., Tokyo JAPAN

전생했더니 슬라임이었던 건에 대하여 7

2016년 8월 1일 1판 1쇄 발행
2023년 2월 15일 1판 17쇄 발행

저   자 후세
일 러 스 트 밋츠바
옮 긴 이 도영명
발 행 인 유재옥
본 부 장 조병권
담당편집자 정영길
편 집 1팀 김준규 김혜연
편 집 2팀 정영길 조찬희 박치우 정지원
편 집 3 팀 오준영 이해빈 이소의
미   술 김보라 박민솔
라이츠담당 김정미 맹미영 이승희 이윤서
디 지 털 박상섭 김지연
인쇄제작처 코리아피앤피
발 행 처 ㈜소미미디어
등   록 제2015-000008호
주   소 서울시 마포구 토정로222, 403호 (신수동, 한국출판콘텐츠센터)
판   매 ㈜소미미디어
마 케 팅 한민지 박종욱 최원석 박수진
물   류 허석용
전   화 편집부 (070)4164-3962, 3963 기획실 (02)567-3388
　　　　　　판매 및 마케팅 (070)4165-6888, Fax (02)322-7665

ISBN 979-11-5710-421-5 04830
ISBN 979-11-5710-126-9 (세트)